「國語言文學作品與史料選」系列教材

# 中國古代文論作品與史料選

孫敏強　主　編

孫福軒　副主編

浙江大學出版社
ZHEJIANG UNIVERSITY PRESS

# 總　序

## 吳秀明

　　假如將迄今爲止種類繁多的中國語言文學"選本"進行分類,我以爲大體可分爲非專業與專業兩種類型。前者,主要針對非中文專業的學生而言,也包括社會上的一般語言文學愛好者,它側重於作品的詩學價值;後者,則主要針對中文專業的學生而言,它除了詩學價值外,還要兼及史學價值。本叢書屬於後者,它帶有專業化、專門化的性質和特點,其初衷是爲他們提供詩、史兼備,並與現行的"通史"(語言史、文學史)教材相配套的一套"選本",以滿足厚基礎、寬口徑、高素質和創新型專業人才培養的需要。這也是中文核心主幹課程的主要教材。按時下的類型劃分,不妨稱之爲研究型教材。

　　衆所周知,現有的中文專業學生使用的"選本"儘管在選擇的標準、内容、形態、方式等方面各具特色,存在着不少差異,但在基本範式和總體思路上彼此却表現了某種驚人的同構性:那就是選文的對象和範圍都鎖定在文學作品上,它向我們呈現的幾乎都是清一色的、當然也是美輪美奂的經典之作。所謂的"選本",其實就是"文學作品選",它也只向"文學作品"開放,其所内含的"詩學"指向是非常明確的。文學作品作爲特定歷史階段文學創作的表徵和載體,它凝聚了時代思想藝術的精華,對中文專業的學生來說其重要性自不待言,尤其是近些年因諸多原因導致的審美貧乏症,在往往只記住概念、名詞而對作品整體美、内在美不知何物的情況下,更是具有非同尋常的特殊意義。也因這個緣故,我對近些年來各高校一改舊觀而普遍重視經典作品的教學理念表示理解和贊賞,並認爲將來還有繼續强化之必要。不過話又説回來,這僅僅是中文教育的一個方面而不是全部,它也不能包辦和取代其他。實踐表明,作爲一個傳統基礎系科,中文教育的空間還是很大的,各個專業彼此間的辦學目標、層次、規格也不盡相同。特別是一些學術積累比較深厚、師資力量比較雄厚、辦學水平比較高的系科,更是已在這方面作出了不少探索,這也是當下中國乃至海外中文教育的客觀歷史和現實。而對研究型教學來説,到底如何在讀好、讀懂、讀深經典作品的同時增加學生的根源性學養,培育他們良好的研究習慣與學風,爲將來繼續進行專業深造和可持續發展打下扎實的基礎。一句話,到底如何拓寬學生的思維視野和知識結構,培養他們發現問題、提出問題的能力,這是當前中文教育亟須解決的一個問題,也是研究型教材的主旨所在。

　　浙大中文系推出的這套涵蓋文藝學、語言文字學、中國古代文學、中國現當代文學、比較文學與世界文學的五個二級學科、總計十二卷的《中國語言文學核心課程作品與史料選》,就試圖在這方面進行探索。我們編選的這套"選本",看似好像只是在"作品"之外增加了一些"史料",但它却反映和體現了我們對教學、研究及人才培育理念上的一些新的思考。

## 一、這套"選本"强調客觀呈現,注重歷史還原

　　這裏所說的呈現和還原,當然包括"選本"所選的文學作品在這方面的功能價值——文學作品尤其是現實主義文學作品,誠如經典作家所說的那樣,它的"書記官"的功能價值,使它在反映歷史和現實生活的畢肖酷似上往往達到連史家都嘆服不已的程度;但主要還是指被我們特別引進的這些文獻史料:如序跋、詩話、傳記、碑文、筆記、書信等,現代以降的如社團、傳媒、文件、講話、批示、社論、紀要、評論等。這些形態各異史料的編選,不僅有效地拓寬了原有"選本"的内涵和外延,使之在整體構成上產生了革命性的擴容,而且還以其物化的形式引領我們穿越時空隧道,返回到彼時彼地的那個時代的語境與場域,與"作品"形成了富有意味的對話關係。史料作爲中國語言文學的載體,它原本就是屬於歷史的,在它身上積澱了豐富的歷史信息;而文獻史料作爲史料的重要組成部分(還有一種史料是實物史料),它憑藉語言文字同時兼具能指與所指的雙重功能,在還原和營造歷史尤其是歷史現場感方面還有自己獨到的優勢。因此它特別適用於文學作品的歷史解讀,歷來備受重視,成爲自古至今人們解讀文學作品的重要參考和佐證。從某種意義上講,作品與史料是一對孿生體,它們彼此具有難以切割的血緣聯繫。如果說作品是懸浮在空中的一種空靈的感性存在,那麽史料就是緊緊扎根在大地之上的一種具體切實的物態存在。也正因此,史料的有無、多少以及真實與否,史料意識的自覺與否以及實踐運用的程度如何,不僅直接關涉和影響着具體作品的解讀,而且也反映乃至決定着整體中文教育的水平和質量。中文教育的睿智與睿智的中文教育,都十分注意作品與史料之間的内在關聯,而不是將它們彼此孤離割裂。王國維所謂的治學"三互證法",即"取外來之觀念,與固有之材料互相參證","取地下之物與紙上之遺文互相釋證","取異族之故書與吾國之舊籍互相補證",[①]可以說是對此的精闢概括。他的《宋元戲曲考》以及陳寅恪的《元白詩箋證稿》、梁啟超的《古書真偽及其年代》、胡適的《中國章回小

---

①　陳寅恪:《王静安先生遺書序》,《金明館叢稿二編》,上海古籍出版社1980年版,第219—220頁。

説考證》、魯迅的《中國小説史略》、鄭振鐸的《中國俗文學史》、俞平伯的《紅樓夢研究》、阿英的《晚清小説史》、郭紹虞的《中國文學批評史》、姜亮夫的《楚辭通故》、夏承燾的《唐宋詞人年譜》等作，都可以稱得上是這方面的典範。在他們那裏，史料經過發掘、勘誤、訂正、轉化、處理，不僅具有"獨立存在"的價值，而且成爲還原歷史、破譯作品奧秘的一個重要的載體。許多長期以來的語言文學之"司芬克斯之謎"，也因之得到了合理解釋。

北大中文系教授溫儒敏有感於"專業閱讀"存在的經典作品與當代讀者之間的"歷史隔膜"，在十年前曾提出了一個很有意思的主張，叫"三步閱讀法"，其中第二步爲"設身處地"，就是借助和調動文學史及文化史知識，再融會自己的想象，努力"回到作品産生和傳播的歷史現場"。① 我們之所以在"選本"中增加了史料，其實也就是借助於史料"設身處地"地"回到作品産生和傳播的歷史現場"。在這裏，史料一方面可以很好地起到營造歷史氛圍的作用，這對因"歷史隔膜"造成的各種主觀隨意或過度闡釋無形之中形成一種防範和反彈；另一方面它也引導我們情不自禁地進入到特定的歷史規定情境之中，以"了解之同情……必神遊冥想，與立説之古人，處同一境界……始能批評其學説之是非得失，而無隔閡膚廓之論"②，從而對作品作出更加精準到位、也更合乎情理的解讀。當然，重視史料之於還原歷史以及參證和解讀作品的功能，絶非意味它可以取代對作品的藝術分析，用所謂的"史學價值"來代替"詩學價值"，那同樣是不可取的。在"作品與史料"或者説在"文學與史料"的關係問題上，我還是比較贊賞一位年輕學者的這樣一種説法："勇敢地跨出樊籬，而更豐富地回返自身。"③這可能更合適、更接近溫儒敏所説的"專業閱讀"，也更符合中國語言文學的屬性和趣味。

**二、這套"選本"倡導研究意識，培養學術興趣**

這也是研究型教學的題中應有之義。它主要體現在選文以及選文的注解上，也體現在對史料的選擇上。在這些地方，本"選本"努力倡導研究意識，體現研究理念：一方面用研究的眼光進行選與注，在選什麼、怎樣選問題上體現史家的眼光、學者的思維和素養，使之超越庸常而具有一定的學術含量；另一方面調動和激發學生的學術興趣，從選文、注解特別是從史料那裏切入探尋問題，進行必要當然也是初步的學術訓練。這裏所謂的研究，就史料而言，主要有以下兩個向度：(一)立足史料，以史料爲基點向社會學、歷史學、文獻學、文化學、政治學、

---

① 溫儒敏、趙祖謨主編：《中國現當代文學專題研究》，北京大學出版社 2002 年版，第 26—29 頁。

② 陳寅恪：《馮友蘭〈中國哲學史〉上册審查報告》，《金明館叢稿二編》，上海古籍出版社 1980 年版，第 279 頁。

③ 金理、楊慶祥、黄平：《以文學爲志業——80 後學者三人談》，《南方文壇》2012 年第 1 期。

心理學輻射出去廣泛地涉及彼時彼地的"社會關係總和",從那裏尋找質疑和問題的點,在"跨界"的反觀中達到對研究對象的新的認知,當然也包括新發現或新引進的地下新史料、域外新史料;以此爲基點研求問題,不僅可以開拓一個新的學術領域,而且還能進而演化爲一個"時代學術之新潮流"(陳寅恪語)。20 世紀上半葉中國四大文獻史料甲骨文、敦煌遺書、居延竹簡、大内檔案發現對中國文學研究產生的重大影響,就充分證明了這一點。(二)通過史料與作品之間的關係,特別是它們彼此之間潛在的矛盾、牴牾和裂縫,從中思考、質疑和發現新的問題,形成問題意識。如南朝梁顧野王所撰《玉篇》中的"今上以爲"一詞條,以往的一些語言研究者往往將"今上"解讀爲當時的"梁武帝",認爲這是顧野王在引用梁武帝的看法,借以說明當時對異體字的重視。而最近有學者在對《玉篇》殘卷全面校勘和語詞及書寫分析的基礎上,對此作出了全然不同的正確解讀——原來此處的"今上以爲"實際是"今亦以爲"的訛誤,①於是最終證否了鈔本裏唯一的"今上以爲"與"梁武帝的看法"有關的猜想。大量事實表明,中國語言文學中的很多問題往往都源於史料,正是對這些本源性的史料的精心收集、整理和研究,特別是對這些史料與作品裂縫的敏鋭發現、質疑和把握,人們才從習見的話題中翻出新意。這也可以說是迄今爲止浙大中文系不少優秀學生學位論文或學年論文成功的主要原因之一吧。像 2005 屆一位本科生的畢業論文《論明初詩僧姚廣孝及其詩文》,就是在老師的指導下在編寫《姚廣孝年譜》的基礎上將其置於元末明初風雲變幻的語境下進行考察,令人信服地作出了自己的結論。該文後以《詩僧姚廣孝簡論》爲題刊發於《文學評論》2006 年第 5 期。這就從一個側面證實研究意識培養的重要和必要。

當然,文學研究是很複雜的,它的如何進入和展開因人因對象而異,有不同的範式和路徑,也有一個循序漸進的過程;作爲一個"選本",它對學生研究意識的培養主要是引導,而不是剛性的指令,且在本科階段不可操之過急,對學生提出不切實際的太高要求。但無論如何,強調研究意識的培養,強調對本源性史料尊重的實事求是學風,強調必要的學術訓練,對學生來講不僅十分必要,而且須臾不可或缺。可能是受西方文化和學術思想的影響,也與現行的體制有關,中文教育長期以來重"思想闡釋"而輕"史料考據"。尤其是"三古"(即古代文學、古代漢語、古典文獻)以外一些新興或比較新興學科以及相關課程,這個問題似乎顯得更突出,也更嚴重。這就使中文教育尤其是某些作品的解讀無形之中被空殼化了,它似乎變成了某種"思想"的簡單符號或工具而失去了自身的主體性。這

---

① 參見姚永銘:《可疑的"今上"——〈原本玉篇殘卷〉校讀劄記一則》,《漢語與漢語教學研究》第 2 期,日本櫻美林大學孔子學院,東京東方書店 2011 年 7 月。

種“思想”在以前是政治學、社會學的,它也被强行納入政治學、社會學視域中進行解讀;現在則被納入現代主義、後現代主義視域中進行解讀,從觀念、思維到概念、術語完全是西式的。一切都效法西方,以是否符合剛引進的西方某某主義爲取捨標準,而很少顧及作品的“歷史語境”和自身的實際情況,更沒有很好地考慮與中國固有、迄今仍然富有價值的傳統思維理念和研究方法的對接。這樣的解讀貌似時尚,實則是用虛蹈空洞的所謂“思想”(準確地説是“西方思想”)代替具體而微的藝術分析。這樣一種不及物的研究,它往往不可避免地對作品進行粗暴圖解和肢解,顯然是不可能真正發現美、洞察美的。爲什麼現在不少中文系學生對經典作品反應比較冷漠,感受不到其中妙處,先入爲主地用某種所謂的“思想”去套作品,不能不説是一個重要的原因。

需要指出,在時代整體學術風氣的影響下,中文教育重“思想闡釋”而輕“史料考據”的現象在最近一些年程度不同地有所改正。在文藝學、現當代文學、比較文學與世界文學那裏,開始出現了由單一的“思想闡釋”向“思想闡釋”與“史料考據”的雙向互融的方向發展。這是很可喜的,它標志着中國語言文學教學和研究出現了重大的“戰略轉移”。但這僅僅是開始,我們應該清醒地看到,由於西學在中國的强勢存在,也由於學術浮躁風的盛行,上述現象還沒從根本上得到改觀。據説前幾年有人在做“重返 80 年代”研究時去采訪韓少功,曾把新時期的一次重要的文學自覺運動“尋根文學”,説成是因爲政治“壓力之後的不得已而爲之”的,弄得韓少功很鬱悶很生氣。① 這裏之所以出現這樣的誤讀,主要原因在於它不是從“事實”(“史料”)而是從“思想”出發進行。陳寅恪先生在 1936 年曾批評“今日中國,舊人有學無術;新人有術無學,識見很好而論斷錯誤,即因所根據之材料不足”②。陳氏所説的“學”指史料,“術”指方法。舊人只有材料而沒有好的方法,失之僵滯,固然難有所爲,但新人不依據材料簡單套用外國理論進行研究也同樣不可取。陳氏的批評需要引起我們的高度重視。

### 三、這套“選本”突出教學性質,明確教材定位

這一點在開頭就已作了明確定位,並且在前面也多少有所涉及。落實到編選上,就是突出和强調中國語言文學歷時演變的規律和特點,通過其發展流程的客觀呈現,與“通史”教材的配套對接,形成彼此互動互補的關係。這不僅在作品選擇上打破原有單一的“語言文學經典”取捨標準,而且采用“語言文學經典”與“語言文學史經典”雙綫兼容的編選原則。這樣,一些當年曾產生重要影響而思想藝術諸方面存在明顯欠缺或不足的作品就被我們納入了視野。如劉心武的

---

① 參見:《文學批評的語境與倫理——第二屆“今日批評家”論壇紀要》,《南方文壇》2012 年第 1 期。
② 卞僧慧:《陳寅恪先生年譜長編》,中華書局 2010 年版,第 367 頁。

《班主任》,以今天的眼光來看,它在藝術上當然不免粗糙,還明顯打上那個時代的烙印;但從當代中國語言文學史的角度看,卻是無法完全繞開的一個代表作。史料也同樣如此,爲體現歷時演變的規律和特點,既注重與文學史的發展流程吻合,特別選取對於文學史發展起到關鍵作用的"經典史料",也關注具有原創價值的新出土和域外新傳入的"新史料"。如"古代文學卷"中的唐代文學駢文部分,就恰當地利用了大詩人王之渙墓志、韋應物墓志,與邊塞詩人岑參密切相關的新疆吐魯番出土的"馬料賬",還有日本正倉院的《王勃詩序》中所收的《滕王閣序》等。這與以前同類教材中的"作品彙評"和"資料長編"式完全不同。現有的中文"選本"往往大同小異而内涵又比較緊仄,這在一定程度上影響了教師的教學,也不利於拓寬學生的知識結構。我們這樣做,其意是想選擇這樣一種"文史互證"、"雙綫兼容"的新的範式,更好地反映中國語言文學豐富複雜的存在和發展,與"通史"教材對接;同時也爲教師和學生進一步的闡釋與發掘,留下足夠的空間。

總之,在選什麼、怎樣選問題上,包括内容、體例、篇幅,也包括作品與史料以及彼此内在關係和邏輯關聯等,都與"通史"教育乃至整個中文教育大系統聯繫起來予以通盤考慮,服從並服務於教學和人才培養的需要,按照教材編寫規律和原則辦事。也就是説,一方面要考慮"選本"自身的獨立性、新穎性和完整性,努力構建適合專業教育需要的一種新的範式;另一方面又要考慮與"通史"教育相連接,成爲"通史"很好的配套教材。也只有與"通史"聯繫起來進行綜合考慮,"選本"所選的有關"作品與史料"才能被有效地激活,充分凸顯其意義和價值。從中文教育和教材編寫的角度看,"選本"與"通史"應該是相輔相成,它們分則各自成章,合則融合無間,是一個既獨立又統一的有機的整體。

當然這是就總體而言,具體到各學科、各分卷情況也不完全相同。如語言文字學與文藝學,作品與史料往往就聯結在一起,很難區分和切割。就説文學吧,彼此的差異也頗大。如比較文學與世界文學,特別是古代文學,其作品與史料具有較强的經典性、恒定性;它們所選的作品,往往既是"文學經典"又是"文學史經典",是兩個"經典"的合一。而在現當代文學那裏,作品與史料則表現出明顯的非經典性(或泛經典性)、不穩定性,其所謂的"文學經典"與"文學史經典"經常是分離的,其中有相當一部分只能稱之爲"文學史經典"而很難説是"文學經典"。這裏有學科方面的原因,也與它們彼此的生存和發展的社會文化語境有關。這無疑給我們編選帶來了一定的難度。中國語言文學原本就是一個無限豐富複雜的浩瀚世界,爲了尊重並還原呈現這種原生態,以滿足研究型教學和人才培養之需,我們采取求同存異的原則,即在保持全書基本統一的前提下,盡量尊重各學科的特點和各分卷主編的個性。

這套"選本"凝聚了浙大中文系諸多同仁的心血,也融入了他們對教學、研究和人才培養的諸多思考。從 2010 年下半年醞釀、提出並分頭編選，最後復又討論、定稿，在此期間我們各司其職而又通力合作。借此機會謹向同仁們表示由衷的感謝，正是大家的敬業、支持和努力，才使這一編寫計劃得以圓滿完成。同時，我還要感謝浙大出版社副總編樊曉燕女士、黃寶忠先生以及責編宋旭華先生，他(她)們自始至終、傾心盡智的參與、謀劃和把關，也對本叢書的編選及其按時保質出版起到了重要的推動促進作用。

　　浙大中文系從 1920 年之江大學國文系"源頭"算起，迄今已有近百年歷史。與海內外諸多兄弟院系一樣，浙大中文系目前既面臨良好的發展際遇，又遭遇前所未有的嚴峻挑戰。在這樣一個新的歷史"拐點"上，如何在繼承傳統、教書育人的基礎上，根據時代社會發展的需要，爲國家培養具有較深厚基礎和較強創造精神的中國語言文學方面的人才，這是時代賦予我們的光榮使命，也是我們應盡的職責。我們這次推出的這套由集體合作編寫的"選本"，就是冀望在這方面有所作爲。研究型教學和教材編寫是近些年議論較多的話題，也是不少同行感興趣而又衆説紛紜的一個話題。作爲一個傳統老系，我們願意在這方面進行探索，也很希望聽到來自各方面的聲音，以期將來重版時把它修訂得更好一些。

2012 年 2 月 5 日於浙大中文系

# 編選説明

　　以 1927 年陳鍾凡先生的《中國文學批評史》問世爲標志,中國古代文學批評理論學科至今已有近百年的發展歷史了,經過幾代學人的不懈努力,已形成具有獨立研究對象、闡釋範圍的一門學科。在文類批評(包括文體學與各種文體的批評史,諸如詩學、詞學、小説戲曲以及散文理論批評等)、範疇批評(對概念、範疇的溯源、辨析以及各種專題的研究,諸如意境、風骨、神韻等)、批評批評學(主要是對文學批評方法的研究、對批評方法思維構成的批評等)、批評文化學(包括批評文本的傳播、價值的生成以及受衆理論等)諸方面都取得了長足的進步,形成深具民族特色的、"體大而思深"的完整批評理論體系。既以其基礎性、理論性與西方文論同一思致,又以其"詩性特徵"與"經世致用"與其相區别。而作爲中文系的一門必修課程,中國古代文論與"文學原理"、"西方文學理論"一道,對培養學生的思維品質和理論素養發揮了十分重要的作用,在"話語轉換"的當代語境中,古代文論又參與到民族文論和文化的建設之中,形成當代文論的重要質因。

　　中國古代文論的上述特性,決定了它與文學理論、文學批評、西方文論等其他學科有所不同,特別是在古代漫長的發展過程中,形成兩大基本態勢:一是文以致用論,無論是"言志説",還是"文道觀",均主張文章爲政治和社會服務,要有益於世用;一是情感論,從"發憤著書"至"緣情綺靡",一直到"童心説",皆提倡"爲文以情"。特別是"文以致用"説,長期在中國古代的文學批評中佔據主導地位,這一方面區别於西方文論以"本體論"爲特性的文學敘説。同時又緣於和政治的過度牽連,既造成文學與社會政治之間的離合,又對中國古代作家的創作心態和論文取向產生了深刻的影響和制約,從而表現出"顯"與"隱"(文論也表現出顯性與隱性敘説兩大特徵)、"情"與"道"之間的内在衝突。學習和研究中國古代文論,首先必須了解這一點,否則,對於其過多的"致用"色彩則可能造成過低的評估,這既不符合封建時代的"歷史語境",也不利於學科的發展。

　　基於以上目的,我們編寫了這本《中國古代文論作品與史料選》。選注自先秦以迄近代文論篇章四十二種。前有解題,對作者生平及其篇著作簡要介紹,後有注釋,並附以史料選,主要選録相關文論文本、作者傳記資料和後人的研究與評論。在此之前,已有數十種文論教材出版,或重文論史的縱向言説(其間穿插文論資料），或以文論史兼綜文論選，或選注文論後綴以評說。或以資料見長，或以學術兼擅。而我們的特色則在於：全書力求從"作品"與"史料"兩個方面客觀呈現中國古代文論的本然面貌，幫助學生與讀者更好地理解我國古代文論的總體特徵。同時通過"作品"與"史料"之間的相互印證與參照，培養學生的"問題意識"和"探究精神"，激發學生自主學習的主動性和積極性，在思想"扁平化"的今天，引導他們去思考一些問題，使之具有初步的研究意識和研究能力。夯實基礎，拓寬視野，注重教學和學術的相互激發，是本教材編選的主要目的。

本教材的編選，主要遵循以下三個基本原則：

一是注重文本（作品和史料）的經典性。經典的形成，是歷史汰洗的結果。中國古代文論如果從《尚書·堯典》算起的話，也有三千餘年的發展歷史了，其間文論備出，形式多樣，數量繁多。而我們所做的，則是選擇那些最富有典型性的——或爲論點的首倡者、或爲有重要影響的文論家、或具發凡起例意義的敘說，爲此，教材求"質"不求"量"，以"論"不以"人"，如先秦僅選擇《尚書》、《論語》、《莊子》、《孟子》四家，即是考慮其在古代文論史上的重要性與体系性，他們所提出的一些文論範疇已成爲後世的"元範疇"，在其後的文論家的敘說中反復出現。而前人一個論點提出後，如"詩言志"說等，往往會引發後代論家的强烈反響，並結合自身時代和當下的文藝思潮，從多個側面作出不同的解釋，如果盡情收羅，每一個重要範疇都將會洋洋大觀。故擇選亦以"經典性"爲主，挑選最具學理意義的，盡量表現出觀點不同側面的言論。此外，《中國古代文論作品與史料選》於篇末綴以史料選，也是充分考慮到正文觀點和後世論說的多元交匯性和複雜性，讓讀者在論題的反復論說中直探究竟，並作出自己的理論評判。

二是反映最新研究成果，還原中國古代文論的多元面貌。本書的編選，以"精"見長，但同時也考慮到古代文論的"多元"面貌。既注重主流與經典性，也注意異質與代表性。無論是與政治關聯甚密的"致用說"，還是深切個人性情的"情感論"，都不因當下時代好惡而故作揚抑。盡量以"少"總"多"，以"點"代"面"。反映我國古代文論的"原生態"與多元性，是我們關注的重心之所在。另一方面，本教材也注意選錄後出的文論資料與學術成果，如先秦部分"史料選"選錄了上博楚簡《孔子詩論》，唐代部分介紹當代學者對司空圖《二十四詩品》的著作權問題的討論等，在出土資料與紙上文獻的對勘中，在古代文論和現代學者的雙重視野中，培養學生全面而客觀審視的科學精神，避免一體化傾向，確立"異質"的學術價值。可以說在這裏，任何的夸大和貶低都是不符合實際的，也是有失偏頗的。中國古代文論同西方文論一樣，雖然有緣於統治意識的一體化傾向，在某些時段甚至還表現得相當明顯（如漢人的依經論文），但畢竟還是海納百川的大江大河，其間既有主潮，也有支流，而我們要以開闊的視野和包羅萬象的胸襟予以理解,理性地給予客觀評價。

三是注意中國古代文論的獨特性。中國古代没有西方和今天所謂的"文學"觀念,古代文論家也多是抱持"雜文學"理念。嚴格説來,以"文章學"命之更爲合適。本教材選録也注意到了古代文體的繁雜和多元性,增録具有代表性的"文體論"篇籍,如大家多未注意到的賦話、四六話和八股文話等,我們在元明清部分適當選録了祝堯的《古賦辨體》,並通過史料的選附客觀呈現文本産生的當時背景及其對後世的歷史影響等,以期提供方法論的借鑒,並借以引起論者對除了詩、詞、文、小説、戲曲之外諸如應用文體等的關注。

教材的編選,由孫敏强、孫福軒提出編選原則和入選篇目。編選工作由熊湘(負責先秦兩漢部分、唐代司空圖、金代元好問、清代劉熙載《藝概》、況周頤《蕙風詞話》、近代梁啟超《論小説與群治之關係》、王國維《人間詞話》)、孫敏强(負責編選範圍、體例和魏晉南北朝之大部)、黄敏雪(負責劉勰《文心雕龍》部分與唐宋部分)、孫福軒(負責祝堯《古賦辨體》和統稿)、閆勛(負責明清部分)五人共同完成。在編寫過程中,我們吸收和借鑒了郭紹虞、王文生先生主編的《中國歷代文論選》等教材的成功經驗和學界最新的研究成果,在此一併致以誠摯的謝意。因學識水平所限,加之成稿時間匆促,雖經反復檢視,書稿中當仍然存在一些錯訛,切望得到讀者方家的批評與指正。

責編宋旭華先生也以其特有的學術敏感和認真負責的態度,自始至終參與我們的工作,謹在此表示衷心的感謝。

編　者

2014 年 7 月

# 目　録

# 尚書·堯典（節選）

[解題]

《尚書》是商周文獻史料的匯編，先秦時期稱爲《書》，漢代始稱《尚書》，亦稱《書經》，乃儒家五經之一。秦火之後，漢初博士伏生傳《尚書》二十八篇，用當時通行的隸書寫成，稱爲《今文尚書》。相傳漢景帝時，魯恭王劉餘擴建宮殿，壞孔子宅，於壁中發現用先秦文字寫成的《古文尚書》，比《今文尚書》多出十六篇。東晉元帝時，梅賾獻《古文尚書》五十八篇，其中析出《今文尚書》三十三篇。梅本流傳至今，但學界已證明其僞。

《堯典》是《尚書·虞書》中的一篇，僞《古文尚書》將這一篇的下半部分分出，另加二十八字，命名爲《舜典》。以下是《堯典》中的一段文字，它並非堯舜時代的真實語錄，而應是由先秦史官追述而成，反映了先秦時期的文藝理論思想。“詩言志”是中國古代詩歌理論的“開山的綱領”（朱自清《詩言志辨序》），對後世詩歌理論產生了深遠影響。經過歷代文論家的闡述，“志”的涵義愈發豐富，它一方面指詩人的思想感情，衍生出“詩緣情”的觀點，注重内心情感的抒發；另一方面與儒家詩教相結合，與“情”相對，主張“止乎禮義”，强調道德教化的作用。這段文字還反映出上古時期詩、樂、舞結合的特點，因而其音樂理論與詩歌理論緊密聯繫。正如《禮記·樂記》所言：“詩，言其志也；歌，詠其聲也；舞，動其容也。三者本於心。”

帝[1]曰：“夔[2]，命汝典樂[3]，教胄子[4]。直而温[5]，寬而栗[6]，剛而無虐[7]，簡而無傲[8]。詩言志[9]，歌永言[10]，聲依永[11]，律和聲[12]。八音克諧[13]，無相奪倫[14]，神人以和[15]。”夔曰：“於[16]！予擊石拊石[17]，百獸率舞[18]。”

（阮元刻《十三經注疏》本《尚書正義》，中華書局 1980 年影印版）

[注釋]

[1]帝：舜。　[2]夔：堯舜時期的樂官，負責樂舞之事。　[3]汝：你。典樂：掌管音樂。[4]教胄子：教育天下的子弟，使其成長。胄，長，《史記·五帝本紀》作“稺”。　[5]直而温：正直而温和。　[6]寬而栗：寬大而莊嚴。栗，堅實之貌。　[7]剛而無虐：剛强而不肆虐。　[8]簡而無傲：簡樸而不傲慢。傲，《漢書·禮樂志》作“敖”。　[9]詩言志：詩可以表達人的意志。志，《史記·五帝本紀》作“意”。　[10]歌永言：歌可以延長詩的語言和意蘊。永，《史記·五帝本紀》作“長”，《漢書·藝文志》作“詠”。　[11]聲依永：聲音的高低曲折又與詩之長言相依存。聲，即宮、商、角、徵、羽五聲。　[12]律和聲：音律用來調和歌聲。律，即六律六呂，中國古代之

音律體系。［13］八音克諧：八音能夠和諧。八音，原指中國古代八種樂器材料，即金、石、土、革、絲、木、匏、竹。（《周禮·春官·大師》）後來也有不同的分類方法，有時也泛指音樂。克，能夠。［14］無相奪倫：不要擾亂次序。倫，次序。［15］神人以和：神與人能夠通過詩歌音樂達到和諧。［16］於：音烏，嘆詞。一説"於"爲"如"，與下句相連。［17］予擊石拊石：我擊拊石磬。予，我。拊，輕輕擊打。石，石磬。［18］百獸率舞：百獸有感於樂歌，相率而舞。

## 史料選

### 《詩》

糾糾葛屨，可以履霜。摻摻女手，可以縫裳。要之襋之，好人服之。好人提提，宛然左辟，佩其象揥。維是褊心，是以爲刺。（《國風·魏風·葛屨》）

匪鶉匪鳶，翰飛戾天。匪鱣匪鮪，潛逃于淵。山有蕨薇，隰有杞桋。君子作歌，維以告哀。（《小雅·四月》）

申伯番番，既入于謝。徒御嘽嘽。周邦咸喜，戎有良翰。不顯申伯，王之元舅，文武是憲。申伯之德，柔惠且直。揉此萬邦，聞于四國。吉甫作誦，其詩孔碩。其風肆好，以贈申伯。（《大雅·崧高》）

四牡騤騤，八鸞喈喈。仲山甫徂齊，式遄其歸。吉甫作誦，穆如清風。仲山甫永懷，以慰其心。（《大雅·烝民》）

（阮元刻《十三經注疏》本《毛詩正義》，中華書局 1980 年影印版）

### 《易》

子曰：君子進德修業。忠信，所以進德也。修辭立其誠，所以居業也。（《乾·文言》）

賁。亨。小利有攸往。《彖》曰：賁，亨。柔來而文剛，故亨。分剛上而文柔。故以小利有攸往。剛柔交錯（據別本補），天文也。文明以止，人文也。觀乎天文，以察時變。觀乎人文，以化成天下。（《賁》）

離。利貞。亨。畜牝牛，吉。《彖》曰：離，麗也。日月麗乎天，百穀草木麗乎土，重明以麗乎正，乃化成天下。柔麗乎中正，故亨，是以畜牝牛吉也。《象》曰：明兩作離，大人以繼明照于四方。（《離》）

《象》曰：風自火出，家人。君子以言有物而行有恒。（《家人》）

言有序，悔亡。（《艮》）

聖人設卦觀象，繫辭焉而明吉凶，剛柔相推而生變化。是故，吉凶者，失得之象也。悔吝者，憂虞之象也。變化者，進退之象也。剛柔者，晝夜之象也。六爻之動，三極之道也。是故，君子所居而安者，易之序也。所樂而玩者，爻之辭也。是故，君子居則觀其象，而玩其辭；動則觀其變，而玩其占。是以自天祐之，吉無不利。

……

易與天地準，故能彌綸天地之道。仰以觀於天文，俯以察於地理，是故知幽明之故。原始反終，故知死生之說。精氣爲物，遊魂爲變，是故知鬼神之情狀。與天地相似，故不違。知周乎萬物，而道濟天下，故不過。旁行而不流，樂天知命，故不憂。安土敦乎仁，故能愛。範圍天地之化而不過，曲成萬物而不遺，通乎晝夜之道而知，故神無方而易無體。

一陰一陽之謂道，繼之者善也，成之者性也。仁者見之謂之仁，知者見之謂之知，百姓日用而不知，故君子之道鮮矣！顯諸仁，藏諸用，鼓萬物而不與聖人同憂，盛德大業至矣哉！富有之謂大業，日新之謂盛德。生生之謂易，成像之謂乾，效法之謂坤，極數知來之謂占，通變之謂事，陰陽不測之謂神。

……

聖人有以見天下之賾，而擬諸其形容，象其物宜，是故謂之象。聖人有以見天下之動，而觀其會通，以行其典禮。繫辭焉，以斷其吉凶，是故謂之爻。言天下之至賾，而不可惡也。言天下之至動，而不可亂也。擬之而後言，議之而後動，擬議以成其變化。

……

子曰：知變化之道者，其知神之所爲乎？易有聖人之道四焉，以言者尚其辭，以動者尚其變，以制器者尚其象，以卜筮者尚其占。是以君子將有爲也，將有行也，問焉而以言，其受命也如響，無有遠近幽深，遂知來物。非天下之至精，其孰能與於此。參伍以變，錯綜其數，通其變，遂成天下之文；極其數，遂定天下之象。非天下之致變，其孰能與於此。易，無思也，無爲也，寂然不動，感而遂通天下之故。非天下之至神，其孰能與於此。夫易，聖人之所以極深而研幾也。唯深也，故能通天下之志；唯幾也，故能成天下之務；唯神也，故不疾而速，不行而至。子曰易有聖人之道四焉者，此之謂也。

……

是故，闔戶謂之坤，闢戶謂之乾，一闔一闢謂之變，往來不窮謂之通，見乃謂之象，形乃謂之器，制而用之謂之法，利用出入，民咸用之謂之神。

是故，易有太極，是生兩儀，兩儀生四象，四象生八卦，八卦定吉凶，吉凶生大業。是故，法象莫大乎天地；變通莫大乎四時。縣象著明莫在乎日月，崇高莫大乎富貴。備物致用，立成器以爲天下利，莫大乎聖人。探賾索隱，鉤深致遠，以定天下之吉凶，成天下之亹亹者，莫大乎蓍龜。是故，天生神物，聖人則之。天地變化，聖人效之。天垂象，見吉凶，聖人象之。河出圖，洛出書，聖人則之。易有四象，所以示也。繫辭焉，所以告也。定之以吉凶，所以斷也。

易曰："自天祐之，吉無不利。"子曰："祐者助也。天之所助者，順也；人之所助者，信也。履信思乎順，又以尚賢也。是以自天祐之，吉無不利也。"

子曰："書不盡言，言不盡意。然則聖人之意，其不可見乎？"子曰："聖人立象以盡意，設卦以盡情僞，繫辭焉以盡其言，變而通之以盡利，鼓之舞之以盡神。"乾坤其易之蘊邪？乾坤成列，而易立乎其中矣。乾坤毀，則無以見易；易不可見，則乾坤或幾乎息矣。是故，形而上者謂之道，形而下者謂之器，化而裁之謂之變，推而行之謂之通，舉而錯之天下之民，謂之事業。（《繫辭上》）

古者包犧氏之王天下也，仰則觀象於天，俯則觀法於地，觀鳥獸之文，與地之宜，近取諸身，遠取諸物，於是始作八卦，以通神明之德，以類萬物之情。……易窮則變，變則通，通則久。是以自天祐之，吉無不利。

……

易曰："憧憧往來，朋從爾思。"子曰："天下何思何慮？天下同歸而殊塗，一致而百慮，天下何思何慮！日往則月來，月往則日來，日月相推而明生焉。寒往則暑來，暑往則寒來，寒暑相推而歲成焉。往者屈也，來者信也，屈信相感而利生焉。尺蠖之屈，以求信也；龍蛇之蟄，以存身也；精義入神，以致用也；利用安身，以崇德也。過此以往，未之或知也，窮神知化，德之盛也。"

物相雜，故曰文。（《繫辭下》）

（阮元刻《十三經注疏》本《周易正義》，中華書局 1980 年影印版）

## 《尚書·虞書·益稷》

夔曰："戛擊鳴球，搏拊琴瑟以詠，祖考來格，虞賓在位，群后德讓。下管鼗鼓，合止柷敔，笙鏞以間，鳥獸蹌蹌。《簫韶》九成，鳳皇來儀。"夔曰："於！予擊石拊石，百獸率舞，庶尹允諧。"

（阮元刻《十三經注疏》本《尚書正義》，中華書局 1980 年影印版）

## 《禮記・樂記》

音之起，由人心生也。人心之動，物使之然也。感於物而動，故形於聲。聲相應，故生變。變成方謂之音。比音而樂之，及干戚羽旄，謂之樂。樂者，音之所由生也，其本在人心之感於物也。是故其哀心感者，其聲噍以殺；其樂心感者，其聲嘽以緩；其喜心感者，其聲發以散；其怒心感者，其聲粗以厲；其敬心感者，其聲直以廉；其愛心感者，其聲和以柔。六者非性也，感於物而後動。是故先王慎所以感之者。故禮以道其志，樂以和其聲，政以一其行，刑以防其奸。禮樂刑政，其極一也，所以同民心而出治道也。

凡音者，生人心者也。情動於中，故形於聲。聲成文，謂之音。是故治世之音安以樂，其政和。亂世之音怨以怒，其政乖。亡國之音哀以思，其民困。聲音之道與政通矣！宮爲君，商爲臣，角爲民，徵爲事，羽爲物。五者不亂，則無怗懘之音矣。宮亂則荒，其君驕；商亂則陂，其官壞；角亂則憂，其民怨；徵亂則哀，其事勤；羽亂則危，其財匱。五者皆亂，迭相陵，謂之慢。如此則國之滅亡無日矣！鄭衛之音，亂世之音也，比於慢矣！桑間濮上之音，亡國之音也，其政散，其民流，誣上行私而不可止也。

……清廟之瑟，朱弦而疏越，壹倡而三歎，有遺音者矣！大饗之禮，尚玄酒而俎腥魚，大羹不和，有遺味者矣！是故先王之制禮樂也，非以極口腹耳目之欲也，將以教民平好惡，而反人道之正也。

……

故鐘鼓管磬，羽籥干戚，樂之器也；屈伸俯仰，綴兆舒疾，樂之文也；簠簋俎豆，制度文章，禮之器也；升降上下，周還裼襲，禮之文也。故知禮樂之情者能作，識禮樂之文者能述。作者之謂聖，述者之謂明。明聖者，述作之謂也。

樂者，天地之和也；禮者，天地之序也。和故百物皆化，序故群物皆別。樂由天作，禮以地制。過制則亂，過作則暴。明於天地，然後能興禮樂也。論倫無患，樂之情也；欣喜歡愛，樂之官也；中正無邪，禮之質也；莊敬恭順，禮之制也。若夫禮樂之施於金石，越於聲音，用於宗廟社稷，事乎山川鬼神，則此所與民同也。

……

夫民有血氣心知之性，而無哀樂喜怒之常，應感起物而動，然後心術形焉。是故志微、噍殺之音作，而民思憂；嘽諧、慢易、繁文、簡節之音作，而民康樂；粗厲、猛起、奮末、廣賁之音作，而民剛毅；廉直、勁正、莊誠之音作，而民肅敬；寬裕、肉好、順成、和動之音作，而民慈愛；流辟、邪散、狄成、滌濫之音作，而民淫亂。

是故先王本之情性，稽之度數，制之禮義。合生氣之和，道五常之行，使之陽而不散，陰而不密，剛氣不怒，柔氣不懾。四暢交於中，而發作於外，皆安其位而不相奪也。然後立之學等，廣其節奏，省其文采，以繩德厚。律小大之稱，比終始之序，以象事行。使親疏、貴賤、長幼、男女之理皆形見於樂。故曰："樂觀其深矣！"

……

是故君子反情以和其志，廣樂以成其教。樂行而民鄉方，可以觀德矣。德者，性之端也；樂者，德之華也；金石絲竹，樂之器也。詩，言其志也；歌，詠其聲也；舞，動其容也。三者本於心，然後樂器從之。是故情深而文明，氣盛而化神，和順積中而英華發外，唯樂不可以爲僞。

樂者，心之動也；聲者，樂之象也；文采節奏，聲之飾也。君子動其本，樂其象，然後治其飾。……

……故歌者上如抗，下如隊，曲如折，止如槁木，倨中矩，句中鉤，累累乎端如貫珠。故歌之爲言也，長言之也。説之故言之，言之不足，故長言之。長言之不足，故嗟歎之，嗟歎之不足，故不知手之舞之、足之蹈之也。

（阮元刻《十三經注疏》本《禮記正義》，中華書局 1980 年影印版）

## 《左傳》

吳公子札來聘……請觀於周樂。使工爲之歌《周南》、《召南》，曰："美哉！始基之矣，猶未也，然勤而不怨矣。"爲之歌《邶》、《鄘》、《衛》，曰："美哉，淵乎！憂而不困者也。吾聞衛康叔、武公之德如是，是其《衛風》乎！"爲之歌《王》，曰："美哉！思而不懼，其周之東乎！"爲之歌《鄭》，曰："美哉！其細已甚，民弗堪也。是其先亡乎！"爲之歌《齊》，曰："美哉，泱泱乎！大風也哉！表東海者，其大公乎！國未可量也。"爲之歌《豳》，曰："美哉，蕩乎！樂而不淫，其周公之東乎！"爲之歌《秦》，曰："此之謂夏聲。夫能夏則大，大之至也，其周之舊乎！"爲之歌《魏》，曰："美哉，渢渢乎！大而婉，險而易，行以德輔，此則明主也。"爲之歌《唐》，曰："思深哉！其有陶唐氏之遺民乎！不然，何憂之遠也？非令德之後，誰能若是？"爲之歌《陳》，曰："國無主，其能久乎？"自《鄶》以下無譏焉。爲之歌《小雅》，曰："美哉！思而不貳，怨而不言，其周德之衰乎！猶有先王之遺民焉。"爲之歌《大雅》，曰："廣哉，熙熙乎！曲而有直體，其文王之德乎！"爲之歌《頌》，曰："至矣哉！直而不倨，曲而不屈，邇而不偪，遠而不攜，遷而不淫，復而不厭，哀而不愁，樂而不荒，用而不匱，廣而不宣，施而不費，取而不貪，處而不底，行而不流。五聲和，八風平，節有度，守有序，盛德之所同也。"

見舞《象箾》、《南籥》者，曰："美哉！猶有憾。"見舞《大武》者，曰："美哉！周之盛也，其若此乎！"見舞《韶濩》者，曰："聖人之弘也，而猶有慙德，聖人之難也。"見舞《大夏》者，曰："美哉！勤而不德，非禹，其誰能脩之？"見舞《韶箾》者，曰："德至矣哉，大矣！如天之無不幬也，如地之無不載也。雖甚盛德，其蔑以加於此矣。觀止矣！若有他樂，吾不敢請已。"（《襄公二十九年》）

齊侯至自田，晏子侍于遄臺，子猶（即梁丘據）馳而造焉。公曰："唯據與我和夫！"晏子對曰："據亦同也，焉得爲和？"公曰："和與同異乎？"對曰："異。和如羹焉，水、火、醯、醢、鹽、梅，以烹魚肉，燀之以薪，宰夫和之，齊之以味，濟其不及，以洩其過。君子食之，以平其心。君臣亦然。君所謂可，而有否焉，臣獻其否，以成其可；君所謂否，而有可焉，臣獻其可，以去其否。是以政平而不干，民無爭心。故《詩》曰：'亦有和羹，既戒既平。鬷嘏無言，時靡有爭。'先王之濟五味，和五聲也，以平其心，成其政也。聲亦如味，一氣、二體、三類、四物、五聲、六律、七音、八風、九歌，以相成也；清濁、大小、短長、疾徐、哀樂、剛柔、遲速、高下、出入、周疏，以相濟也。君子聽之，以平其心，心平德和。故《詩》曰：'德音不瑕。'今據不然。君所謂可，據亦曰可；君所謂否，據亦曰否。若以水濟水，誰能食之？若琴瑟之專壹，誰能聽之？同之不可也如是。"（《昭公二十年》）

（阮元刻《十三經注疏》本《春秋左傳正義》，中華書局 1980 年影印版）

### 《國語·鄭語》

夫和實生物，同則不繼。以他平他謂之和，故能豐長而物歸之。若以同裨同，盡乃棄矣。故先王以土與金木水火雜，以成百物。是以和五味以調口，剛四支以衛體，和六律以聰耳，正七體以役心，平八索以成人，建九紀以立純德，合十數以訓百體。出千品，具萬方，計億事，材兆物，收經入，行姟極。故王者居九畡之田，收經入以食兆民，周訓而能用之，和樂如一。夫如是，和之至也。於是乎先王聘后於異姓，求財於有方，擇臣取諫工，而講以多物，務和同也。聲一無聽，色一無文，味一無果，物一不講。王將棄是類也，而與剨同。天奪之明，欲無弊，得乎？

（徐元誥《國語集解》，中華書局 2002 年版）

### 《呂氏春秋·古樂》

昔口，樂所由來者尚也，必不可廢。有節有侈，有正有淫矣。賢者以昌，不肖者以亡。昔古朱襄氏之治天下也，多風而陽氣畜積，萬物散解，果實不成，故士達作爲五弦瑟，以來陰氣，以定群生。昔葛天氏之樂，三人操牛尾投足以歌八闋：一曰《載民》，二曰《玄鳥》，三曰《遂草木》，四曰《奮五穀》，五曰《敬天常》，六曰《達帝功》，七曰《依帝德》，八曰《總萬物之極》。昔陶唐氏之始，陰多滯伏而湛積，水道壅塞，不行其原，民氣鬱閼而滯著，筋骨瑟縮不達，故作爲舞以宣導之。昔黃帝令伶倫作爲律。伶倫自大夏之西，乃之阮隃之陰，取竹於嶰溪之谷，以生空竅厚鈞者，斷兩節間，其長三寸九分而吹之，以爲黃鐘之宮，吹曰舍少。次制十二筒，以之阮隃之下，聽鳳皇之鳴，以別十二律。其雄鳴爲六，雌鳴亦六，以比黃鐘之宮，適合。黃鐘之宮，皆可以生之，故曰黃鐘之宮，律呂之本。黃帝又命伶倫與榮將鑄十二鐘，以和五音，以施《英韶》，以仲春之月，乙卯之日，日在奎，始奏之，命之曰《咸池》。帝顓頊生自若水，實處空桑，乃登爲帝。惟天之合，正風乃行，其音若熙熙淒淒鏘鏘。帝顓頊好其音，乃令飛龍作效八風之音，命之曰《承雲》，以祭上帝。乃令鱓先爲樂倡。鱓乃偃寢，以其尾鼓其腹，其音英英。帝嚳命咸黑作爲《聲歌》——《九招》、《六列》、《六英》。有倕作爲鼙、鼓、鐘、磬、吹苓、管、塤、篪、鞀、椎、鐘。帝嚳乃令人抃，或鼓鼙，擊鐘磬，吹苓展管篪。因令鳳鳥、天翟舞之。帝嚳大喜，乃以康帝德。帝堯立，乃命質爲樂。質乃效山林谿谷之音以歌，乃以麋輅置缶而鼓之，乃拊石擊石，以象上帝玉磬之音，以致舞百獸。瞽叟乃拌五弦之瑟，作以爲十五弦之瑟。命之曰《大章》，以祭上帝。舜立，仰延乃拌瞽叟之所爲瑟，益之八弦，以爲二十三弦之瑟。帝舜乃令質修《九招》、《六列》、《六英》，以明帝德。禹立，勤勞天下，日夜不懈。通大川，決壅塞，鑿龍門，降通漻水以導河，疏三江五湖，注之東海，以利黔首。於是命皋陶作爲《夏籥》九成，以昭其功。殷湯即位，夏爲無道，暴虐萬民，侵削諸侯，不用軌度，天下患之。湯於是率六州以討桀罪。功名大成，黔首安寧。湯乃命伊尹作爲《大護》，歌《晨露》，修《九招》、《六列》，以見其善。周文王處岐，諸侯去殷三淫而翼文王。散宜生曰：“殷可伐也。”文王弗許。周公旦乃作詩曰：“文王在上，於昭於天；周雖舊邦，其命維新。”以繩文王之德。武王即位，以六師伐殷。六師未至，以銳兵克之於牧野。歸，乃薦俘馘於京太室，乃命周公爲作《大武》。成王立，殷民反，王命周公踐伐之。商人服象，爲虐於東夷。周公遂以師逐之，至於江南，乃爲《三象》，以嘉其德。故樂之所由來者尚矣，非獨爲一世之所造也。

（王利器《呂氏春秋注疏》，巴蜀書社 2002 年版）

# 論語（節選）

[解題]

　　《論語》是先秦儒家經典著作，記録了孔子及其弟子的言行，主要由孔子門人所記。約成書於戰國初期，屬語録體。秦火之後，民間流傳兩種今文本《論語》，即《齊論語》、《魯論語》。西漢成帝時期，安昌侯張禹習今文本《論語》後，重新整理《論語》，世稱《張侯論》。古文本《論語》則是魯恭王壞孔宅，於壁中發現。何晏《論語集解序》云：“《古論》，唯博士孔安國爲之訓解，而世不傳。”今日通行之《論語》，即以《張侯論》爲藍本。

　　《論語》的文學思想主要體現在孔子對《詩經》的批評上。《詩經》的作用不僅限於“多識於鳥獸草木之名”的層面，其社會功用（興觀群怨）是儒家詩教觀的重點內容。孔子承認詩歌可以表達哀怨，可以“怨刺上政”，但他反對過於激烈的言辭表達。他稱讚《關雎》“樂而不淫，哀而不傷”，就是提倡中和之美，這與孔子在言行上追求中庸之道相一致。中和之美的另外一種表述，就是“思無邪”，也即詩歌要以“雅正”爲旨歸。中正平和的雅樂是盡善盡美的，不能被鄭衛之聲所侵蝕。此種詩樂主張具有一定的道德因素在內，直接影響了後來以“溫柔敦厚”爲主的儒家“詩教”觀的確立。《論語》中還探討了內容與形式的關係，强調德行的重要性，認爲言辭只要能表達作者的思想就可以了，不需過分追求華麗的形式，同時也不忽略形式的重要。孔子關於文質並重的思想被引入文學批評中，形成內容與形式力求完美統一的創作理論。

　　子曰：“巧言令色[1]，鮮[2]矣仁。”（《學而》）

　　子曰：“《詩三百》[3]，一言以蔽之，曰：思無邪[4]。”（《爲政》）

　　子夏[5]問曰：“'巧笑倩兮，美目盼兮，素以爲絢兮'[6]，何謂也？”子曰：“繪事後素[7]。”曰：“禮後乎[8]？”子曰：“起予者[9]，商也。始可與言《詩》已矣。”（《八佾》）

　　子曰：“《關雎》[10]，樂而不淫，哀而不傷。[11]”（《八佾》）

　　子謂《韶》[12]，盡美[13]矣，又盡善[14]也。謂《武》[15]，盡美矣，未盡善也。（《八佾》）

　　子曰：“質勝文則野[16]，文勝質則史[17]。文質彬彬[18]，然後君子。”（《雍也》）

　　子曰：“興於詩[19]，立於禮[20]，成於樂[21]。”（《泰伯》）

　　棘子成[22]曰：“君子質而已矣，何以文爲？”子貢[23]曰：“惜乎，夫子之説君子

也。駟不及舌[24]。文猶質也，質猶文也。[25]虎豹之鞟[26]猶犬羊之鞟。"（《顏淵》）

子曰："誦《詩三百》，授之以政，不達[27]；使於四方，不能專對[28]；雖多，亦奚以爲[29]？"（《子路》）

子曰："有德者必有言，有言者不必有德。"（《憲問》）

子曰："辭達而已矣。"（《衛靈公》）

鯉趨[30]而過庭。曰："學詩乎？"對曰："未也。""不學詩，無以言。"鯉退而學詩。（《季氏》）

子曰："小子！何莫[31]學夫詩？詩可以興[32]，可以觀[33]，可以群[34]，可以怨[35]。邇[36]之事父，遠之事君。多識於鳥獸草木之名。"（《陽貨》）

子謂伯魚曰："女爲《周南》、《召南》[37]矣乎？人而不爲《周南》、《召南》，其猶正牆面而立[38]也與？"（《陽貨》）

子曰："惡紫之奪朱也[39]，惡鄭聲[40]之亂雅樂也，惡利口之覆[41]邦家者。"（《陽貨》）

孔子曰："不知命，無以爲君子也；不知禮，無以立也；不知言，無以知人也。"（《堯曰》）

（阮元刻《十三經注疏》本《論語注疏》，中華書局 1980 年影印版）

[注釋]

[1]巧言令色：花言巧語和假裝和善的形貌。令，美好。 [2]鮮：少。 [3]《詩三百》：《詩經》原本稱《詩》，有三百零五篇，舉其約數，故稱《詩三百》。 [4]思無邪：語出《詩·魯頌·駉》，在這首詩中，"思"是語氣助詞，無實際含義。孔子用在這裏，可以作"思想"解。 [5]子夏：孔子學生，姓卜名商，字子夏。 [6]巧笑倩兮，美目盼兮，素以爲絢兮：倩，面頰長得好。盼，黑白分明。素，潔白的底。絢，有文采。前二句見《詩·衛風·碩人》，第三句可能是逸失之句。 [7]繪事後素：先要有白色的底子，然後才能繪畫。 [8]禮後乎：是不是禮在後呢？朱熹《論語集注》認爲禮在"忠信"之後，有的認爲禮在"仁義"之後。 [9]起予者：啓發我的人。起，啓發。予，我。 [10]《關雎》：《詩·周南》中的第一篇。 [11]樂而不淫，哀而不傷：快樂而不過分放蕩，悲哀而不過分憂傷。淫，過分。朱熹《論語集解》引孔安國注："樂不至淫，哀不至傷，言其和也。" [12]韶：虞舜時期的樂曲，相傳其內容爲堯舜禪讓，歌頌聖德。 [13]美：樂曲聲音動聽。 [14]善：內容妥善。 [15]《武》：周武王時的樂曲，相傳其內容爲武王伐紂。 [16]質勝文則野：質樸多於文采，則顯得粗野。質，質樸。文，文采。野，粗野。 [17]史：原指史官，這裏意爲浮華。朱熹《論語集注》云："史，掌文書，多聞習事，而誠或不足也。" [18]文質彬彬：文采與質樸配合適當。 [19]興於詩：何晏《論語集解》引包咸注云："興，起也。言修身必先學詩。" [20]立於禮：學禮可以立身。《論語·季氏》："不學禮，無以立。" [21]成於樂：樂可以完善人的品性修養。《論語集解》引包咸注云："樂所以成性。" [22]棘子成：魏國大夫。 [23]子貢：孔子的弟子，姓端木，名賜，字子貢。 [24]駟不及舌：一言既出，駟馬難追。

[25]文猶質也，質猶文也：此處言文質同等重要。　[26]鞟：去掉毛的獸皮。　[27]不達：不能通達於政事。　[28]使於四方，不能專對：出使他國，不能獨立應付。春秋時代，列國大夫通過賦詩言志來酬酢和交涉。　[29]亦奚以爲：有什麼用呢？　[30]鯉：孔子的兒子，字伯魚。趨：小步快走，表示恭敬。　[31]何莫：何不。　[32]興：感發、鼓舞人的意志。　[33]觀：《論語集解》引鄭玄注：“觀風俗之盛衰。”通過詩歌考察民風。　[34]群：《論語集解》引孔安國注：“群居相切磋。”通過詩歌相互砥礪，共同提高。　[35]怨：《論語集解》引孔安國注：“怨刺上政。”通過詩歌干預現實、批評社會。　[36]邇：近。　[37]《周南》、《召南》：《詩·國風》中的兩部分，是周南、召南兩地的詩歌。　[38]正牆面而立：正對着牆壁而站，一步也不能前行。　[39]惡：憎惡。奪：替代。　[40]鄭聲：鄭國的音樂。《論語·衛靈公》：“鄭聲淫。”　[41]覆：顛覆。

## 史料選

### 《孔子詩論》（節選）【按：以下正文括號中之字辭乃前一字之釋文】

行此者丌（其）又（有）不王虐（乎）？孔子（孔子）曰：訾（詩）亡隱（離）志，樂亡隱（離）情，夋（文）亡隱（離）言。（第一簡）

寺也，文王受命矣。頌坪（平）惪（德）也，多言逡（後）。丌（其）樂安而屖，丌（其）訶（歌）紳（壎）而荖（篪），丌（其）思深而遠，至矣！大顕（夏）盛惪（德）也，多言（第二簡）

也。多言難而悁（悁）退（懟）者也，衰矣少矣。邦風丌（其）内（納）勿（物）也，尃（溥）僣（觀）人谷（俗）安（焉），大僉（斂）材安（焉）。丌（其）言夋（文），丌（其）聖（聲）善。孔子（孔子）曰：隹（唯）能夫（第三簡）

曰：詩丌（其）猷坪（平）門，與戔（賤）民而豂之，丌（其）甬（用）心也牆（將）可（何）女（如）？曰：邦風氏（是）也。民之又懟（罷）卷（倦）也，卡（上下）之不和者，丌（其）甬（用）心也牆（將）可（何）女（如）？（第四簡）

氏（是）也，又城（成）工（功）者可（何）女（如），曰訟氏（是）也。清宙（廟）王惪（德）也，至矣。敬宗宙（廟）之豊（禮），吕（以）爲丌（其）杏（本），秉夋（文）之惪（德），吕（以）爲丌（其）糵，肅雝（雍）……（第五簡）

多士，秉夋（文）之惪（德），虘（吾）敬之。剌（烈）夋（文）曰：乍競隹（唯）人，不（丕）㬎（顯）隹（唯）惪（德）。於虖（呼）！前王不忘。虘（吾）敓（悦）之。昊（昊天）又城（成）命，二后受之，貴敳（且）㬎（顯）矣。訟（第六簡）

褱（懷）尔纍（明）惪（德）害（曷），城（誠）胃（謂）之也。又（有）命自天，命此文王，城（誠）命之也，信矣。孔（孔子）曰：此命也夫。文王隹（唯）谷（裕）也，导（得）虐（乎）？此命也。（第七簡）

（馬承源主編《上海博物館藏戰國楚竹書（一）》，上海古籍出版社 2001 年版）

## 《左傳·襄公二十五年》

仲尼曰："《志》有之：'言以足志，文以足言。'不言，誰知其志？言之不文，行而不遠。晉爲伯，鄭入陳，非文辭不爲功。慎辭哉！"

（阮元刻《十三經注疏》本《春秋左傳正義》，中華書局 1980 年影印版）

## 《墨子·非樂上》

子墨子言曰：仁之事者，必務求興天下之利，除天下之害，將以爲法乎天下：利人乎，即爲；不利人乎，即止。且夫仁者之爲天下度也，非爲其目之所美，耳之所樂，口之所甘，身體之所安。以此虧奪民衣食之財，仁者弗爲也。是故子墨子之所以非樂者，非以大鍾、鳴鼓、琴瑟、竽笙之聲，以爲不樂也；非以刻鏤華文章之色，以爲不美也；非以犓豢煎炙之味，以爲不甘也；非以高臺厚榭邃野之居，以爲不安也。雖身知其安也，口知其甘也，目知其美也，耳知其樂也，然上考之不中聖王之事，下度之不中萬民之利。是故子墨子曰：爲樂非也。

今王公大人，雖無造爲樂器，以爲事乎國家，非直掊潦水、拆壤坦而爲之也。將必厚措斂乎萬民，以爲大鍾、鳴鼓、琴瑟、竽笙之聲。古者聖王亦嘗厚措斂乎萬民，以爲舟車，既以成矣。曰：吾將惡許用之？曰：舟用之水，車用之陸，君子息其足焉，小人休其肩背焉。故萬民出財齎而予之，不敢以爲慼恨者，何也？以其反中民之利也。然則樂器反中民之利亦若此，即我弗敢非也。然則當用樂器，譬之若聖王之爲舟車也，即我弗敢非也。

民有三患：飢者不得食，寒者不得衣，勞者不得息。三者，民之巨患也。然即當爲之撞巨鍾，擊鳴鼓，彈琴瑟，吹竽笙，而揚干戚，民衣食之財將安可得乎？即我以爲未必然也。意舍此，今有大國即攻小國，有大家即伐小家，强劫弱，衆暴寡，詐欺愚，貴傲賤，寇亂盜賊並興，不可禁止也。然即當爲之撞巨鍾，擊鳴鼓，彈琴瑟，吹竽笙，而揚干戚，天下之亂也，將安可得而治與？即我未必然也。是故子墨子曰：姑嘗厚措斂乎萬民，以爲大鍾、鳴鼓、琴瑟、竽笙之聲，以求興天下之利，除天下之害而無補也。是故子墨子曰：爲樂，非也！

今王公大人，唯毋處高臺厚榭之上而視之，鍾猶是延鼎也，弗撞擊，將何樂得焉哉？其説將必撞擊之。惟勿撞擊，將必不使老與遲者。老與遲者，耳目不聰明，股肱不畢強，聲不和調，明不轉朴。將必使當年，因其耳目之聰明，股肱之畢強，聲之和調，眉之轉朴。使丈夫爲之，廢丈夫耕稼樹藝之時；使婦人爲之，廢婦人紡績織紝之事。今王公大人唯毋爲樂，虧奪民衣食之財，以拊樂如此多也。是故子墨子曰：爲樂，非也！

今大鍾、鳴鼓、琴瑟、竽笙之聲，既已具矣，大人鏽然奏而獨聽之，將何樂得焉哉？其説將必與賤人，不與君子。與君子聽之，廢君子聽治；與賤人聽之，廢賤人之從事。今王公大人，惟毋爲樂，虧奪民之衣食之財，以拊樂如此多也。是故子墨子曰：爲樂，非也！

昔者齊康公，興樂萬，萬人不可衣短褐，不可食糠糟，曰：食飲不美，面目顏色不足視也；衣服不美，身體從容醜羸不足觀也。是以食必粱肉，衣必文繡。此掌不從事乎衣食之財，而掌食乎人者也。是故子墨子曰：今王公大人，惟毋爲樂，虧奪民衣食之財，以拊樂如此多也。是故子墨子曰：爲樂，非也！

今人固與禽獸麋鹿、蜚鳥貞蟲異者也。今之禽獸麋鹿、蜚鳥貞蟲，因其羽毛，以爲衣裘；因其蹄蚤，以爲絝屨，困其水草，以爲飲食。故唯使雄不耕稼樹藝，雌亦不紡積織紝，衣食之財固已具矣。今人與此異者也：賴其力者生，不賴其力者不生。君子不強聽治，即刑政亂；賤人不強從事，即財用不足。今天下之士君子，以吾言不然，然即姑嘗數天下分事，而觀樂之害。王公大人蚤朝晏退，聽獄治政，此其分事也；士君子竭股肱之力，亶其思慮之智，内治官府，外收斂關市山林澤梁之利，以實倉廩府庫，此其分事也；農夫蚤出暮入，耕稼樹藝，多聚叔粟，此其分事也；婦人夙興夜寐，紡績織紝，多治麻絲葛緒，綑布緣，此其分事也。今惟毋在乎王公大人説樂而聽之，即必不能蚤朝晏退，聽獄治政，是故國家亂而社稷危矣。今惟毋在乎士君子説樂而聽之，即必不能竭股肱之力，亶其思慮之智，内治官府，外收斂關市山林澤梁之利，以實倉廩府庫，是故倉廩府庫不實。今惟毋在乎農夫説樂而聽之，即必不能蚤出暮入，耕稼樹藝，多聚叔粟，是故叔粟不足。今惟毋在乎婦人説樂而聽之，即不必能夙興夜寐，紡績織紝，多治麻絲葛緒，綑布緣，是故布緣不興。曰：孰爲大人之聽治，而廢國家之從事？曰：樂也。是故子墨子曰：爲樂，非也！

何以知其然也？曰：先王之書，湯之官刑有之。曰：其恒舞于宫，是謂巫風。其刑：君子出絲二衛，小人否，似二伯黃徑，乃言曰：嗚乎！舞佯佯，黃言孔章，上帝弗常，九有以亡；上帝不順，降之百殃，其家必壞喪。察九有之所以亡者，徒從飾樂也。於《武觀》曰：啟乃淫溢康樂，野于飲食，將將銘莧磬以力。湛濁于酒，渝食于野，萬舞翼翼，章聞十人，天用弗式。故上者天鬼弗戒，下者萬民弗利。是故子墨子曰：今天下士君子請將欲求興天下之利，除天下之害，當在樂之爲物，將不可不禁而止也。

（王煥鑣《墨子集詁》，上海古籍出版社 2005 年版）

### 司馬遷《史記·孔子世家》

孔子之時，周室微而禮樂廢，《詩》、《書》缺。追迹三代之禮，序《書傳》，上紀唐、虞之際，下至秦繆，編次其事。曰："夏禮吾能言之，杞不足徵也。殷禮吾能言之，宋不足徵也。足，則吾能徵之矣。"觀殷、夏所損益，曰："後雖百世可知也，以一文一質。周監二代，郁郁乎文哉。吾從周。"故《書傳》、《禮記》自孔氏。

孔子語魯大師："樂其可知也。始作翕如，縱之純如，皦如，繹如也，以成。""吾自衛反魯，然後樂正，《雅》、《頌》各得其所。"

古者《詩》三千餘篇，及至孔子，去其重，取可施於禮義，上采契、后稷，中述殷、周之盛，至幽、厲之缺，始於衽席，故曰："《關雎》之亂，以爲《風》始，《鹿鳴》爲《小雅》始，《文王》爲《大雅》始，《清廟》爲《頌》始。"三百五篇，孔子皆弦歌之，以求合《韶》、《武》、《雅》、《頌》之音。禮樂自此可得而述，以備王道，成六藝。

（《史記》卷四十七，中華書局二十四史本 1959 年版）

### 班固《漢書·藝文志》

《論語》者，孔子應答弟子時人及弟子相與言而接聞於夫子之語也。當時弟子各有所記，夫子既卒，門人相與輯而論纂，故謂之《論語》。

（《漢書》卷三十，中華書局二十四史本 1962 年版）

### 孔穎達《毛詩正義》

［疏］正義曰：懿王時詩，《齊風》是也。夷王時詩，《邶風》是也。陳靈公，魯宣公十年爲其臣夏徵舒所弒。變風齊、邶爲先，陳最在後，變雅則處其間，故鄭舉其終始也。《史記·孔子世家》云："古者詩本三千餘篇，去其重，取其可施於禮義者三百五篇。"是《詩》三百者，孔子定之。如《史記》之言，則孔子之前，詩篇多矣。案《書傳》所引之詩，見在者多，亡逸者少，則孔子所録，不容十分去九。馬遷言古詩三千餘篇，未可信也。

（阮元刻《十三經注疏》本《毛詩正義》，中華書局 1980 年影印版）

### 歐陽修《詩圖總序》

司馬遷謂古詩三千餘篇，孔子刪之，存者三百。鄭學之徒皆以遷説之謬，言古詩雖多，不容十分去九。以予考之，遷説然也。何以知之？今書傳所載逸詩，何可數焉？以圖（按：鄭康成《詩譜圖》）推之，首更十君而取其一篇者，又有二十餘君而取其一君。由是言之，何啻乎三千？

（《歐陽修全集》卷一百五十五，中華書局 2001 年版）

## 《朱子語類》

文振問"思無邪"。曰："人言夫子删詩，看來只是采得許多詩，夫子不曾删去，往往只是刊定而已。聖人當來刊定，好底詩，便要吟詠，興發人之善心；不好底詩，便要起人羞惡之心，皆要人'思無邪'。蓋'思無邪'是《魯頌》中一語，聖人却言三百篇詩惟《魯頌》中一言足以盡之。"時舉。

（黎靖德編，王星賢點校，《朱子語類》卷二十三，中華書局 1986 年版）

## 蘇軾《與謝民師推官書》（節選）

所示書教及詩賦雜文，觀之熟矣。大略如行雲流水，初無定質，但常行於所當行，常止於所不可不止，文理自然，姿態橫生。孔子曰："言之不文，行而不遠。"又曰："辭達而已矣。"夫言止於達意，即疑若不文，是大不然。求物之妙，如繫風捕影，能使是物了然於心者，蓋千萬人而不一遇也，而況能使了然於口與手者乎？是之謂辭達。辭至於能達，則文不可勝用矣。揚雄好爲艱深之辭，以文淺易之説，若正言之，則人人知之矣。此正所謂雕蟲篆刻者，其《太玄》、《法言》，皆是類也。而獨悔於賦，何哉？終身雕蟲而獨變其音節，便謂之經，可乎？屈原作《離騷經》，蓋《風》、《雅》之再變者，雖與日月爭光可也。可以其似賦而謂之雕蟲乎？使賈誼見孔子，升堂有餘矣；而乃以賦鄙之，至與司馬相如同科。雄之陋，如此比者甚衆。可與知者道，難與俗人言也，因論文偶及之耳。歐陽文忠公言："文章如精金美玉，市有定價，非人所能以口舌定貴賤也。"紛紛多言，豈能有益於左右，愧悚不已。

（《蘇軾全集校注》第十六冊，河北人民出版社 2010 年版）

## 黄宗羲《汪扶晨詩序》（節選）

昔吾夫子以興、觀、群、怨論詩，孔安國曰："興，引譬連類。"凡景物相感，以彼言此，皆謂之興，後世詠懷、遊覽、詠物之類是也。鄭康成曰："觀風俗之盛衰。"凡論事採風，皆謂之觀，後世吊古、詠史、行旅、祖德、郊廟之類是也。孔曰："群居相切磋。"群是人之相聚，後世公讌、贈答、送別之類皆是也。孔曰："怨刺上政。"怨亦不必專指上政，後世哀傷、挽歌、遣謫、諷諭皆是也。蓋古今事物之變雖紛若，而以此四者爲統宗。自毛公之六義，以《風》、《雅》、《頌》爲經，以賦、比、興爲緯，後儒因之，比、興强分，賦有專屬。及其説之不通也，則又相兼，是使性情之所融結，有鴻溝南北之分裂矣。古之以詩名者，未有能離此四者。然其情各有至處。其意句就境中宣出者，可以興也。言在耳目，情寄八荒者，可以觀也。善於風人答贈者，可以群也。悽戾爲之《騷》之苗裔者，可以怨也。

（《黄宗羲全集》第十册，浙江古籍出版社 2005 年版）

### 王夫之《薑齋詩話·詩譯》（節選）

"詩可以興，可以觀，可以群，可以怨"，盡矣。辨漢、魏、唐、宋之雅俗得失以此，讀《三百篇》者必此也。"可以"云者，隨所"以"而皆"可"也。於所興而可觀，其興也深；於所觀而可興，其觀也審。以其群者而怨，怨愈不忘；以其怨者而群，群乃益摯。出於四情之外，以生起四情；遊於四情之中，情無所窒。作者用一致之思，讀者各以其情而自得。故《關雎》，興也；康王晏朝，而即爲冰鑒。"訏謨定命，遠猷辰告"，觀也；謝安欣賞，而增其遐心。人情之遊也無涯，而各以其情遇，斯所貴於有詩。是故延年不如康樂，而宋、唐之所繇升降也。謝疊山、虞道園之説詩，并畫而根掘之，惡足知此。

（戴鴻森《薑齋詩話箋注》卷一，上海古籍出版社 2012 年版）

16

# 《孟子》（節選）

[解題]

孟子（前 372—前 289），名軻，鄒國人，戰國時期儒家重要代表人物。他繼承、發揚了孔子的思想，自言“予未得爲孔子徒也，予私淑諸人也”（《孟子·離婁下》），《史記·孟荀列傳》稱其“受業子思之門人”，形成“思孟學派”。孟子曾周遊列國，晚年與衆弟子著述《孟子》七篇。

孟子的“知言養氣”説奠定了後世以氣論文的基礎，所謂“浩然之氣”，是指個人的道德修養達到很高境界時所體現出來的凜然正氣，是一種“至大至剛”的精神狀態。在孟子這裏，“氣”不再是充塞於天地之間，隨處流動的雲氣，而具有了道德的因素在內。換言之，孟子將“氣”與儒家之道聯繫起來，這在韓愈等後世論家那裏得到了呼應。先秦時期，賦詩言志之風盛行，人們借用《詩經》中的某幾句，闡發自己的意志，且往往斷章取義，不遵循原詩之本意。孟子“以意逆志”便是針對這種現象而提出的。外在的言辭與內在的主旨並非完全等同，閱讀的精要在於讀者能夠憑借自己的理解探求作者的本意。要做到“以意逆志”，就必須“知人論世”。了解作者身世經歷、所處社會背景，對“頌其詩，讀其書”有莫大幫助。孟子所提出的這一套客觀、科學的文學批評方法，對中國古代文學批評影響深遠。

“敢問夫子惡乎長[1]？”

曰：“我知言，我善養吾浩然[2]之氣。”

“敢問何謂浩然之氣？”

曰：“難言也。其爲氣也，至大至剛，以直養而無害[3]，則塞于天地之間。其爲氣也，配義與道，無是，餒[4]也。是集義[5]所生者，非義襲而取之[6]也。行有不慊[7]於心，則餒矣。我故曰：告子未嘗知義。以其外之也。[8]必有事焉而勿正，心勿忘，勿助長也。無若宋人然。宋人有閔[9]其苗之不長而揠[10]之者，芒芒然[11]歸，謂其人曰：‘今日病[12]矣，予助苗長矣。’其子趨而往視之，苗則槁矣。天下之不助苗長者寡矣。以爲無益而舍之者，不耘苗者也。助之長者，揠苗者也，非徒無益，而又害之。”

“何謂知言？”

曰：“詖辭[13]知其所蔽[14]，淫辭知其所陷[15]，邪辭知其所離[16]，遁辭知其所窮[17]。生於其心，害於其政；發於其政，害於其事。聖人復起，必從吾言矣。”（《公孫丑上》）

咸丘蒙[18]曰：“舜之不臣堯，則吾既得聞命矣。《詩》云：‘普天之下，莫非王土；率土之濱，莫非王臣。’[19]而舜既爲天子矣，敢問瞽瞍[20]之非臣，如何？”

曰：“是詩也，非是之謂也，勞於王事而不得養父母也。曰：‘此莫非王事，我獨賢勞[21]也。’故説詩者，不以文害辭[22]，不以辭害志[23]；以意逆志[24]，是爲得之。如以辭而已矣。《云漢》之詩曰：‘周餘黎民，靡有孑遺。’[25]信斯言也，是周無遺民也。孝子之至，莫大乎尊親；尊親之至，莫大乎以天下養。爲天子父，尊之至也；以天下養，養之至也。《詩》曰：‘永言孝思，孝思惟則。’[26]此之謂也。《書》曰：‘祗載見瞽瞍，夔夔齋栗，瞽瞍亦允若。’[27]是爲父不得而子也？[28]”（《萬章上》）

孟子謂萬章曰：“一鄉之善士斯友[29]一鄉之善士，一國之善士斯友一國之善士，天下之善士斯友天下之善士。以友天下之善士爲未足，又尚[30]論古之人。頌其詩，讀其書，不知其人，可乎？是以論其世也，是尚友也。”（《萬章下》）

（阮元刻《十三經注疏》本《孟子注疏》，中華書局 1980 年影印版）

[注釋]

[1]惡乎長：長於哪一方面。 [2]浩然：朱熹《孟子集注》云：“浩然，盛大流行之貌。” [3]以直養而無害：用正義培養它，不加傷害。這裏指道德品質的修養。 [4]餒：疲軟無力。 [5]集義：正義不斷積累。 [6]非義襲而取之：不是一時的正義行爲所能取得的。 [7]慊：快也。 [8]以其外之也：把義看成心外之物。 [9]閔：憂慮，擔心。 [10]揠：拔。 [11]芒芒然：疲倦的樣子。 [12]病：疲倦。 [13]詖（bì）辭：偏頗之辭。 [14]蔽：受蒙蔽而不自知，同《荀子·解蔽》之“蔽”。 [15]淫辭知其所陷：過分的言辭，必有漏洞。 [16]離：偏離正道。 [17]遁辭知其所窮：躲閃的言辭，知道其理已窮盡。 [18]咸丘蒙：孟子的弟子。 [19]“普天之下”四句：見《詩·小雅·北山》。 [20]瞽瞍：舜的父親。 [21]賢勞：《詩·小雅·北山》：“大夫不均，我從事獨賢。”賢，即勞。 [22]以文害辭：拘於文字而誤解辭句。 [23]以辭害志：拘於辭句而歪曲主旨。 [24]以意逆志：以讀者的理解、體會去推測作者的主旨。 [25]周餘黎民，靡有孑遺：見《詩·大雅·雲漢》。黎民，老百姓。靡有孑遺，沒有一個留存下來。 [26]永言孝思，孝思惟則：見《詩·大雅·下武》。思，助詞，無實意。孝思惟則，以孝道爲天下之法則。 [27]“祗載見瞽瞍”三句：趙岐注云：“《尚書》逸篇。”祗，敬。載，事。夔夔齋栗，敬慎戰栗的樣子。 [28]是爲父不得而子也：難道是父親不能夠以他爲子嗎？也，即耶。 [29]友：作動詞用，以……爲友。 [30]尚：同“上”。

## 史料選

### 司馬遷《史記·孟子荀卿列傳》（節選）

太史公曰：余讀《孟子》書，至梁惠王問“何以利吾國”，未嘗不廢書而歎也。

曰：嗟乎，利誠亂之始也！夫子罕言利者，常防其原也。故曰"放於利而行，多怨"。自天子至於庶人，好利之弊何以異哉！

孟軻，騶人也。受業子思之門人。道既通，游事齊宣王，宣王不能用。適梁，梁惠王不果所言，則見以爲迂遠而闊於事情。當是之時，秦用商君，富國彊兵；楚、魏用吳起，戰勝弱敵；齊威王、宣王用孫子、田忌之徒，而諸侯東面朝齊。天下方務於合從連衡，以攻伐爲賢，而孟軻乃述唐、虞、三代之德，是以所如者不合。退而與萬章之徒序《詩》、《書》，述仲尼之意，作《孟子》七篇。

（《史記》卷七十四，中華書局二十四史本 1959 年版）

### 趙岐《孟子章句》

孟子長於譬喻，辭不迫切，而意已獨至。其言曰："説《詩》者不以文害辭，不以辭害志。以意逆志，爲得之矣。"斯言殆欲使後人深求其意，以解其文，不但施於説《詩》也。今諸解者往往摭取而説之，其説又多乖異不同。（《孟子題辭》）

文，詩之文章，所引以興事也。辭，詩人所歌詠之辭。志，詩人志所欲之事。意，學者之心意也。孟子言説詩者當本之志，不可以文害其辭，文不顯乃反顯也。不可以辭害其志。辭曰"周餘黎民，靡有孑遺"，志在憂旱災，民無孑然遺脱，不遭旱災者，非無民也。人情不遠，以己之意逆詩人之志，是爲得其實矣。（《孟子·萬章上》注）

（阮元刻《十三經注疏》本《孟子注疏》，中華書局 1980 年影印版）

### 《朱子語類》

"以意逆志"，此句最好。逆是前去追迎之之意，蓋是將自家意思去前面等候詩人之志來。又曰："謂如等人來相似。今日等不來，明日又等，須是等得來，方自然相合。不似而今人，便將意去捉志也。"燾。

董仁叔問"以意逆志"。曰："此是教人讀書之法：自家虛心在這裏，看他書道理如何來，自家便迎接將來。而今人讀書，都是去捉他，不是逆志。"學蒙。

董仁叔問"以意逆志"。曰："是以自家意去張等他。譬如有一客來，自家去迎他。他來，則接之；不來，則已。若必去捉他來，則不可。"蓋卿。

（黎靖德編，王星賢點校，《朱子語類》卷五十八，中華書局 1986 年版）

### 吳淇《六朝選詩定論·緣起》（節選）

《詩》有內有外。顯於外者曰文、曰辭，蘊於內者曰志、曰意。此"意"字，與

"思無邪""思"字，皆出於志。然有辨，"思"就其慘澹經營言之，"意"就其淋漓盡興言之。則"志"古人之志，而"意"古人之意，故"選詩"中每每以"古意"命題是也。漢、宋諸儒，以一"志"字屬古人，而"意"爲自己之意。夫我非古人，而以己意説之，其賢於蒙之見也幾何矣。不知志者，古人之心事，以意爲興，載志而遊，或有方，或無方，意之所到，即志之所在。故以古人之意，求古人之志，乃就詩論詩，猶之以人治人也。即以此詩論之，不得養父母，其志也，"普天"云云，文辭也。"莫非王事，我獨賢勞"，其意也。其辭有害，其意無害，故用此意以逆之，而得其志在養親而已。"以"字如《春秋》"以師"之"以"。更推而論之，屈子之《騷》，其詞如痁如囈，其意如醉如夢，倏而上倏而下，倏而東西南北，倏而莊嚴遊太古，倏而荒淫混濁世。其意多蕩，其志不迷，望而知其出於忠君愛國者。其文擷香草，其辭托"兮"、"些"，不必深索，但得忠君愛國之志可耳。然論志之法，通乎論人論世。……

"不以文害辭"，此爲説《詩》者言，非爲作詩者解也。一字之文，足害一句之辭，於此得鍊字之法。其法散見後論。

"不以辭害意"，亦爲説《詩》者言。一句之辭，足害一篇之意。可見琢句須工，然却不外鍊字之法。字鍊得警，則句自健耳。

《詩》篇有若干章，章有若干句，其法最爲要緊。故篇有篇法，章有章法，起落前後，有一定之局，而辭之多寡不拘也。

……

"世"字見於文有二義：縱言之曰世運，積時而成古；橫言之曰世界，積人而成天下。故天下者我之世，其世者古人之天下也。我與古人不相及者，積時便然。然有相及者，古人之《詩》、《書》在焉。古人有《詩》、《書》，是古人懸以其人待知於我；我有誦讀，是我遙以其知逆於古人。是不得徒誦其詩，當尚論其人。然論其人，必先論其世者，何也？使生乎天下者，或無多人，或多人而皆爲善士，固無有同異也。偏党何由而生？亦無愛憎也。讒譏何由而起？無奈天下之共我而生者，林林爾，總總爾，攻取不得不繁，於是黨同伐異，相傾相軋，遂成一牢不可破之局。君子生當此世，欲爭之而不得，欲不爭而又不獲已，不能直達其性，則慮不得不深，心不得不危，故人必與世相關也。然未可以我之世例之，蓋古人自有古人之世也。"不殄厥愠"，文王之世也。"愠於群小"，孔子之世也。苟不論其世爲何世，安知其人爲何如人乎？余之論"選詩"，義取諸此，其六朝詩人列傳，仿知人而作；六朝詩人紀年，又因論世而起云。

（吳淇《六朝選詩定論》，廣陵書社 2009 年版）

### 顧鎮《詩説·以意逆志説》

《書》曰："詩言志，歌永言。"而孟子之詔咸丘蒙曰："以意逆志，是爲得之。"後儒因謂吟哦上下,便使人有得;又謂少間推來推去,自然推出那道理。此論讀書窮理之義則可耳,詩則當知其事實而後志可見,志見而後得失可判也。説者又引子貢之"知來",子夏之"起予",以爲聖門之可與言詩者如是,而後世必求其人、鑿其事,此孟子所謂"固哉高叟"者,而非聖賢相與言詩之法也。不知學者引伸觸類,六通四闢無所不可,而考其本旨,義各有歸。如"切磋"本言學問之事,則凡言學問者,無不可推,而謂詩論貧富可乎?"素絢"本有先後之序,則凡有先後者,無不可推,而謂詩論禮後可乎?斷章取義,當用之論理論事,不可用以釋詩也。然則所謂逆志者何?他日謂萬章曰:"頌其詩,讀其書,不知其人可乎?是以論其世也。"正惟有世可論,有人可求,故吾之意有所措,而彼之志有可通。今不問其世爲何世,人爲何人,而徒唫哦上下,去來推之,則其所逆者乃在文辭而非志也。此正孟子所謂害志者,而烏乎逆之,而又烏乎得之。孟子之論《北山》也,惟知爲行役者之刺王,故逆之而得其嘆賢勞之志。其論《凱風》也,惟知七子之母未嘗去其室,故逆之而得其過小不怨之志。不然,則普天率土,特悉主悉臣之恒談耳。"凱風自南,吹彼棘心",亦"蓼蓼者莪,匪莪伊蒿"之同類耳,何由於去古茫茫之後核事考情,而得其所指哉。夫不論其世,欲知其人,不得也;不知其人,欲逆其志,亦不得也。孟子若預憂後世將秕穅一切而自以其察言也,特著其説以防之。故必論世知人而後逆志之説可用也。

(顧鎮《虞東學詩》卷首,景印文淵閣《四庫全書》本)

### 袁枚《程綿莊〈詩説〉序》

作詩者"以詩傳,説詩者"以説傳。傳者,傳其説之是,而不必其盡合於作者也。如謂説詩之心,即作詩之心,則建安、大曆有年譜可稽,有姓氏可考,後之人猶不能以字句之迹,追作者之心,矧《三百篇》哉?不僅是也,人有興會標舉,景物呈觸,偶然成詩,及時移地改,雖復冥心追溯,求其前所以爲詩之故而不得,況以數千年之後,依傍傳疏,左支右吾,而遽謂吾説已定,後之人不可復有所發明,是大惑已。相傳《小序》爲子夏所作,古無明文,即果子夏所作,亦未必盡合詩人之旨,其他毛、鄭,皆可類推。朱子有見于此,別爲《集解》,推其意,亦不過據己所見,羽翼詩教,啟發後人,而並非禁天下好學深思之士以意逆志也。

(袁枚《小倉山房文集》卷二十八,《袁枚全集》(貳),江蘇古籍出版社1993年版)

### 焦循《答黄春谷論詩書》(節選)

古人本事親從兄之樂,而至於手舞足蹈。不幸遭值變故,牢愁哀怨,不可告人,均發於聲音而爲詩。故其哀樂之致,不必盡露於辭,而常溢於言外。譬之於琴,指已離弦而音猶在耳,是非寄托遥深,何以有此?是故孟子論説詩之法,在

"以意逆志",而不以辭。辭,外也;意志,内也。說詩者徒以辭謂之,固作詩者徒以辭,又何以爲詩哉?……雖然,僕又思之,意餘於辭,辭遂於意。辭有不明,意終爲晦。故徒以辭者,辭不必明也,明其辭而詩益索也;辭遂於意者,辭不可不明也,明其辭,其情益見也……因思韓非子之作《說儲》也,自爲經而自为傳。謝靈運作《山居賦》,顏之推作《觀我生賦》,皆自爲之注,良有以也。夫山川都邑之地,草木鳥獸之名,古今得失之迹,情之所托,物即随之。且夫觸事言懷,不嫌瑣末;辭指幽遠,比興無端。故掇、襘之訓通,則和平之象見;哆、侈之義釋,斯悔怨之情通。與其俟諸後人,十不得五,莫若自为箋注,貢厥端倪。

（焦循《雕菰集》卷十四,《續修四庫全書》本）

# 《莊子》(節選)

[解題]

　　莊子(前369—前286),名周,戰國時期道家代表人物,宋國蒙人,與梁惠王、齊宣王同時,曾爲漆園吏。莊子的思想主要體現在《莊子》一書中。《漢書·藝文志》著録《莊子》五十二篇,西晉時,郭象重新編訂爲三十三篇,流傳至今。今本《莊子》分爲内篇、外篇、雜篇三部分。一般認爲内篇是莊子所著,外篇與雜篇是其門人後學纂述。因而,確切地説,以下我們探討的是《莊子》一書體現的文藝思想。

　　"道"是老莊哲學的核心内容,莊子主張體悟天道,順應自然,强調天然造化,反對人爲智巧。就"技"與"道"二者對創作的重要性而言,莊子明顯是偏向於後者的。儘管創作過程中的人爲技巧不可避免,但至高之境界,如庖丁解牛,合於萬物之道,自然而神乎其技。藝術創作的理想狀態是與自然爲一,無所掛礙。莊子所言"心齋"、"坐忘",都是爲了達到"以天合天"之境界,莊周夢蝶也可説是對這一境界的精彩描述。物我兩忘之後,主體進入"虛静"的狀態,從而能夠感受到創作的精髓,展現作品的神韻。故《天道篇》云:"言以虛静推於天地,通於萬物,此之謂天樂。"言意之辨是《莊子》文藝思想的另一重要内容。莊子認爲言不能盡意,意不可言傳,並以輪扁斫輪爲例作了深刻闡述。由此,他將言視爲工具,如捕魚之筌、捕兔之蹄,提出"得意忘言"論,强調文學創作應追求言外之意。

　　"自然虛静"説與"得意忘言"論是《莊子》對中國古代文學理論的重要貢獻,而這兩方面本就是密切相關的。後世論家注重"意在言外",强調創作的自然天成,講求作品的神韻、意境等,可以説都是受到了《莊子》的影響與啓發。

　　顏回曰:"吾無以進矣,敢問其方。"
　　仲尼曰:"齋,吾將語若[1]。有而爲之,其易邪?[2]易之者,皞天不宜[3]。"
　　顏回曰:"回之家貧,唯不飲酒不茹葷者數月矣。如此,則可以爲齋乎?"
　　曰:"是祭祀之齋,非心齋也。"
　　回曰:"敢問心齋。"
　　仲尼曰:"若一志,無聽之以耳而聽之以心,無聽之以心而聽之以氣。聽止於耳[4],心止於符。氣也者,虛而待物者也。唯道集虛。虛者,心齋也。"
　　顏回曰:"回之未始得使[5],實自回也;得使之也,未始有回也,可謂虛乎?"
　　夫子曰:"盡矣! 吾語若! 若能入遊其樊而無感其名[6],入則鳴,不入則止[7]。無門無毒[8]，一宅[9]而寓於不得已[10]，則幾矣[11]。絕跡易，無行地難。爲人使易以僞，爲天使難以僞。聞以有翼飛者矣，未聞以無翼飛者也；聞以有知知者矣，未聞以無知知者也。瞻彼闋者[12]，虛室生白[13]，吉祥止止[14]。夫且不止[15]，是之謂坐馳[16]。夫徇耳目内通而外於心知[17]，鬼神將來舍，而況人乎！是萬物之化也，禹、舜之所紐[18]也，伏羲、几蘧之所行終，而況散焉者[19]乎！」（《人間世》）

　　顏回曰：「回益矣。」

　　仲尼曰：「何謂也？」

　　曰：「回忘仁義矣。」

　　曰：「可矣，猶未也。」

　　他日，復見，曰：「回益矣。」

　　曰：「何謂也？」

　　曰：「回忘禮樂矣！」

　　曰：「可矣，猶未也。」

　　他日復見，曰：「回益矣！」

　　曰：「何謂也？」

　　曰：「回坐忘矣。」

　　仲尼蹴然曰：「何謂坐忘？」

　　顏回曰：「墮[20]肢體，黜[21]聰明，離形去知，同於大通[22]，此謂坐忘。」

　　仲尼曰：「同則無好也[23]，化則無常也[24]。而果其賢乎！丘也請從而後也。」（《大宗師》）

　　世之所貴道者，書也。書不過語，語有貴也。語之所貴者，意也，意有所隨。意之所隨者，不可以言傳也。而世因貴言傳書，世雖貴之，我猶不足貴也，爲其貴非其貴也。故視而可見者，形與色也；聽而可聞者，名與聲也。悲夫！世人以形色名聲爲足以得彼之情。夫形色名聲，果不足以得彼之情，則知者不言，言者不知，而世豈識之哉！

　　桓公[25]讀書於堂上，輪扁[26]斲[27]輪於堂下，釋椎鑿而上，問桓公曰：「敢問公之所讀者，何言邪？」公曰：「聖人之言也。」曰：「聖人在乎？」公曰：「已死矣。」曰：「然則君之所讀者，古人之糟魄[28]已夫！」桓公曰：「寡人讀書，輪人安得議乎！有說則可，無說則死！」輪扁曰：「臣也以臣之事觀之。斲輪，徐則甘而不固，疾則苦而不入[29]，不徐不疾，得之於手而應於心，口不能言，有數[30]存焉於其間。臣不能以喻[31]臣之子，臣之子亦不能受之於臣，是以行年七十而老斲輪。古之人與

其不可傳也,死矣,然則君之所讀者,古人之糟魄已夫!"(《天道》)

荃[32]者所以在魚,得魚而忘荃;蹄[33]者所以在兔,得兔而忘蹄;言者所以在意,得意而忘言。吾安得夫忘言之人而與之言哉!《外物》)

(郭慶藩《莊子集釋》,《諸子集成》本)

### [注釋]

[1]若:你。 [2]有而爲之,其易邪:郭象注:"夫有其心而爲之者,誠未易也。" [3]倳天不宜:不符合自然之理。倳天,意爲自然。 [4]聽止於耳:當作"耳止於聽"。 [5]得使:得到教誨。 [6]遊其樊而無感其名:遊於藩籬之內而不爲虛名所動。 [7]入則鳴,不入則止:能夠與他説話,那就説;不能與他説話,那就不説。《論語·衛靈公》:"可與言而不與言,失人;不可與言而與之言,失言。" [8]無門無毒:不由門路營求。 [9]一宅:凝聚其内心。 [10]寓於不得已:應對事情寄託於不得已。 [11]則幾矣:那就差不多了。 [12]瞻彼闋者:關照空明的心境。瞻,關照。闋,空。 [13]虛室生白:虛靜的内心産生光明。 [14]吉祥止止:成玄英疏:"吉祥善福,止在凝静之心。"第一個"止"是動詞,第二個"止"是名詞。 [15]不止:内心不能寧静。 [16]坐馳:身體安坐而内心馳騁不已。 [17]外於心知:排除心智。 [18]紐:樞紐,關鍵。 [19]散焉者:閑散之人,指普通人。 [20]墮:毁廢。 [21]黜:排除。 [22]大通:大道。 [23]同則無好:和同萬物,則没有好惡之偏見。 [24]化則無常:同於變化而不凝滯。常,凝滯、不變通。 [25]桓公:齊桓公。 [26]輪扁:製造車輪的工匠,名叫扁。 [27]斲(zhuó):同"斫",用刀、斧等砍劈。 [28]糟魄:即糟粕。 [29]"徐則"二句:慢了就鬆滑而不牢固,快了就澀滯而難入。甘,鬆滑。苦,澀滯。 [30]數:規律,道理。 [31]喻:告訴。 [32]荃:或作"筌",魚筍,捕魚的工具。 [33]蹄:兔弳,捕捉兔子的工具。

## 史料選

### 《老子》

道可道,非常道。名可名,非常名。

無名天地之始,有名萬物之母。

故常無,欲以觀其妙;常有,欲以觀其徼。

此兩者,同出而異名,同謂之玄。玄之又玄,衆妙之門。(第一章)

天下皆知美之爲美,斯惡已。皆知善之爲善,斯不善已。

有無相生,難易相成,長短相較,高下相傾,音聲相和,前後相隨。(第二章)

道沖,而用之或不盈。淵兮,似萬物之宗。挫其鋭,解其紛,和其光,同其塵。

湛兮,似或存。吾不知誰之子,象帝之先。(第四章)

　　三十輻,共一轂,當其無,有車之用。
　　埏埴以爲器,當其無,有器之用。
　　鑿户牖以爲室,當其無,有室之用。
　　故有之以爲利,無之以爲用。(第十一章)

　　五色令人目盲,五音令人耳聾,五味令人口爽,馳騁畋獵令人心發狂,難得之貨令人行妨。(第十二章)

　　視之不見,名曰夷;聽之不聞,名曰希;搏之不得,名曰微。此三者不可致詰,故混而爲一。其上不皦,其下不昧。繩繩兮不可名,復歸於無物。是謂無狀之狀,無物之象,是謂惚恍。迎之不見其首,隨之不見其後。(第十四章)

　　致虚極,守靜篤。萬物並作,吾以觀復。夫物芸芸,各復歸其根。歸根曰靜,是謂復命。復命曰常,知常曰明。不知常,妄作凶。知常容,容乃公,公乃王,王乃天,天乃道,道乃久,没身不殆。(第十六章)

　　絕聖棄智,民利百倍;絕仁棄義,民復孝慈;絕巧棄利,盜賊無有。此三者以爲文,不足。故令有所屬:見素抱樸,少思寡欲。(第十九章)

　　道之爲物,惟恍惟惚。惚兮恍兮,其中有象;恍兮惚兮,其中有物。窈兮冥兮,其中有精;其精甚真,其中有信。(第二十一章)

　　曲則全,枉則直,窪則盈,敝則新,少則多,多則惑。(第二十二章)

　　有物混成,先天地生。寂兮寥兮,獨立而不改,周行而不殆,可以爲天下母。吾不知其名,字之曰道,强爲之名曰大。大曰逝,逝曰遠,遠曰反。
　　故道大,天大,地大,王亦大。域中有四大,而王居其一焉。
　　人法地,地法天,天法道,道法自然。(第二十五章)

　　道生一,一生二,二生三,三生萬物。萬物負陰而抱陽,沖氣以爲和。(第四十二章)

爲無爲，事無事，味無味。（第六十三章）

（王弼《老子注》，《諸子集成》本）

## 《莊子·天下》（節選）

芴漠无形，變化无常，死與生與，天地並與，神明往與！芒乎何之，忽乎何適，萬物畢羅，莫足以歸，古之道術有在於是者。莊周聞其風而悦之，以謬悠之説，荒唐之言，無端崖之辭，時恣縱而不儻，不以觭見之也。以天下爲沈濁，不可與莊語，以巵言爲曼衍，以重言爲真，以寓言爲廣。獨與天地精神往來而不敖倪於萬物，不譴是非，以與世俗處。其書雖瓌瑋而連犿无傷也。其辭雖參差而諔詭可觀。彼其充實不可以已，上與造物者遊，而下與外死生无終始者爲友。其於本也，弘大而辟，深閎而肆，其於宗也，可謂稠適而上遂矣。雖然，其應於化而解於物也，其理不竭，其來不蜕，芒乎昧乎，未之盡者。

（郭慶藩《莊子集釋》，《諸子集成》本）

## 《列子·湯問》（節選）

匏巴鼓琴而鳥舞魚躍，鄭師文聞之，棄家從師襄游。柱指鈞弦，三年不成章。師襄曰："子可以歸矣。"師文舍其琴，歎曰："文非弦之不能鈞，非章之不能成。文所存者不在弦，所志者不在聲。内不得於心，外不應於器，故不敢發手而動弦。且小假之，以觀其後。"無幾何，復見師襄。師襄曰："子之琴何如？"師文曰："得之矣。请嘗試之。"於是當春而叩商弦，以召南吕，凉風忽至，草木成實。及秋而叩角弦，以激夾鍾，温風徐迴，草木發榮。當夏而叩羽弦，以召黄鍾，霜雪交下，川池暴冱。及冬而叩徵弦，以激蕤賓，陽光熾烈，堅冰立散。將終，命宫而總四弦，則景風翔，慶雲浮，甘露降，澧泉涌。師襄乃撫心高蹈曰："微矣子之彈也！雖師曠之清角，鄒衍之吹律，亡以加之。彼將挾琴執管而從子之後耳。"

……

伯牙善鼓琴，鍾子期善聽。伯牙鼓琴，志在登高山。鍾子期曰："善哉！峨峨兮若泰山。"志在流水，鍾子期曰："善哉！洋洋兮若江河！"伯牙所念，鍾子期必得之。伯牙游於泰山之陰，卒逢暴雨，止於巖下；心悲，乃援琴而鼓之。初爲霖雨之操，更造崩山之音。曲每奏，鍾子期輒窮其趣。伯牙乃舍琴而嘆曰："善哉，善哉，子之聽夫志，想象猶吾心也。吾於何逃聲哉？"

（張湛《列子注》，《諸子集成》本）

## 王弼《周易略例·明象》

夫象者，出意者也。言者，明象者也。盡意莫若象，盡象莫若言。言生於象，故可尋言以觀象；象生於意，故可尋象以觀意。意以象盡，象以言著。故言者所以明象，得象而忘言；象者所以存意，得意而忘象。猶蹄者所以在兔，得兔而忘蹄；筌者所以在魚，得魚而忘筌也。

然則，言者，象之蹄也；象者，意之筌也。是故存言者非得象者也，存象者非得意者也。象生於意而存象焉，則所存者才非其象也；言生於象而存言焉，則所存者乃非其言也。然則，忘象者，乃得意者也；忘言者，乃得象者也。得意在忘象，得象在忘言。故立象以盡意，而象可忘也；重畫以盡情，而畫可忘也。是故觸類可為其象，合義可為其徵。義苟在健，何必馬乎？類苟在順，何必牛乎？爻苟合順，何必坤乃為牛？義苟應健，何必乾乃為馬？而或者定馬於乾，案文責卦，有馬無乾，則偽說滋漫，難可紀矣。互體不足，遂及卦變，變又不足，推致五行。一失其原，巧愈彌甚。縱復或值，而義無所取。蓋存象忘意之由也。忘象以求其意，義斯見矣。

（樓宇烈《王弼集校釋》下冊，中華書局 1980 年版）

## 歐陽修《試筆·繫辭說》

書不盡言，言不盡意。然自古聖賢之意，萬古得以推而求之者，豈非言之傳歟？聖人之意所以存者，得非書乎？然則書不盡言之煩，而盡其要；言不盡意之委曲，而盡其理。謂書不盡言，言不盡意者，非深明之論也。

（《歐陽修全集》卷一百三十，中華書局 2001 年版）

## ［舊題］梅堯臣《續金鍼詩格·詩有內外意》

內意欲盡其理，外意欲盡其象，內外含蓄，方入詩格。詩曰："旌旗日暖龍蛇動，宮殿風微燕雀高。""旌旗"喻號令也；"風微"喻明時也；"龍蛇"喻君臣也。言號令當明時，君所出，臣奉行也。"宮殿"喻朝廷也；"日暖"喻政教也；"燕雀"喻小人也。言朝廷政教纔出，而小人向化，各得其所也。"旌旗"、"風日"、"龍蛇"、"燕雀"，外意也；號令、君臣、朝廷、政教，內意也。此之謂含蓄不露。

（張伯偉《全唐五代詩格彙考》本，鳳凰出版社 2002 年版）

## 蘇軾《莊子祠堂記》

莊子，蒙人也。嘗為蒙漆園吏。沒千餘歲，而蒙未有祀之者。縣令秘書丞王兢始作祠堂，求文以爲記。

　　謹按《史記》，莊子與梁惠王、齊宣王同時，其學無所不窺，然要本歸於老子之言。故其著書十餘萬言，大抵率寓言也。作《漁父》、《盜跖》、《胠篋》，以詆訾孔子之徒，以明老子之術。此知莊子之粗者。余以爲莊子蓋助孔子者，要不可以爲法耳。楚公子微服出亡，而門者難之。其僕操箠而罵曰："隸也不力。"門者出之。事固有倒行而逆施者。以僕爲不愛公子，則不可；以爲事公子之法，亦不可。故莊子之言，皆實予，而文不予，陽擠而陰助之，其正言蓋無幾。至於詆訾孔子，未嘗不微見其意。其論天下道術，自墨翟、禽滑釐、彭蒙、慎到、田駢、關尹、老聃之徒，以至於其身，皆以爲一家，而孔子不與，其尊之也至矣。

　　然余嘗疑《盜跖》、《漁父》，則若真詆孔子者。至於《讓王》、《説劍》，皆淺陋不入於道。反復觀之，得其《寓言》之終曰："陽子居西遊於秦，遇老子。老子曰：'而睢睢，而盱盱，而誰與居？太白若辱，盛德若不足。'陽子居蹴然變容。其往也，舍者將迎其家，公執席，妻執巾櫛，舍者避席，煬者避竈。其反也，舍者與之爭席矣。"去其《讓王》、《説劍》、《漁父》、《盜跖》四篇，以合於《列禦寇》之篇，曰："列禦寇之齊，中道而反，曰：'吾驚焉，吾食於十漿，而五漿先饋。'"然後悟而笑曰："是固一章也。"莊子之言未終，而昧者勦之以入其言。余不可以不辨。凡分章名篇，皆出於世俗，非莊子本意。元豐元年十一月十九日記。

　　　　　　（《蘇軾全集校注》第十一册，河北人民出版社 2010 年版）

# 司馬遷

## 史記·太史公自序（節選）

[解題]

　　司馬遷（前 145—?），字子長，漢左馮翊夏陽（今陝西韓城）人。二十歲時開始遊歷四方，後升任郎中，曾侍從漢武帝巡狩、封禪。元封元年（前 110），其父司馬談卒，臨終前將論著史書之願望囑咐司馬遷。三年後，司馬遷任太史令，得覽"石室金匱之書"。太初元年（前 104），開始著《史記》。

　　《史記》原名《太史公書》，包括十二本紀、十表、八書、三十世家、七十列傳，開創了我國紀傳體史書的先河，對我國古代史學及文學的發展都具有重大意義。在《太史公自序》和《報任安書》中，司馬遷根據歷史上的名人事跡，總結出"發憤著書"之說。儘管所述各事與歷史事實不盡相符，但司馬遷深刻揭示了關於主體創作緣起的普遍性規律：歷史上很多不朽的作品，都是作者在遭遇挫折，精神受到極大打擊之後，發憤而爲的。在這裏，"發憤"有兩層涵義，一是將鬱結、憤懣之情轉化爲創作的動力。二是將內心的積怨通過作品抒發出來。孫子修兵法，蓋屬於前者。屈原賦《離騷》，則兼有這兩層意思。所以，司馬遷說："屈平之作《離騷》，蓋自怨生也。"強調了《離騷》"怨"的特點。從個人經歷的角度來看，若司馬遷不遭李陵之禍（見注釋[21]），未必會作此深刻、精到之論。《史記》在充分展現"不虛美、不隱惡"（《漢書·司馬遷傳贊》）的實錄精神的同時，塑造了一大批悲劇人物形象，使得全書具有濃郁的悲劇氣氛，從中或能感受到作者憂憤的心情。

　　屈原《九章·惜誦》言"發憤以抒情"只是述一己之衷情，而司馬遷真正將其歸納爲普遍的規律，使"發憤著書"成爲重要文學批評原則。後世論家，如韓愈"不平則鳴"、歐陽修"詩窮而後工"等等，均可溯源於此。

　　太史公曰："先人有言：'自周公卒五百歲而有孔子。孔子卒後至於今五百歲，有能紹[1]明世，正《易傳》，繼《春秋》，本《詩》、《書》、《禮》、《樂》之際?'意在斯乎！意在斯乎！小子何敢讓焉。[2]"

上大夫壺遂[3]曰："昔孔子何爲而作《春秋》哉？"太史公曰："余聞董生[4]曰：'周道衰廢，孔子爲魯司寇[5]，諸侯害之，大夫壅之。孔子知言之不用，道之不行也，是非二百四十二年之中[6]，以爲天下儀表，貶天子，退諸侯，討大夫，以達王事而已矣。'子曰：'我欲載之空言，不如見之於行事之深切著明也。'[7]夫《春秋》，上明三王[8]之道，下辨人事之紀，別嫌疑，明是非，定猶豫，善善惡惡，賢賢賤不肖，存亡國，繼絕世，補敝起廢，王道之大者也。《易》著天地陰陽四時五行，故長於變；《禮》經紀人倫，故長於行；《書》記先王之事，故長於政；《詩》記山川谿谷禽獸草木牝牡[9]雌雄，故長於風；《樂》樂所以立，故長於和；《春秋》辯是非，故長於治人。是故《禮》以節人，《樂》以發和，《書》以道事，《詩》以達意，《易》以道化[10]，《春秋》以道義。撥亂世反之正，莫近於《春秋》。《春秋》文成數萬，其指數千。萬物之散聚皆在《春秋》。《春秋》之中，弑君三十六，亡國五十二，諸侯奔走不得保其社稷者不可勝數。察其所以，皆失其本已。故《易》曰'失之豪釐，差以千里'。故曰'臣弑君，子弑父，非一旦一夕之故也，其漸久矣'[11]。故有國者不可以不知《春秋》，前有讒而弗見，後有賊而不知。爲人臣者不可以不知《春秋》，守經事而不知其宜，遭變事而不知其權。爲人君父而不通於《春秋》之義者，必蒙首惡之名。爲人臣子而不通於《春秋》之義者，必陷篡弑之誅，死罪之名。其實皆以爲善，爲之不知其義，被之空言而不敢辭。夫不通禮義之旨，至於君不君，臣不臣，父不父，子不子。夫君不君則犯，臣不臣則誅，父不父則無道，子不子則不孝。此四行者，天下之大過也。以天下之大過予之，則受而弗敢辭。故《春秋》者，禮義之大宗也。夫禮禁未然之前，法施已然之後；法之所爲用者易見，而禮之所爲禁者難知。"

壺遂曰："孔子之時，上無明君，下不得任用，故作《春秋》，垂空文以斷禮義，當一王之法[12]。今夫子上遇明天子，下得守職，萬事既具，咸各序其宜，夫子所論，欲以何明？"

太史公曰："唯唯，否否[13]，不然。余聞之先人曰：'伏羲至純厚，作《易》《八卦》。堯舜之盛，《尚書》載之，禮樂作焉。湯武之隆，詩人歌之。《春秋》采善貶惡，推三代之德，襃周室，非獨刺譏而已也。'漢興以來，至明天子，獲符瑞[14]，封禪[15]，改正朔[16]，易服色[17]，受命於穆清[18]，澤流罔極，海外殊俗，重譯款塞[19]，請來獻見者，不可勝道。臣下百官力誦聖德，猶不能宣盡其意。且士賢能而不用，有國者之恥；主上明聖而德不布聞，有司之過也。且余嘗掌其官，廢明聖盛德不載，滅功臣世家賢大夫之業不述，墮先人所言，罪莫大焉。余所謂述故事，整齊其世傳，非所謂作也，而君比之於《春秋》，謬矣。"

於是論次其文。七年[20]而太史公遭李陵之禍[21]，幽於縲紲[22]。乃喟然而歎曰："是余之罪也夫！是余之罪也夫！身毁不用矣。"退而深惟[23]曰："夫《詩》、《書》隱約者，欲遂其志之思[24]也。昔西伯拘羑里，演《周易》[25]；孔子戹陳、蔡，作《春秋》[26]；屈原放逐，著《離騷》；左丘失明，厥有《國語》[27]；孫子臏脚，而論兵法[28]；不韋遷蜀，世傳《呂覽》[29]；韓非囚秦，《説難》、《孤憤》[30]；《詩》三百篇，大抵賢聖發憤之所爲作也。此人皆意有所鬱結，不得通其道也，故述往事，思來者。"

（《史記》卷一百三十，中華書局二十四史本 1959 年版）

### ［注釋］

　　[1]紹：繼承。　[2]小子何敢讓焉：此句言司馬遷欲繼孔子之緒而作史。小子，對自己的謙稱。讓，辭讓。　[3]壺遂：西漢術士，梁（今河南商丘南）人。通曉律令，官至詹事。武帝元封七年（前 104 年，後改爲太初元年）與太史令司馬遷、鄧平等制定新曆《太初曆》。上大夫，官階。　[4]董生：指董仲舒（前 179—前 104），廣川人，西漢經學家。《史記》卷一百二十一、《漢書》卷五十六有傳。司馬遷曾從其學。生，年長有學問、德行的人，"先生"的省稱。　[5]司寇：掌管刑獄的官。　[6]"是非"句：是非，褒貶。二百四十二年，《春秋》所記内容自魯隱公元年（前 722）到魯哀公十四年（前 481），共二百四十二年。　[7]"我欲載之空言"兩句：司馬遷言其爲孔子所説，唐司馬貞《史記索隱》言其出自《春秋緯》。具體來源不可考。　[8]三王：指夏、商、周三代的開國之君禹、湯、文王（或指武王）。　[9]牝牡（pìn mǔ）：牝爲雌，牡爲雄。　[10]道化：闡述天地陰陽四時五行變化之理。　[11]"臣弑君"四句：《易·坤·文言》："臣弑其君，子弑其父，非一朝一夕之故，其所由來漸矣。"　[12]當一王之法：指《春秋》可以代替王者的法令。　[13]唯唯，否否：恭敬地應答，但又不承認對方的説法。裴駰《史記集解》引晉灼曰："唯唯，謙應也。否否，不通者也。"　[14]符瑞：吉祥的徵兆。　[15]封禪：古代帝王在太平盛世或天降祥瑞之時，於名山上祭祀天地。封，祭天。禪，祭地。　[16]改正朔：改訂曆法。正是一年之始，朔是一月之始，正朔即指一年的第一天。古時候改朝换代，都要重新確定曆法。周以夏曆的十一月爲歲首，秦以夏曆的十月爲歲首。漢初承秦制，至漢武帝時改用"太初曆"，才以夏曆的正月爲歲首。　[17]易服色：更改車馬、祭牲的顏色。服，所乘的車馬。秦漢時期，盛行"五德終始説"，認爲每一個朝代在五行中必定居一德，並崇尚一種顏色。夏爲水德，崇尚黑色；商爲金德，崇尚白色；周爲火德，崇尚赤色。《東觀漢記·世祖光武皇帝紀》："自漢草創德運，正朔服色，未有所定。高祖以十月爲正，以漢水德，立北畤而祠黑帝，至孝文，賈誼公孫臣以爲秦水德，漢當爲土德，至孝武，兒寬司馬遷猶從土德。"　[18]穆清：天。　[19]重譯款塞：重譯，翻譯，張守節《史記正義》："重譯，更譯其言也。"款塞，謂外族前來通好。裴駰《史記集解》引應劭注："款，叩也。皆叩塞門來服從也。"　[20]七年：漢武帝太初元年（前 104），司馬遷開始寫《史記》，到天漢三年（前 98）受腐刑，剛好七年。　[21]李陵之禍：天漢二年（前 99），李陵抗擊匈奴，兵敗投降，朝廷震怒。司馬遷爲李陵辯護，言其投降是出於無奈，以後必會報答漢朝。因此觸怒漢武帝，慘受腐刑。　[22]縲紲：束縛犯人的繩索，引申爲囚禁。　[23]深惟：深思。　[24]遂其志之思：表達自己的意志。　[25]西伯：周文王姬昌。演：推算。《史記·

周本紀》："（西伯）囚羑里，蓋益之八卦爲六十四卦。"　[26]戹：同"厄"，受困。孔子周遊列國時，曾受困於陳、蔡兩地，晚年退居後作《春秋》。　[27]左丘：左丘明，春秋時期的史官。厥：乃。據說《國語》是左丘明所作，然此說不可信。　[28]孫子：孫臏，戰國時期齊人。臏：剔去膝蓋骨的一種酷刑。孫臏與龐涓同學兵法，後爲龐涓所害，遭臏刑。《漢書·藝文志》著録"齊《孫子》，八十九篇"，而世不傳。1972年，山東臨沂銀雀山一號漢墓出土竹簡，發現了《孫臏兵法》。　[29]不韋：呂不韋。在秦莊襄王、秦始皇時爲丞相，在秦始皇十年被罷免，攜家屬遷蜀，於途中服毒自殺。《呂覽》：《呂氏春秋》，成書應在呂不韋遷蜀之前。　[30]《說難》、《孤憤》：均爲《韓非子》中之篇名。韓非作此二文時，還未入秦。

## 史料選

### 司馬遷《報任少卿書》

少卿足下：曩者辱賜書，教以慎於接物，推賢進士爲務，意氣勤勤懇懇，若望僕不相師用，而流俗人之言。僕非敢如是也。雖罷駑，亦嘗側聞長者遺風矣。顧自以爲身殘處穢，動而見尤，欲益反損，是以抑鬱而無誰語。諺曰："誰爲爲之，孰令聽之？"蓋鍾子期死，伯牙終身不復鼓琴。何則？士爲知己用，女爲說己容。若僕大質已虧缺，雖材懷隨、和，行若由、夷，終不可以爲榮，適足以發笑而自點耳。

書辭宜答，會東從上來，又迫賤事，相見日淺，卒卒無須臾之間得竭指意。今少卿抱不測之罪，涉旬月，迫季冬，僕又薄從上上雍，恐卒然不可諱。是僕終已不得舒憤懣以曉左右，則長逝者魂魄私恨無窮。請略陳固陋。闕然不報，幸勿過。

僕聞之：修身者智之府也，愛施者仁之端也，取予者義之符也，恥辱者勇之決也，立名者行之極也。士有此五者，然後可以託於世，列於君子之林矣。故禍莫憯於欲利，悲莫痛於傷心，行莫醜於辱先，而詬莫大于宮刑。刑餘之人，無所比數，非一世也，所從來遠矣！昔衛靈公與雍渠載，孔子適陳；商鞅因景監見，趙良寒心；同子參乘，爰絲變色：自古而恥之。夫中材之人，事關於宦豎，莫不傷氣，況忼慨之士乎！如今朝雖乏人，奈何令刀鋸之餘薦天下豪雋哉！僕賴先人緒業，得待罪輦轂下，二十餘年矣。所以自惟：上之，不能納忠效信，有奇策材力之譽，自結明主；次之，又不能拾遺補闕，招賢進能，顯巖穴之士；外之，不能備行伍，攻城野戰，有斬將搴旗之功；下之，不能累日積勞，取尊官厚禄，以爲宗族交遊光寵。四者無一遂，苟合取容，無所短長之效，可見於此矣。鄉者，僕亦嘗廁下大夫之列，陪外廷末議。不以此時引維綱，盡思慮，今已虧形爲掃除之隸，在闒茸之中，乃欲卬首信眉，論列是非，不亦輕朝廷，羞當世之士邪！嗟乎！嗟乎！如僕，尚何言哉！尚何言哉！

且事本末未易明也。僕少負不羈之才，長無鄉曲之譽，主上幸以先人之故，使得奉薄技，出入周衛之中。僕以爲戴盆何以望天，故絕賓客之知，忘室家之業，日夜思竭其不肖之材力，務壹心營職，以求親媚於主上。而事乃有大謬不然者。夫僕與李陵俱居門下，素非相善也，趣舍異路，未嘗銜盃酒接殷勤之歡。然僕觀其爲人自奇士，事親孝，與士信，臨財廉，取予義，分別有讓，恭儉下人，常思奮不顧身以徇國家之急。其素所畜積也，僕以爲有國士之風。夫人臣出萬死不顧一生之計，赴公家之難，斯已奇矣。今舉事壹不當，而全軀保妻子之臣隨而媒蘖其短，僕誠私心痛之！且李陵提步卒不滿五千，深踐戎馬之地，足歷王庭，垂餌虎口，橫挑彊胡，卬億萬之師，與單于連戰十餘日，所殺過當。虜救死扶傷不給，旃裘之君長咸震怖，乃悉徵左右賢王，舉引弓之民，一國共攻而圍之。轉鬭千里，矢盡道窮，救兵不至，士卒死傷如積。然李陵一呼勞軍，士無不起，躬流涕，沫血飲泣，張空弮，冒白刃，北首爭死敵。陵未沒時，使有來報，漢公卿王侯皆奉觴上壽。後數日，陵敗書聞，主上爲之食不甘味，聽朝不怡。大臣憂懼，不知所出。僕竊不自料其卑賤，見主上慘悽怛悼，誠欲效其款款之愚。以爲李陵素與士大夫絕甘分少，能得人之死力，雖古名將不過也。身雖陷敗，彼觀其意，且欲得其當而報漢。事已無可奈何，其所摧敗，功亦足以暴於天下。僕懷欲陳之，而未有路，適會召問，即以此指推言陵功，欲以廣主上之意，塞睚眥之辭。未能盡明，明主不深曉，以爲僕沮貳師，而爲李陵游說，遂下於理。拳拳之忠，終不能自列。因爲誣上，卒從吏議。家貧，財賂不足以自贖，交遊莫救，左右親近不爲一言。身非木石，獨與法吏爲伍，深幽囹圄之中，誰可告愬者！此正少卿所親見，僕行事豈不然邪？李陵既生降，隤其家聲，而僕又茸以蠶室，重爲天下觀笑。悲夫！悲夫！

事未易一二爲俗人言也。僕之先人非有剖符丹書之功，文史星曆近乎卜祝之間，固主上所戲弄，倡優畜之，流俗之所輕也。假令僕伏法受誅，若九牛亡一毛，與螻蟻何異！而世又不與能死節者比，特以爲智窮罪極，不能自免，卒就死耳。何也？素所自樹立使然。人固有一死，死有重於泰山，或輕於鴻毛，用之所趨異也。太上不辱先，其次不辱身，其次不辱理色，其次不辱辭令，其次詘體受辱，其次易服受辱，其次關木索被箠楚受辱，其次鬀毛髮嬰金鐵受辱，其次毀肌膚斷支體受辱，最下腐刑，極矣。傳曰“刑不上大夫”，此言士節不可不勉也。猛虎處深山，百獸震恐，及其在穽檻之中，搖尾而求食，積威約之漸也。故士有畫地爲牢勢不入，削木爲吏議不對，定計於鮮也。今交手足，受木索，暴肌膚，受榜箠，幽於圜牆之中，當此之時，見獄吏則頭槍地，視徒隸則心惕息。何者？積威約之勢也。及已至此，言不辱者，所謂彊顏耳，曷足貴乎！且西伯，伯也，拘牖里；李斯，相也，具五刑；淮陰，王也，受械於陳；彭越、張敖，南鄉稱孤，繫獄具罪；絳侯誅諸呂，權傾五伯，囚於請室；魏其，大將也，衣赭關三木；季布爲朱家鉗奴；灌夫受辱居室。此人皆身至王侯將相，聲聞鄰國，及罪至罔加，不能引決自財。在塵埃之中，古今一體，安在其不辱也！由此言之，勇怯，勢也；彊弱，形也。審矣，曷足怪乎！且人不能蚤自財繩墨之外，已稍陵夷至於鞭箠之間，乃欲引節，斯不亦遠乎！古人所以重施刑於大夫者，殆爲此也。夫人情莫不貪生惡死，念親戚，顧妻子，至激於義理者不然，乃有不得已也。今僕不幸，蚤失二親，無兄弟之親，獨身孤立，少卿視僕於妻子何如哉？且勇者不必死節，怯夫慕義，何處不勉焉！僕雖怯耎欲苟活，亦頗識去就之分矣，何至自湛溺累紲之辱哉！且夫臧獲婢妾猶能引決，況若僕之不得已乎！所以隱忍苟活，函糞土之中而不辭者，恨私心有所不盡，鄙没世而文采不表於後也。

古者富貴而名摩滅，不可勝記，唯俶儻非常之人稱焉。蓋西伯拘而演《周易》；仲尼戹而作《春秋》；屈原放逐，乃賦《離騷》；左丘失明，厥有《國語》；孫子臏脚，《兵法》修列；不韋遷蜀，世傳《呂覽》；韓非囚秦，《説難》、《孤憤》。《詩》三百篇，大氐賢聖發憤之所爲作也。此人皆意有所鬱結，不得通其道，故述往事，思來者。及如左丘無目，孫子斷足，終不可用，退論書策以舒其憤，思垂空文以自見。僕竊不遜，近自託於無能之辭，網羅天下放失舊聞，考之行事，稽其成敗興壞之理，凡百三十篇，亦欲以究天人之際，通古今之變，成一家之言。草創未就，適會此禍，惜其不成，是以就極刑而無愠色。僕誠已著此書，藏之名山，傳之其人通邑大都，則僕償前辱之責，雖萬被戮，豈有悔哉！然此可爲智者道，難爲俗人言也。

且負下未易居，下流多謗議。僕以口語遇遭此禍，重爲鄉黨戮笑，汙辱先人，亦何面目復上父母之丘墓乎？雖累百世，垢彌甚耳！是以腸一日而九回，居則忽忽若有所亡，出則不知所如往。每念斯恥，汗未嘗不發背霑衣也。身直爲閨閤之臣，寧得自引深藏於巖穴邪！故且從俗浮湛，與時俯仰，以通其狂惑。今少卿乃教以推賢進士，無乃與僕之私指謬乎。今雖欲自彫瑑，曼辭以自解，無益，於俗不信，祇取辱耳。要之死日，然後是非乃定。書不能盡意，故略陳固陋。

（《司馬遷傳》，《漢書》卷六十二，中華書局二十四史本 1962 年版）

## 班固《漢書·司馬遷傳》"贊"

贊曰：自古書契之作而有史官，其載籍博矣。至孔氏纂之，上繼唐堯，下訖秦繆。唐、虞以前，雖有遺文，其語不經，故言黃帝、顓頊之事，未可明也。及孔子因魯史記而作《春秋》，而左丘明論輯其本事以爲之傳，又纂異同爲《國語》。又有《世本》，錄黃帝以來至春秋時帝王公侯卿大夫祖世所出。春秋之後，七國並爭，秦兼諸侯，有《戰國策》。漢興伐秦定天下，有《楚漢春秋》。

故司馬遷據《左氏》、《國語》，采《世本》、《戰國策》，述《楚漢春秋》，接其後事，訖於天漢。其言秦、漢，詳矣。至於采經摭傳，分散數家之事，甚多疏略，或有抵梧。亦其涉獵者廣博，貫穿經傳，馳騁古今，上下數千載間，斯以勤矣。又其是非頗繆於聖人，論大道而先黃、老而後六經，序遊俠則退處士而進奸雄，述貨殖則崇勢利而羞賤貧,此其所蔽也。然自劉向、揚雄博極群書,皆稱遷有良史之才,服其善序事理,辨而不華,質而不俚,其文直,其事核,不虛美,不隱惡,故謂之實錄。

烏呼!以遷之博物洽聞,而不能以知自全,既陷極刑,幽而發憤,書亦信矣。迹其所以自傷悼,《小雅》巷伯之倫。夫唯《大雅》"既明且哲,能保其身",難矣哉!

(《漢書》卷六十二,中華書局二十四史本 1962 年版)

## 歐陽修《梅聖俞詩集序》

予聞世謂詩人少達而多窮,夫豈然哉?蓋世所傳詩者,多出於古窮人之辭也。凡士之蘊其所有,而不得施於世者,多喜自放於山巔水涯。外見蟲魚草木風雲鳥獸之狀類,往往探其奇怪,內有憂思感憤之鬱積,其興於怨刺,以道羈臣、寡婦之所歎,而寫人情之難言,蓋愈窮則愈工。然則非詩之能窮人,殆窮者而後工也。

(《歐陽修全集》卷四十三,中華書局 2001 年版)

## 陸游《澹齋居士詩序》

詩首國風,無非變者,雖周公之豳亦變也。蓋人之情,悲憤積於中而無言,始發爲詩,不然無詩矣。蘇武、李陵、陶潛、謝靈運、杜甫、李白,激於不能自已,故其詩爲百代法。國朝林逋、魏野以布衣死,梅堯臣、石延年棄不用。蘇舜欽、黃庭堅以廢絀死。近時,江西名家者,例以黨籍禁錮,乃有才名。蓋詩之興本如是。紹興間,秦丞相檜用事,動以語言罪士大夫,士氣抑而不伸,大抵竊寓於詩,亦多不免。若澹齋居士陳公德召者,故與秦公有學校舊,自揣必不合,因不復與相聞。退以文章自娛,詩尤中律呂,不怨不怒,而憤世疾邪之氣,凜然不少回撓。其不坐此得禍,亦僅脫爾。及秦氏廢,始稍起。

(陸游《渭南文集》卷十五,《四部叢刊》本)

## 李卓吾《忠義水滸傳序》

太史公曰:"《說難》、《孤憤》,賢聖發憤之所作也。"由此觀之,古之賢聖,不憤則不作矣。不憤而作,譬如不寒而顫,不病而呻吟也,雖作何觀乎?《水滸傳》者,發憤之所作也。蓋自宋室不競,冠屨倒施,大賢處下,不肖處上。馴致夷狄處上,中原處下,一時君相猶然處堂燕鵲,納幣稱臣,甘心屈膝于犬羊已矣。施、羅二公身在元,心在宋;雖生元日,實憤宋事。是故憤二帝之北狩,則稱大破遼以洩其憤;憤南渡之苟安,則稱滅方臘以洩其憤。敢問洩憤者誰乎?則前日嘯聚水滸之強人也,欲不謂之忠義不可也。是故施、羅二公傳《水滸》而復以忠義名其傳焉。

(李卓吾《焚書》卷三,中華書局 1975 年版)

## 袁文典《讀史記》（節選）

史至《史記》，觀止矣，甚哉。《史記》之不可不讀，又不可驟而讀、易而讀，而卒不可不辨而讀也……余甫冠後，即受而讀之，茫然莫解也。及壯而尚茫然。又歷之數十年，幾經險阻困阨，遂窮愁以終老，而茫然者終未盡解也……余讀《太史公自序》而知《史記》一書實發憤之所爲作。其傳李廣而綴以李蔡之得封，則悲其數奇不遇，即太史公自序也。匪惟其傳伍子胥、酈生、陸賈，亦其自序。即進而屈原、賈生"信而見疑，忠而被謗"，痛哭流涕而長太息，亦其自序也。更進而伯夷積仁潔行而餓死，進而顏子好學而早夭，皆其自序也。更推之而傳樂毅、田單、廉頗、李牧，而淮陰、彭越，而季布、欒布、黥布，而樊、灌諸人，再推之而如項王之力拔山而氣蓋世，乃時不利而騅不逝，與夫豫讓、荊軻諸刺客之切膚齒心，爲知己者死，皆太史公自序也。所謂借他人之酒杯，澆胸中之魂壘。誠不禁其擊碎唾壺，拔劍斫地，慷慨而悲歌也。而於是乎傳信陵、孟嘗、平原、春申四公子之好客急人之義；而於是乎傳朱家、劇孟、郭解諸游俠之不愛其軀赴士之阨，與魯仲連之排難而解紛；而於是乎傳管仲之受和於鮑子，晏子之解驂以救越石父，而願爲之執鞭。嗟乎！讀史至《史記》，讀《史記》至此，有不爲之拍案叫絕，廢書而三嘆也哉。

（袁文典《袁陶村文集》，上海書店《叢書集成續編》本）

# 毛詩序

### [解題]

　　在漢代,《詩經》有齊、魯、韓、毛四家,其中,齊、魯、韓三家爲今文經學,被列於學官,《毛詩》後出,屬古文經學,未被列於學官。東漢以後,三家詩影響漸微,獨《毛詩》流傳甚廣。《毛詩》爲魯人毛亨、趙人毛萇所傳。於每首詩均有一解題,稱爲小序,在首篇《關雎》解題之後,有一段綜論《詩經》要旨的文字,稱爲《詩大序》或《毛詩序》。

　　《毛詩序》發揮了《尚書·堯典》、《禮記·樂記》中"詩言志",以及詩、樂、舞結合的觀點,突出情志生發於內,言辭產生於外的創作過程。儘管其儒家詩教色彩極爲明顯,但強調個人情感在詩歌創作中的作用,無疑是一大進步。後世詩論家在探討詩歌創作緣起時,總離不開情、志這對重要的範疇。

　　完整的創作過程,應包括外在—主體—作品三個方面。外在世界觸動主體產生情志,主體用言辭組合形成作品。先秦的詩歌理論大都只注意到後一個過程(主體—作品),《毛詩序》也只是説"情動於中而形於言",對於情感受外界觸動而生發這層意思,畢竟還未點破。然而,序言也注意到了時代環境對主體情感以及詩歌的影響,這意味着對古人完整的詩歌創作過程,以及對詩歌現實性的認識正在逐步完善。

　　《毛詩序》的"六義"説繼承《周禮》"六詩"而來,而其重點則在於借此闡發了儒家的詩教觀。詩歌具有諷諫的作用,帝王用之,能夠"厚人倫、美教化",但同時,爲了不傷温柔敦厚之旨,《毛詩序》又要求"主文譎諫",作詩要"發乎情,止乎禮義",這是對孔子"思無邪"、中和之美的進一步闡述。

　　《關雎》[1],后妃之德也[2],風之始也[3],所以風[4]天下而正夫婦也。故用之鄉人焉[5],用之邦國焉[6]。風,風也,教也。風以動之,教以化之。

　　詩者,志之所之也[7],在心爲志,發言爲詩。情動於中而形於言,言之不足[8]故嗟歎之,嗟歎之不足故永歌[9]之,永歌之不足,不知手之舞之,足之蹈之也。

　　情發於聲,聲成文[10]謂之音。治世之音安以樂,其政和;亂世之音怨以怒,其政乖[11];亡國之音哀以思,其民困。故正得失,動天地,感鬼神,莫近於詩[12]。先王以是經夫婦,成孝敬,厚人倫,美教化,移風俗。

　　故詩有六義[13]焉:一曰風[14],二曰賦[15],三曰比[16],四曰興[17],五曰雅[18],六曰頌[19]。上以風化下,下以風刺上,主文而譎諫[20],言之者無罪,聞之者足以戒,故曰風。至于王道衰,禮義廢,政教失,國異政,家殊俗,而變風變雅[21]作矣。國史[22]明乎得失之迹,傷人倫之廢,哀刑政之苛,吟詠情性,以風其上,達於事變而懷其舊俗者也,故變風發乎情,止乎禮義。發乎情,民之性也;止乎禮義,先王之澤也。是以一國之事,繫一人之本,謂之風;言天下之事,形四方之風,謂之雅。雅者,正也,言王政之所由廢興也。政有小大,故有小雅焉,有大雅焉。頌者,美盛德之形容,以其成功告於神明者也。是謂四始[23],詩之至也。

然則《關雎》、《麟趾》[24]之化,王者之風,故繫之周公。南,言化自北而南也[25]。《鵲巢》、《騶虞》[26]之德,諸侯之風也,先王之所以教,故繫之召公。《周南》、《召南》,正始之道,王化之基[27]。是以《關雎》樂得淑女,以配君子,愛在進賢,不淫其色。哀窈窕[29],思賢才,而無傷善之心焉。是《關雎》之義也。

(阮元刻《十三經注疏》本《毛詩正義》,中華書局1980年影印版)

## [注釋]

[1]《關雎》:《詩·國風·周南》的首篇。 [2]后妃之德也:《關雎》贊美周文王妃太姒的美德。 [3]風之始也:《關雎》位列《詩經》十五國風之首篇。風,指《詩經》之十五國風。 [4]風(fēng):教化。 [5]用之鄉人焉:《毛詩正義》:"令鄉大夫以之教其民也。"一萬二千五百家爲一鄉。 [6]用之邦國焉:《毛詩正義》:"令天下之諸侯以之教其臣也。" [7]詩者,志之所之也:詩歌是用來表達意志的。志,意志、懷抱。之,往。 [8]不足:不足以表達情志。 [9]永歌:引聲長歌。永,長。 [10]文:指宮、商、角、徵、羽五聲之調。 [11]乖:乖戾,不正常。 [12]莫近於詩:莫過於詩,意爲詩歌是"正得失,動天地,感鬼神"的最好方式。 [13]六義:指詩歌的分類與表現手法。《毛詩正義》:"賦比興是《詩》之所用,風雅頌是《詩》之成形。用彼三事,成此三事,是故同稱爲義。" [14]風:在此文中,風有風化、怨刺之意。《詩經》十五國風即十五個地區的詩歌,反映了各地民眾的生活經歷與思想情感。 [15]賦:鋪陳直敘。鄭玄《周禮·大師》注:"賦之言鋪,直鋪陳今之政教善惡。"朱熹《詩集傳》:"敷陳其事而直言之。" [16]比:比喻。鄭玄《周禮·大師》引鄭司農注:"比者,方於物也。"朱熹《詩集傳》:"比者,以彼物比此物也。" [17]興:興起,感發意志。鄭玄《周禮·大師》注:"興,見今之美,嫌於媚諛,取善事以喻勸之。"朱熹《詩集傳》:"先言他物,以引起所詠之辭。" [18]雅:雅正,下文有解釋。《詩經》中的雅分爲大雅、小雅,指朝廷正樂。 [19]頌:本義爲容貌,即下文"美盛德之形容"。《詩經》有周頌、魯頌、商頌,是周王朝與魯、宋二國宗廟祭祀之樂歌。 [20]主文而譎諫:通過隱約、婉轉的言辭勸諫,而不直言其過失。譎,婉曲、曲折。 [21]變風變雅:指政教衰亂時的作品,《毛詩序》認爲政教得失與詩歌內容密切相關,"亂世之音怨以怒",故變風變雅具有諷刺、怨怒之意。鄭玄《詩譜序》:"孔子錄懿王、夷王時詩訖於陳靈公淫亂之事,謂之變風、變雅。"按此,邶風以下爲變風,大雅《民勞》、小雅《六月》之後爲變雅。若這樣劃分,則變風變雅中亦有美政之詩,故以政教得失判斷詩之正變較爲合理。 [22]國史:王室的史官。 [23]四始:《史記·孔子世家》:"《關雎》之亂,以爲風始,《鹿鳴》爲《小雅》始,《文王》爲《大雅》始,《清廟》爲《頌》始。" [24]《麟趾》:指《詩·國風·周南》之末篇《麟之趾》。《毛詩序》:"《麟之趾》,

《關雎》之應也。《關雎》之化行，則天下無犯非禮，雖衰世之公子，皆信厚如麟趾之時也。"[25]言化自北而南也：《毛傳》："謂其化從岐周被江、漢之域也。"[26]《鵲巢》、《騶虞》：《鵲巢》是《詩·國風·召南》的首篇，《騶虞》是《詩·國風·召南》的末篇。《毛詩小序》："《騶虞》，《鵲巢》之應也。《鵲巢》之化行，人倫既正，朝廷既治，天下純被文王之化，則庶類蕃殖，蒐田以時，仁如騶虞，則王道成也。"[27]正始之道，王化之基：《毛詩正義》："《周南》、《召南》二十五篇之詩，皆是正其初始之道，王業風化之基本也。"[28]窈窕：文靜而美好。

## 史料選

### 《荀子·樂論》

夫樂者，樂也，人情之所必不免也。故人不能無樂，樂則必發於聲音，形於動靜；而人之道，聲音動靜，性術之變盡是矣。故人不能不樂，樂則不能無形，形而不爲道，則不能無亂。先王惡其亂也，故制雅頌之聲以道之，使其聲足以樂而不流，使其文足以辨而不諰，使其曲直、繁省、廉肉、節奏，足以感動人之善心，使夫邪汙之氣無由得接焉。是先王立樂之方也，而墨子非之奈何！

故樂在宗廟之中，君臣上下同聽之，則莫不和敬；閨門之內，父子兄弟同聽之，則莫不和親；鄉里族長之中，長少同聽之，則莫不和順。故樂者，審一以定和者也，比物以飾節者也，合奏以成文者也；足以率一道，足以治萬變。是先王立樂之術也，而墨子非之奈何！

故聽其雅頌之聲，而志意得廣焉；執其干戚，習其俯仰屈伸，而容貌得莊焉；行其綴兆，要其節奏，而行列得正焉，進退得齊焉。故樂者，出所以征誅也，入所以揖讓也。征誅揖讓，其義一也。出所以征誅，則莫不聽從；入所以揖讓，則莫不從服。故樂者，天下之大齊也，中和之紀也，人情之所必不免也。是先王立樂之術也，而墨子非之奈何！

……

夫聲樂之入人也深，其化人也速，故先王謹爲之文。樂中平則民和而不流，樂肅莊則民齊而不亂。民和齊則兵勁城固，敵國不敢嬰也。如是，則百姓莫不安其處，樂其鄉，以至足其上矣。然後名聲於是白，光輝於是大，四海之民莫不願得以爲師，是王者之始也。樂姚冶以險，則民流僈鄙賤矣。流僈則亂，鄙賤則爭。亂爭則兵弱城犯，敵國危之如是，則百姓不安其處，不樂其鄉，不足其上矣。故禮樂廢而邪音起者，危削侮辱之本也。故先王貴禮樂而賤邪音。其在序官也，曰："修憲命，審誅賞，禁淫聲，以時順修，使夷俗邪音不敢亂雅，太師之事也。"

墨子曰："樂者，聖王之所非也，而儒者爲之過也。"君子以爲不然。樂者，聖王之所樂也，而可以善民心，其感人深，其移風易俗。故先王導之以禮樂，而民和睦。夫民有好惡之情，而無喜怒之應，則亂。先王惡其亂也，故修其行，正其樂，而天下順焉。故齊衰之服，哭泣之聲，使人之心悲。帶甲嬰軸，歌於行伍，使人之心傷；姚冶之容，鄭衛之音，使人之心淫；紳端章甫，舞韶歌武，使人之心莊。故君子耳不聽淫聲，目不視女色，口不出惡言，此三者，君子慎之。

凡奸聲感人而逆氣應之，逆氣成象而亂生焉；正聲感人而順氣應之，順氣成象而治生焉。唱和有應，善惡相象，故君子慎其所去就也。君子以鐘鼓道志，以琴瑟樂心。動以干戚，飾以羽旄，從以磬管。故其清明象天，其廣大象地，其俯仰周旋有似於四時。故樂行而志清，禮修而行成，耳目聰明，血氣和平，移風易俗，天下皆寧，美善相樂。故曰：樂者，樂也。君子樂得其道，小人樂得其欲。以道制欲，則樂而不亂；以欲忘道，則惑而不樂。故樂者，所以道樂也，金石絲竹，所以道德也，樂行而民鄉方矣。故樂也者，治人之盛者也，而墨子非之。

且樂也者，和之不可變者也；禮也者，理之不可易者也。樂合同，禮別異，禮樂之統，管乎人心矣。窮本極變，樂之情也；著誠去偽，禮之經也。墨子非之，幾遇刑也。明王已沒，莫之正也。愚者學之，危其身也。君子明樂，乃其德也。亂世惡善，不此聽也。於乎哀哉！不得成也。弟子勉學，無所營也。

聲樂之象：鼓大麗，鐘統實，磬廉制，竽笙簫和，筦籥發猛，塤篪翁博，瑟易良，琴婦好，歌清盡，舞意天道兼。鼓其樂之君邪。故鼓似天，鐘似地，磬似水，竽笙簫和筦籥似星辰日月，鞉柷、拊鞷、椌楬似萬物。曷以知舞之意？曰：目不自見，耳不自聞也，然而治俯仰、詘信、進退、遲速，莫不廉制，盡筋骨之力，以要鐘鼓俯會之節，而靡有悖逆者，眾積意謑謑乎！

……

亂世之徵：其服組，其容婦。其俗淫，其志利，其行雜，其聲樂險，其文章匿而采，其養生無度，其送死瘠墨，賤禮義而貴勇力，貧則爲盜，富則爲賊；治世反是也。

（王先謙《荀子集解》卷十四，《諸子集成》本）

## 劉勰《文心雕龍·比興》

《詩》文弘奧，包韞六義；毛公述《傳》，獨標"興體"，豈不以"風"通而"賦"同，"比"顯而"興"隱哉？故比者，附也；興者，起也。附理者切類以指事，起情者依微以擬議。起情故興體以立，附理故比例以生。比則畜憤以斥言，興則環譬以記諷。蓋隨時之義不一，故詩人之志有二也。

觀夫興之託諭，婉而成章，稱名也小，取類也大。關雎有別，故后妃方德；尸鳩貞一，故夫人象義。義取其貞，無從於夷禽；德貴其別，不嫌於鷙鳥；明而未融，故發注而後見也。且何謂爲比？蓋寫物以附意，颺言以切事者也。故金錫以喻明德,珪璋以譬秀民,螟蛉以類教誨,蜩螗以寫號呼,澣衣以擬心憂,席卷以方志固,凡斯切象,皆比義也。至如麻衣如雪,兩驂如舞,若斯之類,皆比類者也。楚襄信讒,而三閭忠烈,依《詩》製《騷》,諷兼"比"、"興"。炎漢雖盛,而辭人夸毗,詩刺道喪,故興義銷亡。於是賦頌先鳴,故比體雲構,紛紜雜遝,倍舊章矣。

夫比之爲義,取類不常:或喻於聲,或方於貌,或擬於心,或譬於事。宋玉《高唐》云:"纖條悲鳴,聲似竽籟。"此比聲之類也;枚乘《菟園》云:"焱焱紛紛,若塵埃之間白雲。"此則比貌之類也;賈生《鵩賦》云:"禍之與福,何異糾纆。"此以物比理者也;王褒《洞簫》云:"優柔溫潤,如慈父之畜子也。"此以聲比心者也;馬融《長笛》云:"繁縟絡繹,范蔡之説也。"此以響比辯者也;張衡《南都》云:"起鄭舞,繭曳緒。"此以容比物者也。若斯之類,辭賦所先,日用乎比,月忘乎興,習小而棄大,所以文謝於周人也。至於揚班之倫,曹劉以下,圖狀山川,影寫雲物,莫不織綜比義,以敷其華,驚聽回視,資此效績。又安仁《螢賦》云"流金在沙",季鷹《雜詩》云"青條若總翠",皆其義者也。故比類雖繁,以切至爲貴,若刻鵠類鶩,則無所取焉。

贊曰:詩人比興,觸物圓覽。物雖胡越,合則肝膽。擬容取心,斷辭必敢。攢雜詠歌,如川之渙。

(范文瀾《文心雕龍注》,人民文學出版社 1958 年版)

### 鍾嶸《詩品序》(節選)

故詩有六義焉:一曰興,二曰比,三曰賦。文有盡意有餘,興也;因物喻志,比也;直書其事,寓言寫物,賦也。弘斯三義,酌而用之。幹之以風力,潤之以丹彩,使詠之者無極,聞之者動心,是詩之至也。

(曹旭《詩品箋注》,人民文學出版社 2009 年版)

### 孔穎達《毛詩正義》(節選)

然則風、雅、頌者,詩篇之異體;賦、比、興者,詩文之異辭耳。大小不同而得並爲六義者,賦、比、興是詩之所用,風、雅、頌是詩之成形,用彼三事,成此三事,故同稱爲義,非別有篇卷也。

(阮元刻《十三經注疏》本《毛詩正義》,中華書局 1980 年影印版)

### 胡寅《致李叔易》(節選)

大人嘗言,學詩者必分其義,如賦、比、興,古今論者多矣,惟河南李仲蒙之説最善。其言曰:"敘物以言情謂之賦,情物盡也;索物以託情謂之比,情附物者也;

觸物以起情謂之興,物動情者也。故物有剛柔、緩急、榮悴,得失之不齊,則詩人之情性,亦各有所寓。非先辨乎物,則不足以考情性。情性可考,然後可以明禮義而觀乎詩矣。"

(胡寅《崇正辯‧斐然集》下册卷十八,中華書局 1993 年版)

## 朱熹《詩集傳‧詩卷第一》

興者,先言他物以引起所詠之詞也。
賦者,敷陳其事,而直言之者也。
比者,以彼物比此物也。

(《朱子全書》第一册,上海古籍出版社、安徽教育出版社 2002 年版)

## 徐渭《奉師季先生書》(節選)

以《詩》之"興"體起句,絕無意味,自古樂府亦已然。樂府蓋取民俗之謠,正與古國風一類。今之南北東西雖殊方,而婦女兒童、耕夫舟子、塞曲征吟、市歌巷引、若所謂《竹枝詞》,無不皆然。此真天機自動,觸物發聲,以啟其下段欲寫之情,點會亦自有妙處,決不可以意義說者。

(《徐文長三集》卷十六,《徐渭集》,中華書局 1983 年版)

## 沈德潛《清詩別裁集‧凡例》(節選)

詩必原本性情關乎人倫日用及古今成敗興壞之故者,方爲可存,所謂其言有物也。若一無關係,徒辦浮華,又或叫號撞搪以出之,非風人之指矣。尤有甚者,動作溫柔鄉語,如王次回《疑雨集》之類,最足害人心術,一概不存。

(沈德潛《清詩別裁集》,上海古籍出版社 1984 年版)

## 沈德潛《施覺庵考功詩》序(節選)

詩之爲道也,以微言通諷諭,大要援此譬彼,優遊婉順,無放情竭論,而人裴徊自得於意言之餘。"三百"以來,代有升降,旨歸則一也,准夫後之爲詩者,哀必欲涕,喜必欲狂,豪則縱放,而戚若有亡,麤厲之氣勝,而忠厚之道衰,其於詩教,日以偵矣……今體會其詞,和順以發靖,微婉以諷事,比興以定則。其體淵淵,其風泠泠,味之澹澹,而炙之溫溫,讀者不自覺靜其志氣,而調其性情也。是可謂詩人之旨也已。

夫言也者,肖其中之所欲出也:心躁者無和聲,心平者無競氣。張平子,漢之恬退者也,然其《歸田》一賦,"感蔡澤之不遇,俟河清之幾何",慷慨之色,時或流露。今先生際盛明之世，辭榮耽寂，含咀道腴，招朋舊共觴酌，隨所涵泳，發爲詩歌，此其中寧有幾微不平者耶？宜其純古淡泊，優柔平中，而合乎詩人之旨也。

（《歸愚文鈔》卷十一，《沈德潛詩文集》第三冊，人民文學出版社 2011 年版）

# 王　逸

## 楚辭章句敘

[解題]

　　王逸，字叔師，南郡宜城（今屬湖北襄陽）人，生卒年不詳。東漢安帝時爲校書郎，順帝時官至侍中，《後漢書·文苑傳》有載。王逸在劉向所編訂的十六卷《楚辭》基礎上，附以自己的《九思》一篇，並爲之作注，此即現存最早的《楚辭》注本——《楚辭章句》。

　　對作家的品評一直是古代文學批評的重要内容，屈原以其獨特的經歷、不朽的文學成就而成爲歷代論家評論的焦點。淮南王劉安《離騷傳》盛贊《離騷》“可與日月争光”，司馬遷闡述屈原遭受憂愁、發奮抒情之旨。班固却認爲屈原“露才揚己”，不合於儒家之道。王逸《楚辭章句敘》可説是針對班固之言而發，他認爲屈原的行爲如伍子胥之浮江、比干之剖心，具有忠貞的品質。詩歌的作用在於“怨主刺上”，《詩經》中言辭激烈的作品，孔子都稱其爲“大雅”，那班固説屈原“露才揚己”、“強非其人”，在王逸看來則是偏頗不實之論。

　　王逸尊《楚辭》爲“經”，並撰有《離騷經序》，儘管他批駁班固之論，但其觀點是完全符合儒家道德與詩教觀念的。他所説“《離騷》之文，依託五經以立義”，意在推尊屈騷。所言“依《詩》取興，引類譬諭”，也抓住了《離騷》的藝術特點。然而，王逸將《離騷》之辭比附五經，則顯得牽強、生硬。另外，關於屈騷的評價，劉勰《文心雕龍·辨騷》有精到的論述，可參看。

　　昔者孔子叡聖明喆[1]，天生不羣，定經術，删《詩》、《書》，正《禮》、《樂》，制作《春秋》，以爲後王法。門人三千，罔不昭達[2]。臨終之日，則大義乖而微言絶[3]。

　　其後周室衰微，戰國並争，道德陵遲[4]，譎詐萌生。於是楊、墨、鄒、孟、孫、韓之徒[5]，各以所知著造傳記，或以述古，或以明世。而屈原履忠被譖，憂悲愁思，獨依詩人之義而作《離騷》，上以諷諫，下以自慰。遭時闇亂[6]，不見省納，不勝憤蠡,遂復作《九歌》以下凡二十五篇[7]。楚人高其行義,瑋其文采,以相教傳。

至於孝武帝,恢廓道訓[8],使淮南王安作《離騷經章句》[9],則大義粲然。後世雄俊,莫不瞻慕,舒肆妙慮[10],纘述其詞[11]。逮至劉向,典校經書,分爲十六卷。孝章即位,深弘道藝,而班固、賈逵[12]復以所見改易前疑,各作《離騷經章句》。其餘十五卷,闕而不説。又以壯爲狀,義多乖異,事不要括。今臣復以所識所知,稽之舊章,合之經傳,作十六卷章句[13]。雖未能究其微妙,然大指之趣,略可見矣。

且人臣之義,以忠正爲高,以伏節[14]爲賢。故有危言以存國,殺身以成仁。是以伍子胥不恨於浮江,比干不悔於剖心,然後忠立而行成,榮顯而名著。若夫懷道以迷國[15],詳愚[16]而不言,顛則不能扶,危則不能安,婉娩[17]以順上,逡巡[18]以避患,雖保黃耇[19],終壽百年,蓋志士之所恥,愚夫之所賤也。

今若屈原,膺忠貞之質,體清潔之性,直若砥矢[20],言若丹青,進不隱其謀,退不顧其命,此誠絕世之行,俊彦之英也。而班固謂之"露才揚己",競於群小之中,怨恨懷王,譏刺椒、蘭,苟欲求進,强非其人,不見容納,忿恚自沈[21],是虧其高明,而損其清潔者也。昔伯夷、叔齊讓國守分,不食周粟,遂餓而死,豈可復謂有求於世而怨望哉。且詩人怨主刺上曰:"嗚呼小子,未知臧否,匪面命之,言提其耳!"[22]風諫之語,於斯爲切。然仲尼論之,以爲大雅。[23]引此比彼,屈原之詞,優游婉順,寧以其君不智之故,欲提攜其耳乎!而論者以爲"露才揚己"、"怨刺其上"、"强非其人",殆失厥中矣[24]。

夫《離騷》之文,依託五經以立義焉。"帝高陽之苗裔"[25],則"厥初生民,時惟姜嫄"[26]也;"紉秋蘭以爲佩"[27],則"將翱將翔,佩玉瓊琚"[28]也;"夕攬洲之宿莽"[29],則《易》"潛龍勿用"[30]也;"駟玉虬而乘鷖"[31],則"時乘六龍以御天"[32]也;"就重華而敶詞"[33],則《尚書》咎繇之謀謨[34]也;"登崑崙而涉流沙"[35],則《禹貢》之敷土[36]也。故智彌盛者其言博,才益多者其識遠。屈原之詞,誠博遠矣。自終没以來,名儒博達之士著造詞賦,莫不擬則其儀表,祖式其模範,取其要妙,竊其華藻,所謂金相玉質,百世無匹,名垂罔極[37],永不刊滅[38]者矣。

（洪興祖《楚辭補注》卷一,中華書局 1983 年版）

[注釋]

[1]喆:同"哲"。 [2]罔不昭達:(孔門三千弟子中)沒有不明白通曉的。罔,沒有。 [3]"臨終之日"二句:劉歆《移讓太常博士書》:"及夫子殁而微言絕,七十子終而大義乖。"乖,違背、違反。 [4]陵遲:衰微。 [5]楊、墨、鄒、孟、孫、韓之徒:指楊朱、墨翟、鄒衍、孟軻、孫卿(荀卿)、韓非。 [6]闇亂:君主昏庸、朝政混亂。闇,同"暗"。 [7]《九歌》以下凡二十五篇:王逸《楚辭章句》除《離騷》外,還列《九歌》(十一篇)、《天問》、《九章》(九篇)、《遠遊》、《卜居》、《漁

父》、《招魂》，共二十五篇，另有《大招》題作屈原或景差。　[8]恢廓道訓：發揚道之準則。恢廓，發揚、擴大。　[9]淮南王安作《離騷經章句》：《漢書·淮南王安傳》記載，武帝使淮南王劉安作《離騷傳》，此書已佚。　[10]舒肆妙慮：抒發情懷。一作攄舒妙思。　[11]纘述其詞：繼承、傳述屈原《離騷》的言辭。西漢時有不少模擬《離騷》的作品，如東方朔《七諫》、王褒《九懷》等。　[12]賈逵(174—228)：字景伯，東漢經學家。　[13]十六卷章句：《楚辭》十六卷的注文，對於第十七卷《九思》的注文，洪興祖疑爲王逸之子王延壽所作。　[14]伏節：殉節，爲某種理想、信念而死。　[15]懷道以迷國：胸懷治亂之道而隱居不仕。迷國，隱居不仕，不將才能貢獻於國家。　[16]詳愚：假裝愚笨。詳，同“佯”，假裝。　[17]婉娩：柔順之貌。　[18]逡巡：有所顧慮而徘徊不前。　[19]黃耇(gǒu)：年老。　[20]直若砥矢：像砥矢那樣公平正直。《詩·小雅·大東》：“周道如砥，其直如矢。”砥，磨刀石。矢，箭。　[21]“班固”句：班固《離騷序》：“今若屈原，露才揚己，競乎危國群小之間，以離讒賊。然責數懷王，怨惡椒、蘭，愁神苦思，强非其人，忿懟不容，沈江而死，亦貶絜狂狷景仁之士。”　[22]“嗚呼小子”四句：出自《詩·大雅·抑》。《毛詩小序》：“《抑》，衛武公刺厲王，亦以自警也。”小子，指周厲王。臧，善、美好。　[23]“風諫之語”四句：《抑》這首詩充滿了諷諫之意，但孔子删定《詩》三百，將此詩列在《大雅》之中。　[24]殆失厥中矣：班固對屈原的評價非中正之論。殆，大概。厥中，中正之道。　[25]帝高陽之苗裔：《離騷》的首句。屈原自稱是帝高陽的後代。高陽，即上古帝王顓頊。苗裔，子孫後代。　[26]厥初生民，時惟姜嫄：出自《詩·大雅·生民》。厥，其。姜嫄，傳説中有邰氏之女，辛氏之妃，后稷之母。　[27]紉秋蘭以爲佩：紉，貫串。蘭，香草名。佩，飾品。　[28]將翱將翔，佩玉瓊琚：出自《詩·鄭風·有女同車》。將要翱翔之時，佩戴着瓊琚之玉。　[29]夕攬洲之宿莽：攬，采。洲，水中的陸地。宿莽，一種經冬不死的香草。　[30]潛龍勿用：《易》乾卦初九的爻辭。意爲潛伏之龍不可妄動。　[31]駟玉虬以乘鷖：以虬、鳳爲馬，乘車而出行。駟，四匹馬拉的車。虬，無角的龍。鷖，鳳凰的別名。　[32]時乘六龍以御天：《易》乾卦的象辭。一卦有六爻，乾卦爲六陽爻，故稱六龍。六爻各得其位，不失其時，乘利用之，則能駕馭天道。　[33]就重華而陳詞：重華，舜名。陳，同“陳”，陳述。　[34]《尚書》咎繇之謀謨：即《書·皋陶謨》。咎繇，即皋陶，舜之賢臣。謨，謀。　[35]登崑崙而涉流沙：《離騷》中無此句，此處王逸概括了《離騷》“遵吾道夫昆侖兮”、“忽吾行此流沙兮”的句意。　[36]《禹貢》之敷土：《書·禹貢》：“禹敷土，隨山刊木，奠高山大川。”敷土，分治水土。　[37]罔極：無窮盡。　[38]刊滅：磨滅。刊，消除、删除。

# 離騷經序

　　《離騷經》[1]者，屈原之所作也。屈原與楚同姓，仕於懷王，爲三閭大夫。三閭之職，掌王族三姓，曰昭、屈、景。屈原序其譜屬，率其賢良，以屬國士。入則與王圖議政事，決定嫌疑[2]；出則監察群下[3]，應對諸侯。謀行職修[4]，王甚珍[5]之。同列[6]大夫上官、靳尚[7]妒害其能，共譖毀[8]之。王乃疏屈原。

　　屈原執履忠貞[9]而被讒邪，憂心煩亂，不知所愬[10]，乃作《離騷經》。離，別也。騷，愁也。經，徑也。言己放逐離別，中心愁思，猶依道徑，以風諫君也。故上述唐、虞、三后之制，下序桀、紂、羿、澆之敗，冀[11]君覺悟，反於正道而還己也。

　　是時，秦昭王[12]使張儀[13]譎詐懷王[14]，令絶齊交；又使誘楚，請與俱會武關[15]，遂脅與俱歸，拘留不遣，卒客死於秦。其子襄王，復用讒言，遷[16]屈原於江南。屈原放在草野[17]，復作《九章》，援天引聖，以自證明，終不見省[18]。不忍以清白久居濁世，遂赴汨淵自沈而死。

　　《離騷》之文，依《詩》取興，引類譬諭，故善鳥香草，以配忠貞；惡禽臭物，以比讒佞；靈脩美人，以媲於君；宓妃佚女，以譬賢臣；虬龍鸞鳳，以託君子；飄風雲霓，以爲小人。其詞温而雅，其義皎而朗。凡百[19]君子，莫不慕其清高，嘉其文采，哀其不遇，而愍[20]其志焉。

（洪興祖《楚辭補注》卷一，中華書局1983年版）

[注釋]

　　[1]《離騷經》：即《離騷》，王逸推崇《離騷》，故尊之爲"經"。洪興祖《楚辭補注》："古人引《離騷》未有言經者，蓋後世之士祖述其詞，尊之爲經耳。"　[2]嫌疑：疑惑難辨別之事。《墨子·小取》："処利害，決嫌疑。"　[3]群下：僚屬、群臣。　[4]謀行職修：屈原的建議都能被采納施行，他也盡職地做事。謀，計策、建議。　[5]珍：器重。　[6]同列：同等地位。　[7]上官、靳尚：《史記·屈原賈生列傳》："上官大夫與之同列。""用事臣靳尚。"關於上官大夫與靳尚是否是同一人，尚有不同見解。劉向《新序·節士》："楚貴臣上官大夫靳尚。"而《漢書·古今人表》則列上官大夫爲五等，靳尚爲七等。　[8]譖毀：詆毀、誣陷。　[9]執履忠貞：操守和行爲忠義堅貞。　[10]不知所愬：不知向誰傾訴。愬（sù），同"訴"。　[11]冀：希望。　[12]秦昭王：即秦昭襄王（前325—前251）。　[13]張儀：戰國時期縱橫家，曾兩次爲秦相。　[14]懷王：楚懷王。　[15]武關：地名，位於今陝西省丹鳳縣東南。　[16]遷：貶謫、放逐。　[17]草野：荒野、荒遠之地。　[18]終不見省：最終不能被明察。　[19]凡百：一切、一應。　[20]愍（mǐn）：同"憫"，憐憫、痛心。

## 史料選

### 司馬遷《史記·屈原賈生列傳》（節選）

屈原者，名平，楚之同姓也。爲楚懷王左徒。博聞彊志，明於治亂，嫻於辭令。入則與王圖議國事，以出號令；出則接遇賓客，應對諸侯。王甚任之。

上官大夫與之同列，爭寵而心害其能。懷王使屈原造爲憲令，屈平屬草稿未定。上官大夫見而欲奪之，屈平不與，因讒之曰：“王使屈平爲令，衆莫不知，每一令出，平伐其功，以爲‘非我莫能爲’也。”王怒而疏屈平。

屈平疾王聽之不聰也，讒諂之蔽明也，邪曲之害公也，方正之不容也，故憂愁幽思而作《離騷》。離騷者，猶離憂也。夫天者，人之始也；父母者，人之本也。人窮則反本，故勞苦倦極，未嘗不呼天也；疾痛慘怛，未嘗不呼父母也。屈平正道直行，竭忠盡智以事其君，讒人間之，可謂窮矣。信而見疑，忠而被謗，能無怨乎？屈平之作《離騷》，蓋自怨生也。國風好色而不淫，小雅怨誹而不亂，若《離騷》者，可謂兼之矣。上稱帝嚳，下道齊桓，中述湯武，以刺世事。明道德之廣崇，治亂之條貫，靡不畢見。其文約，其辭微，其志絜，其行廉，其稱文小而其指極大，舉類邇而見義遠。其志絜，故其稱物芳。其行廉，故死而不容自疏。濯淖汙泥之中，蟬蛻於濁穢，以浮游塵埃之外，不獲世之滋垢，皭然泥而不滓者也。推此志也，雖與日月爭光可也。

……

屈原至於江濱，被髮行吟澤畔。顏色憔悴，形容枯槁。漁父見而問之曰：“子非三閭大夫歟？何故而至此？”屈原曰：“舉世混濁而我獨清，衆人皆醉而我獨醒，是以見放。”漁父曰：“夫聖人者，不凝滯於物而能與世推移。舉世混濁，何不隨其流而揚其波？衆人皆醉，何不餔其糟而啜其醨？何故懷瑾握瑜而自令見放爲？”屈原曰：“吾聞之，新沐者必彈冠，新浴者必振衣，人又誰能以身之察察，受物之汶汶者乎！寧赴常流而葬乎江魚腹中耳，又安能以皓皓之白而蒙世俗之溫蠖乎！”乃作懷沙之賦。

……

屈原既死之後，楚有宋玉、唐勒、景差之徒者，皆好辭而以賦見稱；然皆祖屈原之從容辭令，終莫敢直諫。其後楚日以削，數十年竟爲秦所滅。

（《史記》卷八十四，中華書局二十四史本 1959 年版）

### 班固《漢書·地理志下》（節選）

楚有江漢川澤山林之饒；江南地廣，或火耕水耨。民食魚稻，以漁獵山伐爲業，果蓏贏蛤，食物常足。故呰窳媮生，而亡積聚，飲食還給，不憂凍餓，亦亡千金之家。信巫鬼，重淫祀。

（《漢書》卷二十八下，中華書局二十四史本 1962 年版）

### 劉勰《文心雕龍·辨騷》

自《風》、《雅》寢聲，莫或抽緒，奇文鬱起，其《離騷》哉！固已軒翥詩人之後，奮飛辭家之前，豈去聖之未遠，而楚人之多才乎！昔漢武愛《騷》，而淮南作《傳》，以爲："《國風》好色而不淫，《小雅》怨誹而不亂，若《離騷》者，可謂兼之。蟬蛻穢濁之中，浮游塵埃之外，皭然涅而不緇，雖與日月爭光可也。"班固以爲："露才揚己，忿懟沉江。羿澆二姚，與左氏不合；崑崙懸圃，非《經》義所載。然其文辭麗雅，爲詞賦之宗，雖非明哲，可謂妙才。"王逸以爲："詩人提耳，屈原婉順。《離騷》之文，依《經》立義。馳虯乘翳，則時乘六龍；崑崙流沙，則《禹貢》敷土。名儒辭賦，莫不擬其儀表，所謂'金相玉質，百世無匹'者也。"及漢宣嗟歎，以爲"皆合經術"。揚雄諷味，亦言"體同詩雅"。四家舉以方經，而孟堅謂不合傳，褒貶任聲，抑揚過實，可謂鑒而弗精，玩而未覈者也。

將覈其論，必徵言焉。故其陳堯舜之耿介，稱湯武之祗敬，典誥之體也；譏桀紂之猖披，傷羿澆之顛隕，規諷之旨也；虯龍以喻君子，雲蜺以譬讒邪，比興之義也；每一顧而掩涕，歎君門之九重，忠恕之辭也：觀茲四事，同於《風》、《雅》者也。至於託雲龍，說迂怪，豐隆求宓妃，鴆鳥媒娀女，詭異之辭也；康回傾地，夷羿彃日，木夫九首，土伯三目，譎怪之談也；依彭咸之遺則，從子胥以自適，狷狹之志也；士女雜坐，亂而不分，指以爲樂，娛酒不廢，沉湎日夜，舉以爲懽，荒淫之意也：摘此四事，異乎經典者也。

故論其典誥則如彼，語其誇誕則如此。固知《楚辭》者，體慢於三代，而風雜於戰國，乃《雅》、《頌》之博徒，而詞賦之英傑也。觀其骨鯁所樹，肌膚所附，雖取鎔《經》意，亦自鑄偉辭。故《騷經》、《九章》，朗麗以哀志；《九歌》、《九辯》，綺靡以傷情；《遠遊》、《天問》，瑰詭而惠巧，《招魂》、《招隱》，耀艷而深華；《卜居》標放言之致，《漁父》寄獨往之才。故能氣往轢古，辭來切今，驚采絕艷，難與並能矣。

自《九懷》以下，遽躡其跡，而屈宋逸步，莫之能追。故其敘情怨，則鬱伊而易感；述離居，則愴怏而難懷；論山水，則循聲而得貌；言節候，則披文而見時。是以枚賈追風以入麗，馬揚沿波而得奇，其衣被詞人，非一代也。故才高者菀其鴻裁，中巧者獵其艷辭，吟諷者銜其山川，童蒙者拾其香草。若能憑軾以倚《雅》、《頌》，懸轡以馭楚篇，酌奇而不失其貞，玩華而不墜其實，則顧盼可以驅辭力，欬唾可以窮文致，亦不復乞靈於長卿，假寵於子淵矣。

贊曰：不有屈原，豈見離騷。驚才風逸，壯志煙高。山川無極，情理實勞，金相玉式，豔溢錙毫。

（范文瀾《文心雕龍注》，人民文學出版社 1958 年版）

## 柳宗元《吊屈原文》

後先生蓋千祀兮，余再逐而浮湘。求先生之汨羅兮，擥蘅若以薦芳。願荒忽之顧懷兮，冀陳詞而有光。先生之不從世兮，惟道是就。支離搶攘兮，遭世孔疚。華蟲薦壤兮，進御羞襃。牝雞咿嚘兮，孤雄束咮。哇咬環觀兮，蒙耳大呂。董喭以爲羞兮，焚棄稷黍。犴獄之不知避兮，宮庭之不處。陷塗藉穢兮，榮若繡黼。榱折火烈兮，娭娭笑舞。讒巧之嘵嘵兮，惑以爲《咸池》。便媚鞠惡兮，美愈西施。謂謨言之怪誕兮，反眞瑱而遠違。匿重癍以諱避兮，進俞緩之不可爲。何先生之凜凜兮，屬鍼石而從之。但仲尼之去魯兮，曰吾行之遲遲。柳下惠之直道兮，又焉往而可施。今夫世之議夫子兮，曰胡隱忍而懷斯。惟達人之卓軌兮，固僻陋之所疑。委故都以從利兮，吾知先生之不忍。立而視其覆墜兮，又非先生之所志。窮與達固不渝兮，夫唯服道以守義。矧先生之悃愊兮，滔大故而不貳。沉璜瘞佩兮，孰幽而不光？荃蕙蔽匿兮，胡久而不芳？先生之貌不可得兮，猶髣髴其文章。託遺編而欷歔兮，渙余涕之盈眶。呵星辰而驅詭怪兮，夫孰救於崩亡。何揮霍夫雷霆兮，苟爲是之荒茫。耀婋辭之曬朗兮，世果以是之爲狂。哀余衷之坎坎兮，獨蘊憤而增傷。諒先生之不言兮，後之人又何望。忠誠之既內激兮，抑衡忍而不長。羋爲屈之幾何兮，胡獨焚其中腸。吾哀今之爲仕兮，庸有慮時之否臧！食君之禄畏不厚兮，悼得位之不昌。退自服以默默兮，曰吾言之不行。既媮風之不可去兮，懷先生之可忘。

（柳宗元《柳河東集》卷十九，上海人民出版社 1974 年版）

## 王夫之《楚辭通釋》

若夫盪情約志，瀏灕曲折，光焰瑰瑋，賦心靈警，不在一宮一羽之間，爲詞賦之祖，萬年不祧。漢人求肖而逾乖，是所謂奔逸絕塵，瞠乎皆後者矣。

（王夫之《楚辭通釋》卷一，中華書局 1959 年版）

## 沈德潛《説詩晬語》

《離騷》者，《詩》之苗裔也。第《詩》分正變，而《離騷》所際獨變，故有佗傺噫鬱之音，無和平廣大之響。讀其詞，審其音，如赤子婉戀於父母側而不忍去。要其顯忠斥佞，愛君憂國，足以持人道之窮矣。尊之爲"經"，烏得爲過？

（《原詩·一瓢詩話·説詩晬語》，人民文學出版社 1979 年版）

### 王國維《屈子文學之精神》

我國春秋以前，道德政治上之思想可分之爲二派：一帝王派，一非帝王派。前者稱道堯、舜、禹、湯、文、武，後者則稱其學出於上古之隱君子（如莊周所稱廣成子之類）。或託之於上古之帝王。前者近古學派，後者遠古學派也。前者貴族派，後者平民派也。前者入世派，後者遯世派（非真遯世派，知其主義之終不能行於世，而遯焉者也）也。前者熱性派，後者冷性派也。前者國家派，後者個人派也。前者大成於孔子、墨子，而後者大成於老子（老子，楚人，在孔子後，與孔子問禮之老聃係二人。説見汪容甫《述學·老子考異》）。故前者北方派，後者南方派也。此二派者，其主義常相反對而不能相調和。觀孔子與接輿、長沮、桀溺、荷蓧丈人之關係可知之矣。戰國後之諸學派無不直接出於此二派，或出於混合此二派。故雖謂吾國固有之思想，不外此二者，可也。

夫然，故吾國之文學亦不外發表二種之思想。然南方學派則僅有散文的文學，如老子、莊、列是已。至詩歌的文學，則爲北方學派之所專有。《詩》三百篇大抵表北方學派之思想者也。雖其中如《考槃》、《衡門》等篇略近南方之思想，然北方學者所謂"用之則行，舍之則藏"，"有道則見，無道則隱"者，亦豈有異於是哉？故此等謂之南北公共之思想則可，必非南方思想之特質也。然則詩歌的文學所以獨出於北方之學派中者，又何故乎？詩歌者，描寫人生者也。（用德國大詩人希爾列爾之定義）此定義未免太狹，今更廣之曰"描寫自然及人生"可乎？然人類之興味，實先人生而後自然，故純粹之模山範水、流連光景之作，自建安以前殆未之見。而詩歌之題目皆以描寫自己之感情爲主。其寫景物也，亦必以自己深邃之感情爲之素地，而始得於特別之境遇中用特別之眼觀之。故古代之詩所描寫者，特人生之主觀的方面，而對人生之客觀的方面，及純處於客觀界之自然，斷不能以全力注之也。故對古代之詩，前之定義寧苦其廣，而不苦其隘也。

詩之爲道，既以描寫人生爲事，而人生者，非孤立之生活，而在家族、國家及社會中之生活也。北方派之理想，置於當日之社會中；南方派之理想，則樹於當日之社會外。易言以明之，北方派之理想在改作舊社會，南方派之理想在創造新社會，然改作與創造，皆當日社會之所不許也。南方之人，以長於思辯而短於實行，故知實踐之不可能，而即於其理想中求其安慰之地，故有遯世無悶，囂然自得以没齒者矣。若北方之人，則往往以堅忍之志，强毅之氣，持其改作之理想，以與當日之社會爭。而社會之仇視之也，亦與其仇視南方學者無異，或有甚焉。故彼之視社會也，一時以爲寇，一時以爲親，如此循環而遂生歐穆亞（Humour）之人生觀。《小雅》中之傑作，皆此種競爭之産物也。且北方之人，不爲離世絶俗之舉，而日周旋於君臣、父子、夫婦之間，此等在在界以詩歌之題目，與以作詩之動機。此詩歌的文學,所以獨產於北方學派中,而無與於南方學派者也。

然南方文學中又非無詩歌的原質也。南人想像力之偉大豐富,勝於北人遠甚。彼等巧於比類而善於滑稽,故言大則有若北溟之魚,語小則有若蝸角之國;語久則大椿冥靈,語短則蟪蛄朝菌。至於襄城之野,七聖皆迷;汾水之陽,四子獨往。此種想像,決不能於北方文學中發見之。故《莊》、《列》書中之某部分,即謂之散文詩,無不可也。夫兒童想像力之活潑,此人人公認之事實也。國民文化發達之初期亦然,古代印度及希臘之壯麗之神話,皆此等想像之產物。以中國論,則南方之文化發達較後於北方,則南人之富於現,亦自然之勢也。此南方文學中之詩歌的特質之優於北方文學者也。

由此觀之,北方人之感情,詩歌的也,以不得想像之助,故其所作遂止於小篇。南方人之想像,亦詩歌的也,以無深邃之感情之後援,故其想像亦散漫而無所麗,是以無純粹之詩歌。而大詩歌之出,必須俟北方人之感情與南方人之想像合而為一,即必通南北之驛騎而後可,斯即屈子其人也。

屈子南人而學北方之學者也。南方學派之思想,本與當時封建貴族之制度不能相容,故雖南方之貴族,亦常奉北方之思想焉。觀屈子之文,可以徵之。其所稱之聖王,則有若高辛、堯、舜、湯、少康、武丁、文、武,賢人則有若皋陶、摯、說、彭、咸(謂彭祖、巫咸,商之賢臣也。與"巫咸將夕降兮"之巫咸,自是二人,《列子》所謂"鄭有神巫名季咸者"也)、比干、伯夷、呂望、寧戚、百里、介推、子胥,暴君則有若夏啟、羿、浞、桀、紂,皆北方學者之所常稱道,而于南方學者所稱黃帝、廣成等不一及焉。雖《遠遊》一篇,似專述南方之思想,然此實屈子憤激之詞,如孔子之居夷浮海,非其志也。《離騷》之卒章,其旨亦與《遠遊》同。然卒曰:"陟升皇之赫戲兮,忽臨睨夫舊鄉。僕夫悲余馬懷兮,蜷局顧而不行。"《九章》中之《懷沙》,乃其絕筆,然猶稱重華、湯、禹,足知屈子固徹頭徹尾抱北方之思想,雖欲為南方之學者,而終有所不慊者也。

屈子之自贊曰"廉貞"。余謂屈子之性格,此二字盡之矣。其"廉"固南方學者之所優為,其"貞"則其所不屑為,亦不能為者也。女嬃之詈,巫咸之占,漁父之歌,皆代表南方學者之思想,然皆不足以動屈子。而知屈子者,唯詹尹一人。蓋屈子之於楚,親則肺腑,尊則大夫,又嘗筦內政外交上之大事矣。其於國家既同累世之休戚,其於懷王又有一日之知遇,一疏再放,而終不能易其志,於是其性格與境遇相待,而使之成一種之歐穆亞。《離騷》以下諸作,實此歐穆亞所發表者也。使南方之學者處此,則賈誼(《吊屈原文》)揚雄(《反離騷》)是而屈子非矣,此屈子之文學,所負于北方學派者也。

然就屈子文學之形式言之,則所負于南方學派者,抑又不少。彼之豐富之想像力,實與莊、列為近。《天問》、《遠遊》鑿空之談,求女謬悠之語,莊語之不足,而繼之以諧，於是思想之遊戲更爲自由矣。變《三百篇》之體而爲長句，變短什而爲長篇，於是感情之發表更爲宛轉矣。此皆古代北方文學之所未有，而其端自屈子開之。然所以驅使想像而成此大文學者，實由其北方之肫摯的性格。此莊周等之所以僅爲哲學家，而周、秦間之大詩人不能不獨數屈子也。

要之，詩歌者，感情的産物也。雖其中之想像的原質（即知力的原質），亦須有肫摯之感情爲之素地，而後此原質乃顯。故詩歌者實北方文學之産物，而非儇薄冷淡之夫所能託也。觀後世之詩人，若淵明，若子美，無非受北方學派之影響者。豈獨一屈子然哉！豈獨一屈於然哉！

（《王國維全集》第十四卷，浙江教育出版社、廣東教育出版社 2009 年版）

# 王　充

## 論衡·超奇

[解題]

　　王充(27—約97)，字仲任，會稽上虞(今浙江上虞)人。出自"細族孤門"，曾受業於太學，只做過功曹一類的小官，但因勸諫上司，與之不合，辭官而去。著有《論衡》八十五篇，今存八十四篇(《招致》一篇僅存篇目)。《後漢書》卷四十九有傳。

　　就《論衡》的創作過程來看，此書既不同於諸子百家的學派成果，也非《吕氏春秋》《淮南子》這樣的集體編撰。它由王充獨立撰述而成，告别了先秦的宏大叙事、終極思考和体系建构，具有較爲純粹的學術性意味。王充本着求真務實之精神，對性命關係、天人關係、人鬼關係、用人制度等諸多問題進行了廣泛深入的探討，其旨在於"疾虚妄"，這是對東漢盛行的讖緯、迷信學説的一大反動。反對虚妄之言，爲人爲文，均提倡實用。《論衡·超奇》便通過對作家的品評，闡述了這一觀點。

　　能否致用是《超奇》品評人物的重要標準，讀書"貴其能用"，否則便如鸚鵡學舌，没有實際意義。王充强調"作"(獨立的創見)勝於"述"，重治道政務之文而輕荒謬失實之言。所以他將"精思著文，連結篇章"的鴻儒列於文人、通人、儒生之上，對文學的治世功能有深刻認識。但若將此視爲唯一的判斷標準，以至於得出司馬遷《史記》無胸中之造這樣的結論，則有所偏頗。表裏相符、文實相稱，這在《論語》中已有類似的論述，但王充筆下的"實"除了指稱文章的内容、作者的思想情志外，還包括作者的治世才能。有判斷形勢、解決問題的能力和經驗，所作之文纔不會是紙上談兵。商鞅既具治世之"實"，又著有致用之書；周長生所著《洞歷》雖類似《史記》，但其人有治世之才，因而被列爲鴻儒。王充之講"實"、"用"，由此可見一斑。此外，王充正視文學發展的一般規律，指出了後世作者超越前人的合理性，認爲評價作品要以"優者爲高、明者爲上"，反對貴古賤今。

通書千篇以上，萬卷以下，弘暢雅閑，審定文讀[1]，而以教授爲人師者，通人也。杼[2]其義旨，損益其文句，而以上書奏記，或興論立說、結連篇章者，文人鴻儒也。好學勤力，博聞强識，世間多有；著書表文，論説古今，萬不耐一[3]。然則著書表文，博通所能用之者也。入山見木，長短無所不知；入野見草，大小無所不識。然而不能伐木以作室屋，採草以和方藥，此知草木所不能用也。夫通人覽見廣博，不能攝以論説，此爲匿生書主人[4]。孔子所謂“誦詩三百，授之以政，不達”[5]者也，與彼草木不能伐採，一實也。孔子得史記[6]以作《春秋》，及其立義創意，褒貶賞誅，不復因史記者，眇[7]思自出於胸中也。凡貴通者，貴其能用之也。即徒誦讀，讀詩諷術，雖千篇以上，鸚鵡能言之類也[8]。衍傳書之意，出膏腴之辭[9]，非俶儻[10]之才，不能任也。夫通覽者，世間比有[11]；著文者，歷世希然。近世劉子政父子、揚子雲、桓君山[12]，其猶文、武、周公，並出一時也。其餘直有[13]，往往而然，譬珠玉不可多得，以其珍也。

故夫能説一經者爲儒生，博覽古今者爲通人，采掇傳書以上書奏記者爲文人，能精思著文連結篇章者爲鴻儒。故儒生過俗人，通人勝儒生，文人逾通人，鴻儒超文人。故夫鴻儒，所謂超而又超者也。以超之奇，退與儒生相料[14]，文軒[15]之比於敝車，錦繡之方於縕袍[16]也，其相過遠矣。如與俗人相料，太山之巔壌[17]，長狄之項踵[18]，不足以喻。故夫丘山以土石爲體，其有銅鐵，山之奇也。銅鐵既奇，或出金玉。然鴻儒，世之金玉也，奇而又奇矣。奇而又奇，才相超乘，皆有品差。

儒生説[19]名於儒門，過俗人遠也。或不能説一經，教誨後生，或帶徒聚衆，説論洞溢，稱爲經明。或不能成牘，治一説。或能陳得失，奏便宜[20]，言應經傳，文如星月。其高第若谷子雲、唐子高[21]者，説書於牘奏之上，不能連結篇章。或抽列古今，紀著行事，若司馬子長、劉子政之徒，累積篇第，文以萬數，其過子雲、子高遠矣。然而因成紀前，無胸中之造。若夫陸賈、董仲舒論説世事，由意而出，不假取於外，然而淺露易見，觀讀之者猶曰傳記。陽成子長[22]作《樂經》，揚子雲作《太玄經》，造於助[23]思，極睿冥[24]之深，非庶幾之才[25]，不能成也。孔子作《春秋》，二子作兩經，所謂卓爾蹈孔子之跡，鴻茂參貳聖之才者也。

王公子[26]問於桓君山以揚子雲，君山對曰：“漢興以來，未有此人。”[27]君山差才[28]，可謂得高下之實矣。采玉者心羨於玉，鑽龜[29]能知神於龜。能差衆儒之才，累其高下，賢於所累[30]。又作《新論》，論世間事，辯照然否，虛妄之言，僞飾之辭，莫不證定。彼子長、子雲説論之徒，君山爲甲。自君山以來，皆爲鴻眇之才，故有嘉令之文。筆能著文，則心能謀論，文由胸中而出，心以文爲表。觀見其文，奇偉俶儻，可謂得論也。由此言之，繁文之人[31]，人之傑也。

有根株於下，有榮葉於上；有實核於內，有皮殼於外。文墨辭說，士之榮葉、皮殼也。實誠在胸臆，文墨著竹帛，外內表裏，自相副稱，意奮而筆縱，故文見而實露也。人之有文也，猶禽之有毛也。毛有五色，皆生於體。苟有文無實，是則五色之禽毛妄生也。選士以射，心平體正，執弓矢審固，然後射中。論說之出，猶弓矢之發也；論之應理，猶矢之中的。夫射以矢中效巧，論以文墨驗奇。奇巧俱發於心，其實一也。

文有深指巨略，君臣治術，身不得行，口不能紲[32]，表著情心，以明己之必能為之也。孔子作《春秋》，以示王意。然則孔子之《春秋》，素王[33]之業也；諸子之傳書，素相之事也[34]。觀《春秋》以見王意，讀諸子以睹相指。故曰：陳平割肉，丞相之端見[35]；孫叔敖決期思，令君之兆著[36]。觀讀傳書之文，治道政務，非徒割肉決水之占也。足不彊則跡不遠，鋒不銛[37]則割不深。連結篇章，必大才智鴻懿之俊也。

或曰：著書之人，博覽多聞，學問習熟，則能推類興文。文由外而興，未必實才學文相副也[38]。且淺意於華葉之言，無根核之深，不見大道體要，故立功者希。安危之際，文人不與，無能建功之驗，徒能筆說之效也。

曰：此不然。周世著書之人皆權謀之臣，漢世直言之士皆通覽之吏，豈謂文非華葉之生，根核推之也？心思為謀，集札為文，情見於辭，意驗於言。商鞅相秦，致功於霸，作《耕戰》之書。虞卿為趙決計定說行，退作春秋之思，起城中之議。[39]

耕戰之書，秦堂上之計[40]也。陸賈消呂氏之謀[41]，與《新語》[42]同一意。桓君山易晁錯之策，與《新論》共一思。[43]觀谷永之陳說[44]，唐林之宜言[45]，劉向之切議，以知為本，筆墨之文，將[46]而送之，豈徒雕文飾辭，苟為華葉之言哉？精誠由中，故其文語感動人深。是故魯連飛書，燕將自殺[47]；鄒陽上疏，梁孝開牢[48]。書疏文義，奪於肝心，非徒博覽者所能造，習熟者所能為也。

夫鴻儒希有，而文人比然，將相長吏，安可不貴？豈徒用其才力，游文於牒牘哉？州郡有憂，能治章上奏，解理結煩，使州郡連事[49]，有如唐子高、谷子雲之吏，出身盡思，竭筆牘之力，煩憂適[50]有不解者哉？古昔之遠，四方辟匿，文墨之士，難得紀錄。且近自以會稽言之，周長生[51]者，文士之雄也，在州為刺史任安舉奏，在郡為太守孟觀上書，事解憂除，州郡無事，二將以全。長生之身不尊顯，非其才知少、功力薄也，二將懷俗人之節，不能貴也。使遭前世燕昭，則長生已蒙鄒衍之寵矣。[52]長生死後，州郡遭憂，無舉奏之吏，以故事結不解，微詣相屬[53]，文軌不尊[54]，筆疏不續也。豈無憂上之吏哉？乃其中文筆不足類[55]也。

長生之才，非徒銳於牒牘也，作《洞歷》十篇，上自黃帝，下至漢朝，鋒芒毛髮之事，莫不紀載，與太史公《表》、《紀》相似類也。上通下達，故曰《洞歷》。然則長生非徒文人，所謂鴻儒者也。

前世有嚴夫子，後有吳君商[56]，末有周長生。白雉貢於越[57]，暢草獻於宛，雍州出玉，荊、揚生金[58]。珍物產於四遠幽遼之地，未可言無奇人也。孔子曰："文王既没，文不在兹乎！"[59]

文王之文在孔子，孔子之文在仲舒。仲舒既死，豈在長生之徒與？何言之卓殊，文之美麗也！唐勒、宋玉[60]，亦楚文人也，竹帛不紀者，屈原在其上也。會稽文才，豈獨周長生哉？所以未論列者，長生尤踰出也。九州多山，而華、岱爲嶽，四方多川，而江、河爲瀆者，華、岱高而江、河大也。長生，州郡高大者也。同姓之伯賢，舍而譽他族之孟，未爲得也。長生說文辭之伯，文人之所共宗，獨紀錄之，《春秋》記元於魯之義也[61]。

俗好高古而稱所聞，前人之業，菜果甘甜；後人新造，蜜酪辛苦。長生家在會稽，生在今世，文章雖奇，論者猶謂稚於前人。天稟元氣，人受元精，豈爲古今者差殺哉？優者爲高，明者爲上，實事之人，見然否之分者，睹非却前，退置於後，見是推今，進置於古，心明知昭，不惑於俗也。班叔皮續《太史公書》百篇以上[62]，記事詳悉，義淺理備。觀讀之者以爲甲，而太史公乙。子男孟堅[63]爲尚書郎，文比叔皮非徒五百里也，乃夫周召、魯衛[64]之謂也。苟可高古，而班氏父子不足紀也。

周有郁郁之文者，在百世之末也。漢在百世之後，文論辭說，安得不茂？喻大以小，推民家事，以睹王廷之義：盧宅始成，桑麻繞有，居之歷歲，子孫相續，桃李梅杏，菴[65]丘蔽野。根莖衆多，則華葉繁茂。漢氏治定久矣，土廣民衆，義興事起，華葉之言，安得不繁？夫華與實俱成者也，無華生實，物希有之。山之禿也，孰其茂也？地之瀉[66]也，孰其滋也？文章之人，滋茂漢朝者，乃夫漢家熾盛之瑞也。天晏，列宿焕炳[67]。陰雨，日月蔽匿。方今文人並出見者，乃夫漢朝明明之驗也。

高祖讀陸賈之書，歎稱萬歲[68]；徐樂、主父偃上疏，徵拜郎中[69]：方今未聞。膳無苦酸之肴，口所不甘味，手不舉以啖人[70]。詔書每下，文義經傳四科，詔書斐然，郁郁好文之明驗也。上書不實核，著書無義指，萬歲之聲，徵拜之恩，何從發哉？飾面者皆欲爲好，而運目[71]者希。文音者皆欲爲悲，而驚耳者寡。陸賈之書未奏，徐樂、主父之策未聞，群諸瞽言之徒，言事麤醜，文不美，潤不指，所謂文辭洿滑，不被濤沙之謫，幸矣，焉蒙徵拜爲郎中之寵乎？

（劉盼遂《論衡集解》卷十三，古籍出版社 1957 年版）

[注釋]

[1]審定文讀：透徹了解句意及文義。文讀，文章句讀，《太平御覽》引作"文義"。 [2]杼：

通"抒"，表達、發揮。　[3]萬不耐一：萬人之中難得一人。耐，通"能"。　[4]匡生書主人：此句文義不通，疑有衍誤。　[5]誦詩三百，授之以政，不達：出自《論語‧子路》。　[6]史記：魯國史。　[7]眇：通"妙"。　[8]鸚鵡能言之類也：《禮記‧曲禮》："鸚鵡能言，不離飛鳥。猩猩能言，不離禽獸。"意爲只學不用，沒有實際意義。　[9]"衍傳書之意"二句：引申古書之義，寫出文采富麗的文辭。傳書，泛指古書。膏腴，比喻文辭華美。　[10]俶儻：同"倜儻"，卓越。　[11]比有：比比皆是，到處都有。　[12]劉子政父子：劉向、劉歆父子。揚子云：揚雄。桓君山：桓譚。　[13]直有：僅有。直，只、僅僅。　[14]料：衡量、比較。　[15]文軒：華麗的車子。軒，古代供大夫以上乘坐的前頂較高而有帷幕的車。　[16]縕袍：由新舊混合的棉絮所做的袍子。　[17]太山之巔墆：太山的山頂和山腳。墆(dì)，底部。　[18]長狄之項蹠：長狄人的頸部和脚掌。長狄，古代少數民族，族人形體高大。項，脖子。蹠，脚掌。　[19]説：通"税"，休止、寄託。　[20]便宜：利於國家，合乎時宜的建議。　[21]谷子雲、唐子高：谷永，字子雲，《漢書》卷八十五有傳。唐林，字子高，《漢書》卷七十一有傳。　[22]陽成子長：陽成衡，東漢初期蜀人，增補《史記》，今已佚。　[23]助：孫詒讓《札迻》："'助'當爲'眇'，形近而誤。上文'眇思自出於胸中也'。"　[24]窅(yǎo)冥：深幽之貌。　[25]庶幾之才：《易‧繫辭下》："顏氏之子，其殆庶幾乎？"顏氏之子，指顏回。後以"庶幾"或"庶幾之才"借指賢人。　[26]王公子：孫詒讓《札迻》："此王公即王莽也，'子'字衍。"一説"王公子"即王莽時的大司空王邑。　[27]漢興以來，未有此人：《太平御覽》卷四三二引《新論》："楊子雲何人邪？答曰才知開通，能入聖道，漢興以來，未有此人也。"　[28]差才：評論人才的差別。　[29]鑽龜：古代占卜術，鑽刺龜甲，用火灼燒，視其裂紋來判斷吉凶。　[30]累其高下，賢於所累：序次衆多儒者才能的高下，而自己的才能高於所序次的衆儒之上。累，序。　[31]繁文之人：文章寫得多的人。　[32]口不能絏：口不能言。孫詒讓《札迻》："'絏'當爲'泄'，形聲相近而誤。"一説"絏"通"詍"，意爲陳述。　[33]素王：儒者對孔子的稱呼，意爲有王者之才德但無王者之位的人。《北堂書鈔》引《論語讖》："子夏曰：仲尼爲素王。"素，空。　[34]諸子之傳書，素相之事也：傳爲經傳之傳，如《左傳》之類。素相，即素臣，有相之業而無相位的人。杜預《春秋左氏傳序》："或曰：説者以仲尼自衛反魯，修《春秋》，立素王，丘明爲素臣。"　[35]"陳平割肉"二句：《史記‧陳丞相世家》："裏中社，平爲宰，分肉食甚均。父老曰：'善，陳孺子之爲宰！'平曰：'嗟乎，使平得宰天下，亦如是肉也！'"　[36]"孫叔敖决期思"二句：《淮南子‧人間》："孫叔敖决期思之水，而灌雩婁之野，莊王知其可以爲令尹也。"令君，當爲令尹。　[37]銛：鋒利。　[38]實才學文相副也：疑"學"與"與"因形近而誤。《太平御覽》卷五八五："未必實才與文相副也。"　[39]"虞卿"三句：虞卿，戰國時人，曾遊説趙孝成王，聯齊、魏抗秦，拜上卿。著有《虞氏春秋》，已佚。事跡見《史記‧平原君虞卿列傳》。起，當爲"趙"。　[40]秦堂上之計：商鞅在秦國堂上向秦孝公提出的改革建議。堂上，這裏指君臣議政的地方。　[41]陸賈消呂氏之謀：《史記‧酈生陸賈列傳》記載漢惠帝、呂后相繼死去後，呂后的親戚呂禄、呂産起兵作亂。陸賈建議丞相陳平聯合太尉周勃維護朝綱，最後消滅亂軍，迎了漢文帝劉恒。　[42]《新語》：陸賈奉命而作，共十二篇。主要論述秦亡漢興的原因。　[43]"桓君山易晁錯之策"二句：桓譚曾上疏漢光武帝言晁錯事。著《新論》二十九篇，言當世行事，今已佚。晁錯，西漢政論家。　[44]谷永之陳説：谷永給漢成帝上書所提的建議。　[45]宜言：黄暉《論衡校釋》："'宜'，元本作'直'，朱校同。作'直言'疑是。《漢書‧鮑宣傳》：'沛郡唐林子高數上疏諫正，有忠直節。'"　[46]將：扶、借助。　[47]"魯連飛書"二句：《史記·魯仲連傳》："燕將攻下聊城，聊城人或讒之燕，燕將懼誅，因保守聊城，不敢歸。齊田單攻聊城歲餘，士卒多死而聊城不下。魯連乃爲書，約之矢以射城中，遺燕將。……燕將見魯連書，泣三日……乃自殺。"　[48]"鄒陽上疏"二句：《史記·鄒陽列傳》："鄒陽者，齊人也。游於梁……（羊）勝等嫉鄒陽，惡之梁孝王。孝王怒，下之吏，將欲殺之。……（鄒陽）乃從獄中上書。……書奏梁孝王，孝王使人出之，卒爲上客。"　[49]使州郡連事：劉盼遂《論衡集解》："'連事'疑爲'從事'之誤，古'從'字作'辵'。"黃暉《論衡校釋》："'連事'疑當作'無事'。下文云：'事解憂除，州郡無事。'"　[50]適：根據文意，疑當爲"豈"或"曷"之誤。　[51]周長生：周樹，東漢初人。著有《洞歷》，今佚。　[52]"使遭前世燕昭"二句：燕昭王愛賢，鄒衍自齊往燕，受昭王重用。　[53]徵詣相屬：謂朝廷不斷地徵召、詢問地方官員。徵詣，召往。相屬，連續不斷。　[54]文軌不尊：對文學不尊重。軌，道。　[55]不足類：比不上周長生。　[56]"前世有嚴夫子"二句：嚴夫子，指莊忌，西漢時會稽人，好辭賦，與鄒陽、枚乘同侍梁孝王。東漢時因避漢明帝劉莊諱，改稱嚴忌。吳君商，應爲吳君高，指吳平，會稽人，著有《越紐錄》。　[57]白雉貢於越：《尚書大傳》載，周成王時，越裳氏曾向周王朝進獻白雉。　[58]"雍州出玉"二句：雍州、荆州、揚州，均爲古九州之一，見《禹貢》。　[59]"文王既没"二句：出自《論語·子罕》。　[60]唐勒、宋玉：戰國時人，長於辭賦。《史記·屈原賈生列傳》："屈原既死之后，楚有宋玉、唐勒、景差之徒者，皆好辭而以賦見稱；然皆祖屈原之從容辭令，終莫敢直諫。"《漢書·藝文志》著錄二人辭賦作品。　[61]《春秋》記元於魯之義也：何休《春秋公羊解詁》："《公羊》之義，唯天子乃得稱元年，諸侯不得稱元年。此魯隱公，諸侯也，而得稱元年者，《春秋》託王於魯。"《春秋》即元於魯，使魯突出於諸侯之上。王充以此爲喻，説明周長生是會稽人中的出類拔萃者。　[62]班叔皮續《太史公書》百篇以上：班叔皮，班彪，作《史記後傳》數十篇。《太史公書》，即《史記》。　[63]孟堅：班彪之子班固，字孟堅。　[64]周召、魯衛：周、召，指周武王之弟周公旦與召公奭（shì）。魯，周公旦的封地。衛，周武王之弟康叔的封地。　[65]菴：當作"奄"，覆蓋。　[66]瀉：當作"潟（xì）"，潟土、鹽碱地。　[67]天晏，列宿焕炳：天上無雲，群星明亮。晏，天清無雲。　[68]"高祖讀陸賈之書"二句：《史記·酈生陸賈列傳》："（陸賈作《新語》），每奏一篇，高帝未嘗不稱善，左右呼萬歲。"　[69]"徐樂主父偃上疏"二句：《史記·平津侯主父列傳》：徐樂、主父偃、嚴安上疏言事，天子召見三人，謂："公等皆安在，何相見之晚也。"遂拜三人爲郎中。　[70]手不舉以啖人：不會用手拿着它來請人吃。啖，食。　[71]運目：轉動眼珠，這裏指值得一看的意見。

## 史料選

### 范曄《後漢書·王充傳》

王充字仲任，會稽上虞人也，其先自魏郡元城徒焉。充少孤，鄉里稱孝。後到京師，受業太學，師事扶風班彪。好博覽而不守章句。家貧無書，常遊洛陽市肆，閱所賣書，一見輒能誦憶，遂博通衆流百家之言。後歸鄉里，屏居教授。仕郡爲功曹，以數諫争不合去。

充好論説，始若詭異，終有理實。以爲俗儒守文，多失其真，乃閉門潛思，絶慶吊之禮，户牖牆壁各置刀筆。著《論衡》八十五篇，二十餘萬言，釋物類同異，正時俗嫌疑。

刺史董勤辟爲從事，轉治中，自免還家。友人同郡謝夷吾上書薦充才學，肅宗特詔公車徵，病不行。年漸七十，志力衰耗，乃造《養性書》十六篇，裁節嗜欲，頤神自守。永元中，病卒於家。

（《後漢書》卷四十九，中華書局二十四史本 1965 年版）

## 葛洪《抱朴子外篇·喻蔽》

抱朴子曰："余雅謂王仲任作《論衡》八十餘篇，爲冠倫大才。"有同門魯生難余曰："夫瓊瑶以寡爲奇，礇礫以多爲賤。故庖犧卦不盈十，而彌綸二儀；老氏言不滿萬，而道德備舉。王充著書，兼箱累袠，而乍出乍入，或儒或墨，屬詞比義，又不盡美。所謂陂原之蒿莠，未若步武之黍稷也。"

抱朴子答曰："且夫作者之謂聖，述者之謂賢，徒見述作之品，未聞多少之限也。吾子所謂竄巢穴之沈昧，不知八紘之無外；守燈燭之霄曜，不識三光之晃朗；遊潢汚之淺狹，未覺南溟之浩汗；滯丘垤之位埤，不窹嵩、岱之峻極也。兩儀所以稱大者，以其函括八荒，緬邈無表也；山海所以爲富者，以其包籠曠闊，含受雜錯也。若如雅論，貴少賤多，則穹隆無取乎宏焘，而旁泊不貴於厚載也。夫迹水之中，無吞舟之鱗；寸枝之上，無垂天之翼；蟻垤之巔，無扶桑之林；潢潦之源，無襄陵之流。巨鰲首冠瀛洲，飛波凌乎方丈，洪桃盤於度陵，建木竦於都廣，沈鯤橫於天池，雲鵬戾乎玄象。且夫雷霆之駭不能細其響，黃河之激不能局其流，騏驥追風不能近其迹，鴻鵠奮翅不能卑其飛。雲厚者雨必猛，弓勁者箭必遠。王生學博才大，又安省乎？"

"吾子云：'玉以少貴，石以多賤。''夫玄圃之下，荆、華之巔，九員之澤，折方之淵，琳琅積而成山，夜光焕而灼天，顧不善也？'又引庖犧氏著作不多。'若夫周公既緒大《易》，加之以禮樂；仲尼作《春秋》，而重之以十篇。過於庖犧，多於老氏，皆當貶也？言少則至理不備，辭寡則庶事不暢。是以必須篇累卷積，而綱領舉也。羲和昇光以啓旦，望舒曜景以灼夜，五材並生而異用，百藥雜秀而殊治，四時會而歲功成，五色聚而錦繡麗，八音諧而《蕭》、《韶》美，群言合而道蓺辨。積猗頓之財，而用之甚少，是何異於原憲也？懷無銓之量，而著述甚陋，亦何别於瑣碌也？音爲知者珍，書爲識者傳，瞽曠之調鍾，未必求解於同世，格言高文，豈患莫賞而減之哉？且夫江海之穢物不可勝計，而不損其深也；五嶽之曲木不可訾量，而無虧其峻也。夏后之璜，雖有分毫之瑕，暉曜符彩，足相補也。數千萬言，雖有不豔之辭，事義高遠，足相掩也。故口四瀆之濁，不方瓷水之清，巨象之瘦，不同

61

羔羊之肥矣。'"

"子又譏云：'乍入乍出，或儒或墨。'夫發口爲言，著紙爲書，書者所以代言，言者所以書事，若用筆不宜雜載，是論議當常守一物。昔諸侯訪政，弟子問仁，仲尼答之，人人異辭。蓋因事託規，隨時所急。譬猶治疾之方千百，而針灸之處無常，却寒以溫，除熱以冷，期於救死存身而已。豈可詣者逐一道，如齊、楚而不改路乎？陶朱、白圭之財不一物者，豐也；雲夢、孟諸所生萬殊者，曠也。故淮南《鴻烈》，始於《原道》、《俶真》，而亦有《兵略》、《主術》。莊周之書，以死生爲一，亦有畏犧、慕龜、請粟救飢。若以所言不純而棄其文，是治珠翳而刳眼，療濕痺而刖足，患黃莠而刈穀，憎枯枝而伐樹也。'"

（楊明照《抱朴子外篇校箋》卷四十三，中華書局 1997 年版）

### 林紓《春覺齋論文·述旨》

王充之言曰："論貴是而不務華，事尚然而不高合。"然書之極是而不華者，《論語》也。世惟聞人蘊天地古今之理，出言簡而當要，雖融會貫通，本於一是，而逐條皆有不可磨滅、不相複沓之道存焉。《論衡》一書，蔡中郎儲爲談助，已開西晉清談之風。謂其書節節皆是，語語不華，確耶？但以充書言之，有《福虛》、《禍虛》之目，其辯似確。其言福虛也，斥楚惠王吞蛭之謬；其言禍虛也，辨顏淵早夭、子路醢死之事，不關陰騭：咸有至理，是矣。然何必復爲《紀妖》、《定鬼》二篇？妖鬼原不待辯；又多引事實以助其馳騁，則又近華矣。至於"尚然而不高合"一語，原爲特立之見，顧自以爲然，而不合於理，則亦未足以樹義。平心而論，名爲文者，無所不華；名爲筆者，則當求其是。然不讀書明理，則又從何處而取是？蓋文者，運理之機軸；理者，儲文之材料。不先求文之工，而先積理，則亦未有不工者。

（《論文偶記·初月樓古文緒論·春覺齋論文》，人民文學出版社 1959 年版）

### 章炳麟《訄書·學變第八》（節選）

漢晉間，學術則五變。董仲舒以陰陽定法令，垂則博士，教皇也。使學者人人碎義逃難，苟得利禄，而不識遠略。故楊雄變之以《法言》。

《法言》持論至剴易，在諸生間，陵矣。王逸因之爲《正部論》，以《法言》襍錯無主，然已亦無高論。（《正部論》元書已亡，諸書援引猶見大略，下論亡書準此）顧猥曰："顏淵之簞瓢，則勝慶封之玉杯。"（《藝文類聚》七十三，《御覽》七百五十九引）欲以何明，而比儗違其倫類？蓋忿狷之亢辭也。

華言積而不足以昭事理，故王充始變其術，曰："夫筆箸者，欲其易曉而難爲，不貴難知而易造。口論，務解分而可聽，不務深迂而難睹也。"作爲《論衡》，趣以正虛妄,審鄉背。懷疑之論,分析百端,有所發摘,不避孔氏。漢得一人焉,足以振恥。至於今,亦未有能逮者也。然善爲鑱芒摧陷,而無樞要足以持守,斯所謂煩瑣哲學者。惟内心之不充頹,故言辯而無繼。充稱桓君山素丞相之跡,存於《新論》。(《定賢篇》)《新論》今亡,則桓、王之學亦絶。或曰:今之漢學,論在名物,不充其文辯,其正虛妄、審鄉背,近之矣。

(章炳麟《訄書》,古典文學出版社 1958 年版)

### 章炳麟《國故論衡·文學總略》(節選)

《論衡·超奇》云:"能說一經者爲儒生,博覽古今者爲通人,采掇傳書以上書奏記者爲文人,能精思著文連結篇章者爲鴻儒。"又曰:"州郡有憂,有如唐子高、谷子雲之吏,出身盡思,竭筆牘之力,煩憂適有不解者哉?"又曰:"長生死後,州郡遭憂,無舉奏之吏,以故事結不解,徵詣相屬,文軌不尊,筆疏不續也。豈無憂上之吏哉?乃其中文筆不足類也。"又曰:"若司馬子長、劉子政之徒,累積篇第,文以萬數,其過子雲、子高遠矣。然而因成前紀,無匈中之造。若夫陸賈、董仲舒,論說世事,由意而出,不假取於外,然而淺露易見,觀讀之者猶曰傳記。陽城子長作《樂經》、揚子雲作《太玄經》,造於助思,極睿冥之深,非庶幾之才,不能成也。"桓君山"作《新論》,論世間事,辯照然否,虛妄之言,僞飾之辭,莫不證定。彼子長、子雲論說之徒,君山爲甲。自君山以來,皆爲鴻眇之才,故有嘉令之文。"準此,文與筆非異塗。所謂文者,皆以善作奏記爲主。自是以上,乃有鴻儒。鴻儒之文,有經傳、解故、諸子,彼方目以上第,非若後人擯此於文學外,沾沾焉惟華辭之守。或以論說、記序、碑志、傳狀爲文也。獨能說一經者,不在此列,諒由學官弟子,曹偶講習須以發策決科,其所撰著,猶今經義而已,是故遮列使不得與也。

……

昔者文氣之論,發諸魏文帝《典論》,而韓愈、蘇轍竊焉。文德之論,發諸王充《論衡》,楊遵彦依用之,而章學誠竊焉。

(《國故論衡疏證》,中華書局 2008 年版)

### 黃侃《漢唐玄學論》(節選)

東漢作者,斷推王充。《論衡》之作,取鬼神、陰陽及凡虛言、讕語,摧毁無餘。自西京而降,至此時而有此作,正如久行荊棘,忽得康衢,歡忻寧有量耶?然窺其淵源所自,大抵推衍楊(雄)、桓(譚),則亦非獨創之解也。且破敵善矣,而無自立之能,陳列衆言,加之評騭已耳。然其於玄理,究不可謂之無功云。

(《黃侃國學文集》,中華書局 2006 年版)

# 曹 丕

## 典論·論文

### ［解題］

曹丕(187—226)，字子恒，沛國譙(今安徽亳州)人，曹操次子。漢獻帝建安十六年(211)爲五官中郎將，建安二十二年(217)立爲魏太子。延康元年(220)曹操卒，曹丕嗣位爲魏王、丞相，同年冬，代漢即帝位，國號魏，都洛陽，改延康元年爲黃初元年。執政七年，卒諡"文"，稱魏文帝。《三國志·魏志·文帝紀》載："帝好文學，以著述爲務，自所勒成垂百篇。"所作《燕歌行》爲最早的文人七言歌行。其作品流傳至今者，詩歌約四十首，辭賦約三十篇。有輯本《魏文帝集》。

《典論》是曹丕於建安末精心撰述的一部著作，共二十卷。《三國志·魏志·文帝紀》裴松之注引胡沖《吳曆》："(魏文)帝以素書所著《典論》及詩賦餉孫權，又以紙寫一通與張昭。"其自重如此。據《三國志·魏志·明帝紀》記載：太和四年(230)，明帝下令將此書刻石立於廟門之外。直至北魏孝文帝太和年間(477—499)，六碑猶存三分之二。《隋書·經籍志》著録爲五卷。至唐代，石碑不存，寫本也已不全。《宋史》以後，此書未見著録。

"典"，有"常"、"法"之意，"典論"即討論各種問題的法則。《論文》是我國文學史上專篇論文的開始。作者在篇中對建安時代的文學發展狀況進行了全面精到的概括，對具有代表性的作家作品作了平易中肯的點評，關於文學的價值和意義，作家的創作個性、擅長與文學風格，文體分類及其特性要求等發表了建設性的意見。本文有關作家論、文氣説、文體論、批評論，雖只寥寥數語，却有開疆拓宇的意義。

此文體現了曹丕繼蔡邕之後試圖從經學復歸文學的意向與努力，體現了文士意識從成一家之言到成一家之文學的微妙嬗變。作者將自我生命的強烈意識融入對文學性質與功能的思考，這樣的思考建立在形而上的層面，並以生命無常的變亂世相爲背景，尤其讓人感到震撼。作者對作家個人情感氣質、創作個性、文體特徵與藝術風格的重視、尊重和弘揚，是此文最大的特點和最有成就之處，至今讀來仍頗有意義。

文人相輕，自古而然。傅毅之於班固[1]，伯仲之間耳，而固小之[2]，與弟超書曰[3]：“武仲以能屬文，爲蘭臺令史[4]，下筆不能自休[5]。”夫人善於自見，而文非一體，鮮能備善，是以各以所長，相輕所短。里語曰：“家有弊帚，享之千金。”[6]斯不自見之患也。

今之文人：魯國孔融文舉[7]，廣陵陳琳孔璋[8]，山陽王粲仲宣[9]，北海徐幹偉長[10]，陳留阮瑀元瑜[11]，汝南應瑒德璉[12]，東平劉楨公幹[13]，斯七子者[14]，於學無所遺[15]，於辭無所假[16]，咸以自騁驥騄於千里[17]，仰齊足而並馳[18]。以此相服，亦良難矣。蓋君子審己以度人，故能免於斯累[19]，而作論文。

王粲長於辭賦，徐幹時有齊氣[20]，然粲之匹也。如粲之《初征》、《登樓》、《槐賦》、《征思》[21]，幹之《玄猿》、《漏巵》、《圓扇》、《橘賦》[22]，雖張、蔡不過也[23]。然於他文，未能稱是。琳、瑀之章表書記，今之雋也[24]。應瑒和而不壯[25]，劉楨壯而不密[26]。孔融體氣高妙，有過人者，然不能持論，理不勝詞[27]，以至乎雜以嘲戲[28]。及其所善，楊、班儔也[29]。

常人貴遠賤近，向聲背實[30]，又患闇於自見，謂己爲賢。

夫文本同而末異[31]，蓋奏議宜雅，書論宜理，銘誄尚實，詩賦欲麗。此四科不同[32]，故能之者偏也[33]，唯通才能備其體[34]。

文以氣爲主，氣之清濁有體，不可力彊而致。[35]譬諸音樂，曲度雖均，節奏同檢[36]；至於引氣不齊，巧拙有素[37]，雖在父兄，不能以移子弟[38]。

蓋文章經國之大業，不朽之盛事。[39]年壽有時而盡，榮樂止乎其身，二者必至之常期，未若文章之無窮。是以古之作者，寄身於翰墨，見意於篇籍[40]，不假良史之辭，不託飛馳之勢，而聲名自傳於後。故西伯幽而演《易》[41]，周旦顯而制《禮》[42]，不以隱約而弗務[43]，不以康樂而加思[44]。夫然，則古人賤尺璧而重寸陰[45]，懼乎時之過已。而人多不彊力；貧賤則懾於饑寒，富貴則流於逸樂，遂營目前之務，而遺千載之功[46]。日月遊於上，體貌衰於下，忽然與萬物遷化[47]，斯志士之大痛也。

融等已逝，唯幹著論[48]，成一家言庭。

（《四部叢刊》影宋本六臣注《文選》卷五二）

[注釋]

[1]傅毅（? —約90）：字武仲，扶風茂陵（今陝西興平）人，東漢文學家，《後漢書·文苑傳》有傳。班固（32—92）：字孟堅，扶風安陵（今陝西咸陽）人，東漢史學家、文學家，繼父班彪

撰修《漢書》，成爲第一部斷代史。《後漢書》卷四十有傳。 [2]小之：看不起他。 [3]超：即班超(32—102)，字仲升，東漢名將，班彪少子。曾投筆從戎，率三十六騎出使西域，征戰三十一年，平定西域變亂，保證絲綢之路的暢通，封定遠侯。《後漢書》卷四七有傳。 [4]屬文：寫文章。屬，連綴。蘭臺：漢代宮廷藏書處，由御史中丞兼管，後置蘭臺令史六人，典校圖籍，掌管書奏檔案。 [5]下筆不能自休：指寫文章太冗長。休，止。 [6]里語：里巷之語，即常言俗語。家有弊帚，享之千金：語見《東觀漢記·光武帝紀》。享，當作。 [7]孔融(153—208)：字文舉，魯國(今山東曲阜)人，漢末文學家，“建安七子”之一，孔子二十世孫。爲人恃才負氣，因觸怒曹操而被殺。明人輯有《孔北海集》。 [8]陳琳(？—217)：字孔璋，廣陵(今江蘇揚州)人，漢末文學家，“建安七子”之一。初從袁紹，後歸曹操，軍中書檄，多出其手。建安二十二年(217)，與劉楨、應瑒、徐幹等同年染疾疫而亡。明人輯有《陳記室集》。 [9]王粲(177—217)：字仲宣，山陽高平(今山東鄒縣)人，漢末文學家，爲“建安七子”中文學成就最高者，與曹植並稱“曹王”。明人輯有《王侍中集》。 [10]徐幹(170—217)：字偉長，北海劇縣(今山東壽光)人，漢末哲學家、文學家，“建安七子”之一。著《中論》二十餘篇(現存)。後人輯有《徐偉長集》。 [11]阮瑀(約165—212)：字元瑜，陳留(今河南陳留)人，漢末文學家，“建安七子”之一。明人輯有《阮元瑜集》。 [12]應瑒(？—217)：字德璉，汝南(今河南汝南)人，漢末文學家，“建安七子”之一。明人輯有《應德璉集》。 [13]劉楨(？—217)：字公幹，東平(今山東東平)人，漢末文學家，“建安七子”之一，與曹植並稱“曹劉”。明人輯有《劉公幹集》。 [14]斯七子者：上舉七子，世稱建安七子或鄴下七子。七子之稱，始見於《左傳·襄公二十七年》。 [15]遺：遺留，缺漏。 [16]於辭無所假：指自創新辭，無所假借。假，借。 [17]驥騄：千里馬。 [18]齊足而並馳：猶言並駕齊驅。 [19]累：過失。 [20]齊氣：舒緩的文氣。《文選》李善注：“言齊俗文體舒緩，而徐幹亦有斯累。” [21]《初征》：《初征賦》，與《登樓》諸賦都爲王粲辭賦代表作。 [22]《玄猿》：《玄猿賦》諸作爲徐幹代表作。 [23]張、蔡：張衡(78—139)，字平子，東漢大科學家、文學家，精通天文曆算，創制渾天儀和地動儀。其《渾天儀圖注》和《靈憲》提出“渾天說”和宇宙無限的主張。其所作《二京賦》、《四愁詩》皆爲名作。蔡邕(133—192)，字伯喈，東漢文學家、書法家。 [24]雋：同“俊”。 [25]和而不壯：平和而不夠遒勁。 [26]壯而不密：勁健而有欠周密。 [27]持論：立論。理不勝詞：議論風生却短於說理。 [28]嘲戲：嘲諷，戲謔。 [29]楊、班：揚雄與班固。揚雄(前53—後18)，字子雲，西漢文學家。善辭賦，與司馬相如並稱“揚馬”。儔：類。揚雄《解嘲》、班固《答賓戲》均爲嘲戲類作品。 [30]向聲背實：崇尚虛名而不重實際。 [31]文本同而末異：文章根本之道相通，而不同文體各有其具體特點與要求。 [32]四科：指上述四類八體。 [33]偏：各有所長。 [34]備其體：指兼擅諸體。 [35]氣：本爲哲學名詞，運用到文論中，在作家，指精神特質、創作個性；在作品，爲藝術特質、文學風格。清濁：指作家創作個性和作品藝術風格陽剛與陰柔的不同。清，指清新剛健、俊爽超邁的氣質與風格；濁，指沉鬱凝重、含蓄溫婉的氣質與風格。力彊而致：勉強得到。 [36]曲度：曲譜，音樂的曲調旋律。均：相同。檢：法度。 [37]引氣：運氣。 [38]移：傳授。 [39]經國：治理國家。盛事：不朽的事業。《左傳·襄公二十四年》：“大上有立德，其次有立功，其次有立言。雖久不廢，此之謂不朽。” [40]寄身於翰墨，見意於篇籍：將自己的生命與思想情感寄託和承載於文章。 [41]西伯幽而演《易》：《史記·太史公自序》：“昔西伯拘羑里，演《周易》。”西伯,指周文王姬昌。幽,囚禁。　〔42〕周旦:周公旦,周武王之弟,成王之叔,於輔助成王時制定周朝禮樂。　〔43〕隱約:困厄。弗務:指放棄著述。此句指文王拘羑里而演《周易》。　〔44〕加思:改變創制著述的初衷。此句指周公旦攝政國事時制定周禮。　〔45〕賤尺璧而重寸陰:語出《淮南子·原道訓》:"聖人不貴尺之璧,而重寸之陰,時難得而易失也。"尺璧,直徑一尺的璧玉,是極珍貴的玉石。　〔46〕營:經營。遺:放棄。　〔47〕遷化:變化,這裏指去世。　〔48〕唯幹著論:指徐幹所著《中論》。曹丕《與吳質書》:"偉長獨懷文抱質,恬淡寡欲,有箕山之志,可謂彬彬君子者矣。著《中論》二十篇,成一家之言,辭義典雅,足傳于後。此子爲不朽矣。"

## 史料選

### 曹丕《與吳質書》

二月三日,丕白:歲月易得,別來行復四年。三年不見,《東山》猶歎其遠,況乃過之?思何可支!雖書疏往返,未足解其勞結。昔年疾疫,親故多離其災,徐陳應劉,一時俱逝,痛可言邪!昔日遊處,行則連輿,止則接席,何曾須臾相失。每至觴酌流行,絲竹並奏,酒酣耳熟,仰而賦詩,當此之時,忽然不自知樂也。謂百年已分,可長共相保。何圖數年之間,零落略盡,言之傷心!頃撰其遺文,都爲一集。觀其姓名,已爲鬼錄。追思昔遊,猶在心目,而此諸子,化爲糞壤,可復道哉!

觀古今文人,類不護細行,鮮能以名節自立。而偉長獨懷文抱質,恬惔寡欲,有箕山之志,可謂彬彬君子者矣。著中論二十篇,成一家之言,辭義典雅,足傳于後,此子爲不朽矣。德璉常斐然有述作文意,其才學足以著書,美志不遂,良可痛惜。間者歷覽諸子之文,對之抆淚,既痛逝者,行自念也。孔璋章表殊健,微爲繁富。公幹有逸氣,但未遒耳,其五言詩之善者,妙絕時人。元瑜書記翩翩,致足樂也。仲宣續自善於辭賦,惜其體弱,不足起其文,至於所善,古人無以遠過。

昔伯牙絕絃於鐘期,仲尼覆醢於子路,痛知音之難遇,傷門人之莫逮。諸子但爲未及古人,亦一時之儁也,今之存者,已不逮矣。後生可畏,來者難誣,恐吾與足下不及見也。

年行已長大,所懷萬端,時有所慮,至通夜不瞑。志意何時,復類昔日!已成老翁,但未白頭耳。光武言:"年三十餘,在兵中十歲,所更非一。"吾德不及之,年與之齊矣。以犬羊之質,服虎豹之文,無衆星之明,假日月之光,動見瞻觀,何時易乎?恐永不復得爲昔日遊也。少壯真當努力,年一過往,何可攀援!古人思炳燭夜遊,良有以也。頃何以自娛?頗復有所述造不?東望於邑,裁書叙心。丕白。

(《四部叢刊》影宋本六臣注《文選》卷四二)

### 曹植《與楊德祖書》

植白：數日不見，思子爲勞，想同之也。

僕少小好爲文章，迄至于今，二十有五年矣，然今世作者，可略而言也。昔仲宣獨步於漢南，孔璋鷹揚於河朔，偉長擅名於青土，公幹振藻於海隅，德璉發跡於此魏，足下高視於上京。當此之時，人人自謂握靈蛇之珠，家家自謂抱荆山之玉，吾王於是設天網以該之，頓八紘以掩之，今悉集茲國矣。然此數子，猶復不能飛軒絕跡，一舉千里。以孔璋之才，不閑於辭賦，而多自謂能與司馬長卿同風，譬畫虎不成，反爲狗也，前書嘲之，反作論盛道僕讚其文。夫鐘期不失聽，于今稱之，吾亦不能妄歎者，畏後世之嗤余也。

世人之著述，不能無病，僕常好人譏彈其文，有不善者，應時改定，昔丁敬禮常作小文，使僕潤飾之，僕自以才不過若人，辭不爲也。敬禮謂僕，卿何所疑難，文之佳惡，吾自得之，後世誰相知定吾文者邪？吾常歎此達言，以爲美談。昔尼父之文辭，與人流通，至於制《春秋》，游夏之徒，乃不能措一辭。過此而言不病者，吾未之見也。

蓋有南威之容，乃可以論其淑媛，有龍泉之利，乃可以議其斷割，劉季緒才不能逮於作者，而好詆訶文章，掎摭利病。昔田巴毀五帝，罪三王，訾五霸於稷下，一旦而服千人，魯連一說，使終身杜口。劉生之辯，未若田氏，今之仲連，求之不難，可無息乎？人各有好尚，蘭茝蓀蕙之芳，衆人所好，而海畔有逐臭之夫；咸池六莖之發，衆人所共樂，而墨翟有非之之論，豈可同哉！

今往僕少小所著辭賦一通，相與夫街談巷說，必有可采，擊轅之歌，有應風雅，匹夫之思，未易輕棄也。辭賦小道，固未足以揄揚大義，彰示來世也。

昔楊子雲先朝執戟之臣耳，猶稱壯夫不爲也。吾雖德薄，位爲蕃侯，猶庶幾戮力上國，流惠下民，建永世之業，留金石之功，豈徒以翰墨爲勳績，辭賦爲君子哉！若吾志未果，吾道不行，則將采庶官之實錄，辯時俗之得失，定仁義之衷，成一家之言，雖未能藏之於名山，將以傳之於同好，非要之皓首，豈今日之論乎？其言之不慚，恃惠子之知我也。

明早相迎，書不盡懷，植白。

（《四部叢刊》影宋本六臣注《文選》卷四二）

### 劉勰《文心雕龍·才略》

魏文之才，洋洋清綺，舊談抑之，謂去植千里。然子建思捷而才儁，詩麗而表逸；子桓慮詳而力緩，故不競於先鳴；而樂府清越，典論辯要，迭用短長，亦無懵焉。但俗情抑揚，雷同一響，遂令文帝以位尊減才，思王以勢窘益價，未爲篤論也。

（范文瀾《文心雕龍注》卷十，人民文學出版社 1958 年版）

## 尚鎔《書〈典論·論文〉後》

自古文人相輕，一由相尚殊，一由相習久，一由相越遠，一由相形切。相尚殊則王彝謂楊維楨爲文妖，相習久則杜審言謂文壓宋之問，相越遠則元稹謂張祜玷風教，相形切則楊畏謂蘇轍不知文體。而少陵、香山獨能去四者之弊，崇公允之風，易相輕而爲相推，斯千古所希矣。少陵於李白、元結、王、孟、高、岑，無不推重。香山於張籍之古淡，韓昌黎之雄奧，李義山之精麗，無不推重，若元稹與之同道，不足異也。夫才學兼衆人之長，斯賞識忘一己之美。然而洛、蜀尚有朋黨，朱、陸尚有異同，況文人乎？

我朝漁洋山人，其詩以風調爲主，而荔裳爽健，愚山温醇，竹垞典雅，初白明暢，皆推之不遺餘力，亦近代所希者。故趙秋谷雖作《談龍錄》詆之，而亦推爲大家也。邇來學未半袁豹，而季緒詆呵者何多與？然而不足算矣。

（道光刻本《持雅堂文集》卷五）

# 陸　機

## 文　賦

[解題]

　　陸機(261—303)，字士衡，吳郡吳縣華亭(今上海淞江)人，西晉著名文學家、書法家。三國東吳名將、丞相陸遜之孫，大司馬陸抗之子。父死，領父兵爲牙門將，時年僅十四歲。六年後，東吳滅亡，閉門勤學，作《辨亡論》上下二篇，述論東吳興亡。太康十年(289)，與弟雲入洛，歷任平原内史、祭酒、著作郎等職，世稱“陸平原”。太安二年(303)，成都王司馬穎任陸機爲後將軍、河北大都督，討伐長沙王司馬乂，兵敗被讒，與其弟雲等爲司馬穎所殺。其詩文創作頗負盛名，鍾嶸譽之爲“太康之英”(《詩品序》)。後人輯有《陸士衡集》。

　　《文賦》是我國文學批評史上第一篇研究文學創作和藝術思維規律的重要論文。作者在總結自己和前人創作經驗的基礎上，對於文學創作從積累、構思到表達的整個過程進行了深入系統的論述。其以“十體”論文，提出“緣情”、“體物”之說，對諸如選材與構思、觀照與表達、結構與佈局、音韻與文采、繼承與創新，以及作文之利病得失、審美標準等等文學創作幾乎所有重要問題進行了全方位的探討。

　　魏晉玄學尤其是言意之辨的影響，使作者高度重視言意關係和語言的重要性。語言，成爲陸機文論中的一個焦點性要素。在關於文學創作全過程的系統論述中，甚至在他繼莊子以後對文學想象的論述和對靈感現象的探討中，語言始終作爲基本要素出現。陸機《文賦》在理論的系統性和深刻性上都對後代文家文論如劉勰的《文心雕龍》、鍾嶸《詩品》有重大影響。故清章學誠在其《文史通義·文德》中指出：“劉勰氏出，本陸機氏説而昌論文心。”

　　《文賦》之以賦體論詩賦，是一項創舉，不僅爲劉勰《文心》導乎先路，而且開了後人論詩詩、論詞詞、論曲曲、論小説之小説的先河。

余每觀才士之所作，竊有以得其用心[1]。夫放言遣辭，良多變矣，妍蚩好惡，可得而言。[2]每自屬文[3]，尤見其情。恒患意不稱物，文不逮意。[4]蓋非知之難，能之難也。故作《文賦》，以述先士之盛藻[5]，因論作文之利害所由[6]，佗日殆可謂曲盡其妙[7]。至於操斧伐柯，雖取則不遠[8]；若夫隨手之變，良難以辭逮。蓋所能言者，具於此云。

佇中區以玄覽，頤情志於典墳。[9]遵四時以歎逝[10]，瞻萬物而思紛。悲落葉於勁秋，喜柔條於芳春。心懍懍以懷霜，志眇眇而臨雲。[11]詠世德之駿烈，誦先人之清芬。[12]游文章之林府，嘉麗藻之彬彬。[13]慨投篇而援筆，聊宣之乎斯文。[14]

其始也，皆收視反聽，耽思傍訊，精騖八極，心游萬仞。[15]其致也，情曈曨而彌鮮，物昭晰而互進。[16]傾羣言之瀝液，漱六藝之芳潤。[17]浮天淵以安流，濯下泉而潛浸。[18]於是沉辭怫悅，若游魚銜鉤而出重淵之深；浮藻聯翩，若翰鳥纓繳，而墜曾雲之峻。[19]收百世之闕文，採千載之遺韻。[20]謝朝華於已披，啓夕秀於未振。[21]觀古今於須臾，撫四海於一瞬。[22]

然後選義按部，考辭就班。[23]抱景者咸叩，懷響者畢彈。[24]或因枝以振葉，或沿波而討源。[25]或本隱以之顯，或求易而得難。或虎變而獸擾，或龍見而鳥瀾。[26]或妥帖而易施，或岨峿而不安。[27]罄澄心以凝思，眇衆慮而爲言。[28]籠天地於形內，挫萬物於筆端。[29]始躑躅於燥吻，終流離於濡翰。[30]理扶質以立幹，文垂條而結繁。[31]信情貌之不差，故每變而在顏。思涉樂其必笑，方言哀而已歎。或操觚以率爾，或含毫而邈然。[32]伊茲事之可樂，固聖賢之所欽。[33]課虛無以責有[34]，叩寂寞而求音。函綿邈於尺素，吐滂沛乎寸心。[35]言恢之而彌廣，思按之而逾深。[36]播芳蕤之馥馥，發青條之森森。[37]粲風飛而猋豎，鬱雲起乎翰林。[38]

體有萬殊，物無一量。[39]紛紜揮霍，形難爲狀。[40]辭程才以效伎，意司契而爲匠。[41]在有無而僶俛，當淺深而不讓。[42]雖離方而遯員[43]，期窮形而盡相。故夫誇目者尚奢，愜心者貴當。[44]言窮者無隘，論達者唯曠。[45]

詩緣情而綺靡[46]，賦體物而瀏亮[47]。碑披文以相質[48]，誄纏緜而悽愴[49]。銘博約而溫潤[50]，箴頓挫而清壯[51]。頌優游以彬蔚[52]，論精微而朗暢[53]。奏平徹以閑雅[54]，說煒曄而譎誑[55]。雖區分之在茲，亦禁邪而制放。[56]要辭達而理舉，故無取乎冗長。

其爲物也多姿，其爲體也屢遷。[57]其會意也尚巧，其遣言也貴妍。[58]暨音聲之迭代，若五色之相宣。[59]雖逝止之無常，固崎錡而難便。[60]苟達變而識次，猶開流以納泉。[61]如失機而後會，恒操末以續顛。[62]謬玄黃之秩序，故淟涊而不鮮。[63]

或仰偪於先條，或俯侵於後章。[64]或辭害而理比，或言順而義妨。[65]離之則雙美[66]，合之則兩傷。考殿最於錙銖[67]，定去留於毫芒。苟銓衡之所裁，固應繩其必當。[68]

或文繁理富，而意不指適[69]。極無兩致，盡不可益。[70]立片言而居要，乃一篇之警策。[71]雖衆辭之有條，必待茲而效績。[72]亮功多而累寡，故取足而不易。[73]

或藻思綺合，清麗千眠。[74]炳若縟繡，悽若繁絃。[75]必所擬之不殊，乃闇合乎曩篇[76]。雖杼軸於予懷，怵佗人之我先。[77]苟傷廉而愆義，亦雖愛而必捐。[78]

或苕發穎豎，離衆絕致。[79]形不可逐，響難爲係。[80]塊孤立而特峙，非常音之所緯。[81]心牢落而無偶，意徘徊而不能揥。[82]石韞玉而山輝，水懷珠而川媚。[83]彼榛楛之勿翦，亦蒙榮於集翠。[84]綴下里於白雪，吾亦濟夫所偉。[85]

或託言於短韻，對窮迹而孤興。[86]俯寂寞而無友，仰寥廓而莫承。[87]譬偏絃之獨張，含清唱而靡應。[88]

或寄辭於瘁音，徒靡言而弗華[89]。混妍蚩而成體，累良質而爲瑕[90]。象下管之偏疾，故雖應而不和。[91]

或遺理以存異，徒尋虛以逐微。[92]言寡情而鮮愛，辭浮漂而不歸[93]。猶絃幺而徽急[94]，故雖和而不悲。

或奔放以諧合，務嘈囋而妖冶。[95]徒悅目而偶俗，固高聲而曲下[96]。寤防露與桑間[97]，又雖悲而不雅。

或清虛以婉約[98]，每除煩而去濫。闕大羹之遺味，同朱絃之清汜。[99]雖一唱而三歎，固既雅而不豔。[100]

若夫豐約之裁，俯仰之形[101]，因宜適變，曲有微情[102]。或言拙而喻巧，或理朴而辭輕。[103]或襲故而彌新，或沿濁而更清。[104]或覽之而必察，或研之而後精。譬猶舞者赴節以投袂[105]，歌者應絃而遣聲。是蓋輪扁所不得言，故亦非華說之所能精。[106]

普辭條與文律，良餘膺之所服。[107]練世情之常尤，識前脩之所淑。[108]雖濬發於巧心，或受蚩於拙目[109]。彼瓊敷與玉藻，若中原之有菽。[110]同橐籥之罔窮，與天地乎並育。[111]雖紛藹於此世，嗟不盈於予掬[112]。患挈瓶之屢空，病昌言之難屬。[113]故踸踔於短垣，放庸音以足曲[114]。恒遺恨以終篇，豈懷盈而自足[115]。懼蒙塵於叩缶，顧取笑乎鳴玉。[116]

若夫應感之會，通塞之紀[117]，來不可遏，去不可止[118]。藏若景滅[119]，行猶響起。方天機之駿利，夫何紛而不理。[120]思風發於胸臆，言泉流於唇齒。紛葳蕤以馺遝，唯毫素之所擬。[121]文徽徽以溢目，音泠泠而盈耳。[122]及其六情底滯[123]，志往神留，兀若枯木，豁若涸流[124]。攬營魂以探賾，頓精爽於自求。[125]

理翳翳而愈伏，思乙乙其若抽。[126]是以或竭情而多悔，或率意而寡尤[127]。雖茲物之在我，非餘力之所戮。[128]故時撫空懷而自惋，吾未識夫開塞之所由。[129]

伊茲文之爲用，固衆理之所因。[130]恢萬里而無閡，通億載而爲津。[131]俯貽則於來葉，仰觀象乎古人。[132]濟文武於將墜，宣風聲於不泯。[133]塗無遠而不彌，理無微而弗綸。[134]配霑潤於雲雨，象變化乎鬼神。[135]被金石而德廣，流管絃而日新。[136]

（《四部叢刊》影宋本六臣注《文選》卷十七）

## ［注釋］

[1]竊：私下。用心：指作者的創作意圖、心得、藝術構思。 [2]放言：指立言，寫作。放，縱、發。良：的確。妍蚩(yán chī)：美醜。 [3]屬(zhǔ)文：寫文章。屬，連綴。 [4]恒：常。患：擔心。稱：相符。物：客觀事物，作者所觀照和表現的物件。逮：達，及。 [5]先士：前輩作家。盛藻：華茂的辭章。 [6]利害：得失。由：原由。 [7]佗日：異日。殆：大概。曲盡其妙：完美細緻地把握傳寫文學創作的奧妙。 [8]"操斧伐柯"句：語出《詩經·豳風·伐柯》："伐柯伐柯，其則不遠。"操，持、拿。柯，斧柄。則，準則。 [9]佇：久立。中區：即區中，指天地之間。玄覽：深遠地觀照。頤：頤養，陶冶。典墳：即《五典》、《三墳》，泛指古籍。《五典》爲五帝之書，《三墳》爲三皇之書。 [10]遵：循，順。 [11]懍懍：同"凜凜"，肅然誠敬。懷霜：指懷霜抱雪的胸懷。眇眇：同"渺渺"，指心志高遠。 [12]世德：先輩的功德。駿：大。烈：功業。清芬：清美芬芳，指美好的名聲。 [13]遊：觀覽。林府：指文苑美麗繁盛，如林園和寶庫。嘉：贊美。彬彬：指文質兼美。 [14]慨：感歎。投篇：放下閱讀的文章。援筆：取筆寫作。宣：闡發，表現。 [15]收視反聽：指專心致志，心不外用，潛心於構思。耽思：深思。傍訊：廣泛地探求。精神，騖(wù)：縱橫馳騁。八極：四面八方，極廣極遠之地。萬仞：極高極深之地。古代以七尺（或說八尺）爲一仞。 [16]情：情思。瞳矓(tóng lóng)：黎明之時由晦漸明之狀。彌鮮：越發鮮明。物：物象。昭晰：明晰。 [17]傾：傾瀉。羣言：群書。瀝液：酒液，此處喻精華。瀝，猶"漉"，指瀝過的酒。漱：漱含，即含英咀華之意。六藝：指六經，即《詩》、《書》、《禮》、《樂》、《易》、《春秋》。芳潤：芬芳澤潤，指精華。 [18]浮：浮游。天淵：深遠的天河。安流：安然地浮游。濯：洗。潛浸：深潛，浸淫。 [19]沉辭：深藏的語辭。怫悅：這裏指出語之難。浮藻：飄逸的辭藻。聯翩：原指群鳥偕飛之象，這裏指絕妙好辭紛至遝來。翰鳥：高飛的鳥。繳繳(zhuó)：中箭。繳，通"纓"，纏繞。繳，箭上的絲繩。曾雲：層雲，重重疊疊的雲層。 [20]闕文：語出《論語·衛靈公》："子曰：'吾猶及史之闕文也。'"原指古書闕疑之文，這裏泛指前人缺遺未創之辭文。遺韻：意同闕文，而兼重辭韻。 [21]謝：辭謝，抛開。朝華：早晨已發之花，此處喻指前人作品已有的創意和絕妙好辭。已披：已然開過，披有披散、披靡之義。啓：發，開。夕秀：向晚才開的花，此處喻指前無古人的創意和辭句。振：起，發，這裏有怒放之義。 [22]須臾：瞬間，片刻。撫：據有，掌握。這裏指觀照所及。 [23]按：依照。部：門類，序列。就：就位，歸位。班：班次，次序。 [24]"抱景"二句：既是指藝術觀照物件之物，也可指藝術主體之心。抱，懷，都有包含、含有之義。景，爲"影"之本字，指景象。半景，景影有色有形。響，指回

響、回音,響爲有聲有韻。咸、畢:全、盡,都爲網羅無遺之意。叩、彈:敲打、彈擊,都有觀照、把握之義。 [25]"因枝以振葉"句:因枝振葉,是以樹爲喻,由本根而發枝布葉,是由本而及末;沿波討源,則以探源爲喻,溯流而探源,是由末而尋本。或,有的、有時。因,順、依。振,發。討,探究。 [26]虎變:老虎發威。擾:馴服。見:同"現",現身。瀾:渙散,這裏指群鳥四散驚飛。 [27]岨峿(jǔ yǔ):相互抵觸,不妥帖。 [28]罄:盡。澄心:清明澄浄之心。眇:通"妙"。 [29]籠:囊括。形内:這裏指作品之中。挫:折挫,驅遣。 [30]躑躅(zhí zhú):躊躇,徘徊不進。燥吻:口乾舌燥,形容文筆滯澀。流離:流利、流暢,指文思順暢。濡翰:飽蘸濃墨之筆。 [31]繁:盛,這裏以果實繁盛喻文章。 [32]操觚(gū):指寫作。觚,木簡,古代書寫用的方木板。率爾:率意,不費力。邈然:杳渺,悠遠。 [33]伊:發語詞。茲事:此事,指爲文。固:本,原。欽:看重。 [34]課:試,考察。責:索求。 [35]函:包含,容納。綿邈:悠遠。尺素:古人用來寫書信的尺把長的素絹。吐:傾注。滂沛:水勢充沛盛大。 [36]恢:擴大。思按之而逾深:指緊扣觀照物件或主題,思考探究層層深入。 [37]播:發,散。芳蕤(ruí):芳香的花草。馥馥:芬芳。森森:茂盛繁密的樣子。 [38]粲:明麗。猋(biāo):通"飆",疾風。豎:起,立。鬱:濃烈,濃鬱。翰林:文筆之林苑。 [39]體:指文章體制。萬殊:多種多樣。殊,别。一量:單一的標準。《淮南子》曰:"斟酌萬殊。" [40]紛紜:雜亂紛呈。揮霍:變化迅疾。狀:描狀,摹寫。 [41]程:表現。效:呈獻。伎:技藝。司契:掌握關鍵,把握分寸。司,掌管、主事。契,符契,憑據。 [42]"在有無"二句:《詩經·邶風·谷風》:"何有何亡,黽勉求之。""就其深矣,方之舟之。就其淺矣,泳之游之。"《論語》:"子曰:當仁,不讓於師。"俛俛(mǐn miǎn):努力、盡力。 [43]離、邈:這裏指超、越。方、員:方圓,規矩。員,即圓。 [44]誇:這裏指炫耀、賣弄。愜心:切合心意。 [45]言窮者:指抒寫困厄的作家作品。無:唯,無非。隘:窘迫。曠:豁朗暢達,無所窒礙。 [46]緣:因,沿。綺靡:華麗細膩,指華美精妙之言。 [47]瀏亮:清朗。 [48]碑:刻石記載功德的一種文體。披:披露。相:助。質:事實,實質。 [49]誄:哀祭亡者之文。 [50]銘:刻於器物之上以紀功德,或申鑒戒的一種文體。博約:謂銘文當寓意豐厚而文辭簡約。 [51]箴:諷刺得失的一種文體。 [52]頌:歌功頌德的一種文體。優游:從容不迫。彬蔚:辭采華茂。 [53]論:論説文。 [54]奏:上奏君王陳述事理的一種文體。平徹:平實透徹。 [55]説:遊説辯説的一種文體。煒曄(wěi yè):光明,光彩。譎誑(jué kuáng):詭詐虛妄,這裏指奇詭變化,有誘導性與魅惑力。 [56]邪:不正,邪僻。此就文意而言。放:放縱,過分。此就文辭而言。 [57]遷:變化,演進。 [58]遣言:練辭造句。妍:美麗。 [59]暨:及。迭代:更迭、替代。五色:這裏以色彩指喻聲音。相宣:相互輝映,喻音韻之相諧。宣,明。 [60]逝止:去留。無常:没有常規。崎錡(qí qí):不安貌。崎,山路不平。錡,山石嵌空,如三足釜之狀。便:穩當。 [61]苟:如果。達變:通達變化的規律。識次:曉悟合理的次序。開流以納泉:比喻文思如泉、音韻流暢諧美的爲文境界。 [62]失、後:失去、錯過。機、會:機緣、時機。恒:常。操末續顛:將末尾置於開篇,指攪亂了應有次序。 [63]謬:弄錯。玄黄:這裏泛指五色五音。忝黏(tiǎn niǎn):垢濁,不鮮明。 [64]仰偪於先條:指後文與前文相抵觸。偪,同"逼",侵迫。先條,指前文。條,科條。俯侵於後章:指後文與前文相妨犯。 [65]辭害:文辭形式有問題。理比:情理内容并然可觀。義妨:指文章義理不妥。 [66]離:離棄,分開。 [67]考:考核。殿最:古代考核軍功政績,上等稱"最",下等稱"殿",或説第一爲"最",極下爲"殿"。錙銖

(zī zhū)：古代計量單位，以一兩的四分之一爲錙，以一兩的二十四分之一爲銖。比喻極微小的數量。　[68]銓衡：衡量。繩：準繩。　[69]意不指適：言爲文不得要領。適(dí)，通"敵"，相當。　[70]極無兩致：謂文章主旨不可有二。盡不可益：謂旨意已達則不可贅言。　[71]居要：置於關鍵位置。警策：警句，文眼。策，馬鞭。　[72]衆辭：指警策之外的辭句。條：條理。兹：此，指警策之句。效績：顯現藝術效果。　[73]亮：通"諒"，信。累：毛病。足：猶孔子之謂"言以足志，文以足言"(《左傳·襄公二十五年》)。易：更改，移易。　[74]藻思：辭藻文思。綺合：像絹絲一樣經緯交織，完美組合。綺，有文彩的絹絲。千眠：光色鮮亮。　[75]炳：光耀。縟繡：五彩斑爛的錦繡。悽若繁絃：美妙動聽的弦樂合奏。　[76]曩篇：前人的篇章。曩(nǎng)，以往。　[77]杼軸(zhù zhóu)：以紡織喻指創作構思。舊時紡織機上管緯綫的叫杼，管經綫的叫軸。怵(chù)：怕，恐。　[78]傷廉：有害於廉潔之德。愆(qiān)義：違背道義。捐：棄。　[79]苕(tiáo)：蘆葦的花。穎豎：突穎而出的意思。穎，禾穗的尖端。離衆：與衆不同。絕致：絕妙的風致。　[80]"形不可逐"句：是指絕妙好辭不易擬造。響，回響、回聲。　[81]塊：孤獨貌。特峙：孤單地矗立着。常音：喻平常文句。緯：經緯，指匹配。　[82]牢落：同"寥落"，空闊、孤寂。掭(dì)：捨棄。　[83]韞：包含、蘊藏。媚：美。　[84]榛楛(zhēn hù)：叢生的灌木雜樹，喻平庸之辭韻。翦：剪除。蒙榮：增色添彩。翠：翠羽，翡翠鳥。　[85]"綴下里"句：謂將《下里巴人》這樣的俚俗之曲和《陽春白雪》的高雅之樂組合在一起，可相映成趣，增益成就作品的奇偉。　[86]短韻：短章小文。孤興：簡單的感觸。　[87]俯：俯察，就下文而言。仰：仰觀，就上文而言。寥廓：空闊。　[88]偏絃：弦樂樂器的側弦。獨張：一弦獨奏。靡應：沒有呼應。　[89]瘁音：惡辭，病累之語。瘁，憔悴、困病。靡：奢靡。華：光華。　[90]累：害，連累。瑕：玉之斑點。　[91]象：類似。下管：堂下吹奏管樂。偏疾：偏快。和：諧和。　[92]遺理：忽視義理内容。異：指奇異的文辭。尋虛：索求虛浮文辭。逐微：專注於細枝末節。　[93]辭浮漂而不歸：指文辭如浮物隨波逐流，而不歸於情思之根本。　[94]絃幺：猶言音小。幺，小。徽急：調急。徽，琴柱上約弦之繩，可用以控制弦音聲調之高下。　[95]奔放：指文勢奔逸放縱。諧合：這裏有迎合俗好之意。嘈囋(zá)：同"嘈雜"，喧鬧。妖冶：豔麗。　[96]高聲而曲下：指聲調高而曲品下。　[97]寤：通"悟"，認識。防露：古曲名，或説爲楚國逐臣之音，或謂男女相思之曲。桑間：指桑間濮上，男女相悦之音，又稱鄭衛之聲。《禮記·樂記》："桑間濮上之音，亡國之音也。"　[98]清虛：指文風樸素，清新淡泊。婉約：委婉含蓄，要言不煩。　[99]闕：缺。大羹：太羹，不加五味的肉汁。商周時代人們祭祀祖先的肉羹不加任何調料，稱大羹。遺味：餘味。朱絃：紅色的瑟弦。清汜(sì)：清越舒緩，與繁豔相反。是以古樂之樸質清越指喻文風。《禮記·樂記》："清廟之瑟，朱弦而疏越，壹唱而三歎，有遺音者矣。大饗之禮，尚玄酒而俎腥魚，大羹不和，有遺味者矣。"　[100]一唱而三歎：宗廟奏樂，一人唱，三人贊嘆應和。固：誠，誠然。　[101]豐約：指文辭的繁復或簡約。俯仰之形：指上下文之間的位置關係和結構形態。俯，就下文言；仰，就上文言。　[102]曲有微情：指創作中曲折微妙的情形。　[103]"或言拙"句：指或文辭拙樸而喻意巧妙，或文理樸厚而文辭輕清。　[104]襲故而彌新：猶謂以故爲新，因陳出新。襲，沿用、因襲。沿濁而更清：出於渾濁而反見清新。　[105]赴節：合着節拍。投袂：揚起衣袖，翩翩起舞。　[106]"輪扁所不得言"句：是指創作中存在只可意會不可言傳的情況和規律。《莊子·天道》載輪扁對桓公語："斲輪，徐則甘而不固，疾則苦而不入。不徐不疾,得之於手而應於心,口不能言,有數存焉於其間。臣不能以喻臣之子,臣之子亦不能受之於臣,是以行年七十而老斲輪。"是蓋,這大概。輪扁,一個叫扁的車輪匠。 [107]普:普遍,所有。條、律:科條、規律,指寫作規則、法度。良:誠然,確實。膺:心胸。 [108]練:練達,熟諳。世情:世間百態,這裏特指常人創作中的情形和現象。常尤:通常的毛病,容易犯的過失。前脩:先賢。淑:美,善。 [109]濬:深。吷:同"蚊",亦作"嗤",譏笑。 [110]瓊敷、玉藻:指喻華美的文辭篇章。瓊,美玉。敷,同"華",花。藻,水草。中原之有菽:語出《詩經·小雅·小宛》"中原有菽,庶民采之"。謂美好的文辭,如同原野上的豆菽,辛勤的勞作者自可采之。中原,原中,田野裏。菽,豆類總稱。 [111]橐籥(tuó yuè):古代煉鐵用以鼓風的風箱,這裏指天地。語出《老子》:"天地之間,其猶橐籥乎。"罔窮:無窮。並育:並生。 [112]紛藹:繁多。掬:一捧。語出《詩經·小雅·采緑》:"終朝采緑,不盈一匊。" [113]"挈瓶"句:謂唯恐才思空乏,難續前人之秀句佳篇。挈(qiè)瓶,汲水之瓶,以挈瓶容量小喻智量不大。《左傳·昭公七年》:"雖有挈缾之知,守不假器,禮也。"挈,提。屢空,《論語·先進》:"回也其庶乎,屢空。"空,空乏,困窘。昌言,美言、佳篇。昌,當。屬,連續、綴輯。 [114]踸踔(chěn chuō):一腳跳行,跛腳走路的樣子。《莊子·秋水》:"夔謂蚿曰:'吾以一足趻踔而行,予無如矣。'"足:湊。 [115]盈:滿。 [116]叩缶:鼓盆,叩擊瓦器。爲秦地俗樂。鳴玉:敲擊玉球。爲先王之雅奏。 [117]會:際會,指心物感應之際。通塞:創作時思理通暢或閉塞。紀:法,規律。 [118]"來不可遏"句:語出《莊子·田子方》:"孫叔敖曰:'吾何以過人哉!吾以其來不可却也,其去不可止也。'"遏,止。 [119]景:影子。 [120]方:正當。天機:指靈感,因靈感不期而至,不告而別,自然而然,非人力可控,故稱天機。《莊子·秋水》:"蚿曰:'今予動吾天機,而不知其所以然。'"駿:迅速。利:流暢。紛:紛繁。理:梳理,清理。 [121]葳蕤(wēi ruí):枝繁葉茂之狀。駃遝(sà tà):連續不斷。引申爲盛多貌。毫素:紙筆。毫,毛筆。素,絹紙。擬:擬寫。 [122]徽徽:華美貌。泠泠(líng):形容音韻清越、悠揚。 [123]六情:《荀子·正名》:"性之好、惡、喜、怒、哀、樂,謂之情。"底滯:遲滯,鈍澀。 [124]"兀若枯木"句:形容創作中思竭慮空的狀態。兀(wù),呆立不動。枯木,語出《莊子·齊物論》:"形固可使如槁木,而心固可使如死灰乎?"豁,開闊,這裏形容思維空白之狀。涸,乾涸,枯竭。 [125]攬營魂:收視返聽,聚精會神。營魂,複合詞,營即魂。探賾(zé):探索事物的奧秘。語出《易·繫辭上》:"探賾索隱,鉤深致遠。"賾,深奧。頓:提振。精爽:也是複合詞。《左傳·昭公二十五年》:"心之精爽,是謂魂魄。" [126]翳翳(yì):隱晦不明。乙乙(yà yà):思理艱澀之狀。 [127]寡尤:較少缺失。 [128]兹物:此事,指寫作。戮(lù):戮力,盡力。 [129]怳:惆惝,歎息。所由:緣由,所由來。 [130]伊:惟,發語詞。爲用:所具有的作用。固:乃。衆理:萬物之理。因:由。指萬物之理由文章得到顯現。 [131]"恢萬里"句:猶前文所云:"觀古今於須臾,撫四海於一瞬。"一則曰"視通萬里",就空間而言;一則曰"思接千載",就時間而論。而無閡,通"億載而爲津"。恢,擴、開通。閡,阻隔、界限。津,渡。 [132]"俯貽則"句:上言垂范於後世,下言觀法乎先賢。貽,留、贈。則,法則。來葉,來世、後世。 [133]濟:拯救。文武:指周文王、周武王的道統。語出《論語·子張》:"子貢曰:'文武之道,未墜於地。'"宣:宣揚,傳播。風聲:風教,教化。泯:滅。 [134]塗:路途。彌綸:彌綸、籠括,包羅之意。 [135]配:比得上。霑潤:滋潤,潤澤。象:類似,比擬。 [136]"被金石"句:言文之善者,可以銘刻於鐘鼎、石碣之上，而傳之廣遠；可以流播於樂章旋律之中，而與日常新。被，披。流，注入、流播。

# 史料選

## 房玄齡《晉書·陸機傳》

陸機字士衡，吳郡人也。祖遜，吳丞相。父抗，吳大司馬。機身長七尺，其聲如鐘。少有異才，文章冠世，伏膺儒術，非禮不動。抗卒，領父兵爲牙門將。年二十而吳滅，退居舊里，閉門勤學，積有十年。以孫氏在吳，而祖父世爲將相，有大勳於江表，深慨孫皓舉而棄之，乃論權所以得，皓所以亡，又欲述其祖父功業，遂作《辯亡論》二篇。

……

至太康末，與弟雲俱入洛，造太常張華。華素重其名，如舊相識，曰："伐吳之役，利獲二俊。"又嘗詣侍中王濟，濟指羊酪謂機曰："卿吳中何以敵此？"答云："千里蓴羹，未下鹽豉。"時人稱爲名對。張華薦之諸公。後太傅楊駿辟爲祭酒。會駿誅，累遷太子洗馬、著作郎。范陽盧志於衆中問機曰："陸遜、陸抗於君近遠？"機曰："如君於盧毓、盧珽。"志默然。既起，雲謂機曰："殊邦遐遠，容不相悉，何至於此！"機曰："我父祖名播四海，寧不知邪！"議者以此定二陸之優劣。

吳王晏出鎮淮南，以機爲郎中令，遷尚書中兵郎，轉殿中郎。趙王倫輔政，引爲相國參軍。豫誅賈謐功，賜爵關中侯。倫將篡位，以爲中書郎。倫之誅也，齊王冏以機職在中書，九錫文及禪詔疑機與焉，遂收機等九人付廷尉。賴成都王穎、吳王晏並救理之，得減死徙邊，遇赦而止。

初機有駿犬，名曰黃耳，甚愛之。既而羈寓京師，久無家問，笑語犬曰："我家絕無書信，汝能齎書取消息不？"犬搖尾作聲。機乃爲書以竹筒盛之而繫其頸，犬尋路南走，遂至其家，得報還洛。其後因以爲常。時中國多難，顧榮、戴若思等咸勸機還吳，機負其才望，而志匡世難，故不從。

冏既矜功自伐，受爵不讓，機惡之，作《豪士賦》以刺焉。

……

冏不之悟，而竟以敗。

機又以聖王經國，義在封建，因採其遠指，著《五等論》。

……

時成都王穎推功不居，勞謙下士。機既感全濟之恩，又見朝廷屢有變難，謂穎必能康隆晉室，遂委身焉。穎以機參大將軍軍事，表爲平原内史。太安初，穎與河間王顒起兵討長沙王乂，假機後將軍、河北大都督，督北中郎將王粹、冠軍牽秀等諸軍二十餘萬人。機以三世爲將，道家所忌，又羈旅入宦，頓居羣士之右，而王粹、牽秀等皆有怨心，固辭都督。穎不許。機鄉人孫惠亦勸機讓都督於粹，機曰：“將謂吾爲首鼠避賊，適所以速禍也。”遂行。穎謂機曰：“若功成事定，當爵爲郡公，位以台司，將軍勉之矣！”機曰：“昔齊桓任夷吾以建九合之功，燕惠疑樂毅以失垂成之業，今日之事，在公不在機也。”穎左長史盧志心害機寵，言於穎曰：“陸機自比管、樂，擬君闇主，自古命將遣師，未有臣陵其君而可以濟事者也。”穎默然。機始臨戎，而牙旗折，意甚惡之。列軍自朝歌至於河橋，鼓聲聞數百里，漢魏以來，出師之盛未嘗有也。長沙王又奉天子與機戰於鹿苑，機軍大敗，赴七里澗而死者如積焉，水爲之不流，將軍賈棱皆死之。

初，宦人孟玖弟超並爲穎所嬖寵。超領萬人爲小都督，未戰，縱兵大掠。機錄其主者。超將鐵騎百餘人，直入機麾下奪之，顧謂機曰：“貉奴能作督不！”機司馬孫拯勸機殺之，機不能用。超宣言於衆曰：“陸機將反。”又還書與玖，言機持兩端，軍不速決。及戰，超不受機節度，輕兵獨進而沒。玖疑機殺之，遂譖機於穎，言其有異志。將軍王闡、郝昌、公師藩等皆玖所用，與牽秀等共證之。穎大怒，使秀密收機。其夕，機夢黑幰繞車，手決不開，天明而秀兵至。機釋戎服，著白帢，與秀相見，神色自若，謂秀曰：“自吳朝傾覆，吾兄弟宗族蒙國重恩，入侍帷幄，出剖符竹。成都命吾以重任，辭不獲已。今日受誅，豈非命也！”因與穎牋，詞甚悽惻。既而歎曰：“華亭鶴唳，豈可復聞乎！”遂遇害於軍中，時年四十三。二子蔚、夏亦同被害。機既死非其罪，士卒痛之，莫不流涕。是日昏霧晝合，大風折木，平地尺雪，議者以爲陸氏之冤。

機天才秀逸，辭藻宏麗，張華嘗謂之曰：“人之爲文，常恨才少，而子更患其多。”弟雲嘗與書曰：“君苗見兄文，輒欲燒其筆硯。”後葛洪著書，稱“機文猶玄圃之積玉，無非夜光焉，五河之吐流，泉源如一焉。其弘麗妍贍，英銳漂逸，亦一代之絕乎！”其爲人所推服如此。然好游權門，與賈謐親善，以進趣獲譏。所著文章凡三百餘篇，並行於世。

（《晉書》卷五四，中華書局二十四史本 1974 年版）

## 陸雲《與兄平原書》

雲再拜：往日論文，先辭而後情，尚絜而不取悅澤。嘗憶兄道張公父子論文，實自欲得，今日便欲宗其言。兄文章之高遠絕異，不可復稱言。然猶皆欲微多，但清新相接，不以此爲病耳。若復令小省，恐其妙欲不見，可復稱極，不審兄由以爲爾不？《茂曹碑》皆自是蔡氏碑之上者，比視蔡氏數十碑，殊多不及，言亦自清美，愚以無疑不存。《三祖贊》不可聞。《武帝贊》如欲管管流澤，有以常相稱美，如不史，願更視之。小跛幾而悅奕爲盡理。雲今意視文，乃好清省，欲無以尚意之至此，乃出自然。張公在者必罷，必復以此見調。不知《九愍》不多，不當小減。

《九悲》、《九愁》，連日鈔除，所去甚多，才本不精，正自極此。願兄小爲之定一字、兩字，出之便欲得。遲望不言。謹啓。

雲再拜：仲宣文，如兄言，實得張公力。如子桓書，亦自不乃重之。兄詩多勝其《思親》耳。《登樓賦》無乃煩《感丘》，其《弔夷齊》，辭不爲偉，兄二弔自美之。但其"呵二子小工"，正當以此言爲高文耳。文中有"於是"、"爾乃"，於轉句誠佳，然得不用之益快，有故不如無。又於文句中自可不用之，便少亦常。云四言轉句，以四句爲佳。往曾以兄《七羨》"回煩手而沉哀"，結上兩句爲孤，今更視定，自有不應用時，期當爾。復以爲不快，故前多有所去。《喜霽》"俯順習坎，仰熾重離"，此下重得如此語爲佳，思不得其韻。願兄爲益之。謹啓。

雲再拜：誨頌，兄乃以爲佳，甚以自慰。文章當貴經緯，如謂後頌，語如漂漂，故謂如小勝耳。《九愍》如兄所誨，亦殊過望。雲意自謂當不如三賦。"情難非體中所長，欲徧周流"，雲意亦謂爲佳耳，然不云其愈於與《漁父》。吾今多少有所定，及所欲去留粗爾。今送本往，不審能勝故不？意亦殊未以爲了。南去轉遠，洛中勿勿少暇，願兄勑所遣留爲當爾。可須來不佳，思慮益處，未能補所欲去。"徹"與"察"皆不與"日"韻，思惟不能得，願賜此一字。雲作文，如兄所論，已過所望，況乃敢當？今兄有張蔡之懷，得此乃懷怖也。謹啓。

雲再拜：省諸賦，皆有高言絕典，不可復言。頃有事，復不大快，凡得再三視耳。其未精，倉卒未能爲之次第。省《述思賦》，流深情至言，實爲清妙，恐故復未得爲兄賦之最。兄文自爲雄，非累日精拔，卒不可得言。《文賦》甚有辭，綺語頗多。文適多體，便欲不清。不審兄呼爾不？《詠德頌》甚復盡美，省之惻然。《扇賦》腹中愈首尾，發頭一而不快。言"烏雲龍見"，如有不體。《感逝賦》愈前，恐故當小不？然一至不復減。《漏賦》可謂清工。兄頓作爾多文，而新奇乃爾，真令人怖，不當復道作文。謹啓。

（劉運好《陸士龍文集校注》卷八，鳳凰出版社 2010 年版）

### 呂本中《童蒙訓》

陸士衡《文賦》云："立片言以居要，乃一篇之警策。"此要論也。文章無警策則不足以傳世，蓋不能竦動世人。如老杜及唐人諸詩，無不如此。但晉、宋間人，專致力於此,故失於綺靡而無高古氣味。老杜詩云:"語不驚人死不休。"所謂驚人語,即警策也。

(此段《童蒙訓》中本無,茲據胡仔《苕溪漁隱叢話》前集卷九所引錄入,人民文學出版社 1962 年版)

### 謝榛《四溟詩話》

詩貴乎遠而近。然思不可偏,偏則不能無弊。陸士衡《文賦》曰:"其始也收視反聽,耽思傍訊,精騖八極,心游萬仞。"此但寫冥搜之狀爾。唐劉昭禹詩云:"句向夜深得,心從天外歸。"此作祖於士衡,尤知遠近相應之法。凡靜室索詩,心神渺然,西遊天竺國,仍歸上黨昭覺寺,此所謂"遠而近"之法也。若經天竺,又向扶桑,此遠而又遠,終何歸宿?或造語艱深奇澀,殊不可解,抑樊宗師之類歟?

(謝榛《四溟詩話》卷四,人民文學出版社 1961 年版)

# 沈　約

## 宋書·謝靈運傳論

### 【解題】

沈約(441—513)，字休文，吳興武康(今浙江德清)人。少家貧，好詩文，博通群籍，歷仕宋、齊、梁三朝。竟陵王蕭子良開西邸，招文學之士，沈約爲"竟陵八友"之一。官至尚書左僕射。謚曰"隱"，世稱"沈隱侯"。詩文著述頗豐，所撰《宋書》存世，《四聲譜》、《齊紀》等已佚。明張溥輯有《沈隱侯集》，《梁書》卷十三有傳。

《謝靈運傳論》是齊梁時期一篇重要的文學專論。謝靈運是南朝宋代最有代表性與成就的詩人，沈約效仿太史公之作《屈原賈生列傳》，精心結撰《宋書》謝傳，將《傳論》寫作"文學傳論"。作爲當時詩文新變的領袖和推動者，沈約在《傳論》中概述了文學發生、發展和古今演變的歷史，而論述重心則落在對詩文聲韻問題的探討上。從文中出現頻率較高的"清辭麗曲"等語詞概念，可見沈氏對於文采的重視程度。從曹丕論文氣分清濁、詩賦欲麗，到陸機論詩而主緣情綺靡，再到南朝齊梁時期，文學的審美取向可謂"踵其事而增華"(蕭統《文選序》)。儘管這招來後人的批評，但在文學發展的特定階段，文士更多地專注於語言文采、形式技巧及其規律的錘煉探究，這對文學的發展是有意義的。本篇最後所着力闡釋的聲律論的歷史貢獻正在於此。儘管，永明聲律說的產生有一個前期較長的醞釀過程，是魏晉南朝諸多詩人文士在理論探討和創作實踐中共同努力的結果，儘管，沈氏提出"一簡之内，音韻盡殊；兩句之中，輕重悉異"的極端主張，及所謂"四聲八病"之說，因爲過於拘忌聲病而招來時人及後人的批評，而且因難度過大，而缺乏可操作性，但作爲文壇領袖，他對於永明聲律說的理論概括與宣導推動，功不可沒。"五色相宣，八音協暢"，"玄黄律吕，各適物宜"，"欲使宮羽相變，低昂互節，若前有浮聲，則後須切響"云云，頗中肯綮，切合漢語言聲韻特點與規律。永明聲律說的產生，對於唐代以後的詩歌繁榮意義重大。

沈約《宋書·謝靈運傳論》在文學史論、聲律論、風格論等方面的理論建樹，久爲論者所重視，它與整個齊梁詩風的呼應關係，也是顯而易見的。但這篇文章的寫作不僅是出於一般理論闡述的需要，更是帶着明確的指導文學實踐的目的，它對永明文壇的發展方向和沈約本人的創作道路都發生過實質性的影響，可以說是永明文學革新的綱領性文獻。因此，在研究這篇文章時僅僅局限於文本的分析，或只停留在聲律論層面談它的影響，是很不夠的。需要將它放在宋齊之際文學變遷的總體背景中進行研究，深入分析沈約撰寫此文的外在機緣和内在動機，由此把握永明詩風和永明文學思想的特徵。

　　史臣曰：民稟天地之靈，含五常之德[1]，剛柔迭用，喜愠分情[2]。夫志動於中，則歌詠外發[3]。六義所因，四始攸繫[4]，升降謳謠，紛披風什[5]。雖虞夏以前，遺文不覩，稟氣懷靈，理無或異。然則歌咏所興，宜自生民始也[6]。

　　周室既衰，風流彌著[7]，屈平、宋玉，導清源於前，賈誼、相如，振芳塵於後[8]，英辭潤金石[9]，高義薄雲天。自兹以降，情志愈廣。[10]王褒、劉向、揚、班、崔、蔡之徒，異軌同奔，遞相師祖。[11]雖清辭麗曲，時發乎篇，而蕪音累氣[12]，固亦多矣。若夫平子艷發，文以情變，絕唱高蹤，久無嗣響。[13]至於建安，曹氏基命[14]，二祖陳王，咸蓄盛藻[15]，甫乃以情緯文，以文被質[16]。自漢至魏，四百餘年，辭人才子，文體三變[17]。相如巧爲形似之言[18]，班固長於情理之説[19]，子建、仲宣以氣質爲體[20]，並標能擅美，獨映當時，是以一世之士，各相慕習，原其颷流所始[21]，莫不同祖《風》、《騷》。徒以賞好異情，故意製相詭[22]。降及元康，潘、陸特秀[23]，律異班、賈，體變曹、王[24]，縟旨星稠，繁文綺合[25]。綴平臺之逸響，採南皮之高韻[26]，遺風餘烈，事極江右[27]。有晉中興，玄風獨振[28]，爲學窮於柱下，博物止乎七篇[29]，馳騁文辭，義殫乎此[30]。自建武暨乎義熙，歷載將百[31]，雖綴響聯辭，波屬雲委，莫不寄言上德，託意玄珠[32]，遒麗之辭[33]，無聞焉爾。仲文始革孫、許之風[34]，叔源大變太元之氣[35]。爰逮宋氏，顏、謝騰聲。[36]靈運之興會標舉[37]，延年之體裁明密[38]，並方軌前秀，垂範後昆[39]。

　　若夫敷衽論心，商榷前藻，工拙之數，如有可言。[40]夫五色相宣，八音協暢[41]，由乎玄黄律吕，各適物宜[42]。欲使宫羽相變，低昂互節，若前有浮聲，則後須切響。[43]一簡之内，音韻盡殊；兩句之中，輕重悉異。[44]妙達此旨，始可言文。至於先士茂製，諷高歷賞[45]，子建函京之作，仲宣霸岸之篇，子荆零雨之章，正長朔風之句[46]，並直舉胸情，非傍詩史，正以音律調韻，取高前式[47]。自《騷》人以來，多歷年代，雖史體稍精，而此秘未覩。[48]至於高言妙句，音韻天成，皆闇與理合，匪由思至[49]。張、蔡、曹、王，曾無先覺，潘、陸、謝、顏，去之彌遠。[50]世之知音者，有以得之[51]，知此言之非謬。如曰不然，請待來哲。[52]

　　　　　　（《宋書》卷六七，中華書局二十四史本 1974 年版）

## ［注釋］

[1]史臣：沈約自稱。五常：指金、木、水、火、土五行。德：德行，品質。 [2]慍：怒。情：這裏指人之七情。《禮記·禮運》：“何謂人情？喜、怒、哀、懼、愛、惡、欲。七者弗學而能。” [3]發：發出。 [4]六義：指風、雅、頌、賦、比、興，見本書《詩大序》注。因：緣由，基礎。四始：指“風”、“大雅”、“小雅”、“頌”四體之首篇，見本書《詩大序》注。攸：所。 [5]紛披：繁盛。風什：猶言風雅。《詩經》中雅、頌部分，每十篇爲一什。 [6]生民：初民，人類誕生之初。 [7]風流：特指詩風流韻。 [8]屈平：屈原（約前340—約前278），名平，字原，我國最早的大詩人。宋玉：屈原之後楚辭大家。賈誼（前200—前168）：西漢著名爭論家、辭賦家，有《過秦論》《吊屈原賦》等。司馬相如：見本書《漢書·地理志》注。振：發。芳塵：指芳香的風。 [9]英辭：美好的文辭。潤金石：可以配樂欣賞。金石，樂器。金即鐘之屬，石即磬之類。 [10]“自茲”二句：從那時以後，詩人的情志内容更加廣闊。 [11]“王褒”句：王褒、劉向、揚雄、班固，均見本書《漢書·地理志》注。崔指崔駰（307—92），東漢前期文學家。寫有《安豐侯詩》《達旨》賦等。蔡指蔡邕，見本書《典論·論文》注。“異軌”二句：沿着不同的軌道都向前奔跑，一個接一個相師法相繼承。 [12]蕪音累氣：指蕪雜的音調，沉贅的聲氣。累，贅累。 [13]“若夫”四句：像那張衡文詞美艷生動，文隨情感而變，聲響妙絕，筆蹤高遠，長久没有聲響繼承他。平子，張衡，見本書《典論·論文》注。他的小賦和詩歌，善於抒情，聲調諧和。 [14]“至於”二句：到了漢末建安時期，曹家取得政權。建安（196—220），漢獻帝年號。此時政權實已落入曹氏手中。基命，始受命於天。 [15]“二祖”二句：曹操、曹丕和陳王曹植，都胸儲豐盛的文采。二祖，指魏王朝締造者武帝曹操（廟號太祖）、文帝曹丕（廟號世祖）。陳王，曹植曾被封爲陳王，死後謚爲思，也稱陳思王。 [16]“甫乃”二句：才開始以思想感情組織文采，以文采潤飾思想感情。甫，始。緯，經緯，指組織。被，加於……上。質，情實。 [17]文體三變：文章風格發生三次變化。文體，指一個時代的文風。 [18]形似之言：指司馬相如的賦刻畫苑囿、遊獵等生活逼真細緻。 [19]“班固”句：班固的文章擅長表達情理。 [20]“子建”句：曹植、王粲以表現個人氣質爲風格。體，指風格。三句所述，即所謂“文體三變”，沈約是以三人的創作代表三種文風。 [21]“原其”句：考察他們文風的來源。飇（biāo）流，指文風流派。 [22]“徒以”二句：僅因審美情趣不同，所以立意和體制彼此也不同。徒，僅僅。賞好，魏晉以後稱審美愛好爲賞好。 [23]“降及”二句：到西晉元康時，潘岳、陸機（創作）特別出衆。元康（291—299），晉惠帝年號。潘，潘岳（247—300），字安仁。西晉文學家，長於寫哀挽文章，有《哀永逝文》《悼亡詩》以及《秋興賦》《閑居賦》等。陸，陸機，見本書《文賦》“解題”。 [24]“律異”二句：格律異於班固、賈誼，風格不同於曹植、王粲。律，指詩文格律。 [25]“縟旨”二句：豐美的文意像繁星那樣稠密，繁富的文辭像羅綺那樣紋彩交織。旨，文意。稠，密，多。 [26]“綴平臺”二句：收集梁孝王左右文士枚乘、司馬相如等人的清遠聲響，采摘建安逸人的高妙韻調。綴，輯集。平臺，漢梁孝工所建臺觀，文人枚乘、司馬相如都曾做過梁孝王侍從。南皮，魏文帝曹丕曾與王粲、徐幹、吳質等遊宴的地方，今河北南皮。 [27]事極江右：指“縟旨星稠，繁文綺合”的文風影響整個西晉時代。極，盡。江右一指西晉（見《文選》李善注、五臣注）。江右，原作“江左”，據《文選》改。 [28]“有晉”二句：中興，國家經危機後復興，指晉元帝南渡建立東晉。玄風，玄學、清

談老莊之學的風氣。振，興盛。 〔29〕"爲學"二句：做學問盡於《老子》，通物理限於《莊子》内篇。柱下，指老子，老子曾官周柱下史。七篇，指《莊子》内篇（《逍遥遊》、《齊物論》、《養生主》、《人間世》、《德充符》、《大宗師》、《應帝王》七篇）。 〔30〕"馳騁"二句：指東晉時代的寫作，思想意義只限於老莊玄學。殫（dān），盡。原作"單"，依《文選》改。 〔31〕"自建武"二句：從晉元帝建武（317—318）時期到晉安帝義熙（405—418）時期（即整個東晉時代），歷時百年。暨，及。載，年。 〔32〕"雖綴響"四句：雖然也是連綴文辭排比聲律，作品數量多如波連雲積，但没有不是講述"道德"、敷寫玄理的。屬（zhǔ），連。委，積。上德，最高妙的道德。《老子》第三十八章："上德不德，是以有德。"玄珠，指老莊所講的玄妙哲理。《莊子·天地》篇："黃帝遊乎赤水之北……遺其玄珠。" 〔33〕道麗：剛健秀美。 〔34〕"仲文"句：殷仲文才開始改變掉孫綽、許詢的文風。殷仲文（？—407），陳郡（今河南淮南）人，歷任鎮軍長史尚書、東陽太守。其詩開始改變玄言詩敷衍玄理的風氣，今存有《南州桓公九井作詩》，已經有較多清新的景色描寫詩句。孫綽（314—371），字興公，太原中都（今山西平遥）人。歷任永嘉太守、廷尉卿，是玄言詩的代表作家。許詢，字玄度，高陽新城（今河北新城）人。是當時的名士和玄言詩作家。 〔35〕"叔源"句：謝混更多地改變了太元時期的詩風。謝混（？—412），字叔源，陳郡陽夏（今河南太康）人。謝安之孫，官至尚書左僕射。詩較爲清新，有《遊西池》等作。太元（376—396），晉孝武帝年號，是玄言詩流行時期。 〔36〕"爰逮"二句：到了宋代，顏延之、謝靈運以詩著名。爰、逮，都是及、等到的意思。宋氏，指取代東晉的劉宋。顏，顏延之（384—456），字延年，琅邪臨沂（今屬山東）人，歷官中書侍郎、永嘉太守、秘書監、光禄大夫，詩與謝靈運齊名，號"顏謝"。謝，謝靈運（385—433），陳郡陽夏人，東晉淝水之戰名將謝玄的孫子，襲爵康樂公。入南朝宋後歷官散騎常侍、永嘉太守、秘書監，後做臨川内史。以謀反罪被殺。他開創了山水詩，《詩品》列之爲上品。 〔37〕"靈運"句：謝靈運詩的感興鮮明突出。興會，由事物引起感興有會於心而作，就叫興會。 〔38〕"延年"句：顏延之詩的體制詳盡周密。《文選》卷四六顏延之《三月三日曲水詩序》："章程明密，品式周備。"李善注引謝承《後漢書》："魏朗爲河内太守，明密法令。" 〔39〕"並方軌"二句：都能同前代傑出詩人並駕齊驅，給後人留下榜樣。方軌，車軌並行，指並駕齊驅。前秀，指前代著名詩人。 〔40〕"若夫"四句：如果鋪開衣襟跪坐談心得體會，討論前人文采，其工巧和拙劣的規律，似有可以講講的。敷，鋪。衽，大襟。 〔41〕"五色"二句：宣，明。八音，見本書《抱朴子·辭義》注。協暢，諧和流暢。 〔42〕"由乎"二句：（做到上述兩點）由於文章的色彩和聲律，都與所寫的事物相適應。玄黃，代表五色。律呂，指聲律，見本書《抱朴子·辭義》注。 〔43〕"欲使"四句：要使宮聲、羽聲先後變化，低音、高音相互制約，前面用浮輕的聲音，後面就須用切重的聲音來對稱。宮羽，古代曾有人把字音分宮、商、角、徵、羽五聲。以宮、商當平聲，角、徵、羽爲仄聲，不是原來所指的音樂聲調，沈約在此處没有提出四聲來。 〔44〕"一簡"四句：一行字之内，音和韻都不同；兩句裏面，字音輕重也完全不同。一簡，上古寫字一般用一尺三寸竹簡，這裏指一行字。 〔45〕先士茂製：前代詩人的美好作品。諷高歷賞：意思是歷代都喜歡吟誦、傳賞前人的優秀作品。諷，指吟誦。高，指前人的好作品。 〔46〕"子建"四句：分別指曹植《贈丁儀王粲詩》，首二句云"從軍渡函谷，驅馬過西京"；王粲《七哀詩》，有云"南登霸陵岸，回首望長安"；孫楚《征西官屬送於陟陽候作詩》，首二句爲"晨風飄岐路，零雨被秋草"；王瓚《雜詩》，首二句云"朔風動秋草，邊馬有歸心"。子荆，孫楚（約218—

298)的字。正長，王瓚的字。都是西晉詩人。 ［47］“正以”二句：正足以音律協調（詩歌的）聲韻，才取得了高於前代法式的成就。 ［48］“自《騷》人”四句：此二句《文選》作：“自靈均以來，多歷年代。雖史體稍精，而此秘未睹。” ［49］“皆闇”二句：都是暗中與運用聲律的道理相合，不是經過思考來的。匪，非。 ［50］“張蔡”四句：張衡、蔡邕、曹植、王粲，對聲律的道理並未先發現；潘岳、陸機、謝靈運、顏延之，距離懂得聲律更遠。 ［51］有以得之：能夠了解我説的這些話。 ［52］“如曰”二句：如果以爲不是這樣，請等待將來通曉這個事情的人評斷。

## 史料選

### 范曄《獄中與諸甥姪書》

吾少懶學問，晚成人，年三十許，政始有向耳。自爾以來，轉爲心化，推老將至者，亦當未已也。往往有微解，言乃不能自盡。爲性不尋注書，心氣惡，小苦思，便憒悶，口機又不調利，以此無談功。至於所通解處，皆自得之於胸懷耳。文章轉進，但才少思難，所以每以操筆，其所成篇，殆無全稱者。常恥作文士。文患其事盡於形，情急於藻，義牽其旨，韻移其意。雖時有能者，大較多不免此累，政可類工巧圖繢，竟無得也。常謂情志所託，故當以意爲主，以文傳意。以意爲主，則其旨必見；以文傳意，則其詞不流。然後抽其芬芳，振其金石耳。此中情性旨趣，千條百品，屈曲有成理。自謂頗識其數，嘗爲人言，多不能賞，意或異故也。

性別宮商，識清濁，斯自然也。觀古今文人，多不全了此處，縱有會此者，不必從根本中來。言之皆有實證，非爲空談。年少中，謝莊最有其分，手筆差易，文不拘韻故也。吾思乃無定方，特能濟難適輕重，所稟之分，猶當未盡。但多公家之言，少於事外遠致，以此爲恨，亦由無意於文名故也。

……

吾於音樂，聽功不及自揮，但所精非雅聲，爲可恨。然至於一絶處，亦復何異邪。其中體趣，言之不盡，弦外之意，虛響之音，不知所從而來。雖少許處，而旨態無極。亦嘗以授人，士庶中未有一豪似者。此永不傳矣。吾書雖小小有意，筆勢不快，餘竟不成就，每愧此名。

（《宋書》卷六九，中華書局二十四史本 1974 年版）

### 姚思廉《梁書·沈約傳》

沈約字休文，吳興武康人也。祖林子，宋征虜將軍。父璞，淮南太守。璞元嘉末被誅，約幼潛竄，會赦免。既而流寓孤貧，篤志好學，晝夜不倦。母恐其以勞生疾，常遣減油滅火。而晝之所讀，夜輒誦之，遂博通群籍，能屬文。

……

約左目重瞳子，腰有紫志，聰明過人。好墳籍，聚書至二萬卷，京師莫比。少時孤貧，丐于宗黨，得米數百斛，爲宗人所侮，覆米而去。及貴，不以爲憾，用爲郡部傳。嘗侍讌，有妓師是齊文惠宮人。帝問識座中客不？曰：“惟識沈家令。”約伏座流涕，帝亦悲焉，爲之罷酒。約歷仕三代，該悉舊章，博物洽聞，當世取則。謝玄暉善爲詩，任彦昇工於文章，約兼而有之，然不能過也。自負高才，昧於榮利，乘時藉勢，頗累清談。及居端揆，稍弘止足，每進一官，輒殷勤請退，而終不能去，論者方之山濤。用事十餘年，未嘗有所薦達，政之得失，唯唯而已。

（《梁書》卷十三，中華書局二十四史本1973年版）

## 陸厥《與沈約書》

范詹事《自序》“性別宮商，識清濁，特能適輕重，濟艱難。古今文人，多不全了斯處，縱有會此者，不必從根本中來”。沈尚書亦云“自靈均以來，此秘未覩”。或“闇與理合，匪由思至。張蔡曹王，曾無先覺，潘陸顏謝，去之彌遠”。大旨鈞使“宮羽相變，低昂舛節。若前有浮聲，則後須切響，一簡之內，音韻盡殊，兩句之中，輕重悉異”。辭既美矣，理又善焉。但觀歷代衆賢，似不都闇此處，而云“此秘未覩”，近於誣乎？

案范云“不從根本中來”。尚書云“匪由思至”。斯可謂揣情謬於玄黃，摛句差其音律也。范又云“時有會此者”。尚書云“或闇與理合”。則美詠清謳，有辭章調韻者，雖有差謬，亦有會合，推此以往，可得而言。夫思有合離，前哲同所不免，文有開塞，即事不得無之。子建所以好人譏彈，士衡所以遺恨終篇。既曰遺恨，非盡美之作，理可詆訶。君子執其詆訶，便謂合理爲闇。豈如指其合理而寄詆訶爲遺恨邪？

自魏文屬論，深以清濁爲言，劉楨奏書，大明體勢之致，岨峿妥怗之談，操末續顚之説，興玄黃於律呂，比五色之相宣，苟此秘未覩，茲論何所指邪？故愚謂前英已早識宮徵，但未屈曲指的，若今論所申。至於掩瑕藏疾，合少謬多，則臨淄所云“人之著述，不能無病”者也。非知之而不改，謂不改則不知，斯曹、陸又稱“竭情多悔，不可力強”者也。今許以有病有悔爲言，則必自知無悔無病之地，引其不了不合爲闇，何獨誣其一合一了之明乎？意者亦質文時異，古今好殊，將急在情物，而緩於章句。情物，文之所急，美惡猶且相半；章句，意之所緩，故合少而謬多。義兼於斯，必非不知明矣。

《長門》、《上林》，殆非一家之賦，《洛神》、《池鴈》，便成二體之作。孟堅精正，《詠史》無虧於東主，平子恢富，《羽獵》不累於憑虛。王粲《初征》，他文未能稱是；楊脩敏捷，《暑賦》彌日不獻。率意寡尤，則事促乎一日；翳翳愈伏，而理賒於七步。一人之思，遲速天懸；一家之文，工拙壤隔。何獨宮商律呂，必責其如一邪？

論者乃可言未窮其致，不得言曾無先覺也。

（《南齊書·陸厥傳》，中華書局二十四史本 1972 年版）

## 沈約《答陸厥書》

宮商之聲有五，文字之別累萬，以累萬之繁，配五聲之約，高下低昂，非思力所舉。又非止若斯而已也。十字之文，顛倒相配，字不過十，巧歷已不能盡，何況復過於此者乎？靈均以來，未經用之於懷抱，固無從得其髣髴矣。若斯之妙，而聖人不尚，何邪？此蓋曲折聲韻之巧，無當於訓義，非聖哲立言之所急也。是以子雲譬之“雕蟲篆刻”，云“壯夫不爲”。

自古辭人，豈不知宮羽之殊，商徵之別。雖知五音之異，而其中參差變動，所昧實多，故鄙意所謂“此秘未覩”者也。以此而推，則知前世文士便未悟此處。

若以文章之音韻，同弦管之聲曲，則美惡妍蚩，不得頓相乖反。譬由子野操曲，安得忽有闡緩失調之聲，以《洛神》比陳思他賦，有似異手之作。故知天機啓，則律呂自調；六情滯，則音律頓舛也。

士衡雖云“炳若縟錦”，寧有濯色江波，其中復有一片是衛文之服？此則陸生之言，即復不盡者矣。韻與不韻，復有精麤，輪扁不能言，老夫亦不盡辨此。

（《南齊書·陸厥傳》，中華書局二十四史本 1972 年版）

## 劉勰《文心雕龍·聲律》

夫音律所始，本於人聲者也。聲含宮商，肇自血氣，先王因之，以制樂歌。故知器寫人聲，聲非學器者也。故言語者，文章神明樞機，吐納律呂，脣吻而已。古之教歌，先揆以法，使疾呼中宮，徐呼中徵。夫商徵響高，宮羽聲下，抗喉矯舌之差，攢脣激齒之異，廉肉相準，皎然可分。今操琴不調，必知改張，摛文乖張，而不識所調；響在彼絃，乃得克諧，聲萌我心，更失和律：其故何哉？良由內聽難爲聰也。故外聽之易，絃以手定，內聽之難，聲與心紛，可以數求，難以辭逐。凡聲有飛沈，響有雙疊；雙聲隔字而每舛，疊韻雜句而必睽；沈則響發而斷，飛則聲颺不還；並轆轤交往，逆鱗相比；迂其際會，則往蹇來連，其爲疾病，亦文家之吃也。夫吃文爲患，生於好詭，逐新趣異，故喉脣糺紛，將欲解結，務在剛斷。左礙而尋右，末滯而討前，則聲轉於吻，玲玲如振玉，辭靡於耳，纍纍如貫珠矣。是以聲畫妍蚩，寄在吟詠，吟詠滋味，流於字句。氣力窮於和韻。異音相從謂之和，同聲相應謂之韻。韻氣一定，故餘聲易遣；和體抑揚，故遺響難契。屬筆易巧，選和至難；綴文難精，而作韻甚易。雖纖意曲變，非可縷言，然振其大綱，不出茲論。

若夫宮商大和，譬諸吹籥；翻迴取均，頗似調瑟。瑟資移柱，故有時而乖貳；

籥含定管，故無往而不壹。陳思潘岳，吹籥之調也；陸機左思，瑟柱之和也。概舉而推，可以類見。

又詩人綜韻，率多清切；楚辭辭楚，故訛韻實繁。及張華論韻，謂士衡多楚，文賦亦稱知楚不易，可謂銜靈均之聲餘，失黃鍾之正響也。凡切韻之動，勢若轉圜；訛音之作，甚於枘方；免乎枘方，則無大過矣。練才洞鑒，剖字鑽響，識疏闊略，隨音所遇，若長風之過籟，南郭之吹竽耳。古之佩玉，左宮右徵，以節其步，聲不失序，音以律文，其可志哉？

贊曰：標情務遠，比音則近。吹律胸臆，調鍾脣吻。聲得鹽梅，響滑榆槿。割棄支離，宮商難隱。

（范文瀾《文心雕龍注》，人民文學出版社 1958 年版）

# 劉　勰

## 神　思

[解題]

　　劉勰(約 465—520?),字彥和,祖籍山東莒縣(今山東莒縣),其先祖於西晉末南遷,後世居京口(今江蘇鎮江)。早年喪父,家境貧寒,終生未婚娶,而篤志好學,博通經史諸子。約二十歲時,於定林寺(在今南京紫金山)依名僧僧祐十餘年,研讀佛學經典,並參與整理、校訂和敘録佛經的工作。年逾而立時,開始創制《文心雕龍》,歷時五年,於南齊末年(約 501 年)完成這部"體大而慮周"的文學理論巨著。全書分上下兩部,十卷五十篇,共計三萬七千餘字。《文心雕龍》不僅集前人文論之大成,而且有進一步的拓展和深化,從而奠定了劉勰作爲傑出文學理論家的歷史地位。據《梁書・劉勰傳》記載,梁武帝天監(502—519)初,劉勰始爲奉朝請,後歷任中軍臨川王蕭宏記室、車騎倉曹參軍、南康王蕭績記室、步兵校尉,兼昭明太子蕭統東宮通事舍人等職,深受蕭統器重。曾官太末縣(今浙江龍游)令,政有清績。晚年出家爲僧,法號慧地。

　　《神思》是《文心雕龍》的第二十六篇,從本篇到《總術》的十九篇爲創作論部分。作爲創作論之首,《神思》具有提綱挈領的總論性質,涵蓋創作論各個枝節,其主要內容是討論藝術創作時的想象和構思。劉勰繼承了陸機《文賦》對藝術構思的論述,對相關問題進行了更爲全面而系統的探索。他不僅對神思作出了明確的定義,對其與志氣和辭令的關係進行了辨析,還結合許多作家的創作實踐,申明文學創作根基之所在。其見解精當,言辭懇切,使本篇具有極高的文學和理論價值。

　　古人云:形在江海之上,心存魏闕之下。[1] 神思之謂也。文之思也,其神遠矣,故寂然凝慮,思接千載;悄焉動容,視通萬里;吟詠之間,吐納珠玉之聲;眉睫之前,卷舒風雲之色:其思理之致乎?故思理爲妙,神與物遊。神居胸臆,而志氣

神
思

統其關鍵;物沿耳目,而辭令管其樞機。[2]樞機方通,則物無隱貌;關鍵將塞,則神有遯心[3]。是以陶鈞文思,貴在虛靜,疏瀹五藏,澡雪精神,積學以儲寶,酌理以富才,研閱以窮照,馴致以懌(一作繹,顧校作繹)辭;然後使玄解之宰,尋聲律而定墨;獨照之匠,闚意象而運斤;此蓋馭文之首術,謀篇之大端。[4]夫神思方運,萬塗競萌[5],規矩虛位,刻鏤無形,登山則情滿於山,觀海則意溢於海,我才之多少,將與風雲而並驅矣。方其搦翰,氣倍辭前;暨乎篇成,半折心始。[6]何則?意翻空而易奇,言徵實而難巧也[7]。是以意授於思,言授於意;密則無際,疏則千里;或理在方寸而求之域表[8];或義在咫尺而思隔山河。是以秉心養術,無務苦慮;含章司契,不必勞情也。[9]

人之禀才,遲速異分;文之制體,大小殊功:相如含筆而腐毫,揚雄輟翰而驚夢,桓譚疾感於苦思,王充氣竭於沉慮,張衡研京以十年,左思練都以一紀,雖有巨文,亦思之緩也。[10]淮南崇朝而賦騷,枚乘應詔而成賦,子建援牘如口誦,仲宣舉筆似宿構,阮瑀據案(顧校作案)而制書,禰衡當食而草奏,雖有短篇,亦思之速也。[11]若夫駿發之士,心總要術,敏在慮前,應機立斷;覃思之人,情饒歧路,鑒在疑後,研慮方定。[12]機敏故造次而成功[13],慮疑故愈久而致績。難易雖殊,並資博練[14]。若學淺而空遲,才疏而徒速,以斯成器,未之前聞。是以臨篇綴慮,必有二患:理鬱者苦貧,辭溺者傷亂[15]。然則博見(一作聞,黃云《御覽》作見)爲饋貧之糧,貫一爲拯亂之藥,博而能一,亦有助乎心力矣。

若情數詭雜,體變遷貿[16]。拙辭或孕於巧義,庸事或萌於新意;視布於麻,雖云未費(鈴木云張本作貴),杼軸獻功,煥然乃珍。至於思表纖旨,文外曲致,言所不追,筆固知止。至精而後闡其妙,至變而後通其數,伊摯不能言鼎,輪扁不能語斤,其微矣乎![17]

贊曰:神用象通,情變所孕。物以貌求,心以理應(汪作勝)。刻鏤聲律,萌芽比興。結慮司契,垂帷制勝[18]。

(據范文瀾《文心雕龍注》,人民文學出版社 1958 年版。以下《文心》諸篇據同)

[注釋]

[1]"古人"句:語本《莊子·讓王》:"中山公子牟謂瞻子曰:'身在江海之上,心居魏闕之下,奈何?'"指身在江湖而心在朝野,引申爲想象與構思不受時空限制。魏闕,象魏,古代宮廷外的一對高建築,用以懸示法令。《周禮·天官·太宰》:"正月之吉,始和,布治於邦國都鄙,乃懸治象之法於象魏。"魏,同"巍",高大的樣子。闕,古代王宮、柯廟門前兩邊的高建築物。左右各一,中間爲通道。《戰國策·齊策》:"人有當闕而哭者,求之則不得,去之則聞其聲。"
[2]志氣:語本《孟子·公孫丑上》:"夫志,氣之帥也;氣,體之充也。"關鍵:門閂。"物沿"二句:

語本《國語·周語下》："夫耳目,心之樞機也。"樞機:《國語》韋昭注:"樞機,發動也。心有所欲,耳目爲之發動。"樞,門上的轉軸。機,弩機,弓弩上的發箭裝置。　[3]遯:同"遁",逃避。《禮記·緇衣》："教之以政,齊之以刑,則民有遯心。"　[4]陶鈞:製陶器所用轉輪。《史記·魯仲連鄒陽列傳》："是以聖王制世御俗,獨化於陶鈞之上,而不牽於卑亂之語,不奪於衆多之口。"陶,燒製瓦器。鈞,古時製陶器所用轉輪。"疏瀹(yuè)"二句:語本《莊子·知北遊》:"老聃曰:'汝齋戒疏瀹而心,澡雪而精神。'"《白虎通·論五性六情》:"内有五臟六府,此情性之所由出入也。"疏瀹,疏通。澡雪,洗净。馬融《長笛賦》:"溉盥污穢,澡雪垢滓矣。"窮:尋根究源,窮盡。照:理解,明白。潘岳《夏侯常侍誄》:"心照神交,唯我與子。"馴致:語本《易·坤卦》:"象曰:'履霜堅冰,陰始凝也。馴致其道,至堅冰也。'"孔疏曰:"馴猶狎順也,若鳥獸馴狎然。言順其陰柔之道,習而不已,乃至堅冰也。"馴,漸進。致,情致。繹辭:《説文解字》:"繹,抽絲也。"引申爲探究。玄解之宰:語本《莊子·人間世》:"古者謂是帝之縣解。"又《釋文》:"縣,音玄。"意指作家的心靈。墨:木匠所用墨綫。《荀子·禮論》:"故繩墨誠陳矣,則不可欺以曲直。"獨照之匠:《文子·微明篇》:"視於冥冥,聽於無聲。冥冥之中,獨有曉焉;寂寞之中,獨有照焉。"運斤:語本《莊子·徐無鬼》:"匠石運斤成風。"　[5]涂:同"途",道路,引申爲思緒。[6]搦(nuò):握。翰:毛筆。左思《詠史》:"弱冠弄柔翰,卓犖觀群書。"暨:至,到。《國語·周語中》:"若七德離叛,民乃攜貳,各以利退,上求不暨,是其外利也。"半折心始:半折,對折。意指開始創作時的所想最終只能表達一半。　[7]徵:求取,追求。　[8]域表:疆界,指極遠之處。[9]秉心:《詩·小雅·小弁》:"君子秉心,維其忍之。"鄭箋:"秉,執也。"務:致力。《管子·牧民》:"積於不涸之倉者,務五穀也。"含章:語本《易·坤卦》:"含章可貞。"王弼注:"含美而可正者也。"孔穎達疏:"章,美也。……唯内含章美之道……"司契:《老子·任契第七十九》:"有德司契。"河上公注:"有德之君,司察契信而已。"司,掌管。《尚書·高宗肜日》:"王司敬民。"契,契約,古時把合同、總帳、案卷、具結均稱爲契,契分兩半,雙方各執其一以爲憑證。在此意指規則。　[10]"相如"句:《漢書·枚皋傳》:"司馬相如善爲文而遲。"含筆腐毫,古人寫作時常以口潤筆,意指相如創作時間之長。腐,朽爛。《荀子·勸學》:"肉腐出蟲,魚枯生蠹。"毫,毛筆。陸機《文賦》:"或操觚以率爾,或含毫而邈然。""揚雄"句:《全後漢文》卷十四桓譚《新論·祛蔽第八》:"子雲(揚雄字)亦言,成帝時,趙昭儀方大幸,每上甘泉,詔令作賦,爲之卒暴,思精苦。賦成,遂困倦小卧,夢其五臟出地,以手收而内之。及覺,病喘悸大少氣,病一歲。""桓譚"句:《全後漢文》卷十四桓譚《新論·祛蔽第八》:"余少時見揚子雲之麗文高論,不自量年少新進,而猥欲逮及。嘗激一事而作小賦,用精思太劇,而立感動發病,彌日瘳。""王充"句:王充《論衡·對作》:"夫論説者閔世憂俗,與衡驂乘者同一心矣也。愁精神而幽魂魄,勞動胸中之静氣,賊年損壽,無益於性。禍重於顔回,違負黄、老之教;非人所貪,不得已,故爲《論衡》。""張衡"句:《後漢書·張衡傳》:"時天下承平日久,自王侯以下,莫不逾侈。衡乃擬班固《兩都》,作《二京賦》,因以諷諫。精思傅會,十年乃成。""左思"句:一紀,十二年。《文選·三都賦序》李善注引臧榮緒《晉書》:"左思字太沖,齊國人。少博覽文史,欲作《三都賦》,乃詣著作郎張載訪岷邛之事。遂構思十稔,門庭藩溷,皆著紙筆,遇得一句即疏之。賦成,張華見而咨嗟,都邑豪貴,競相傳寫。"　[11]"淮南"句:淮南:指淮南王劉安。高誘《淮南鴻烈解敍》:"初,安爲辯達,善屬文,皇帝爲從父,數上書,召見。孝文皇帝甚重之,詔使爲離騷賦,自旦受詔,日早食已。上

神
思

愛而秘之。""枚乘"句:《漢書·枚皋傳》:"上有所感,輒使賦之。爲文疾,受詔輒成,故所賦者多。""子建"句:子建,曹植字。楊修《答臨淄侯箋》:"又嘗親見執事,握牘持筆,有所造作,若成誦在心,借書於手,曾不斯須,少留思慮。""仲宣"句:仲宣,王粲字。《三國志·魏書·王粲傳》:"善屬文,舉筆便成,無所改定,時人常以爲宿構。然正復精意覃深,亦不能加也。""阮瑀"句:《三國志·魏書·王粲傳》注引《典略》:"太祖嘗使瑀作書與韓遂。時太祖適近處,瑀隨從,因於馬上具草,書成呈之。太祖攬筆欲有所定,而竟不能增損。""禰衡"句:《後漢書·禰衡傳》:"劉表嘗與諸文人共草章奏,並極其才思。時衡出,還見之,開省未周,因毀以抵地。表撫然爲駭。衡乃從求筆札,須臾立成,辭義可觀。表大悦,益重之。"又:"黃祖長子射,時大會賓客,人有獻鸚鵡者,射舉巵於衡曰:'愿先生賦之,以娱嘉賓。'衡攬筆而作,文無加點,辭采甚麗。" [12]駿發:《詩經·周頌·噫嘻》:"駿發爾私。"鄭箋:"駿,疾也;發,伐也。"指文思之迅捷。覃思:深思。《後漢書·鄭玄傳》:"將閑居以安性,覃思以終業。" [13]造次:倉促,匆忙。《後漢書·吳漢傳》:"漢爲人質厚少文,造次不能以辭自達。" [14]資:有助於。 [15]鬱:阻滯。溺:沉迷。 [16]遷貿:變遷。貿,變易。 [17]"伊摯"句:《吕氏春秋·本味》:"湯得伊尹……明日設朝而見之,説湯以至味曰:鼎中之變,精妙微纖,口弗能言,志弗能喻。""輪扁"句:《莊子·天道》:"輪扁曰:'……不徐不疾,得之於手而應於心,口不能言,有數存焉於其間。'" [18]垂帷:即下幃。《史記·董仲舒傳》:"下幃講誦,弟子傳以久,次相受業,或莫見其面,蓋三年董仲舒不觀於舍園,其精如此。"《漢書·董仲舒傳》:"下幃覃思,論道屬書。"

# 風　骨

## ［解題］

"風骨"一詞最早被廣泛運用於魏晉時期人物品藻與藝術鑒賞中,如南朝謝赫《古畫品録》:"觀其風骨,名豈虛成。"劉勰於《文心雕龍》創作論部分獨辟《風骨》一篇,文中着重討論了"風"、"骨"、"氣"之間的聯繫與它們在文章中所處的重要地位,同時指出缺乏風骨的作品的鄙陋之處,意在批判齊梁時期"儷采百句之偶,争價一字之奇"的浮詭文風。

詩總六義,風冠其首,斯乃化感之本源,志氣之符契也。[1]是以怊悵述情,必始乎風,沈吟鋪辭,莫先於骨。[2]故辭之待骨,如體之樹骸;[3]情之含風,猶形之包氣。結言端直[4],則文骨成焉;意氣駿爽,則文風清(一作生)焉。若豐藻克瞻,風骨不飛,則振采失鮮,負聲無力。[5]是以綴慮裁篇,務盈守氣,剛健既實,輝光乃新,其爲文用,譬征鳥之使翼也。[6]故練於骨者,析辭必精,深乎風者,述情必顯。捶字堅而難移[7],結響凝而不滯,此風骨之力也。若瘠義肥辭,繁雜失統[8],則無骨之徵也;思不環周,索莫(元作課,楊改)乏氣(元作風,楊改)[9],則無風之驗也。昔潘勗錫魏,思摹經典,羣才韜筆,乃其骨髓峻(鈴木雲黄氏原本畯作峻)也[10];相如賦仙,氣號凌雲,蔚爲辭宗,乃其風力遒也[11]。能鑒斯要,可以定文,兹術或違,無務繁采。[12]

故魏文稱文以氣爲主,氣之清濁有體,不可力强而致。[13]故其論孔融,則云體氣高妙;論徐幹,則云時有齊氣;論劉楨,則云(一本下有時字)有逸氣。[14]公幹亦云,孔氏卓卓,信含異氣,筆墨之性,殆不可勝,並重氣之旨也。[15]夫翬翟備色,而翾(孫云《御覽》五八五作翔)翥百步,肌豐而力沈也;[16]鷹隼乏(孫云《御覽》作無)采,而翰飛戾天[17],骨勁而氣猛也;文章才力,有似于此。若風骨乏采,則鷙集翰林,采乏風骨,則雉竄文囿:唯(孫云《御覽》作若)藻耀而高翔,固文筆(孫云《御覽》作章)之鳴鳳也。[18]

若夫鎔鑄經典之範,翔集子史之術,洞曉情變,曲昭文體,然後能孚(汪作莩)甲新意,雕畫奇辭。[19]昭體故意新而不亂,曉變故辭奇而不黷[20]。若骨采未圓,風辭未練,而跨略舊規,馳騖新作,雖獲巧意,危敗亦多,豈空結奇字,紕繆而成經(黄云案,馮本經,顧校作輕)矣[21]。周書云,辭尚體要,弗惟好異:蓋防文濫也。[22]然文術多門,各適所好,明者弗授,學者弗師。於是習華隨侈,流遁忘反[23]。若能確乎正式[24],使文明以健,則風清骨峻,篇體光華。能研諸慮,何遠

風
骨

之有哉？[25]

　　贊曰：情與氣偕，辭共體並。[26]文明以健，珪璋乃騁（黃云案，馮本騁，譚校作騁）。[27]蔚彼風力[28]，嚴此骨鯁。才鋒峻立，符采克炳[29]。

[注釋]

　　[1]六義：《詩大序》：“故詩有六義焉，一曰風，二曰賦，三曰比，四曰興，五曰雅，六曰頌。”《廣雅·釋言》：“風，氣也。”《莊子·齊物論》：“大塊噫氣，其名爲風。”《詩大序》：“風，風也，教也，風以動之，教以化之。”故曰“化感之本源，志氣之符契也”。　[2]怊悵：猶惆悵。《詩大序》：“詩者，志之所之也，在心爲志，發言爲詩。情動於中而形於言。”《史記·太史公自序》：“詩三百篇，大抵聖賢發憤之所爲作也。”《漢書·食貨志上》：“男女有不得其所者，因相與歌詠，各言其傷。”《公羊傳·宣公十五年》何休解詁：“男女有所怨恨，相從而歌：饑者歌其食，勞者歌其事。”鋪辭：陳辭，作文。　[3]待：依靠。《商君書·農戰》：“國待農戰而安。”骸：骨架。《公羊傳·宣公十五年》：“易子而食之，析骸而炊之。”　[4]結言：即上文之“鋪辭”。端直：正直。　[5]“豐藻”句：極言瘠義肥辭之弊。　[6]綴慮：猶言構思。守氣：指生氣。《左傳·昭公十一年》：“叔向曰：‘單子其將死乎？……無守氣矣。’”剛健既實，輝光乃新：化用《易·大畜》象辭：“剛健篤實，輝光日新。”征鳥：《禮記·月令》：“季冬之月，征鳥屬疾。”《禮記正義》曰：“征鳥，謂鷹隼之屬也。時殺氣盛極，故鷹隼之屬，取鳥捷疾嚴猛也。”此以征鳥氣盛爲喻。　[7]捶：鍛煉，《淮南子·道應訓》高誘注：“捶，鍛擊也。”　[8]失統：失去統緒，缺乏條理。　[9]環周：循環流通。《文選》張華《勵志詩》：“寒暑環周。”索莫：勉強吟作。《梁書·徐勉傳》：“（誡子崧書）牽課奉公，略不克舉。”　[10]潘勖（一作勗）：字元茂，東漢末年人，建安十八年（213）漢獻帝策命曹操爲魏公，加九錫，潘勖作《册魏公九錫文》，載《文選》卷三五及《三國志·魏書·武帝紀》。輟筆：猶言擱筆。《殷芸小說·魏世人》：“魏國初建，潘勖字元茂，爲策命文。自漢武以來未有此制，勖乃依商、周憲章，唐、虞辭義，溫雅與典誥同風，於時朝士皆莫能措一字。”　[11]“相如”句：《史記·司馬相如列傳》：“相如以爲列仙之傳居山澤間，形容甚臞，此非帝王之仙意也，乃遂就《大人賦》。……相如既奏《大人之頌》，天子大說，飄飄有凌雲之氣，似游天地之間意。”又《漢書·敘傳》言司馬相如“蔚爲辭宗，賦頌之首”。遒：剛勁，有力。鮑照《上潯陽還都道中》：“獵獵晚風遒。”　[12]“斯要”與“茲術”爲互文，皆指風骨在文章中的作用。　[13]“魏文”句：引魏文帝曹丕《典論·論文》語：“文以氣爲主，氣之清濁有體，不可力强而致；譬諸音樂，曲度雖均，節奏同檢；至於引氣不齊，巧拙有素；雖在父兄，不能以移子弟。”　[14]曹丕《典論·論文》云：“孔融體氣高妙，有過人者。”又云“徐幹時有齊氣”。齊氣：《文選》李善注云：“言齊俗文體舒緩，而徐幹亦有斯累。”曹丕《與吳質書》：“公幹（劉楨字）有逸氣，但未遒耳。”　[15]劉楨論孔融原文已佚。　[16]翬翟：山雉，《說文》：“雉五采備曰翬。”又：“翟，山雉尾長者。”翾翥：低飛，《說文》：“翾，小飛也。”又，“翥，飛舉也。”　[17]翰飛戾天：化用《詩經·小雅·小宛》典：“宛彼鳴鳩，翰飛戾天。”毛傳：“翰，高。戾，至也。”　[18]鷙：猛禽。翰林：翰墨之林。文囿：文章園囿。此二者互文，均指文章的領域。藻耀：文采的華美。鳴鳳：《詩經·大雅·卷阿》：“鳳皇鳴矣，於彼高崗。”鄭箋：“鳳皇鳴於山脊之上者，居高視下，觀可集止。”《文選》何晏《景福殿賦》：“故能翔岐陽之鳴鳳。”　[19]翔集：《論語·鄉黨》：“色斯舉矣，翔而後集。”《論語集解》引

周生烈曰："迴翔審觀，而後下止也。"孚甲：《釋名·釋天》："甲，孚也，萬物解孚甲而生也。"《易·解》象辭："百果草木皆甲坼。"孔疏："百果草木皆莩甲開坼。"言萬物初生萌芽狀。 [20] 顗：濫。 [21]空結奇字：《文心雕龍·明時》："儷采百字之偶，爭價一句之奇。"言齊梁文風。經：輕靡。 [22]"周書云"句：化用《尚書·偽畢命》典："辭尚體要，不惟好異。"異，奇特、與衆不同，柳宗元《捕蛇者說》："永州之野産異蛇。" [23]流遯忘反：《後漢書·張衡傳》："衡因上書陳事曰：'……夫情勝其性，流遯（通遁）忘反。" [24]確乎正式：確立正確的法式。 [25]能研諸慮：化用《易·繫辭下》典："能説諸心，能研諸侯之慮。"何遠之有哉：《左傳·昭公二十一年》："死如可逃，何遠之有！"《論語·子罕》："未之思也，夫何遠之有。" [26]"情與"句：化用《禮記·樂記》"事與時并，名與功偕"句式。 [27]文明以健：化用《易·同人》象辭："文明以健，中正而應。"珪璋乃騁：《禮記》："以圭璋聘，重禮也。……圭璋特達，德也。"鄭玄注："特達，謂以朝聘也。"孔疏："行聘之時，唯執圭璋特得通達。" [28]蔚彼風力：《文選》陸機《贈賈謐詩》："蔚彼高藻，如玉之闌。"李善注："蔚，文貌。" [29]符采克炳：《文選》左思《蜀都賦》："符采彪炳。"

95

# 序　志

［解題］

　　清人紀昀評論本篇時云：“此全書之總序。古人之序皆在後，《史記》、《漢書》、《法言》、《潛夫論》之類，古本尚斑斑可考。”《序志》作爲《文心雕龍》一書的末章，不僅點明了書名的寓意，對全書的內容及結構進行了層層遞進的梳理，還表達了作者創作此書的初衷與時代背景，以及他本人的文論觀。這爲後人研究《文心雕龍》的理論體系提供了重要綫索。

　　夫文心者，言爲文之用心也。昔涓子琴心，王孫巧心[1]，心哉美矣，故（一本上有夫字）用之焉（元脱，按廣文選補）。古來文章，以雕縟成體，豈取騶奭之羣言雕龍也[2]。夫宇宙綿邈，黎獻紛雜，拔萃出類，智術而已。[3]歲月飄忽，性靈不居，騰聲飛實，制作而已。[4]夫有肖貌天地，稟性五才（一作行，黃云《梁書》作才），擬耳目於日月，方聲氣乎風雷，其超出萬物，亦已靈矣。[5]形同（鈴木云《梁書》同作甚）草木之脆，名踰金石之堅，是以君子處世，樹德建言，豈好辯哉？不得已也！[6]

　　予生七齡[7]，乃夢彩雲若錦，則攀而採之。齒在踰立，則（鈴木云《梁書》無則字）嘗夜夢執丹漆之禮器，隨仲尼而南行；旦而寤，迺怡然而喜（鈴木云《御覽》無旦而迺怡然五字），大哉聖人之難見哉，乃小子之垂夢歟！[8]自生人（鈴木云《御覽》作靈）以來，未有如夫子者也。[9]敷讚聖旨，莫若注經；而馬鄭諸儒，弘之已精，就有深解，未足立家。[10]（鈴木云《御覽》無此二句）唯文章之用，實經典枝條，五禮資之以成，六典因之（鈴木云《御覽》有以字）致用，君臣所以炳煥，軍國所以昭明，詳其本源，莫非經典。[11]而去聖久遠，文體解散，辭人愛奇，言貴浮詭，飾羽尚畫，文繡鞶帨，離本彌甚，將遂訛濫。[12]蓋周書論辭，貴乎體要；尼父陳訓，惡乎異端：辭訓之異，宜體於要。[13]於是搦筆和墨[14]，乃始論文。

　　詳觀近代之論文者多矣：至於一作如魏文述典，陳思序書，應瑒文論，陸機文賦，仲洽（鈴木云黃氏原本洽作治，梅本、王本、岡本同《梁書》作洽）流別，宏範翰林，各照隅隙，鮮觀衢路；或臧否當時之才，或銓品前修之文，或汎舉雅俗之旨，或撮題篇章之意。[15]魏典密而不周，陳書辯而無當，應論華而疏略，陸賦巧而碎亂，流別精而少巧（《梁書》作功）[16]，翰林淺而寡要。又君山公幹之徒，吉甫士龍之輩，汎議文意，往往間出，並未能振葉以尋根，觀瀾而索源。[17]不述先哲之誥[18]，無益后生之慮。

　　蓋文心之作也，本乎道，師乎聖，體乎經，酌乎緯，變乎騷，文之樞紐，亦云極矣。[19]若乃論文叙筆，則囿（汪作品）別區分，原始以表末（黄校末活字本作時，顧校亦作時），釋名以章義，選文以定篇，敷理以舉統，上篇以上，綱領明矣。[20]至於割（鈴木云《梁書》作表，嘉靖本作剖）情析采，籠圈條貫，摛神性，圖風勢，苞（一作包）會通，閲聲字，崇替於時序，褒貶於才略，怊悵（元作怡暢，王性凝改）於知音，耿介於程器，長懷序志，以馭羣篇，下篇以下，毛目顯矣。[21]位理定名，彰乎大易之數，其爲文用，四十九篇而已。[22]

夫銓序一文爲易，彌綸羣言爲難，雖復（一作或）輕采毛髮，深極骨髓，或有曲意密源，似近而遠，辭所不載，亦不（黄校有可字）勝數矣。[23]及其品列（一作許，鈴木云《梁書》作評）成文，有同乎舊談者，非雷同也[24]，勢自不可異也。有異乎前論者，非苟異也，理自不可同也。同之與異，不屑古今，擘肌分理，唯務折衷。[25]按轡文雅之場，環絡藻繪之府，亦幾乎備矣。[26]但言不盡意，聖人所難，識在缾（黄云活字本作瓶）管，何能矩矱（元脱，許補，黄云活字本作規矩）。[27]茫茫往代，既沈（一作沆，鈴木云梅本校沈字，謝云一作沆）予聞；眇眇來世，倘（鈴木云嘉靖本、梅本、閔本、王本、岡本作諒）塵彼觀也。[28]

贊曰：生也有涯，無涯惟智。[29]逐物實難，憑性良易。傲岸泉石[30]，咀嚼文義。文果載心，余心有寄[31]！

## ［注釋］

[1]涓子琴心：涓子，《史記·孟子荀卿列傳》之環淵。環淵，楚人，爲齊稷下先生。環一作蠉（xuān），一作蜎（yuān）。《列仙傳·涓子》："涓子者，齊人也。……其《琴心》三篇，有條理焉。"《漢書·藝文志》："蜎子十三篇。名淵，楚人，老子弟子。"王孫巧心：《漢書·藝文志》："王孫子一篇。一曰巧心。"　[2]騶（zōu）奭（shì）：《史記·孟子荀卿列傳》："騶奭者，齊諸騶子，亦頗采騶衍之術以紀文……奭也文具難施……故齊人頌曰：'談天衍，雕龍奭，炙轂過髡。'"集解引劉向《别録》曰："……騶奭脩衍之文，飾若雕鏤龍文，故曰'雕龍'。"　[3]綿邈：悠遠，久遠。黎獻：《尚書·益稷》："萬邦黎獻。"謂黎民中之賢者。拔萃出類：語本《孟子·公孫丑上》："出於其類，拔乎其萃。"形容超出同類之上。　[4]不居：不停留。孔融《論盛孝章書》："歲月不居。"聲：名聲。實：成就。制作：寫作。　[5]"肖貌"二句：《漢書·刑法志》："夫人肖天地之貌，懷五常之性。"有，疑爲衍文。五才，即金、木、水、火、土五行。"耳目"二句：《淮南子·精神訓》："是故耳目者，日月也。血氣者，風雨也。"《春秋繁露·人副天數》："鼻口呼吸，像風氣也。"擬、方，比。　[6]踰：超過。草木之脆謂易朽，金石之堅謂不朽。本句乃化用《左傳·襄公二十四年》"太上有立德，其次有立功，其次有立言，雖久不廢，此之謂不朽"之意。"好辯"二句：語本《孟子·滕文公下》："予豈好辯哉？予不得已也！"　[7]齡：歲。　[8]齒：年齡。立：語本《論語·爲政》："三十而立。"禮器：祭器，指籩（竹製圓器）、豆（木製高脚盆器）之類。仲尼：孔子的字。甯，瘞。　[9]"生人"二句：語本《孟子·公孫丑上》："子貢曰：'……自生民以來，未

有夫子也。'"生人，人，人民。　[10]敷：陳述。讚：明。馬：馬融，後漢大儒，曾注《書》、《詩》、《易》、三《禮》、《論語》、《孝經》等多部經典。鄭：鄭玄，馬融弟子，後漢大儒，曾注《書》、《毛詩》、《禮》、《論語》、《孝經》等多部經典。二者均爲後漢注經之典範。就：即使。　[11]五禮：《禮記·祭統》鄭玄注："禮有五經，謂吉禮、凶禮、賓禮、軍禮、嘉禮也。"資：依靠。六典：《周禮·大宰》："大宰之職，掌建邦之六典……一曰治典，二曰教典，三曰禮典，四曰政典，五曰刑典，六曰事典。"炳焕：明晰。詳：详述。　[12]去：距離。詭：奇異。飾羽尚畫：語本《莊子·列禦寇》："仲尼方且飾羽而畫，從事華辭。"意指文辭華飾過度。文繡鞶(pán)帨(shuì)：語本揚雄《法言·寡見》："今之學也，非獨爲之華藻也，又從而繡其鞶帨。"鞶，大帶。帨，佩巾。意指多餘文飾。彌：更加。訛：僞，錯誤。濫：過度。　[13]"周書"二句：語本《尚書·僞畢命》："辭尚體要，不惟好異。"文辭以體察切要爲重，而非愛好新奇。周書，指《尚書》中的《周書》。"尼父"二句：語本《論語·爲政》："子曰：'攻乎異端，斯害也已！'"尼父，指孔子。異端，指違背儒家思想的學説。　[14]搦(nuò)：持，握。　[15]魏文述典：魏文指魏文帝曹丕，著有《典論》，今僅存《論文》、《自序》等，其中《論文》爲文章專論。陳思序書：陳思指陳思王曹植，著有《與楊德祖書》，文中表述了他的文論思想與對當時作家的評論。應瑒(chàng)文論：應瑒，"建安七子"之一，著有《文質論》，此文主要論文質關係，今不全。陸機文賦：陸機，西晉文人，著有《文賦》，爲文章專論。仲治流別：西晉文人摯虞字仲治，著有《文章流別論》，主要論述文體，今不全。宏範翰林：東晉學者李充字宏範，著有《翰林論》，爲論文之作，今不全。各照隅隙：隅，角落。《淮南子·説山訓》："受光於隙照一隅。"鮮：少。衢：大路。臧否：褒貶。銓品：品評。前修：前賢。撮題：摘舉。　[16]精而少巧：語本《史記·太史公自序》："儒者博而寡要，勞而少功。"　[17]君山：東漢文人桓譚的字。公幹："建安七子"之一劉楨的字。吉甫：西晉文人應貞的字。士龍：西晉文人陸雲的字。往往間出：語本《史記·太史公自序》："詩書往往間出矣。"間：交替更迭。指上述諸人偶有論文之語。觀瀾：《孟子·盡心上》："觀水有術，必觀其瀾。"趙岐注："瀾，水中大波也。"　[18]誥：教訓。　[19]概述《原道》、《徵聖》、《宗經》、《正緯》、《辨騷》諸篇。體：體式。酌：斟酌，酌取。樞紐：關鍵。　[20]論文敘筆：《文心雕龍》中自《明詩》至《哀弔》八篇論有韻之文，《雜文》、《諧隱》二篇所論介乎文、筆之間，《史傳》至《書記》十篇論無韻之筆。囿：園地，與"區"互文，同指文體類別。原：推原。章：明。敷：敷衍。統：總和，指基本特徵。綱領：與下句"毛目"爲互文，意爲梗概、概貌。《抱朴子·外篇·君道》："操綱領以整毛目。"《南齊書·顧憲之傳》："舉其綱領，略其毛目。"　[21]割情析采：割，當爲"剖"，言分析文章内容與形式，指《情采》篇。籠圈：包舉，概括。摛(chī)：發佈，闡述。神：指《神思》篇。性：指《體性》篇。圖：描繪。風：指《風骨》篇。勢：指《定勢》篇。苞：通"包"，包舉。會：指《附會》篇。通：指《通變》篇。聲：指《聲律》篇。字：指《練字》篇。崇替：盛衰，語本《國語·楚語下》："藍尹亹(wěi)曰：'吾聞君子唯獨居思念前世之崇替者。'"時序：指《時序》篇。怊(chāo)悵：慨歎，惆悵。知音：指《知音》篇。耿介：感憤。《潘岳·秋興賦》："宵耿介而不寐兮，獨輾轉於華省。"《南齊書·豫章王嶷傳》："雖修短有恒，能不耿介？"程器：指《程器》篇。序志：指本篇。　[22]大易：疑爲"大衍"。《易·繫辭上》："大衍之數五十，其用四十有九。"孔穎達《周易正義》引韓康伯注曰："王弼曰：'演天地之數，所賴者五十也。其用四十有九，則其一不用也。不用而用以之通，非數而數以之成，斯易之太極也。四十有九，數之極也。'"此句意指全書五十篇，《序志》爲總論，其餘爲四十九篇。［23］銓：衡量。彌綸：語本《易・繫辭上》：“易與天地準，故能彌綸天地之道。”孔穎達《周易正義》：“彌謂彌縫補合，綸謂經綸牽引。”毛髮：喻創作之細節。骨髓：喻創作之根本。［24］雷同：語本《禮記・曲禮上》：“毋雷同。”鄭玄注：“雷之發聲，物無不同時應者，人之言當各由己，不當然也。”［25］屑：《廣韻》：“屑……顧也……”《後漢書・馬廖傳》：“廖性質誠畏慎，不愛權埶聲名，盡心納忠，不屑毁譽。”擘肌分理：張衡《西京賦》：“剖析毫釐，擘肌分理。”擘，剖。理，肌理。折衷：折中，持論中正。［26］按轡：與“環絡”互文，均指馳騁於文壇。轡，馬韁。絡：籠頭。［27］言不盡意：語本《易・繫辭上》：“子曰：‘書不盡言，言不盡意。’”缾管：《左傳・昭公七年》：“雖有挈瓶之知，守不假器。”《莊子・秋水》：“是直用管窺天，用錐指地也，不亦小乎！”形容見識狹小。矩矱（yuē）：屈原《離騷》：“求榘矱之所同。”王逸注：“榘，法也。矱，度也。”［28］既沈予聞：語本《戰國策・趙策》：“王曰：‘子言世俗之間，常民溺於習俗，學者沈於所聞。’”沈：同“沉”。聞：己之聞見。塵：污，此爲謙辭。［29］“生也”二句：語本《莊子・養生主》：“吾生也有涯，而知也無涯。”涯：邊際。［30］傲岸：高傲。《晉書・郭璞傳》：“傲岸榮悴之際，頡頏龍魚之間。”泉石：指隱居生活。［31］余心有寄：寄，寄託。《文選》皇甫謐《三都賦序》：“皆因文以寄其心，托理以全其智。”

## 史料選

### 《南史・劉勰傳》

劉勰字彦和，東莞莒人也。父尚，越騎校尉。勰早孤，篤志好學。家貧不婚娶，依沙門僧祐居，遂博通經論，因區别部類，録而序之。定林寺經藏，勰所定也。

梁天監中，兼東宫通事舍人，時七廟饗薦已用蔬果，而二郊農社猶有犧牲，勰乃表言二郊宜與七廟同改。詔付尚書議，依勰所陳。遷步兵校尉，兼舍人如故，深被昭明太子愛接。

初，勰撰《文心雕龍》五十篇，論古今文體，其序略云：“予齒在逾立，嘗夜夢執丹漆之禮器，隨仲尼而南行，寤而喜曰：大哉，聖人之難見也，迺小子之垂夢歟！自生靈以來，未有如夫子者也。敷讚聖旨，莫若注經，而馬、鄭諸儒弘之已精，就有深解，未足立家。唯文章之用，實經典枝條，五禮資之以成，六典因之致用。於是搦筆和墨，乃始論文。其爲文用四十九篇而已。”既成，未爲時流所稱。勰欲取定於沈約，無由自達，乃負書候約於車前，狀若貨鬻者。約取讀，大重之，謂深得文理，常陳諸几案。

勰爲文長於佛理，都下寺塔及名僧碑誌，必請勰製文。敕與慧震沙門於定林寺撰經證。功畢，遂求出家，先燔鬚髪自誓，敕許之。乃變服改名慧地云。

（《南史》卷七十二，中華書局二十四史本1975年版）

### 《四庫全書總目提要・文心雕龍》

勰字彦和，東莞莒人。天監中兼東宫通事舍人，遷步兵校尉，兼舍人如故。

後出家爲沙門，改名慧地。事跡具《南史》本傳。其書"原道"以下二十五篇，論文章體制，"神思"以下二十四篇，論文章工拙，合"序志"一篇爲五十篇。據《序志篇》，稱上篇以下，下篇以上，本止二卷。然《隋志》已作十卷，蓋後人所分。又據《時序篇》中所言，此書實成於齊代。此本署梁通事舍人劉勰撰，亦後人追題也。是書自至正乙未刻於嘉禾，至明宏治、嘉靖、萬曆間凡經五刻。其"隱秀"一篇，皆有闕文。明末常熟錢允治，稱得阮華山宋槧本，鈔補四百餘字。然其書晚出，別無顯證，其詞亦頗不類。如"嘔心吐膽"，似摭《李賀小傳》語；"鍛歲煉年"，似摭《六一詩話》論周朴語；稱班姬爲匹婦，亦似摭鍾嶸《詩品》語。皆有可疑。況至正去宋未遠，不應宋本已無一存，三百年後，乃爲明人所得。又考《永樂大典》所載舊本，闕文亦同。其時宋本如林，更不應內府所藏無一完刻。阮氏所稱，殆亦影撰，何焯等誤信之也。至字句舛僞，自楊慎、朱謀㙔以下，遞有校正，而亦不免於妄改。如《哀誄篇》賦憲之諡句，皆云"賦憲"當作"議德"，蓋以賦形近議，憲形近惪。惪，古德字也。然考王應麟《玉海》曰："周書諡法，惟三月既生魄，周公旦、太公望相嗣王發，既賦憲受臚於牧之野，將葬，乃製作諡。《文心雕龍》云'賦憲'之諡，出於此。"然則二字不誤，古人已言，以是例之，其以意雌黃者多矣。

（《四庫全書總目》，中華書局 1965 年版）

## 《文心雕龍》選篇

### 原道

文之爲德也大矣，與天地並生者何哉？夫玄黃色雜，方圓體分，日月疊璧，以垂麗天之象；山川煥綺，以鋪理地之形：此蓋道之文也。仰觀吐曜，俯察含章，高卑定位，故兩儀既生矣。惟人參之，性靈所鍾，是謂三才；爲五行之秀，實天地之心（一本實上有人字，心下有生字）。心生而言立，言立而文明，自然之道也。傍及萬品，動植皆文：龍鳳以藻繪呈瑞，虎豹以炳蔚凝姿；雲霞雕色，有踰畫工之妙；草木賁華，無待錦匠之奇：夫豈外飾？蓋自然耳。至於林籟結響，調如竽瑟（孫云《御覽》五八一引作竹琴，明抄本《御覽》作竽琴）；泉石激韻，和若球鍠：故形立則章成矣，聲發則文生矣。夫以無識之物，鬱然有彩；有心之器，其無文歟！

人文之元，肇自太極，幽贊神明，《易》象惟先。庖犧畫其始，仲尼翼其終。而《乾》、《坤》兩位，獨制《文言》。言之文也，天地之心哉！若迺《河圖》孕乎八卦，《洛書》韞乎九疇，玉版金鏤之實，丹文綠牒之華，誰其尸之，亦神理而已。自鳥跡代繩，文字始炳，炎皞遺事，紀在《三墳》，而年世渺邈，聲采靡追。唐虞文章，則煥乎始盛。元首載歌，既發吟詠之志；益稷陳謨，亦垂敷奏之風。夏后氏興，業峻鴻績，九序惟歌，勳德彌縟。逮及商周，文勝其質，《雅》、《頌》所被，英華日新。文王患憂，繇辭炳曜，符采複隱，精義堅深。重以公旦多材，振其徽烈，剬詩緝頌，斧藻群言。至夫子繼聖，獨秀前哲，鎔鈞六經，必金聲而玉振；雕琢情性，組織辭令，木鐸起而千里應，席珍流而萬世響，寫天地之輝光，曉生民之耳目矣。

爰自風姓，暨於孔氏，玄聖創典，素王述訓，莫不原道心以敷章，研神理而設教，取象乎《河》、《洛》，問數乎蓍龜，觀天文以極變，察人文以成化；然後能經緯區宇，彌綸彝憲，發輝事業，彪炳辭義。故知道沿聖以垂文，聖因文而明道，旁通而無滯，日用而不匱。《易》曰："鼓天下之動者存乎辭。"辭之所以能鼓天下者，迺道之文也。

贊曰：道心惟微，神理設教。光采玄聖，炳耀仁孝。龍圖獻體，龜書呈貌。天文斯觀，民胥以傚。

## 通變

夫設文之體有常，變文之數無方，何以知其然耶？凡詩賦書記，名理相因，此有常之體也；文辭氣力，通變則久，此無方之數也。名理有常，體必資於故實；通變無方，數必酌於新聲；故能騁無窮之路，飲不竭之源。然綆短者銜渴，足疲者輟塗，非文理之數盡，乃通變之術疏耳。故論文之方，譬諸草木，根幹麗土而同性，臭味睎（鈴木云睎當作晞，黃氏原本不誤，兩廣本誤）陽而異品矣。

是以九代詠歌，志合文則（元作財，許無念改）。黃歌"斷竹"，質之至也；唐歌在昔，則廣於黃世；虞歌《卿雲》，則（鈴木云《玉海》引刪財字）文於唐時；夏歌"雕墻"，縟於虞代；商周篇什，麗於夏年。至於序志述時，其揆一也。暨楚之騷文，矩式周人；漢之賦頌，影寫楚世；魏之策（元作薦，許無念改，一本作篇）制，顧慕漢風；晉之辭章，瞻望魏采。推而論之，則黃唐淳而質，虞夏質而辨，商周麗而雅，楚漢侈而豔，魏晉淺而綺，宋初訛而新。從質及訛，彌近彌澹。何則？競今疏古，風末氣衰也。今才穎之士，刻意學文，多略漢篇，師範宋集，雖古今備閱，然近附而遠疏矣。夫青生於藍，絳生於蒨，雖踰本色，不能復化。桓君山云：予見新進麗文，美而無採；及見劉揚言辭，常輒有得。此其驗也。故練青濯絳，必歸藍蒨，矯訛翻淺，還宗經誥。斯斟酌乎質文之間，而櫽括乎雅俗之際，可與言通變矣。

夫誇張聲貌，則漢初已極，自茲厥後，循環相因，雖軒翥出轍，而終入籠內。枚乘《七發》云："通望兮東海，虹洞兮蒼天。"相如《上林》云："視之無端，察之無涯，日出東沼，月生西陂。"馬融《廣成》云："天地虹洞，固無端涯，大明出東，月生西陂。"揚雄《校獵》云："出入日月，天與地沓。"張衡《西京》云："日月於是乎出入，象扶桑與濛汜。"此並廣寓極狀，而五家如一。諸如此類，莫不相循，參伍因革，通變之數也。

是以規略文統，宜宏大體。先博覽以精閱，總綱紀而攝契；然後拓衢路，置關鍵，長轡遠馭，從容按節，憑情以會通，負氣以適變，采如宛虹之奮鬐，光（元作毛，曹改）若長離之振翼，迺穎脫之文矣。若乃齷齪於偏解，矜激乎一致，此庭間之迴驟，豈萬里之逸步哉！

贊曰：文律運周，日新其業。變則其久，通則不乏。趨時必果，乘機無怯（一作跆）。望今制奇，參古定法。

**定勢**

夫情致異區，文變殊術，莫不因情立體，即體成勢也。勢者，乘利而爲制也。如機發矢直，澗曲湍（元作文，王性凝按本贊改）回，自然之趣也。圓者規體，其勢也自轉；方者矩形，其勢也自安：文章體勢，如斯而已。是以模經爲式者，自入典雅之懿；效《騷》（元作驗，王改）命篇者，必歸豔逸之華；綜意淺切者，類乏醞藉；斷（一作斵）辭辨約者，率乖繁縟：譬激水不漪，槁木無陰，自然之勢也。

是以繪事圖色，文辭盡情，色糅而犬馬殊形，情交而雅俗異勢，鎔範所擬，各有司匠，雖無嚴郛，難得踰越。然淵乎文者，並總群勢，奇正雖反，必兼解以俱通；剛柔雖殊，必隨時而適用。若愛典而惡華，則兼通之理偏，似夏人争弓矢，執一不可以獨射也；若雅鄭而共篇，則總一之勢離，是楚人鬻矛譽楯，兩難得而俱售也。是以括囊雜體，功（一作切，從《御覽》改）在銓別，宫商朱紫，隨勢各配。章表奏議，則準的乎典雅（一作雅頌，從《御覽》改）；賦頌歌詩，則羽儀乎清麗；符檄書移，則楷式於明斷；史論序注，則師（孫云《御覽》五八五作軌）範於覈要；箴銘碑誄，則體制於宏深；連珠七辭，則從事於巧豔：此循體（黄云案，馮本循體，校云循體，《御覽》作脩本）而成勢，隨變而立功者也。雖復契會相參，節文互雜，譬五色之錦，各以本采爲地矣。

桓譚稱："文家各有所慕，或好浮華而不知實覈，或美衆多而不見要約。"陳思亦云："世之作者，或好煩文博採，深沉其旨者；或好離言辨白，分毫析釐者：所習不同，所務各異。"言勢殊也。劉楨云："文之體指，實有强弱，使其辭已盡而勢有餘，天下一人耳，不可得也。"公幹所談，頗亦兼氣。然文之任勢，勢有剛柔，不必壯言慷慨乃稱勢也。又陸雲自稱："往日論文，先辭而後情，尚勢而不取悦澤，及張公論文，則欲宗其言。"夫情固先辭，勢實須澤，可謂先迷後能從善矣。

自近代辭人，率好詭巧，原其爲體，訛勢所變，厭黷舊式，故穿鑿取新，察其訛意，似難而實無他術也，反正而已。故文反正爲乏（元作支），辭反正爲奇。效奇之法，必顛倒文句（元作向，王改），上字而抑下，中辭而出外，回互不常，則新色耳。夫通衢夷坦，而多行捷徑者，趨近故也；正文明白，而常務反言者，適俗故也。然密會者以意新得巧，苟異者以失體成怪。舊練之才，則執正以馭奇；新學之鋭，則逐奇而失正；勢流不反，則文體遂弊。秉兹情術，可無思邪！

贊曰：形生勢成，始末相承。湍迴似規，矢激如繩。因利騁節，情采自凝。枉轡學步，力止襄（謝云當作壽，顧校作壽）陵。

### 養氣

昔王充著述,制《養氣》之篇,驗己而作,豈虛造哉!夫耳目鼻口,生之役也;心慮言辭,神之用也。率志委和,則理融而情暢;鑽礪過分,則神疲而氣衰:此性情之數也。夫三皇辭質,心絕於道華;帝世始文,言貴於敷奏;三代春秋,雖沿世彌縟,並適分胸臆,非牽課才外也。戰代枝(鈴木云岡本作技)詐,攻奇飾說;漢世迄今,辭務日新,爭光鬻采,慮亦竭矣。故淳言以比澆辭,文質懸乎千載;率志以方竭情,勞逸差於萬里:古人所以餘裕,後進所以莫遑也。

凡童少鑒淺而志盛,長艾識堅而氣衰;志盛者思銳以勝勞,氣衰者慮密以傷神:斯實中人之常資,歲時之大較也。若夫器分有限,智用無涯,或慚鳧企鶴,瀝辭鐫思,於是精氣內銷,有似尾閭之波,神志外傷,同乎牛山之木,怛(鈴木云嘉靖本作恒)惕之盛(一作成)疾,亦可推矣。至如仲任置硯以綜述,叔(元作敬,孫無撓改)通懷筆以專業,既暄之以歲序,又煎之以日時,是以曹公懼爲文之傷命,陸雲歎用思之困神,非虛談也。

夫學業在勤,功庸弗怠,故有錐股自厲,和熊以苦之人。志(紀昀云志當作至)於文也,則申寫鬱滯,故宜從容率情,優柔適會。若銷鑠精膽,蹙迫和氣,秉牘以驅齡,灑翰以伐性,豈聖賢之素心,會文之直理哉?且夫思有利鈍,時有通塞,沐則心覆,且或反常,神之方昏,再三愈黷。是以吐納文藝,務在節宣,清和其心,調暢其氣,煩而即舍,勿使壅滯;意得則舒懷以命筆,理伏則投筆以卷懷,逍遙以針勞,談笑以藥勌,常弄閑於才鋒,賈餘於文勇;使刃發如新,湊(鈴木云當作腠)理無滯,雖非胎息之邁(顧校作萬)術,斯亦衛氣之一方也。

贊曰:紛哉萬象,勞矣千想。玄神宜寶,素氣資養。水停以鑒,火靜而朗。無擾文慮,鬱此精爽。

### 物色

春秋代序,陰陽慘舒,物色之動,心亦搖焉。蓋陽氣萌而玄駒步,陰律凝而丹鳥羞,微蟲猶或入感,四時之動物深矣。若夫珪璋挺其惠心,英華秀其清氣,物色相召,人誰獲安?是以獻歲發春,悅豫之情暢;滔滔孟夏,鬱陶之心凝;天高氣清,陰沈之志遠;霰雪無垠,矜肅之慮深。歲有其物,物有其容;情以物遷,辭以情發。一葉且或迎意,蟲聲有足引心。況清風與明月同夜,白日與春林共朝哉!

是以詩人感物,聯類不窮,流連萬象之際,沈吟視聽之區;寫氣圖貌,既隨物以宛轉;屬采附聲,亦與心而徘徊。故"灼灼"狀桃花之鮮,"依依"盡楊柳之貌,"杲杲"爲出日之容,"瀌瀌"(鈴木云當作麃麃)擬雨雪之狀,"喈喈"逐黃鳥之聲,"喓喓"學草蟲之韻。"皎日"、"嘒星",一言窮理;"參差"、"沃若",兩字窮形:並以少總多,情貌無遺矣。雖復思經千載,將何易奪?及《離騷》代興,觸類而長,物貌難盡,故重沓舒狀,於是"嵯峨"之類聚,葳蕤之羣積矣。及長卿之徒,詭勢瓌聲,模山範水，字必魚貫，所謂詩人麗則而約言，辭人麗淫而繁句也。

至如《雅》詠棠華，"或黃或白"；《騷》述秋蘭，"綠葉"、"紫莖"：凡摛表五色，貴在時見，若青黃屢出，則繁而不珍。

自近代以來，文貴形似，窺情風景之上，鑽貌草木之中。吟詠所發，志惟深遠；體物爲妙，功在密附。故巧言切狀，如印之印泥，不加雕削，而曲寫毫芥。故能瞻言而見貌，印字而知時也。然物有恒姿，而思無定檢，或率爾造極，或精思愈疏。且《詩》、《騷》所標，並據要害，故後進銳筆，怯於爭鋒。莫不因方以借巧，即勢以會奇，善於適要，則雖舊彌新矣。是以四序紛迴，而入興貴閑；物色雖繁，而析辭尚簡；使味飄飄而輕舉，情曄曄而更新。古來辭人，異代接武，莫不參伍以相變，因革以爲功，物色盡而情有餘者，曉會通也。若乃山林皋壤，實文思之奧府，略語則闕，詳說則繁。然屈平所以能洞監（孫云吳曾《能改齋漫錄》卷七引無能字監）《風》、《騷》之情者，抑亦江山之助乎！

贊曰：山沓水匝，樹雜雲合。目既往還，心亦吐納。春日遲遲，秋風颯颯。情往似贈，興來如答。

### 知音

知音其難哉！音實難知，知實難逢，逢其知音，千載其一乎！夫古來知音，多賤同而思古，所謂"日進前而不御，遙聞聲而相思"也。昔《儲說》始出，《子虛》初成，秦皇漢武，恨不同時。既同時矣，則韓囚而馬輕，豈不明鑒同時之賤哉？至於班固傅毅，文在伯仲，而固嗤毅云："下筆不能自休。"及陳思論才，亦深排孔璋；敬禮請潤色，歎以爲美談；季緒好詆訶，方之於田巴，意亦見矣。故魏文稱"文人相輕"，非虛談也。至如君卿脣舌，而謬欲論文，乃稱"史遷著書，諮東方朔"，於是桓譚之徒，相顧嗤笑，彼實博徒，輕言負誚，況乎文士，可妄談哉！故鑒照洞明，而貴古賤今者，二主是也；才實鴻懿，而崇己抑人者，班曹是也；學不逮文，而信僞迷真者，樓護是也；醬瓿之議，豈多歎哉！

夫麟鳳與麏雉懸絕，珠玉與礫石超殊，白日垂其照，青眸寫其形。然魯臣以麟爲麏，楚人以雉爲鳳，魏氏（鈴木云梅本、閔本作民）以夜光爲怪石，宋客以燕礫爲寶珠。形器易徵，謬乃若是；文情難鑒，誰曰易分？

夫篇章雜沓，質文交加，知多偏好，人莫圓該。慷慨者逆聲而擊節，醞籍者見密而高蹈，浮慧者觀綺而躍心，愛奇者聞詭而驚聽。會己則嗟諷，異我則沮棄，各執一偶之解，欲擬萬端之變：所謂"東向而望，不見西牆"也。

凡操千曲而後曉聲，觀千劍而後識器；故圓照之象，務先博觀。閱喬岳以形培塿，酌滄波以喻畎澮，無私於輕重，不偏於憎愛，然後能平理若衡，照辭如鏡矣。是以將閱文情，先標六觀：一觀位體，二觀置辭，三觀通變，四觀奇正，五觀事義，六觀宮商，斯術既形，則優劣見矣。

　　夫綴文者情動而辭發，觀文者披文以入情，沿波討源，雖幽必顯。世遠莫見其面，覘文輒見其心。豈成篇之足深，患識照之自淺耳。夫志在山水，琴表其情，況形之筆端，理將焉匿？故心之照理，譬目之照形，目瞭則形無不分，心敏則理無不達。然而俗監（鈴木云宜作鑒）之迷者，深廢淺售，此莊周所以笑《折揚》，宋玉所以傷《白雪》也！昔屈平有言，文質疎內，衆不知余之異采，見異唯知音耳。揚雄自稱："心好沈博絕麗之文。"其事浮淺，亦可知矣。夫唯深識鑒奧，必歡然內懌，譬春台之熙衆人，樂餌之止過客。蓋聞蘭爲國香，服媚彌芬；書亦國華，翫澤（王作繹）方美；知音君子，其垂意焉。

　　贊曰：洪鍾（鈴木云閔本、岡本作鐘）萬鈞，夔曠所定。良書盈篋，妙鑒迺訂。流鄭淫人，無或失聽。獨有此律，不謬蹊徑。

# 鍾 嶸

## 詩品序

[解題]

　　鍾嶸(約 468—約 518),字仲偉,潁川長社(今河南許昌)人。鍾氏家族爲潁川望族,嶸與兄沅弟嶼並好學有思理,永明中爲國子生,明《周易》,爲國子祭酒、衛將軍王儉所賞接,薦爲本州秀才。齊時官至司徒行參軍。梁天監三年(504),蕭元簡封衡陽王,出守會稽,引鍾嶸爲寧朔記室,專掌文翰。時居士何胤築室若邪山,山發洪水,而此室獨存。元簡命嶸作《瑞室頌》以旌表之,辭甚典麗。天監十七年(518),爲西中郎將晉安王蕭綱(後爲梁簡文帝)記室。頃之,卒於官。世稱"鍾記室"。著有《詩品》三卷。

　　《詩品》本稱《詩評》,是專門品論五言詩的著作。全書三卷,分上、中、下三品,論列兩漢至齊梁時代詩人詩作,其中上品《古詩》與十一人,中品三十九人,下品七十二人。"一品之中,畧以世代爲先後,不以優劣爲詮次。"選評以"不錄存者"爲原則,在其所品列的梁代十位詩人之中,卒年最遲爲沈約(441—513),則《詩品》當定稿於天監十二年(513)稍後。原每卷每品各冠以序文,開篇至"均之於談笑耳"數節爲上品序,"一品之中,畧以世代爲先後"至"方申變裁,請寄知者爾"數節爲中品序,後人將三篇序文合成一篇。

　　第甲乙,溯流別,是鍾嶸《詩品》的重要特徵。關於詩人的高下品第,不僅體現了作者極大的理論勇氣,也反映了其對詩的純粹追求。即使是對其尊師王儉、從祖鍾憲,他的品第評論也全然從詩出發,毫無寬假。鍾氏之溯流別,雖細枝末節上也或有可議之處,但總的來看,其所梳理的詩歌譜系井然有序,卓然可觀。尤可注意的是,此中對詩、騷二系並相呼應格局的凸顯,與劉勰於"文之樞紐"部分"宗經"與"辨騷"同列,《通變》諸篇詩騷並提同一思致,不僅體現了相近的文學通變觀,而且實際上蘊含了關乎南朝及於隋唐文學發展大勢的南北文學融合的重要思想和理念。針對"兒女情多,風雲氣少"的詩壇現狀,鍾嶸提出了酌用比興、幹以風力的主張；針對詩壇出現的玄言盛行、好用事典、拘忌聲病等傾向，他強調詩歌“吟詠情性”的根本特性，標舉“直尋”、“真美”和“自然英旨”的創作理念和審美範疇；論及“詩六義”，他淡化和回避了儒家傳統比興之説政治倫理意味的美刺內容，而從詩學本身和純審美的角度進行闡釋。可以説，自曹丕《典論·論文》在文論方面嘗試從經學復歸文學以後，鍾嶸《詩品》走出了美學史意義上更純粹更徹底的一大步。這一切，使其“滋味”之説具有深刻的現實針對性和豐厚的理論內涵，也使《詩品》成爲影響深遠的開創性詩論著作。

氣之動物[1]，物之感人，故搖蕩性情，形諸舞詠[2]。照燭三才，暉麗萬有[3]，靈祇待之以致饗，幽微藉之以昭告[4]，動天地，感鬼神，莫近於詩[5]。

昔《南風》之詞，《卿雲》之頌[6]，厥義敻矣[7]。夏歌曰：“鬱陶乎予心。”[8]楚謠曰：“名余曰正則。”[9]雖詩體未全，然是五言之濫觴也[10]。逮漢李陵，始著五言之目矣。[11]古詩眇邈，人世難詳[12]，推其文體，固是炎漢之制，非衰周之倡也[13]。自王揚枚馬之徒[14]，詞賦競爽，而吟詠靡聞[15]。從李都尉迄班婕妤[16]，將百年間，有婦人焉，一人而已[17]。詩人之風，頓已缺喪。[18]東京二百載中，惟有班固《詠史》，質木無文。[19]降及建安，曹公父子篤好斯文[20]，平原兄弟鬱爲文棟[21]，劉楨王粲爲其羽翼[22]。次有攀龍託鳳，自致於屬車者[23]，蓋將百計。彬彬之盛[24]，大備於時矣。爾後陵遲衰微，迄於有晉。[25]太康中，三張、二陸、兩潘、一左[26]，勃爾復興，踵武前王，風流未沫[27]，亦文章之中興也。永嘉時，貴黃老，稍尚虛談。[28]於時篇什，理過其辭，淡乎寡味。[29]爰及江表，微波尚傳[30]，孫綽許詢桓庾諸公詩[31]，皆平典似《道德論》[32]，建安風力盡矣[33]。先是郭景純用儁上之才，變創其體。[34]劉越石仗清剛之氣，贊成厥美。[35]然彼衆我寡，未能動俗[36]。逮義熙中，謝益壽斐然繼作[37]。元嘉中，有謝靈運[38]，才高詞盛，富艷難蹤，固已含跨劉郭[39]，凌轢潘左[40]。故知陳思爲建安之傑[41]，公幹仲宣爲輔。陸機爲太康之英，安仁景陽爲輔[42]。謝客爲元嘉之雄，顔延年爲輔[43]。斯皆五言之冠冕，文詞之命世也。[44]

夫四言，文約意廣[45]，取效《風》、《騷》[46]，便可多得。每苦文繁而意少，故世罕習焉。[47]五言居文詞之要，是衆作之有滋味者也[48]，故云會於流俗[49]。豈不以指事造形，窮情寫物[50]，最爲詳切者邪？故詩有三義焉：一曰興，二曰比，三曰賦。[51]文已盡而意有餘，興也；因物喻志，比也；直書其事，寓言寫物，賦也。[52]宏斯三義，酌而用之，幹之以風力，潤之以丹彩[53]，使味之者無極，聞之者動心，是詩之至也[54]。若專用比興，患在意深，意深則詞躓。[55]若但用賦體，患在意浮，意浮則文散，嬉成流移，文無止泊，有蕪漫之累矣。[56]

若乃春風春鳥，秋月秋蟬，夏雲暑雨，冬月祁寒[57]，斯四候之感諸詩者也。

嘉會寄詩以親,離羣託詩以怨。[58]至於楚臣去境,漢妾辭宮;[59]或骨橫朔野,或魂逐飛蓬;[60]或負戈外戍,殺氣雄邊;[61]塞客衣單,孀閨淚盡;[62]或士有解佩出朝[63],一去忘反;女有揚蛾入寵,再盼傾國[64]。凡斯種種,感蕩心靈,非陳詩何以展其義,非長歌何以騁其情[65]?故曰:"詩可以羣,可以怨。"[66]使窮賤易安,幽居靡悶,莫尚於詩矣。[67]

故詞人作者,罔不愛好。[68]今之士俗,斯風熾矣[69]。纔能勝衣,甫就小學[70],必甘心而馳騖焉。於是庸音雜體,人各爲容。[71]至使膏腴子弟[72],恥文不逮,終朝點綴,分夜呻吟[73]。獨觀謂爲警策,衆睹終淪平鈍。[74]次有輕薄之徒,笑曹劉爲古拙[75],謂鮑照羲皇上人[76],謝朓今古獨步[77]。而師鮑照終不及"日中市朝滿"[78],學謝朓劣得"黃鳥度青枝"[79]。徒自棄於高明,無涉於文流矣[80]。

觀王公縉紳之士[81],每博論之餘,何嘗不以詩爲口實[82]。隨其嗜欲,商榷不同[83],淄澠並泛,朱紫相奪[84],喧議競起,準的無依[85]。近彭城劉士章,俊賞之士[86],疾其淆亂,欲爲當世詩品,口陳標榜[87]。其文未遂,感而作焉。[88]昔九品論人,《七略》裁士[89],校以賓實,誠多未值[90]。至若詩之爲技,較爾可知[91],以類推之,殆均博弈[92]。方今皇帝,資生知之上才[93],體沉鬱之幽思[94],文麗日月,賞究天人[95],昔在貴游,已爲稱首[96]。況八紘既奄,風靡雲蒸[97],抱玉者聯肩,握珠者踵武[98]。以瞰漢魏而不顧[99],吞晉宋於胸中。諒非農歌轅議,敢致流別。[100]嶸之今録,庶周旋於閭里,均之於談笑耳。[101]

一品之中,畧以世代爲先後,不以優劣爲詮次[102]。又其人既往,其文克定。[103]今所寓言,不録存者。[104]夫屬詞比事,乃爲通談。[105]若乃經國文符,應資博古[106],撰德駁奏,宜窮往烈[107]。至乎吟詠情性,亦何貴於用事?"思君如流水",既是即目。[108]"高臺多悲風"[109],亦惟所見。"清晨登隴首",羌無故實。[110]"明月照積雪",詎出經史。[111]觀古今勝語,多非補假,皆由直尋。[112]顏延謝莊,尤爲繁密,於時化之。[113]故大明泰始中,文章殆同書抄。[114]近任昉王元長等,詞不貴奇,競須新事[115],爾來作者,寖以成俗[116]。遂乃句無虛語,語無虛字,拘攣補衲,蠹文已甚。[117]但自然英旨,罕值其人。[118]詞既失高,則宜加事義。[119]雖謝天才,且表學問,亦一理乎![120]

陸機《文賦》,通而無貶[121];李充《翰林》,疏而不切;[122]王微《鴻寶》,密而無裁[123];顏延論文,精而難曉;[124]摯虞《文志》,詳而博贍[125],頗曰知言[126]:觀斯數家,皆就談文體,而不顯優劣。至於謝客集詩,逢詩輒取;[127]張隲《文士》[128],逢文即書:諸英志録,並義在文,曾無品第[129]。嶸今所録,止乎五言。雖然,網羅今古,詞文殆集[130]。輕欲辨彰清濁,掎摭病利,凡百二十人。[131]預此宗流者[132],便稱才子。至斯三品升降,差非定制[133],方申變裁,請寄知者爾[134]。

昔曹、劉殆文章之聖[135],陸、謝爲體貳之才[136],鋭精研思[137],千百年中,而不聞宮商之辨,四聲之論[138]。或謂前達偶然不見,豈其然乎?[139] 嘗試言之,古曰詩頌,皆被之金竹[140],故非調五音,無以諧會[141]。若"置酒高堂上"[142]、"明月照高樓"[143],爲韻之首[144]。故三祖之詞,文或不工,而韻入歌唱[145]。此重音韻之義也,與世之言宮商異矣[146]。今既不被管弦[147],亦何取於聲律邪?齊有王元長者,嘗謂余云:"宮商與二儀俱生[148],自古詞人不知之。惟顏憲子乃云'律呂音調',而其實大謬[149]。唯見范曄、謝莊頗識之耳[150]。嘗欲進《知音論》,未就。"王元長創其首,謝朓沈約揚其波[151]。三賢或貴公子孫,幼有文辯[152],於是士流景慕,務爲精密[153],襞積細微,專相陵架[154]。故使文多拘忌,傷其真美。余謂文製本須諷讀,不可蹇礙[155],但令清濁通流,口吻調利[156],斯爲足矣。至平上去入,則余病未能[157],蜂腰、鶴膝,閭里已具[158]。

陳思贈弟[159],仲宣《七哀》[161],公幹思友[162],阮籍《詠懷》[163],子卿"雙鳧"[164],叔夜"雙鸞"[165],茂先寒夕[166],平叔衣單[167],安仁倦暑[168],景陽苦雨[169],靈運《鄴中》[170],士衡《擬古》[171],越石感亂[172],景純詠仙[173],王微風月[174],謝客山泉[175],叔源離宴[176],鮑照戍邊[177],太沖《詠史》[178],顏延入洛[179],陶公詠貧之製[180],惠連《擣衣》之作[181],斯皆五言之警策者也。所以謂篇章之珠澤,文彩之鄧林。[182]

(何文煥《歷代詩話》本,中華書局 1981 年版)

## [注釋]

[1]氣:節氣,物候,天地自然之氣。 [2]搖蕩性情:指外物及其變遷感召激蕩詩人的心緒。形:表現。舞詠:舞蹈歌詠,指歌詩。 [3]燭:照。三才:指天、地、人。暉麗:昭明,輝映。萬有:萬事萬物。 [4]靈祇(qí):神靈,古代稱地神爲祇。饗(xiǎng):享,祭祀。幽微:幽深微妙的意思。藉:借。昭告:昭明,表達。 [5]"動天地"句:語出《毛詩序》。莫近於:莫過於。 [6]《南風》:歌名,相傳爲虞舜所作。《禮記·樂記》:"昔者舜作五弦之琴,以歌南風。"其詞云:"南風之薰兮,可以解吾民之慍兮;南風之時兮,可以阜吾民之財兮。"崔述《唐虞考信錄》疑其爲後人擬作。《卿雲》:歌名,傳說舜禪位於大禹時百工相和而作。據伏勝《尚書大傳·虞夏傳》載:(舜將禪讓於禹)"維十有五祀,卿雲聚,俊乂集,百工相和而歌《卿雲》,帝乃倡之曰:卿雲爛兮,糺縵縵兮,日月光華,旦復旦兮。"卿雲,瑞氣。 [7]厥:其。敻(xiòng):深遠。 [8]夏歌:見《尚書·夏書》中的《五子之歌》。鬱陶:憂思鬱結。 [9]楚謠:見屈原《離騷》。 [10]濫觴:指江河源頭,水流細小,僅能浮起小酒杯,以喻事物的起始或萌芽狀態。《荀子·子道》:"昔者江出於岷山,其始出也,其源可以濫觴。"濫,水溢出。觴,酒器。 [11]逮:及,到。李陵:西漢將領,李廣之孫,世善騎射。武帝時爲騎都尉,曾率勁旅五千出擊匈奴,寡不敵衆,戰敗而降。始著五言之目:謂始創五言詩體。《昭明文選》載李陵《與蘇武詩》五言三首,或疑爲後人擬託。 [12]眇邈(miǎn miǎo):遙遠,年代久遠。人世:這裏指詩人與創作年代。 [13]炎漢:古代以金、木、水、火、土五行相生相克之說解釋事物演化及其相互關係和王朝興亡更迭。漢

朝以火德興,故稱炎漢。衰周:東周末年。倡:同"唱"。 [14]王揚枚馬之徒:指漢代王褒、揚雄、枚乘、司馬相如四位著名辭賦大家。 [15]競爽:爭勝,比美。爽,高邁不群。吟詠:這裏指詩歌。靡:没有。 [16]李都尉:即李陵。班婕妤:漢成帝妃子,趙飛燕進宮失寵。《玉台新詠》錄其《怨詩》一首,恐係後人擬託。婕妤,漢宮女官名。 [17]"將百年間"句:是説近百年中,除了班婕妤這位女詩人外,就只有李陵一人而已。語仿《論語·泰伯》:"孔子曰:'才難,不其然乎?唐虞之際,於斯爲盛。有婦人焉,九人而已。'"將,近、幾乎。婦人,指班婕妤。 [18]風:風雅傳統。頓:立即。 [19]東京:指東漢。後漢都洛陽,爲東京。班固:字孟堅,東漢史學家,有五言詩《詠史》。質木:質樸而無文采。 [20]建安:爲漢獻帝年號(196—219)。曹公父子:指曹操、曹丕、曹植。斯文:原指禮樂教化,此指文學。 [21]平原:指曹植。曹植曾於建安十六年(211)封平原侯。鬱:盛、厚。棟:這裏指骨幹、主力。 [22]劉楨:字公幹,"建安七子"之一。王粲:字仲宣,爲"建安七子"之一。 [23]攀龍託鳳:喻依附帝王或有聲望地位者,這裏指從附曹氏父子者。屬車:副車,侍從之車,這裏代指下屬。 [24]彬彬:指文學。 [25]陵遲:衰頹。有晉:晉代。有爲助詞。 [26]太康:晉武帝年號(280—289)。三張:指張載、張協、張亢三兄弟。二陸:指陸機、陸雲兄弟。兩潘:潘岳、潘尼。一左:左思。 [27]勃:興盛之狀。踵武前王:追隨前王足跡,這裏指繼續建安文學的發展軌跡。語出屈原《離騷》:"及前王之踵武。"踵,追蹤、追隨。武,脚印。沫:消散,中止。 [28]永嘉:晉懷帝年號(307—312)。黃老:指黃帝與老子。道家祖述黃帝、老子,因以代稱道家。虛談:玄談,清談。魏晉時期附繹《易》、《老》、《莊》辯析名理的玄學清談。 [29]篇什:指詩篇。理過其辭:抽象地闡釋玄理蓋過了美的形象和詩語。寡味:缺少詩意和韻味。 [30]爰(yuán):於是。江表:江南(相對北方中原而言),指長江以南地區。東晉定都建康(今南京),因以江表指稱東晉。表,外。微波:指玄言餘波。 [31]桓庾:指桓温、庾亮。孫、許、桓、庾諸公都是東晉玄言詩人。 [32]平典:平常,平淡。《道德論》:闡釋道家玄理的論著。當時以此爲題而作文的有何晏、夏侯玄、阮籍等,其文已佚。 [33]建安風力:即"建安風骨",指建安時期以"三曹"、"七子"的創作爲代表,以冷峻寫實的現實内容、剛健質樸的語言形式和慷慨悲涼的情韻格調爲主要審美特徵的文學風貌。 [34]郭景純:郭璞,字景純,東晉詩人,以《遊仙詩》十四首著稱於世。儁上:俊逸超拔。變創其體:變革和創新詩體詩風。 [35]劉越石:劉琨,字越石,東晉著名詩人。清剛之氣:清新剛健的氣質風格。贊成:支持,助成。 [36]動俗:指影響和改變當時的創作風氣。 [37]義熙:晉安帝年號(405—418)。謝益壽:謝混,字叔源,小字益壽,東晉詩人,較早寫山水詩。斐然:有文采貌。 [38]元嘉:南朝宋文帝年號(424—453)。謝靈運(385—433):南朝宋著名山水詩人。晉時襲封康樂公,故又稱謝康樂。在詩史上開山水詩一派,從根本上扭轉了玄學詩風。 [39]含:包容。跨:超越。劉:劉琨。郭:郭璞。 [40]凌轢:壓倒,勝過。潘:潘岳。左:左思。 [41]陳思:指曹植。曹植曾封陳王,思爲其謚號,因稱陳思王。 [42]安仁:潘岳,字安仁。景陽:張協,字景陽。 [43]謝客:謝靈運小名客兒。顏延年:顏延之,字延年,與謝靈運同時的著名文學家。 [44]冠冕:古代帝王、達官戴的帽子。因以指稱首要或一流人物。命世:聞名於世。 [45]四言:四言詩。文約意廣:文辭簡約,含義豐富深廣。 [46]《風》、《騷》:指《詩經》中的《國風》和屈原的《離騷》,常用以代指《詩經》和《楚辭》。 [47]"每苦文繁而意少"句:四言詩在句式(聲韻)上有其特殊性,上佳者文約而意廣,而下者則每每有文辭繁複而意涵單薄之患,其中心與主流地位逐漸被新興的五言詩所取代。　[48]五言居文詞之要:謂五言詩在詩歌諸體中佔有最重要的地位。衆作:各種詩體。滋味:詩味,韻味。　[49]云:語助詞。會:合。流俗:世人的口味喜好。　[50]指事造形:指畫事物,描繪形象。窮情寫物:抒情狀景。　[51]三義:《毛詩序》有"六義"之説,指風、賦、比、興、雅、頌。鍾嶸"三義"説本於此,而對賦、比、興有新的詮釋。　[52]"文已盡而意有餘"句:鍾氏"三義"説對賦、比、興的定義和解釋,是基於對詩歌形象性、情感性和審美屬性的高度重視,從而在理念上迥然不同於經學中的"詩六義"之説。　[53]"宏斯三義"句:指在創作中將賦、比、興三義推而廣之,斟酌運用,以風骨氣力爲骨幹,以美麗的辭采潤色之。　[54]味:品味。無極:無窮。詩之至:詩歌最高的藝術境界與極致的審美效應。　[55]詞躓(zhì):滯礙,不順暢,這裏指詞意不暢達。　[56]嬉成流移:嬉浮油滑,而無根底。止泊:歸宿。蕪漫:蕪雜散漫。累:毛病,缺點。　[57]"夏雲暑雨"句:語出《尚書·君牙》:"夏暑雨,小民惟日怨咨;冬祁寒,小民亦惟日怨咨"。祁寒,大寒、嚴寒。祁,盛、大。　[58]"嘉會"句:言悲歡離合之情,寄寓於詩篇。嘉會,歡會、美好的聚會。　[59]楚臣去境:指屈原被讒放逐,而作《離騷》。漢妾辭宮:指昭君出塞和親,而有《昭君怨》。　[60]朔野:北方的原野。飛蓬:飄飛的蓬草。　[61]外戍:戍守邊關。殺氣雄邊:謂邊疆鏖戰正急,殺氣正酣。　[62]塞客:羈旅塞外的人。孀閨:閨中寡婦,這裏指邊關戰死者的遺孀。　[63]解佩出朝:指官吏被解職或辭官而去。佩,指官吏象徵品級、權力的玉佩或佩帶。　[64]揚蛾入寵:指漢武帝李夫人進宮得寵事。蛾,蛾眉,美貌。再盼傾國:《漢書·外戚傳》載李延年《李夫人歌》:"北方有佳人,絶世而獨立,一顧傾人城,再顧傾人國。寧不知傾城與傾國,佳人難再得!"傾國,使一國之人爲之傾倒。　[65]展:抒寫,展示。騁其情:盡情抒發宣洩内心的情感。　[66]"詩可以群"句:語出《論語·陽貨》。群,意謂通過學詩可以相互感染,激發共通的情感。怨,怨刺上政,表達對不良政治的不滿。　[67]"使窮賤易安"句:謂使失意貧賤者易於恬淡安寧,使隱居之士不會感到苦悶,没有比詩歌更好的了。　[68]詞人:詩人。罔:無。　[69]斯風:作詩的風氣。熾:盛。　[70]纔能:剛剛能夠。勝(shèng)衣:謂兒童稍長能穿得衣服。甫:剛剛開始。小學:《漢書·食貨志》:"八歲入小學,學六甲五方書計之事。"　[71]庸音雜體:平庸之音,駁雜之體。人各爲容:意謂各逞其能,各爲其態。　[72]膏腴子弟:富家子弟。膏腴,肥脂,借喻富裕。　[73]終朝:終日,整天。點綴:這裏指修改、潤色詩作。分夜:半夜。呻吟:指吟詩。　[74]獨:自。睹:觀。警策:精練獨到的詩歌警句。平鈍:平庸鈍拙。　[75]曹劉:指曹植、劉楨。　[76]鮑照:字明遠,南朝宋著名詩人。鮑與謝齊名,亦爲時人所推尊。羲皇上人:指上古時代的人。羲皇,即傳説中的上古帝王伏羲氏。　[77]謝朓:字玄暉,南朝齊著名詩人。今古獨步:自古至今獨步詩壇。　[78]日中市朝滿:爲鮑照《代結客少年場行》中詩句。　[79]劣得:僅得,只得。黄鳥度青枝:爲虞炎《玉階怨》中詩句。　[80]文流:詩人行列。　[81]縉紳:古時官員插笏於腰帶之間,因以作官服和官吏的代稱。縉,插。紳,腰帶。　[82]博論:高談闊論。博,廣、大。口實:《易·頤》:"自求口實。"原指口中之物,後引申爲談資、話柄。　[83]嗜欲:這裏指口味愛好。商榷不同:這裏是各執己見的意思。商榷,商討。　[84]淄澠(zī miǎn):二水名,均在山東境内。二水味異,合則難辨,傳易牙能辨之。朱紫相奪:謂正色與雜色相混淆。語出《論語·陽貨》:"子曰:'惡紫之奪朱也。'"古人以朱爲正色,紫爲雜色。　[85]"喧議競起"句:謂議論紛紛,莫衷一是。準的,標準。　[86]彭城:郡名,故治在今江蘇銅山。劉士章:劉繪,字士章,齊中庶子。俊賞:高明的文學鑒賞才能。 [87]標榜:品評。 [88]未遂:未成。作焉:指作《詩品》。 [89]九品論人:班固《漢書·古今人表》分九等品論人物。曹丕代漢,采陳群建議,而設立"九品中正制",故魏晉南北朝時多以九品論人物、書畫、棋藝,鍾嶸亦據此品第五言詩人。《七畧》裁士:分七類評論作家學者。東漢劉歆應哀帝之命,完成其父劉向校輯經傳諸子詩賦的未竟之業。《漢書·藝文志》載:"歆於是總羣書而奏其《七略》,故有《輯略》,有《六藝略》,有《諸子略》,有《詩賦略》,有《兵書略》,有《術數略》,有《方技略》。" [90]"校以賓實"句:謂名不符實。校,考校,比較。賓實,名實。語出《莊子·逍遙遊》:"名者實之賓也。"未值,不相符稱。 [90]較:通"皎",明顯。 [92]均:類似,等同。博:古代一種棋戲。弈:圍棋。 [93]方今皇帝:指梁武帝蕭衍。資:秉賦。生知:生而知之,謂天分極高。語出《論語·季氏》:"生而知之者上也。" [94]沉鬱之幽思:謂沉蘊深幽之詩思。 [95]文麗日月:謂文章與日月同光。賞究天人:謂賞鑒之精深廣博,可窮究天理人情。司馬遷《報任安書》:"欲以究天人之際。" [96]貴游:是指蕭衍稱帝之前與文士們的交遊。《梁書·武帝紀》載:"(齊)竟陵王(蕭)子良開西邸,招文學,高祖與沈約、謝朓、王融、蕭琛、范雲、任昉、陸倕等並遊焉,號曰八友。"稱首:謂蕭衍名列"竟陵八友"之首。 [97]八紘既奄:是指蕭衍已君臨天下。八紘(hóng),八方。奄,覆蓋。風靡雲蒸:指風雲際會,人才薈萃。風、雲,《易·乾》:"雲從龍,風從虎,聖人作而萬物睹。"靡、蒸,狀風雲之盛。 [98]"抱玉者聯肩"句:謂有才華的文學之士很多。抱玉、握珠者,指懷抱才學之士。語出曹植《與楊德祖書》:"人人自謂握靈蛇之珠,家家自謂抱荊山之玉。"聯肩,比肩、並肩。踵,踩、踏,武,足跡、腳印。 [99]瞰(kàn):俯視。 [100]諒:誠,信。農歌轅議:農人的歌謠;車夫的議論,這裏是作者自謙之語。致流別:對詩人不同的風格流派進行分析評論。流別,源流派別、不同的風格。 [101]庶:近。周旋:交流,流傳。閭里:鄉里,民間。均:等同,視同。 [102]詮:解釋。次:次序。 [103]既往:這裏指已經辭世。克:能夠。 [104]今所寓言:這裏指得以寄言於《詩品》,爲作者所品評者。存者:指在世的詩人。 [105]屬詞比事:作文用典。語出《禮記·經解》:"屬辭比事,春秋教也。"屬辭,綴輯文辭,即寫文章。比事,排比事類,即用典。通談:老生常談。 [106]經國文符:是指有關國家大事的文體,如駁奏章駁奏表、奏議之類。資:資用,借助。博古:旁徵博引古代事典。 [107]撰德:撰述德行之文體。駁奏:駁議、奏疏等文體。窮:儘量追溯。往烈:以往的功業。 [108]思君如流水:爲徐幹《室思》第三章中的詩句。即目:實寫當下眼前所見。 [109]高臺多悲風:爲曹植《雜詩》首句。 [110]清晨登隴首:《北堂書鈔》卷一五七引張華詩,有"清晨登隴首"之句。羌:發語詞,無實義。故實:掌故,典故。 [111]明月照積雪:爲謝靈運《歲暮》詩中句。詎(jù):豈。 [112]勝語:佳句,名句。補假:拼湊,假借。指借用前人語句或典故來裝點門面。直尋:當下即刻的所見所思。 [113]顏延:即顏延之。謝莊:字希逸,南朝宋文學家。繁密:指用典太多太繁。於時化之:謂影響時人,繁密用典成爲一種風氣。 [114]大明:南朝宋孝武帝年號(457—464)。泰始:南朝宋明帝年號(465—471)。文章殆同書抄:指當時寫詩作文好堆砌事典,幾乎等同於抄書。 [115]任昉:字彥升,南朝梁文學家。王元長:王融字元長,南朝齊文學家。任、王與沈約同爲永明體代表。競須新事:指爭着用前人未用過的事典。 [116]爾來:近來。爾通"邇"。寖以成俗:指漸成風氣。寖,同"浸",逐漸。 [117]拘攣:受拘束,被束縛。補衲:縫綴拼合。蠹:蛀蝕,危害。 [118]英旨:精美的意思。罕值:很少遇到。 [119]詞既失高：指欠缺詩思，作詩不高明。事義：典故和義理。 ［120］謝，慚愧。理：理由。 ［121］通而無貶：謂通曉文理，而未對作家進行品第褒貶。 ［122］李充《翰林》：李充，字弘度，東晉初文學家，著《翰林論》三卷，已亡佚。嚴可均《全晉文》輯錄數條。疏：粗疏。不切：不精切。 ［123］王微《鴻寶》：王微字景玄，南朝宋詩人。《隋書·經籍志》載，王微著《鴻寶》十卷，今已不傳。密而無裁：雖細密，却於詩人未加鑒裁。 ［124］顏延論文：當是指顏延之所著《庭誥》中的論文之語。精而難曉：精深却不容易搞懂。 ［125］摯虞《文志》：摯虞，字仲治，西晉文學家。據《隋書·經籍志》載，摯虞撰《文章志》四卷，今已亡佚。其《文章流別集》所附評論，隋唐時爲後人輯錄單行，題爲《文章流別論》。嚴可均《全晉文》等有佚文輯本。博贍：博大豐富。 ［126］知言：指善於把握作者之言辭。語出《孟子·公孫丑》上。 ［127］謝客集詩：據《隋書·經籍志》載，謝靈運有《詩集》五十卷、《詩集抄》十卷、《詩英》九卷，均已亡佚。逢詩輒取：是指謝靈運逢詩即取，不加選擇。輒，便、就。 ［128］張隲《文士》：據《隋書·經籍志》載：“《文士傳》五十卷，張隱撰。”今已亡佚。張隱疑爲張隲(zhì)之誤。 ［129］品第：品評高下。 ［130］殆集：大多搜羅彙集在一起。 ［131］輕欲：自謙之詞，猶言妄擬。辨彰清濁：區分明辨優劣高下。掎摭(jǐ zhí)：指摘。病利：利弊。凡百二十人：鍾嶸《詩品》上品列十一人(外加《古詩》)，中品三十九人，下品七十二人，共一百二十二人。這裏説百二十人是舉其成數。 ［132］預此宗流者：指能進入《詩品》上、中、下品行列者。預，參與、加入。 ［133］升降：指品論之高低。差非定制：還不是定論。 ［134］方：將。申：再。變裁：指提出新的品第和評價。寄：託。 ［135］曹、劉：指曹植與劉楨。 ［136］陸、謝：陸機與謝靈運。體貳之才：指陸、謝二人體法曹、劉。《文選》卷五三李康《運命論》云：“雖仲尼至聖，顏冉大賢，揖讓於規矩之內，閭閻於洙泗之上，不能遏其端。孟軻孫卿體二希聖，從容正道，不能維其末，天下卒至于溺，而不可援。”“體二”指孟、孫二人體法顏、冉二賢，鍾嶸“體貳”之語本此。 ［137］銳精研思：精心研究思考。 ［138］“宮商之辨”句：指以沈約爲代表的齊梁詩人所提出的永明聲律說。沈約《宋書·謝靈運傳論》論聲律云：“夫五色相宣，八音協暢，由乎玄黃律呂，各適物宜，欲使宮羽相變，低昂舛節，若前有浮聲，則後須切響。一簡之內，音韻盡殊；兩句之中，輕重悉異。妙達此旨，始可言文。”所謂宮商之辨，四聲之論，即指此説。宮商，古代分五音，爲宮、商、角、徵、羽，此代指平、上、去、入四聲。四聲之論，即平、上、去、入四聲，沈約曾作《四聲譜》，已亡佚。 ［139］“或謂前達偶然不見”句：《宋書·謝靈運傳論》云：“自《騷》人以來，多歷年代，雖文體稍精，而此秘未覩。”鍾嶸此語亦是針對沈約、王融等類此之論而發。前達，謂前代賢達之士。 ［140］被之金竹：謂入樂。被，加、配。金竹，以金屬和竹子等製作的樂器，代指音樂。 ［141］調：調和。五音：即宮、商、角、徵、羽。諧會：諧和。 ［142］置酒高堂上：見阮瑀《雜詩》。 ［143］明月照高樓：爲曹植《七哀詩》之詩句。 ［144］爲韻之首：謂韻律感最好。 ［145］三祖：指魏(武帝)太祖曹操、魏(文帝)高祖曹丕、魏(明帝)烈祖曹睿。韻入歌唱：言其詩聲韻和諧，可以入樂配曲，進行歌唱。 ［146］此重音韻之義：這才是重視音韻的本義。世之言宮商：當是指沈約所提倡的四聲八病之説。 ［147］不被管弦：指不配樂歌唱。管弦，管樂與弦樂。 ［148］二儀：即兩儀，指天地。《易·繫辭傳》：“是故，易有太極，是生兩儀。” ［149］顏憲子：顏延之，謚號爲“憲子”。律呂音調：古代用以校正樂律之器。傳說黃帝時伶倫截竹爲管，以其長短，分別音之高下、清濁，以此校定樂器之音，分陰陽各六，陽六爲律，陰六爲呂，合稱十二律，又稱律呂。六律分別爲黃鍾、太族、姑洗、蕤賓、夷則、無射,六呂分別爲大呂、夾鐘、仲呂、林鐘、南呂、應鐘。大謬:大錯。　[150]范曄:字蔚宗,南朝宋史學家、詩人,《後漢書》著者。《宋書·范曄傳》載其《獄中與諸甥侄書》云:"性別宮商,識清濁,斯自然也。觀古今文人,多不全了此處,縱有會此者,不必從根本中來。言之皆有實證,非爲空談。年少中,謝莊最有其分。"　[151]"王元長創其首"句:指王融較早提倡聲韻說,謝朓、沈約推波助瀾。《南史·陸厥傳》云:"(永明)時盛爲文章,吳興沈約、陳郡謝朓、琅邪王融以氣類相推轂,汝南周顒善識聲韻。約等爲文皆用宮商,將平上去入四聲,以此制韻,有平頭、上尾、蠭腰、鶴膝。五字之中,音韻悉異,兩句之内,角徵不同,不可增減。世呼爲'永明體'。"謝朓,字玄暉,南朝齊著名詩人,與謝靈運齊名,史稱"二謝"或"大小謝"。沈約,字休文,南朝梁文學家。爲永明體代表人物,有"四聲八病"之説。　[152]三賢:指沈約、謝朓、王融。文辯:文才辯才。　[153]士流:文士董。景慕:仰慕。務爲精密:指作詩務求聲韻的精緻細密。　[154]襞(bì)積細微:衣裙上細緻綿密的皺褶,指喻詩歌聲律方面的繁瑣要求。專相陵架:也是指當時對聲韻愈來愈複雜的講究。陵架,超越、疊加。　[155]文製:即詩歌。諷讀:諷誦,吟詠。蹇(jiǎn)礙:滯澀,拗口。　[156]清濁通流:清濁相和,音韻流暢。清濁,指音韻之清亮悠揚和沉鬱重濁。口吻調利:讀來朗朗上口。　[157]余病未能:言其不能把握。病,猶言遺憾。　[158]蜂腰、鶴膝:爲"八病"中的二病。見《南史·陸厥傳》,除其所載四病以外,另有四病爲大韻、小韻、旁紐、正紐。遍照金剛《文鏡秘府論》記載了對"八病說"的具體解釋,關於蜂腰、鶴膝,其解釋爲:"蜂腰詩者,五言詩一句之中,第二字不得與第五字同聲。言兩頭粗,中央細,似蜂腰也。""鶴膝詩者,五言詩第五字不得與第十五字同聲。言兩頭細,中央粗,似鶴膝也,以其詩中央有病。"閭里:鄉里,街坊。閭,里巷的大門。　[159]贈弟:即曹植《贈白馬王彪》。　[161]《七哀》:王粲《七哀》詩,今存三首。　[162]思友:疑指劉楨的《贈徐幹》。　[163]阮籍:字嗣宗,魏晉著名詩人,"竹林七賢"之一。《詠懷》:阮籍有《詠懷》組詩八十二首。　[164]子卿:蘇武,字子卿。雙鳧:《古文苑》載蘇武《別李陵》詩,有"雙鳧俱北飛,一鳧獨南翔"之句。　[165]叔夜:嵇康,字叔夜,魏晉著名詩人,"竹林七賢"之一。雙鸞:嵇康《贈秀才入軍》組詩,第十九首起句爲"雙鸞匿景曜"。　[166]茂先:張華,字茂先,西晉詩人。寒夕:張華現存《雜詩》有"繁霜降當夕,悲風中夜興"之句,未知鍾嶸所指孰是。　[167]平叔:何晏,字平叔,魏晉玄學家。衣單:何晏現存詩中無"衣單"之句,此詩當已亡佚。　[168]安仁倦暑:潘岳現存詩中亦無"倦暑"之句。　[169]景陽苦雨:疑指張協《雜詩》組詩第十首。　[170]《鄴中》:謝靈運有《擬魏太子鄴中集詩》八首。　[171]《擬古》:陸機有《擬古》組詩十二首。　[172]越石感亂:劉琨《重贈盧諶》及《扶風歌》等詩皆爲感亂之作。　[173]詠仙:郭璞有《遊仙》組詩十四首。　[174]王微風月:王微今只存《雜詩》一首。其中句意無涉"風月",此詩當已亡佚。　[175]謝客山泉:謝靈運山水詩甚夥,鍾氏或以"山泉"概之。　[176]叔源離宴:不能確知鍾嶸所指爲謝混存詩中哪一首。　[177]鮑照戍邊:鮑照的《代出自薊北門行》,專詠戍邊。　[178]太沖:左思,字太沖,西晉著名詩人。《詠史》:左思今存《詠史》組詩八首。　[179]顔延入洛:顔延之有《北使洛》詩。　[180]陶公:陶淵明,一名潛,字元亮,東晉大詩人。尤長於田園詩。詠貧:陶淵明有《詠貧士詩》七首,與《乞食》等皆爲詠貧之作。　[181]《擣衣》:謝惠連有《擣衣詩》。　[182]珠澤:傳說中産珍珠的水澤,喻指含絕妙好詞,美不勝收的詩篇。《穆天子傳》:"天子北征,舍於珠澤。"郭璞注:"此澤出珠,因名之云。"鄧林:神話傳說中的樹林,此喻文采薈萃之淵藪。

《山海經·海外北經》："誇父與日逐走，入日……未到，道渴而死，棄其杖，化爲鄧林。"

## 史料選

鍾嶸字仲偉，潁川長社人，晉侍中雅七世孫也。父蹈，齊中軍參軍。

嶸與兄岏、弟嶼並好學，有思理。嶸，齊永明中爲國子生，明《周易》。衛將軍王儉領祭酒，頗賞接之。建武初，爲南康王侍郎。時齊明帝躬親細務，綱目亦密，於是郡縣及六署九府常行職事，莫不爭自啓聞，取決詔敕。文武勳舊皆不歸選部，於是憑勢互相通進，人君之務，粗爲繁密。嶸乃上書言："古者明君揆才頒政，量能授職，三公坐而論道，九卿作而成務，天子可恭己南面而已。"書奏，上不懌，謂太中大夫顧暠曰："鍾嶸何人，欲斷朕機務，卿識之不？"答曰："嶸雖位末名卑，而所言或有可採。且繁碎職事，各有司存，今人主總而親之，是人主愈勞而人臣愈逸，所謂代庖人宰而爲大匠斲也。"上不顧而他言。

永元末，除司徒行參軍。梁天監初，制度雖革，而未能盡改前弊，嶸上言曰："永元肇亂，坐弄天爵，勳非即戎，官以賄就。揮一金而取九列，寄片札以招六校。騎都塞市，郎將填街。服既縕組，尚爲臧獲之事，職雖黃散，猶躬胥徒之役。名實淆紊，茲焉莫甚。臣愚謂永元諸軍官是素族士人，自有清貫，而因斯受爵，一宜削除，以懲澆競。若吏姓寒人，聽極其門品，不當因軍遂濫清級。若僑雜傖楚，應在綏撫，正宜嚴斷祿力，絕其妨正，直乞虛號而已。"敕付尚書行之。

衡陽王元簡出守會稽，引爲寧朔記室，專掌文翰。時居士何胤築室若邪山，山發洪水，漂拔樹石，此室獨存。元簡令嶸作《瑞室頌》以旌表之，辭甚典麗。遷西中郎晉安王記室。

嶸嘗求譽於沈約，約拒之。及約卒，嶸品古今詩爲評，言其優劣，云："觀休文衆製，五言最優。齊永明中，相王愛文，王元長等皆宗附約。于時謝朓未遒，江淹才盡，范雲名級又微，故稱獨步。故當辭密於范，意淺於江。"蓋追宿憾，以此報約也。頃之卒官。

（《南史》卷七十二，中華書局二十四史本 1975 年版）

### 《詩品》三卷（内府藏本）

梁鍾嶸撰。嶸字仲偉，潁川長社人。與兄岏弟嶼，並好學有名。齊永明中爲國子生。王儉舉本州秀才，起家王國侍郎。入梁，仕至晉安王記室，卒於官。嶸學通《周易》，詞藻兼長。所品古今五言詩，自漢、魏以來一百有三人，論其優劣，分爲上、中、下三品。每品之首，各冠以序。皆妙達文理，可與《文心雕龍》並稱。近時王士禎極論其品第之間，多所違失。然梁代迄今，邈逾千祀，遺篇舊製，什九不存，未可以掇拾殘文，定當日全集之優劣。惟其論某人源出某人，若一一親見其師承者,則不免附會耳。史稱嶸嘗求譽於沈約,約弗爲獎借,故嶸怨之,列約中品。案約詩列之中品,未爲排抑。惟序中深詆聲律之學,謂蜂腰鶴膝,僕病未能;雙聲疊韻,里俗已具。是則攻擊約說,顯然可見,言亦不盡無因也。又一百三人之中,惟王融稱王元長,不著其名,或疑其有所私尊。然徐陵《玉臺新詠》亦惟融書字,蓋齊、梁之間避齊和帝之諱,故以字行,實無他故。今亦姑仍原本,以存其舊焉。

（紀昀《四庫全書總目提要》卷一百九十五集部四十八詩文評類一）

詩話之源,本於鍾嶸《詩品》……《詩品》之於論詩,視《文心雕龍》之於論文,皆專門名家,勒爲成書之初祖也。《文心》體大而慮周,《詩品》思深而意遠;蓋《文心》籠罩羣言,而《詩品》深從六藝溯流別也。（如云某人之詩,其源出於某家之類,最爲有本之學。其法出於劉向父子。）論詩論文,而知溯流別,則可以探源經籍,而進窺天地之純,占人之大體矣。此意非後世詩話家流所能喻也。

（《文史通義校注·詩話》,中華書局1985年版）

## 《詩品》卷上

### 古詩

其體源出於《國風》。陸機所擬十四首,文溫以麗,意悲而遠,驚心動魄,可謂幾乎一字千金！其外"去者日以疏"四十五首,雖多哀怨,頗爲總雜,舊疑是建安中曹王所製。"客從遠方來"、"橘柚垂華實",亦爲驚絕矣！人代冥滅,而清音獨遠,悲夫！

### 漢都尉李陵

其源出於《楚辭》。文多悽愴,怨者之流。陵,名家子,有殊才,生命不諧,聲頹身喪。使陵不遭辛苦,其文亦何能至此！

### 漢婕妤班姬

其源出於李陵。《團扇》短章,詞旨清捷,怨深文綺,得匹婦之致。侏儒一節,可以知其工矣！

### 魏陳思王植

其源出於《國風》。骨氣奇高,詞彩華茂,情兼雅怨,體被文質,粲溢今古,卓爾不羣。嗟乎！陳思之於文章也,譬人倫之有周孔,鱗羽之有龍鳳,音樂之有琴笙,女工之有黼黻。俾爾懷鉛吮墨者,抱篇章而景慕,映餘暉以自燭。故孔氏之門如用詩,則公幹升堂,思王入室,景陽潘陸,自可坐於廊廡之間矣。

### 魏文學劉楨

其源出於《古詩》。仗氣愛奇,動多振絕。真骨凌霜,高風跨俗。但氣過其文,雕潤恨少。然自陳思已下,楨稱獨步。

### 魏侍中王粲

其源出於李陵。發愀愴之詞,文秀而質羸。在曹劉間,別構一體。方陳思不足,比魏文有餘。

### 晉步兵阮籍

其源出於《小雅》。無雕蟲之功。而《詠懷》之作,可以陶性靈,發幽思。言在耳目之內,情寄八荒之表。洋洋乎會於《風》、《雅》,使人忘其鄙近,自致遠大,頗多感慨之詞。厥旨淵放,歸趣難求。顏延年注解,怯言其志。

### 晉平原相陸機

其源出於陳思。才高詞贍,舉體華美。氣少於公幹,文劣於仲宣。尚規矩,不貴綺錯,有傷直致之奇。然其咀嚼英華,厭飫膏澤,文章之淵泉也。張公歎其大才,信矣!

### 晉黃門郎潘岳

其源出於仲宣。《翰林》嘆其翩翩然如翔禽之有羽毛,衣服之有綃縠,猶淺於陸機。謝混云:“潘詩爛若舒錦,無處不佳,陸文如披沙簡金,往往見寶。”嶸謂益壽輕華,故以潘爲勝;《翰林》篤論,故歎陸爲深。余常言陸才如海,潘才如江。

### 晉黃門郎張協

其源出於王粲。文體華淨,少病累。又巧構形似之言,雄於潘岳,靡於太沖。風流調達,實曠代之高手。調彩蔥菁,音韻鏗鏘,使人味之亹亹不倦。

### 晉記室左思

其源出於公幹。文典以怨,頗爲精切,得諷諭之致。雖野於陸機,而深於潘岳。謝康樂嘗言:“左太沖詩,潘安仁詩,古今難比。”

### 宋臨川太守謝靈運

其源出於陳思,雜有景陽之體。故尚巧似,而逸蕩過之,頗以繁蕪爲累。嶸謂若人興多才高,寓目輒書,內無乏思,外無遺物,其繁富宜哉!然名章迥句,處處間起;麗典新聲,絡繹奔會。譬猶青松之拔灌木,白玉之映塵沙,未足貶其高潔也。初,錢塘杜明師夜夢東南有人來入其館,是夕,即靈運生於會稽。旬日,而謝玄亡。其家以子孫難得,送靈運於杜治養之。十五方還都,故名“客兒”。

## 卷中

### 漢上計秦嘉 嘉妻徐淑

夫妻事既可傷,文亦悽怨。爲五言者,不過數家,而婦人居二。徐淑敘別之作,亞於《團扇》矣。

**魏文帝**

其源出於李陵,頗有仲宣之體。則所計百許篇,率皆鄙質如偶語。惟"西北有浮雲"十餘首,殊美瞻可玩,始見其工矣。不然,何以銓衡羣彥,對揚厥弟者邪?

**晉中散嵇康**

頗似魏文。過爲峻切,訐直露才,傷淵雅之致。然託諭清遠,良有鑒裁,亦未失高流矣。

**晉司空張華**

其源出於王粲。其體華豔,興託不奇,巧用文字,務爲妍冶。雖名高曩代,而疏亮之士,猶恨其兒女情多,風雲氣少。謝康樂云:"張公雖復千篇,猶一體耳。"今置之中品疑弱,處之下科恨少,在季、孟之間矣。

**魏尚書何晏　晉馮翊守孫楚　晉著作王讚　晉司徒掾張翰　晉中書令潘尼**

平叔鴻鵠之篇,風規見矣。子荊零雨之外,正長朔風之後,雖有累札,良亦無聞。季鷹黃華之唱,正叔綠蘩之章,雖不具美,而文彩高麗,並得虬龍片甲,鳳凰一毛。事同駁聖,宜居中品。

**魏侍中應璩**

祖襲魏文。善爲古語,指事殷勤,雅意深篤,得詩人激刺之旨。至於"濟濟今日所",華靡可諷味焉。

**晉清河守陸雲　晉侍中石崇　晉襄城太守曹攄　晉朗陵公何劭**

清河之方平原,殆如陳思之匹白馬。於其哲昆,故稱二陸。季倫顏遠,並有英篇。篤而論之,朗陵爲最。

**晉太尉劉琨　晉中郎盧諶**

其源出於王粲。善爲悽戾之詞,自有清拔之氣。琨既體良才,又罹厄運,故善敘喪亂,多感恨之詞。中郎仰之,微不逮者矣。

**晉弘農太守郭璞**

憲章潘岳,文體相輝,彪炳可玩。始變永嘉平淡之體,故稱中興第一。《翰林》以爲詩首。但《游仙》之作,詞多慷慨,乖遠玄宗。其云:"奈何虎豹姿。"又云:"戢翼栖榛梗。"乃是坎壈詠懷,非列仙之趣也。

**晉吏部郎袁宏**

彥伯詠史,雖文體未遒,而鮮明緊健,去凡俗遠矣。

**晉處士郭泰機　晉常侍顧愷之　宋謝世基　宋參軍顧邁　宋參軍戴凱**

泰機寒女之製,孤怨宜恨。長康能以二韻答四首之美。世基橫海,顧邁鴻飛。戴凱人實貧羸,而才章富健。觀此五子,文雖不多,氣調警拔,吾許其進,則鮑照江淹未足逮止。越居中品,僉曰宜哉。

**宋徵士陶潛**

其源出於應璩，又協左思風力。文體省浄，殆無長語。篤意真古，辭興婉愜。每觀其文，想其人德。世歎其質直。至如"懽言醉春酒"、"日暮天無雲"，風華清靡，豈直爲田家語邪？古今隱逸詩人之宗也。

**宋光禄大夫顔延之**

其源出於陸機。尚巧似。體裁綺密，情喻淵深，動無虚散，一句一字，皆致意焉。又喜用古事，彌見拘束，雖乖秀逸，是經綸文雅才。雅才減若人，則蹈於困躓矣。湯惠休曰："謝詩如芙蓉出水，顔如錯彩鏤金。"顔終身病之。

**宋豫章太守謝瞻　宋僕射謝混　宋太尉袁淑　宋徵君王微　宋征虜將軍王僧達**

其源出於張華。才力苦弱，故務其清淺，殊得風流媚趣。課其實録，則豫章僕射，宜分庭抗禮。徵君、太尉，可託乘後車。征虜卓卓，殆欲度驊騮前。

**宋法曹參軍謝惠連**

小謝才思富捷，恨其蘭玉夙凋，故長轡未騁。《秋懷》、《擣衣》之作，雖復靈運鋭思，亦何以加焉。又工爲綺麗歌謡，風人第一。《謝氏家録》云："康樂每對惠連，輒得佳語。後在永嘉西堂，思詩竟日不就，寤寐間忽見惠連，即成'池塘生春草'。故嘗云：'此語有神助，非我語也。'"

**宋參軍鮑照**

其源出於二張，善製形狀寫物之詞，得景陽之諔詭，含茂先之靡嫚。骨節强於謝混，驅邁疾於顔延。總四家而擅美，跨兩代而孤出。嗟其才秀人微，故取湮當代。然貴尚巧似，不避危仄，頗傷清雅之調。故言險俗者，多以附照。

**齊吏部謝朓**

其源出於謝混，微傷細密，頗在不倫。一章之中，自有玉石，然奇章秀句，往往警遒，足使叔源失步，明遠變色。善自發詩端，而末篇多躓，此意鋭而才弱也，至爲後進士子之所嗟慕。朓極與余論詩，感激頓挫過其文。

**齊光禄江淹**

文通詩體總雜，善於摹擬，筋力於王微，成就於謝朓。初，淹罷宣城郡，遂宿冶亭，夢一美丈夫，自稱郭璞，謂淹曰："我有筆在卿處多年矣，可以見還。"淹探懷中，得五色筆以授之。爾後爲詩，不復成語，故世傳江淹才盡。

**梁衛將軍范雲　梁中書郎邱遲**

范詩清便宛轉，如流風迴雪。邱詩點綴映媚，似落花依草。故當淺於江淹，而秀於任昉。

**梁太常任昉**

彦昇少年爲詩不工，故世稱沈詩任筆，昉深恨之。晚節愛好既篤，文亦遒變，若銓事理,拓體淵雅,得國士之風,故擢居中品。但昉既博物,動輒用事,所以詩不得奇。少年士子,效其如此,弊矣。

**梁左光禄沈約**

觀休文衆製,五言最優。詳其文體,察其餘論,固知憲章鮑明遠也。所以不閑於經綸,而長於清怨。永明相王愛文,王元長等皆宗附之。約於時謝朓未遒,江淹才盡,范雲名級故微,故約稱獨步。雖文不至其工麗,亦一時之選也。見重閭里,誦詠成音。嶸謂約所著既多,今剪除淫雜,收其精要,允爲中品之第矣。故當詞密於范,意淺於江也。

## 卷下

**漢令史班固　漢孝廉酈炎　漢上計趙壹**

孟堅才流,而老於掌故。觀其《詠史》,有感歎之詞。文勝託詠靈芝,懷寄不淺。元叔散憤蘭蕙,指斥囊錢。苦言切句,良亦勤矣。斯人也,而有斯困,悲夫!

**魏武帝　魏明帝**

曹公古直,甚有悲涼之句。叡不如丕,亦稱三祖。

**魏白馬王彪　魏文學徐幹**

白馬与陈思答贈,伟长与公幹往復,雖曰"以莛扣鐘",亦能閑雅矣。

**魏倉曹屬阮瑀　晉頓邱太守歐陽建　晉文學應璩　晉中書令嵇含　晉河南太守阮侃　晉侍中嵇紹　晉黃門棗據**

元瑜堅石七君詩,並平典,不失古體。大檢似,而二嵇微優矣。

**晉中書張載　晉司隸傅玄　晉太僕傅咸　晉侍中繆襲　晉散騎常侍夏侯湛**

孟陽詩,乃遠慚厥弟,而近超兩傅。長虞父子,繁富可嘉。孝沖雖曰後進,見重安仁。熙伯《挽歌》,唯以造哀爾。

**晉驃騎王濟　晉征南將軍杜預　晉廷尉孫綽　晉徵士許詢**

永嘉以來,清虛在俗。王武子輩詩,貴道家之言。爰洎江表,玄風尚備。真長仲祖桓、庾諸公猶相襲。世稱孫許,彌善恬淡之詞。

**晉徵士戴逵　晉東陽太守殷仲文**

安道詩雖嫩弱,有清上之句,裁長補短,袁彦伯之亞乎?逯子顯,亦有一時之譽。晉、宋之際,殆無詩乎!義熙中,以謝益壽殷仲文爲華綺之冠,殷不競矣。

**宋尚書令傅亮**

季友文,餘常忽而不察。令沈特進撰詩,載其數首,亦復平美。

**宋记室何長瑜　羊曜璠　宋詹事范曄**

才難,信矣!以康樂與羊、何若此,而□乏辭,殆不足奇。乃不稱其才,亦爲鮮舉矣。

**宋孝武帝　宋南平王鑠　宋建平王宏**

孝武詩，雕文織綵，過爲精密，爲二藩希慕，見稱輕巧矣。

**宋光祿謝莊**

希逸詩，氣候清雅，不逮於范、袁。然興屬閒長，良無鄙促也。

**宋御史蘇寶生　宋中書令史陵修之　宋典祠令任曇緒　宋越騎戴興**

蘇、陵、任、戴，並著篇章，亦爲縉紳之所嗟咏。人非文才是愈，甚可嘉焉。

**宋監典事區惠恭**

惠恭本胡人，爲顏師伯幹。顏爲詩筆，輒偷定之。後造《獨樂賦》，語侵給主，被斥。及大將軍修北第，差充作長。時謝惠連兼記室參軍，惠恭時往共安陵嘲調。末作《雙枕詩》以示謝。謝曰：“君誠能，恐人未重，且可以爲謝法曹造。”遣大將軍，見之賞歎，以錦二端賜謝。謝辭曰：“此詩，公作長所製，請以錦賜之。”

**齊惠休上人　齊道猷上人　齊釋寶月**

惠休淫靡，情過其才。世遂匹之鮑照，恐商周矣。羊曜璠云：“是顏公忌照之文，故立休鮑之論。”庾帛二胡，亦有清句。《行路難》是東陽柴廓所造。寶月嘗憩其家，會廓亡，因竊而有之。廓子賷手本出都，欲訟此事，乃厚賂止之。

**齊高帝　齊征北將軍張永　齊太尉王文憲**

齊高帝詩，詞藻意深，無所云少。張景雲雖謝文體，頗有古意。至如王師文憲，既經國圖遠，或忽是雕蟲。

**齊黃門謝超宗　齊潯陽太守邱靈鞠　齊給事中郎劉祥　齊司徒長史檀超
齊正員郎鍾憲　齊諸暨令顏則　齊秀才顧則心**

檀謝七君，並祖襲顏延，欣欣不倦，得士大夫之雅致乎！余從祖正員嘗云：“大明泰始中，鮑休美文，殊已動俗，惟此諸人，傳顏陸體。用固執不移，顏諸暨最荷家聲。”

**齊參軍毛伯成　齊朝請吳邁遠　齊朝請許瑤之**

伯成文不全佳，亦多惆悵。吳善於風人答贈。許長於短句詠物。湯休謂遠云：“我詩可爲汝詩父。”以訪謝光祿，云：“不然爾，湯可爲庶兄。”

**齊鮑令暉　齊韓蘭英**

令暉歌詩，往往斷絕清巧，擬古尤勝，唯百願淫矣。照嘗答孝武云：“臣妹才自亞於左芬，臣才不及太沖爾。”蘭英綺密，甚有名篇。又善談笑，齊武謂韓云：“借使二媛生於上葉，則玉階之賦，紈素之辭，未詎多也。”

**齊司徒長史張融　齊詹事孔稚珪**

思光紆緩誕放，縱有乖文體，然亦捷疾豐饒，差不局促。德璋生於封谿，而文爲雕飾，青於藍矣。

**齊寧朔將軍王融　齊中庶子劉繪**

元長士章,並有盛才。詞美英净,至於五言之作,幾乎尺有所短。譬應變將畧,非武侯所長,未足以貶卧龍。

**齊僕射江祐**

祐詩猗猗清潤,弟祀明靡可懷。

**齊記室王巾　齊綏遠太守卞彬　齊端溪令卞録**

王巾二卞詩,並受奇嶄絶。慕袁彦伯之風。雖不宏綽,而文體勦净,去平美遠矣。

**齊諸暨令袁嘏**

嘏詩平平耳,多自謂能。嘗語徐太尉云:"我詩有生氣,須人捉著。不爾,便飛去。"

**齊雍州刺史張欣泰　梁中書郎范縝**

欣泰子真,並希古勝文,鄙薄俗製,賞心流亮,不失雅宗。

**梁秀才陵厥**

觀厥文緯,具識丈夫之情狀。自製未優,非言之失也。

**梁常侍虞羲　梁建陽令江洪**

子陽詩奇句清拔,謝朓常嗟頌之。洪雖無多,亦能自迴出。

**梁步兵鮑行卿　梁晉陵令孫察**

行卿少年,甚擅風謡之美。察最幽微,而感賞至到耳。

# 陳子昂

## 與東方左史虬[1]修竹篇序

[解題]

陳子昂(659—700),字伯玉,梓州射洪(今四川梓州)人。舉進士,历麟臺正字、右衛冑曹參軍、右拾遺等。聖歷初辭官還鄉,縣令段簡構陷下獄,憂憤而卒。有《陳拾遺集》十卷,代表作爲《感遇詩》三十八首。《舊唐書》卷一百九十、《新唐書》卷一百零七有傳。

齊梁詩風以其輕靡浮豔、纖弱空乏席捲南朝至初唐數百年,對悲歌慷慨的建安風骨幾近徹底背離。其時已有劉勰感嘆"去聖久遠,文體解散,辭人愛奇,言貴浮詭,飾羽尚畫,文繡鞶帨,離本彌甚,將遂訛濫",又有鍾嶸痛陳"故大明、泰始中,文章殆同書抄。近任昉、王元長等,詞不貴奇,競須新事。爾來作者,寖以成俗。遂乃句無虛語,語無虛字,拘攣補納,蠹文已甚"。隋代李諤有《上文帝論文體輕薄書》、王通有《事君篇》、《天地篇》,均對齊梁文風作出了全面否定。唐初開國君臣也清醒地认识到"江左宮商發越,貴於清綺;河朔詞義貞剛,重乎氣質。氣質則理勝其詞,清綺則文過其意。……若能掇彼清音,簡茲累句,各去所短,合其兩長,則文質斌斌,盡善盡美矣",亦有四傑以自身的理論創設和詩文寫作標舉"剛健"之美。然而齊梁詩風之熾數百年來纖毫不減,甚至其反對者本身亦是其追崇者。直至陳子昂橫空出世,以其異響獨絶張開復古與創新之獵獵大旗,有唐一代詩壇才終於得以沐浴新風。

《與東方左史虬修竹篇序》乃陳子昂爲其同時代詩人東方虬詩《修竹篇》所作的序言,集中體現了他的詩歌革新理論的精要。其要義有二:批判齊梁詩風;力倡"風骨"、"興寄"。篇中所言"風雅",應指《詩》中《國風》、二雅所具備的内容質實、敦雅美刺的典重之風。以三曹七子爲代表的建安詩人及以阮籍、嵇康爲代表的正始諸家,承繼《詩》的風雅傳統,以現實生活與人生體驗爲基礎,創作出大量風錘骨煉、音氣鏗鏘的作品,這便是陳子昂所大力推崇的"漢魏風骨"。然而漢魏詩風在崇雕鏤尚刻畫的晉宋詩中便已遭顛覆,至"彩麗競繁,而興寄都絶"之宮體大肆流行的齊梁時期則蕩然無存。陳子昂窒息於彌漫詩壇已久的靡吟委唱的渾濁風氣,他振袖一揮,力圖以對漢魏詩風的復興革新詩壇,予婉蜒委頓五百年之久的詩脉以強健興活的轉折。"風骨"與"興寄"均是淵源深遠的中國詩歌傳統,它們所具備的強大生命力足以爲當時詩壇注入新鮮的血液。劉勰在《文心雕龍》中專立《風骨》一篇,鍾嶸在《詩品》中也常言"風力"、"風氣",陳子昂作为集大成者,將其闡釋爲"骨氣端翔,音情頓挫,光英朗練,有金石聲",樹立了嶄新的詩歌審美標準。他還以"興寄",也即《詩》中"託物起興,因物喻志"的表現手法作爲充實作品内容的良方,認爲詩歌應言之有物、感慨深沉,既反映社會現實,又飽含作者的情思肺腑。

《新唐書·陳子昂傳》云:"唐興,文章承徐、庾餘風,天下祖尚,子昂始變雅正。……子昂所論著,當世以爲法。"陳子昂兼具復古與革新的文學主張及實踐在當時詩壇上起到了"橫制頹波"的作用,自此"天下翕然,質文一變"(盧藏用《右拾遺陳子昂文集序》)。後人感於陳子昂"一掃六代之纖弱"(劉克莊《後村詩話》)、首開詩壇新風的不朽功績,對他的評價極高。杜甫詩《陳拾遺故宅》云:"公生揚馬後,名與日月懸。"韓愈詩《薦士》云:"國朝盛文章,子昂始高蹈。"元好問《論詩絶句》云:"沈宋橫馳翰墨場,風流初不廢齊梁。論功若準平吳例,合著黃金鑄子昂。"陳子昂在中國詩史中的地位可見一斑。

東方公足下:文章道弊五百年矣[2]。漢、魏風骨[3],晉、宋莫傳,然而文獻有可徵者[4]。僕嘗暇時觀齊、梁間詩,彩麗競繁,而興寄都絶[5],每以永歎。思古人常恐逶迤頹靡,風雅不作,以耿耿也[6]。一昨於解三處見明公《詠孤桐篇》[7],骨氣端翔[8],音情頓挫[9],光英朗練[10],有金石聲[11]。遂用洗心飾視[12],發揮幽鬱[13]。不圖正始之音[14],復覩於兹,可使建安作者相視而笑。解君云:"張茂先[15]、何敬祖[16],東方生與其比肩[17]。"僕亦以爲知言也。故感嘆雅製,作《修竹詩》一篇,當有知音,以傳示之。

(《陳子昂集》第一卷,中華書局 1960 年版)

**[注釋]**

[1]東方虬(生卒年不詳):《全唐詩小傳》:"東方虬,則天時爲左史。"《元和姓纂》:"唐禮部員外郎東方虬,云朔(東方朔)之後。"《全唐詩》存其詩四首,《全唐詩補編》存其詩一首,《全唐文》存其賦三篇。事跡略見《舊唐書·宋之問傳》、《太平廣記》、《隋唐嘉話》。本篇中所述《詠孤桐篇》已佚。 [2]弊:衰敗,破敗。五百年:自晉至作此文時約四百三十餘年,此處概指西晉至唐初。 [3]風骨:義近鍾嶸《詩品序》中所説"建安風力",指漢魏之交慷慨悲壯的文風。[4]徵:證明。 [5]興寄:指深刻的文章内涵。興,即比興。寄,即寄託。 [6]耿耿:憂慮不安。

[7]解三:與下文"解君"同,應爲作者友人。明公:對東方虬的尊稱。 [8]端:端正堅實。翔:文氣飛揚。 [9]音情頓挫:指文章音調往返跌宕,情感波瀾起伏。《後漢書・鄭孔荀列傳贊》:"北海天逸,音情頓挫。"李賢注:"頓挫,猶抑揚也。" [10]光英朗練:指作品光彩動人,鮮明凝練。 [11]有金石聲:指文章鏗鏘響亮。《晉書・孫綽傳》:"卿試擲地,當作金石聲。"金石,指鐘磬類樂器。《國語・楚語上》:"不聞其以土木之崇高、彤鏤爲美,而以金石匏竹之昌大、囂庶爲樂。" [12]洗心飾視:指心目因之豁朗清新。飾,刷、清潔,《説文》:"飾,刷也。" [13]發揮幽鬱:舒解抑鬱的心情。 [14]正始之音:正始(240—248),魏齊王曹芳年號。這裏所謂正始之音,是指魏王朝後期,以阮籍、稽康爲代表的,繼承了建安文學傳統的文風。《世説新語・賞譽》:"不意永嘉之中,復聞正始之音。"《文心雕龍・明詩》:"乃正始明道,詩雜仙心,何晏之徒,率多浮淺。唯稽志清峻,阮旨遥深,故能標焉。" [15]張茂先:晉初文學家、政治家張華(232—300),字茂先,有《張華集》十卷,編有《博物志》十卷。 [16]何敬祖:晉初詩人何劭(236—301),字敬祖,有《何劭集》二卷。 [17]東方生:指東方虬。

## 史料選

### 盧藏用《陳伯玉文集序》

昔孔宣父以天縱之才,自衛返魯,乃删《詩》、《書》,述《易》道,而作《春秋》,數千百年,文章粲然可觀者也。孔子殁二百歲而騷人作,於是婉麗浮侈之法行焉。漢興二百年,賈誼、馬遷爲之傑,憲章禮樂,有老成人之風。長卿、子雲之儔,瑰詭萬變,亦奇特之士也。惜其王公大人之言,溺於流辭而不顧。其後班、張、崔、蔡、曹、劉、潘、陸,隨波而作,雖大雅不足,然其遺風餘烈,尚有典刑。宋、齊已來,蓋顗頷逶迤,陵頽流靡,至於徐、庾,天之將喪斯文也。後進之士,若上官儀者,繼踵而生,於是風雅之道掃地盡矣。

易曰:"物不可以終否,故受之以泰。"道喪五百歲而得陳君。君諱子昂,字伯玉,蜀人也。崛起江漢,虎視函夏,卓立千古,橫制頹波,天下翕然,質文一變。非夫岷、峨之精,巫、廬之靈,則何以生此!故有諫諍之辭,則爲政之先也;昭夷之碣,則議論之當也;國殤之文,則大雅之怨也;徐君之議,則刑禮之中也。至於感激頓挫,微顯闡幽,庶幾見變化之朕,以接乎天人之際者,則《感遇》之篇存焉。觀其逸足駸駸,方將搏扶揺而凌泰清,獵遺風而薄嵩岱。吾見其進,未見其止。惜乎湮厄當世,道不偶時,委骨巴山,年志俱夭,故其文未極也。

嗚呼!聰明精粹而淪剥,貪叨桀驁以顯榮。天乎!天乎!吾始未知夫天焉。昔常與余有忘形之契,四海之内,一人而已。良友殁矣,天其喪予。合採其遺文可存焉,編而次之,凡十卷,恨不逢作者,不得列於詩人之什,悲夫!故粗論文之變而爲之序。至於王霸之才,卓犖之行,則存之别傳,以繼於終篇云耳。

(《陳子昂集》,中華書局1960年版)

### 李白《古風二首》

大雅久不作，吾衰竟誰陳？王風委蔓草，戰國多荆榛。龍虎相啖食，兵戈逮狂秦。正聲何微茫，哀怨起騷人。揚馬激頹波，開流蕩無垠。廢興雖萬變，憲章亦已淪。自從建安來，綺麗不足珍。聖代復元古，垂衣貴清真。羣才屬休明，乘運共躍鱗。文質相炳煥，眾星羅秋旻。我志在刪述，垂輝映千春。希聖如有立，絕筆於獲麟。（其一）

醜女來效顰，還家驚四鄰。壽陵失本步，笑殺邯鄲人。一曲斐然子，雕蟲喪天真。棘刺造沐猴，三年費精神。功成無所用，楚楚且華身。《大雅》思文王，《頌》聲久崩淪。安得郢中質，一揮成風斤？（其三十五）

### 李白《宣州謝朓樓餞別校書叔雲》

棄我去者昨日之日不可留。亂我心者今日之日多煩憂。長風萬里送秋雁，對此可以酣高樓。蓬萊文章建安骨，中間小謝又清發。俱懷逸興壯思飛，欲上青天覽明月。抽刀斷水水更流，舉杯消愁愁更愁。人生在世不稱意，明朝散髮弄扁舟。

（以上據瞿蛻園、朱金城校注，《李白集校注》，上海古籍出版社 1980 年版）

### 韓愈《薦士》

周詩三百篇，雅麗理訓誥。曾經聖人手，議論安敢到。五言出漢時，蘇李首更號。東都漸瀰漫，派別百川導。建安能者七，卓犖變風操。逶迤抵晉宋，氣象日凋耗。中間數鮑謝，比近最清奧。齊梁及陳隋，眾作等蟬噪。搜春摘花卉，沿襲傷剽盜。國朝盛文章，子昂始高蹈。勃興得李杜，萬類困陵暴。後來相繼生，亦各臻閫奧。有窮者孟郊，受材實雄驚。冥觀洞古今，象外逐幽好。橫空盤硬語，妥帖力排奡。敷柔肆紆餘，奮猛卷海潦。榮華肖天秀，捷疾逾響報。行身踐規矩，甘辱恥媚竈。孟軻分邪正，眸子看瞭眊。杳然粹而清，可以鎮浮躁。酸寒溧陽尉，五十幾何耄。孜孜營甘旨，辛苦久所冒。俗流知者誰？指注競嘲慠。聖皇索遺逸，髦士日登造。廟堂有賢相，愛遇均覆燾。況承歸與張，二公迭嗟悼。青冥送吹噓，強箭射魯縞。胡爲久無成，使以歸期告。霜風破佳菊，嘉節追吹帽。念將決焉去，感物增戀嫪。彼微水中荇，尚煩左右芼。魯侯國至小，廟鼎猶納郜。幸當擇珉玉，寧有棄珪瑁。悠悠我之思，擾擾風中纛。上言愧無路，日夜惟心禱。鶴翎不天生，變化在啄菢。通波非難圖，尺地易可漕。善善不汲汲，後時徒悔懊。救死具八珍，不如一簞犒。微詩公勿誚，愷悌神所勞。

（屈守元、常思春主編，《韓愈全集校注》，四川大學出版社 1996 年版）

# 王昌齡

## 詩格（節選）

### ［解題］

王昌齡（？—約 756），字少伯，京兆長安（今陝西西安）人。開元十五年（727）進士，官秘書省校書郎等。其詩極負盛名，世稱"詩家天子"、"七絶聖手"，有《王昌齡集》，另有《詩格》等論詩之作。事跡見其《上李侍郎書》、《舊唐書·文苑傳下》、《新唐書·文藝傳下》、辛文房《唐才子傳》卷二。

所謂詩格，是中國古代文學批評中的一個專有名詞，它涵蓋了以"詩格"、"詩式"、"詩法"等命名的同一類型的文學批評論著。"詩格"一詞最早見於《顏氏家訓·文章》篇中："挽歌辭者，或云古者《虞殯》之歌，或云出自田横之客，皆爲生者悼往告哀之意。陸平原多爲死人自歎之言，詩格既無此例，又乖製作本意。"在魏晉六朝至初唐間，伴隨着文學批評術語的發展與律詩的逐步成型，"格"、"式"、"法"等包含標準、法度之意的詞彙進入了詩學批評領域，以它們命名的詩學論著開始在古代文學批評史中嶄露頭角。

在此類論著中，唐代王昌齡所作《詩格》顯然是最負盛名者，它最早見載於北宋《新唐書·藝文志》："王昌齡《詩格》二卷。"同於稍後的《崇文總目》。《吟窗雜録》收録王昌齡《詩格》與《詩中密旨》正文各一卷。南宋《直齋書録解題》記有王昌齡所作《詩格》一卷，《詩中密旨》一卷。日本僧人空海所著《文鏡秘府論》中保存王昌齡不少詩論，其《書劉希夷集獻納表》云："王昌齡《詩格》一卷，此是在唐之日於作者邊偶得此書，古詩格等雖有數家，近代才子，切愛此格。"《四庫全書總目提要》曾指斥此書爲後人僞造。據今人傅璇琮等考證可知，儘管其流行過程複雜，王昌齡《詩格》一書確實存在，《文鏡秘府論》所引確出自王昌齡《詩格》，而《詩中密旨》則疑爲流傳過程中雜錯真僞所衍。

在中國古代文學批評中，"意境"説無疑是極爲重要的命題。所謂"境"與"境界"皆淵源於佛教教義，並於初唐進入詩歌美學領域。而王昌齡則是最早以"境"

言詩並論及"意境"的文學家之一。他將境分爲三種：物境、情境、意境，這既是以作品内容分，也是以美學層次分。而此三境又是與三格——即三種構思的方法相對應的。"物境"所描寫的是"泉石雲峰"、"山林、日月、風景"等自然景物，它需要詩人"處身於境"，以心擊物，以達到"視境於心，瑩然掌中"的境界，然後才能使詩句"了然境象，故得形似"。這並非殫精竭慮的苦思所致，而是對景物"心中了見"，"心偶照境"所得。"情境"所表現的則是"娱樂愁怨"等人的情感，是有感而發，"感而生思"，以達到"書身心之行李，序當時之憤氣"的目的。至於詩中最高境界——"意境"，儘管它也來源於"象"、"境"、"物"等形而下者，但它是"凝心天海之外，用思元氣之前"的理性思考的結果，故能"得其真"。

誠然，王昌齡的"意境説"固不能與後世成熟的"意境説"相較，但它確實具有這一重大命題的雛形意義，對後來的論者也產生了一定的影響。在初唐前後詩人論者普遍專注於遣字用律之際，王昌齡却將目光投放在更深刻的論題——詩境之上，這是頗值得稱許的。

## 詩有三境

詩有三境：一曰物境，二曰情境，三曰意境。

物境一。欲爲山水詩，則張泉石雲峰之境[1]，極麗絶秀者，神之於心。處身於境，視境於心，瑩然掌中[2]，然後用思，了然境象，故得形似。

情境二。娱樂愁怨，皆張於意而處於身，然後馳思，深得其情。

意境三。亦張之於意而思之於心，則得其真矣。

## 詩有三思

詩有三思：一曰生思，二曰感思，三曰取思。

生思一。久用精思，未契意象，力疲智竭，放安神思[3]，心偶照境[4]，率然而生。

感思二。尋味前言，吟諷古制，感而生思。

取思三。搜求於象，心入於境，神會於物，因心而得。

## 詩有三得

詩有三得：一曰得趣，二曰得理，三曰得勢。

得趣一。謂理得其趣，詠物如合砌[5]，爲之上也。詩曰"五里徘徊鶴，三聲斷續猿。如何俱失路，相對泣離罇"[6]是也。

得理二。謂詩首末確語，不失其理，此謂之中也。詩曰："世胄躡高位，英俊沉下僚”是也。

得勢三。詩曰：“孟春物色好，攜手共登臨。放曠丘園裏，逍遙江海心。”[7]

## 論文意（節選）

夫作文章，但多立意，令左穿右穴，苦心竭智，必須忘身，不可拘束。思若不來，即須放情却寬之，令境生。然後以境照之[8]，思則便來，來即作文。如其境思不來，不可作也。

夫置意作詩，即須凝心，目擊其物，便以心擊之[9]，深穿其境。如登高山絕頂，下臨萬象，如在掌中。以此見象，心中了見[10]，當此即用。如無有不似，仍以律調之定，然後書之於紙，會其題目。山林、日月、風景爲真，以歌詠之。猶如水中見日月，文章是景[11]，物色是本，照之須了見其象也。

夫文章興作，先動氣，氣生乎心，心發乎言，聞於耳，見於目，録於紙。意須出萬人之境[12]，望古人於格下，攢天海於方寸[13]。詩人用心，當於此也。

凡屬文之人，常須作意，凝心天海之外，用思元氣之前[14]。巧運言詞，精練意魄。所作詞句，莫用古語及今爛字舊意。改他舊語，移頭換尾，如此之人，終不長進。爲無自性[15]，不能專心苦思，致見不成。

凡詩人，夜間牀頭，明置一盞燈，若睡來任睡，睡覺即起。興發意生，精神清爽，了了明白[16]。皆須身在意中。若詩中無身，即詩從何有。若不書身心，何以爲詩。是故詩者，書身心之行李[17]，序當時之憤氣[18]。氣來不適，心事不達，或以刺上，或以化下[19]，或以申心，或以序事，皆爲中心不決[20]，衆不我知。由是言之，方識古人之本也。

（張伯偉《全唐五代詩格彙考》，江蘇古籍出版社 2002 年版）

[注釋]

[1]張：鋪展，生發。 [2]瑩然：明亮，此處形容心中物境鮮明。 [3]放安神思：同下文“放情却寬之”，指心神放鬆。 [4]照：感應。 [5]合砌：猶“合契”，指如符契般相合。 [6]“五里徘徊鶴”四句：語本隋朝詩人王胄詩《別周記室》。 [7]“孟春物色好”四句：作者不詳，他處未見。 [8]照：使明晰。 [9]擊：敲打，此處指以神思穿透物象。 [10]了：全。 [11]景：通“影”。 [12]出：高出。 [13]攢：集聚。 [14]元氣：《老子·道經上·養身》河上公注曰：“元氣生萬物而不有。”《莊子·外篇·天地》郭象注曰：“禮統云：‘天地者，元氣之所生，萬物之祖也。’易説云：‘元氣初分，清輕上爲天，濁重下爲地。’”即天地初分以前的混沌之氣，後引申爲人的精氣本原。 [15]自性：在佛教禪宗中指人自具的佛性，此處指人的本真。 [16]了了：明晰。 [17]行李：行旅。 [18]序當時之憤氣：《太史公自序》：“《詩》三百篇，大抵聖賢發憤之所爲作也。” [19]“或以”二句：語本《詩大序》：“上以風化下，下以風刺上。” [20]决：疏通。

## 史料選

### 王昌齡《詩格》（節選）

#### 十七勢

詩有學古今勢一十七種，具列如後，第一，直把入作勢，第二，都商量入作勢；第三，直樹一句，第二句入作勢；第四，直樹兩句，第三句入作勢；第五；直樹三句，第四句入作勢；第六，比興入作勢；第七，謎比勢；第八，下句拂上句勢；第九，感興勢；第十，含思落句勢；第十一，相分明勢；第十二，一句中分勢；第十三，一句直比勢；第十四，生殺迴薄勢；第十五，理入景勢；第十六，景入理勢；第十七，心期落句勢。

第一，直把入作勢。

直把入作勢者，若賦得一物，或自登山臨水，有閑情作，或送別，但以題目爲定；依所題目，入頭便直把是也。皆有此例。昌齡《寄驩州詩》入頭便云："與君遠相知，不道雲海深。"又《見譴至伊水詩》云："得罪由己招，本性易然諾。"又《題上人房詩》云："通經彼上人，無跡任勤苦。"又《送別詩》云："春江愁送君，蕙草生氛氳。"又《送別詩》云："河口餞南客，進帆清江水。"又如高適云："鄭侯應栖遑，五十頭盡白。"又如陸士衡云："顧侯體明德，清風肅已邁。"

第二，都商量入作勢。

都商量入作勢者，每詠一物，或賦贈答寄人，皆以入頭兩句平商量其道理，第三、第四、第五句入作是也。皆有其例。昌齡《上同州使君伯詩》言："大賢本孤立，有時起經綸。伯父自天稟，元功載生人。"（是第三句入作）又《上侍御七兄詩》云："天人俟明略，益、稷分堯心。利器必先舉，非賢安可任。吾兄執嚴憲，時佐能鉤深。"（此是第五句入作勢也）

第三，直樹一句，第二句入作勢。

直樹一句者，題目外直樹一句景物當時者，第二句始言題目意是也。昌齡《登城懷古詩》入頭便云："林藪寒蒼茫，登城遂懷古。"又《客舍秋霖呈席姨夫詩》云："黃葉亂秋雨，空齊愁暮心。"又："孤煙曳長林，春水聊一望。"又《送鄖賁觀省江東詩》云："楓橋延海岸，客帆歸富春。"又《宴南亭詩》云："寒江映村林，亭上納高潔。"（此是直樹一句，第二句入作勢）

第四，直樹兩句，第三句入作勢。

直樹兩句，第三句入作勢者，亦題目外直樹兩句景物，第三句始入作題目意是也。昌齡《留別詩》云："桑林映陂水，雨過宛城西。留醉楚山別，陰雲暮淒淒。"（此是第三句入作勢也）

第五，直樹三句，第四句入作勢。

直樹三句，第四句入作勢者，亦有題目外直樹景物三句，然後即入其意；亦有第四、第五句直樹景物後入其意，然恐爛不佳也。昌齡《代扶風主人答》云：“殺氣凝不流，風悲日彩寒。浮埃起四遠，遊子彌不歡。”（此是第四句入作勢）又《旅次盤屋過韓七別業詩》云：“春煙桑柘林，落日隱荒墅。泱漭平原夕，清吟久延佇。故人家於茲，招我漁樵所。”（此是第五句入作勢）

第六，比興入作勢。

比興入作勢者，遇物如本立文之意，便直樹兩三句物，然後以本意入作比興是也。昌齡《贈李侍御詩》云：“青冥孤雲去，終當暮歸山。志士杖苦節，何時見龍顏。”又云：“眇默客子魂，倏鑠川上暉。還雲慘知暮，九月仍未歸。”又：“遷客又相送，風悲蟬更號。”又崔曙詩云：“夜臺一閉無時盡，逝水東流何處還。”又鮑照詩云：“鹿鳴思深草，蟬鳴隱高枝。心自有所疑，傍人那得知。”

第七，謎比勢。

謎比勢者，言今詞人不悟有作者意，依古勢有例。昌齡《送李邕之秦詩》云：“別怨秦、楚深，江中秋雲起。（言別怨與秦、楚之深遠也。別怨起自楚地，既別之後，恐長不見，或偶然而會。以此不定，如雲起上騰於青冥，從風飄蕩，不可復歸其起處，或偶然而歸爾）天長夢無隔，月映在寒水。”（雖天長，其夢不隔，夜中夢見，疑由相會。有如別，忽覺，乃各一方，互不相見。如月影在水，至曙，水月亦了不見矣。）

第八，下句拂上句勢。

下句拂上句勢者，上句説意不快，以下句勢拂之，令意通。古詩云：“夜聞木葉落，疑是洞庭秋。”昌齡詩云：“微雨隨雲收，濛濛傍山去。”又云：“海鶴時獨飛，永然滄洲意。”

第九，感興勢。

感興勢者，人心至感，必有應説，物色萬象，爽然有如感會。亦有其例。如常建詩云：“泠泠七絃遍，萬木澄幽音。能使江月白，又令江水深。”又王維《哭殷四詩》云：“泱漭寒郊外，蕭條聞哭聲。愁雲爲蒼茫，飛鳥不能鳴。”

第十，含思落句勢。

含思落句勢者，每至落句，常須含思，不得令語盡思窮。或深意堪愁，不可具説，即上句爲意語，下句以一景物堪愁，與深意相愜便道。仍須意出成感人始好。昌齡《送別詩》云：“醉後不能語，鄉山雨雰雰。”又落句云：“日夕辨靈藥，空山松桂香。”又：“墟落有懷縣，長煙溪樹邊。”又李湛詩云：“此心復何已，新月清江長。”

第十一，相分明勢。

相分明勢者，凡作語皆須令意出，一覽其文，至於景象，怳然有如目擊。若上句說事未出，以下一句助之，令分明出其意也。如李湛詩云："雲歸石壁盡，月照霜林清。"崔曙詩云："田家收已盡，蒼蒼唯白茅。"

第十二，一句中分勢。

一句中分勢者，"海淨月色真"。

第十三，一句直比勢。

一句直比勢者，"相思河水流"。

第十四，生殺迴薄勢。

生殺迴薄勢者，前說意悲涼，後以推命破之；前說世路矜驕榮寵，後以至空之理破之入道是也。

第十五，理入景勢。

理入景勢者，詩不可一向把理，皆須入景，語始清味。理欲入景勢，皆須引理語，入一地及居處，所在便論之。其景與理不相愜，理通無味。昌齡詩云："時與醉林壑，因之惰農桑。槐煙稍含夜，樓月深蒼茫。"

第十六，景入理勢。

景入理勢者，詩一向言意，則不清及無味；一向言景，亦無味。事須景與意相兼始好。凡景語入理語，皆須相愜，當收意緊，不可正言。景語勢收之，便論理語，無相管攝。方今人皆不作意，慎之。昌齡詩云："桑葉下墟落，鷗雞鳴渚田。物情每衰極，吾道方淵然。"

第十七，心期落句勢。

心期落句勢者，心有所期是也。昌齡詩云："青桂花未吐，江中獨鳴琴。"（言青桂花吐之時，期得相見；花既未吐，即未相見，所以江中獨鳴琴）又詩云："還舟望炎海，楚葉下秋水。"（言至秋方始還。此送友人之安南也）

（張伯偉《全唐五代詩格彙考》，江蘇古籍出版社 2002 年版）

## 王國維《人間詞話》（節選）

詞以境界爲最上。有境界則自成高格，自有名句。五代、北宋之詞所以獨絕者在此。

有造境，有寫境，此理想與寫實二派之所由分。然二者頗難區別。因大詩人所造之境，必合乎自然，所寫之境，必鄰於理想故也。

有有我之境，有無我之境。"淚眼問花花不語，亂紅飛過鞦韆去"、"可堪孤館閉春寒，杜鵑聲裏斜陽暮"，有我之境也；"采菊東籬下，悠然見南山"、"寒波澹澹起，白鳥悠悠下"，無我之境也。有我之境，以我觀物，物皆著我之色彩；無我之境，不知何者爲我，何者爲物。古人爲詞，寫有我之境者爲多，然非不能寫無我之境，此在豪傑之士能自樹立耳。

境非獨謂景物也。感情亦人心中之一境界。故能寫真景物、真感情者，謂之有境界。否則謂之無境界。

無我之境，人唯於静中得之；有我之境，於由動之静時得之。故一優美，一宏壯也。

"紅杏枝頭春意鬧"，著一"鬧"字，而境界全出。"雲破月來花弄影"，著一"弄"字，而境界全出矣。

境界有大小，不以是而分高下。"細雨魚兒出，微風燕子斜"，何遽不若"落日照大旗，馬鳴風蕭蕭"。"寶簾閒挂小銀鉤"，何遽不若"霧失樓臺，月迷津渡"也。

嚴滄浪《詩話》曰："盛唐諸公，唯在興趣。羚羊掛角，無跡可求。故其妙處，透澈玲瓏，不可湊拍。如空中之音、相中之色、水中之影、鏡中之象，言有盡而意無窮。"余謂北宋以前之詞，亦復如是。然滄浪所謂興趣，阮亭所謂神韻，猶不過道其面目，不若鄙人拈出"境界"二字，爲探其本也。

（彭玉平《人間詞話疏證》，中華書局 2011 年版）

昌齡，字少伯，太原人。開元十五年李嶷榜進士，授汜水尉。又中宏辭，遷校書郎。後以不護細行，貶龍標尉。以刀火之際，歸鄉里，爲刺史閭丘曉所忌而殺。後張鎬按軍河南，曉愆期，將戮之，辭以親老，乞恕，鎬曰："王昌齡之親欲與誰養乎？"曉大慚沮。昌齡工詩，縝密而思清，時稱"詩家夫子王江寧"，蓋嘗爲江寧令。與文士王之渙、辛漸交友至深，皆出模範，其名重如此。有詩集五卷，又述作詩格律、境思、體例，共十四篇，爲《詩格》一卷，又《詩中密旨》一卷，及《古樂府解題》一卷，今並傳。自元嘉以還，四百年之內，曹、劉、陸、謝，風骨頓盡。逮儲光羲、王昌齡，頗從厥跡，兩賢氣同而體別也。王稍聲峻，奇句俊格，驚耳駭目。奈何晚途不矜小節，謗議騰沸，兩竄遐荒，使知音者喟然長歎，至歸全之道，不亦痛哉。

（傅璇琮主編，《唐才子傳校箋》卷二，中華書局 1987 年版）

# 杜　甫

## 戲爲六絶句

[解題]

　　杜甫(712—770)，字子美，自稱少陵野老、杜陵野客。祖籍襄陽(今湖北襄樊)，生於鞏縣(今屬河南)。玄宗天寶五年(746)舉進士不第，遂始漫遊，後寓居長安十年。天寶末年因獻《三大禮賦》，授右衛率府冑曹參軍。安史亂中投肅宗於鳳翔，授左拾遺，旋即被貶爲華州司功參軍。乾元二年(759)入川，於劍南節度使嚴武幕下任節度參謀、檢校工部員外郎。大曆三年(768)嚴武卒后去蜀，滯留夔州，後漂泊兩湖，客死船中。有《杜工部集》六十卷。《舊唐書》卷一百九十、《新唐書》卷二百零一有傳。

　　我國古代詩學理論著作中除陸機《文賦》、劉勰《文心雕龍》、葉燮《原詩》等極少數系統性專著外，主要以詩話和論詩詩這兩大形式出現，其餘則散見於各種序跋、批點、雜記、書信往來之中。論詩絶句作爲論詩詩中最常見形式與重要組成部分之一，是由杜甫的《戲爲六絶句》首開先例，從而在我國古代詩學理論發展史中大放異彩。它首先具備絶句本身簡約精練的特點，可以重點討論單個文學現象；而其多以組詩形式出現(此亦根源於杜甫的始創之功)，又便於作者以點帶面，交叉討論多個命題，表達相關的一系列觀點，形成綜合立體、縮放自如、相對隻言片語而言更具系統性的理論。

　　《戲爲六絶句》可謂杜甫對其時代詩歌發展現狀的“針砭時弊”之作，如未對其寫作背景有所了解，將不免有如墮五里霧中之感。唐代是我國古代詩歌特別是律詩發展的鼎盛階段，這植根於魏、晉、六朝以來詩歌本身形式與風格的長期轉變與演進。當詩歌的發展進入齊梁時期，“古人之文，宏才逸氣，體度風格，去今實遠；但緝綴疎朴，未爲密緻耳。今世音律諧靡，章句偶對，諱避精詳，賢於往昔多矣”(《顔氏家訓·文章篇》)。彼時對詩歌形式美的癡迷與追求固然已經到了阻礙詩歌長遠發展的病態程度，然而唐詩遣字運句、諧韻用律之爐火純青，不得不說是由此打下的重要基礎。初唐時期,"一掃六代之纖弱"(劉克莊《後村詩話》)的陳子昂首先舉起復古大旗,李白緊隨其後,奠定了有唐一代詩風的主綫。然而在對齊梁詩風的批判與繼承的問題上,卻逐漸產生了矯枉過正的問題。一如元稹所說"好古者遺近,務華者去實"(《唐故工部員外郎杜君墓係銘》),對"務華去實"者的一味排斥導致了"好古遺近"的極端做法。如成書於《六絕句》前一年(760)的《篋中集》,共收錄詩作七家二十余首,竟無一律詩,純為五言古詩,編者元結在序中責斥曰"近世作者,更相沿襲,拘限聲病,喜尚形似;且以流易爲詞,不知喪於雅正",更稱"指詠時物,會諧絲竹"的律詩爲"污惑之聲"。針對這種全盤否定的偏激態度,杜甫以創造性的方式作出了呼籲。

在前三首絕句中,杜甫選取了庾信與初唐四傑爲個案,將他們和所謂"今人"、"爾曹"形成對立加以討論。庾信前期在南朝爲官時,是宮體詩的領軍人物之一,創作過大量輕靡浮豔的作品,與徐陵並稱"徐庾體"。然而在羈留北朝的後半生之中,他詩風大變,悲歌慷慨,蕭瑟雄渾。庾信集南北詩風之大成於一身,爲齊梁文學成就的代表,自然也就成爲了眾矢之的。《周書·王褒庾信傳論》云:"子山之文……其體以淫放爲本,其詞以輕險爲宗,故能誇目侈於紅紫,蕩心逾於鄭衛……斯又辭賦之罪人也"。《隋書·文學傳》云:"其意淺而繁,其文匿而彩,詞尚輕險,情多哀思,格以延陵之聽,蓋亦亡國之音乎。"然而這絲毫沒有影響杜甫對庾信的推重,他的評價是全面而中肯的,既肯定其"暮年詩賦動江關"(《詠懷古跡》),又作出了"清新庾開府"《春日憶李白》的讚許。儘管今人對庾信肆意"嗤點",卻並不能真正貶低其文學價值。至於初唐四傑,雖標舉"剛健"並將廣闊的社會生活題材擴充至詩作中,在創作實踐上卻仍不免沿襲六朝遺風,時人對此褒貶不一。《新唐書·文藝上序》云:"綺句繪章,揣合低印,故王、楊爲之伯。"《舊唐書·文苑傳上》云:"勃等雖有文才,而浮藻淺露。"對四傑的輕視甚至延續到晚唐,有李商隱詩曰"沈宋裁辭矜變律,王楊落筆得良朋。當時自謂宗師妙,今日唯觀對屬能。"(《漫成五章》)杜甫既不對其成就過分誇大,亦不輕率貶斥,而是客觀地指出四傑的創作乃具體歷史背景下的產物,儘管不能與上承《詩經》、《楚辭》的漢魏風骨相提並論,但其文學成就仍遠遠超越"哂未休"之徒。

在前三首以庾信和四傑這兩個具有典型意義的個案作爲切入點之後,杜甫以自己的創作實踐爲基礎,在後三首提出了一系列的理論觀點。首先,杜甫認爲應以客觀全面的態度評價有成就的作家,不應妄自尊大。其次,杜甫並不否認自己對"清詞麗句"的心嚮往之。文學作品的形式美必須重視,齊梁文學也有其可取之處,但絕不能止步於"翡翠蘭苕"之類的雕鏤功夫,而應以敦厚雅正的思想爲旨歸,以自身才氣情性馭筆縱書,創作出可吞吐"鯨魚碧海"的廣闊雄渾意境的作品,否則將步齊梁宮體之後塵。最後,杜甫認爲文學的發展道路是迴環往復的,在文學創作的道路上，人們應不分今古，轉益多師，吸取各家長處而避免一味因襲，發揮自身創造力進行創作，這樣才能將博大沉厚的內涵与清新雅麗的形式相結合，產生盡善盡美的作品。

元稹在墓誌銘中評價杜甫云：“至於子美，蓋所謂上薄風雅，下該沈宋，言奪蘇李，氣吞曹劉，掩顏謝之孤高，雜徐庾之流麗，盡得古今之體勢，而兼文人之所獨專矣。”《新唐書杜甫列傳》云：“至甫，渾涵汪茫，千彙萬狀，兼古今而有之。”葉燮《原詩》云：“杜甫之詩，包源流，綜正變，自甫以前，如漢魏之渾朴古雅，六朝之藻麗穠纖、澹遠韶秀，甫詩無一不備。然出於甫，皆甫之詩，無一字句為前人之詩也。”杜甫對待文學問題時中肯全面的視角、結合時代的辨析與百川入海的博大心胸和過人才性，最終成就了其文學創作與理論的“集大成”。

庾信文章老更成，凌雲健筆意縱橫。[1]今人嗤點流傳賦，不覺前賢畏後生。[2]

楊王盧駱當時體，輕薄為文哂未休。[3]爾曹身與名俱滅，不廢江河萬古流。[4]

縱使盧王操翰墨，劣於漢魏近風騷。[5]龍文虎脊皆君馭，歷塊過都見爾曹。[6]

才力應難跨數公，凡今誰是出羣雄？[7]或看翡翠蘭苕上，未掣鯨魚碧海中。[8]

不薄今人愛古人，清詞麗句必為鄰。[9]竊攀屈宋宜方駕，恐與齊梁作後塵。[10]

未及前賢更勿疑，遞相祖述復先誰？[11]別裁偽體親風雅，轉益多師是汝師。[12]

（郭紹虞《杜甫戲為六絕句集解》，人民文學出版社 1978 年版）

## ［注釋］

[1]“庾信”二句：庾信（513—581）；字子山，新野人，官至驃騎大將軍開府儀同三司，故世稱庾開府，傳有《庾子山集》。前期仕梁，以宮體詩著稱，與徐陵並稱“徐庾體”，杜詩《春日憶李白》有“清新庾開府”。梁滅後屈仕西魏、北周，悼國傷己，文風遂至悲慨蒼涼。杜詩《詠懷古跡》云：“庾信生平最蕭瑟，暮年詩賦動江關。”亦即所謂“老更成”。 [2]“今人”二句：嗤點，嗤笑評點。賦，泛指詩賦文章等。畏後生，語本《論語·子罕》：“後生可畏。”後生，指後人，即前謂今人。仇兆鰲《杜詩詳注》：“後人取其流傳之賦，嗤笑而指點之。豈知前賢自有品格，未見其當畏後生也。” [3]“王楊”二句：王楊盧駱，指初唐四傑王勃、楊炯、盧照鄰和駱賓王，《舊唐書》卷一百九十、《新唐書》卷二百零一有傳。王勃（650—677），字子安，絳州龍門（今山西河津

縣)人。麟德初(664)授朝散郎,歷沛王府修撰、虢州參軍。後溺水而死。有《王子安集》二十卷。楊炯(650—?),弘農華陰(今陝西華陰縣)人。歷盈川令、梓州司法參軍。有《盈川集》十卷。盧照鄰(635?—689?),字升之,號幽憂子,幽州范陽(今河北涿州)人。歷鄧王府典籤、新都尉。有《幽憂子集》七卷。駱賓王(約638—?),婺州義烏(今浙江義烏)人,歷武功、長安主簿,侍御史、臨海丞。有《駱賓王集》四卷。當時體,指初唐時帶有六朝綺靡遺風的文體。輕薄,輕靡浮豔。哂,譏笑。此言時人嘲笑四傑詩文尚未擺脱齊梁積習。《九家集注杜詩》趙次公注引《玉泉子》:"時人之議,楊好用古人姓名,謂之點鬼簿;駱好用數對,謂之算博士。" [4]"爾曹"二句:爾曹,你們。廢,停止。仇兆鰲《杜詩詳註》:"此表章楊、王四子也。四公之文,當時傑出,今乃輕薄其爲文而哂笑之。豈知爾輩不久銷亡,前人則萬古長垂,如江河不廢乎!"[5]"縱使"二句:盧王,概指四傑。操翰墨,指寫作。翰墨,筆墨。劣於漢魏近風騷:不如漢魏古詩一般接近《詩經》和《楚辭》。"縱使"應另讀,"盧王操翰墨,劣於漢魏近風騷"爲一個整體。[6]"龍文"二句:龍文虎脊:龍文、虎脊均爲毛色斑斕的駿馬名。《漢書·西域傳贊》:"蒲梢、龍文、魚目、汗血之馬,充於黃門。"《漢書·禮樂志》:"天馬徠,出泉水,虎脊兩,化若鬼。"顏師古引應劭注:"馬毛色如虎脊有兩也。"此處以喻詞采瑰麗。君馭,君王的坐騎。歷塊過都,語本王褒《聖主得賢臣頌》:"過都越國,蹶如歷塊。"吕延濟註:"言過都國疾行如一小塊之間。"這裏以駿馬疾馳喻四傑的創作。見,表現。爾曹,同上文。指相形之下表現出批評四傑之今人的平庸。[7]"才力"二句:數公,指上文提及的庾信與初唐四傑。出群雄,卓絶超群之英傑。[8]"或看"二句:或,有時。翡翠,毛色鮮美的小鳥。《説文》:"翡,赤羽雀也,出鬱林。……翠,青羽雀也,出鬱林。"蘭苕,語本郭璞《遊仙詩》:"翡翠戲蘭苕,容色更相鮮。"李善注郭璞《遊仙詩》云:"蘭苕,蘭秀也。"掣,牽引、駕馭。言今人之作纖麗細巧,未能如上述諸公之作一般雄渾偉壯。[9]"不薄"二句:薄,輕視。不薄與愛互文。鄰,鄰居,指親近,有所吸收。此句言讀詩不論古今,凡清詞麗句必有所取。[10]"竊攀"二句:竊,謙辭。屈宋,屈原、宋玉。方駕,並駕齊驅。方,《説文》:"方,併船也。"[11]"未及"二句:前賢,指前代有成就的文學家。遞相,交替相繼。遞,交替、更迭。祖述,因襲前人。《漢書·藝文志》:"祖述堯舜,憲章文武。"祖,效法、尊崇。先誰,以誰爲先。[12]"別裁"二句:別,區別、別擇。裁,删削、淘汰。僞體,指當時相互因襲的不正之體。

## 史料選

### 杜甫《春日憶李白》

白也詩無敵,飄然思不羣。清新庾開府,俊逸鮑參軍。渭北春天樹,江東日暮雲。何時一樽酒,重與細論文?

### 杜甫《江上值水如海勢聊短述》

爲人性僻耽佳句,語不驚人死不休。老去詩篇渾漫與,春來花鳥莫深愁。新添水檻供垂釣,故著浮槎替入舟。焉得思如陶謝手,令渠述作與同遊。

### 杜甫《詠懷古跡》

支離東北風塵際，漂泊西南天地間。三峽樓臺淹日月，五溪衣服共雲山。羯胡事主終無賴，詞客哀時且未還。庾信生平最蕭瑟，暮年詩賦動江關。

### 杜甫《解悶五首》

沈范早知何水部，曹劉不待薛郎中。獨當省署開文苑，兼泛滄浪學釣翁。

李陵蘇武是吾師，孟子論文更不疑。一飯未曾留俗客，數篇今見古人詩。

復憶襄陽孟浩然，清詩句句盡堪傳。即今耆舊無新語，漫釣槎頭縮頸鯿。

陶冶性靈存底物，新詩改罷自長吟。熟知二謝將能事，頗學陰何苦用心。

不見高人王右丞，藍田丘壑蔓寒藤。最傳秀句寰區滿，未絕風流相國能。

### 杜甫《偶題》

文章千古事，得失寸心知。作者皆殊列，名聲豈浪垂。騷人嗟不見，漢道盛於斯。前輩飛騰入，餘波綺麗爲。後賢兼舊制，歷代各清規。法自儒家有，心從弱歲疲。永懷江左逸，多病鄴中奇。騕褭皆良馬，騏驎帶好兒。車輪徒已斲，堂構惜仍虧。謾作《潛夫論》，虛傳幼婦碑。緣情慰漂蕩，抱疾屢遷移。經濟慚長策，飛棲假一枝。塵沙傍蜂蠆，江峽繞蛟螭。蕭瑟唐虞遠，聯翩楚漢危。聖朝兼盜賊，異俗更喧卑。鬱鬱星辰劍，蒼蒼雲雨池。兩都開幕府，萬宇插軍麾。南海殘銅柱，東風避月支。音書恨烏鵲，號怒怪熊羆。稼穡分詩興，柴荊學土宜。故山迷白閣，秋水憶黃陂。不敢要佳句，愁來賦別離。

### 杜甫《遣悶戲呈路十九曹長》

江浦雷聲喧昨夜，春城雨色動微寒。黃鸝並坐交愁濕，白鷺群飛大劇乾。晚節漸於詩律細，誰家數去酒杯寬。唯君最愛清狂客，百遍相過意未闌。

### 元稹《唐檢校工部員外郎杜君墓係銘并序》

敍曰：予讀詩至杜子美，而知小大之有所總萃焉。始堯舜時，君臣以賡歌相和。是後詩人繼作，歷夏、殷、周千餘年，仲尼緝拾選練，取其干預教化之尤者三百篇,其餘無聞焉。騷人作而怨憤之態繁,然猶去風雅日近,尚相比擬。秦、漢以還,採詩之官既廢,天下俗謠民謳,歌頌諷賦,曲度嬉戲之詞,亦隨時間作。至漢武帝賦《柏梁》詩而七言之體興,蘇子卿、李少卿之徒,尤工爲五言。雖句讀文律各異,雅鄭之音亦雜,而詞意簡遠,指事言情,自非有爲而爲,則文不妄作。建安之後,天下文士遭罹兵戰,曹氏父子鞍馬間爲文,往往橫槊賦詩。其遒文壯節,抑揚怨哀悲離之作,尤極於古。晉世風概稍存。宋、齊之間,教失根本,士子以簡慢、矯飾、歎習、舒徐相尚,文章以風容、色澤、放曠、精清爲高,蓋吟寫性靈、流連光景之文也。意義格力,固無取焉。陵遲至於梁陳,淫艷、刻飾、佻巧、小碎之詞劇,又宋齊之所不取也。唐興,學官大振,歷世之文,能者互出,而又沈、宋之流,研練精切,穩順聲勢,謂之爲律詩。由是而後,文變之體極焉。然而莫不好古者遺近,務華者去實;效齊梁則不逮於魏晉,工樂府則力屈於五言;律切則骨格不存,閒暇則纖穠莫備。至於子美,蓋所謂上薄風雅,下該沈宋,言奪蘇李,氣吞曹劉,掩顏謝之孤高,雜徐庾之流麗,盡得古今之體勢,而兼文人之所獨專矣。使仲尼考鍛其旨要,尚不知貴,其多乎哉!苟以爲能所不能,無可無不可,則詩人以來,未有如子美者。是時山東人李白,亦以奇文取稱,時人謂之李杜。余觀其壯浪縱恣,擺去拘束,模寫物象及樂府歌詩,誠亦差肩於子美矣。至若鋪陳終始,排比聲韻,大或千言,次猶數百,詞氣豪邁而風調清深,屬對律切而脫棄凡近,則李尚不能歷其藩翰,況堂奧乎?予嘗欲條析其文,體別相附,與來者爲之準,特病懶未就爾。適子美之孫嗣業,啓子美之柩,襄祔事於偃師,途次於荊,雅知余愛言其大父爲文,拜余爲誌。辭不能絕,余因係其官閥而銘其卒葬云。

係曰:晉當陽成侯姓杜氏,下十世而生依藝,令於鞏。依藝生審言,審言善詩,官至膳部員外郎。審言生閑,閑生甫。閑爲奉天令。甫字子美。天寶中,獻《三大禮賦》,明皇奇之,命宰相試文,文善,授右衛率府冑曹。屬京師亂,步謁行在,拜左拾遺。歲餘,以直言失官,出爲華州司功,尋遷京兆功曹。劍南節度使嚴武,狀爲工部員外參謀軍事。旋又棄去,扁舟下荊楚間,竟以寓卒,旅殯岳陽,享年五十有九。夫人弘農楊氏女,父曰司農少卿怡,四十九年而終。嗣子曰宗武,病不克葬;歿,命其子嗣業。嗣業以家貧,無以給喪,收拾乞匂,焦勞晝夜,去子美歿餘四十年,然後卒先人之志,亦足爲難矣。銘曰:維元和之癸巳,粵某月某日之佳辰,合窆我杜子美於首陽之前山。嗚呼!千歲而下,曰:此文先生之古墳。

## 王安石《杜工部詩後集序》

予考古之詩,尤愛杜甫氏作者,其詞所從出,一莫知窮極,而病未能學也。世所傳已多,計尚有遺落,思得其完而觀之。然每一篇出,自然人知非人所能爲,而爲之者惟其甫也,輒能辯之。予之令鄞,客有授予古之詩,世所不傳者二白餘篇,觀之，予知非人所能爲而爲之實甫者，其文與意之著也。然甫之詩，其完見於今日，自余得之。世之學者，至乎甫而後爲詩，不能至，要之不知詩焉爾。嗚呼！詩其難，惟有甫哉！自《洗兵馬》下，序而次之，以示知甫者，且用自發焉。皇祐壬辰五月日，臨川王安石序。

### 王彥輔《增注杜工部詩序》

唐興，承陳隨之遺風，浮靡相矜，莫崇理致。開元之間，去雕篆，黜浮華，稍裁以雅正。雖縟句繪章。人得一概，各爭所長。如大羹元酒者則薄滋味，如孤峯絶岸者則駭廊廟，穠華可愛者乏風骨，爛然可珍者多玷缺。逮至子美之詩，周情孔思，千彙萬狀，茹古涵今，無有端涯，森嚴昭煥，若在武庫，見戈戟布列，蕩人耳目，非特意語天出，尤工於用字，故卓然爲一代冠，而歷世千百，膾炙人口。予每讀其文，竊苦其難曉，如《義鶻行》"巨顙拆老拳"之句，劉夢得初亦疑之，後覽《石勒傳》，方知其所自出。蓋其引物連類，掎摭前事，往往而是。韓退之謂"光燄萬丈長"，而世號爲詩史，信哉！予時漁獵書部，嘗妄注緝，且十得五六，宦遊南北，因循中輟。投家老居，日以無事，行樂之暇，不度蕪淺，既次其韻因舊注惜不忍去，搜考所知，再加箋釋。又不幸病目，無與乎簡牘之觀，遂命子澂泊孫端仁，參夫討繹，俾之編綴，用償夙志焉耳。在昔聖人，猶曰有所不知，丘蓋闕如。顧惟聞見之寡，茲所不免，但藏篋中，以貽來裔，非敢示諸博古之君子。按鄭文寶《少陵集》，張逸爲之序。又有蜀本十卷，自王原叔內相再編定杜集二十卷，後姑蘇守王君玉得原叔家藏於蘇州進士何琢、丁脩處，及今古諸集，相與參考，乃曰義有兼通者，亦存而不敢削。故予之所注，以蘇本爲正云。時洪宋八葉，政和紀元之三禩下元日序。

（以上據仇兆鰲《杜詩詳注》，中華書局1979年版）

# 皎　然

## 詩式（節選）

**［解題］**

　　皎然（720—?），俗姓謝，字清晝，湖州長城（今浙江長興）人，自稱謝靈運後裔。童年出家，久居吳興杼山。善詩，時號“江東名僧”又號“釋門偉器”。有《杼山集》十卷，論詩之作有《詩式》五卷、《詩議》一卷。《唐才子傳》卷四有《皎然上人》傳。

　　皎然所著《詩式》是繼王昌齡《詩格》後又一重要的詩格類詩學研究著作。“式”字在作者所處的初唐常見於律書之名，彼時論詩者又多着眼於詩作的辭章屬對、韻調聲病等文學形式問題，因此以“式”命名詩論著作可謂順理成章。《詩式》的版本問題至今懸而未決。從作者自序可以看出，《詩式》成書從草創至增補編訂乃至發行期間經歷了數年，因此存在草本及修訂本的區別。這或許是導致其在流行過程中產生嚴重版本分化的根本原因。現存最具代表性的版本即爲《吟窗雜録》所載一卷本與《十萬卷樓叢書》所載五卷本，其餘還有疑爲根據後者簡化而成的一卷本（如《續百川學海》本），各版本中與同爲皎然所作的《詩議》、《詩評》等作品錯雜相混的現象也並不少見。據今人張少康考證，《吟窗雜録》本《詩式》所依據的應爲未經修訂的草本，而《十萬卷樓叢書》本則依據作者自己最終編訂的五卷本，最能體現作品原貌。

　　《詩式》是唐代詩學著作中較爲罕見的具有系統性的作品。其卷一的前半部總論詩法，後半部及其餘各卷則分論“不用事”、“作用事”、“直用事”、“有事無事”及“有事無事情格俱下”五格，論述中引用評論漢唐之間名句近五百條之多，内容駁雜豐富，多角度地呈現了作者本人的詩學見解。

### 序

夫詩者，衆妙之華實[1]，六經之菁英。雖非聖功，妙均於聖[2]。彼天地日月，元化之淵奧[3]，鬼神之微冥，精思一搜，萬象不能藏其巧。其作用也[4]，放意須險[5]，定句須難。雖取由我衷，而得若神表。至如天真挺拔之句，與造化爭衡，可以意冥[6]，難以言狀，非作者不能知也。洎西漢以來[7]，文體四變[8]，將恐風雅寖泯[9]，輒欲商較以正其源。今從兩漢已降，至於我唐，名篇麗句，凡若干人，命曰《詩式》，使無天機者坐致天機[10]。若君子見之，庶有益於詩教矣。

### 明勢

高手述作，如登衡、巫[11]，覿三湘、鄂、鄖山川之盛[12]，縈迴盤礴，千變萬態（文體開闔作用之勢）。或極天高峙，崒焉不群[13]，氣騰勢飛，合沓相屬（奇勢在工）[14]。或脩江耿耿[15]，萬里無波，欻出高深重複之狀（奇勢牙發）。古今逸格，皆造其極妙矣。

### 明作用

作者措意[16]，雖有聲律，不妨作用，如壺公瓢中，自有天地日月[17]。時時拋鍼擲綫，似斷而復續，此爲詩中之仙，拘忌之徒[18]，非可企及矣。

### 詩有四不

氣高而不怒[19]，怒則失於風流；力勁而不露，露則傷於斤斧[20]；情多而不暗[21]，暗則蹶於拙鈍；才贍而不疎[22]，疎則損於筋脈。

### 詩有四深

氣象氤氳，由深於體勢。[23]意度盤礴，由深於作用。用律不滯，由深於聲對。用事不直，由深於義類[24]。

### 詩有二要

要力全而不苦澀[25]，要氣足而不怒張。

### 詩有四離

雖有道情，而離深僻；[26]雖欲經史，而離書生；雖尚高逸，而離迂遠；雖欲飛動，而離輕浮。

### 詩有六迷

以虛誕而爲高古；以緩慢而爲澹泞[27]；以錯用意而爲獨善[28]；以詭怪而爲新奇；以爛熟而爲穩約；以氣少力弱而爲容易[29]。

### 文章宗旨

評曰：康樂公早歲能文[30]，性穎神徹，及通内典[31]，心地更精，故所作詩，發皆造極，得非空王之道助邪[32]？夫文章，天下之公器，安敢私焉？曩者嘗與諸公論康樂爲文[33]，真於情性，尚於作用，不顧詞彩，而風流自然。彼清景當中，天地秋色，詩之量也；慶雲從風，舒卷萬狀，詩之變也。不然，何以得其格高、其氣正、其體貞、其貌古、其詞深、其才婉、其德容（一作宏）、其調逸、其聲諧哉？至如《述祖德》一章，《擬鄴中》八首，《經廬陵王墓》、《臨池上樓》，識度高明，蓋詩中之日月也，安可扳援哉？惠休所評"謝詩如芙蓉出水"[34]，斯言頗近矣。故能上躡風騷，下超魏晉。建安製作，其椎輪乎[35]？

### 取境

評曰：或云，詩不假脩飾，任其醜朴。但風韻正，天真全，即名上等。予曰：不然。無鹽闕容而有德[36]，曷若文王太姒有容而有德乎[37]？又云：不要苦思，苦思則喪自然之質。此亦不然。夫不入虎穴，焉得虎子？[38]取境之時，須至難至險，始見奇句。成篇之後，觀其氣貌，有似等閒不思而得，此高手也。有時意靜神王[39]，佳句縱橫，若不可遏，宛如神助[40]。不然，蓋由先積精思，因神王而得乎？

### 辯體有一十九字

評曰：夫詩人之思初發，取境偏高，則一首舉體便高；取境偏逸，則一首舉體便逸。才性等字亦然。體有所長，故各功歸一字。偏高、偏逸之例，直於詩體、篇目、風貌不妨。一字之下，風律外彰，體德内蘊，如車之有轂[41]，衆輻歸焉。其一十九字，括文章德體，風味盡矣，如《易》之有《象辭》焉[42]。今但注於前卷中，後卷不復備舉。其比興等六義，本乎情思，亦蘊乎十九字中，無復別出矣。

高，風韻朗暢曰高。

逸，體格閒放曰逸。

貞，放詞正直曰貞。

忠，臨危不變曰忠。

節，持操不改曰節。

志，立性不改曰志。

氣，風情耿介曰氣。

情，緣景不盡曰情[43]。

思，氣多含蓄曰思。

德，詞溫而正曰德。

誡，檢束防閑曰誡。

閑，情性疏野曰閑。

達，心跡曠誕曰達。

悲，傷甚曰悲。

怨，詞調悽切曰怨。

意，立言盤泊曰意。

力，體裁勁健曰力。

靜，非如松風不動，林狖未鳴[44]，乃謂意中之靜。

遠，非如渺渺望水，杳杳看山，乃謂意中之遠。

## 復古通變體（所謂通於變也）

評曰：作者須知復變之道，反古曰復，不滯曰變。若惟復不變，則陷於相似之格，其狀如駕驥同廄，非造父不能辨[45]。能知復變之手，亦詩人之造父也。以此相似一類，置於古集之中，能使弱手視之眩目，何異宋人以燕石爲玉璞，豈知周客嘘唧而笑哉[46]？又復變二門，復忌太過，詩人呼爲膏肓之疾[47]，安可治也？如釋氏頓教[48]，學者有沈性之失，殊不知性起之法[49]，萬象皆真。夫變若造微，不忌太過，苟不失正，亦何咎哉！如陳子昂復多而變少，沈、宋復少而變多，今代作者，不能盡舉。吾始知復變之道，豈惟文章乎？在儒爲權[50]，在文爲變，在道爲方便[51]。後輩若乏天機，强傚復古，反令思擾神沮。何則？夫不工劍術，而欲彈撫干將、大阿之鋏[52]，必有傷手之患，宜其誡之哉！

（張伯偉《全唐五代詩格彙考》，江蘇古籍出版社 2002 年版）

### ［注釋］

[1]衆妙：老子《道德經》上篇：“玄之又玄，衆妙之門。”華實：本謂花與果實，此處指精華。[2]均：等同。 [3]元化：造化。 [4]作用：本佛教術語，此處指寫作前的構思。 [5]放意須險：意同下文《取境》“取境之時，須至難至險，始見奇句”，言立意須另闢蹊徑。 [6]意冥：意會，内心契合。冥，暗合。[7]洎（jì）：及，到。 [8]文體四變：下文《李少卿並古詩十九首》云“及乎成篇，則始於李陵、蘇武二子。天予真性，發言自高，未有作用。十九首辭精義炳，婉而成章，始見作用之功”，是爲一變。《文章宗旨》云“嘗與諸公論康樂爲文，真於情性，尚於作用……”，言魏晉風度，是爲二變。《齊梁詩》云“……格雖弱，氣猶正，遠比建安，可言體變，不可言道喪”，言齊梁雕麗，是爲三變。《律詩》云“洎有唐已來，宋員外之問、沈給事佺期蓋有律詩之龜鑒也”，言唐人持律，是爲四變。 [9]寖泯：逐漸消失。寖，漸漸。 [10]天機：陸機《文賦》：“方天機之駿利，夫何紛而不理。”指文學創作時的靈感。 [11]衡：衡山，位於湖南。巫：巫山，位於四川、湖北省交界處。 [12]覿（dí）：望。三湘：湘水發源與漓水合流後稱漓湘，中游與瀟水合流後稱瀟湘，下游與蒸水合流後稱蒸湘。鄢、郢：均爲春秋時楚國都名，鄢位於今湖北省宜城縣，郢位於今湖北省江陵縣。 [13]崒（zú）：《文選》李善注：“崒，高峻貌。” [14]合沓：重疊。謝靈運《登廬山絕頂望諸嶠》：“巒隴有合沓，往來無蹤轍。” [15]脩江：長江。[16]措：籌措。 [17]“壺公”句：本事見《神仙傳》卷九《壺公》及《後漢書·方術列傳·費長房傳》，言老翁人市賣藥，市罷則跳入壺中，故名壺公，後費長房隨公入壺，見壺中“玉堂嚴麗，旨酒甘餚盈衍其中”。此處指詩人構思不受聲律所限。 [18]拘忌之徒：指作詩受聲律所拘。鍾嶸《詩品序》：“故使文多拘忌，傷其真美。” [19]怒：怒張，過激。 [20]斧斤：指利器砍削之感，生硬而不自然。 [21]暗：晦暗，濁滯。《文鏡秘府論·南·論文意》引皎然《詩議》：“是以溺情廢語，則語樸情暗。” [22]瞻：豐富。 [23]氤氲：原指陰陽之氣混合狀，《白虎通德論》卷九《嫁娶》篇云：“《易》曰：‘天地氤氲，萬物化淳。’”後指雲氣彌漫動蕩狀。體勢：《文心雕龍·

定勢》：“夫情致異區，文變殊術，莫不因情立體，即體成勢也。勢者，乘利而爲制也。如機發矢直，澗曲湍回，自然之趣也。圓者規體，其勢也自轉；方者矩形，其勢也自安，文章體勢，如斯而已。”　［24］義類：《文心雕龍·比興》：“故金錫以喻明德，珪璋以譬秀民，螟蛉以類教誨，蜩螗以寫號呼，澣衣以擬心憂，席卷以方志固，凡斯切象，皆比義也；至如麻衣如雪，兩驂如舞，若斯之類，皆比類者也。”可見“義”指事物的内涵及隱喻，“類”指事物的外在形態。　［25］力全：力足。皎然《讀張曲江集》：“體正力已全。”　［26］道情：得道之心。皎然《杼山上峰和顔使君真卿袁侍卿五韻得印字仍期明日登開元寺樓之會》：“道情寄遠岳，放曠臨千仞。”《觀玄真子畫洞庭三山歌》：“道流跡異人共驚，寄向畫中觀道情。”　［27］澹泞：淡泊，沖淡。　［28］錯用意：本佛教術語，指背離正道的邪思。錯：乖，背離。　［29］容易：《詩人玉屑》引《金針詩格》：“命題立意，援筆立成，歸於容易之句；命題用意，求之不得，歸於苦求之句。”這裏所説的容易，指作者厚積薄發、水到渠成之作，非淺薄之人所作俗語可比。　［30］康樂公：即謝靈運，謝玄孫，康樂公爲世襲封號。　［31］内典：指佛經。謝靈運曾參與整理《大般涅槃經》，應爲此處所指。　［32］空王：指佛。　［33］曩者：從前。　［34］惠休所評：語本鍾嶸《詩品》：“湯惠休曰：‘謝詩如芙蓉出水，顔詩如錯彩鏤金。’”　［35］椎輪：無輻無輞、以原木爲輪的原始車輛。蕭統《文選》序云：“椎輪爲大輅之始，大輅寧有椎輪之質？”以喻事物之始。　［36］無鹽：《列女傳》載：“鍾離春者，齊無鹽邑之女，宣王之正后也。其爲人極醜無雙……自詣宣王……拜無鹽君爲后。而齊國大安者，醜女之力也。”　［37］太姒：《列女傳》載：“太姒者，武王之母……仁而明道，文王嘉之，親迎於渭。”　［38］不入虎穴，焉得虎子：班超語，出劉珍《東觀漢記》卷十六《班超傳》：“不探虎穴，不得虎子。”唐僧齊己詩《寄鄭谷郎中》有“覓句如探虎”句。　［39］意静：指心靈的澄澈寧静，《文心雕龍·神思》：“陶鈞文思，貴在虚静。”神王：王，通“旺”。言精氣旺盛。皎然《玄真子畫武城讚》：“玄真跌宕，筆狂神王。”　［40］神助：鍾嶸《詩品》引《謝氏家録》云：“康樂每對惠連，輒得佳語。後在永嘉西堂，思詩竟日不就，寤寐間忽見惠連，即成‘池塘生春草’。故嘗云‘此語有神助，非我語也’。”　［41］轂：車輪中心的圓木，聯結車輻，中有孔以插軸。　［42］《彖辭》：《易》卦下之卦辭，總論此卦之義。　［43］緣景：本佛教術語，此處指詩人觸景生情、以景抒情。皎然《秋日遥和盧使君》：“詩情緣境發，法性寄筌空。”　［44］狖（yòu）：長尾猨。　［45］造父：《管子·形勢解》載：“造父，善馭馬者也，善視其馬，節其飲食，度量馬力，審其足走，故能取遠道而馬不罷。”　［46］“宋人”句：《後漢書·應劭傳》載：“昔鄭人以乾鼠爲璞，鬻之於周。宋愚夫亦寶燕石，緹緗十重，夫覩之者掩口盧胡而笑。”此處應爲皎然誤記。　［47］膏肓之疾：《左傳·成公十年》：“公疾病，求醫於秦，秦伯使醫緩爲之。未至，公夢疾爲二豎子，曰：‘彼良醫也，懼傷我，焉逃之？’其一曰：‘居肓之上，膏之下，若我何？’醫至，曰：‘疾不可爲也，在肓之上，膏之下，攻之不可，達之不及，藥不至焉，不可爲也。’”指不治之症。　［48］頓教：佛教分爲頓、漸二教，以不經修行而頓悟佛法爲頓教。　［49］性起：佛教中對世間萬象的源起有兩種理解：一是緣起，即因緣決定萬物的生滅；二是性起，即萬物均由其自性主宰。　［50］權：因變制宜曰權。《公羊傳·桓公十一年》：“權者何？權者，反於經然後有善者也。”　［51］方便：佛教術語，指以因人而異的靈活之法傳道。《五燈會元·釋迦牟尼佛》云：“先歷試邪法，示諸方便，發諸異見，令至菩提。”　［52］彈：擊。撫：按。干將、大阿：均爲古寶劍名。干將爲春秋時吳人干將與其妻莫邪所鑄；大阿，即太阿，爲吳人歐治子與干將所鑄。鋏：劍柄。

## 史料選

### 皎然《詩式》（節選）

**用事**

評曰：詩人皆以徵古爲用事，不必盡然也。今且於六義之中，略論比興。取象曰比，取義曰興。義即象下之意。凡禽魚、草木、人物、名數，萬象之中義類同者，盡入比興，《關雎》即其義也。如陶公以"孤雲"比"貧士"，鮑照以"直"比"朱絲"，以"清"比"玉壺"。時人呼比爲用事，呼用事爲比。如陸機詩："鄙哉牛山歎，未及至人情。爽鳩苟已徂，吾子安得停？"此規諫之忠，是用事，非比也。如康樂公詩："偶與張、邴合，久欲歸東山。"此敍志之忠，是比，非用事也。詳味可知。

**王仲宣七哀**

評曰：仲宣詩云："出門無所見，白骨蔽平原。路有饑婦人，抱子棄草間。顧聞號泣聲，揮涕獨不還。未知身死處，何能兩相完。驅馬棄之去，不忍聽此言。"此中事在耳目，故傷見乎辭。及至"南登灞陵岸，回首望長安"，察思則已極，覽辭則不傷，一篇之功，併在於此。使今古作者味之無厭，末句因"南登灞陵岸"、"悟彼下泉人"，蓋以逝者不返，吾將何親，故有"傷心肝"之歎。沈約云："不傍經史，直舉胸臆。"吾許其知詩者也。如此之流，皆名爲上上逸品者矣。

**齊梁詩**

評曰：夫五言之道，惟工惟精。論者雖欲降殺齊梁，未知其旨。若據時代，道喪幾之矣，詩人不用此論。何也？如謝吏部詩"大江流日夜，客心悲未央"，柳文暢詩"太液滄波起，長楊高樹秋"，王元長詩"霜氣下孟津，秋風度函谷"，亦何減於建安？若建安不用事，齊梁用事，以定優劣，亦請論之。如王筠詩："王生臨廣陌，潘子赴黃河"，庾肩吾詩："秦王觀大海，魏帝逐飄風"，沈約詩："高樓切思婦，西園游上才。"格雖弱，氣猶正。遠比建安，可言體變，不可言道喪。大曆中，詞人多在江外。皇甫冉、嚴維、張繼、劉長卿、李嘉祐、朱放，竊佔青山、白雲、春風、芳草以爲己有。吾知詩道初喪，正在於此，何得推過齊梁作者？迄今餘波尚寖，後生相倣，没溺者多。大曆末年，諸公改轍，蓋知前非也。如皇甫冉《和王相公玩雪詩》："連營鼓角動，忽似戰桑乾。"嚴維《代宗挽歌》："波從少海息，雲自大風開。"劉長卿《山鸜鵒歌》："青雲杳杳無力飛，白露蒼蒼抱枝宿。"李嘉祐《少年行》："白馬撼金珂，紛紛侍從多。身居驃騎幕，家近滹沱河。"張繼《詠鏡》："漢月經時掩，胡塵與歲深。"朱放詩："愛彼雲外人，來取澗底泉。"已上諸公，方於南朝張正見、何胥、徐摛、王筠，吾無間然矣。

（張伯偉《全唐五代詩格彙考》，江蘇古籍出版社 2002 年版）

## 皎然《秋日遥和盧使君遊柯山寺宿敒上人上方論涅槃經義》

江郡當秋景，期將道者同。跡高憐竹寺，夜靜賞蓮宮。古磬清霜下，寒山曉月中。詩情緣境法，法性寄筌空。翻譯推南本，何人繼謝公？

（《四部叢刊初編》集部《皎然集》卷一）

## 殷璠《河嶽英靈集序》

叙曰，夫文有神來、氣來、情來，有雅體、野體、鄙體、俗體。編紀者能審鑒諸體，委詳所來，方可定其優劣，論其取捨。至如曹、劉詩多直語，少切對，或五字並側，或十字俱平，而逸駕終成。然挈瓶肩受之流，責古人不辨宮商徵羽，詞句質素，恥相師範。於是攻異端，妄穿鑿，理則不足，言常有餘，都無興象，但貴輕艷。雖滿篋笥，將何用之？

自蕭氏以還，尤增矯飾。武德初，微波尚在。貞觀末，標格漸高。景雲中，頗通遠調。開元十五年後，聲律風骨始備矣。實由主上惡華好樸，去偽從真，使海内詞場，翕然尊古，南風周雅，稱聞今日。

璠不揆，竊嘗好事，願刪略群才，贊聖朝之美。爰因退跡，得遂宿心。粵若王維、昌齡、儲光羲等二十四人，皆河嶽英靈也。此集便以《河嶽英靈》爲號。詩二百三十四首，分爲上下卷。起甲寅，終癸巳。論次於序，品藻各冠篇額。如名不副實，才不合道，縱權壓梁竇，終無取焉。

（王克讓《河嶽英靈集注》，巴蜀書社 2006 年版）

## 權德輿《送靈澈上人廬山迴歸沃洲序》

昔廬山遠公、鐘山約公皆以文章廣心地，用贊後學，俾學者乘理以詣，因言而悟，得非元津之一派乎？吳興長老晝公（皎然），掇六義之清英，首冠方外，入其室者，有沃洲靈澈上人。上人心冥空無，而跡寄文字，故語甚夷易，如不出常境，而諸生思慮，終不可至。其變也，如松風相韻，冰玉相叩，層峯千仞，下有金碧，聳鄙夫之目，初不敢眠。三復則淡然天和，晦於其中，故睹其容覽其詞者，知其心不待境靜而靜。況會稽山水，自古絶勝，東晉逸民多遺身世於此。夏五月，上人自鑪峯言旋，復於是邦。予知夫拂方袍，坐輕舟，泝沿鏡中，靜得佳句，然後深入空寂，萬慮洗然，則嚮之境物，又其稊稗也。鄙人方景慕企尚之不暇，焉敢以離羣爲歎。

（董誥《全唐文》卷四百九十三，中華書局 1983 年版）

## 劉禹錫《澈上人文集紀》（節選）

初上人在吳興居何山，與晝公爲侶。皎然字晝，時以字行。時予方以兩髦執筆硯，陪其吟詠，皆曰孺子可教。後相遇於京、洛，與支、許之契焉。上人沒後十七年，予爲吳郡，其門人秀峯捧先師之文來乞詞以志，且曰：“師嘗在吳，賦詩僅二千首。今删取三百篇，勒爲十卷，自大曆至元和凡五十年間，接詞客聞人唱酬別爲十卷。今也思行乎昭世，求一言羽翼之。”因爲評曰：世之言詩僧多出江左，靈一導其源，護國襲之。清江揚其波，法振沿之。如么絃孤韻，瞥入人耳，非大樂之音。獨吳興晝公能備衆體，晝公後澈公承之。至如《芙蓉園新寺詩》云：“經來白馬寺，僧到赤烏年。”《謫汀洲》云：“青蠅爲弔客，黃犬寄家書。”可謂入作者閫城，豈特雄於詩僧間邪！

（瞿蛻園《劉禹錫集箋證》卷十九，上海古籍出版社 1989 年版）

## 辛文房《唐才子傳·皎然上人》

皎然，字清晝，吳興人。俗姓謝，宋靈運之十世孫也。初入道，肄業杼山，與靈徹、陸羽同居妙喜寺。羽於寺傍創亭，以癸丑歲癸卯朔癸亥日落成，湖州刺史顏真卿名以“三癸”，皎然賦詩，時稱“三絶”。真卿嘗於郡齋集文士撰《韻海鏡源》，預其論著，至是聲價藉甚。貞元中，集賢御書院取高僧集上人文十卷藏之。刺史于頔爲之序。李端在匡嶽，依止稱門生，一時名公俱相友善，題云“晝上人”是也。時韋應物以古淡矯俗，公嘗擬其格，得數解爲贊，韋心疑之。明日，又錄舊製以見，始被領略，曰：“人各有長，蓋自天分。子而爲我，失故步矣。但以所詣，自名可也。”公心服之。往時住西林寺，定餘多暇，因撰序作詩體式，兼評古今人詩，爲《晝公詩式》五卷，及撰《詩評》三卷，皆議論精當，取捨從公，整頓狂瀾，出色騷雅。公性放逸，不縛於常律。初房太尉琯早歲隱終南峻壁之下，往往聞湫中龍吟，聲清而靜，滌人邪想。時有僧潛夏三金以寫之，惟銅酷似。房公往來，他日至山寺，聞林嶺間有聲，因命僧出其器，歎曰：“此真龍吟也。”大曆間，有秦僧傳至桐江，皎然戛銅椀効之，以警深寂。緇人有獻譏者，公曰：“此達僧之事，可以嬉禪。爾曹胡凝滯於物，而以瑣行自拘耶？”時人高之。公外學超然，詩興閑適，居第一流、第二流不過也。詩集十卷。

（傅璇琮主編，《唐才子傳校箋》卷四，中華書局 1987 年版）

# 韓 愈

## 答李翊書[1]

[解題]

韓愈(768—824),字退之,河陽(今河南孟縣)人,世稱韓昌黎。唐貞元八年(792)進士,官至吏部侍郎,卒謚"文"。有《昌黎先生文集》四十卷、《外集》十卷。《舊唐書》卷一百六十、《新唐書》卷一百七十六有傳。

唐代古文運動的源起最早可追溯至隋代,隋文帝曾頒佈"公私文翰,並宜實錄"的詔令,大臣李諤的《上隋高帝革文華書》與大儒王通的《文中子》均表現出對六朝駢儷文的鄙斥與革新文體的需求。唐初陳子昂大力革新文風,"天下翕然,質文一變"(盧藏用《右拾遺陳子昂文集序》)。然而六朝文風盤踞文壇數百年之久,可謂積重難返。直至安史之亂前後,帝國由盛轉衰進入中唐,爲振興國運,政治改革亟需文學革新作爲助力,唐代古文運動才真正由蕭穎士、李華、獨孤及、元結、梁肅、柳冕等拉開序幕。韓愈作爲這場盛大運動的中心,以書信往來、序表雜記等形式提出了許多有振聾發聵之效的文學理論,本篇即是其中重要的一篇。

本篇的主要觀點有三個。首先,韓愈認爲文學創作必然植根於作家自身的道德修養,即所謂"仁義之人,其言藹如也",其具體表現正是著名的"氣盛言宜"說。這是韓愈在對孟子"養氣説"的繼承基礎上的理論創設。需要注意的是,韓愈所説的"氣"與曹丕"文以氣爲主"的"氣"内涵並不重合,後者主要指作家的個性在其文學作品中的體現。其次,韓愈指出學習古文的路徑,"非三代兩漢之書不敢觀,非聖人之志不敢存","行之乎仁義之途,游之乎詩書之源",他認爲對古書的鑽研與對自身涵養的修煉都是不可或缺的。他還提及學習過程中必將面臨的困難,鼓勵後人學之而"無迷其途,無絶其源",即使面對旁人的嗤笑嘲諷,也要終身不改其志。同時,在學習古文的方法上,韓愈強調"唯陳言之務去","師其意,不師其辭","能自樹立,不因循是也"(《答劉正夫書》),反對因循守舊、一味沿襲古人,要求"詞必己出","不襲蹈前人一言一句",提倡文學創作中的創新。

王禹偁評價韓愈爲"近世爲古文之主者"(《答張扶書》)。蘇軾《韓文公廟碑》云："自東漢以來，道喪文弊，異端並起，歷唐貞觀、開元之盛，輔以房、杜、姚、宋而不能救。獨韓文公起布衣，談笑而麾之，天下靡然從公，復歸於正。蓋三百年於此矣。文起八代之衰，而道濟天下之溺，忠犯人主之怒，而勇奪三軍之帥，豈非參天地，關盛衰，浩然而獨存者乎！"韓愈以其自身創作實踐了他的文學理論，不僅將唐代古文運動推至高潮，還對後世文學和文論的發展留下了深刻的影響，是無愧於如此盛譽的。

六月二十六日愈白：李生足下：生之書辭甚高，而其問何下而恭也！能如是，誰不欲告生以其道[2]。道德之歸也有日矣[3]，況其外之文乎？抑愈所謂望孔子之門牆而不入於其宮者[4]，焉足以知是且非邪？雖然，不可不爲生言之。

生所謂立言者是也；生所爲者與所期者甚似而幾矣。[5]抑不知生之志蘄勝於人而取於人邪？[6]將蘄至於古之立言者邪？蘄勝於人而取於人，則固勝於人而可取於人矣[7]；將蘄至於古之立言者，則無望其速成，無誘於勢利，養其根而竢其實，加其膏而希其光[8]。根之茂者其實遂，膏之沃者其光曄；仁義之人，其言藹如也。[9]

抑又有難者：愈之所爲，不自知其至猶未也，雖然，學之二十餘年矣。始者非三代兩漢之書不敢觀，非聖人之志不敢存，處若忘，行若遺，儼乎其若思，茫乎其若迷。[10]當其取於心而注於手也，惟陳言之務去，戛戛乎其難哉[11]。其觀於人，不知其非笑之爲非笑也[12]。如是者亦有年，猶不改，然後識古書之正僞，與雖正而不至焉者，昭昭然白黑分矣[13]，而務去之，乃徐有得也[14]。當其取於心而注於手也，汩汩然來矣[15]。其觀於人也，笑之則以爲喜，譽之則以爲憂[16]，以其猶有人之説者存也。如是者亦有年，然後浩乎其沛然矣[17]。吾又懼其雜也，迎而距之，平心而察之，其皆醇也，然後肆焉。[18]雖然，不可以不養也。行之乎仁義之途，游之乎詩書之源，無迷其途，無絕其源，終吾身而已矣。

氣[19]，水也；言[20]，浮物也。水大而物之浮者大小畢浮，氣之與言猶是也，氣盛則言之短長與聲之高下者皆宜。雖如是[21]，其敢自謂幾於成乎？雖幾於成，其用於人也奚取焉[22]？雖然，待用於人者，其肖於器邪[23]？用與舍屬諸人[24]。君子則不然：處心有道，行己有方；用則施諸人，舍則傳諸其徒，垂諸文而爲後世法[25]：如是者，其亦足樂乎？其無足樂也？

有志乎古者希矣！[26]志乎古必遺乎今，吾誠樂而悲之[27]。亟稱其人[28]，所以勸之[29]，非敢褒其可褒而貶其可貶也。問於愈者多矣，念生之言不志乎利，聊相爲言之[30]。愈白。

(馬其昶《韓昌黎文集校注》卷三，上海古籍出版社 1987 年版)

## ［注釋］

[1]李翊(生卒年不詳)：唐貞元十八年(802)進士。本文作於貞元十七年(801)。韓愈《與祠部陸員外書》："……李翊者，或文或行，皆出群之才也。"《五百家注韓昌黎集》引樊汝霖："李翊或作李翱。"吳汝綸云："當依別本作答李翱，篇中所論，翊不足與聞。"李翱(772—841)：字習之，唐貞元十四年(798)進士，官至山南東道節度使。韓愈門生。有《李文公集》十卷。《舊唐書》卷一百六十、《新唐書》卷一百七十七有傳。 [2]道：包含儒家的仁義與爲文之道。 [3]有日：指日可待。 [4]抑：不过，只是。望孔子之門牆而不入於其宫：語本《論語・子張》："子貢曰：譬之宫牆，賜之牆也及肩，窺見室家之好。夫子之牆數仞，不得其門而入，不見宗廟之美，百官之富。" [5]立言者：語本《左傳・襄公二十四年》："太上有立德，其次有立功，其次有立言。"幾：接近。 [6]蘄(qí)：通"祈"，求。取於人：爲人所取。 [7]固：本來。 [8]俟：等待。膏：油，此處以燈火爲喻。 [9]遂：長成。曄：明亮。藹如：和順而善美。 [10]三代兩漢：三代指夏、商、周，兩漢指西、東兩漢。處：行止。儼乎：莊重貌。 [11]陳言：陳詞濫調，兼指文意與文辭。戞戞：形容艱難。 [12]非笑：非難，譏笑。 [13]有年：經年。不至焉者：未盡善盡美者。昭昭然：清晰分明貌。 [14]徐：緩慢，逐漸。 [15]汩汩然：水急流狀，此處以喻文思勃發如泉涌。 [16]譽：讚譽。 [17]沛然：豐盛充沛貌，此處以喻文氣雄奇壯偉。 [18]距：通"拒"。醇：純正。肆：放縱，此處指縱筆直書。 [19]氣：指文氣。 [20]言：指文章。 [21]雖：即使。 [22]奚：疑問代詞，同"何"。 [23]肖：相似。 [24]屬：取決於，歸屬於。 [25]道：與下文的"方"互文，指原則與規範。垂：流傳後世。法：效法。 [26]古：兼指古文與古道。希：通"稀"，少。 [27]遺：棄。誠：確實，的確。 [28]亟(qì)：屢次，一再。稱：稱讚。 [29]勸：勉勵。 [30]聊：姑且。

## 史料選

### 韓愈《答尉遲生書》

愈白：尉遲生足下：夫所謂文者，必有諸其中，是故君子慎其實；實之美惡，其發也不掩：本深而末茂，形大而聲宏，行峻而言厲，心醇而氣和，昭晰者無疑，優游者有餘；體不備不可以爲成人，辭不足不可以爲成文。愈之所聞者如是，有問於愈者，亦以是對。今吾子所爲皆善矣，謙謙然若不足而以徵於愈，愈又敢有愛於言乎？抑所能言者，皆古之道，古之道不足以取於今，吾子何其愛之異也？

賢公卿大夫在上比肩，始進之賢士在下比肩，彼其得之必有以取之也。子欲仕乎？其往問焉，皆可學也。若獨有愛於是而非仕之謂，則愈也嘗學之矣，請繼今以言。

### 韓愈《答劉正夫書》

愈白進士劉君足下：辱牋教以所不及，既荷厚賜，且愧其誠然。幸甚，幸甚！

　　凡舉進士者,於先進之門何所不往,先進之於後輩,苟見其至,寧可以不答其意邪?來者則接之,舉城士大夫莫不皆然,而愈不幸獨有接後輩名:名之所存,謗之所歸也。

　　有來問者,不敢不以誠答。或問爲文宜何師?必謹對曰:宜師古聖賢人。曰:古聖賢人所爲書具存,辭皆不同,宜何師?必謹對曰:師其意,不師其辭。又問曰:文宜易宜難?必謹對曰:無難易,惟其是爾。如是而已,非固開其爲此,而禁其爲彼也。

　　夫百物朝夕所見者,人皆不注視也;及覩其異者,則共觀而言之。夫文豈異於是乎?漢朝人莫不能爲文,獨司馬相如、太史公、劉向、揚雄爲之最。然則用功深者,其收名也遠;若皆與世沈浮,不自樹立,雖不爲當時所怪,亦必無後世之傳也。足下家中百物皆賴而用也,然其所珍愛者,必非常物。夫君子之於文,豈異於是乎?今後進之爲文,能深探而力取之以古聖賢人爲法者,雖未必皆是;要若有司馬相如、太史公、劉向、揚雄之徒出,必自於此,不自於循常之徒也。若聖人之道不用文則已,用則必尚其能者;能者非他,能自樹立,不因循者是也。有文字來,誰不爲文,然其存於今者,必其能者也。顧常以此爲説耳。

　　愈於足下忝同道而先進者,又常從遊於賢尊給事,既辱厚賜,又安得不進其所有以爲答也。兄下以爲何如?愈白。

## 韓愈《送孟東野序》

　　大凡物不得其平則鳴:草木之無聲,風撓之鳴;水之無聲,風蕩之鳴。其躍也或激之,其趨也或梗之,其沸也或炙之;金石之無聲,或擊之鳴。人之於言也亦然:有不得已者而後言,其歌也有思,其哭也有懷,凡出乎口而爲聲者,其皆有弗平者乎!樂也者,鬱於中而泄於外者也;擇其善鳴者而假之鳴。金、石、絲、竹、匏、土、革、木八者,物之善鳴者也。維天之於時也亦然,擇其善鳴者而假之鳴;是故以鳥鳴春,以雷鳴夏,以蟲鳴秋,以風鳴冬,四時之相推敚,其必有不得其平者乎!

　　其於人也亦然:人聲之精者爲言,文辭之於言,又其精也,尤擇其善鳴者而假之鳴。其在唐虞,咎陶、禹其善鳴者也,而假以鳴;夔弗能以文辭鳴,又自假於《韶》以鳴;夏之時,五子以其歌鳴;伊尹鳴殷;周公鳴周:凡載於《詩》、《書》六藝,皆鳴之善者也。周之衰,孔子之徒鳴之,其聲大而遠。傳曰:"天將以夫子爲木鐸。"其弗信矣乎!其末也,莊周以其荒唐之辭鳴。楚大國也,其亡也,以屈原鳴。臧孫辰、孟軻、荀卿以道鳴者也,楊朱、墨翟、管夷吾、晏嬰、老聃、申不害、韓非、慎到、田駢、鄒衍、尸佼、孫武、張儀、蘇秦之屬,皆以其術鳴。秦之興,李斯鳴之。漢之時,司馬遷、相如、揚雄,最其善鳴者也。其下魏、晉氏,鳴者不及於古,然亦未嘗絕也。就其善者,其聲清以浮,其節數以急,其辭淫以哀,其志弛以肆,其爲言也,亂雜而無章。將天醜其德莫之顧邪?何爲乎不鳴其善鳴者也?

唐之有天下,陳子昂、蘇源明、元結、李白、杜甫、李觀,皆以其所能鳴。其存而在下者,孟郊東野,始以其詩鳴;其高出魏晉,不懈而及於古,其他浸淫乎漢氏矣。從吾遊者,李翱、張籍其尤也,三子者之鳴信善矣,抑不知天將和其聲,而使鳴國家之盛邪?抑將窮餓其身,思愁其心腸,而使自鳴其不幸邪?三子者之命,則懸乎天矣。其在上也奚以喜,其在下也奚以悲!

東野之役於江南也,有若不釋然者,故吾道其命於天者以解之。

## 韓愈《荊潭唱和詩序》

從事有示愈以《荊潭酬唱詩》者,愈既受以卒業,因仰而言曰:

夫和平之音淡薄,而愁思之音要妙;讙愉之辭難工,而窮苦之言易好也。是故文章之作,恒發於羈旅草野;至若王公貴人氣滿志得,非性能而好之,則不暇以爲。今僕射裴公開鎮蠻荊,統郡惟九;常侍楊公領湖之南壤地二千里,德刑之政並勤,爵禄之報兩崇。乃能存志乎詩書,寓辭乎詠歌,往復循環,有唱斯和,搜奇抉怪,雕鏤文字,與韋布里閭憔悴專一之士較其毫釐分寸,鏗鏘發金石,幽眇感鬼神,信所謂材全而能鉅者也。兩府之從事與部屬之吏屬而和之,苟在編者咸可觀也,宜乎施之樂章,紀諸冊書。

從事曰:子之言是也。告於公,書以爲《荊潭唱和詩序》。

## 韓愈《南陽樊紹述墓誌銘》

樊紹述既卒,且葬,愈將銘之,從其家求書,得書號《魁紀公》者三十卷,曰《樊子》者又三十卷,《春秋集傳》十五卷,表、牋、狀、策、書、序、傳、記、紀、誌、説、論、今文讚、銘,凡二百九十一篇,道路所遇及器物門里雜銘二百二十,賦十,詩七百一十九。曰:多矣哉!古未嘗有也。然而必出於己,不襲蹈前人一言一句,又何其難也!必出入仁義,其富若生蓄萬物,必具海含地負、放恣橫從,無所統紀;然而不煩於繩削而自合也。嗚呼!紹述於斯術,其可謂至於斯極者矣!

生而其家貴富,長而不有其藏一錢。妻子告不足,顧且笑曰:"我道蓋是也。"皆應曰:"然。"無不意滿。嘗以金部郎中告哀南方,還言某師不治,罷之,以此出爲綿州刺史。一年,徵拜左司郎中,又出刺絳州。綿、絳之人,至今皆曰:"於我有德。"以爲諫議大夫,命且下,遂病以卒。年若干。

紹述諱宗師,父諱澤,嘗師襄陽、江陵,官至右僕射,贈某官。祖某官,諱泳。曰祖及紹述三世,皆以軍謀堪將帥策上第以進。

紹述無所不學,於辭於聲天得也,在衆若無能者。嘗與觀樂,問曰:"何如?"

曰："後當然。"已而果然。銘曰：

惟古於詞必己出，降而不能乃剽賊，後皆指前公相襲，從漢迄今用一律。寥寥久哉莫覺屬，神徂聖伏道絕塞。既極乃通發紹述，文從字順各識職。有欲求之此其躅。

（以上據馬其昶《韓昌黎文集校注》，上海古籍出版社 1987 版）

### 蘇軾《潮州韓文公廟碑》

匹夫而爲百世師，一言而爲天下法。是皆有以參天地之化，關盛衰之運。其生也有自來，其逝也有所爲。故申呂自嶽降，傅説爲列星，古今所傅，不可誣也。孟子曰："吾善養吾浩然之氣。是氣也，寓於尋常之中，而塞乎天地之間。"卒然遇之，則王公失其貴，晉楚失其富，良、平失其智，賁、育失其勇，儀、秦失其辯，是孰使之然哉？其必有不依形而立，不恃力而行，不待生而存，不隨死而亡者矣。故在天爲星辰，在地爲河嶽，幽則爲鬼神，而明則復爲人。此理之常，無足怪者。

自東漢以來，道喪文弊，異端並起，歷唐貞觀、開元之盛，輔以房、杜、姚、宋而不能救。獨韓文公起布衣，談笑而麾之，天下靡然從公，復歸於正，蓋三百年於此矣。文起八代之衰，而道濟天下之溺，忠犯人主之怒，而勇奪三軍之帥。豈非參天地，關盛衰，浩然而獨存者乎！蓋嘗論天人之辨，以謂人無所不至，惟天不容偽。智可以欺王公，不可以欺豚魚。力可以得天下，不可以得匹夫匹婦之心。故公之精誠，能開衡山之雲，而不能回憲宗之惑。能馴鱷魚之暴，而不能弭皇父甫、李逢吉之謗。能信於南海之民，廟食百世，而不能使其身一日安於朝廷之上。蓋公之所能者，天也；其所不能者，人也。

始，潮人未知學，公命進士趙德爲之師。自是潮之士，皆篤於文行，延及齊民，至于今，號稱易治。信乎孔子之言："君子學道則愛人，小人學道則易使也。"潮人之事公也，飲食必祭，水旱疾疫，凡有求必禱焉。而廟在刺史公堂之後，民以出入爲艱。前守欲請諸朝作新廟，不果。元祐五年，朝散郎王君滌來守是邦，凡所以養士治民者，一以公爲師。民既悦服，則出令曰："願新公廟者聽。"民讙趨之。卜地於州之城南七里，期年而廟成。

或曰："公去國萬里，而謫于潮，不能一歲而歸，没而有知，其不眷戀于潮，審矣。"軾曰："不然，公之神在天下者，如水之在地中，無所往而不在也。而潮人獨信之深，思之至，焄蒿悽愴，若或見之。譬如鑿井得泉，而曰水專在是，豈理也哉！"元豐七年，詔封公昌黎伯，故榜曰昌黎伯韓文公之廟。潮人請書其事于石，因爲作詩以遺之，使歌以祀公。其詞曰：

公昔騎龍白雲鄉，手扶雲漢分天章，天孫爲織雲錦裳。飄然乘風來帝旁，下與濁世掃秕糠，西游咸池畧扶桑。草木衣被昭回光，追逐李、杜參翱翔，汗流籍、湜走且僵。滅没倒景不可望，作書詆佛譏君王，要觀南海窺衡湘。歷舜九疑吊英皇，祝融先驅海若藏，約束蛟鰐如驅羊。鈞天無人帝悲傷，謳吟下招遣巫陽，爝牲雞卜羞我觴。於粲荔丹與蕉黄，公不少留我涕滂，翩然被髮下大荒。

（《蘇軾文集》第十七卷，中華書局1986年版）

### 劉熙載《藝概·文概》（節選）

昌黎接孟子知言養氣之傳，觀《答李翊書》，學養並言可見。

昌黎謂"仁義之人，其言藹如"，蘇老泉以孟、韓爲"温醇"，意蓋隱合。

說理論事，涉於遷就，便是本領不濟。看昌黎文，老實説出緊要處，自使用巧騁奇者望之辟易。

韓文起八代之衰，實集八代之成。蓋惟善用古者能變古，以無所不包，故能無所不掃也。

八代之衰，其文内竭而外侈；昌黎易之以萬怪惶惑、抑遏蔽掩，在當時真爲補虛消腫良劑。

昌黎論文曰"惟其是爾"。余謂"是"字注脚有二：曰正，曰真。

昌黎以"是"、"異"二字論文，然二者仍須合一。若不"異"之"是"，則庸而已；不"是"之"異"，則妄而已。

昌黎自言，"約六經之旨而成文"。"旨"字專以本領言，不必其文之相似。故雖於《莊》、《騷》、太史、子雲、相如之文博取兼資，其約經旨者自在也。陸傪見李習之《復性書》曰："子之言，尼父之心也。"亦不以文似孔子而云然。

昌黎謂柳州文"雄深雅健，似司馬子長"。觀此評，非獨可知柳州，并可知昌黎所得於子長處。

論文或專尚指歸，或專尚氣格，皆未免著於一偏。《舊唐書·韓愈傳》"經誥之指歸，遷、雄之氣格"二語，推韓之意以爲言，可謂觀其備矣。

昌黎文兩種，皆於《答尉遲生書》發之：一則所謂"昭晰者無疑"，"行峻而言厲"是也；一則所謂"優游者有餘"，"心醇而氣和"是也。

昌黎自言其文亦時有感激怨懟奇怪之辭，揚子雲便不肯作此語。此正韓之胸襟坦白高出於揚，非不及也。

昌黎尚陳言務去。所謂陳言者，非必勦襲古人之説以爲己有也，只識見議論落於凡近，未能高出一頭，深入一境，自"結撰至思"者觀之，皆陳言也。

文或結實，或空靈，雖各有所長，皆不免著於一偏。試觀韓文，結實處何嘗不空靈，空靈處何嘗不結實。

昌黎曰："學所以爲道，文所以爲理耳。"又曰："愈之所志於古者，不惟其辭之好，好其道焉耳。"東坡稱公"文起八代之衰，道濟天下之溺"，文與道豈判然兩事乎哉！

昌黎論文之旨，於《答尉遲生書》見之，曰："君子慎其實。"柳州論文之旨，於《報袁君陳秀才書》見之，曰："大都文以行爲本，在先誠其中。"

昌黎之文如水，柳州之文如山，"浩乎"、"沛然"，"曠如"、"奧如"，二公殆各有會心。

昌黎答劉正夫問文曰："無難易，惟其是而已。"李習之《答王載言書》曰："其愛難者，則曰文章宜深不當易；其愛易者，則曰文章宜通不當難，此皆情有所偏滯而不流，未識文章之所主也。"於此見兩公文一脈相通矣。

昌黎文意思來得硬直，歐、曾來得柔婉。硬直見本領，柔婉正復見涵養也。

（劉熙載《藝概》，上海古籍出版社 1978 年版）

# 司空圖

## 二十四詩品

[解題]

　　司空圖(837—908),字表聖,祖籍臨淮(今安徽泗縣東南),幼時随家遷居至河中虞鄉(今山西永濟)。唐懿宗咸通十年(869)應試,擢進士上第,官知制誥、中書舍人。黄巢起義後,隱居於中條山王官谷。唐昭宗即位,先後數次召其入朝,拜舍人、諫議大夫、户部侍郎、兵部侍郎等職,均以老病堅辭不受。天復四年(904),朱全忠扶持朝政,召圖爲禮部尚書,圖佯裝老朽不任事,被放還。開平二年(908),哀帝被弑,朱温代唐,圖絶食而卒,終年七十二歲。著有《司空表聖文集》十卷,《詩集》三卷,《舊唐書》有傳。

　　在中國古代文學批評史上,“詩品”一例源自鍾嶸,其《詩品》要在評論詩人品第,辨析源流,而《二十四詩品》則重在品評詩歌的各種風格特點和表現手法,在内容、旨趣上較《詩品》有很大差别,形式上延續了論詩詩的批評體式,並且以四言詩論詩,語言優美、特點鮮明,這與《詩品》更是大異其趣。

　　《二十四詩品》列舉了多種詩歌風格,作者在詩歌藝術表現上不主故常,多種風格特色能够保證詩歌这一體裁的創作活力,因而文中所論的各種風格,在作者看來並无好壞高低之别。作者以優美、形象的筆調,既描繪出“雄渾”、“沈著”、“高古”、“勁健”、“豪放”、“悲慨”等富有力度和沉重感的風格,同時又展現出“沖淡”、“纖穠”、“典雅”、“綺麗”、“自然”、“含蓄”等輕靈、柔婉的詩歌特點。這説明《二十四詩品》在詩歌風格上主張多樣化,千人一面的創作方式只會使詩歌的路子越走越窄。

　　儘管《二十四詩品》並未直接點明“意境”的重要作用,但從具體内容來看,“意境”實是作者極爲重視的詩歌要素。《雄渾》中説:“超以象外,得其環中。”《含蓄》中説:“不著一字,盡得風流。”言下之意即是詩歌要具有超於物象、文字之外的深層意義和境界。這與司空圖《與王駕評詩書》“思與境偕”、《與李生論詩書》

"近而不浮,遠而不盡"、《與極浦書》"象外之象,景外之景"諸言論同一機杼。此外,《二十四詩品》本身就意境十足,如"月出東斗,好風相從","落花無言,人淡如菊","悠悠空塵,忽忽海漚",等等,可説是對"意境"這一詩論主張最切實的表現。

關於《二十四詩品》的作者及其創作時代,已故的哈佛大學教師方志彤(Achilles Fang,1910—1995)早在 20 世紀 60 年代就提出《二十四詩品》的真僞問題,宇文所安(Stephen Owen)在《中國文學批評讀本》(1992 年版)中也懷疑此書爲僞作。在國内,自陳尚君、汪涌豪先生《司空圖〈二十四詩品〉辨僞》(1994年)一文發表后,論者頗多,或以爲此書出自明代懷悦的《詩家一指》,或出自元代虞集之手,或保持存疑態度,至今尚無定論。

### 雄渾

大用外腓,真體内充。[1] 反虚入渾[2],積健爲雄。具備萬物,横絶太空。荒荒油雲[3],寥寥[4]長風。超以象外,得其環中。[5] 持之非强[6],来之無窮。

### 沖淡

素處以默[7],妙機其微[8]。飲之太和[9],獨鶴與飛。猶之惠風,荏苒在衣。[10] 閲音修篁,美曰載歸。[11] 遇之匪[12]深,即之愈希。脱[13]有形似,握手已違。

### 纖穠

采采[14]流水,蓬蓬[15]遠春。窈窕[16]深谷,時見美人。碧桃滿樹,風日水濱。柳陰路曲,流鶯比鄰。乘[17]之愈往,識之愈真。如將不盡,與古爲新。

### 沈著

緑杉[18]野屋,落日氣清。脱巾獨步[19],時聞鳥聲。鴻雁不來,之子遠行。所思不遠,若爲平生。海風碧雲,夜渚月明。如有佳語,大河前横。

### 高古

畸人乘真[20],手把芙蓉。汎彼浩劫,窅然空蹤。[21] 月出東斗[22],好風相從。太華[23]夜碧,人聞清鐘。虚佇神素,脱然畦封。[24] 黄唐在獨[25],落落玄宗[26]。

### 典雅

玉壺買春[27],賞雨茆屋。坐中佳士,左右修竹。白雲初晴,幽鳥相逐。眠琴緑陰,上有飛瀑。落花無言,人淡如菊。書之歲華[28],其曰可讀。

### 洗煉

如鑛出金,如鉛出銀。超心煉冶,絶愛緇磷。[29] 空潭瀉春,古鏡照神。體素儲潔[30],乘月返真[31]。載瞻星氣[32],載歌幽人。流水今日,明月前身。

### 勁健

行神如空,行氣如虹[33]。巫峽千尋[34],走雲連風。飲真茹强,蓄素守中。[35]

喻彼行健,是謂存雄。[36] 天地與立,神化攸同。期之以實[37],御之以終。

### 綺麗

神存富貴,始輕黃金。濃盡必枯,淡者屢深。霧餘[38] 水畔,紅杏在林。月明華屋,畫橋碧陰。金尊酒滿,伴客彈琴。取之自足,良殫美襟[39]。

### 自然

俯拾即是,不取諸鄰。俱道適[40] 往,著手成春。如逢花開,如瞻歲新。真與不奪,強得易貧。幽人空山,過雨採蘋。薄言[41] 情悟,悠悠天鈞[42]。

### 含蓄

不著一字,盡得風流。語不涉己,若不堪憂。[43] 是有真宰[44],與之沉浮。如渌滿酒[45],花時返秋。悠悠空塵,忽忽海漚[46]。淺深聚散,萬取一收。

### 豪放

觀花匪禁,吞吐大荒。[47] 由道返氣,處得以狂。天風浪浪[48],海山蒼蒼。真力彌滿,萬象在旁。前招三辰[49],後引鳳凰。曉策六鼇[50],濯足扶桑[51]。

### 精神

欲返不盡,相期與來。明漪絕底[52],奇花初胎[53]。青春鸚鵡,楊柳樓臺。碧山人來,清酒深杯。生氣遠出,不著死灰[54]。妙造自然,伊誰與裁[55]。

### 縝密

是有真迹,如不可知。意象欲出,造化已奇。水流花開,清露未晞[56]。要路愈遠,幽行為遲。語不欲犯,思不欲癡。[57] 猶春於綠,明月雪時。

### 疎野

惟性所宅,真取弗羈。[58] 控物自富,與率[59] 為期。築室松下,脫帽看詩。但知旦暮,不辨何時。倘然適意,豈必有為。若其天放[60],如是得之。

### 清奇

娟娟羣松,下有漪流。晴雪滿汀[61],隔溪漁舟。可人如玉,步屧[62] 尋幽。載瞻載止,空碧悠悠。神出古異,澹不可收。如月之曙,如氣之秋。

### 委曲

登彼太行,翠遶羊腸[63]。杳靄流玉[64],悠悠花香。力之於時,聲之於羌[65]。似往已迴,如幽匪藏。水理漩洑[66],鵬風翱翔。道不自器[67],與之圓方。

### 實境

取語甚直,計思匪深。忽逢幽人,如見道心。清澗之曲,碧松之陰。一客荷樵,一客聽琴。情性所至,妙不自尋。遇之自天,泠然希音[68]。

### 悲慨

大風捲水,林木為摧。適苦欲死[69],招憩不來[70]。百歲如流,富貴冷灰。大道日丧,若[71] 為雄才。壯士拂劍,浩然彌哀。蕭蕭落葉,漏雨蒼苔。

**形容**

絕佇靈素[72]，少迴清真。如覓水影，如寫陽春。風雲變態，花草精神。海之波瀾，山之嶙峋。俱似大道，妙契同塵[73]。離形得似[74]，庶幾斯人。

**超詣**

匪神之靈，匪機之微。如將白雲，清風與歸。遠引若至，臨之已非。少有道氣，終與俗違。亂山喬木，碧苔芳暉。誦之思之，其聲愈希。

**飄逸**

落落欲往，矯矯[75]不羣。緱山之鶴[76]，華頂之雲。高人惠中，令色絪縕[77]。御風蓬葉，汎彼無垠。如不可執，如將有聞。識者期之，欲得愈分[78]。

**曠達**

生者百歲，相去幾何。歡樂苦短，憂愁實多。加何尊酒，日往烟蘿[79]。花覆茆[80]簷，疎雨相過。倒酒既盡，杖藜[81]行歌。孰不有古，南山峩峩[82]。

**流動**

若納水輨[82]，如轉丸珠。夫豈可道，假體如愚[83]。荒荒坤軸[84]，悠悠天樞[85]。載要其端，載聞其符[86]。超超神明，返返冥無[87]。來往千載，是之謂乎。

（郭紹虞《詩品集解·續詩品注》，人民文學出版社1963年版）

[**注釋**]

[1]"大用外腓"二句：浩大的"用"改變於外，充實的"體"充滿於內。用，作用、功用。腓（féi），變化。體，形體、本體。 [2]反虛入渾：返歸於空虛，以進入渾元的狀態。楊廷芝《二十四詩品淺解》："元氣未分曰渾。" [3]荒荒油雲：荒荒，蒼茫之貌。油雲，流動的雲層。《史記·司馬相如列傳》："自我天覆，雲之油油。"裴駰《史記集解》引《漢書音義》："油油，雲行貌。" [4]寥寥：雄勁之貌。 [5]"超以象外"二句：超然於物象之外，則能處於虛空之中。象，物象、跡象。環中，虛空之處。《莊子·齊物論》："樞始得其環中，以應無窮。" [6]强（qiǎng）：勉强。 [7]素處以默：澹泊地自處於靜默之中。素，澹。默，靜默、沖漠。 [8]妙機其微：神妙之機極爲幽微。微，幽微、微妙。 [9]飲之太和：吸收、保持陰陽會合沖和之氣。 [10]"猶之惠風"二句：就像柔和的風吹動衣襟，柔緩自適。荏苒，亦作"苒苒"，或作"茬染"，柔緩之貌。 [11]"閱音修篁"二句：聆聽美妙的音樂於竹林之中，感嘆音樂之美，而想載之以歸。修篁，長竹，這裏指竹林。 [12]匪：非。 [13]脫：若，表假設。 [14]采采：鮮明之貌。《詩·小雅·蜉蝣》："蜉蝣之翼，采采衣服。" [15]蓬蓬：繁盛之貌。 [16]窈窕：山水深遠曲折。 [17]乘：趁。 [18]杉：一作"林"。 [19]脫巾獨步：意爲沉思獨往。 [20]畸人乘真：奇異之人乘其真氣而遊。畸人，不合於世俗之人，《莊子·大宗師》："畸人者，畸於人而侔於天。" [21]"汎彼浩劫"二句：畸人經歷浩劫之後，得凌虛躡景，不留蹤跡。汎，度、經歷。浩劫，佛經謂天地由成住至壞空爲一大劫。育然，渺然、遠隔之意。 [22]東斗：指東方。斗，宿名，道家分天爲五斗，東斗位於東方。 [23]太華：西嶽華山。 [24]"虛佇神素"二句：保持虛空，立於"神素"之境，

超然於世俗之外。虛，空。佇，立。郭紹虞《詩品集解》："心之靈謂之神，象之真謂之素。"脱，離、超。畦，《説文》："田五十畝曰畦。"封，界限。　[25]黃唐在獨：黃帝、唐堯抗懷千載。陶淵明《時運》："黃唐莫逮，慨獨在余。"　[26]落落：孤高、磊落之貌。玄宗：玄理之宗。　[27]玉壺買春：玉壺，酒器。春，指酒，《唐國史補》："(酒有)滎陽之土窟春，富平之石凍春，劍南之燒春。"另一説，春即春景，《二十四詩品淺解》："此言載酒遊春，春光悉爲我得，則直以爲買耳。"　[28]歲華：歲月，年華。　[29]"超心煉冶"二句：專心冶煉，可以使緇、磷這些不好的東西也顯得美好可愛。緇，黑色。磷，薄。緇、磷均非美質。　[30]體素儲潔：以素爲體，保持其純潔之性。　[31]返真：還其本真。　[32]載瞻星氣：載，發語詞。星氣，一作星辰。　[33]行氣如虹：極言其氣運行時的充足不盡。　[34]巫峽千尋：巫峽，在重慶巫山和湖北巴東兩縣境内。尋，古人以八尺爲一尋。　[35]"飲真茹强"二句：汲取真力、强力之氣，保持其純潔，主守於内心。茹，吃。守中，守德於心中。《道德經》："多言數窮，不如守中。"　[36]"喻彼行健"二句：就像天道的運行强健不息，這也就是"存雄"。喻，比喻、比方。行健，《易·乾卦·象》："天行健，君子以自强不息。"存雄，積健爲雄，與"守雌"相對，《莊子·天下》："天地其壯乎！施存雄而無術。"施指惠施。　[37]實：虛實之實，有充實之意。　[38]霧餘：霧靄已收而未盡收。　[39]良殫美襟：足以抒發盡一己之胸懷。殫(dān)，盡。襟，胸襟、胸懷。陶淵明《諸人共遊周家墓柏下》："未知明日事，余襟良已殫。"　[40]適：往。　[41]薄：發語詞，有指點、勸勉之意。言，語助詞。　[42]悠悠天鈞：悠然不迫，如天道之運轉。鈞，製造陶器所用的轉輪。　[43]"語不涉己"二句：語言不露跡象，而讀者不勝其憂。　[44]是有真宰：因爲有真正的主宰存乎其内。真宰，《莊子·齊物論》："若有真宰，而特不得其朕。"　[45]如淥滿酒：就像漉酒那樣，汁液慢慢滲下。淥，同"漉"，過濾。　[46]忽忽海漚：忽忽，恍惚之意。海漚，海上的水泡。　[47]"觀花匪禁"二句：郭紹虞《詩品集解》："觀花匪禁，即'看竹何須問主人'之意，自見其放。吞吐大荒，即'吞若雲夢者八九，於其胸中不曾蒂芥'之意，自見其豪。"觀花，一作觀化，觀天地之化育。　[48]浪浪：流動之貌。　[49]三辰：日、月、星。　[50]曉策六鼇：策，鞭策。鼇，傳説中海裏的巨龜。《列子·湯問》記載，渤海之東有五山，由十五只巨鼇負載。不久，龍伯之國的巨人釣走了六鼇，致使兩山沉入大海。　[51]濯足扶桑：濯，洗。左思《詠史》："振衣千仞岡，濯足萬里流。"扶桑，神話中的樹名，傳説日出於扶桑之下，故以之爲日初升之地。　[52]明漪絶底：漪，水的波紋。絶底，徹底澄清。　[53]初胎：謂花始發花苞，如人之有胎。　[54]死灰：死氣。《莊子·齊物論》："形固可使如槁木，而心固可使如死灰乎？"　[55]伊誰與裁：又有誰可以裁度呢？　[56]晞：乾。　[57]"語不欲犯"二句：語言不要重複，思維不要呆滯。犯，觸，與"複"相近。　[58]"惟性所宅"二句：隨其性之所安，取其天真之性，不要羈絆束縛。宅，居、安。弗，不。　[59]率：率真。　[60]天放：天然放浪。　[61]汀：水邊的平地。　[62]屩：木底鞋。　[63]羊腸：即羊腸坂，古代太行山五陘之一，因曲曲折折，形似羊腸而得名。　[64]杳靄流玉：杳靄，杳冥的雲氣。流玉，曲折的流水。顏延年《贈王太常》："玉水記方流，璇源載圓折。"李善《文選注》引《尸子》："凡水，其方折者有玉，其圓折者有珠。"　[65]羌：羌笛，笛聲婉轉，曲盡其致。　[66]漩洑：迴旋起伏。　[67]道不自器：道之融通，不會拘於物器的形體。　[68]泠然希音：泠然，輕妙的樣子。希音，即《道德經》"大音希聲"之意。　[69]適苦欲死：正當極苦之時而欲死。適，正當。一作"意苦若死"。　[70]招憩不來：意爲欲歸隱而不得。憩，休息。　[71]若：誰。

[72]絕伫靈素：凝神壹志。靈素，心神，江淹《傷友人賦》："倜儻遠度，寂寥靈素。" [73]妙契同塵：妙契，精妙契合。同塵，《道德經》："和其光，同其塵，湛兮似或存。" [74]離形得似：不求形貌之同，而求神似。 [75]矯矯：高舉之貌，特立之態。 [76]緱山之鶴：《列仙傳》："周王子喬好吹笙，作鳳鳴，後告其家曰：'七月七日待我於緱氏山頭。'及期，果乘白鶴，謝時人而去。" [77]"高人惠中"二句：飄灑出塵之人順其自然之心，祥靄之色彌漫。惠，順。中，心。令，美好。絪緼，煙雲彌漫之貌。惠，一作"畫"。 [78]"識者期之"二句：識其境者已有領悟，若有意求之，反不可得。一作"識者已領，期之愈分"。 [79]烟蘿：烟聚蘿纏，借指幽居或修真之處。 [80]茆：即"茅"。 [81]杖藜：拄杖。藜，本爲一種植物，主莖可用來製手杖，因而古人多以藜代指手杖。 [82]"孰不有古"二句：誰會不死呢？只有南山巍峨，得以長存。古，故，意爲死去。 [82]若納水輨：將水輨放入水中。若，如。水輨，水車。 [83]假體如愚：《二十四詩品淺解》："假體，輨、珠之類也。如誤以假體之流動爲流動，則非愚而如愚也。" [84]荒荒坤軸：荒荒，空闊不盡之貌。坤軸，地軸。 [85]天樞：天之樞機。 [86]"載要其端"二句：求其本源，識其相符之處。 [87]"超超神明"二句：要竭盡流動之妙，返歸寂靜之境。孫聯奎《詩品臆説》："神明，流動之妙用；冥無，流動之根本。"

## 史料選

### 辛文房《唐才子傳·司空圖》

圖，字表聖，河中人也。父輿，大中時爲商州刺史。圖，咸通十年歸紹仁榜進士。主司王凝初典絳州，圖時方應舉，自別墅到郡上謁，去，閽吏遽申司空季才出郭門。後復入郭訪親知，即不造郡齋。公謂其尊敬，愈重之。及知貢，圖第四人捷，據同年鄙薄者謗曰："此司徒空得一名也。"公頗聞，因宴全榜，宣言曰："凝明忝文柄，今年榜帖，專爲司空先輩一人而已。"由是名益振。

未幾，凝爲宣歙觀察使，辟置幕府。召拜殿中侍御史，不忍去凝府，臺劾，左遷主簿。盧相攜還朝，過陝虢，訪圖，深愛重，留詩曰："氏族司空貴，官班御史雄。老夫如且在，未可歎途窮。"就屬於觀察使盧渥曰："司空御史，高士也。"渥遂表爲僚佐。攜執政，召拜禮部員外郎，尋遷郎中。丁黃巢亂，間關至河中。僖宗次鳳翔，知制誥、中書舍人。景福中，拜諫議大夫，不赴。昭宗在華州，召爲兵部侍郎，以足疾自乞，聽還。

圖家本中條山王官谷，有先人田廬，遂隱不出，作亭榭素室，悉畫唐興節士文人像。嘗曰："某宦情蕭索，百事無能。量才，一宜休；揣分，二宜休；耄而瞶，三宜休。"遂名其亭曰"三休"。作文以伸志，自號"知非子"、"耐辱居士"，言涉詭激不常，欲免當時之禍。

初以風雨夜得古寶劍，慘淡精靈，嘗佩出入。性苦吟，舉筆緣興，幾千萬篇。自致於繩檢之外，豫置冢棺，遇勝日引客坐壙中，賦詩酌酒，霑醉高歌。客有難者,曰:"君何不廣耶!生死一致,吾寧暫遊此中哉!"

歲時祠禱,與閭里父老鼓舞相樂。時寇盜所過蠭紛,獨不入谷中,知圖賢,如古王蠋也。士民依以避難。後聞哀帝遇弒,不食扼捥,嘔血數升而卒,年七十有二。先撰自爲文於濯纓亭一鳴窗,今有《一鳴集》三十卷行於世。

(傅璇琮《唐才子傳校箋》卷八,中華書局 1990 年版)

## 司空圖《與王駕評詩》

足下,宋伎之工,即雖蒙譽于哲賢,未足自謂,必俟推於其類,而后神躍而色揚。今之贊藝者反是,若即醫而靳其病也,唯恐彼之善察,藥之我攻耳。以是率人以謾,莫能自振。痛哉!且工之尤者,莫若伎于文章,其能不死於詩者,比他伎尤寡,豈可容易較量哉?國初,上好文章,雅風特盛,沈宋始興之後,傑出江寧,宏思於李杜,極矣。右丞蘇州趣味澄夐,若清沇之貫達。大歷十數公,抑又其次。元白力勍而氣孱,乃都市豪估耳。劉公夢得、楊公巨源,亦各有勝會。浪仙、無可、劉德仁輩,時得佳致,亦足滌煩。厥後所聞徒褊淺矣。河汾蟠鬱之氣,宜繼有人。今王生者,寓居其間,沉漬益久,五言所得,長於思與境偕,乃詩家之所尚者。則前所謂必推於其類,豈止神躍色揚哉?經亂索居,得其所録,尚累百篇,其勤亦至矣。吾適又自編一鳴集,且云撐霆裂月,劫作者之肝脾,亦當吾言之無怍也,道之不疑。

(《司空表聖文集》卷一,《四部叢刊》本)

## 司空圖《與李生論詩書》

文之難,而詩之尤難。古今之喻多矣,而愚以爲辨於味,而後可以言詩也。江嶺之南,凡是資於適口者,若醯,非不酸也,止於酸而已;若鹾,非不鹹也,止於鹹而已。華之人以充飢而遽輟者,知其鹹酸之外,醇美者有所乏耳。彼江嶺之人,習之而不辨也,宜哉!詩貫六義,則諷諭、抑揚、淳蓄、溫雅,皆在其間矣。然直致所得,以格自奇。前輩編集,亦不專工於此,刱其下者耶!王右丞、韋蘇州澄澹精緻,格在其中,豈妨於遒舉哉?賈浪仙誠有警句,視其全篇,意思殊餒,大抵附於蹇澀,方可致才,亦爲體之不備也,刱其下者哉!噫!近而不浮,遠而不盡,然後可以言韻外之致耳。

愚幼常自負,既久而逾覺缺然。然得于早春,則有"草嫩侵沙短,冰輕著雨銷"。又"人家寒食月,花影午時天"。(上句云:"隔谷見雞犬,山苗接楚田。")又"雨微吟足思,花落夢無憀"。得於山中,則有"坡暖冬生筍,松涼夏健人",又"川明虹照雨,樹密鳥衝人"。得于江南,則有"戍鼓和潮暗,船燈照島幽"。又"曲塘

163

春盡雨,方響夜深船"。又"夜短猿悲減,風和鵲喜靈"。得於塞下,則有"馬色經寒慘,雕聲帶晚飢"。得於喪亂,則有"驊騮思故第,鸚鵡失佳人"。又"鯨鯢人海涸,魑魅棘林高"。得於道宮,則有"碁聲花院閉,幡影石幢幽"。得于夏景,則有"地涼清鶴夢,林靜肅僧儀"。得於佛寺,則有"松日明金象,苔龕響木魚"。又"鮮吟僧亦俗,愛舞鶴終卑"。得於郊園,則有"遠陂春旱滲,猶有水禽飛"。(上句"綠樹連村暗,黃花入麥稀"。)得於樂府,則有"晚粧留拜月,春睡更生香"。得於寂寥,則有"孤螢出荒池,落葉穿破屋"。得於愜適,則有"客來當意愜,花發遇歌成"。雖庶幾不濱於淺涸,亦未廢作者之譏訶也。又七言云:"逃難人多分隙地,放生鹿大出寒林。"又"得劍乍如添健僕,亡書久似憶良朋"。又"孤嶼池痕春漲蒲,小欄花韻午晴初"。又"五更惆悵迴孤枕,猶自殘燈照落花"。(上句"故國春歸未有涯,小欄高檻別人家"。)又"殷勤元日日,歌舞又明年"。(上句"甲子今重數,生涯尺自憐"。)皆不拘於一概也。

蓋絕句之作,本於詣極,此外千變萬狀,不知所以神而自神也,豈容易哉?今足下之詩,時輩固有難色,倘復以全美為工,即知味外之旨矣。勉旃。某再拜。

(《司空表聖文集》卷二,《四部叢刊》本)

### 司空圖《題柳柳州集後》

金之精麤,效其聲,皆可辨也,豈清于磬而渾於鐘哉?然則,作者為文為詩,格亦可見,豈當善於彼而不善於此耶?思觀文人之為詩,詩人之為文,始皆繫其所尚,既專則搜研愈至,故能炫其工於不朽。亦猶力巨而鬥者,所持之器各異,而皆能濟勝以為勍敵也。愚嘗覽韓吏部歌詩數百首,其驅駕氣勢,若掀雷扶電,撐抉於天地之間,物狀奇怪,不得不鼓舞而徇其呼吸也。其次,《皇甫祠部文集》所作,亦為遒逸,非無意于淵密,蓋或未遑耳。今於華下方得柳詩,味其深搜之致,亦深遠矣。俾其窮而克壽,玩精極思,則固非璪璪者輕可擬議其優劣。又嘗觀杜子美《祭太尉房公文》,李太白佛寺碑贊,宏拔清厲,乃其歌詩也。張曲江五言沈鬱,亦其文筆也。豈相傷哉?噫!後之學者褊淺,片詞隻句,未能自辦,已側目相詆訾矣。痛哉!因題《柳州集》之末,庶裨後之詮評者,無或偏說,以蓋其全工。

(《司空表聖文集》卷二,《四部叢刊》本)

### 司空圖《與極浦書》

戴容州云:"詩家之景,如藍田日暖,良玉生煙,可望而不可置於眉睫之前也。"象外之象,景外之景,豈容易可譚哉?然題紀之作,目擊可圖,體勢自別,不可廢也。

愚近有《虞鄉縣樓》及《柏梯》二篇，誠非平生所得者。然"官路好禽聲，軒車駐晚程"，即虞鄉入境可見也。又"南樓山色秀，北路邑偏清"，假令作者復生，亦當以著題見許。其《柏梯》之作，大抵亦然。浦公試爲我一過縣城，少留寺閣，足知其不怍也。豈徒雪月之間哉？佇歸山後，"看花滿眼淚，迴首漢公卿"，"人意共春風(上二句楊庶子)，哀多如更聞"，下至於"塞廣雪無窮"之句，可得而評也。鄭雜事不罪章指，亦望呈達。知非子狂筆。

(《司空表聖文集》卷三，《四部叢刊》本)

### 清孫聯奎《詩品臆說》自序

昔者，司空表聖將以品詩，爰作《詩品》二十四首。其命意也，月窟游心；其修詞也，冰甌滌字。得其意象，可與窺天地，可與論古今；掇其詞華，可以潤枯腸，可以醫俗氣。圖畫象象，靡所不該；人鑒文衡，罔有不具；豈第論詩而已哉。然所以論詩者，已莫備於斯矣。昔鍾嶸創作《詩品》，志在沿流溯源，若司空《詩品》，意主摹神取象。其取象明顯者，"俯拾即是"也。乃或"妙機其微"，"如不可執"。亦或"御風蓬葉"，"握手已違"。苟非"絶仁靈素"，亦安能"神出古異"，"妙契同塵"哉。曩者，余以浮淺之資，按品讀去，苦不能解；而又以陶靖節之不求甚解解之，遂奄忽至今。己亥秋，以《詩品》授徒，令其廣所見聞。諸生悅之，乃强余解說。夫《詩品》，解也難，說之亦難。昔詩人蔣斗南先生，攜有稚松老人注解詩品一帙，余求得其書，旋即失去，至今怏怏。兹緣諸生强請，不能解也，說焉而已；說亦不能，臆焉而已。爰就各首之所意會者，姑爲箋注。其是與否，未敢定也。諺云："道三不著兩。"其余《臆說》之謂矣。夫享敝帚者，或以千金；善抛磚者，亦能引玉。諸生暫存是稿，待質同人。倘蒙惠政，不必稚松，盡稚松也。《品》之言曰："離形得似，庶幾斯人。"則且跂余望之矣。夢塘氏自記。

(《司空圖〈詩品〉解說二種》，山東人民出版社 1962 年版)

### ［美］方志彤作，閏月珍譯，劉寧校《〈詩品〉作者考》(節選)

17 世紀的明代，《二十四詩品》的出版使得中國詩學和詩歌技巧的文集得以充實。當時，《二十四詩品》被歸於唐代詩人司空圖(字表聖，837—908)所作。這是由二十四首論詩詩組成的組詩，每首詩由六聯即十二行組成，每行四字，隔句用韻，因此又被稱爲《二十四詩品》，這個別名，不僅標明組詩是由二十四首詩組成，而且與更早期的梁代鍾嶸(468—518)的《詩品》得以區分。這本小書旨意難解，問世大約一個世紀後，它的影響才得以彰顯。

......

但《二十四詩品》是否司空圖所作仍存在不解之謎，如果《二十四詩品》確實爲司空圖所作，那它不大可能是關於詩學的著作；如果它並非爲司空圖所作，那麼其原作者到底是誰？它的內容又是關乎什麼呢？

明代末年的毛晉刊刻了《二十四詩品》，在此之前，它似乎一直不爲人所知：即其假定的作者司空圖之傳記沒有提及此事[1]；沒有傳記材料或目錄有著錄[2]；並且，唐代以後的史傳或公私目錄都沒有提到它。這一被忽視的原因可以解釋爲，《二十四詩品》僅是司空圖全部文學作品之一，因而無需單獨提起。這也可以解釋爲什麼司空圖本人從未提起或引用其《二十四詩品》。這一解釋貌似有理。然而，奇怪的是，直到明末被刊刻以前，《詩品》從未在任何文學批評著作中被引用或參考。[3]

如檢討這二十四則文本，則會對其作者更爲懷疑。其一，《二十四詩品》每則內容並非與其兩個字的題名相符。事實上，根據詩意來解釋題名需要花費許多心思。其二，每首的句子排列總是不夠恰當，聯與聯之間並非總是按該詩的內容連接起來。其三，詩中的詞彙總是奇異難解，即使任何一個思維敏捷的讀者都會望而却步。[4]簡而言之，《詩品》不像司空圖寫的任何作品。

## 一

對司空圖其他詩作進行形式和韻律的檢討，或許能夠解決《二十四詩品》的作者問題。他作品集中的許多作品也用四言韻文寫作，而這些作品的韻律系統與《二十四詩品》大相徑庭：

……

無論怎樣，考慮到其代表的文類，司空圖不大可能將《二十四詩品》當成獨立的論詩組詩來寫。

## 二

在被收入《津逮秘書》第八集刊刻前，《二十四詩品》好像並未被人所知。《津逮秘書》第八集的刊刻並無確切日期，但大致是 1634 年[5]。

毛晉《津逮秘書》的書尾跋語似乎有些奇怪，他說他引用了蘇軾（字子瞻，1036—1101）《書黃子思詩集後》。蘇軾《書黃子思詩集後》曰[6]：

> 唐末司空圖，崎嶇兵亂之間，而詩文高雅，猶有承平之遺風。其論詩曰，梅止於酸，鹽止於鹹。飲食不可無鹽、梅，而其美常在鹹、酸之外。蓋自列其詩之有得於文字之表者二十四韻，恨當時不識其妙。予三復（《四部叢刊》本作"後"，當爲"復"之誤）其言而悲之[7]。
>
> 閩人黃子思，慶曆、皇祐間號能文者。予嘗聞前輩誦其詩，每得佳句妙語，反復數四，乃識其所謂，信乎表聖之言，美在鹹酸之外，可以一唱而三

嘆也[8]。

蘇軾這裏也引用了司空圖的《與李生論詩書》[9]：

> 文之難而詩之尤難，古今之喻多矣。而愚以爲辨於味而後可以言詩也[10]。江嶺之南，凡是資於適口者，若醯非不酸也，止於酸而已。若鹺非不鹹也，止於鹹而已。華之人以充飢而遽輟者，知其鹹酸之外，醇美有所乏耳。彼江嶺之人，習之而不辨也宜哉[11]。

> 噫！近而不浮，遠而不盡，然後可以言韻外之致耳。愚幼嘗自負，既久而逾覺缺然。然得於早春，則有……（此處司空圖引用其詩作中的二十四聯，每個例子各有其主題並間或評論）

> 今足下之詩，時輩固有難色。儻復以全美爲工，即知味外之旨矣。勉旃。

很明顯，這二則材料中蘇軾並未一字不差地引用司空圖，蘇軾指的是二十四韻而非毛晉所謂《詩品二十四則》。事實上，毛晉的書尾跋語是對蘇軾這段話的極大誤解。甚或是有意的歪曲？

試將毛晉《詩品二十四則》跋語與蘇軾的評語逐句比較：

| 毛晉 | 蘇軾 |
|---|---|
| （1）此表聖自列其詩之有得於文字之表者二十四則也。 | 蓋自列其詩之有得於文字之表者二十四韻。 |
| （2）昔子瞻論黃子思之詩，謂表聖之言美在鹹酸之外，可以一唱而三嘆。 | 而其美常在鹹酸之外。 |
| （3）於乎！崎嶇兵亂之間，而詩文高雅，猶有承平之遺風。 | 唐末司空圖[13]，崎嶇兵亂之間，而詩文高雅，猶有承平之遺風。 |
| （4）惟其有之，是以似之。[12] | |
| （5）可以得表聖之品矣。湖南毛晉識。 | |

毛晉的跋語很令人費解，因爲很難確定到哪一句爲止，是他在引用蘇軾的評語。猛一看，句（4）應被看作蘇軾的陳述，而句（5）是毛晉對其的評論，然而句（4）並未在蘇軾的跋中出現。如果將句（4）和句（5）看作毛晉自己的陳述，則很難看出兩者間任何內在的聯繫。如將句（2）看作對蘇軾的引證並將句（3）看作毛晉對蘇軾（"於乎"明顯不同於毛晉的表述）的剽取，並將句（4）和句（5）當作毛晉所作來理解，則此段仍並無意義。句（5）本身並非毫無歧義。既然命名爲《詩品二十四則》，"可以得表聖之品矣"之"品"則既可能指書名，也可能指作爲詩人的司空圖（"品"用作"品級"之意）。

毛晉跋中最令人迷惑的是，第一句中，毛晉將蘇軾"二十四韻"換作"二十四品"[14]，很難理解作爲一個文化修養很高的人，甚至可以説就是一個文人，毛晉如何、爲何作了這一轉換。跋語内在的不一致性和有意的曲解使我們不得不懷疑《詩品二十四則》本身。

如果我們研究毛晉這一段文字的由來，這一謎團會更加令人費解，因爲其數量驚人的私人藏書目録，並没有著録司空圖的作品，甚至《詩品》。這一遺漏令人奇怪，毛晉曾作詩贊頌司空圖，却從未刊印他的任何其他詩作。[15]

三

換句話説，直到 1634 年似乎並未有人讀過《二十四詩品》[16]。例如，楊慎，字升庵(1488—1559)，曾探討過幾乎每一位著名作家的詩學理論[17]，在"司空圖論詩"一條中，他聲稱他喜好司空圖的詩學思想，並引用了司空圖的三段話：

1. 陳杜濫觴之余，沈宋始興之後，傑出於江寧，宏於思於李杜，極矣！右丞、蘇州趣味澄夐，若清沇之貫達。大曆十數公抑又其次，元白力勍(誤印爲"就")而氣屏，乃都市豪估耳。劉公夢得、楊公巨源，亦各有勝〔會〕(原文錯誤地遺漏了"會")。〔浪仙、無可〕(這兩個名字被有意地省略)、劉德仁輩("輩"字被省略，亦可理解)，時得佳致，亦足滌煩。(《與王駕評詩》)[18]

2. 王右丞、韋蘇州，澄澹精緻，格在其中，豈妨於道舉哉？貫浪仙誠有警句，觀其全篇，意思殊餒，大抵附於寒澀，方可致才，亦爲體之不備也。(《與李生論詩書》)[19]

3.《詩賦》全文：

知非詩詩，未爲奇奇。

研昏練爽，戞魄淒肌(《升庵先生文集》本"淒"下漏"肌"字)。[20]

神而不知，知而難狀。[21]

揮之八垠，卷之萬象。

河渾沈清，放恣縱橫。[22]

濤怒霆蹴，掀鼇倒鯨。

鑱(《升庵先生文集》本作"攙")空攉壁，崝冰(《升庵先生文集》本作"水")擲戟。[23]

鼓煦呵春，霞溶露滴。

鄰女自嬉，補袖而舞。

色絲屢空，續以麻絇。

鼠革丁丁，燉之則穴。[24]

蟻聚汲汲，積而成垤(《升庵先生文集》本作"隤凸")。

上有日星，下有風雅。

歷詆（《升庵先生文集》本作"詆"）自是，非吾心也。[25]

如楊慎所言，上述句法如此險怪，使人很難辨認司空圖的意旨。他是在模仿如韓愈、盧仝這些他那個時代的前輩詩人嗎？不管怎樣講，《二十四詩品》的僞作者很可能知道《詩賦》——並不是因爲他使用了這一句法，事實上他也沒有用——而是可能他受《詩賦》"句法險怪"特點的啓發，以期把他託名爲司空圖的編造之作推銷出去。

楊升庵在任何地方都沒有提及或引用《二十四詩品》——鑒於他引用了《詩賦》全文，這一遺漏確實令人奇怪。這使我們相信他從未看過《二十四詩品》；如果這位博覽群書的人從未看過這本書，那麼這本書一定從未存在過。因此，我們更加懷疑，司空圖是否是《二十四詩品》的真正作者。無論是哪位文學天才僞造了《二十四詩品》，他一定深受司空圖《詩賦》啓發[26]。

（《文學遺產》2011 年第 5 期，第 50—63 頁）

[注釋]

[1]《唐書·文苑傳》（開明書店 1906 年版，卷一九〇，第 3589b—c 頁）提到司空圖"有文集三十卷"。《新唐書·卓行傳》未提及這點（卷一九四，第 4083c—d 頁）。 [2]《唐書·經籍志》丁部（關於唐代作者）甚至未列其文集（卷四七，第 3269a—d 頁）。沈德潛看到其遺漏了大量唐代作品這一空缺（卷四七，第 3270b 頁）。《新唐書·藝文志》丁部別集類列出"司空圖《一鳴集》三十卷"，但並未記載《詩品》（卷六〇，第 3772d 頁）；總集類列有許多詩文評和詩法著作，其中列有"李嗣真《詩品》一卷"（卷六〇，第 3773d—3774a 頁）。 [3]也可能我對一些引用或參考《二十四詩品》的一些鮮爲人知的著作有所遺漏。 [4]這三個缺點在後文會詳盡闡述。但袁枚等人模仿《二十四詩品》的作品却並無上述這些缺點。 [5]附於書尾的跋語這一獨特部分，是每種叢書刊刻時間的唯一綫索。第八集《西溪叢語》提供了一條綫索，因爲毛晉作爲出版者，將跋語寫爲 1634 年 1 月 15 日。第九集《酉陽雜俎》跋語題爲崇禎癸酉十二月（1633年 12 月 31 日—1634 年 1 月 28 日）刻竣。因此可以推斷，包含《二十四詩品》在內的第八集出版於 1634 或此後不久。 [6]《經進東坡文集事略》（《四部叢刊》本），第 60 卷，第 10b—11a頁。 [7]"三復其言"與下文"反復數四"意義相同。 [8]"一唱而三嘆"，見《禮記》。其法文版爲顧塞芬所譯（Séraphin Couvreured: *LiKi, HoKienFou, Mission Catolique*, 1913），見第 2 卷，第 51 頁。 [9]《與李生論詩書》，《續古逸叢書》，第 2 卷，第 1b 頁；《四部叢刊》，第 1 冊，第 2卷，第 1a—b 頁；《結一盧朱氏剩餘叢書》，第 2 卷，第 1a—b 頁；《全唐文》，第 807 卷，第 4b 頁。主要異文如下：a 凡是資於適口者。只有《全唐書》"是"作"足"，此處不從。b 華之人。《全唐書》作"中華之人"，此處不從。c 醇美者。僅《續古逸叢書》省去了最後一字"者"。d 愚幼嘗自負。僅《全唐文》"幼"作"竊"，此處不從。e 逾覺缺然。《續古逸叢書》和《四部叢刊》"愈"作"逾"，此處從之。f 然得於早春。《全唐文》作"然則於早春"較爲次之。g 今足下之詩。第一字只在《全唐文》中被省去。 [10]可以言詩，《論語·八佾》。 [11]9 世紀時，廣東菜並不出

名。或者是司空圖作爲出生於河中虞鄉(今山西省永濟縣)的北方人,並不喜好廣東菜? 或者是他已習慣了本地味濃色黑的醋,故不能享受淡而無味的普通醋? [12]《詩經·小雅·裳裳者華》結語,理雅各《中國經典》,第 4 卷,倫敦,1871 年(James Legge, *The Chinese Classics*, Ⅳ, London, 1871),第 214 首。 [13]由於行文的必要,毛晉省略了"唐末",這就忽略了蘇軾的用心所在——唐末和盛唐的區別。 [14]這裏的"韻"一定是指一聯詩,對句之韻脚,與同詩的其他韻脚相押,司空圖所引的二十四聯,出自如下二十四首詩。其中五言詩爲:律詩:第 1,3—7,9,14—15,19 聯;絶句:第 2,16,24 聯;不確定者:第 8,10—13,17 聯。七言詩爲:律詩:第 20—22 聯;絶句:第 23 聯;古詩:第 18 聯。奇怪的是明代選集《唐音統簽》(《四部叢刊》重印,第 708 卷,第 11a 頁)中,司空圖詩集編者所列"小傳"只給出了二十二聯。20 世紀的另一位學者並未犯這一簡單的錯誤(杜呈祥《司空圖》,《中國文學史論集》,第 2 卷,第 483 頁,臺北,1958)。譯者按:《唐音統簽》部分共引司空圖二十五聯。 [15]在《五君詠》序言中,毛晉説他正在編輯數十部中唐、晚唐的選集與文集。 [16]《詩品》也被收入《説郛》(卷七九)。《説郛》起初由 14 世紀的陶宗儀編輯,而包括《詩品》的《説郛》則是出清代陶珽刊刻的。商務印書館的版本印自明鈔本,並不包括《二十四詩品》。崇禎(1628—1644)年間出版的《續百川學海》第 21 卷包含《二十四詩品》;其中的《二十四詩品》似乎可以追溯到毛晉的版本。 [17]楊慎《升庵先生文集》,養拙山房,1795 年重印,第 52—54 卷。 [18]楊慎《升庵先生文集》,第 54 卷,第 2a—3a 頁。司空圖《與王駕評詩》信件原文見《續古逸叢書》,第 1 卷,第 7a 頁;《四部叢刊》,第 1 册,第 1 卷,第 9b 頁;《結一廬朱氏剩餘叢書》,第 1 卷,第 7b 頁;《全唐文》,第 807 卷,第 5b 頁;《唐文粹》(《四部叢刊》本),第 14 册,第 85 卷,第 7b 頁;《唐詩紀事》(《四部叢刊》本),第 14 册,第 63 卷,第 9a—b 頁,上述略有出入。上述沒有一個版本有"陳杜濫觴之餘"一句;而是寫作"國(《唐詩紀事》誤將"國"寫作"圖")初(主)上好文章,雅風特盛"。楊升庵所引司空圖文,與上述諸本不同。但鈴木虎雄《支那詩論史》(京都,1925 年,第 137 頁)所據與楊慎同,他以同樣的方式引用了這段文字。鈴木還注明了司空圖提到的詩人。 [19]《與李生論詩書》,除見於第 58 頁注③(按,即本書第 167 頁的注[9])中提到的書籍,又見《唐文粹》,第 14 册,第 85 卷,第 6b 頁;及《唐詩紀事》,第 14 册,第 63 卷,第 7b 頁,略有出入。 [20]第一句"知非詩詩,未爲奇奇",楊慎釋爲"言自知非詩,乃是詩也;謂未爲奇,乃是奇也"。換言之,楊慎將此句,斷句爲:"知非詩,詩;未爲奇,奇。楊慎將司空圖的這句詩,奇怪地變成"自知非詩,詩未爲奇",這顯然是出自楊慎的意圖,而非編刻之誤。有趣的是,第一句在《全唐文》中變爲"知道非詩,詩未爲奇"(意思或許是:知"道"對於做詩是不夠的,因爲這樣的詩並不出奇),許印芳《詩法萃編》接受了這一荒唐的讀法,他相當不聰明地試圖捍衛司空圖,反對司空圖在文學批評中被指控爲反道德者,其實,所有記載都表明司空圖其實和韓愈一樣,是個文學的衛道者。許印芳將"練"(煮和漂生絲)寫作"鍊"(熔而取之),這一異文,僅見於許,此行其後文本的不同都微不足道:第 4 行;許印芳《詩法萃編》將"卷"變爲"捲"。第 5 行:楊慎將"縱橫"變爲"從橫",此處他一定是將"從"讀作了"縱"。第 7 行:"鑱"在楊慎《升庵先生文集》和《結一廬朱氏剩餘叢書》中寫作"攙"。在《全唐文》和許印芳《詩法萃編》中,"峥"變成了"琤"。楊慎還將"冰"改成"水"。第 9 行:《全唐文》和許印芳《詩法萃編》"鄰女自嬉"被寫作"鄰女有嬉"。第 11 行:只有《全唐文》中"燄"被寫作"掀"。第 12 行:《結一廬朱氏剩餘叢書》和《全唐文》中寫作"積而成垤"。

《續古逸叢書》和《四部叢刊》"成"處留白。此處"成"講得通。楊慎改作"積而隙凸",似乎有些武斷。第 14 行:《續古逸叢書》和《四部叢刊》寫作"歷詆自是",楊慎寫作"歷試自是",而《全唐文》寫作"詃",並注明"一作",這或許是"詆"的誤印,許印芳《詩法萃編》從"詆"。《結一廬朱氏剩餘叢書》寫作"歷詆是□",這一留白比較奇怪。"歷詆自是"意爲自以爲是而輕視他人。[21]利雅各所譯《易經》(James Legge, *The Book of Changes*),喜歡將"神"譯爲"spirit-like";此處從之。 [22]沇水有三種稱法,見《辭海》和《水經注》(《四部叢刊》本),第 1 冊,第 7 卷,第 1a 頁,"濟水"條。"清沇"在司空圖的信中也被提及(見前文《與王駕評詩》)。 [23]"崝"(琤)此處並無意義;崝(《説文解字詁林》第九下寫作"崝",見第 7 冊,第 4106a 頁)意爲"高峻的山峰",琤爲"玉聲清脆"。此處可能應寫作"埩",解爲"治"(如治土),"整地使堅"或"整地使平"。 [24]"鼠革丁丁"暗用《詩經·鄘風·相鼠》"相鼠有皮",見理雅各《中國經典》,第 4 卷,倫敦,1871 年,第 84 頁。(James Legge, *The Chinese Classics*, IV, London, 1871);《詩經·周南·兔罝》"椓之丁丁",見上書,第 13 頁;《詩經·鹿鳴之什·伐木》"伐木丁丁",見上書,第 253 頁。 [25]"歷詆自是"而非"歷詃自是"。因《説文》中並無"詃",且其無意,此處取"詆"。[26]在《全唐文》中這首作品被命名爲《詩賦贊》,見第 808 卷,第 4b 頁。此"贊"前面有一系列贊(前面提到的第 9 至 15)。因爲韻文是由四字或六字句組成,而非僅僅是四字句。

### 陳尚君、汪涌豪《司空圖〈二十四詩品〉辨僞》(節要)

署名司空圖撰的《二十四詩品》(簡稱《詩品》),自明季以降,備受學者的重視。但據我們研究,此書實出明人僞造。

(一)《詩品》與司空圖生平思想、論詩雜著及文風取向的比較:顯而易見的悖向(略)

(二)明萬曆以前未有人見過司空圖《詩品》

追溯文獻,我們發現從梁開平二年(908)司空圖去世,直到明萬曆年間(1573—1620)的約七百年間,從無人說到司空圖著此書,也未有人經見或引録此書。試分別述之:甲、司空圖存世詩文中,無著此書之跡。今人或據其中有論詩、賞詩之語,謂《詩品》爲其晚年作,僅屬揣度。乙、自五代至元末,司空圖傳記有七種,見於《舊唐書·文苑傳》、《舊五代史·梁史》(《五代史闕文》引)、《五代史闕文》、《新唐書·卓行傳》、《宣和書譜》卷九、《唐詩紀事》卷六三、《唐才子傳》卷八,或不云著作,或僅記文集。《本事詩》、《北夢瑣言》等十多種唐宋筆記載其事跡,無及《詩品》者。丙、今存宋元公私書志,如《崇文總目》、《新唐書·藝文志》、《宋史·藝文志》及晁、陳二書等,均僅載其文集,不及是書。明人編《文淵閣書目》、《國史經籍志》、《百川書志》等,仍無其跡。其見書志著録,始於清中葉《孫氏祠堂書目》、《四庫全書總目》等。丁、筆者因輯唐代詩文,於宋元類書、地志、詩話、筆記等曾予通檢,未見引録之跡。近年蘇州、河南編纂《全唐五代詩》,檢宋元舊籍逾千種,凡引唐詩皆製卡,仍未見此書片言隻語。宋元人重詩學,僞書如《二南密旨》、《金針詩格》也迭見稱引訾議。兩相比照，尤可注意。明清人謂蘇軾稱及此書（詳下），今人云滄浪"九品"説肇自本書，均屬誤解。戊、明高棅《唐詩品彙》和胡震亨《唐音戊籤》司空圖小傳，仍不及《詩品》，後者及季振宜《全唐詩稿本》，均不載此書。楊慎《升庵詩話》有《司空圖論詩》一節，所舉僅其論詩二書及《詩賦》。胡應麟《詩藪》和胡震亨《唐音癸籤》均曾羅列所知全部"唐人詩話"，自李嗣真《詩品》、李嶠《評詩格》以降，逾 20 種，均不及司空《詩品》。《癸籤》及許學夷《詩源辨體》均述及司空詩説，亦不涉《詩品》。明代典籍浩瀚，無以通檢，然以上諸位皆博洽之士，於唐詩研治頗深，足證其時《詩品》尚未問世。

（三）《詩品》之出世及其疑問

今知最早議及司空《詩品》的，是明末鄭鄤（1594—1639）《題詩品》（《峚陽草堂文集》卷一六）及費經虞（崇禎舉人）《雅倫》（轉録自詹幼馨《司空圖〈詩品〉衍繹》）。此書刊本最早者有三，均出明季：一爲吳永輯《續百川學海》本，南京大學有藏，崇禎刊；二爲毛晉輯《津逮秘書》本，亦刊崇禎間，晉有跋；三爲宛委山堂刊陶珽重輯《説郛》本，刊於崇禎、順治間。清刊本有十多種，道光後復有多家箋解，均後出，可不論。上舉諸家於此書均未説明版刻所自，僅引蘇軾"自列其詩有得於文字之表者二十四韻"一句爲證。《四庫提要》指王昌齡《詩格》爲僞託，皎然《詩式》在疑似間，謂此書真出圖手，舉證僅"持論非晚唐所及"、"深解詩理"而已。

歸結起來，各家信此書爲司空作，證據僅二：一是蘇軾稱及，二是深解詩理。如蘇軾曾見此書，則確屬淵源有自，可毋置疑。今檢蘇軾語見《書黃子思詩集後》，原文如次："唐末司空圖崎嶇兵亂之間，而詩文高雅，猶有承平之遺風。其論詩曰：'梅止於酸，鹽止於鹹，飲食不可無鹽梅，而其美常在鹹酸之外。'蓋自列其詩之有得於文字之表者二十四韻，恨當時不識其妙，予三復其言而悲之。"論詩數語據圖《與李生論詩書》撮録大意。次句中"有得於文字之表"爲"其詩"之修飾語。唐宋人習稱近體詩中一聯爲一韻，不以一首爲一韻。"自列其詩……二十四韻"，應指司空圖自己所作詩二十四聯。《與李生論詩書》在陳述論詩主張後，即舉己作爲證，如"得於早春則有'草嫩侵沙短，冰輕著雨銷'"之類，恰爲二十四聯。（此據《司空表聖文集》及《唐文粹》，《文苑英華》收此篇僅二十三聯，有二聯不見集本。南宋周必大校《英華》時補入二聯，《全唐文》又拼合三本爲二十六聯。）連"得於文字之表"的句式，也從"得於早春"之類所出，足證蘇軾此語，與《詩品》無關。宋人引蘇軾此篇者頗衆，似並無異解，洪邁《容齋隨筆》更直接指出："予讀表聖《一鳴集》，有《與李生論詩》一書，乃正坡公所言者。"牽合於《詩品》，始於明末。

那麼，《詩品》可否是已失傳的司空圖三十卷本《一鳴集》中的一部分呢？也可否定。其文集十卷今存宋、明刊本多種，詩集五卷爲胡震亨所輯，今均可從宋元人著作中找到出處，明以後典籍中未有不見前代稱引的作品出現，知三十卷本文集亡於明以前。

梁啟超云："古書流傳有緒,其有名的著作,在各史經籍志中都有著録,或從別書記載他的淵源。若突然發現一部書,向來無人經見,其中定有蹊蹺。"《詩品》在司空圖身後七百年寂無所聞,在明末僞書蜂起之際突然出現,不能不使我們感到"其中定有蹊蹺"。

(四)《詩家一指》與《詩品》

偶讀許學夷(1563—1633)《詩源辨體》卷三五有云："《詩家一指》出於元人,中有《十科》、《四則》、《二十四品》……《二十四品》以典雅歸揭曼碩,綺麗歸趙松雪,洗煉、清奇歸范德機,其卑淺不足言矣。"既有《二十四品》,所舉四目又皆同《詩品》,似非巧合。

承蒙南京大學張伯偉博士提供明萬曆五年(1577)朱紱編《名家詩法彙編》本《詩家一指》,並告此書最早見收於嘉靖二十四年(1545)刊黃省曾編《名家詩法》,無撰人,萬曆本題作"范德機《詩家一指》",當爲嘉靖三十一年(1552)楊成刊《詩法》時所加。

萬曆本《一指》與許學夷所見本同,首有序,分《十科》、《四則》、《二十四品》、《普説外篇》、《三造》五部分。其中《二十四品》與《一指》品目全同,各品韻文與《詩品》亦基本相同(異文較近《津逮》本),惟有題注:"中篇秘本,謂之發思篇。以發思者動蕩情性,使之若此類也。偏者得一偏,能者兼取之,始爲全美,古今李杜二人而已。"其中十三品下有注:《雄渾》、《沉著》、《高古》、《勁健》注"杜少陵",《沖淡》、《自然》"孟浩然",《典雅》"揭曼碩",《洗煉》、《清奇》"范德機",《綺麗》"趙松雪",《含蓄》"孟郊",《精神》"趙虞",《曠達》"《選》詩",另十一品無注。

就我們所知,迄今各種《詩品》箋注本,尚未徵及《一指》。二者存在某種必然聯繫,可無疑問,但究竟孰先孰後,孰真孰僞,尚俟深究。

(五)《詩家一指》的初步研究

《一指》作者,萬曆本稱范德機(即范梈),許學夷稱元人,皆不確。明高儒《百川書志》、清黃虞稷《千頃堂書目》及《明史·藝文志》皆著録此書,作者爲明人懷悦。

懷悦生平,據上引三書及《列朝詩集》、《明詩綜》、《靜志居詩話》、《明詩紀事》,知其字用和,嘉禾(今浙江嘉興)人。曾以納粟入官。明代宗景泰(1450—1456)間在世。所居在相湖(今嘉興市東北郊相家蕩)南,有柳莊、東莊、北花園,自號柳溪小隱、相湖漁隱。與當時江南詩人如景泰十才子等頻爲園亭詩酒之會。有別集《鐵松集》,不傳。又選同時人詩爲《士林詩選》,四庫列入存目,今似已不存。其詩約存十餘首,皆近體,多流連山水之作。

《一指》是一部指點作詩與觀詩方法之著,其書名用《景德傳燈録》載"天龍一指頭禪"所謂天地攝於一指之意,表示欲以此書總攝詩理。書中有兩處闡述全書各部分關係,一是序中云學者具備某種眼光後,"由是可以明《十科》,達《四則》,該《二十四品》,觀之不已而至於道"。二是《普説外篇》云:"集之《一指》,所以返學者迷途,《三造》所以發學者之關鑰,《十科》所以別武庫之名件,《四則》條達規鍵,指真踐履,《二十四品》所以攝大道如載圖經,於詩未必盡似,亦不必有似。"均指出全書是一個整體,各部分從不同方面指示門徑。據我們研究,其中僅《三造》爲摘録前人語録(所録以《滄浪詩話》、《白石詩説》最多,另有《六一詩話》、《後山詩話》、《蔡寬夫詩話》等十餘種),故列於外篇,其餘均作者自撰。《十科》指構成詩歌的諸項要素,分爲意、趣、神、情、氣、理、力、境、物、事十目。《四則》分別就命句、遣字、詩法、體格諸方面言實現《十科》的方法。至於《二十四品》,"該"爲掌握、兼攝之意,"圖經"爲唐宋方志之通名,即言這部分於詩所作分述,其功用與圖經備載山川津梁相同。"品"非三品、九品之類具有等次高下之分,而是用佛典中經品名之"品",指分列各細目。

作爲論詩格詩法之著,《一指》承沿了唐宋以來同類著作的格局,但取徑較寬,涉及句法字法、聲律用事、結構佈置、風調體格、取法門徑及作者修養諸方面。從其標舉的主要傾向來説,一是要通曉古今而能知其變化,二是重立意而又能意外成趣,三是重自然天成而反對人爲雕琢。

(六)所謂司空《詩品》是明末人據《一指·二十四品》所僞造

《詩品》與《一指》存在因襲關係至明,其可能性有二,即《一指》將《詩品》抄入,列爲第三節,或《詩品》本爲《一指》中之一節,明末有人將其析出,僞題司空以行世。

孤立地看,讀者較易贊同前説:司空圖論詩確有卓識,又得東坡稱許,而懷悦僅是明前期不知名的小詩人;《詩品》自明末迄今,獲無數名家激賞,從無人致疑,《一指》在明代即流佈不廣,外篇又曾廣鈔宋人詩説。不作深考,即指《一指》爲剽竊,似在情理中。

但綜合本文前此所考,我們確信《一指》淵源有自,並非僞書,而《詩品》則來歷不明,大可懷疑。試分別述之。

甲、從二書出世時間看,《一指》早於《詩品》。《一指》成書於景泰前後,今知有嘉靖、萬曆間三種刊本,而《詩品》自唐末迄明萬曆間,絕無流傳之跡,出世當在天啟、崇禎間,遲於《一指》約150年。

乙、明末許學夷、胡震亨均述及司空詩論,又曾見過《一指》,其態度值得玩味。許氏對《一指·二十四品》僅斥爲"卑淺不足言",不云與司空有關,但對"外篇又竊滄浪諸家之説"則頗致不滿,是其不知《詩品》爲司空圖作。胡氏在《唐音癸籤》中引録《一指》二則,但其述司空詩論及唐人詩學著作時,均不及《詩品》,是其亦不以《二十四品》爲司空之作。

丙、《二十四品》是《一指》有機整體的一部分。作者分述各部分關係,已見前引。《一指》多有四言句,如"變化詩道,濯煉詩情,會秀儲真,超源達本"、"造化超詣,變化易成,立意卑凡,情真愈遠"、"茂林青山,掃石酌泉,蕩滌神宇,獨還沖真"等,與《詩品》行文風格一致。在用詞造語方面,也多一致。如"真空"、"造化"、"超詣"、"窅然"、"獨鶴"等詞,二者均多有所見。《二十四品》有"不著一字,盡得風流"、"奇花初胎"、"如轉丸珠"、"握手已違"等句,《一指》別有相類似的"不著一字,窅乎神生"、"春花初胎"、"如轉樞機"、"握手俱往"等句,信出一人之手。又《二十四品》推崇自然妙造,無取人爲雕鏤,每言"真宰不奪,強得易貧"、"妙造自然,伊誰與裁"、"情性所至,妙不自尋",在《一指》中,這類意見俯拾皆是:"隨寓唱出,自然超絕"、"猶月於水,觸處自然"、"形趣泯合,神造自如",可謂若合符契。

丁、《詩品》中某些描寫,應屬江南風物,如"碧桃滿樹,風日水濱。柳陰路曲,流鶯比鄰"、"玉壺買春,賞雨茅屋,坐中佳士,左右修竹"、"月明華屋,畫橋碧陰"之類。雖非實寫,總爲作者所熟悉之環境。司空圖除曾入宣州幕府,一生多居北方。而懷悅生於江南富庶之區,所居又瀕湖。《静志居詩話》載其居處環境及友人唱和詩中,能見到的正是春水柳陰,花開鳥鳴,華軒春舫,琴笛佐歡,與《詩品》的描述正相一致。

戊、《詩品》多有用唐宋詩文處。如"月出東斗",用蘇軾《赤壁賦》"月出於東山之上,徘徊於斗牛之間";"御風蓬葉,泛彼無垠",用前文"縱一葦之所如,凌萬頃之茫然,浩浩乎如馮虛御風,而不知其所止"。"駕一葉之扁舟……羨長江之無窮"。"纖穠",出蘇軾"發纖穠於簡古"一語。"獨鶴與飛",句式仿韓愈《柳州羅池廟碑銘》"春與猿吟分秋鶴與飛",此文司空圖雖得見,但宋初韓集此句作"秋與鶴飛",自歐陽修據石刻揭出原文後方引起世人注意。

綜以上諸證,可斷定《詩品》爲明末人據《一指》僞造。其託名司空圖的原因,大約有二:一是《二十四品》中的某些提法與司空圖詩論有接近處,二是蘇軾"二十四韻"一語,與《二十四品》之數正合,爲作僞提供了佐證。在明末僞書泛濫之際,此部"名著"悄然問世,並欺謾世人達三個半世紀之久。

(七)餘論

雖然本文細節方面尚有可酌處,明末作僞者爲誰仍有待研究,《詩品》爲明人僞造應可爲定論。要否定這一結論,必須從宋元舊籍中舉出司空圖作《詩品》的確鑿書證。只是從明末迄今的大量論著,除蘇軾那段話外,未能提供任何可靠的書證。

明末作僞者從不爲世重的《一指》中析出《二十四品》,託名於司空圖,並以蘇軾之語爲證,藝術識見和作僞技巧均很高明。此書出世後,在詩學史上的作用無疑是積極的,圍繞此書產生的大量賡續、箋釋及理論探討著作,也各具一定的學術理論價值。這一切,並不會因《詩品》辨僞而變得全無意義。只是有不少問題確應作重新的探討。這些問題是:沒有了《詩品》,司空圖詩論是否應重新評價;今人多云嚴羽詩論出於司空,其創新意義是否應重新審視;回歸《一指》後的《詩品》及懷悅其人在詩學史上地位又當如何,是否應放在明初詩壇風氣和江南文化氛圍中作重新認識;對明末以來圍繞《詩品》產生的數量巨大的學術遺產,又該如何評價,哪些仍有價值,哪些應予修訂。

我們願與學界同仁共同展開進一步的研究。

(《唐代文學研究》第六輯,廣西師範大學出版社 1996 年版)

# 歐陽修

## 答吴充秀才書[1]

### [解題]

歐陽修(1007—1072),字永叔,號六一居士,廬陵(今江西吉水)人。宋仁宗天聖八年(1030)進士,官至樞密副使、參知政事,謚文忠。有《歐陽文忠公集》一百五十一卷,《新五代史》七十五卷。《宋史》卷三一九有傳。

以韓愈、柳宗元爲代表的唐代古文運動對有唐一代文風産生了巨大的影響,然而到了晚唐五代時期,在杜牧、李商隱等文壇重匠的積極參與及"花間"詞人、南唐君臣的薰陶浸染下,駢儷文體與靡豔之風捲土重來,韓柳一脈的散體古文漸趨没落。宋初柳開、王禹偁等已開始以自身創作實踐與"五代文弊"相抗衡。其後,以楊億爲首的"西昆體"的大行於世激起了穆修、石介、尹洙、蘇舜欽等人的强烈反對。對"西昆體"的打擊是卓有成效的,然而在石介的大力推動之下,古文又開始染上刻意求奇、生僻狂怪的陋習。對這一個曲折的文學發展階段,范仲淹在《尹師魯河南集序》中有精闢的總結:"寖及五代,其體薄弱。皇朝柳仲塗起而麾之,髦俊率從焉。仲塗門人能師經探道,有文於天下者多矣!洎楊大年以應用之才,獨步當世。學者刻辭鏤意,有希髣髴,未暇及古也。其間甚者專事藻飾,破碎大雅,反謂古道不適於用,廢而弗學者久之。洛陽尹師魯,少有高識,不逐時輩,從穆伯長遊,力爲古文。……遽得歐陽永叔,從而大振之,由是天下之文一變而古。"直至歐陽修宗主文壇,在反對"西昆體"的同時沉重打擊以石介爲首的"太學體",在回歸韓柳散文的同時雅化駢體,宋代古文運動才終於步入正軌。

本篇主要闡釋了歐陽修本人對文道關係的看法。他繼承了韓愈"修其辭以明其道"(韓愈《爭臣論》)的"文以明道"思想,認爲"聖人之文,雖不可及,然大抵道勝者文不難而自至也","道"是"文"的生命源泉。他以孟子、荀子二人爲例,説明"道"的修煉與積累對寫作的重要性。倘若"道未足",作品將"愈力愈勤而愈不至",花再多功夫也不過是"終日不出於軒序,不能縱橫高下皆如意",僅止於空洞的文字雕鏤，没有廣闊的格局與自由的創造；如果"道"已"充"，作品將"行乎天地入於淵泉"，達到不受拘束、盡情馳騁的至高境界。需要注意的是，在歐陽修的眼中，"道"固然是"文"的必要條件，然而"文"並非"道"的必然結果。他在《送徐無黨南歸序》中説："其所以爲聖賢者，修之於身，施之於事，見之於言，是三者所以能不朽而存也。……修於身矣，而不施於事，不見於言，亦可也。"歐陽修贊同"有言者必有德"，而有德者却未必有言，區別於柳開、石介等的撇開實際創作而妄言"道統"、"文統"，表現出他犀利的目光和清醒的認識。此外，歐陽修所説的"道"固然離不開以孔孟爲代表的儒道，然而他並不贊同閉門修道，"棄百事不關於心"的做法。其《與張秀才第二書》云："君子之於學也，務爲道，爲道必求知古，知古明道，而後履之以身，施之於事，而又見於文章，而發明之以信後世。"在追求内心的"道"的修煉的基礎上，歐陽修還重視"道"與實際生活實踐的結合，要求"學者"關心社會現實，對儒道身體力行。

　　鑒於唐宋兩代古文運動本身及其中心人物地位作用與持論的相似性，後人往往將歐陽修與韓愈相提並論。其子歐陽發《先公事跡》云："當世皆以爲自兩漢後五六百年，有韓退之，退之之後，又數百年，而公繼出。"韓琦《歐陽修墓誌銘》云："自漢司馬遷歿數百年而唐韓愈出，愈之後數百年而公始出。"蘇軾《居士集叙》云："愈之後三百餘年，而後得歐陽子，其學推韓愈、孟子以達於孔氏。"《宋史·歐陽修傳》云："三代而降，薄乎秦、漢，文章雖與時盛衰，而藹如其言，曄如其光，皦如其音，蓋均有先王之遺烈。涉晉、魏而弊，至唐韓愈氏振起之。唐之文，涉五季而弊，至宋歐陽修又振起之。挽百川之頹波，息千古之邪説，使斯文之正氣，可以羽翼大道，扶持人心，此兩人之力也。"事實上，歐陽修不僅對韓愈的理論進行了深化和具體化，在創作實踐中，也以其平易流麗、凝練婉轉遠出於韓文的一味求奇之上。王安石《祭歐陽文忠公文》云："其積於中者，浩如江河之停蓄；其發於外者，爛如日星之光輝。其清音幽韻，淒如飄風急雨之驟至；其雄辭閎辯，快如輕車駿馬之奔馳。世之學者，無問乎識與不識，而讀其文，則其人可知。"始終在創作中踐行其理論的歐陽修領導了古文運動的最終勝利，單句散行的古文從此成爲文壇正宗，"騈四儷六"再難撼動其統治地位，這種情形一直保持到近代新文學運動以前。

　　修頓首白先輩吳君足下：前辱示書及文三篇，發而讀之，浩乎若千萬言之多，及少定而視焉，纔數百言爾。非夫辭豐意雄，霈然有不可禦之勢[2]，何以至此？然猶自患悵悵莫有開之使前者[3]，此好學之謙言也。修材不足用於時，仕不足榮於世，其毀譽不足輕重，氣力不足動人。世之欲假譽以爲重，借力而後進者，奚取於修焉？先輩學精文雄，其施於時，又非待修譽而爲重，力而後進者也。然而惠然見臨[4]，若有所責[5]，得非急於某道[6]，不擇其人而問焉者歟？

夫學者未始不爲道[7]，而至者鮮焉。非道之於人遠也，學者有所溺焉爾[8]。蓋文之爲言，難工而可喜，易悦而自足[9]。世之學者往往溺之，一有工焉，則曰："吾學足矣。"甚者至棄百事不關于心，曰："吾文士也，職於文而已。"此其所以至之鮮也。

昔孔子老而歸魯，六經之作，數年之頃爾。然讀《易》者如無《春秋》，讀《書》者如無《詩》[10]，何其用功少而至於至也[11]！聖人之文雖不可及，然大抵道勝者，文不難而自至也。故孟子皇皇不暇著書[12]，荀卿蓋亦晚而有作[13]。若子雲、仲淹，方勉焉以模言語[14]，此道未足而彊言者也。後之惑者，徒見前世之文傳，以爲學者文而已，故愈力愈勤而愈不至。此足下所謂終日不出於軒序[15]，不能縱橫高下皆如意者，道未足也。若道之充焉，雖行乎天地，入于淵泉，無不之也。

先輩之文浩乎霈然，可謂善矣。而又志於爲道，猶自以爲未廣，若不止焉，孟、荀可至而不難也。修學道而不至者，然幸不甘於所悦而溺於所止[16]，因吾子之能不自止[17]，又以勵修之少進焉，幸甚幸甚。修白。

（《歐陽修詩文集校箋》卷四十七，上海古籍出版社 2009 年版）

**[注釋]**

[1]吳充（1021—1080）：字沖卿，建州浦城（今福建建甌）人。宋仁宗康定二年（1041）進士，此時其尚處弱冠之年。熙寧（1068—1077）末，同中書門下平章事。《宋史》卷三百一十二有傳。　[2]霈然：同"沛然"，盛大充沛貌。　[3]患：擔憂。俍俍：迷茫，無所適從。開：開導，引導。　[4]臨：垂詢。　[5]責：要求。　[6]得非：莫不是。　[7]未始：未嘗。爲道：韓愈《送陳秀才彤序》："蓋學所以爲道，文所以爲理也。"　[8]溺：沉迷。　[9]難工而可喜，易悦而自足：難以因爲精緻華美而使人喜歡，因爲自我陶醉而滿足却很容易。　[10]"然讀《易》者如無《春秋》"以下二句：語本李翱《答朱載言書》："創意造言，皆不相師。故其讀《春秋》也，如未嘗有《詩》也；其讀《詩》也，如未嘗有《易》也；其讀《易》也，如未嘗有《書》也；其讀屈原、莊周也，如未嘗有六經也。"　[11]至於至：達到極致。　[12]皇皇：同"惶惶"，匆忙狀。指孟子早年忙於遊説諸侯，未暇著述。　[13]"荀卿"句：《史記·孟子荀卿列傳》："荀卿……年五十始來遊學於齊……齊人或讒荀卿，荀卿乃適楚，而春申君以爲蘭陵令。春申君死而荀卿廢，因家蘭陵……於是推儒、墨、道德之行事興壞，序列著數萬言而卒。"　[14]子雲：西漢揚雄字，其《太玄經》仿《易》而作，《法言》仿《論語》而作。仲淹：隋末王通字，其《元經》（已佚）仿《春秋》而作，《中説》仿《論語》而作。模：模仿。　[15]軒序：軒，窗；序，中堂的東西兩牆。此處指足不出户。　[16]溺於所止：滿足於所得。　[17]吾子：愛稱，你。

## 史料選

### 歐陽修《梅聖俞詩集序》

予聞世謂詩人少達而多窮，夫豈然哉？蓋世所傳詩者，多出於古窮人之辭也。凡士之蘊其所有而不得施於世者，多喜自放於山巔水涯。外見蟲魚、草木、風雲、鳥獸之狀類，往往探其奇怪。內有憂思感憤之鬱積，其興於怨刺，以道羈臣寡婦之所歎，而寫人情之難言，蓋愈窮則愈工。然則非詩之能窮人，殆窮者而後工也。

予友梅聖俞，少以蔭補爲吏，累舉進士，輒抑於有司，困於州縣凡十餘年。年今五十，猶從辟書，爲人之佐。鬱其所畜，不得奮見於事業。其家宛陵，幼習於詩，自爲童子，出語已驚其長老。既長，學乎六經仁義之説。其爲文章，簡古純粹，不求苟説於世，世之人徒知其詩而已。然時無賢愚，語詩者必求之聖俞，聖俞亦自以其不得志者，樂於詩而發之。故其平生所作，於詩尤多。世既知之矣，而未有薦於上者。昔王文康公嘗見而歎曰："二百年無此作矣！"雖知之深，亦不果薦也。若使其幸得用於朝廷，作爲雅頌，以歌詠大宋之功德，薦之清廟，而追商、周、魯頌之作者，豈不偉歟！奈何使其老不得志，而爲窮者之詩，乃徒發於蟲魚物類、羈愁感歎之言？世徒喜其工，不知其窮之久而將老也，可不惜哉！

聖俞詩既多，不自收拾。其妻之兄子謝景初懼其多而易失也，取其自洛陽至於吳興已來所作，次爲十卷。予嘗嗜聖俞詩，而患不能盡得之，遽喜謝氏之能類次也，輒序而藏之。其後十五年，聖俞以疾卒於京師。余既哭而銘之。因索於其家，得其遺稿千餘篇，并舊所藏，掇其尤者六百七十七篇，爲一十五卷。嗚呼！吾於聖俞詩，論之詳矣，故不復云。廬陵歐陽修序。

### 歐陽修《送徐無黨南歸序》

草木鳥獸之爲物，衆人之爲人，其爲生雖異，而爲死則同，一歸於腐壞、澌盡、泯滅而已。而衆人之中有聖賢者，固亦生且死於其間，而獨異於草木鳥獸衆人者，雖死而不朽，逾遠而彌存也。其所以爲聖賢者，修之於身，施之於事，見之於言，是三者所以能不朽而存也。

修於身者，無所不獲；施於事者，有得有不得焉；其見於言者，則又有能有不能也。施於事矣，不見於言可也。自《詩》、《書》、《史記》所傳，其人豈必皆能言之士哉？修於身矣，而不施於事，不見於言，亦可也。孔子弟子有能政事者矣，有能言語者矣。若顏回者，在陋巷，曲肱飢卧而已，其羣居則默然終日如愚人。然自當時羣弟子皆推尊之，以爲不敢望而及，而後世更百千歲，亦未有能及之者。其不朽而存者，固不待施於事，況於言乎？

予讀班固《藝文志》、唐四庫書目，見其所列，自三代、秦、漢以來，著書之士多者至百餘篇，少者猶三四十篇，其人不可勝數，而散亡磨滅百不一二存焉。予竊悲其人，文章麗矣，言語工矣，無異草木榮華之飄風，鳥獸好音之過耳也。方其用心與力之勞，亦何異衆人之汲汲營營？而忽焉以死者，雖有遲有速，而卒與三者同歸於泯滅。夫言之不可恃也蓋如此。今之學者，莫不慕古聖賢之不朽，而勤一世以盡心於文字間者，皆可悲也。

東陽徐生，少從予學，爲文章，稍稍見稱於人。既去，而與羣士試於禮部，得高第，由是知名。其文辭日進，如水涌而山出。予欲摧其盛氣而勉其思也，故於其歸，告以是言。然予固亦喜爲文辭者，亦因以自警焉。

### 歐陽修《與張秀才棐第二書》

修頓首白秀才足下：前日去後，復取前所貺古今雜文十數篇，反復讀之，若《大節賦》、《樂古》、《太古曲》等篇，言尤高而志極大。尋足下之意，豈非閔世病俗，究古明道，欲拔今以復之古，而翦剥齊整凡今之紛殽駮冗者歟？然後益知足下之好學，甚有志者也。然而述三皇太古之道，捨近取遠，務高言而鮮事實，此少過也。

君子之於學也務爲道，爲道必求知古，知古明道，而後履之以身，施之於事，而又見於文章而發之，以信後世。其道，周公、孔子、孟軻之徒常履而行之者是也；其文章，則六經所載，至今而取信者是也。其道易知而可法，其言易明而可行。及誕者言之，乃以混蒙虛無爲道，洪荒廣略爲古，其道難法，其言難行。孔子之言道，曰“道不遠人”，言中庸者，曰“率性之謂道”，又曰“可離非道也”。《春秋》之爲書也，以成隱讓而不正之，傳者曰“《春秋》信道不信邪”，謂隱未能蹈道。齊侯遷衞，書“城楚丘”，與其仁不與其專封，傳者曰“仁不勝道”。凡此所謂道者，乃聖人之道也。此履之於身、施之於事而可得者也，豈如誕者之言者耶！堯、禹之《書》皆曰“若稽古”。傅説曰“事不師古”，“匪説攸聞”。仲尼曰“吾好古，敏以求之者”。凡此所謂古者，其事乃君臣、上下、禮樂、刑法之事，又豈如誕者之言者邪！此君子之所學也。

夫所謂捨近而取遠云者，孔子昔生周之世，去堯、舜遠，孰與今去堯舜遠也？孔子删《書》，斷自《堯典》，而弗道其前，其所謂學，則曰“祖述堯、舜”。如孔子之聖且勤，而弗道其前者，豈不能邪？蓋以其漸遠而難彰，不可以信後世也。今生於孔子之絶後，而反欲求堯、舜之已前，世所謂務高言而鮮事實者也。唐、虞之道爲百王首，仲尼之歎曰“蕩蕩乎”，謂高深閎大而不可名也。及夫二《典》，述之炳然，使後世尊崇仰望不可及。其嚴若天，然則《書》之言豈不高邪？然其事不過於親九族，平百姓，憂水患，問臣下誰可任，以女妻舜，及祀山川，見諸侯，齊律度，謹權衡，使臣下誅放四罪而已。孔子之後，惟孟軻最知道，然其言不過於教人樹桑麻，畜雞豚，以謂養生送死爲王道之本。夫二《典》之文，豈不爲文，孟軻之言道，豈不爲道？而其事乃世人之甚易知而近者，蓋切於事實而已。

今學者不深本之，乃樂誕者之言。思混沌於古初，以無形爲至道者，無有高下遠近。使賢者能之，愚者可勉而至，無過不及，而一本乎大中，故能亙萬世，可行而不變也。今以謂不足爲，而務高遠之爲勝，以廣誕者無用之説，是非學者之所盡心也。宜少下其高而近其遠，以及乎中，則庶乎至矣。

凡僕之所論者，皆陳言淺語，如足下之多聞博學，不宜爲足下道之也。然某之所以云者，本欲損足下高遠而俯就之，則安敢務爲奇言以自高邪？幸足下少思焉。

（《歐陽修詩文集校箋》，上海古籍出版社 2009 年版）

# 蘇　軾

## 書黃子思詩集後[1]

[解題]

　　蘇軾(1037—1101),字子瞻,號東坡居士,眉州眉山(今四川眉山)人。宋仁宗嘉祐二年(1057)進士。官至禮部尚書兼端明殿、翰林侍讀兩學士。有《東坡七集》一百一十卷。《宋史》卷三百三十八有傳。

　　蘇軾身爲一代文壇巨匠,是北宋最高文學成就的標志性人物。於文,他與歐陽修並稱"歐蘇",是一脉相承的文壇領袖;於詩,他與黃庭堅並稱"蘇黃",後人甚至有"詩到蘇黃盡"之説(元好問《論詩絶句》);於詞,他與辛棄疾並稱"蘇辛",同爲宋詞豪放一派的代表。同時,蘇軾還精通書、畫,兼藝術大家與文學大師於一身。《唐宋詩醇》云:"……雄視百代者,必也其蘇軾乎! ……前之曹劉陶謝,後之李杜韓白,無所不學,亦無所不工。同時歐陽王黃,佑俱遜謝焉。洵乎獨立千古,非一代一人之詩也。"這之於蘇軾絶非過譽。歐陽修曾在《與梅聖俞書》中云:"讀軾書,不覺汗出,快哉,快哉! 老夫當避路,放他出一頭地也。可喜,可喜!"蘇軾承其衣鉢,成爲北宋新一代文壇宗主,同時也繼承並捍衛了以其爲中心的北宋古文運動的成果。與歐陽修相比,蘇軾更多地把目光投注於文學創作本身,其文學主張散見於其詩文、序跋、札記之中,本篇即爲其中的重要一篇。

　　嚴羽《滄浪詩話·詩辨》稱:"近代諸公作奇特解會,遂以文字爲詩,以才學爲詩,以是爲詩。夫豈不工,終非古人之詩也。蓋於一唱三嘆之音,有所歉焉。"可謂一針見血,道出"近代諸公"之首蘇軾詩文與其文學追求之間的差異與距離。蘇軾《文説》云:"吾文如萬斛泉源,不擇地而出,在平地滔滔汩汩,雖一日千里無難。及其與山石曲折,隨物賦形而不可知也。所可知者,常行於所當行,常止於不可不止,如是而已矣。其他雖吾亦不能知也。"他對自己詩文風格的剖析是精當的。蘇軾以其天縱奇才馳騁翰墨,向來是揮灑自如、手到擒來。其畢生風格主要是豪曠超邁,一如沈德潛《説詩晬語》所言:"蘇子瞻胸有洪爐,金銀鉛錫,皆歸鎔鑄。其筆之超曠,等於天馬脫羈,飛仙遊戲,窮極變幻,而適如意中所欲出。"到了晚年,蘇軾才逐漸錘鍊出淡雅疏朗、勝以韻致的含蓄風格,到達其文學藝術水平的巔峰,向來爲後人所稱道的《和陶詩》即爲此種風格的具體體現。在本篇篇首,我們已經可以看到,蘇軾在對書法的評論中流露出對"蕭散簡遠,妙在筆畫之外"的含蓄蘊藉之美的嚮往。他認爲即使是"凌跨百代,古今時人盡廢"的李白、杜甫,也不如蘇武李陵、建安衆子與陶淵明、謝靈運的"高風絶塵"。他繼承並深化了司空圖《詩品》的闡論,真正追求的乃是"發纖穠於簡古,寄至味於澹泊","美在鹹酸之外,可以一唱而三嘆"之詩。其《評韓柳詩》云"所貴乎枯淡者,謂其外枯而中膏,似淡而實美",其弟蘇轍所爲作序《追和陶淵明詩引》中引其書信"吾於詩人無所甚好,獨好淵明之詩。淵明作詩不多,其詩質而實綺,癯而實腴,自曹、劉、鮑、謝、李、杜諸人,皆莫及也",均可爲相印證。顯而易見的是,纖穠與簡古、至味與澹泊、枯與膏、淡與美、質與綺、癯與腴,都是相互對立的兩種境界,蘇軾力圖化對立爲融合,以看似樸素的外在形式表現深邃醇厚的博大内涵,使詩作讀來回味不盡,從而達到極煉而似不煉的爐火純青的藝術高度。在其晚年的一百二十余首《和陶詩》之中,我們能看到蘇軾終於合其詩作與詩論爲一,到達其孜孜不倦求索的文學成就巔峰。

予嘗論書,以謂鍾、王之迹[2],蕭散簡遠,妙在筆畫之外。至唐顔、柳[3],始集古今筆法而盡發之,極書之變,天下翕然以爲宗師[4]。而鍾、王之法益微[5]。至於詩亦然。蘇、李之天成[6],曹、劉之自得[7],陶、謝之超然[8],蓋亦至矣。而李太白、杜子美以英瑋絶世之姿[9],凌跨百代,古今詩人盡廢,然魏、晉以來高風絶塵,亦少衰矣。李、杜之後,詩人繼作,雖間有遠韻,而才不逮意。獨韋應物、柳宗元發纖穠於簡古[10],寄至味於澹泊,非餘子所及也。唐末司空圖,崎嶇兵亂之間,而詩文高雅,猶有承平之遺風。其論詩曰:"梅止於酸,鹽止於鹹。"[11]飲食不可無鹽、梅,而其美常在鹹、酸之外。蓋自列其詩之有得於文字之表者二十四韻[12],恨當時不識其妙,予三復其言而悲之。閩人黄子思,慶曆、皇祐間號能文者[13]。予嘗聞前輩誦其詩,每得佳句妙語,反復數四,乃識其所謂。信乎表聖之言,美在鹹酸之外,可以一唱而三歎也[14]。予既與其子幾道、其孫師是游,得窺其家集,而子思篤行高志,爲吏有異材,見於墓誌詳矣,予不復論,獨評其詩如此。

（《蘇軾文集》第六十七卷,中華書局 1986 年版）

## [注釋]

[1]黄子思:黄孝先(生卒年不詳),字子思,浦城(今屬福建)人。宋仁宗天聖二年(1024)進士,官至大理寺丞。 [2]鍾:鍾繇(151—230),字元常,三國潁川長社(今河南長葛東)人。

魏文帝曹丕時官至太尉。工書法,兼善各體,隸、楷尤精。王:王羲之(303—361),字逸少,晉琅邪(今山東臨沂)人。官至右將軍,世稱王右軍。諸體皆備,行、草尤精,有"書聖"之稱。[3]顏:顏真卿(709—785),字清臣,唐琅邪(今山東臨沂)人。開元二十二年(734)進士,官至太子太師。精於楷書,世稱"顏體"。柳:柳公權(778—865),字誠懸,唐京兆華原(今陝西耀縣)人。元和三年(808)進士,官至太子少師。精於楷書,世稱"柳體"。顏、柳並稱"顏筋柳骨"。 [4]翕然:一致。 [5]微:衰落。 [6]蘇:蘇武(前140—前60),字子卿,杜陵(今陝西西安東南)人。李:李陵(生卒年不詳),李廣之孫。後世稱傳爲二人所作五言詩爲"蘇李詩",《文選》載七首,《古文苑》載十首。 [7]曹:曹植。劉:劉楨。 [8]陶:陶淵明。謝:謝靈運。 [9]李太白:即李白,字太白。杜子美:即杜甫,字子美。 [10]"韋應物、柳宗元"句:《東坡題跋》評韋、柳詩:"所貴乎枯淡者,謂其外枯而中膏,似淡而實美,淵明、子厚之流是也。"可與本文相發。 [11]"梅止於酸"二句:語本司空圖《與李生論詩書》:"江嶺之南,凡足資於適口者,若醯,非不酸也,止於酸而已;若鹺,非不鹹也,止於鹹而已。華之人以充飢而遽輟者,知其鹹酸之外,醇美者有所乏耳。" [12]二十四韻:指司空圖《與李生論詩書》中所自舉詩句二十四聯。[13]慶曆(1041—1048)、皇祐(1049—1053):均爲宋仁宗年號。 [14]一唱而三歎:語本《禮記·樂記》:"清廟之取長瑟,朱弦而疏越,一唱而三歎,有遺音者矣;大饗之禮,尚玄酒而俎腥魚,大羹不和,有遺味者矣。"

## 史料選

### 蘇軾《文與可畫篔簹谷偃竹記》

竹之始生,一寸之萌耳,而節葉具焉。自蜩腹蛇蚹以至于劍拔十尋者,生而有之也。今畫者乃節節而爲之,葉葉而累之,豈復有竹乎!故畫竹必先得成竹於胸中,執筆熟視,乃見其所欲畫者,急起從之,振筆直遂,以追其所見,如兔起鶻落,少縱則逝矣。與可之教予如此。予不能然也,而心識其所以然。夫既心識其所以然而不能然者,内外不一,心手不相應,不學之過也。故凡有見於中而操之不熟者,平居自視了然,而臨事忽焉喪之,豈獨竹乎!子由爲《墨竹賦》以遺與可曰:"庖丁,解牛者也,而養生者取之。輪扁,斲輪者也,而讀書者與之。今夫夫子之託於斯竹也,而予以爲有道者,則非耶?"子由未嘗畫也,故得其意而已。若予者,豈獨得其意,并得其法。

與可畫竹,初不自貴重,四方之人持縑素而請者,足相蹋於其門。與可厭之,投諸地而罵曰:"誤將以爲襪材。"士大夫傳之,以爲口實。及與可自洋州還,而余爲徐州。與可以書遺余曰:"近語士大夫,吾墨竹一派,近在彭城,可往求之。襪材當萃於子矣。"書尾復寫一詩,其略曰:"擬將一段鵝谿絹,掃取寒梢萬尺長。"予謂與可,竹長萬尺,當用絹二百五十匹,知公倦於筆硯,願得此絹而已。與可無以答,則曰:"吾言妄矣,世豈有萬尺竹也哉。"余因而實之,答其詩曰:世間亦有千尋竹,月落庭空影許長。與可笑曰:"蘇子辯則辯矣。然二百五十匹,吾將買田而歸老焉。"因以所畫篔簹谷偃竹遺予,曰:"此竹數尺耳,而有萬尺之勢。"篔簹谷在洋州,與可嘗令予作《洋州三十詠》,篔簹谷其一也。予詩云:"漢川修竹賤如蓬,斤斧何曾赦籜龍。料得清貧饞太守,渭濱千畝在胸中。"與可是日與其妻游谷中,燒筍晚食,發函得詩,失笑噴飯滿案。

元豐二年正月二十日,與可没於陳州。是歲七月七日,予在湖州曝書畫,見此竹,廢卷而哭失聲。昔曹孟德《祭橋公文》有"車過"、"腹痛"之語,而予亦載與可疇昔戲笑之言者,以見與可於予親厚無間如此也。

### 蘇軾《南行前集敘》

夫昔之爲文者,非能爲之爲工,乃不能不爲之爲工也。山川之有雲霧,草木之有華實,充滿勃鬱而見於外,夫雖欲無有,其可得耶!自少聞家君之論文,以爲古之聖人有所不能自已而作者。故軾與弟轍爲文至多,而未嘗敢有作文之意。己亥之歲,侍行適楚,舟中無事,博弈飲酒,非所以爲閨門之歡,而山川之秀美,風俗之朴陋,賢人君子之遺跡,與凡耳目之所接者,雜然有觸於中,而發於咏歎。蓋家君之作與弟轍之文皆在,凡一百篇,謂之《南行集》。將以識一時之事,爲他日之所尋繹,且以爲得於談笑之間,而非勉强所爲之文也。時十二月八日,江陵驛書。

### 蘇軾《答謝民師書》(節選)

所示書教及詩賦雜文,觀之熟矣。大略如行雲流水,初無定質,但常行於所當行,常止於不可不止,文理自然,姿態橫生。孔子曰:"言之不文,行而不遠。"又曰:"辭,達而已矣!"夫言止於達意,則疑若不文,是大不然。求物之妙,如繫風捕影,能使是物了然於心者,蓋千萬人而不一遇也;而況能使了然於口與手乎!是之謂辭達。辭至於能達,則文不可勝用矣。

揚雄好爲艱深之詞,以文淺易之説,若正言之,則人人知之矣。此正所謂雕蟲篆刻者。其《太玄》、《法言》皆是類也。而獨悔於賦,何哉?終身雕篆,而獨變其音節,便謂之經,可乎?屈原作《離騷經》,蓋風雅之再變者,雖與日月爭光可也,可以其似賦而謂之雕蟲乎?使賈誼見孔子,升堂有餘矣;而乃以賦鄙之,至與司馬相如同科。雄之陋如此比者甚衆,可與知者道,難與俗人言也,因論文偶及之耳。……

### 蘇軾《自評文》

吾文如萬斛泉源,不擇地皆可出,在平地滔滔汩汩,雖一日千里無難。及其與山石曲折，隨物賦形，而不可知也。所可知者，常行於所當行，常止於不可不止，如是而已矣。其他雖吾亦不能知也。

### 蘇軾《評韓柳詩》

柳子厚詩在陶淵明下，韋蘇州上。退之豪放奇險則過之，而温麗靖深不及也。所貴乎枯澹者，謂其外枯而中膏，似澹而實美，淵明、子厚之流是也。若中邊皆枯澹，亦何足道。佛云："如人食蜜，中邊皆甜。"人食五味，知其甘苦者皆是，能分別其中邊者，百無一二也。

（以上據《蘇軾文集》，中華書局 1986 年版）

### 蘇轍《亡兄子瞻端明墓誌銘》（節錄）

予兄子瞻，謫居海南。四年春正月，今天子即位，推恩海内，澤及鳥獸。夏六月，公被命渡海北歸。明年，舟至淮、浙。秋七月被病，卒於毘陵。吳越之民相與哭於市，其君子相吊於家，訃聞四方，無賢愚皆咨嗟出涕。太學之士數百人，相率飯僧慧林佛舍。嗚呼，斯文墜矣，後生安所復仰！公始病，以書屬轍曰："即死，葬我嵩山下，子爲我銘。"轍執書哭曰："小子忍銘吾兄！"

公諱軾，姓蘇，字子瞻，一字和仲，世家眉山。曾大父諱杲，贈太子太保。妣宋氏，追封昌國太夫人。大父諱序，贈太子太傅。妣史氏，追封嘉國太夫人。考諱洵，贈太子太師。妣程氏，追封成國太夫人。公生十年，而先君宦學四方。太夫人親授以書，聞古今成敗，輒能語其要。太夫人嘗讀《東漢史》，至《范滂傳》概然太息。公侍側曰："軾若爲滂，夫人亦許之否乎？"太夫人曰："汝能爲滂，吾顧不能爲滂母耶？"公亦奮厲有當世志，太夫人喜曰："吾有子矣。"比冠，學通經史，屬文日數千言。

嘉祐二年，歐陽文忠公考試禮部進士，疾時文之詭異，思有以救之。梅聖俞時與其事，得公《論刑賞》，以示文忠。文忠驚喜，以爲異人，欲以冠多士。疑曾子固所爲。子固，文忠門下士也，乃寘公第二。復以《春秋》對義居第一，殿試中乙科。以書謝諸公。文忠見之，以書語聖俞曰："老夫當避此人，放出一頭地。"士聞者始譁不厭，久乃信服。丁太夫人憂，終喪。五年，授河南福昌主簿。文忠以直言薦之。秘閣試六論，舊不起草，以故文多不工。公始具草，文義粲然，時以爲難。比答制策，復入三等。除大理評事、簽書鳳翔府判官。長吏意公文人，不以吏事責之。公盡心其職，老吏畏伏。關中自元昊叛命，人貧役重，岐下歲以南山木栰自渭入河，經底柱之險，衙前以破產者相繼也。公遍問老校，曰："木栰之害，本不至此，若河、渭未漲，操栰者以時進止，可無重費也。患其乘河、渭之暴，多方害之耳。"公即修衙規，使衙前得自擇水工，栰行無虞。仍言於府，使得係籍。

自是衙前之害減半。

治平二年，罷還，判登聞鼓院。英宗在藩聞公名，欲以唐故事，召入翰林。宰相限以近例，欲召試秘閣。上曰："未知其能否故試，如蘇軾有不能耶？"宰相猶不可。及試二論，皆入三等，得直史館。丁先君憂，服除。時熙寧二年也，王介甫用事，多所建立。公與介甫議論素異，既還朝，寘之官告院。四年，介甫欲變更科舉，上疑焉，使兩制三館議之。公議上，上悟曰："吾固疑此，得蘇軾議，意釋然矣。"即日召見，問："何以助朕？"公辭避久之，乃曰："臣竊意陛下求治太急，聽言太廣，進人太銳。願陛下安靜以待物之來，然後應之。"上竦然聽受，曰："卿三言，朕當詳思之。"介甫之黨皆不悅，命攝開封推官，意以多事困之。公決斷精敏，聲問益遠。會上元，有旨市浙燈，公密疏，舊例無有，不宜以玩好示人，即有旨罷。殿前初策進士，舉子希合，爭言祖宗法制非是，公爲考官。退擬答以進，深中其病。自是論事愈力，介甫愈恨。御史知雜事者爲誣奏公過失，窮治無所得。公未嘗以一言自辨，乞外任避之，通判杭州。

……

自杭徙知密州，時方行手實法，使民自疏財產以定戶等，又使人得告其不實。司農寺又下諸路，不時施行者以違制論。公謂提舉常平官曰："違制之坐，若自朝廷，誰敢不從？今出於司農，是擅造律也，若何？"使者驚曰："公姑徐之。"未幾，朝廷亦知手實之害，罷之。密人私以爲幸。郡嘗有盜竊發而未獲，安撫轉運司憂之，遣一三班使臣，領悍卒數十人，入境捕之。卒凶暴恣行，以禁物誣民，入其家爭鬪至殺人，畏罪驚散，欲爲亂。民訴之，公投其書不視，曰："必不至此。"潰卒聞之少安，徐使人招出，戮之。

自密徙徐。是時河決曹村，泛于梁山泊，溢于南清河。城南兩山環繞，呂梁、百步扼之，匯于城下，漲不時洩。城將敗，富民爭出避水。公曰："富民若出，民心動搖，吾誰與守？吾在是，水決不能敗城。"驅使復入。公履屨杖策，親入武衛營，呼其卒長，謂之曰："河將害城，事急矣，雖禁軍，宜爲我盡力。"卒長呼曰："太守猶不避塗潦，吾儕小人效命之秋也。"執梃入火伍中，率其徒短衣徒跣，持畚鍤以出，築東南長堤，首起戲馬臺，尾屬於城。堤成，水至堤下，害不及城，民心乃安。然雨日夜不止，河勢益暴，城不沉者三板。公廬於城上，過家不入，使官吏分堵而守，卒完城以聞。復請調來歲夫增築故城，爲木岸，以虞水之再至。朝廷從之。訖事，詔褒之，徐人至今思焉。

徙知湖州，以表謝上。言事者摘其語以爲謗，遣官逮赴御史獄。初，公既補外，見事有不便於民者，不敢言，亦不敢默視也。緣詩人之義，託事以諷，庶幾有補於國。言者從而媒糵之。上初薄其過，而浸潤不止，是以不得已從其請。既付獄吏，必欲寘之死，鍛鍊久之，不決。上終憐之，促具獄，以黃州團練副使安置。

公幅巾芒屩，與田父野老相從溪谷之間，築室於東坡，自號“東坡居士”。五年，上有意復用，而言者沮之。上手札徙汝州，略曰：“蘇軾黜居思咎，閱歲滋深，人材實難，不忍終棄。”未至，上書自言有飢寒之憂，有田在常，願得居之。書朝入，夕報可。士大夫知上之卒喜公也。會晏駕，不果復用。至常，以哲宗即位，復朝奉郎、知登州。至登，召爲禮部郎中。

……

元祐元年，公以七品服入侍延和，位改賜銀緋。二年，遷中書舍人。時君實方議改免役爲差役。差役行於祖宗之世，法久多弊，編户充役不習，官府吏虐使之，多以破產，而狹鄉之民或有不得休息者。先帝知其然，故爲免役，使民以户高下出錢，而無執役之苦。行法者不循上意，於雇役實費之外，取錢過多，民遂以病。若量出爲入，毋多取於民，則足矣。君實爲人，忠信有餘而才智不足，知免役之害，而不知其利，欲一切以差役代之。方差官置局，公亦與其選，獨以實告，而君實始不悦矣。嘗見之政事堂，條陳不可，君實忿然。公曰：“昔韓魏公刺陝西義勇，公爲諫官，爭之甚力，魏公不樂，公亦不顧。軾昔聞公道其詳，豈今日作相，不許軾盡言耶？”君實笑而止。公知言不用，乞補外，不許。君實始怒，有逐公意矣，會其病卒乃已。時臺諫官多君實之人，皆希合以求進，惡公以直形己，爭求公瑕疵。既不可得，則因緣熙寧謗訕之説以病公。公自是不安於朝矣。

……

六年，召入爲翰林承旨，復侍邇英，當軸者不樂，風御史攻公。公之自汝移常也，授命於宋，會神考晏駕，哭於宋，而南至揚州。常人爲公買田，書至，公喜作詩，有“聞好語”之句。言者妄謂公聞諱而喜，乞加深譴。然詩刻石有時日，朝廷知言者之妄，皆逐之。公懼，請外補，乃以龍圖閣學士守潁。

……

公之於文，得之於天，少與轍皆師先君。初好賈誼、陸贄書，論古今治亂，不爲空言。既而讀《莊子》，喟然歎息曰：“吾昔有見於中，口未能言，今見《莊子》，得吾心矣。”乃出《中庸論》，其言微妙，皆古人所未喻。嘗謂轍曰：“吾視今世學者，獨子可與我上下耳。”既而謫居於黃，杜門深居，馳騁翰墨，其文一變，如川之方至，而轍瞠然不能及矣。後讀釋氏書，深悟實相，參之孔、老，博辯無礙，浩然不見其涯也。先君晚歲讀《易》，玩其爻象，得其剛柔遠近喜怒逆順之情，以觀其詞，皆迎刃而解。作《易傳》，未完。疾革，命公述其志。公泣受命，卒以成書，然後千載之微言，焕然可知也。復作《論語説》，時發孔氏之秘。最後居海南，作《書傳》，推明上古之絶學，多先儒所未達。既成三書，撫之歎曰：“今世要未能信，後有君子，當知我矣。”至其遇事所爲詩、騷、銘、記、書、檄、論、撰，率皆過人。有《東坡集》四十卷、《後集》二十卷、《奏議》十五卷、《内制》十卷、《外制》三卷。公詩本似李、杜，晚喜陶淵明，追和之者幾遍，凡四卷。幼而好書，老而不倦，自言不及晉人，至唐褚、薛、顏、柳，髣髴近之。平生篤於孝友，輕財好施。伯父太白早亡，子孫未立，杜氏姑卒未葬。先君没，有遺言。公既除喪，即以禮葬姑。及官可蔭補，復以奏伯父之曾孫彭。其於人，見善稱之如恐不及，見不善斥之如恐不盡，見義勇於敢為，而不顧其害。用此數困於世，然終不以為恨。孔子謂伯夷、叔齊古之賢人，曰："求仁而得仁，又何怨？"公實有焉。銘曰：

　　蘇自欒城，西宅於眉。世有潛德，而人莫知。猗歟先君，名施四方。公幼師焉，其學以光。出而從君，道直言忠。行險如夷，不謀其躬。英祖擢之，神考試之。亦既知矣，而未克施。晚侍哲皇，進以詩書。誰實間之，一斥而疏。公心如玉，焚而不灰。不變生死，孰為去來。古有微言，衆説所蒙。手發其樞，恃此以終。心之所涵，遇物則見，聲融金石，光溢雲漢。耳目同是，舉世畢知。欲造其淵，或眩以疑。絶學不繼，如已斷弦。百世之後，豈其無賢？我初從公，賴以有知。撫我則兄，誨我則師。皆遷於南，而不同歸。天實為之，莫知我哀。

　　　　　　（《欒城集》之《欒城後集》卷之二十二，上海古籍出版社 1987 年版）

# 李清照

## 詞　論

[解題]

李清照（1084—1151?），號易安居士，濟南人。兩宋之交著名女詞人。有《漱玉詞》一卷。事跡見其所著《〈金石録〉后序》。

《詞論》是我國古代第一篇完整的詞學論文，因出自宋代著名女詞人李清照之手，其意義就更加非凡。在北宋詞壇上，柳永、蘇軾異軍突起，在拓展詞的表現力的同時，也突破了傳統文人詞的寫作範式，不論是以賦爲詞，還是以詩爲詞，都爲整個宋詞的發展指出另一種走向。面對此種情況，維護詞之本色成了一些詞人的重要任務。在《詞論》一文中，李清照批駁了鄭衛之音和南唐李氏詞的亡國之音，批評了劉永、張先、蘇軾等衆多詞人，提出作詞應當注重高雅、渾成、協樂、典重、鋪敘、故實。其目的在於標舉詞作爲獨立的文學體裁的地位，這對蘇軾以詩爲詞的創作方法無疑是有力的反駁。她稱贊蘇軾學際天人，却責備蘇詞"皆句讀不葺之詩"，一個很重要的原因在於音律上，李清照指出詩文只分平仄，而詞有五音、五聲、六律、清濁輕重，音律上的要求更甚於詩，不講求音律的詞幾不可讀。於是李清照點出"（詞）別是一家"之説，這對推尊詞體無疑具有重要意義。

李清照從上述六個方面闡釋了詞的作法，但她晚年的詞並非嚴格按此要求而作，與她同時代的周邦彦却是李清照詞論最切實的反映。可以説，李清照和周邦彦分别在理論和創作上維護了詞的本色特質，對後世詞學影響深遠。

樂府聲詩並著[1]，最盛于唐。開元、天寶間[2]，有李八郎者[3]，能歌擅天下。時新及第進士、開宴曲江[4]，榜中一名士先召李，使易服隱名姓，衣冠故敝[5]，精神慘沮，與同之宴所。曰："表弟願與坐末。"衆皆不顧。既酒行，樂作，歌者進，時曹元謙、念奴爲冠[6]。歌罷，衆皆咨嗟稱賞。名士忽指李曰："請表弟歌。"衆皆哂，或有怒者。及轉喉發聲，歌一曲，衆皆泣下。羅拜曰[7]："此李八郎也。"自後鄭衛之聲日熾，流靡之變日煩。已有《菩薩蠻》、《春光好》、《莎雞子》、《更漏子》、《夢江南》、《漁父》等詞[8]，不可徧舉。五代干戈，四海瓜分豆剖[9]，斯文道熄。獨江南李氏君臣尚文雅[10]，故有"小樓吹徹玉笙寒"[11]，"吹皺一池春水"[12]之詞。語雖奇甚，所謂亡國之音哀以思也[13]！逮至本朝，禮樂文武大備，又涵養百餘年，始有柳屯田永者[14]，變舊聲作新聲，出《樂章集》，大得聲稱於世。雖協音律，而詞語塵下[15]。又有張子野[16]、宋子京兄弟[17]、沈唐[18]、元絳[19]、晁次膺[20]輩繼出，雖時時有妙語，而破碎何足名家。至晏元獻[21]、歐陽永叔[22]、蘇子瞻[23]，學際天人，作爲小歌詞，直如酌蠡水於大海[24]，然皆句讀不葺之詩爾[25]，又往往不協音律者何耶？蓋詩文分平側[26]，而歌詞分五音[27]，又分五聲[28]，又分六律[29]，又分清濁輕重[30]。且如近世所謂《聲聲慢》、《雨中花》、《喜遷鶯》，既押平聲韻，又押入聲韻。《玉樓春》本押平聲韻，又押上去聲，又押入聲。本押仄聲韻，如押上聲則協，如押入聲，則不可歌矣。王介甫[31]、曾子固[32]文章似西漢，若作一小歌詞，則人必絕倒，不可讀也。乃知別是一家，知之者少。後晏叔原[33]、賀方回[34]、秦少游[35]、黃魯直[36]出，始能知之。又晏苦無鋪敍；賀苦少典重；秦即專主情致，而少故實，譬如貧家美女，雖極妍麗豐逸，而終乏富貴態；黃即尚故實，而多疵病，譬如良玉有瑕，價自減半矣。

（王仲聞《李清照集校注》，人民文學出版社 1979 年版）

**【注釋】**

[1]聲詩：指樂府以外能入樂歌唱的五七言詩。 [2]開元（713—741）、天寶（742—756）：均爲唐玄宗年號。 [3]李八郎：唐代著名歌者李袞，事跡見李肇《國史補》。 [4]曲江：位於長安城東南，唐代皇家園林所在地，爲每屆新及第進士循例遊宴場所。 [5]故敝：破舊。 [6]曹元謙：不詳。念奴：元稹《連昌宮詞》自注："念奴，天寶中名倡，善歌。" [7]羅拜：環拜。 [8]《菩薩蠻》等：皆詞牌名。 [9]瓜分豆剖：語本鮑照《蕪城賦》："出入三代，五百餘載，竟瓜剖而豆分。" [10]江南李氏君臣：指五代時南唐中主李璟、後主李煜及臣子馮延巳等。 [11]小樓吹徹玉笙寒：語本李璟詞《攤破浣溪沙》。 [12]吹皺一池春水：語本馮延巳詞《謁金門》。 [13]亡國之音哀以思：語本《禮記·樂記》："是故治世之音安以樂，其政和；亂世之音怨以怒，其政乖；亡國之音哀以思，其民困。" [14]柳屯田永者：即柳永，曾官屯田員外郎，世稱柳屯田。 [15]塵下：卑下，指柳永喜用俚俗語。 [16]張子野：張先（990—1078），字子野，浙江吳興人。天聖八年（1030）進士。有《張子野詞》。 [17]宋子京兄弟：宋子京，即宋祁（998—1061），字子京。其兄宋庠（996—1066），字公序，安州安陸人，《宋史》卷二百八十四有傳。宋祁詞有近人趙萬里輯本《校輯宋金元人詞·宋景文公長短句》，宋庠詞已佚。 [18]沈唐（生卒年不詳）：字公述，事跡見王灼《碧雞漫志》卷二，有詞見黃升《花庵詞選》。 [19]元絳（1008—1083）：字厚之，錢塘（今浙江杭州）人，宋神宗時舉進士，官至參知政事。事跡見《宋史》卷三百四十三，有詞見明陳耀文輯《花草粹編》。 [20]晁次膺：晁端禮（1046—1113），字次膺，宋開德

府清豐（今屬河南）人。宋神宗熙寧六年（1073）進士。詞集《閑適詞》已佚，有《閑齋琴趣外篇》六卷。　[21]晏元獻：即晏殊。　[22]歐陽永叔：即歐陽修，字永叔。　[23]蘇子瞻：即蘇軾，字子瞻。　[24]蠡：瓢。　[25]葺：修繕。　[26]仄：同“仄”。　[27]五音：《廣韻》：“凡呼吸文字，即有五音：一唇聲、二舌聲、三齒聲、四牙聲、五喉聲。”又張炎《詞源》：“蓋五音有唇、齒、喉、舌、鼻，所以有輕清重濁之分，故平聲字可爲上、入者此也。”　[28]五聲：《周禮·春官·大師》：“皆文之以五聲：宮、商、角、徵、羽。”　[29]六律：以陽聲六律指代十二律呂，包括黃鐘、太蔟、姑洗、蕤賓、夷則、無射。陰聲六呂包括大呂、夾鐘、仲呂、林鐘、南呂、應鐘。　[30]清濁輕重：張世南《遊宦紀聞》卷九：“字聲有清濁，非強爲差別。夫輕、清爲陽，陽主生物。形用未著，故字音常輕。重、濁爲陰，陰主成物。形用既著，故字音必重。”虞集《中原音韻序》稱周德清“以聲之清濁，定字之陰陽，如高聲從陽，低聲從陰。”與張世南説相反。　[31]王介甫：即王安石，字介甫。　[32]曾子固：曾鞏（1019—1083），字子固，世稱南豐先生。　[33]晏叔原：即晏幾道，字叔原。　[34]賀方回：賀鑄（1052—1125），字方回，衛州人，有《東山寓聲樂府》。　[35]秦少游：即秦觀，字少游。　[36]黃魯直：即黃庭堅，字魯直。

## 史料選

### 李清照《金石録後序》

有金石録三十卷者何？趙侯德父所著書也。取上自三代，下迄五季，鐘、鼎、甗、鬲、盤、彝、尊、敦之款識，豐碑、大碣，顯人、晦士之事迹，凡見於金石刻者二千卷，皆是正僞謬，去取褒貶，上足以合聖人之道，下足以訂史氏之失者，皆載之，可謂多矣。嗚呼，自王播元載之禍，書畫與胡椒無異；長輿、元凱之病，錢癖與傳癖何殊。名雖不同，其惑一也。余建中辛巳，始歸趙氏。時先君作禮部員外郎，丞相時作吏部侍郎。侯年二十一，在太學作學生。趙、李族寒，素貧儉。每朔望謁告出，質衣，取半千錢，步入相國寺，市碑文果實。歸，相對展玩咀嚼，自謂葛天氏之民也。後二年，出仕宦，便有飯蔬衣練，窮遐方絶域，盡天下古文奇字之志。日就月將，漸益堆積。丞相居政府，親舊或在館閣，多有亡詩、逸史、魯壁、汲冢所未見之書，遂力傳寫，浸覺有味，不能自已。後或見古今名人書畫，一代奇器，遂復脱衣市易。嘗記崇寧間，有人持徐熙牡丹圖，求錢二十萬。當時雖貴家子弟，求二十萬錢，豈易得耶。留信宿，計無所出而還之。夫婦相向惋悵者數日。後屏居鄉里十年，仰取俯拾，衣食有餘。連守兩郡，竭其俸入，以事鉛槧。每獲一書，即同共勘校，整集籤題。得書、畫、彝、鼎，亦摩玩舒卷，指摘疵病，夜盡一燭爲率。故能紙札精緻，字畫完整，冠諸收書家。余性偶强記，每飯罷，坐歸來堂，烹茶，指堆積書史，言某事在某書、某卷、第幾葉、第幾行，以中否角勝負，爲飲茶先後。中即舉杯大笑，至茶傾覆懷中，反不得飲而起，甘心老是鄉矣。故雖處憂患困窮，而志不屈。收書既成，歸來堂起書庫，大櫥簿甲乙，置書册。如要講讀，即請鑰上簿，關出卷帙。或少損污，必懲責揩完塗改，不復向時之坦夷也。是欲求適意，而反取憀慄。余性不耐，始謀食去重肉，衣去重采，首無明珠、翠羽之飾，室無塗金、刺繡之具。遇書史百家，字不刓缺，本不訛謬者，輒市之，儲作副本。自來家傳周易、左氏傳，故兩家者流，文字最備。于是几案羅列，枕席枕藉，意會心謀，目往神授，樂在聲色狗馬之上。至靖康丙午歲，侯守淄川，聞金寇犯京師，四顧茫然，盈箱溢篋，且戀戀，且悵悵，知其必不爲己物矣。建炎丁未春三月，奔太夫人喪南來。既長物不能盛載，乃先去書之重大印本者，又去畫之多幅者，又去古器之無款識者。後又去書之監本者，畫之平常者，器之重大者。凡屢減去，尚載書十五車。至東海，連艫渡淮，又渡江，至建康。青州故第，尚鎖書冊什物，用屋十餘間，期明年春再具舟載之。十二月，金人陷青州，凡所謂十餘屋者，已皆爲煨燼矣。建炎戊申秋九月，侯起復知建康府。己酉春三月罷，具舟上蕪湖，入姑孰，將卜居贛水上。夏五月，至池陽。被旨知湖州，過闕上殿。遂駐家池陽，獨赴召。六月十三日，始負擔，捨舟坐岸上，葛衣岸巾，精神如虎，目光爛爛射人，望舟中告別。余意甚惡，呼曰："如傳聞城中緩急奈何。"戟手遙應曰："從眾。必不得已，先棄輜重，次衣被，次書冊卷軸，次古器，獨所謂宗器者，可自負抱，與身俱存亡，勿忘之。"遂馳馬去。途中奔馳，冒大暑，感疾。至行在，病痁。七月末，書報臥病。余驚怛，念侯性素急，奈何。病痁或熱，必服寒藥，疾可憂。遂解舟下，一日夜行三百里，比至，果大服柴胡、黃芩藥，瘧且痢，病危在膏肓。余悲泣，倉皇不忍問後事。八月十八日，遂不起。取筆作詩，絕筆而終，殊無分香賣履之意。葬畢，余無所之。朝廷已分遣六宮，又傳江當禁渡。時猶有書二萬卷，金石刻二千卷，器皿、茵褥，可待百客，他長物稱是。余又大病，僅存喘息。事勢日迫。念侯有妹婿，任兵部侍郎，從衛在洪州，遂遣二故吏，先部送行李往投之。冬十二月，金寇陷洪州，遂盡委棄。所謂連艫渡江之書，又散爲雲煙矣。獨餘少輕小卷軸書帖、寫本李、杜、韓、柳集，《世説》《鹽鐵論》，漢唐石刻副本數十軸，三代鼎鼐十數事，南唐寫本書數篋，偶病中把玩，搬在臥內者，巋然獨存。上江既不可往，又虜勢叵測，有弟迒任敕局刪定官，遂往依之。到台，守已遁。之剡出陸，又棄衣被走黃岩，雇舟入海，奔行朝，時駐蹕章安，從御舟海道道之溫，又之越。庚戌十二月，放散百官，遂之衢。紹興辛亥春三月，復赴越，壬子，又赴杭。先侯疾亟時，有張飛卿學士，攜玉壺過，視疾，便攜去，其實珉也。不知何人傳道，遂妄言有頒金之語。或傳亦有密論列者。余大惶怖，不敢言，遂盡將家中所有銅器等物，欲走外庭投進。到越，已移幸四明。不敢留家中，並寫本書寄剡。後官軍收叛卒取去，聞盡入故李將軍家。所謂巋然獨存者，無慮十去五六矣。惟有書畫硯墨，可五七篋，更不忍置他所。常在臥榻下，手自開闔。在會稽，卜居土民鍾氏舍。忽一夕，穴壁負五篋去。余悲慟不已，重立賞收贖。後二日，鄰人鍾復皓出十八軸求賞。故知其

盜不遠矣。萬計求之,其餘遂不可出。今知盡爲吳説運使賤價得之。所謂巋然
獨存者,迺十去其七八。所有一二殘零不成部帙書册三數種,平平書帙,猶復愛
惜如護頭目,何愚也耶。今日忽閲此書,如見故人。因憶侯在東萊静治堂,裝卷
初就,芸籤縹帶,束十卷作一帙。每日晚更散,輒校勘二卷,跋題一卷。此二千
卷,有題跋者五百二卷耳。今手澤如新,而墓木已拱,悲夫。昔蕭繹江陵陷没,不
惜國亡,而毁裂書畫。楊廣江都傾覆,不悲身死,而復取圖書。豈人性之所著,死
生不能忘之歟。或者天意以余菲薄,不足以享此尤物耶。抑或死者有知,猶斤斤
愛惜,不肯留在人間耶。何得之艱而失之易也。嗚呼,余自少陸機作賦之二年,
至過蘧瑗知非之兩歲,三十四年之間,憂患得失,何其多也。然有有必有無,有聚
必有散,乃理之常。人亡弓,人得之,又胡足道。所以區區記其終始者,亦欲爲後
世好古博雅者之戒云。紹興二年、玄黓歲,壯月朔甲寅,易安室題。

(王仲聞《李清照集校注》,人民文學出版社 1979 年版)

### 陸游《老學庵筆記》(節選)

世言東坡不能歌,故所作樂府詞多不協。晁以道云:"紹聖初,與東坡別于汴
上。東坡酒酣,自歌《古陽關》。"則公非不能歌,但豪放不喜裁翦以就聲律耳。

(《老學庵筆記》卷五,中華書局 1979 年版)

### 胡仔《苕溪漁隱叢話後集》(節選)

易安歷評諸公歌詞,皆摘其短,無一免者,此論未公,吾不憑也。其意蓋自謂
能擅其長,以樂府名家者。退之詩云:'不知羣兒愚,那用故謗傷。蚍蜉撼大樹,
可笑不自量。'正爲此輩發也。"

(《苕溪漁隱叢話後集》卷三十三,中華書局 1985 年版)

### 裴暢評李清照語

易安自恃其才,藐視一切,語本不足存。第以一婦人能開此大口,其妄不待
言,其狂亦不可及也。

(《詞苑萃編》卷九,上海古籍出版社 1981 年版)

### 王灼《碧雞漫志》(節選)

易安居士,京東路提刑李格非文叔之女,建康守趙明誠德甫之妻。自少年便
有詩名,才力華贍,逼近前輩。在士大夫中已不多得。若本朝婦人,當推詞采第
一。趙死,再嫁某氏,訟而離之。晚節流蕩無歸。作長短句能曲折盡人意,輕巧

尖新，姿態百出。閭巷荒淫之語，肆意落筆。自古搢紳之家能文婦女，未見如此無顧籍也。……

（岳珍《碧雞漫志校正》，巴蜀書社 2000 年版）

### 劉熙載《藝概·辭曲概》（節選）

東坡詞頗似老杜詩，以其無意不可入，無事不可言也。若其豪放之致，則時與太白爲近。

（《藝概》卷四，上海古籍出版社 1978 年版）

# 姜　夔

## 白石道人詩説（節選）

[解題]

姜夔（1155？—1222？），字堯章，號白石道人，宋饒州鄱陽（今江西鄱陽）人。著有《白石道人叢稿》、《白石道人詩集》、《白石道人歌曲》與《白石道人詩説》等。

姜夔詩論除少數詩集自序外，主要集中於其詩學專著《白石道人詩説》中。此書既無詩例又無紀事，純爲理論闡述，故命名爲“詩説”而非“詩話”，這也體現了詩話類論著從主紀事向主論述轉變的發展趨勢。據姜夔所作《詩説自序》稱，此書乃其於“淳熙丙午立夏（南宋孝宗淳熙十三年，1186）”時“遊南嶽（衡山），至雲密峰”偶遇一位“年可四五十”的若士時所得，這顯系託詞。作者如是説，一方面是在暗示詩學的神秘奇絶與精妙難言，另一方面也流露出其對仙道生活的傾慕與嚮往。《詩説》共一卷三十則，《詩人玉屑》收録爲二十九則而全文與之無異，《四庫全書總目提要》稱爲二十七則，應均爲語段分合不同所致。

姜夔在其《詩集自序》中稱自己曾“三薰三沐，師黄太史氏”，在《詩説》中也處處可見江西詩派的痕跡，如“説理要簡切，説事要圓活，説景要微妙”、“乍敍事而間以理言，得活法者也”、“不知詩病，何由能詩？不觀詩法，何由知病”、“出入變化，不可紀極，而法度不可亂”等。這既源於姜夔自身師習取向，又不能不説是南宋文學時代風氣所致。姜夔雖深受江西詩派影響，重視“詩法”、“詩病”，甚至有“守法度曰詩”之語，但他的詩學見解實已脱出江西詩派之上，“始大悟學即病，顧不若無所學之爲得，雖黄詩亦傶然閣矣”（《白石道人詩集自序》）。江西詩派所强調的“詩法”、“活法”，主要在於對所謂“古人繩墨”（黄庭堅《答洪駒父書》）、“規矩”（吕本中《夏均父集序》）、“定法”（同上）的鑽研與遵循上，是“變化不測，而亦不背於規矩也”的循規蹈矩。相形之下，姜夔所言的“活法”則更帶幾分“活性”。他雖提倡“知詩病”、“觀詩法”，但也指出“名家各有一病”，並不全然迷信古人。他重視詩人自身的“涵養”、“情性”與“精思”，認爲作詩不過是“窮居而野處，用是陶寫寂寞"（《白石道人詩集自序》）而已，不必非要對古人亦步亦趨，更不求"步武作者，以鈎能詩聲"（同上）。《詩説》中常以"妙"言，如"大篇有開闔乃妙"、"篇終出人意，或反終篇之意皆妙"，還有著名的"詩有四種高妙"。郭紹虞《宋詩話考》認爲"黄重在工"、"蘇重在妙"，並分析"意出於格，先得格也；格出於意，先得意也"云："先得格者，所以爲'工'；先得意者，所以爲'妙'。此正蘇黄之别，而誠齋與姜氏正從此等分别處以革江西詩風者，故均以不學爲學。"

《四庫全書總目提要》盛譽姜夔曰"其學蓋以精思獨造爲宗"、"今觀其詩，運思精密，而風格高秀，誠有拔於宋人之外者"、"詞亦精深華妙"，從他的詩論看來並非過譽。《詩説》上承日漸没落的江西詩風而革其弊，下啓以禪言詩的嚴羽《滄浪詩話》，影響遠及明清格調、神韻、性靈諸家，是宋代詩話中極爲重要的一部。


大凡詩，自有氣象、體面、血脈、韻度。氣象欲其渾厚，其失也俗；體面欲其宏大，其失也狂；血脈欲其貫穿，其失也露；韻度欲其飄逸，其失也輕。

詩之不工，只是不精思耳。不思而作，雖多亦奚爲？

雕刻傷氣[1]，敷衍露骨[2]。若鄙而不精巧[3]，是不雕刻之過；拙而無委曲[4]，是不敷衍之過。

人所易言，我寡言之，人所難言，我易言之，自不俗。

難説處一語而盡，易説處莫便放過；僻事實用[5]，熟事虚用；説理要簡切，説事要圓活，説景要微妙。多看自知，多作自好矣。

小詩精深，短章藴藉，大篇有開闔[6]，乃妙。

學有餘而約以用之[7]，善用事者也；意有餘而約以盡之，善措辭者也；乍敍事而間以理言，得活法者也[8]。

不知詩病，何由能詩？不觀詩法，何由知病？名家者各有一病[9]，大醇小疵，差可耳。

篇終出人意表，或反終篇之意，皆妙。

詩有出於風者，出于雅者，出于頌者。屈宋之文，風出也；韓柳之詩，雅出也；杜子美獨能兼之。

陶淵明天資既高，趣詣又遠，故其詩散而莊，澹而腴[10]，斷不容作邯鄲步也[11]。

語貴含蓄。東坡云"言有盡而意無窮者，天下之至言也"[12]。山谷尤謹於此。清廟之瑟，一唱三歎[13]，遠矣哉！後之學詩者，可不務乎？若句中無餘字，篇中無長語[14]，非善之善者也；句中有餘味，篇中有餘意，善之善者也。

意中有景，景中有意。

思有窒礙，涵養未至也，當益以學。

波瀾開闔，如在江湖中，一波未平，一波已作。如兵家之陣，方以爲正，又復是奇；方以爲奇，忽復是正。出入變化，不可紀極[15]，而法度不可亂。

文以文而工，不以文而妙，然舍文無妙，勝處要自悟。

意出于格，先得格也；格出于意，先得意也。吟詠情性，如印印泥，止乎禮義，貴涵養也。[16]

意格欲高，句法欲響。只求工于句字，亦末矣。故始於意格，成於句、字。句意欲深、欲遠，句調欲清、欲古、欲和，是爲作者。

詩有四種高妙：一曰理高妙，二曰意高妙，三曰想高妙，四曰自然高妙。礙而實通，曰理高妙；出自意外，曰意高妙；寫出幽微，如清潭見底，曰想高妙；非奇非怪，剝落文采，知其妙而不知其所以妙，曰自然高妙。

一篇全在尾句。如截奔馬，詞意俱盡，如臨水送將歸是已[17]；意盡詞不盡，如搏扶搖是已[18]；詞盡意不盡，剡溪歸棹是已[19]；詞意俱不盡，温伯雪子是已[20]。所謂詞意俱盡者，急流中截後語[21]，非謂詞窮理盡者也。所謂意盡詞不盡者，意盡於未當盡處，則詞可以不盡矣，非以長語益之者也。至如詞盡意不盡者，非遺意也，辭中已彷彿可見矣。詞意俱不盡者，不盡之中，固已深盡之矣。

一家之語，自有一家之風味。如樂之二十四調[22]，各有韻聲，乃是歸宿處。模倣者語雖似之，韻亦無矣。鷄林其可欺哉！[23]

（何文煥《歷代詩話》本，中華書局 1981 年版）

[ 注釋 ]

[1]雕刻傷氣：陸游《讀近人詩》：“琢雕自是文章病，奇險尤傷氣骨多。” [2]敷衍：鋪敍。[3]鄙：庸俗，淺陋。 [4]委曲：委婉，婉轉。 [5]僻事：生僻的典故。 [6]開闔：《老子・道德經・上篇》：“天門開闔，能爲雌乎？”河上公注：“開闔謂終始五際也。”《漢書・眭兩夏侯京翼李傳》：“《易》有陰陽，《詩》有五際。”孟康注曰：“《詩》內傳曰五際，卯酉午戌亥也，陰陽終始際會之歲，於此則有變改之政也。”此處指文意的收放變化。 [7]約：節制。 [8]活法：劉克莊《後村集》卷九十五呂紫薇（即呂本中）條：“紫薇公作《夏均父集序》云：‘學詩當識活法。所謂活法者，規矩備具，而能出於規矩之外；變化不測，而亦不背於規矩也。是道也，蓋有定法而無定法，無定法而有定法，知是者則可以與語活法矣。’” [9]“名家者句”：胡仔《苕溪漁隱叢話前集》卷四十八：“呂氏童蒙訓云：‘學古人文字，須得其短處。如杜子美詩，頗有近質野處。如《封主簿親事不合詩》之類是也。東坡詩有汗漫處，魯直詩有太尖新、太巧處，皆不可不知。’”[10]澹：淡。蘇軾《評韓柳詩》有“所貴乎枯澹者，謂其外枯而中膏，似澹而實美。淵明、子厚之流是也”句，《與子由書》有“淵明作詩不多，然其詩質而實綺，癯而實腴”句。 [11]邯鄲步：語本《莊子・秋水》：“且子獨不聞夫壽陵餘子之學行於邯鄲與？未得國能，又失其故行矣，直匍匐而歸耳。”此處指拙劣的模倣。 [12]“言有盡”二句：語本《東坡應詔集・策略》，“臣聞有意而言，意盡而言止者，天下之至言也。” [13]一唱三歎：《禮記・樂記》：“清廟之瑟，朱弦而疏

越，一唱而三嘆，有遺音者矣。” [14]長語：多餘語句。 [15]紀極：窮盡。 [16]“吟詠情性”四句：語本《詩大序》：“故變風發乎情，止乎禮義。”印印泥，《文心雕龍·物色》：“故巧言切狀，如印之印泥，不加雕削，而曲寫毫芥。” [17]臨水送將歸：語本宋玉《九辯》：“憭慄兮若在遠行，登山臨水兮送將歸。” [18]搏扶搖：語本《莊子·逍遥遊》：“鵬之徙於南冥也，水擊三千里，搏扶搖而上者九萬里。”搏：環繞。扶搖：盤旋上升得旋風。 [19]剡溪歸棹：語本《世説新語·任誕》：“王子猷居山陰，夜大雪，眠覺，開室，命酌酒。四望皎然，因起彷徨，詠左思《招隱詩》。忽憶戴安道，時戴在剡，即便夜乘小船就之。經宿方至，造門不前而返。人問其故，王曰：吾本乘興而行，興盡而返，何必見戴？” [20]温伯雪子：語本《莊子·田子方》：“子路曰：吾子欲見温伯雪子久矣，見之而不言，何邪？仲尼曰：若夫人者，目擊而道存矣，亦不可以容聲矣。” [21]急流中截後語：《傳燈録·前韶州雲門山文偃禪師法嗣》：“師又曰：德山有三句語：一句涵蓋乾坤，一句隨波逐浪，一句截斷衆流。” [22]樂之二十四調：李塨《李氏學樂録》卷一：“隋唐後以四聲乘十二律爲四十八調，去五律爲二十八調，又去一律爲二十四調。” [23]鷄林：古國名，即新羅。元稹《白氏長慶集序》：“鷄林賈人求市頗切，自云本國宰相每以百金換一篇，其甚偽者，宰相輒能辯別之。”此處指真偽清晰可辨。

## 史料選

### 吕本中《夏均父集序》

學詩當識活法。所謂活法者，規矩備具，而能出於規矩之外；變化不測，而亦不背於規矩也。是道也，蓋有定法而無定法，而無定法而有定法。知是者，則可以與語活法矣。謝元暉有言，“好詩（疑脱流字）轉圓美如彈丸”，此真活法也。近世惟豫章黄公，首變前作之弊，而後學者知所趣向，畢精盡知，左規右矩，庶幾至於變化不測。然余區區淺末之論，皆漢、魏以來有意於文者之法，而非無意於文者之法也。子曰：“興於詩，詩可以興，可以觀，可以羣，可以怨；邇之事父，遠之事君，多識於鳥獸草木之名。”今之爲詩者，讀之果可使人興起其爲善之心乎，果可使人興、觀、羣、怨乎，果可使人知事父、事君而能識鳥獸草木之名之理乎？爲之而不能使人如是，則如勿作。

吾友夏均父，賢而有文章，其於詩，蓋得所謂規矩備具，而出於規矩之外，變化不測者。後果多從先生長者游，聞人之所以言詩者而得其要妙，所謂無意於文之文，而非有意於文之文也。

（《四部叢刊》影舊鈔本《後村先生大全集》卷九十五《江西詩派》引）

### 姜夔《白石道人詩集自序》

詩本無體，《三百篇》皆天籟自鳴，下逮黄初，迄於今人，異軌故所出亦異。或者弗省，遂豔其各有體也。

近過梁谿，見尤延之先生，問余詩自誰氏。余對以異時泛閱衆作，已而病其駁如也，三薰三沐，師黃太史氏。居數年，一語噤不敢吐，始大悟學即病，顧不若無所學之爲得，雖黃詩亦偃然高閣矣。先生因爲余言："近世人士喜宗江西。溫潤有如范致能者乎，痛快有如楊廷秀者乎？高古如蕭東夫，俊逸如陸務觀，是皆自出機軸，亶有可觀者。又奚以江西爲？"

余曰：誠齋之説政爾，昔聞其歷數作者，亦無出諸公右，特不肯自屈一指耳。雖然，諸公之作，殆方圓曲直之不相似，則其所許可，亦可知矣。余識千巖於瀟、湘之上，東來識誠齋、石湖，嘗試論兹事，而諸公咸謂其與我合也。豈見其合者而遺其不合者耶？抑不合乃可以爲合耶？抑亦欲俎豆余於作者之間，而姑謂其合耶？不然，何其合者衆也？余又自嘻曰：余之詩，余之詩耳，窮居而野處，用是陶寫寂寞則可，必欲其步武作者，以釣能詩聲，不惟不可，亦不敢。

（《白石道人全集》，商務印書館 1937 年版）

## 楊萬里《江西宗派詩序》

江西宗派詩者，詩江西也，人非皆江西也。人非皆江西，而詩曰江西者何？繫之也。繫之者何？以味不以形也。

東坡云："江瑶柱似荔子。"又云："杜詩似《太史公書》。"不惟當時聞者嘸然，陽應曰諾而已，今猶嘸然也。非嘸然者之罪也，舍風味而論形似，故應嘸然也。形焉而已矣，高子勉不似二謝，二謝不似三洪，三洪不似徐師川，師川不似陳後山，而況似山谷乎？味焉而已矣，酸鹹異和，山海異珍，而調腼之妙，出乎一手也。似與不似，求之可也，遺之亦可也。

大抵公侯之家有閥閲，豈惟公侯哉，詩家亦然。褻人子崛起委巷，一旦紆以銀黃，緅以端委，視之，言公侯也，貌公侯也。公侯則公侯乎爾，遇王謝子弟，公侯乎？江西之詩，世俗之作，知味者當能別之矣。

昔者詩人之詩，其來遙遙也。然唐云李、杜，宋言蘇、黃，將四家之外，舉其無人乎？門固有伐，業固有承也。雖然，四家者流，一其形，二其味，二其味，一其法者也。盍嘗觀夫列禦寇、楚靈均之所以行天下者乎？行地以輿，行波以舟，古也。而子列子獨御風而行，十有五日而後反，彼其於舟車，且烏乎待哉！然則舟車可廢乎？靈均則不然，飲蘭之露，餐菊之英，去食乎哉！芙蓉其裳，寶璐其佩，去飾乎哉！乘吾桂舟，駕吾玉車，去器乎哉！然朝閬風，夕不周，出入乎宇宙之間，忽然耳，蓋有待乎舟車，而未始有待乎舟車者也。今夫四家者流，蘇似李，黃似杜；蘇、李之詩，子列子之御風也；杜、黃之詩，靈均之乘桂舟、駕玉車也。無待者神於詩者歟？有待而未嘗有待者，聖於詩者歟？嗟乎！離神與聖，蘇、李，蘇、李乎爾！杜、黃，杜、黃乎爾！合神與聖，蘇、李不杜、黃，杜、黃不蘇、李乎？然則詩可以易而言之哉？

秘閣修撰給事程公，以一世儒先，厭直而帥江西，以政新民，以學賦政。如春而肅，如秋而燠，蓋二年如一日也。迨暇則把酒賦詩，以黼黻乎翼軫，而金玉乎落霞秋水。嘗試登滕王閣，望西山，俯章江，問雙井，今無恙乎？因喟曰：江西宗派圖呂居仁所譜，而豫章自出也。而是派之鼻祖雲仍，其詩往往放逸，非闕歟？於是以謝幼槃之孫源所刻石本，自山谷外，凡二十有五家，彙而刻之於學官，將以興廢西山章江之秀，激揚江西人物之美，鼓動騷人國風之盛。移書諗予曰：子江西人也，非乎？序斯文者，不在子其將焉在？予三辭不獲，則以所聞書之篇首云。淳熙甲辰十月三日廬陵楊萬里序。

### 楊萬里《送姜夔堯章謁石湖先生》

釣黃英氣橫白蜺，咳唾珠玉皆新詩。江山愁訴鶯爲泣，鬼神露索天洩機。彭蠡波心弄明月，詩星入腸肺肝裂。吐作春風百種花，吹散瀨湖數峰雪。青鞋布襪軟紅塵，千詩只博一字貧。吾友夷陵蕭太守，逢人説君不離口。袖詩東來謁老夫，慚無高價當璠璵。翻然却買松江艇，徑去蘇州參石湖。

（以上據《誠齋集》，《四部叢刊》影宋鈔本）

### 張炎《詞源》（節選）

**清空**

詞要清空，不要質實；清空則古雅峭拔，質實則凝澀晦昧。姜白石詞如野雲孤飛，去留無迹。吳夢窗詞如七寶樓臺，眩人眼目，碎拆下來，不成片段。此清空質實之説。夢窗《聲聲慢》云：「檀欒金碧，婀娜蓬萊，游雲不蘸芳洲。」前八字恐太澀。如《唐多令》云：「何處合成愁，離人心上秋；縱芭蕉不雨也颼颼。都道晚涼天氣好，有明月，怕登樓。前事夢中休，花空煙水流，燕辭歸客尚淹留。垂柳不縈裙帶住，謾長是，繫行舟。」此詞疏快却不質實。如是者集中尚有，惜不多耳。白石詞如《疏影》、《暗香》、《揚州慢》、《一萼紅》、《琵琶仙》、《探春》、《八歸》、《淡黄柳》等曲，不惟清空，又且騷雅，讀之使人神觀飛越。

**用事**

詞用事最難，要體認著題，融化不澀。如東坡《永遇樂》云：「燕子樓空，佳人何在，空鎖樓中燕！」用張建封事。白石《疏影》云：「猶記深宮舊事，那人正睡裏，飛近蛾綠。」用壽陽事。又云：「昭君不慣胡沙遠，但暗憶江南江北。想珮環月夜歸來，化作此花幽獨。」用少陵詩。此皆用事不爲事所使。

（夏承燾《詞源注》，人民文學出版社1963年版）

# 嚴　羽

## 滄浪詩話·詩辨

[解題]

嚴羽,字丹丘,一字儀卿,自號滄浪逋客,邵武(今福建省邵武市)人。生卒年不詳,大概生活在南宋寧宗、理宗在位期間。與同族嚴參、嚴仁皆有詩才,號稱"三嚴",曾拜當時頗有名氣的學者包揚爲師,同戴復古、吴陵等人交好。有詩集《滄浪先生吟卷》(又稱《滄浪集》)二卷。關於嚴羽的生平資料匱乏,清人朱霞有《嚴羽傳》,鄭方坤《全閩詩話》,郝玉麟等監修的《福建通志》也有記載。

《滄浪詩話》是能夠在古代文學批評史上佔一席之地的著作,也可說是使得作爲詩論家的嚴羽能夠廣爲人知的重要文本。自歐陽修《六一詩話》始,兩宋出現了不少詩話作品,開啓了中國古代詩論的重要形式。然而,早期的詩話大多是論詩即事,以資閑談,並未在詩學見解和詩歌理論方面有所突破。嚴羽的《滄浪詩話》之所以能夠在宋詩話中獨樹一幟,關鍵就在於它跳出了論詩即事的窠臼,闡述了自己獨特的理論主張,並形成相對完整的詩論體系。

全書分爲五個部分:《詩辨》、《詩體》、《詩法》、《詩評》、《考證》。其中《詩辨》是嚴羽詩學主張的核心體現,嚴羽提倡學詩要"以漢魏晉盛唐爲師",此語不出以往詩論家"學古"的論調,但用禪理來論證學詩"入門須正"的必要性,並徑直走向以禪喻詩的理論境界,此乃其詩論價值所在。佛教思想對古代文論有深刻影響,這種影響在唐代的"詩格"著作中已經充分展現出來。唐宋是禪宗發展的巔峰時期,宋代詩論著作如范温《詩眼》、葉夢得《石林詩話》等就有明顯的以禪喻詩的跡象。相比而言,《滄浪詩話》將以禪喻詩發揮得更爲充分。在嚴羽看來,不論是論詩還是論禪,關鍵都在於"悟"。講求取法乎上,以漢魏晉唐爲師,則可得第一義之悟。關注詩歌創作中悟的過程,重視靈感激發、天然無痕的詩歌作品,則自會對宋人以議論爲詩、以才學爲詩的創作方式嗤之以鼻。故嚴羽反對江西詩派,而盛讚盛唐詩歌如"空中之音、相中之色、水中之月、鏡中之象",此種描述合於禪境。同時又標舉"興趣"，言作詩須"言有盡而意無窮"，對傳統文論言意關係做了頗有意味的闡釋。"興趣"説上承皎然"文外之旨"、司空圖"四外説"，下啓王士禎神韻説、王國維境界學説，是中國古代文學意境理論的節點之一。

另外，《詩體》主要論述詩歌的體制特徵，《詩法》論述詩歌語言、用韻、風格等基本創作技巧，《詩評》總括了自屈原到唐末的詩歌發展狀況，《考證》則專門對具體的問題進行辨析。這四部分儘管在重要性上不能與《詩辨》相比，但其中也有不少精到的評論和見解，對《詩辨》中的詩學觀念也有一定程度的發揮，這對《滄浪詩話》整體觀的呈現是不可忽視的。

夫學詩者以識爲主[1]：入門須正，立志須高；以漢、魏、晉、盛唐爲師，不作開元、天寶以下人物。若自退屈[2]，既有下劣詩魔入其肺腑之間；由立志之不高也。行有未至，可加工力；路頭一差，愈鶩愈遠[3]；由入門之不正也。故曰：學其上，僅得其中；學其中，斯爲下矣。又曰：見過於師，僅堪傳授；見與師齊，減師半德也。[4]工夫須從上做下，不可從下做上。先須熟讀《楚詞》，朝夕諷詠以爲之本；及讀《古詩十九首》，樂府四篇[5]，李陵、蘇武、漢、魏五言皆須熟讀，即以李、杜二集枕藉觀之[6]，如今人之治經，然後博取盛唐名家，醖釀胸中，久之自然悟入。雖學之不至，亦不失正路。此乃是從頂頸上做來[7]，謂之向上一路[8]，謂之直截根源[9]，謂之頓門[10]，謂之單刀直入也[11]。

詩之法有五：曰體製，曰格力，曰氣象，曰興趣，曰音節。

詩之品有九：曰高，曰古，曰深，曰遠，曰長，曰雄渾，曰飄逸，曰悲壯，曰凄婉。其用工有三：曰起結，曰句法，曰字眼。其大概有二：曰優游不迫，曰沉着痛快。詩之極致有一：曰入神。詩而入神，至矣，盡矣，蔑以加矣[12]！惟李、杜得之。他人得之蓋寡也。

禪家者流，乘有小大[13]，宗有南北，道有邪正；學者須從最上乘，具正法眼者[14]，悟第一義[15]。若小乘禪，聲聞辟支果[16]，皆非正也。論詩如論禪：漢、魏、晉與盛唐之詩，則第一義也。大曆以還之詩[17]，則小乘禪也，已落第二義矣[18]。晚唐之詩，則聲聞辟支果也。學漢、魏、晉與盛唐詩者，臨濟下也[19]。學大曆以還之詩者，曹洞下也。大抵禪道惟在妙悟[20]，詩道亦在妙悟。且孟襄陽學力下韓退之遠甚[21]，而其詩獨出退之之上者，一味妙悟而已。惟悟乃爲當行，乃爲本色。然悟有淺深，有分限，有透徹之悟，有但得一知半解之悟。漢、魏尚矣[22]，不假悟也[23]。謝靈運至盛唐諸公，透徹之悟也；他雖有悟者，皆非第一義。吾評之非僭也[24]，辯之非妄也。天下有可廢之人，無可廢之言。詩道如是也。若以爲不然，則是見詩之不廣，參詩之不熟耳[25]。試取漢、魏之詩而熟參之，次取晉、宋之詩而熟參之，次取南北朝之詩而熟參之，次取沈、宋、王、楊、盧、駱、陳拾遺之詩而熟參之[26]，次取開元、天寶諸家之詩而熟參之，次獨取李、杜二公之詩而熟參之，又取大曆十才子之詩而熟參之[27]，又取元和之詩而熟參之，又取晚唐諸家之詩而熟參之，又取本朝蘇、黃以下諸家之詩而熟參之[29]，其真是非自有不能隱者。儻猶於此而無見焉，則是爲野狐外道[30]，蒙蔽其真識，不可救藥，終不悟也。

夫詩有別材[31]，非關書也；詩有別趣，非關理也。然非多讀書，多窮理，具懷能極其至。所謂不涉理路、不落言筌者[32]，上也。詩者，吟詠情性也。盛唐諸人惟在興趣，羚羊掛角，無跡可求[33]。故其妙處透徹玲瓏，不可湊泊[34]，如空中之音，相中之色，水中之月，鏡中之象，言有盡而意無窮。近代諸公乃作奇特解會，遂以文字爲詩，以才學爲師，以議論爲詩。以是爲詩，夫豈不工，終非古人之詩也。蓋於一唱三嘆之音[35]，有所歉[36]焉。且其作多務使事[37]，不問興致；用字必有來歷，押韻必有出處[38]，讀之反覆終篇，不知着到何在。其末流甚者，叫噪怒張，殊乖忠厚之風[39]，殆以罵詈爲詩[40]。詩而至此，可謂一厄也。然則近代之詩無取乎？曰：有之，吾取其合於古人者而已。國初之詩尚沿襲唐人：王黃州學白樂天[41]，楊文公、劉中山學李商隱[42]，盛文肅學韋蘇州[43]，歐陽公學韓退之古詩，梅聖俞學唐人平澹處[44]。至東坡、山谷始自出己意以爲詩[45]，唐人之風變矣。山谷用工尤爲深刻，其後法席盛行，海內稱爲江西宗派[46]。近世趙紫芝、翁靈舒輩，獨喜賈島、姚合之詩[47]，稍稍復就清苦之風；江湖詩人多效其體[48]，一時謂之唐宗；不知止入聲聞辟支之果，豈盛唐諸公大乘正法眼者哉！嗟乎！正法眼之無傳久矣。唐詩之說未唱[49]，唐詩之道或有時而明也。今既唱其體曰唐詩矣，則學者謂唐詩誠止於是耳，得非詩道之重不幸邪！故予不自量度，輒定詩之宗旨，且借禪以爲喻，推原漢、魏以來，而截然謂當以盛唐爲法[51]，雖獲罪於世之君子，不辭也。

（郭紹虞《滄浪詩話校釋》，人民文學出版社 1961 年版）

### ［注釋］

　　[1]識：嚴羽以禪論詩，常用佛教術語。佛經《俱舍論頌疏》中有"六根"、"六境"、"六識"之説。所謂"六根"指眼、耳、鼻、舌、身、意，"六境"指色、聲、香、味、觸、法，"六識"指眼識、耳識、鼻識、舌識、身識、意識，也即"六根"對"六境"的感受與認識。此處指對詩的識見與審美活動。[2]自退屈：《五燈會元》卷十五《廬山開先善暹禪師》："善暹禪師曰：'彼既丈夫我亦爾，孰爲不可！良由諸人不肯承當，自生退屈。'"　[3]騖：通"驚"，急行，奔馳。　[4]"見過於師"四句：《五燈會元》卷三《洪州百丈山懷海禪師者》引："師曰：如是，如是。見與師齊，減師半德。見過於師，方堪傳授。"　[5]樂府四篇：《文選》六臣注本樂府類首列《樂府四首·古辭》，包括《飲馬長城窟行》、《君子行》、《傷歌行》、《長歌行》，李善注本樂府類首列《樂府三首·古辭》，少《君子行》一首。　[6]枕藉：縱橫相疊。此處指晝夜不離。　[7]頂顊：頭頂。《五燈會元》卷十八《長

寧卓禪師法嗣》："踏着釋迦頂顖,磕着聖僧額頭。" ［8］向上一路:《景德傳燈録》卷七《幽州盤山寶跡禪師》："師上堂示衆曰:'……則向上一路,千聖不傳,學者勞形,如猿捉影。'"佛教禪宗中用以指極致徹悟的境界。 ［9］直截根源:《景德傳燈録》卷三十永嘉真覺大師《證道歌》:"直截根源佛所印,摘叶尋枝我不能。" ［10］頓門:頓悟的法門。佛教禪宗在唐代分爲南宗禪與北宗禪,六祖慧能開創的南宗禪主張"頓悟",稱爲"頓門",神秀開創的北宗禪主張"漸悟",稱爲"漸門",有"南頓北漸"之説。 ［11］單刀直入:《宗鏡録》卷四十一:"若能直了自心,即是單刀直入,最爲省要,以一解千從,攝法無余故。"《五燈會元》卷九《百丈海禪師法嗣》:"單刀直入,則凡聖情盡,體露真常,理事不而,即如如佛。" ［12］蔑:無。 ［13］乘有小大:乘,車、船等承載工具或大道。佛教有大乘佛教與小乘佛教兩大派別,大乘佛教追求普渡衆生,小乘佛教追求自身成佛。 ［14］正法眼:即正法眼藏,指全體佛法。 ［15］第一義:即第一義諦,《大乘義章》卷一:"第一義者,亦名真諦。第一是其顯勝之目,所以名義;真者是其絶妄之稱。" ［16］聲聞辟支佛:佛教又分爲三乘,聲聞乘、辟支佛與菩薩乘,前二者追求自身成佛,是爲小乘,後者追求普渡衆生,是爲大乘。 ［17］大曆(766—779):唐代宗年號。 ［18］第二義:即世諦,又稱俗諦、等諦,此處相對於第一義諦而言。 ［19］臨濟:六祖慧能創立南宗禪後又分五宗,即臨濟宗、潙仰宗、雲門宗、法眼宗、曹洞宗。 ［20］妙悟:《肇論·妙存第七》:"然則玄道在於妙悟,妙悟在於即真,即真即有無齊觀,齊觀即彼己莫二,所以天地與我同根,萬物與我一體。" ［21］孟襄陽:孟浩然。韓退之:韓愈。 ［22］尚:上。 ［23］假:憑借。 ［24］僭:越禮,過分。 ［25］參:意同參禪之參,此處指深入研究、體會、揣摩。 ［26］沈:沈佺期。宋:宋之問。陳拾遺:陳子昂。 ［27］大曆十才子:大曆年間的十位詩人。《新唐書·盧綸》:"綸與吉中孚、韓翃、錢起、司空曙、苗發、崔峒、耿湋、夏侯審、李端皆能詩,齊名號大曆十才子。" ［28］元和(806—820):唐憲宗年號。元和之詩:《新唐書·元稹傳》:"稹尤長於詩,與居易相埒,天下傳諷。號元和體。"又李肇《國史補》:"元和已後……歌行則學流蕩於張籍;詩章則學矯激於孟郊,學淺切於白居易,學淫靡於元稹。俱名爲元和體。" ［29］蘇:蘇軾。黃:黃庭堅。 ［30］外道:本指佛法之外的異端邪説。此處指不正詩風。 ［31］材:題材。 ［32］不落言筌:語本《莊子·外物》:"筌者所以在魚,得魚而忘筌。言者所以在意,得意而忘言。"此處指不受語言的限制。 ［33］"羚羊掛角"二句:《景德傳燈録·袁州洞山良價禪師法嗣》:"師謂衆曰:'如好獵狗,只解尋得有蹤跡底;忽遇羚羊掛角,莫道跡,氣亦不識。'"陸佃《埤雅·釋獸》:"羚羊似羊而大,角有圓繞蹙文,夜則懸角木上以防患。" ［34］湊泊:接近。 ［35］一唱三嘆:《禮記·樂記》:"清廟之瑟,朱弦而疏越,一唱而三嘆,有遺音者矣。" ［36］歉:通"欠"。 ［37］使事:用事,即典故。 ［38］"用字"二句:黃庭堅《答洪駒父書》:"老杜作詩,退之作文,無一字無來處,蓋後人讀書少,故謂韓、杜自作此語耳。" ［39］乖:背離。 ［40］詈(lì):罵。黃庭堅《書王知載朐山雜録後》:"詩者人之情性也,非强諫争於廷,怨忿詬於道,怒鄰罵座之爲也。" ［41］王黃州:王禹偁(954—1001),字元之,濟州鉅野(今山東巨野)人。太宗太平興國八年(983)進士。曾知黃州,故名。其五言學杜甫,七言學白居易,曾有《示子》詩云:"本與樂天爲後進,敢期子美是前身。"有《小畜集》。白樂天:即白居易,字樂天。 ［42］楊文公:楊億(974—1020),字大年,建州浦城(今福建浦城)人。太宗淳化中賜進士,官至工部侍郎。卒謚文,故名。劉中山:劉筠(971—1031),字子儀,中山人,故名。二人與錢惟寅等作詩專學李商隱,其唱和之詩輯爲《西昆酬唱集》，世稱"西昆體"。　[43]盛文肅：盛度（968—1041），字公量。北宋祥符七年（1014）進士，官至參知政事兼樞密院事。卒謚文肅，故名。韋蘇州：韋應物曾爲蘇州刺史，故名。　[44]梅聖俞：梅堯臣字。　[45]東坡：蘇軾號東坡居士。山谷：黃庭堅號山谷道人。[46]江西宗派：即江西詩派。　[47]趙紫芝：趙師秀（1170—1219），字紫芝，號靈秀，又號天樂，永嘉（今浙江温州）人。紹熙元年（1190）進士。有《師秀集》二卷。翁靈舒：翁卷（生卒年不詳），字續古，一字靈舒，永嘉人。二人與徐照、徐璣並稱"永嘉四靈"，詩以賈島、姚合爲宗。　[48]江湖詩人：即江湖詩派，因書商陳起刊刻《江湖集》而得名，爲首詩人有劉克莊、戴復古、方岳。　[49]唱：同"倡"。　[50]截然：斷然。

## 史料選

### 嚴羽《答出繼叔臨安吳景仙書》

僕之《詩辨》，乃斷千百年公案，誠驚世絶俗之談，至當歸一之論。其間説江西詩病，真取心肝劊子手。以禪喻詩，莫此親切。是自家實證實悟者，是自家閉門鑿破此片田地，即非傍人籬壁、拾人涕唾得來者。李、杜復生，不易吾言矣。而我叔靳靳疑之，況他人乎？所見難合固如此，深可歎也！

吾叔謂：説禪非文人儒者之言。本意但欲説得詩透徹，初無意於爲文，其合文人儒者之言與否，不問也。

高意又使回護，毋直致褒貶。僕意謂：辨白是非，定其宗旨，正當明目張膽而言，使其詞説沈著痛快，深切著明，顯然易見；所謂不直則道不見，雖得罪於世之君子，不辭也。吾叔《詩説》，其文雖勝，然只是説詩之源流，世變之高下耳。雖取盛唐，而無的然使人知所趨向處。其間異户同門之説，乃一篇之要領。然晚唐本朝，謂其如此，可也；謂唐初以來至大曆之詩異户同門，已不可矣；至於漢、魏、晉、宋、齊、梁之詩，其品第相去，高下懸絶，乃混而稱之，謂錙銖而較，實有不同處，大率異户而同門，豈其然乎？

又謂：韓、柳不得爲盛唐，猶未落晚唐。以其時則可矣，韓退之固當別論；若柳子厚五言古詩，尚在韋蘇州之上，豈元、白同時諸公所可望耶？高見如此，毋怪來書有甚不喜分諸體製之説，吾叔誠於此未瞭然也。作詩正須辨盡諸家體製，然後不爲旁門所惑。今人作詩，差入門户者，正以體製莫辨也。世之技藝，猶各有家數。市繒帛者，必分道地，然後知優劣，況文章乎？僕於作詩，不敢自負，至識則自謂有一日之長，於古今體製，若辨蒼素，甚者望而知之。來書又謂：忽被人捉破發問，何以答之？僕正欲人發問而不可得者。不遇盤根，安別利器；吾叔試以數十篇詩，隱其姓名，舉以相試，爲能別得體製否？惟辨之未精，故所作惑雜而不純。今觀盛集中，尚有一二本朝立作處，毋乃坐是而然耶？

又謂：盛唐之詩，雄深雅健。僕謂此四字，但可評文，於詩則用健字不得。不若《詩辨》雄渾悲壯之語，爲得詩之體也。毫釐之差，不可不辨。坡、谷諸公之詩，如米元章之字，雖筆力勁健，終有子路事夫子時氣象。盛唐諸公之詩，如顏魯公書，既筆力雄壯，又氣象渾厚，其不同如此。只此一字，便見吾叔脚根未點地處也。

所論屈原《離騷》，則深得之，實前輩之所未發；此一段文亦甚佳。大概論武帝以前皆好，無可議者；但李陵之詩，非虜中感故人還漢而作，恐未深考。故東坡亦惑江、漢之語，疑非少卿之詩，而不考其胡中也。

妙喜自謂參禪精子。僕亦自謂參詩精子。嘗謁李友山論古今人詩，見僕辨析毫芒，每相激賞，因謂之曰："吾論詩，若那吒太子析骨還父，析肉還母。"友山深以爲然。當時臨川相會匆匆，所惜多順情放過，蓋傾蓋執手，無暇引惹，恐未能卒竟其辨也。鄙見若此，若不以爲然，却願有以相復，幸甚！

（郭紹虞《滄浪詩話校釋》，人民文學出版社 1961 年版）

### 錢謙益《唐詩英華序》

吳江顧子茂倫總萃唐人之詩，揚搉論次，擇其真賞者，命之曰《唐詩英華》。先出七言今體，鏤板行世，屬余序之。

世之論唐詩者，必曰初、盛、中、晚。老師豎儒，遞相傳述。揆厥所由，蓋創于宋季之嚴儀，而成于國初之高棅。承譌踵謬，三百年于此矣。夫所謂初、盛、中、晚者，論其世也，論其人也。以人論世，張燕公、曲江，世所稱初唐宗匠也。燕公自岳州以後，詩章悽惋，似得江山之助，則燕公亦初亦盛。曲江自荊州已後，同調諷詠，尤多暮年之作，則曲江亦初亦盛。以燕公系初唐也，遜岳陽唱和之作，則孟浩然應亦盛亦初。以王右丞系盛唐也，酬春夜竹亭之贈，同左掖梨花之詠，則錢起、皇甫冉應亦中亦盛。一人之身，更歷二時，將詩以人次耶？抑人以時降耶？世之薦樽盛唐，開元、天寶而已，自時厥後，皆自鄶無譏者也。誠如是，則蘇、李、枚乘之後，不應復有建安、有黃初；正始之後，不應復有太康、有元嘉；開元、天寶已往，斯世無煙雲風月，而斯人無性情，同歸於墨穴木偶而後可也。

嚴氏以禪喻詩，無知妄論，謂漢、魏、盛唐爲第一義，大曆爲小乘禪，晚唐爲聲聞辟支果。不知聲聞、辟支即小乘也。謂學漢、魏、盛唐爲臨濟宗，大曆以下爲曹洞宗。不知臨濟、曹洞初無勝劣也。其似是而非，誤入篾芒者，莫甚于妙悟之一言。彼所取于盛唐者，何也？不落議論，不涉道理，不事發露指陳，所謂玲瓏透徹之悟也。《三百篇》，詩之祖也，"知我者謂我心憂，不知我者謂我何求"，"我不敢效我友自逸"，非議論乎？"昊天曰明，及爾出王"，"無然歆羨，無然畔援，誕先登于岸"，非道理乎？"胡不遄死"，"投畀有北"，非發露乎？"赫赫宗周，褒姒滅之"，非指陳乎？今刉其一知半見，指爲妙悟，如照螢光，如觀隙日，以爲詩之妙解盡在是,學者沿途覓跡,搖手側目,吹求形影,摘抉字句,曰此第一第二義也,曰此大乘小乘也,曰是將夷而爲中爲晚,盛唐之牛跡兔徑,俛乎其唯恐折而入也。目瞖者別見空華,熱病者旁指鬼物,嚴氏之論詩,亦其瞖熱之病耳。而其症傳染于後世,舉目皆嚴氏之眚也,發言皆嚴氏之譫也,而互相標表,期以藥天下之詩病,豈不俱哉!

茂倫之撰是集也,胥初、盛、中、晚之詩,臚而陳之,不立阡陌,不樹籬棘,異曲同工,分曹遞奏。沈休文之言曰:"飈流所始,同祖風騷,徒以賞好異情,故體勢相絕。"江文通之言曰:"蛾眉詎同貌,而俱動于魄;芳草寧共氣,而皆悦于魂。"茂倫奉爲律令,用以箴嚴氏膏盲之癖,洗高氏耳食之陋,庶幾後三百年焕然復覩唐人之面目,斯茂倫之志也。諸有智者,用是集爲經方,診瞖熱之病,而審知其所自始,其必將霍然而起也。

### 錢謙益《唐詩鼓吹序》(節選)

唐人一代之詩,各有神髓,各有氣候。今以初盛中晚鰲爲界分,又從而判斷之曰:此爲妙悟,彼爲二乘;此爲正宗,彼爲羽翼。支離割剥,俾唐人之面目,蒙冪于千載之上,而後人之心眼,沈錮于千載之下。甚矣詩道之窮也!

### 錢謙益《宋玉叔安雅堂集序》(節選)

二百年來,俗學無目,奉嚴羽卿、高廷禮二家之瞽説以爲蝦目。而今之後,人又相將以俗學爲目。由達人觀之,可爲悲憫。

(以上據《牧齋有學集》,上海古籍出版社 1996 年版)

### 吳喬《圍爐詩話·卷五》(節選)

詩于唐人無所悟入,終落死句。嚴滄浪謂"詩貴妙悟",此言是也。然彼不知興比,教人何從悟入?實無見于唐人,作玄妙恍惚語,説詩、説禪、説教,俱無本據。

(郭紹虞、富壽蓀編《清詩話續編》,上海古籍出版社 1983 年版)

### 《四庫全書》提要二則

#### 《滄浪集》二卷

宋嚴羽撰。羽字儀卿,一字丹邱,邵武人,自號滄浪逋客,與嚴仁、嚴參齊名,世號三嚴。今仁與參詩集無傳,惟羽集在。其《滄浪詩話》有曰:"論詩如論禪。漢魏晉與盛唐之詩,則第一義也。大曆以還之詩,則小乘禪也。晚唐之詩,則聲聞辟支果也。""盛唐詩人惟在興趣,羚羊挂角,無跡可求。故其妙處透徹玲瓏,不可湊泊,如空中之音,相中之色,水中之月,鏡中之象,言有盡而意無窮。近代諸公乃作奇特解會,以才學爲詩,以議論爲詩,夫豈不工,終非古人之詩也。"云云。其平生大旨具在於是。考《困學紀聞》載唐戴叔倫語,謂:"詩家之景,如藍田日暖,良玉生煙,可望而不可即。"司空圖《詩品》有"不著一字,盡得風流"語,其《與李秀才書》,又有"梅至於酸,鹽止於鹹,而味在酸鹹之外"語,蓋推闡叔倫之意。羽之持論,又源於圖。特圖列二十四品,不名一格;羽則專主於妙遠,故其所自爲詩,獨任性靈,掃除美刺,清音獨遠,切響遂稀。五言如"一徑入松雪,数峰生暮寒",七言如"空林木落長疑雨,別浦風多欲上潮"、"洞庭旅雁春歸盡,瓜步寒潮夜落遲",皆志在天寶以前,而格實不能超大曆之上。由其持"詩有別才不關於學,詩有別趣不關於理"之說,故止能摹王、孟之餘響,不能追李、杜之巨觀也。李東陽《懷麓堂詩話》曰:"嚴滄浪所論超離塵俗,真若有所自得,反覆譬說,未嘗有失,顧其所自爲作,徒得唐人體面,而亦少超拔警策之處。予嘗謂識得十分,只做得八九分,其一二分乃拘於才力,其滄浪之謂乎?"云云。是猶徒知其病,未中其所以病矣。其《詩話》一卷,舊本別行,此本爲明正德中淮陽胡仲器所編,置之詩集之前,作第一卷,意在標明宗旨,殊乖體例。今惟以詩二卷著録別集類,其《詩話》別入詩文評類,以還其舊焉。

### 《滄浪詩話》一卷

宋嚴羽撰。羽有詩集,已著録。此書或稱《滄浪吟卷》,蓋閩中刊本,以《詩話》置詩集前,爲第一卷。故襲其詩集之名,而實非其本名也。首《詩辨》,次《詩體》,次《詩法》,次《詩評》,次《詩證》,凡五門。末附《與吳景僊論詩書》,大旨取盛唐爲宗,主於妙悟,故以如空中音、如象中色、如鏡中花、如水中月、如羚羊挂角無迹可尋,爲詩家之極則。明胡應麟比之達摩西來,獨闢禪宗。而馮班作《嚴氏糾謬》一卷,至詆爲囈語。要其時宋代之詩,競涉論宗,又四靈之派方盛,世皆以晚唐相高,故爲此一家之言,以救一時之弊。後人輾轉承流,漸至於浮光掠影,初非羽之所及知。譽者太過,毀者亦太過也。錢曾《讀書敏求記》又摘其"《九章》不如《九歌》,《九歌》、《哀郢》尤妙"之語,以爲《九歌》之内無《哀郢》,詆羽未讀《離騷》。然此或一時筆誤,或傳寫有譌,均未可定,曾遽加輕詆,未免佻薄。如趙宧光於六書之學固爲夐陋,然《説文長箋》引虎兒出於柙句,誤稱孟子,其過當在鈔胥。顧炎武作《日知録》,遽謂其未讀《論語》,豈足以服其心乎?

(郭紹虞《滄浪詩話校釋》,人民文學出版社 1961 年版)

# 元好問

## 論詩三十首（節選）

[解題]

元好問(1190—1257)，字裕之，號遺山，太原秀容（今山西忻州）人。興定五年(1221)進士，正大元年(1224)，中博學宏詞科，授儒林郎，充國史院編修，歷鎮平、南陽、内鄉縣令。八年(1231)秋，受詔入都，任尚書省掾、左司都事等職。金亡不仕，潛心著述。著有《遺山集》四十卷，編成《中州集》十卷。《金史》卷一百二十六《文藝》有傳。

論詩絕句是論詩詩中最爲常見的一類，此種形式由杜甫《戲爲六絕句》發端，繼之者不絕，其中，元好問《論詩絕句三十首》影響較大，每首絕句通過品評詩人或作品，闡發作者對詩歌的深刻見解。

在《論詩絕句三十首》中，作者開宗明義，提倡詩歌“正體”，即繼承、發揚風雅傳統和漢魏風骨，魏晉以降，僞體紛亂，故作者論詩自魏晉始，歷數衆多詩人、詩歌的得失，其目的在於“別裁僞體親風雅”，使詩歌的“正體”、“僞體”涇渭分明。因而，以漢魏風骨爲代表的雄健、慷慨詩風自然爲元好問所津津樂道，他贊賞曹植、劉楨、劉琨橫槊賦詩般的氣概，以及《敕勒川》的磅礴、韓愈的豪壯，對“兒女情多、風雲氣少”的張華，“詩囚”孟郊，綺靡華豔的温（庭筠）李（商隱）詩歌，頗類“女郎詩”的秦觀，“閉門造句”的陳師道等給予了批評。元好問論詩貴“真實”，詩歌要表現詩人内心的真實情感，故他批判潘安仁言行不一；詩歌須是外界真實環境的反映，故他有“畫圖臨出秦川景，親到長安有幾人”之語。詩歌出於内心而不必多加雕飾，風格上則傾向於自然天成，作者贊頌陶詩“豪華落盡見真淳”的高境界，並且認爲杜詩的價值不在於排比鋪陳等文辭雕飾的層面，元稹卻將其視爲連城璧，這不免捨本逐末。總之，在詩歌外在形式與内在情感之間，元好問偏向於内在情感的真實、充沛，並在此基礎上與外在文辭的自然融合，而純粹的雕飾、模擬則是他極其反對的，他批評黄庭堅學杜而未得杜之古雅，學李（商隱）而又缺其精純，"未作江西社裏人"，則表明了元好問獨立的詩歌創作性格。

漢謠魏什久紛紜[1]，正體[2]無人與細論。誰是詩中疏鑿手[3]？暫教涇渭各清渾[4]。

曹劉[5]坐嘯虎生風，四海無人角兩雄。可惜并州劉越石[6]，不教橫槊[7]建安中。

鄴下風流[8]在晉多，壯懷猶見缺壺歌[9]。風雲若恨張華少[10]，溫李新聲[11]奈爾何？

一語天然萬古新，豪華落盡見真淳[12]。南窗白日羲皇上[13]，未害淵明是晉人。

縱橫詩筆見高情，何物能澆魄磊平[14]。老阮不狂誰會得[15]，出門一笑大江橫[16]。

心畫心聲[17]總失真，文章仍復見為人。高情千古閑居賦，爭信安仁拜路塵。[18]

慷慨歌謠絕不傳，穹廬一曲[19]本天然。中州[20]萬古英雄氣，也到陰山敕勒川。

沈宋[21]橫馳翰墨場，風流初不廢齊梁[22]。論功若準平吳例，合著黃金鑄子昂。[23]

排比鋪張特一途，藩籬如此亦區區。[24]少陵自有連城璧，爭奈微之識碔砆。[25]

眼處心生句自神[26]，暗中摸索總非真。畫圖臨出秦川[27]景，親到長安有幾人？

"望帝春心托杜鵑"，佳人錦瑟怨華年。[28]詩家總愛"西崑"[29]好，獨恨無人作鄭箋[30]。

出處殊途聽所安，山林何得賤衣冠？[31]華歆一擲金隨重[32]，大是渠儂[33]被眼謾[34]。

筆底銀河落九天[35]，何曾憔悴飯山前[36]。世間東抹西塗手，枉著書生待魯連[37]。

切切秋蟲萬古情，燈前山鬼淚縱橫。[38]鑑湖春好無人賦，岸夾桃花錦浪生。[39]

東野窮愁死不休[40]，高天厚地一詩囚[41]。江山萬古潮陽[42]筆，合在元龍百尺樓[43]。

謝客[44]風容映古今，發源誰似柳州深[45]？朱弦[46]一拂遺音在，却是當年寂寞心。

窘步相仍[47]死不前，唱醻無復見前賢。縱橫正有凌雲筆[48]，俯仰随人亦可憐。

奇外無奇更出奇，一波纔動萬波随[49]。只知詩到蘇黄盡，滄海横流却是誰?[50]

曲學虛荒小説欺[51]，俳諧怒罵豈詩宜[52]? 今人合笑古人拙，除却雅言都不知。

"有情芍藥含春涙，無力薔薇臥晚枝。"[53] 拈出退之《山石》句，始知渠是女郎詩。[54]

金入洪爐不厭頻，精真那計受纖塵。[55] 蘇門果有忠臣在[56]，肯放坡詩百態新!

百年纔覺古風迴，元祐諸人[57]次第來。諱學金陵[58]猶有説，竟將何罪廢歐梅[59]?

古雅難將子美親，精純全失義山真。[60] 論詩寧下涪翁[61]拜，未作江西社裏人。

池塘春草謝家春[62]，萬古千秋五字新。傳語閉門陳正字[63]，可憐無補費精神[64]!

（郭紹虞《杜甫戲爲六絶句集解·元好問論詩三十首小箋》，人民文學出版社1978 年版）

## [注釋]

[1]漢謠魏什久紛紜：漢魏之後的詩歌，長期僞體紛亂，失去了漢魏風骨傳統。漢謠魏什，意指漢魏詩歌的優良傳統。什，《詩經》的"雅"、"頌"以十篇爲一"什"，後以"什"泛指詩篇。紛紜，雜亂之貌。 [2]正體：指延續了《詩經》風雅、漢魏風骨的詩歌傳統。杜甫《戲爲六絶句》"別裁僞體親風雅"，意與此相近。 [3]疏鑿手：負責開鑿、疏通山川河道的人，這裏指能夠"別裁僞體"，繼承風雅傳統的詩人。 [4]暫教涇渭各清渾：意爲區別詩歌的正僞，使之涇渭分明。涇渭，指涇水與渭水，分別發源於寧夏、甘肅，在陝西匯合。《詩·邶風·谷風》："涇以渭濁。"古人謂涇水濁，渭水清，杜甫《秋雨嘆》："濁涇清渭何當分。" [5]曹劉：曹植與劉楨。曹劉並稱始見於鍾嶸《詩品序》："次有輕薄之徒，笑曹劉爲古拙。"元好問《自題中州集後》有"鄴下曹劉氣盡豪"句。 [6]劉越石：劉琨（271—318），字越石，曾爲并州刺史。 [7]横槊：《南齊書·垣榮祖傳》："昔曹操、曹丕上馬横槊，下馬談論，此於天下可不負飲食矣。"元稹《唐故工部員外郎杜君墓係銘》："曹氏父子鞍馬間爲文，往往横槊賦詩。"槊，長矛，古代一種兵器。横槊，用以形容文武兼備、氣概豪邁之人。 [8]鄴下風流：指建安風骨。建安時期，曹操據守鄴城，各地文士圍繞在曹氏周圍，形成鄴下文人集團。 [9]缺壺歌：劉義慶《世説新語·豪爽》："王處仲每酒後，輒詠'老驥伏櫪，志在千里；烈士暮年，壯心不已'。以如意打唾壺，壺口盡缺。" [10]風雲若恨張華少：鍾嶸《詩品》評張華詩"兒女情多，風雲氣少"。 [11]温李新聲：指温庭筠、李商

隱詩歌中綺靡華豔的一面。　[12]豪華落盡見真淳：胡仔《苕溪漁隱叢話》："《正法眼藏》云：
'石頭一日問藥山曰：子近日作麽生？　山曰：皮膚脱落盡，惟有真實在。'魯直《别楊明叔》詩云：
'皮毛剥落盡，惟有真實在。'全用藥山禪師語也。"　[13]南窗白日羲皇上：陶淵明《與子儼等
疏》："常言五六月中，北窗下卧，遇涼風暫至，自謂是羲皇上人。"　[14]何物能澆魂磊平：這首
詩評論阮籍。《世説新語·任誕》："王孝伯問王大，阮籍何如司馬相如？　王大曰：阮籍胸中壘
塊，故須酒澆之。"　[15]老阮不狂誰會得：《晉書·阮籍傳》："籍容貌瑰傑，志氣宏放，傲然獨
得，任性不羈，而喜怒不形於色。"　[16]出門一笑大江横：黄庭堅《王充道送水仙花五十枝欣
然會心爲之作歌》詩句。　[17]心畫心聲：言爲心聲之意。揚雄《法言·問神》："言，心聲也；
書，心畫也。聲畫形，君子小人見矣。"　[18]"高情千古閑居賦"二句：潘岳，字安仁。《晉書
·潘岳傳》："岳性輕躁，趨世利。與石崇等諂事賈謐，每候其出，與崇輒望塵而拜。"仕官不達，於
是作《閑居賦》，表現其隱逸情懷。　[19]穹廬一曲：《敕勒歌》："敕勒川，陰山下。天似穹廬，籠
蓋四野。天蒼蒼，野茫茫，風吹草低見牛羊。"　[20]中州：翁方綱《石洲詩話》："遺山録金源一
代之詩，題口《中州集》，'中州'云者，蓋斥南宋爲偏安矣。"　[21]沈宋：《舊唐書·文苑·沈佺
期傳》："佺期善屬文，尤長七言之作，與宋之問齊名，時人稱爲沈宋。"　[22]風流初不廢齊梁：
沈佺期、宋之問的詩歌延續了齊梁間的風格和格律形式。　[23]"論功若準平吴例"二句：《國
語·越語》："（范蠡）輕舟以浮於五湖，莫知其所終極。王命工以良金寫范蠡之狀而朝禮之。"
元好問將陳子昂的詩歌革新與范蠡平吴功績相類比，充分肯定其重要意義。　[24]"排比鋪張
特一途"二句：元稹《唐故工部員外郎杜君墓係銘》："是時山東人李白亦以奇文取稱……至若
鋪陳終始，排比聲韻，大或千言，次猶數百，辭氣豪邁而風調清深，屬對律切而脱棄凡近，則李
尚不能歷其藩翰，况堂奥乎？"推崇杜甫詩歌"鋪陳終始，排比聲韻"，而元好問認爲這只是杜詩
的一種手法，囿於排比鋪張，未免太過局限。特，只。區區，拘泥、局限。　[25]"少陵自有連城
璧"二句：謂元稹誤將"排比鋪張"視爲杜詩的真正價值所在，就像錯將石頭視爲碧玉一樣。少
陵，杜甫自號少陵野老。微之，元稹字微之。連城璧，價值連城之玉。碔（wǔ）砆（fū），像玉的
石頭。　[26]眼處心生句自神：親眼所見，親身所經歷之後，自然會有神來之筆。　[27]秦川：
秦嶺以北的平原地區，按地理位置和此詩之意，應指長安一帶。　[28]"望帝春心托杜鵑"二
句：李商隱《錦瑟》："錦瑟無端五十弦，一弦一柱思華年。莊生曉夢迷蝴蝶，望帝春心托杜鵑。
滄海月明珠有淚，藍田日暖玉生烟。此情可待成追憶，只是當時已惘然。"　[29]西崑：北宋
初，楊億、錢惟演等人聚集於秘閣，編撰《歷代君臣事跡》，期間諸人相互酬唱，編成《西崑酬唱
集》，其詩歌模仿李商隱，詞采富麗、旨意幽深。嚴羽《滄浪詩話》："李商隱體，即西崑體也。"
[30]鄭箋爲：鄭玄爲《毛詩》作箋注，以名《詩經》及毛傳之意旨。　[31]"出處殊途聽所安"二句：
謂山林隱士詩與臺閣仕宦詩各爲一體，不應有所偏重。宗廷輔《古今論詩絶句》："方回撰《瀛
奎律髓》，往往偏重江湖道學，意當時風氣，或有借以自重者，故喝破之。"　[32]華歆一擲金隨
重：華歆，字子魚，三國時期名士。《世説新語》："管寧、華歆共園中鋤菜，見地有片金，管揮鋤
與瓦石不異，華捉而擲去之。又嘗同席讀書，有乘軒冕過門者，寧讀如故，歆廢書出看，寧割席
分坐曰：'子非吾友也。'"　[33]渠儂：他。　[34]謾：欺騙，蒙蔽。　[35]筆底銀河落九天：李白
有"疑是銀河落九天"（《望廬山瀑布》）之句，此借以形容李白詩歌豪邁奔放之勢。　[36]何曾
憔悴飯山前：謂李杜詩風之不同。李白《戲贈杜甫》："飯顆山頭逢杜甫，頭戴笠子日卓午。借

問別來太瘦生，總爲從前作詩苦。" ［37］魯連：魯仲連，戰國時期齊國人，生卒年不詳。曾周遊列國，能言善辯，有謀略，《史記》有傳。此二句贊揚李白不只是詩才卓越，更像魯仲連那樣積極關注現實。 ［38］"切切秋蟲萬古情"二句：一般認爲指李賀的詩歌風格。李賀詩中多有"蟲"、"鬼"等字。 ［39］"鑑湖春好無人賦"二句：指元好問所推崇的開闊明朗的詩風。"岸夾桃花錦浪生"出自李白《鸚鵡洲》。 ［40］東野窮愁死不休：孟郊（751—814），字東野，與賈島齊名，其詩歌多窮苦之言。 ［41］詩因：指孟郊之苦吟，爲詩所因。元好問《放言》："韓非死孤憤，虞卿著窮愁，長沙一湘累，郊島兩詩因。" ［42］潮陽：即潮州，這裏指韓愈。韓愈因上疏諫迎佛骨，觸怒唐憲宗，被貶爲潮州刺史。 ［43］元龍百尺樓：陳登，字元龍。《三國志·陳登傳》記載，許汜見元龍，"元龍無客主之意，久不相與語，自上大床卧，使客卧下床"。劉備聞之，對許汜説："君有國士之名，今天下大亂，帝主失所，望君憂國忘家，有救世之意，而君求田問舍，言無可采，是元龍所諱也，何緣當與君語？ 如小人，欲卧百尺樓上，卧君於地，何但上下床之間邪？"此詩以陳登、許汜爲人之高下比韓愈、孟郊爲詩之高下。 ［44］謝客：指謝靈運（385—433）。 ［45］發源誰似柳州深：謂柳宗元的山水詩深得謝靈運之遺音。柳州，指柳宗元，宗元曾被貶爲柳州刺史。 ［46］朱弦：用熟絲製作的琴弦。 ［47］寄步相仍：與末句"俯仰随人"意義相同，均指酬唱之詩歌收到韻脚的限制，不能自由抒發己意。 ［48］縱横正有凌雲筆：杜甫《戲爲六絶句》："庾信文章老更成，凌雲健筆意縱横。" ［49］一波纔動萬波随：唐代蜀僧德誠詩："千尺絲綸直下垂，一波纔動萬波随。夜静水寒魚不食，滿船空載月明歸。"這裏應指蘇黄對宋詩的影響。 ［50］"只知詩到蘇黄盡"二句：宗廷輔《古今論詩絶句》："自蘇黄更出新意，一洗唐調，後遂随風而靡，生硬放佚，靡惡不臻，變本加厲，咎在作俑。先生慨之，故責之如此。" ［51］曲學虚荒小説欺：歪曲事實的學問虚假、荒謬，淺薄瑣屑之説欺騙世人。 ［52］俳諧怒罵豈詩宜：指責蘇軾及其末流好以怒罵爲詩。黄庭堅《答洪駒父書》："東坡文章妙天下，其短處在好罵。"戴復古《論詩十絶》："時把文章供戲謔，不知此體誤人多。" ［53］"有情芍藥含春涙"二句：出自秦觀絶句《春日》。晚枝，《淮海集》作"曉枝"。 ［54］"拈出退之《山石》句"二句：元好問《中州集·擬栩先生王中立傳》："予嘗從先生學，問作詩究竟當如何。先生舉秦少游《春雨》詩云：'有情芍藥含春涙，無力薔薇卧晚枝。'此詩非不工，若以退之'芭蕉葉大梔子肥'之句校之，則《春雨》爲婦人語矣。破却工夫，何至學婦人？""芭蕉葉大梔子肥"，韓愈《山石》中詩句。 ［55］"金入洪爐不厭頻"二句：贊揚蘇軾詩歌是經過洪爐鍛煉，不受纖塵的真金。 ［56］蘇門果有忠臣在：蘇軾主盟文壇，聲譽極高，衆多文人出其門下。 ［57］元祐諸人：指蘇軾、黄庭堅、陳師道等詩人。元祐（1086—1093），宋哲宗年號。 ［58］諱學金陵：王闢之《澠水燕談録》："（王荆公）治經尤尚解字，末流務爲新奇，浸成穿鑿。朝廷患之，詔學者兼用舊傳注，不專治新經，禁援引《字解》。於是學者皆變所學，至於著書以詆公之學者，且諱稱公門人。"金陵，指王安石，其罷相後居於金陵。 ［59］歐梅：歐陽修、梅堯臣。 ［60］"古雅難將子美親"二句：謂黄庭堅學杜，古雅之處難以接近杜詩，且未得李商隱精純之致。 ［61］涪翁：黄庭堅別號。 ［62］池塘春草謝家春：謝靈運《登池上樓》："池塘生春草，園柳變鳴禽。" ［63］傳語閉門陳正字：陳師道，字無己，因黨爭被罷職，後除秘書省正字，未上任而卒。馬端臨《文獻通考·經籍考》："石林葉氏曰：世言陳無己每登覽得句，即急歸卧一榻，以被蒙首，惡聞人聲謂之吟榻。家人知之，即猫犬皆逐去，嬰兒稚子亦抱寄鄰家，徐徐詩成，乃敢復常。" ［64］可憐無補費精神：

王安石《韓子》詩句。

## 史料選

### 元好問《杜詩學引》

杜詩注六七十家，發明隱奧，不可謂無功；至於鑿空架虛，旁引曲證，鱗雜米鹽，反爲蕪累者亦多矣。要之，蜀人趙次公作證誤，所得頗多。託名於東坡者爲最妄，非託名者之過，傳之者過也。

切嘗謂子美之妙，釋氏所謂學至於無學者耳。今觀其詩，如元氣淋漓，隨物賦形；如三江五湖，合而爲海，浩浩瀚瀚，無有涯涘；如祥光慶雲，千變萬化，不可名狀；固學者之所以動心而駭目。及讀之熟，求之深，含咀之久，則九經百氏古人之精華，所以膏潤其筆端者，猶可髣髴其餘韻也。夫金屑丹砂、芝术參桂，識者例能指名之；至於合而爲劑，其君臣佐使之玄用，甘苦酸醎之相入，有不可復以金屑丹砂、芝參术桂而名之者矣。故謂杜詩爲無一字無來處，亦可也；謂不從古人中來，亦可也。前人論子美用故事，有著鹽水中之喻，固善矣，但未知九方皋之相馬，得天機於滅没存亡之間，物色牝牡，人所共知者爲可略耳。

先東巖君有言，近世唯山谷最知子美，以爲今人讀杜詩，至謂草木蟲魚，皆有比興，如試世間商度隱語然者，此最學者之病。山谷之不注杜詩，試取《大雅堂記》讀之，則知此公注杜詩已，竟可爲知者道，難爲俗人言也。

乙酉之夏，自京師還，閒居嵩山，因録先君子所教，與聞之師友之間者爲一書，名曰《杜詩學》。子美之傳誌、年譜，及唐以來論子美者在焉。候兒子輩可與言，當以告之，而不敢以示人也。六月十一日，河南元某引。

### 元好問《楊叔能小亨集引》

貞祐南渡後，詩學大行，初亦未知適從，溪南辛敬之、淄川楊叔能以唐人爲指歸。敬之舊有聲河南，叔能則未有知之者。興定末，叔能與予會于京師，遂見禮部閑閑公及楊吏部之美，二公見其"幽懷久不寫"及《甘羅廟》詩，嘖嘖稱嘆，以爲今世少見其比。及將往關中，張左相信甫、李右司之純、馮內翰子駿皆以長詩贈別，閑閑作引，謂其詩學退之《此日足可惜》，頗能似之。至比之金膏水碧，物外自然，奇寶景星，丹鳳承平，不時見之嘉瑞。叔能用是名重天下，今三十年。然其客于楚，于漢沔，于燕、趙、魏、齊、魯之間，行天下四方多矣，而其窮亦極矣。叔能天資澹泊，寡于言笑，儉素自守，詩文似其爲人。其窮雖極，其以詩爲業者，不變也。其以唐人爲指歸者，亦不變也。今年其所選《小亨集》成，其子復見予鎮州，以集引爲請。予亦愛唐詩者，唯愛之篤而求之深，故似有所得，嘗試妄論之。

詩與文，特言語之別稱耳，有所記述之謂文，吟咏情性之謂詩，其爲言語則一也。唐詩所以絕出于《三百篇》之後者，知本焉爾矣。何謂本？誠是也。古聖賢道德言語布在方册者多矣，且以"弗慮胡獲，弗爲胡成"，"無有作好，無有作惡"，"樸雖小，天下莫敢臣"較之，與"祈年孔夙，方社不莫"，"敬共明神，宜無悔怒"何異，但篇題句讀不同而已。故由心而成，由誠而言，由言而詩也。三者相爲一。情動于中而形於言，言發乎邇而見乎遠，同聲相應，同氣相求，雖小夫賤婦孤臣孽子之感諷，皆可以厚人倫、美教化，無他道也。故曰不誠無物。夫惟不誠，故言無所主，心口別爲二物；物我邈其千里，漠然而往，悠然而來，人之聽之，若春風之過馬耳，其欲動天地、感神鬼，難矣。其是之謂本。唐人之詩，其知本乎，何温柔敦厚，藹然仁義之言之多也！幽憂憔悴，寒饑困憊，一寓於時，而其阨窮而不憫，遺佚而不怨者，故在也。至於傷讒疾惡，不平之氣不能自掩，責之愈深，其旨愈婉，怨之愈深，其辭愈緩。優柔饜飫，使人涵泳于先生之澤，情性之外，不知有文字，幸矣學者之得唐人爲指歸也。

初予學詩，以十數條自警云：無怨懟，無謔浪，無鶖狠，無崖異，無狡訐，無媕婀，無傅會，無籠絡，無銜鬻，無矯飾，無爲堅白辨，無爲賢聖癲，無爲妾婦妒，無爲仇敵謗傷，無爲聾俗閧傳，無爲瞽師皮相，無爲黥卒醉橫，無爲黠兒白捻，無爲田舍翁木强，無爲法家醜詆，無爲牙郎轉販，無爲市倡怨恩，無爲琵琶娘人魂韻詞，無爲村夫子兔園策，無爲算沙僧困義學，無爲稠梗治禁詞，無爲天地一我今古一我，無爲薄惡所移，無爲正人端士所不道。信斯言也，予詩其庶幾乎？惟其守之不固，竟爲有志者之所先。今日讀所謂《小亨集》者，祇以增媿汗耳。予既以如上語爲集引，又申之以種松之詩，因爲復言歸而語乃翁。吾老矣，自爲瓠壺之日久矣，非夫子亦何以發予之狂言。己酉秋八月初吉河東元某序。

（以上據《遺山先生文集》卷三十六，《四部叢刊》本）

## 元好問《陶然集詩序》

貞祐南渡後，詩學爲盛。洛西辛敬之、淄川楊叔能、太原李長源、龍坊雷伯威、北平王子正之等，不啻十數人，稱號專門。就諸人中，其死生於詩者，汝海楊飛卿一人而已。李内翰欽叔工篇翰，而飛卿從之游。初得"樹古葉黄早，僧閑頭白遲"之句，大爲欽叔所推激。從是遊道日廣而學亦大進。客居東平將二十年，有詩近二千首，號《陶然集》。所賦《青梅》、《瑞蓮》、《瓶聲》、《雪意》，或多至十餘首。其立之之卓、鑽之之堅、得之之難、積之之多乃如此。此其所以爲貴也歟？

歲庚戌，東平好事者求此集刊布之。飛卿每作詩，必以示予，相去千餘里，亦以見寄。其所得，予亦頗能知之。飛卿于海内詩人，獨以予爲知己，故以集引見托。或病吾飛卿追琢功夫太過者，予釋之曰："詩之極致，可以動天地、感鬼神，故傳之師，本之經，真積之力久而有不能復古者。自'匪我愆期，子無良媒'、'自伯之東，首如飛蓬'、'愛而不見，搔首踟躕'、'既見復關，載笑載言'之什觀之，皆以小夫賤婦滿心而發，肆口而成，見取於采詩之官，而聖人刪詩亦不敢盡廢。後世雖傳之師，本之經，真積力久而不能止焉者，何古今難易不相侔之如是耶！蓋秦以前，民俗醇厚，去先王之澤未遠。質勝則野，故肆口成文，不害爲合理。使今世小夫賤婦，滿心而發，肆口而成，適足以汙簡牘，尚可辱采詩官之求取耶？故文字以來，詩爲難；魏、晉以來，復古爲難；唐以來，合規矩準繩尤難。

夫因事以陳辭，辭不迫切而意獨至，初不爲難。後世以不得不難爲難耳！古律、歌行、篇章、操引、吟詠、謳謠、詞調、怨嘆，詩之目既廣，而詩評、詩品、詩説、詩式，亦不可勝讀。大概以脱棄凡近、澡雪塵翳、驅駕聲勢、破碎陣敵、囚鎖怪變、軒豁幽秘、籠絡今古、移奪造化爲工，鈍滯僻澀、淺露浮躁、狂縱淫靡、詭誕瑣碎、陳腐爲病。'毫髮無遺恨'、'老去漸於詩律細'、'佳句法如何'、'新詩改罷自長吟'、'語不驚人死不休'，杜少陵語也；'好句似仙堪換骨，陳言如賊莫經心'，薛許昌語也；'乾坤有清氣，散入詩人脾。千人萬人中，一人兩人知'，貫休師語也；'看似尋常最奇崛，成如容易却艱難'，半山翁語也；'詩律傷嚴近寡恩'，唐子西語也。子西又言：'吾於它文，不至蹇澀，惟作詩極艱苦。悲吟累日，僅自成篇。初讀時未見可羞處，姑置之；後數日取讀，便覺瑕纇百出。輒復悲吟累日，反復改定，比之前作稍有加焉；後數日復取讀，疵病復出。凡如此數四，乃敢示人。然終不能工。'李賀母謂賀必欲嘔出心乃已，非過論也。今就子美而下論之，後世果以詩爲專門之學，求追配古人，欲不死生於詩，其可已乎？"

雖然，方外之學有"爲道日損"之説，又有"學至於無學"之説，詩家亦有之。子美夔州以後，樂天香山以後，東坡海南以後，皆不煩繩削而自合，非技進於道者能之乎？詩家所以異于方外者，渠輩談道，不在文字，不離文字。詩家聖處，不離文字，不在文字。唐賢所謂"情性之外，不知有文字"云耳。以吾飛卿立之之卓、鑽之之堅、得之之難，異時霜降水落，自見涯涘。吾見其泝石樓、歷雪堂，問津斜川之上。萬慮洗然，深入空寂，盪元氣於筆端，寄妙理於言外。彼悠悠者，可復以昔之隱几者見待耶？《陶然》後編，請取此序證之，必有以予爲不妄許者。重九日，遺山真隱序。

### 元好問《木庵詩集序》

東坡讀參寥子詩，愛其無蔬筍氣，參寥用是得名。宣、政以來無復異議。予獨謂此特坡一時語，非定論也。詩僧之詩，所以自別于詩人者，正以蔬筍氣在耳。

假使參寥子能作柳州《超師院晨起讀禪經》五言，深入理窟，高出言外，坡又當以蔬筍氣少之耶？木庵英上人，弱冠作舉子，從外家遼東，與高博州仲常遊，得其議論爲多；且因仲常得僧服。貞祐初南渡河，居洛西之子蓋，時人固以詩僧目之矣。三鄉有辛敬之、趙宜之、劉景玄，予亦在焉。三君子皆詩人，上人與相往還，故詩道益進。出世住實應，有《山堂夜岑寂》及《梅花》等篇傳之京師，閑閑趙公、內相楊公、屏山李公及雷、李、劉、王諸公，相與推激，至以不見顏色爲恨。予嘗以詩寄之云：“愛君《山堂》句，深靖如幽蘭。愛君《梅花》詠，入手如彈丸。詩僧第一代，無愧百年閑。”曾說向閑閑公，公亦不以予言爲過也。近年《七夕感興》，有“輕河如練月如舟，花滿人間乞巧樓。野老家風依舊拙，蒲團又度一年秋”之句，予爲之擊節稱歎，恨楊、趙諸公不及見之。己酉冬十月，將歸太原，侍者出《木庵集》，求予爲序引。試爲商略之：上人才品高，真積力久，住龍門、崧少二十年，仰山又五六年。境用人勝，思與神遇，故能遊戲翰墨道場而透脫叢林科臼，於蔬筍中別爲無味之味。皎然所謂“情性之外不知有文字”者，蓋有望焉。正大中，閑閑公侍祠太室，會上人住少林久，倦于應接，思欲退席。閑閑公作疏留之云：“書如東晉名流，詩有晚唐風骨。”予謂閑閑雖不序《木庵集》，以如上語觀之，知閑閑作序已竟。然則向所許百年以來爲詩僧家第一代者，良未盡歟！

（以上據《遺山先生文集》卷三十七，《四部叢刊》本）

### 郝經《遺山先生墓銘》（節選）

歲丁巳秋九月四日，遺山先生卒于獲鹿寓舍。十日訃至，經走常山三百里，已馬异歸葬，爇文酹酒哭于畫像之前而已。先生與家君同受業于先大父，經復逮事先生者有年，義當叙而銘之。詩自《三百篇》以來，極于李、杜，其後纖靡濃艷，怪誕癖澀，寖以弛弱，遂失其正。二百餘年而至蘇、黃，振起衰踣，益爲瑰奇，復于李、杜氏。金源有國，士務決科干禄，置詩文不爲。其或爲之，則羣聚訕笑，大以爲異。委墜廢絕，百有餘年，而先生出焉。當德陵之末，獨以詩鳴，上薄風雅，中規李、杜，粹然一出于正，直配蘇、黃氏。天才清贍，邃婉高古，沈鬱大和，力出意外。巧縟而不見斧鑿，新麗而絕去浮靡，造微而神采粲發。雜弄金璧，糅飾丹素，奇芬異秀，洞蕩心魄。看花把酒，歌謠跌宕，挾幽并之氣，高視一世。以五言雅爲正，出奇于長句雜言，至千五百餘篇。爲古樂府，不用古題，特出新意以寫怨恩者，又百餘篇。用今題爲樂府，揄揚新聲者，又數十百篇。皆近古所未有也。汴梁亡，故老皆盡，先生遂爲一代宗匠，以文章伯獨步，幾三十年。銘天下功德者，盡趨其門，有例有法，有宗有趣，又至百餘首。爲《杜詩學》、《東坡詩雅》、《錦機》、《詩文自警》等集，指授學者。方吾道壞爛，文曜暗昧，先生獨能振而超之，揭光于天，俾學者歸仰，識詩文之正，而傳其命脉，繫而不絕，其有功于世又大也。每以

219

著作自任。以金源氏有天下，典章法度，幾及漢、唐，國亡史興，已所當爲，而《國史實錄》在順天道萬户張公府，乃言于張公，使之聞奏，願爲撰述。奏可，方闢館，爲人所沮而止。先生曰："不可遂令一代之美，泯而不聞。"乃爲《中州集》百餘卷，又爲《金源君臣言行録》。往來四方，采摭遺逸，有所得，輒以寸紙細字，親爲記録，雖甚醉不忘。於是雜録近世事，至百餘萬言，梱束委積，塞屋數楹，名之曰野史亭。書未就而卒。嗚呼，先生可謂忠矣。

（郝經《陵川集》卷三十五，景印文淵閣四庫全書本）

## 宗廷輔《古今論詩絕句·元好問論詩三十首（評）》節選

"曹劉"首評：越石蒼渾，與先生合，且北人，故欲躋之建安之列。曹、劉謂子建、公幹，建安七子中最標著者。

"鄴下"首評：意不甚滿於鏗鉳爲工者，特借詩品一語發之。蓋六朝竟尚才藻，激昂之氣少，其源實晉開之，故先生云如此。

"一語"首評：提出淵明，不滿晉人意可見。玩末句，則上首意更明。

"沈宋"首評：顧星五云：唐詩復古，首推子昂。查初白云：平吴二字，妙在關合齊、梁。

"鬬靡"首評：先生固不滿於晉人者，此則借論潘、陸以箴宋人也。夫詩以言志，至盡則言竭，自蘇、黄創爲長篇次韻，於是牽於韻脚，不得不借端生議，勾連比附，而費辭矣。"口角瀾翻如布穀"，東坡句也。

"眼處"首評：景物興會，無端湊泊，取之即是，自然入妙。若移時易地，則情隨景遷，哀樂不同，而命辭亦異矣。少陵十載長安，長篇短詠，皆即事抒懷之作也。查初白云：見得真，方道得出。

"奇外"首評：自蘇、黄更出新意，一洗唐調，後遂隨風而靡，生硬放佚，靡惡不臻，變本加厲，咎在作俑。先生慨之，故實之如此。

"曲學"首評：此首專詆東坡。或疑其議東坡不應重疊如此，不知此乃先生宗旨所在，射人射馬，擒賊擒王，所見既真，故不憚一再彈擊也。

"有情"首評：此首排淮海，上二句即以淮海詩，狀淮海詩境也。按《中州集·擬栩先生王中立傳》云："予嘗從先生學，問作詩究竟當如何。先生舉秦少游《春雨》（案，應爲《春日》）詩云：'有情芍藥含春淚，無力薔薇臥晚枝。'此詩非不工，若以退之'芭蕉葉大梔子肥'之句挍之，則《春雨》爲婦人語矣。破却工夫，何至學婦人。"則裕之此論，亦有所授之矣。

"金人"首評：晁叔用云：東坡如毛嬙、西施，净洗却面，與天下婦人鬬好。即此末句"百態新"之意。紀文達昀序趙渭川詩云："東坡才筆橫據一代，未有異詞。而遺山論詩，乃曰：'蘇門果有忠臣在，肯放坡詩百態新。'又有'奇外無奇'云云。

二公均屬詞宗，而元之持論，若不欲人鑽仰於蘇者，其故殆不可曉。予嘉慶壬戌會典試三場，以此條發策，四千人莫予答也。惟揭曉前一夕，得朱子士彥卷，對曰：南宋末年，江湖一派，萬口同音。故元好問追尋源本，作是懲羹吹齏之論。又：南北分疆，未免心存畛域，其《中州集》末題詩，一則曰：'若從華實評詩品，未便吳儂得錦袍。'一則曰：'北人不拾江西唾，未要曾郎借齒牙。'詞意曉然，未可執爲定論也。喜其洞見癥結，急爲補入榜中。"予謂江湖盛於宋季，江西肇於元祐，相距幾二百年。必以末流之弊，歸咎江西，恐未甘任受。惟新聲創則古調亡，自蘇、黃派行，而唐代風流，至是盡泯。明何仲默《答李獻吉書》云："文靡於隋，韓力振之，然古文之法亡於韓。詩溺於陶，謝力振之，然古詩之法亡於謝。"世或駭其言。然東坡亦言："書之美者，莫如顏魯公，然書法之壞，自魯公始。詩之美者莫如韓退之，然詩格之變，自退之始。"語見《詩人玉屑》，何書即此意耳。

（《宗月鋤先生遺著》，民國六年徐兆瑋重印本）

# 祝　堯

## 古賦辨體

### ［解題］

祝堯生平，不見於正史，惟於方志存其梗概。《江西通志》載："堯，上饒人，延祐五年（1318）進士，爲江山尹，後遷無錫州同知。"《古賦辨體》諸序所言亦大體相同。如成化本錢溥序云"字信之，佐溪人"，嘉靖本李一泯序云"字君澤，延佑（當爲祐）進士，仕至無錫同知"。惟《廣信府志》言之較詳："祝堯，字君澤，上饒人，博學能文，所著有《大易演義》、《四書明辨》、《策學提綱》、《古賦辨體》，延知（應爲祐）進士，授南城丞，改江山令，陞萍鄉州同（應作同知）。存心撫字，獄清訟革，吏畏民懷。"所言與《江西通志》略同，惟云"官萍鄉州同知"，與《江西通志》異。從這些零星的記載來看，祝堯生前只做過一些地方小官，官位和聲名並不顯赫，因而無緣入於正史的記載，這很可能和元代歧視南人的統治政策有關。祝堯是當時的正直廉潔之士，以致《廣信府志》有"獄清訟革，吏畏民懷"的贊語。其生平著述，《萬姓統譜》著錄有《大易演義》、《策學提綱》。錢大昕《補元史藝文志》著錄有《大易演義》、《古賦辨體》。上舉《廣信府志》著錄有《古賦辨體》、《策學提綱》、《大易演義》、《四書明辨》四種，從其內容而言，大多和科舉有關。其中《古賦辨體》、《策学提綱》今存，而《大易演義》、《四書明辨》已亡佚，無從得窺全貌。

《古賦辨體》是元代乃至中國古代賦學批評史上極爲重要的文獻，有元刻本，今不存。存世有明成化二年（1466）金宗潤刻本、明嘉靖十一年（1532）刻本、嘉靖十六年（1537）刻本和《文淵閣四庫全書》本。從其體例言之，《古賦辨體》以賦集兼綜賦論的編纂形式，成爲賦論史上最爲重要的賦學專書，全書共十卷，編爲正集、外集兩部分。正集八卷，自《楚辭》以下至唐、宋賦，每朝選錄賦十數篇以辨正體格。正集凡分五體，分別爲"楚辭體"（錄屈、宋、荀賦二十八篇），"兩漢體"（錄司馬相如、揚雄等人賦十四篇），"三國六朝體"（錄陸機、張華、鮑照、江淹、庾信等賦十五篇），"唐體"（錄李白、韓愈等賦十三篇），"宋體"（錄歐陽修、蘇軾賦十四篇）；外録二卷，爲賦之流別，亦分爲五類："後騷"、"辭"、"文"、"操"、"歌"。各體之前先有一篇序説，論此類賦體的源流特點，選録若干賦篇以明體例，對各篇賦作及其作者分别加以説明、評析。從賦論的角度而言，《古賦辨體》具有很高的理論價值，它以對古賦的推尊，對"祖騷尊漢"的提倡，從而對其时與後世賦學産生了十分積極的影響。其主要内容有以下幾個方面：其一是在辨析古賦、推重賦體的同時，簡要評述了歷代賦的源流正變，提供了我國古代較早的辭賦文學發展史。其二是提出"情、辭、理、意"的評賦標準和創作原則，要求賦家正確處理情感内容和文辭形式之間的關係；其三是在堅持《詩經》六義的原則之下，對歷代賦作批評"麗則"標準的分析，可以説祝堯的《古賦辨體》是劉勰之後、清代之前最爲重要的賦學論著。但由於祝堯抱持復古的觀點，也有其不足之處，主要表現爲對魏晉六朝及唐宋賦的成就認識不夠，在一定程度上有"唯古是尚"的偏向。

### 楚辭體上

宋景文公[1]曰："《離騷》爲詞賦祖，後人爲之，如至方不能加矩，至圓不能過規。"則賦家可不祖楚《騷》乎？然《騷》者，《詩》之變也。《詩》無楚風，楚乃有《騷》，何邪？愚按：屈原爲《騷》時，江漢皆楚地，蓋自文王之化行乎南國，《漢廣》、《江有汜》[2]諸詩已列於二《南》十五《國風》之先，其民被先王之澤也深。《風》、《雅》既變，而楚狂《鳳兮》之歌、滄浪孺子"清兮濁兮"[3]之歌，莫不發乎情，止乎禮義[4]，而猶有詩人之六義，故動吾夫子之聽。但其歌稍變於《詩》之本體，又以"兮"爲讀，楚聲萌蘗久矣。原最後出，本《詩》之義以爲《騷》，凡其寓情草木、托意男女以極遊觀之適者，變風之流也。其叙事陳情、感今懷古，不忘君臣之義者，變雅之類也。其語祀神歌舞之盛，則幾乎《頌》矣。至其爲賦則如《騷經》首章之云，比則如香草、惡物之類，興則托物興辭，初不取義，如《九歌》"沅芷澧蘭"以興"思公子而未敢言"之屬。但世號《楚辭》，初不正名曰"賦"，然賦之義實居多焉。自漢以來，賦家體制大抵皆祖原意，故能賦者要當復熟於此，以求古《詩》所賦之本義，則情形於辭而其意思高遠，辭合於理而其旨趣深長，成周先王二《南》之遺風，可以復見於今矣。

### 兩漢體上

《漢·藝文志》曰："古者諸侯、卿大夫交接鄰國，揖讓之時，必稱詩以喻意，以别賢不肖而觀盛衰焉。春秋之後，聘問詠歌不行於列國，學詩之士逸在布衣，而賢士失志之賦作矣。大儒荀卿及楚臣屈原離讒憂國，皆作賦以風，咸有惻隱古詩之義。其後宋玉、唐勒、枚乘、司馬相如、揚子云，競爲侈麗閎衍之辭，没其風喻之義。子云悔之曰：'詞人之賦麗以淫。'"愚謂：騷人之賦與詞人之賦雖異，然猶有古詩之義。辭雖麗而義可則，故晦翁[5]不敢直以詞人之賦視之也。至於宋唐以下，則是詞人之賦，多没其古詩之義。辭極麗而過淫傷，已非如騷人之賦矣，而況于詩人之賦乎？何者？詩人所賦，因以春秋賦詩是也，如所云則騷即風也。如荀卿《佹詩》、《成相》，並賦也。所謂古詩之義在是，吟詠情性也。騷人所賦，有古詩之義者，亦以其發乎情也。其情不自知而形於辭，其辭不自知而合于理，情形於辭故麗而可觀，辭合於理故則而可法。然其麗而可觀，雖若出於辭，而實出於情；其則而可法，雖若出於理，而實出於辭。有情有辭，則讀之者有興起之妙趣；有辭有理，則讀之者有詠歌之遺音。如或失之于情，尚辭而不尚意，則無興起之妙，而于"則"乎何有？後代賦家之俳體是已！又或失之于辭，尚理而不尚辭，則無詠歌之遺，而于"麗"乎何有？後代賦家之文體是已！是以三百五篇之《詩》、二十五篇之《騷》，莫非發乎情者，爲賦、爲比、爲興而見於風、雅、頌之體，此情之形乎辭者，然其辭莫不具是理；爲風、爲雅、爲頌而兼於賦比興之義，此辭之合乎理者，然其理本不出於情。理出於辭，辭出於情，所以其辭也麗，其理也則，而有風、比、雅、興、頌諸義也歟？

漢興，賦家專取《詩》中賦之一義以爲賦；又取《騷》中贍麗之辭以爲辭。所賦之賦爲辭賦。所賦之人爲辭人；一則曰辭，二則曰辭，若情若理，有不暇及；故其爲麗，已異乎風、騷之麗，而則之與淫判矣。賈、馬、楊、班，賦家之昇堂入室者，至今尚推尊之。

晦翁云："自原之後，作者繼起，獨賈生以命世英傑之材，俯就騷律，非一時諸人所及。"定齋[6]云："賦則漫衍其流，體亦叢雜。長卿長於敍事，淵云長於説理。"林艾軒[7]云："揚子雲、班孟堅只填得腔子滿，張平子輩竭盡氣力，又更不及，如是則賈生之非所及，毋論已。張平子輩之更不及，不論也。若長卿、子雲、孟堅之徒，誠有可論者，蓋其長於敍事則於辭也長，而於情或昧；長於説理則於理也長，而於辭或略，只填得腔子滿，則辭尚未長，而況於理。要之，皆以不發於情故爾！"所以漁獵掇摭，誇多鬥靡，而每遠於性情。哀荒褻慢、希合苟容而遂害于義理。間如《上林》、《甘泉》，極其鋪張，終歸於諷諫而風之義未泯。《兩都》等賦，極其曜終，折以法度而雅頌之義未泯。《長門》、《自悼》等賦，緣情發義，托物興辭，咸有和平從容之意而比興之義未泯。一代所見，其與幾何？誠以其時（按，指漢代）經焚坑之秦，故古詩之義未免没而或多淫；近乎風雅之周，故古詩之義猶有存而或可則。古今言賦，自騷之外，咸以兩漢爲古，已非魏晉以還所及。心乎古賦者，誠當祖騷而宗漢，去其所以淫而取其所以則，可也。今故於此備論古今之體制，而發明揚子麗則、麗淫之旨，庶不失古賦之本義云。

## 三國六朝體上

梁《昭明文選序》云："詩有六義,二曰賦。今之作者異乎古詩之體,今則全取賦名。"愚按:《漢·藝文志》云:"不歌而誦謂之賦。"則知辭人所賦,賦其辭爾,故不歌而誦;詩人所賦,賦其情爾,故不誦而歌。誦者其辭,歌者其情,此古今詩人、辭人之賦所以異也。嘗觀古之詩人,其賦古也,則於古有懷;其賦今也,則於今有感;其賦物也,則於物有況。情之所在,索之而愈深,窮之而愈妙。彼其於辭,直寄焉而已矣。又觀後之辭人,刊陳落腐而惟恐一語未新,搜奇摘豔而惟恐一字未巧,抽黃對白而惟恐一聯未偶,回聲揣病而惟恐一韻未協。辭之所爲,磬矣而愈求,妍矣而愈飾。彼其於情,直外焉而已。是故古人所歌,情至而辭不至,則嗟嘆而不自勝;辭盡而情不盡,則舞蹈而不自覺。三百五篇所賦,皆歌之以此爾。後來春秋朝聘燕享之所賦,猶取於工歌之聲詩。楚騷亂、倡、少歌[8]之所賦,亦取於樂歌之音節。奈之何漢以前賦出於情,漢以後之賦出於辭?其不歌而頌,全取賦名,無怪也。蓋西漢之賦,其辭工於《楚辭》;東漢之賦,其辭工於西漢;以至三國六朝之賦,一代工於一代。辭愈工則情愈短,情愈短則味愈淺,味愈淺則體愈下。

建安七子,獨王仲宣辭賦有古風。歸來子[9]曰:"仲宣《登樓》之作,去楚騷遠,又不及漢,然猶過曹植、陸機、潘岳衆作,魏之賦極此矣。"誠以其《登樓》一賦,不專爲辭人之辭,而猶有得于詩人之情,以爲風、比、興等義。晉初陸士衡作《文賦》有曰:"立片言以居要,乃一篇之警策。"呂居仁[10]曰:"文章無警策,則不能動人。"但晉宋間人專致力於此,故失於綺靡,而無高古氣味。吁!士衡以辭爲警策爾,故曰"立言居要";居仁以辭能動人爾,故曰"綺靡無味"。殊不知辭之所以動人者,以情之能動人也,何待以辭爲警策,然後能動人也哉!且獨不見古詩所賦乎,出於小夫婦人之手,而後世老師宿傅不能道。夫小夫婦人,亦安知有所謂辭哉?特其所賦,出於胸中一時之情,不能自已,故形於辭而爲風、比、興、雅、頌等義,其辭自深遠矣。然指此辭之深遠也,情之深遠也。至若後世老師宿傅則未有不能辭者,及其見之於賦,反不能如古者小夫婦人之所爲,則以其徒泥於紙上之語,而不得其胸中之趣,故雖窮年矻矻,操觚弄翰,欲求一辭之及于古,亦不可得。

又觀士衡輩《文賦》等作,全用俳體。蓋自楚騷"制芰荷以爲衣,集芙蓉以爲裳"等句,便已似俳,然猶一句之中自作對。及相如"左烏號之雕弓,右夏服之勁箭"等語,始分兩句作對,其俳益甚。故呂與叔曰:文似相如殆類俳,流至潘岳首尾絕俳,然猶可也,沈休文等出,四聲八病[11]起而俳體又入於律。爲俳者則必拘於對之必的,爲律者則必拘於音之必協,精密工巧,調和便美,率於辭上求之。《郊居賦》中常恐人呼"雌霓"作"倪",不復論大體意味,乃專論一字聲律,其賦可知。徐、庾繼出,又復隔句對,聯以爲駢四、儷六;簇事對偶以爲博物洽聞,有辭無情，義亡體失，此六朝之賦所以益遠于古。然其中有士衡《嘆逝》、茂先《鷦鷯》、安仁《秋興》、明遠《蕪城》、《野鵝》等篇，雖曰其辭不過後代之辭，乃若其情則猶得古詩之餘情。愚於此益嘆古今人情如此，其不相遠；古詩賦義如此，其終不泯。詩云："中心藏之，何日忘之？"[12]六義藏于人心，自有不能忘者，吾烏乎而忘吾情。

## 唐體

嘗觀唐人文集及《文苑英華》所載唐賦，無慮以千計，大抵律多而古少。夫古賦之體，其變久矣，而況上之人選進士以律賦誘之以利祿耶！蓋俳體始於兩漢，律體始于齊、梁，俳者律之根，律者俳之蔓，後山[13]云："四律之作始自徐、庾，俳體卑矣，而加以律，律體弱矣，而加以四六，此唐以來進士賦體所由始也。雕蟲道喪，頹波橫流，光鋩氣焰，埋鑣晦蝕，風俗不古，風騷不今。後生務進干名，聲律大盛。句中拘對偶以趨時好，字中揣聲病以避時忌，孰肯學古哉？"退之云："時時應事作俗語，下筆令人慚。及以示人，大慚以為大好，小慚以為小好，不知古文真何用於今世？"斯言也，其傷今也。夫其懷古也，夫是以唐之一代古賦之所以不古者，律之盛而古之衰也。就有為古賦者，率以徐庾為宗，亦不過少異於律爾，甚而或以五七言之詩為古賦者，或以四六句之聯為古賦者，不知五七言之詩、四六句之聯果古賦之體乎？宋廣平，大雅君子也。其為《梅花賦》，皮日休尚稱其"清便富艷，得南朝徐庾體"，殊不類其為人，他可知矣。

且古賦所以可貴者，誠以本心之情有為而發，六義之體隨遇而形。如雲之行空、風之行水，百態橫生，為變不測，縱橫顛倒，不主故常，委蛇曲折，略無留礙，有不齊之齊焉，用俳有不調之調焉。有律及為俳者則不然：駢花儷葉，含宮泛商。如無鹽董膏沐為容而又與西施斗美。然天下之正色，終自有在。子美詩云："詞賦工無益。"其意殆為俳律者發。李太白天才英卓，所作古賦，差強人意，但俳之蔓雖除，律之根固在，雖下筆有光焰，時作奇語，只是六朝賦也。惟韓、柳諸古賦一以騷為宗而超出俳、律之外。韓子之學，自言其正范之詩而下逮於騷。柳之學，自言其本之《詩》以求其恒，參之《騷》以致其幽。要皆是學古者，唐賦之古莫古於此。至杜牧之《阿房宮賦》，古今膾炙，但大半是論體，不復可專目為賦矣。毋亦惡俳律之過，而特尚理以矯其失與！

或疑詩序謂"發乎情止乎禮義"，言情言理而不言辭。豈知古人所賦，其有理也，以其有辭；其有辭也，以其有情。其情正則辭合於理而正，其情邪則辭背於理而邪，所謂辭者，不過以發其情而達其理，故始之以情，終之以禮義。雖未嘗言辭，而辭實在其中。蓋其所賦，固必假於辭而有不專於辭者。去古日遠，人情為利欲所汨，而失其天理之本然，情涉於邪而不正，則以游辭而釋之，理歸於邪而不正，則以強辭而奪之。易系六辭，軻書四辭，固不失於理之正，而亦何莫不從心上來。吁！辭者，情之形諸外也；理者，情之有諸中也。有諸中故見其形諸外，形諸外故知其有諸中。辭不從外來，理不由他得，一本於情而已矣！若所賦專尚辭、專尚理，則亦何足見其平時素蘊之懷，他日有爲之志哉！

方今崇雅黜浮，變律爲古，愚故極論律之所以爲律，古之所以爲古賦者。知此則其形一國之風，言天下之事，當有得古人“吟詠情性”之妙者矣。

## 宋體

王荆公評文章，嘗先體制，觀蘇子瞻《醉白堂記》曰：“韓白優劣論耳。”後山云：“退之作記，記其事爾。今之記，乃論也。”少游謂《醉翁亭記》亦用賦體。范文正公《岳陽樓記》用對句說景，尹師魯[14]曰：“傳奇體爾。”宋時名公于文章必辨體，此誠古今之論。然宋之古賦，往往以文爲體，則未見其有辯其失者。晦翁云：“東漢文章漸趨對偶，漢末以後只做屬對文字，韓文公盡掃去，方成古文。當時信他者少，亦變不盡。及歐公一向變了，亦有欲變而不能者，所以做古文自是古文，四六自是四六，却不衮雜。”後山又云：“宋初士大夫例能四六，楊文公筆力豪贍，體亦多變，而不脫唐末五代之氣，喜用方語，以切對爲工，乃進士賦體爾，歐陽少師始以文體爲對屬。”

愚考唐、宋間文章，其弊有二：曰俳體，曰文體。爲方語而切對者，此俳體也，自漢至隋，文人率用之。中間變而爲雙關體，爲四六體，爲聲律體，至唐而變深，至宋而變極，進士賦體又其甚焉。源遠根深，塞之非易。晦翁又謂文章到歐陽、曾、蘇，方是暢然。所謂欲變不能者，豈特四六也哉？後山謂歐公以文體爲四六。夫四六，屬對之文也，可以文體爲之。至於賦，若以文體爲之，則是一片之文但押幾個韻爾，而於風之優柔、比之假託、稚頌之形容，皆不兼矣。非特此也，賦之本義當直述其事，何嘗專以論理爲體邪？以論理爲體，則是一片之文，但押幾個韻爾，賦于何有？

今觀《秋聲》、《赤壁》等賦，以文視之，誠非古今所及，若以賦論之，恐坊雷大使舞劍，終非本色。學者當以荆公、尹公、少游等語爲法，其曰：論體、賦體、傳奇，體既皆非記之體，則文體又果可爲賦體乎？本以惡俳，終以成文，舍高就下。俳固可惡，嬌枉過下，文亦非宜。俳以方爲體，專求於辭之工；文以圓爲體，專求理之當。殊不知專求辭之工而不求於情，工則工矣，若求乎言之不足、詠歌嗟嘆等義有乎？否也。專求於理之當而不求於辭之當，當則當矣，若求乎情動於中與手與足蹈等義有乎？否也。故欲求賦體于古者，必先求之於情，則不刊之言自然於胸中流出，辭不求工而自工，又何假於俳？無邪之思自然於筆下發之，理不求當而自當，又何假于文？胸中有成思，筆下無費辭，以樂而賦，則讀者躍然而喜；以怨而賦，則讀者愀然以吁；以怒而賦，則令人欲按劍而起；以哀而賦，則令人欲掩袂以泣。動蕩乎天機，感發乎人心，而兼出於風、比、興、雅、頌之義焉，然後得賦之正體，而合賦之本義。苟爲不然，雖能脫於對語之俳而不自知，又入於散語之文。

渡江前後，人能龍斷，聲律盛行，賦格、賦範、賦選粹，辯論體格，其書甚衆。至於古賦之學，既非上所好，又非下所習，人鮮爲之。就使或爲，多出於閑居暇日，以翰墨遊戲者，或惡近律之俳，則遂移於交；或惡有韻之文，則又雜於俳，二體衮雜，迄無定向，人亦不復致辯。近年選場以古賦取士，昔者無用，今則有用矣。嘗考春秋之時，覘國盛衰，別人賢否，每于公卿、大夫、士所賦知之，愚不知今之賦者，其將承累代之積弊，嗄啾咿嚶而使天醜其行邪，抑將侈太平之極觀，和其聲而鳴國家之盛邪？則是賦也，非特足以見能者之材知，而亦有關吾國之輕重，學者可不自勉！

嗟夫！誰謂華高，企其齊而古體高乎哉；誰謂河廣，一葦航之古體遠乎哉！[15]慎勿以"無田甫田，維莠驕驕"[16]之心以自阻。

（明成化二年重刻本）

### [注釋]

[1]宋景文公：指北宋初宋祁，卒謚景文。曾提出"騷爲辭賦祖"的觀點。 [2]《漢廣》：出自《詩經·國風》；《江有汜》：出自《詩經·召南》。 [3]《鳳兮》：據《論語·微子》記載：楚狂接輿歌而過孔子曰："鳳兮鳳兮！何德之衰？往者不可諫，來者猶可追。已而已而！今之從政者殆而！"清兮濁兮：即《滄浪之水歌》，出自《孺子歌》，原文爲："滄浪之水清兮，可以濯我纓。滄浪之水濁兮，可以濯我足。"作者已不可考。 [4]發乎情，止乎禮義：出自《詩大序》，其論"變風"云："故變風發乎情，止乎禮儀。發乎情，民之性也；止乎禮儀，先王之澤也。" [5]晦翁：指朱熹，熹字元晦，一字仲晦，號紫庵、晦翁。曾輯有《楚辭集注》等書。 [6]定齋：人名不詳，其說蔡正孫《精刊補注東坡和陶詩話》有全文：定齋云：世謂淵明《歸去來辭》，亦得漢魏之賦體，而爲是辭。予以爲不然。賦則漫衍其詞，體亦叢雜。長卿長於叙事，淵雲長於說理。張平子而下著意而爲之，其律愈切而辭愈卑。淵明蓋沛然出肺腑中，不見斧鑿痕。如首云："歸去來兮，田園將蕪胡不歸。"間又云："歸去來兮，請息交以絕遊。"疑爲二章，而了無端緒。此如莊君言大道縱橫飄忽，而其中自有繩削，但人不得而窺踏之耳。 [7]林艾軒：指南宋理學家林光朝。林光朝（1114—1178），字謙之，號艾軒，謚文節。興化莆田（今屬福建）人。有《艾軒集》二十卷，已佚。林艾軒是南渡後在東南宣導理學的開山人物，其學雖然源於伊洛，但是思想和作爲卻與程門弟子及後來的朱熹有些不同，偏向於傳統儒學思想。專心聖賢踐履之學，具有醇儒的思想風範，在堅持儒家義理的基礎上，體現出博大寬容和樸素務實的思想態勢。 [8]亂：古代樂曲的最後一章。《論語·泰伯》："《關雎》之亂，洋洋乎盈耳哉！"朱熹《集注》："亂，樂之卒章也。"《離騷》、《涉江》、《哀郢》等篇末有"亂"。倡：指歌謠。南朝梁鍾嶸《詩品·總論》："推其文體，固是炎漢之製，非衰周之倡也。"《中國音樂史書》言"可能是不同曲調聯接時插入的過

渡性樂句"。《九歌》、《東皇太一》中有"揚袍兮拊鼓,陳竽瑟兮浩倡"。少歌:短歌。古代辭賦篇末總括全篇要旨的部分。《楚辭·九章·抽思》:"《少歌》曰:與美人之抽思兮,並日夜而無正。"洪興祖《補注》:"此章有《少歌》……則總理一賦之終,以爲亂辭云爾。"清沈德潛《説詩晬語》卷上:"騷體有少歌,有倡,有亂。" [9]歸來子:指北宋文學家晁補之。晁補之,號歸來子,有《楚辭》三書。 [10]吕居仁:指吕本中,字居仁,以字行於世。 [11]四聲八病:四聲,指古字音平声、上声、去声、入声四種,總稱"四聲"。《南史·陸厥傳》:"汝南周顒善識聲韻。約(沈約)等文皆用宫商,將平上去入四聲,以此制韻,有平頭、上尾、蜂腰、鶴膝。"八病,謂作詩在聲律上應當避忌的八種弊病。南齊永明中沈約等倡聲病説,至唐始有八病的名目,宋人更加以發揮。八病爲:平頭、上尾、蜂腰、鶴膝、大韵、小韵、旁紐、正紐。 [12]中心藏之,何日忘之:出《詩經·小雅·隰桑》。 [13]後山:指陳師道,江西詩派的代表人物,著有《後山詩話》。 [14]尹師魯:指宋代著名散文家尹洙,洙字師魯,著有《河南先生文集》。 [15]"誰謂華高"句:出韋玄成《自劾詩》:"誰謂華高,企其齊而;誰謂德難,厲其庶而。""誰謂河廣"句:出《詩經·衛風·河廣》:"誰謂河廣?一葦杭之。誰謂宋遠?跂予望之。" [16]無田甫田,維莠驕驕:出《詩經·國風·齊風·甫田》。

## 史料選

宋有祝堯君字信之,佐溪人。嘗取漢晉以來古賦辨其體,復取騷、辭、文、操、歌行等作有合於賦體者爲外録,凡十卷。傳久脱誤,世難其全。淮陽金君宗潤得是原集於君澤家而喜之,命工復刻以傳,乞予序。按國禮,太師以六詩教國子,曰風、賦、比、興、雅、頌,而詩序謂之六藝,以風、雅、頌爲三經,賦、比、興爲三緯。經則以其篇章聲節之或異,緯則體於經而有命意之不同。誦詩者必辨乎此而後三百篇之旨可得。其後詩變而爲騷,騷變而爲辭,名雖異也,而貴乎得詩之旨。漢賦取賈誼、相如而下幾八十家爲四種,大概先之以問答,次之以敷叙,終之以諷諫。辭亦異也,而貴乎合騷之音。然至風、雅、頌,固各有賦。及賦之名立,則又兼風、比、興、雅、頌之義,然後爲得其體焉。不然,誰能脱略于唐人對語之俳而又不知自入于宋人散語之文,未見其能古也。君澤所以辨之甚嚴而取之甚確。矧當其時以詞賦取士,得是集而辨其體,未爲無助於世。

我朝崇雅黜浮,罷詞賦一場,故世皆精于義理之習而忽於賦體之講,殊不知賦自屈原《離騷》之作,出於忠君愛國不能自己之意,故繼其作者,必其幽窮迫切、怨懟淒涼,乃其餘韻,而宏麗之詞不興,豈宜平居無事而竟爲有韻之文以榮士進之階乎?然後發乎情而得其正。若陶翁之詞,雖於騷體不類,君子以爲古賦之流而取之,抑以其恥事二姓,意亦可悲乎?是以詞貴乎情之正也。宗潤發跡賢科,歷守郡,綽有文譽,而是集之行,其于復古之作者未必無助云。

成化二年丙戌秋八月既望,賜進士翰林侍讀學士奉宜大夫東吳錢溥題自嶺南,書于葛陽舟中。

(成化二年重刻本錢溥序)

作賦者,楚懷王左徒爲之冠也夫。自《楚辭》爲最古,其後宋玉、唐勒、景差、賈誼、枚乘、司馬相如諸人爭相繼往,步驟爲之,亦皆聲善藝場,言垂日月,彬彬乎以辭賦見稱矣。唐、景之徒與原同時,枚、馬諸子異世符軌,並稱能言。得才非原敵,逸駕鮮方耳。獨宋玉爲原門人,可與馳驅。凡談藝者必稱屈、宋。漢唐以來評者無異議云。至於有宋,信之人祝堯君澤者,始編次《古賦辯體》,篇加評品,各有賞鑒。乃陳楚騷爲上則,標漢魏爲中品,采唐宋爲中篇,其諸載在外錄者,徵意概可見矣。蓋《離騷》、《天問》,《風》之變也。《涉江》、《哀郢》,《雅》之變也。揚雄且曰:"詩人之賦麗以則,詞人之賦麗以淫。"此又屈宋之別也。由是觀之,唐、宋間作者,若駱賓王、李太白、韓退之、杜牧之、宋子京、歐陽永叔、蘇子瞻、張文潛數子,其庶幾乎詞人非邪?

乃云夢御侍大梁熊君重刊茲編於西川,命予校讎。按《漢·藝文志》,古者諸侯、卿、大夫交際,必稱詩喻志,以別賢不肖觀盛衰焉。夫賦,詩之流也,今稱詩者或病矣。故云夢君嘗曰:詩道不傳,其原有二:世之稱學爲理者,比之曲藝小道而不屑爲,遂亡其辭;其爲之者,率牽附好而莫知其上達,遂亡其意;辭意並亡,斯道遂廢於戲,惜哉!

今乃茲刻,將令學徒、詞客准古命辭,宗惻隱憂國之美,斥侈麗閎衍之陋,庶陳詩觀風之道,沿詞賦而還之古,其爲風也,不亦大乎?余病且冗,率爾校之,詎敢謂其無謂贋逸邪?賦凡十卷,總百二十六篇,咸因君澤之舊,無損益焉。而後乃今,辨贋補逸,尚望世之博雅君子云。

明嘉靖壬辰春二月望潁川張鯤題。

(明潁川張鯤《叙古賦辯體》,嘉靖十一年本)

祝堯,字君澤,江西上饒人,延祐進士,仕至無錫同知,元人錢序、張序皆以爲宋人,大誤。輯《大易演義》及《古賦辯體》。是篇元鐫,不可見。成化二年,上饒守金宗潤以元刻復刊。嘉靖十一年,張鯤又依成化本再復校,鐫刻於四川,即此本也。余得之于哈爾濱市上,多處墨圈塗抹,留心之日,重整裝之,因爲論。成都李一泯。

(嘉靖十一年本李一泯跋)

**自序**

古今之賦甚多,愚於此編非敢有所去取,而妄謂賦之可取者止於此也,不超載常所誦者爾。其意實欲因時代之高下而論其述作之不同,因體制之沿草而要其指歸之當一,庶幾可以由今之體以復古之體云。

(明成化二年重刻本)

### 刻古賦辯體跋

古賦辯體,凡十卷,前守無錫顧君與新嘗命工刻之。未及告完,尋升廣東臬司憲副,是時吉安節推金城吳君子貞來署府事,踵而成之。然中多遺闕訛誤,觀者病焉。偶得侍御大梁熊君子修按蜀時所刻全本,乃今方伯潁川張公南溟所校者,因取而補正焉,庶幾闕訛之病得少免於斯云。

(嘉靖丁酉六月甲戌贛州府知府關中康河跋)

(臣)等謹案《古賦辯體》十卷,元祝堯編。《江西通志》載:堯,上饒人,延祐五年進士,爲江山尹,後遷無錫州同知。《廣信府志》載:堯字君澤,與此本所題同,惟云官萍鄉州同知,與《江西通志》異。其書自《楚詞》以下,凡兩漢、三國、六朝、唐、宋諸賦,每朝錄取數篇,以辨其體格,凡八卷。其外集二卷,則擬騷及操、歌等篇,爲賦家流別者也。采摭頗爲賅備。其論司馬相如《子虛》、《上林賦》,謂問答之體其源出自同《卜居》、《漁父》,宋玉輩述之,至漢而盛。首尾是文,中間是賦,世傳既久,變而又變。其中間之賦,以鋪張爲靡,而專於詞者則流爲齊、梁、唐初之俳體。其首尾之文,以議論爲便,而專於理者,則流爲唐末及宋之文體。於正變源流,亦言之最確。何焯《義門讀書記》嘗譏其論潘岳《耤田賦》,分別賦頌之非,引馬融《廣成頌》爲證,謂古人賦頌通爲一名,然文體屢變,支派遂分,猶之姓出一源,而氏殊百族。既云辨體,勢不得合而一之。焯之所言,雖有典據,但追溯本始,知其同出異名可矣。必謂堯強生分別即爲杜撰,是亦非通方之論也。

乾隆四十三年九月恭校上 (臣)總纂官紀昀、(臣)陸錫熊、(臣)孫士毅
(臣)總校官陸費墀

## 外錄上

嘗觀晁氏《續騷》,以陶公《歸去來辭》爲古賦之流。疑其詩流爲賦,賦又流爲他文,何其愈流愈遠邪?又觀唐元微之曰:《詩》訖于周,《離騷》訖于楚,是後詩人流而爲二十四名:賦、頌、銘、贊、文、誄、箴、詩、行、詠、吟、題、怨、嘆、章、篇、操、引、謠、謳、歌、曲、詞、調,自操以下八名,皆是起於郊、祭、軍、賓、吉、凶等樂;由詩以下九名,皆屬事而作,雖題號不同,而悉謂之詩。愚謂二十四名,或爲文,或爲詩,要皆是韻語其流悉源于詩,但後代銘、贊、文、誄、箴之類,終是有韻之文,何可與詩賦例論?亦嘗反復推之,然後知後代之賦本取於詩之義,以爲賦名,雖曰賦,義實出於詩。故漢人以爲"古詩之流"。後代之文,間取於賦之義以爲文名,雖曰文,義實出於賦。故晁氏亦以爲古賦之流。所謂流者,同源而殊流爾。如是賦體

之流，固當辯其異；賦體之源，又當辯其同。異同兩辯，則其義始盡，其體始明，此古賦《外錄》之辯所以繼于《古賦辯體》之辯也歟！

夫自帝王之書，有《明良之歌》、《五子之歌》，詩文雖互見，而詩體實自異。及聖人刪商、周之詩爲一經，而詩體始與文體殊。趨然論詩之體，必論詩之義。詩之義六，惟風、比、興三義真，是詩之全體。至於賦、雅、頌三義，則已鄰于文體，何者？詩所以吟詠情性，如風之本義優柔而不直致，比之本義托物而不正言，興之本義舒展而不刺促，得於未發之性，見於已發之情，中和之氣形於言語，其吟詠之妙，真有永歌、嗟嘆、舞蹈之趣。此其所以爲詩，而非他文所可混。人徒見賦有鋪叙之義則鄰于文之叙事者，雅有正大之義則鄰於文之明理者，頌有褒揚之義則鄰於文之贊德者，殊不知古詩之體，六義錯綜。昔人以風、雅、頌爲三經，以賦、比、興爲三緯，經其詩之正乎？緯其詩之范乎？經之以正，緯之以范，詩之全體始見，而吟咏情性之作有，非復叙事明理贊德之文矣。詩之所以異於文者以此，賦之源出於詩，則爲賦者固當以詩爲體，而不當以文爲體。後代以來，人多不知經緯之相因，正范之相須，吟咏無所因而發，情性無所緣而見。問其所賦，則曰："賦者，鋪也，如以鋪而已矣。"吾恐其賦特一鋪叙之文爾，何名曰賦？

是故爲賦者不知賦之體而反爲文，爲文者不拘文之體而反爲賦，賦家高古之體不復見於賦，而其支流軼出，賦之本義乃有見於他文者。觀《楚辭》於屈宋之後，代相祖述，《續騷》、《後語》等編中所載，如二《招》、《惜誓》以下，至王荆公《寄蔡氏女》、邢敦夫《秋風三疊》，皆本於騷，猶曰於賦之體無以異。他如《秋風》、《絕命》、《歸去來辭》等作，則號曰辭；《弔田橫茇弘》等作，則號曰文；《易水》、《越人》、《大風》等作，則號曰歌。雖異其號，然取於賦之義則同。蓋於其同而求其異，則賦中之文誠非賦也；於其異而求其同，則文中之賦獨非賦乎！必也分賦中之文，而不使雜吾賦，取文中之賦，而可使助吾賦。分其所可分，吾知分非賦之義者爾。不以彼名曰賦，而遂不敢分取其所可取，吾知取有賦之義者爾。不以彼名他文，而遂不敢取此，正魯男子學柳下惠法也。賦者，其可泥於體格之嚴，而又不知曲暢旁通之義乎？

今故以歷代祖述楚語者爲本，而旁及他有賦之義者因附益於"辯體"之後，以爲《外錄》，庶幾既分非賦之義於賦之中，又取有賦之義于賦之外嚴乎。其體通乎其義，其亦賦家之一助云爾。

### 後騷

楚臣之騷，即後來之賦。愚於前已屢辨之，然愚載屈、宋之騷而未及於後來之爲騷者，則以賦雖祖於騷，而騷未名曰賦。其義雖同，其名則異。若自首至尾以騷爲賦，混然並載，誠恐學者徒泥圖駿之間，而不索驪黄之外。騷爲賦祖，雖或信之，賦終非騷，亦或疑之矣。故先以屈、宋之騷載之，爲正賦之祖，而別以後來之騷錄之爲他文之冠，有源有委而因委知源，有祖有述而因述知祖，則古賦之體或先或後、同源並祖，於此乎辨之其可也。蓋其意實與《續騷》及《楚辭後語》之意同，然不敢自並前修，故少異其號，謂之"後騷"焉。

## 外録下

### 文

昔漢賈生投文而後代以爲賦，蓋名則文而義則賦也。是以《楚辭》載韓、柳諸文以爲楚聲之續，豈非以諸文並古賦之流歟？今故錄歷代文中之有賦義者于此，若夫賦中有文體者，反不若此等之文爲可入於賦體云。

### 歌

漢《藝文志》云："不歌而誦謂之賦。"然騷中《抽思篇》有少歌，荀卿《賦》篇內俔詩有少歌，及《漁父》篇末又引《滄浪孺子歌》，則賦家亦用歌爲辭，未可泥。不歌而誦之言也，是故後代賦者多爲歌以代亂，亦有中間爲歌者。蓋歌者，樂家之音節，與詩賦同出而異名爾。今故載歷代本謂之歌而有六義可以助賦者。

（明成化二年重刻本）

# 何景明

# 與李空同[1]論詩書

[解題]

何景明(1483—1521),字仲默,號白坡、大復山人,河南信陽人。弘治十五年(1502)進士,官至陝西提學副使。與李夢陽同倡復古,后發生爭議。爲"前七子"代表人物(餘爲李夢陽、徐禎卿、邊貢、康海、王九思、王廷相),又與李夢陽、徐禎卿、邊貢、康海、王九思、朱應登、顧璘、陳沂、鄭善夫號"十才子"。有《大復集》三十八卷。《明史》卷二百八十六《文苑二》有傳。

弘治、正德間,"前七子"領銜的明代文學復古運動的第一次高潮蓬勃興起,打破了明文壇一百多年來懨懨不振的狀態,開創了明代文學的新紀元。復古派的文學理論,以恢復古典文學特別是古典詩歌的審美特徵爲中心。他們强調詩文必須表達真情實感,注重作品的文采和形式技巧,倡導超宋、元而上,以漢、魏、盛唐爲師。關於學古,"前七子"取法的範圍並不限於一般概括的"詩必盛唐",他們的看法基本一致,即古詩師漢、魏,旁及六朝;近體師盛唐,旁及初唐,中唐特別是宋、元以下不足法。這是就學古的最佳典範而言,並不是説此外的詩歌一無可取。至於學古的方法,復古派内部存在分歧,集中體現爲本文及史料選中的李、何之爭。李夢陽倡導注重前人的體裁法度,揣摩模仿、熟練掌握衆體衆法,創作時根據具體内容意藴,運用適當體裁法度,靈活變化組合,但這樣模擬痕跡明顯,且不免爲"法"損害内容;何景明則倡導不斤斤於具體的體裁法度,涵泳熟參、總體領會神情意象,久之自然悟入,創作時自由吐屬,這樣模擬痕跡不明顯,但容易不細緻鑽研前人的體裁法度,違離古法。在實踐上,復古派(包括何景明本人)基本採用李夢陽的方法,有明顯的弊端;而何景明的方法,實際與嚴羽、李東陽所倡大致相同,而嚴、李的實踐也不成功。這表明,古典詩歌的審美特徵,已經不適應當時的現實社會生活及人們的思想感情、思維習慣。明代文學復古運動的三次高潮都因此失敗,但也都因此具有特殊的文學史意義。可參考廖可斌《明代文學復古運動研究》學習。

　　敬奉華牘，省誦連日，初憮然[2]若遺，既渙渙然若有釋[3]也。發迷徹蔽，愛助激成。空同子功德我者厚矣！僕自念離析以來，單處寡類[4]，格人逖德[5]，程缺元軌[6]，去道符爽[7]；是故述作靡式[8]，而進退失步也。空同子曰：子必有諤諤[9]之評。夫空同子何有於僕諤諤也，然僕所自志者，何可弗一質之。

　　追昔爲詩，空同子刻意古範，鑄形宿鏌，而獨守尺寸。僕則欲富於材積，領會神情，臨景構結，不倣形跡。《詩》曰："惟其有之，是以似之。"[10]以有求似，僕之愚也。近詩以盛唐爲尚，宋人似蒼老而實疎鹵[11]，元人似秀峻而實淺俗。今僕詩不免元習，而空同近作，間入於宋。僕古塞拙薄劣，何敢自列於古人？空同方雄視數代，立振古之作，乃亦至此，何也？凡物有則弗及者，及而退者，與過焉者[12]，均謂之不至。譬之爲詩，僕則可謂弗及者，若空同求之則過矣。

　　夫意象應曰合，意象乖曰離，是故乾坤之卦，體天地之撰[13]，意象盡矣。空同丙寅間詩爲合，江西以後詩爲離。[14]譬之樂，衆響赴會，條理乃貫；一音獨奏，成章則難。故絲竹之音要眇[15]，木革之音殺直[16]。若獨取殺直，而并棄要眇之聲，何以窮極至妙，感情飾聽也？試取丙寅間作，叩其音，尚中金石；而江西以後之作，辭艱者意反近，意苦者辭反常，色澹黯而中理披慢，讀之若搖鞞鐸耳。空同貶清俊響亮，而明柔澹沉著含蓄典厚之義，此詩家要旨大體也。然究之作者命意敷辭，兼於諸義不設自具。若閑緩寂寞以爲柔澹，重濁剸切以爲沉著，艱詰晦塞以爲含蓄，野俚輳積以爲典厚，豈惟繆於諸義，亦併其俊語亮節，悉失之矣！

　　鴻荒邈矣，書契以來，人文漸朗，孔子斯爲折中之聖[17]，自餘諸子，悉成一家之言。體物雜撰，言辭各殊，君子不例而同之也，取其善焉已爾。故曹、劉、阮、陸，下及李、杜，異曲同工，各擅其時，並稱能言。何也？辭有高下，皆能"擬議以成其變化"[18]也。若必例其同曲，夫然後取，則既主曹、劉、阮、陸矣，李、杜即不得更登詩壇，何以謂千載獨步也？

　　僕嘗謂詩文有不可易之法者，辭斷而意屬，聯類而比物[19]也。上考古聖立言，中徵秦、漢緒論，下采魏、晉聲詩，莫之有易也。夫文靡於隋，韓力振之，然古文之法亡於韓；詩弱於陶，謝力振之，然古詩之法亦亡於謝。[20]比空同嘗稱陸、謝，僕參詳其作：陸詩語俳，體不俳也；謝則體、語俱俳矣，未可以其語似，遂得並例也。故法同則語不必同矣。僕觀堯、舜、周、孔、子思、孟氏之書，皆不相沿襲，而相發明，是故德日新而道廣，此實聖聖傳授之心也。後世俗儒，專守訓詁，執其一說，終身弗解，相傳之意背矣。今爲詩不推類極變，開其未發，泯其擬議之跡，以成神聖之功，徒敘其已陳，修飾成文，稍離舊本，便自杌陧[21]，如小兒倚物能行，獨趨顛仆。雖由此即曹、劉，即阮、陸，即李、杜，且何以益於道化也？佛有筏喻,言捨筏則達岸矣,達岸則捨筏矣。[22]

今空同之才,足以命世[23],其志金石可斷,又有超代軼俗之見。自僕遊從,獲睹作述,今且十餘年來矣。其高者不能外前人也,下焉者已踐近代矣。自創一堂室,開一户牖,成一家之言,以傳不朽者,非空同撰焉,誰也?《易·大傳》曰:"神而明之","存乎德行","成性存存,道義之門"。是故可以通古今,可以攝衆妙,可以出萬有,是故殊塗百慮,而一致同歸[24]。夫聲以竅生,色以質麗,虛其竅,不假聲矣,實其質,不假色矣。苟實其竅,虛其質,而求之聲色之末,則終於無有矣。

北風便,冀反復鄙説,幸甚!

(《何大復先生集》卷三十二,賜策堂本)

[注釋]

[1]李空同:李夢陽(1473—1530),字獻吉、天賜,號空同子,陝西慶陽(今屬甘肅)人,後徙河南扶溝。弘治六年(1493)進士,歷官户部郎中、江西提學副使,以觸怒權貴、宦官幾度下獄。晚年家居,受寧王朱宸濠謀反牽連,削籍。天啟初追諡景文。倡言詩文復古,標舉漢、魏、盛唐,強調真情,重視格調,肯定"真詩乃在民間"。爲"前七子"之首,又爲"十才子"之一。李攀龍、王世貞等後七子出,復奉以爲宗,天下推李、何、王、李爲四大家。有《空同集》六十六卷。《明史》卷二百八十六《文苑二》有傳。李夢陽、何景明復古主張雖同,而風格、持論有異,於是李夢陽先有《贈景明書》,論述其弊,勸其改易步趨,何景明遂作此書反駁。 [2]憮(wǔ)然:悵然失意貌。《孟子·滕文公上》:"夷子憮然爲閒。" [3]涣涣然若有釋:《老子》:"涣兮若冰之將釋。"像冰遇熱一下消融。比喻疑慮、困難或誤會一下解除。涣,消散、離散。杜預《春秋左氏傳序》:"涣然冰釋,怡然理順。" [4]類:同類的事物。《易·繫辭上》:"方以類聚。"這裏指同道之人。 [5]格人逖德:格,受阻礙、被阻隔。逖,疏遠。此句謂與有德之人阻隔而相疏遠。 [6]程缺元龜:程,法式、規章。元龜,大龜,古代用以占卜。此句謂無準則可依。 [7]去道符爽:去,離開。符,符合。爽,違背、差錯。此句謂離開正道,陷於差錯。 [8]述作靡式:《論語·述而》:"述而不作。"朱熹注:"述,傳舊而已;作,則創始也。"此句謂傳舊、創始無所取法。 [9]諤諤:直言爭辯貌。《楚辭·惜誓》:"或直言之諤諤。"亦作"咢咢"、"鄂鄂"。 [10]惟其有之,是以似之:《詩·小雅·裳裳者華》:"維其有之,是以似之。" [11]疎鹵:疎,粗疎。鹵,通"魯",愚鈍。 [12]凡物有則弗及者……與過焉者:《禮記·仲尼閒居》:"子曰:'師(顓孫師,編者注),爾過;而商(卜商,編者注)也不及。'" [13]乾坤之卦,體天地之撰:孔穎達《周易正義》:"乾卦本以象天,天乃積諸陽氣而成。……坤是陰道,當以柔順爲貞正。"《易·繫辭下》:"陰陽合德,而剛柔有體,以體天地之撰。"此二句謂乾坤兩卦體現了天地陰陽等自然現象的變化規律。撰,自然規律。 [14]空同丙寅間詩爲合,江西以後詩爲離:丙寅,明武宗正德元年(1506)。《明史·李夢陽傳》:"武宗立,劉瑾等八虎用事,尚書韓文與其僚語及而泣。夢陽進曰:'公大臣,何泣也?'文曰:'奈何?'曰:'比言官劾群奄,閣臣持其章甚力,公誠率諸大臣伏闕爭,閣臣必應之,去若蘀易耳。'文曰:'善。'屬夢陽屬草。會語泄,文等皆逐去。瑾深憾之,矯

旨謫山西布政司經歷,勒致仕。既而瑾復摭他事下夢陽獄,將殺之,康海爲說瑾,乃免。瑾誅,起故官,遷江西提學副使。"[15]要眇:美好。《楚辭·九歌·湘君》:"美要眇兮宜修。"王逸注:"要眇,好貌。"[16]殺(shài)直:殺,細小。直,急促。[17]孔子斯爲折中之聖:司馬遷《史記·孔子世家》:"言六藝者折中於夫子。"折中,取正,無偏頗,用作判斷事物的準則。亦作"折衷"。[18]擬議以成其變化:《易·繫辭上》語。[19]聯類而比物:《韓非子·難言》:"連類比物。"因人因事並舉其同類,排比歸納。[20]"文靡於隋"句:廖可斌《明代文學復古運動研究》第四章"前七子的文學理論":"何景明只說'古詩之法亡於謝'、'古文之法亡於韓',目的在於指出謝、韓給中國古典詩文帶來的變化,並無責備謝、韓的意思。何景明的這篇《與李空同論詩書》的中心論點,就是每個詩文作家都應該'擬議以成其變化',即在遵循文學創作一些基本法則的前提下,不沿襲古人,不爲古法所限,而'自成一家之言'。謝、韓不盡守古法,而能"振"起詩文,並自成大家。何景明正是運用這一事實來論證自己的觀點。因此,何景明恰恰是主張詩文必須發展變化的,他對謝、韓的創新也是持肯定態度的。"[21]杌陧:動搖不安貌。《書·秦誓》:"邦之杌陧,曰由一人。"亦作"兀臬"、"兀隉"、"杌棿"、"阢陧"。[22]"佛有筏喻"句:《金剛經·正信希有分》:"知我說法,如筏喻者。法尚應捨,何況非法。"謂佛法如筏,既已渡人到彼岸,法便無用,不可再執着。這裏指學古有得以後,應捨棄古人陳法。[23]命世:著名於當世。班固《漢書·楚元王傳》:"聖人不出,其間必有命世者焉。"[24]殊途百慮,而一致同歸:《易·繫辭下》:"天下同歸而殊塗,一致而百慮。"

## 史料選

### 李東陽《懷麓堂詩話》(節選)

一

《詩》在六經中,是一教,蓋六藝中之樂也。樂始於詩,終於律。人聲和則樂聲和。又取其聲之和者,以陶寫情性,感發志意,動溫血脉,流通精神,有至於手舞足蹈而不自覺者。後世詩與樂判而爲二,雖有格律,而無音韻,是不過爲排偶之文而已。使徒以文而已也,則古之教何必以詩律爲哉!

二

古詩與律不同體,必各用其體,乃爲合格。然律猶可間出古意,古不可涉律。……

五

古、律詩各有音節,然皆限於字數,求之不難。惟樂府、長短句,初無定數,最難調疊。然亦有自然之聲,古所謂"聲依永"者,謂有長短之節,非徒永也,故隨其長短,皆可以播之律吕;而其太長、太短之無節者,則不足以爲樂。今泥古詩之成聲,平側短長、句句字字,摹倣而不敢失,非惟格調有限,亦無以發人之情性。若往復諷咏,久而自有所得。得於心而發之乎聲,則雖千變尤化,如珠之走盤,自不越乎法度之外矣。如李太白《遠別離》,杜子美《桃竹杖》,皆極其操縱,易嘗按古人聲調?而和順委曲乃如此。固初學所未到,然學而未至乎是,亦未可與言詩也。

一〇

觀《樂記》論樂聲處,便識得詩法。

一六

長篇中須有節奏,有操有縱,有正有變;若平鋪穩布,雖多無益。唐詩類有委曲可喜之處,惟杜子美頓挫起伏,變化不測,可駭可愕,蓋其音響與格律正相稱;回視諸作,皆在下風。然學者不先得唐調,未可遽爲杜學也。

一八

陳公父論詩專取聲,最得要領。潘禎應昌嘗謂予詩宮聲也。予訝而問之,潘言其父受於鄉先輩曰:"詩有五聲,全備者少,惟得宮聲者爲最優,蓋可以兼衆聲也。李太白、杜子美之詩爲宮,韓退之之詩爲角,以此例之,雖百家可知也。"予初欲求聲於詩,不過心口相語,然不敢以示人。聞潘言,始自信以爲昔人先得我心。天下之理,出於自然者,固不約而同也。趙撝謙嘗作《聲音文字通》十二卷,未有刻本。本入內閣,而亡其十一,止存總目一卷。以聲統字;字之於詩,亦一本而分者?於此觀之,尤信。門人輩有聞予言,必讓予曰:"莫太泄漏天機否也?"

二八

詩用實字易,用虛字難。盛唐人善用虛字,其開合呼喚,悠揚委曲,皆在於此。用之不善,則柔弱緩散,不復可振,亦當深戒。此予所獨得者。夏正夫嘗謂人曰:"李西涯專在虛字上用工夫,如何當得?"予聞而服之。

三二

古詩歌之聲調節奏,不傳久矣。比嘗聽人歌《關雎》、《鹿鳴》諸詩,不過以四字平引爲長聲,無甚高下緩急之節。意古之人,不徒爾也。今之詩,惟吳、越有歌,吳歌清而婉,越歌長而激,然士大夫亦不皆能。予所聞者,吳則張亨父,越則王古直仁輔,可稱名家。亨父不爲人歌,每自歌所爲詩,真有手舞足蹈意。仁輔性亦僻,不時得其歌。予值有得意詩,或令歌之,因以驗予所作。雖不必能自爲歌,往往合律,不待強致,而亦有不容強者也。

三一

今之歌詩者,其聲調有輕重、清濁、長短、高下、緩急之異,聽之者不問而知其爲吳爲越也。漢以上古詩弗論,所謂律者,非獨字數之同,而凡聲之平仄,亦無不同也。然其調之爲唐、爲宋、爲元者,亦較然明甚。此何故邪?大匠能與人以規矩,不能使人巧。律者,規矩之謂;而其爲調,則有巧存焉。敬非心領神會,自有所得,雖日提耳而教之,無益也。

## 七八

五七言古詩仄韻者,上句末字類用平聲。惟杜子美多用仄,如《玉華宮》、《哀江頭》諸作,概亦可見。其音調起伏頓挫,獨爲遒健,似別出一格。回視純用平字者,便覺萎弱無生氣。自後則韓退之蘇子瞻有之,故亦健於諸作。此雖細故末節,蓋舉世歷代而不之覺也。偶一啓鑰,爲知音者道之。若用此太多,過於生硬,則又矯枉之失,不可不戒也。

(《懷麓堂詩話校釋》,人民文學出版社 2009 年版)

## 李夢陽《詩集自序》

李子曰:"曹縣蓋有王叔武云,其言曰:'夫詩者,天地自然之音也。今途咢而巷謳,勞呻而康吟,一唱而群和者,其真也,斯之謂風也。孔子曰:"禮失而求之野。"今真詩乃在民間。而文人學子,顧往往爲韻言,謂之詩。夫孟子謂《詩》亡然後《春秋》作者,雅也。而風者亦遂棄而不采,不列之樂官。悲夫!'"李子曰:"嗟!異哉!有是乎?予嘗聆民間音矣,其曲胡,其思淫,其聲哀,其調靡靡,是金、元之樂也,奚其真?"王子曰:"真者,音之發而情之原也。古者國異風,即其俗成聲。今之俗既歷胡,乃其曲烏得而不胡也?故真者,音之發而情之原也,非雅俗之辨也。且子之聆之也,亦其譜,而聲音也,不有卒然而謠,勃然而訛者乎!莫之所從來,而長短疾徐無弗諧焉,斯誰使之也?"李子聞之,矍然而興曰:"大哉!漢以來不復聞此矣!"

王子曰:"詩有六義,比興要焉。夫文人學子,比興寡而直率多,何也?出於情寡而工於詞多也。夫途巷蠢蠢之夫,固無文也。乃其謳也,咢也,呻也,吟也,行呫而坐歌,食咄而寤嗟,此唱而彼和,無不有比焉興焉,無非其情焉,斯足以觀義矣。故曰:詩者,天地自然之音也。"李子曰:"雖然,子之論者,風耳。夫雅、頌不出文人學子手乎?"王子曰:"是音也,不見於世久矣,雖有作者,微矣!"

李子於是憮然失,已灑然醒也。於是廢唐近體諸篇,而爲李、杜歌行。王子曰:"斯馳騁之技也。"李子於是爲六朝詩。王子曰:"斯綺麗之余也。"於是詩爲晉、魏。曰:"比辭而屬義,斯謂有意。"於是爲賦、騷。曰:"異其意而襲其言,斯謂有蹊。"於是爲琴操、古詩歌。曰:"似矣,然糟粕也。"於是爲四言,入風出雅。曰:"近之矣,然無所用之矣,子其休矣。"李子聞之,闇然無以難也。自錄其詩,藏篋笥中,今二十年矣,乃有刻而布者。李子聞之懼且慚。曰:予以詩,非真也。王子所謂文人學子韻言耳,出之情寡而工之詞多者也。然又弘治、正德間詩耳,故自題曰《弘德集》。每自欲改之以求其真,然今老矣!曾子曰:"時有所弗及。"學之謂哉。

是集也,凡三十三卷:賦三卷,三十五篇;四五言古體一十二卷,四百七十篇;

七言歌行五卷，二百一十篇；五言律五卷，四百六十二篇；七言律四卷，二百八十三篇；七言絕句二卷，二百三十七篇；五言絕句並六言雜言一卷，一百二十篇，凡一千八百七篇。

（《李空同全集》卷五十，萬曆浙江思山堂本）

## 李夢陽《駁何氏論文書》

某再拜大復先生足下：前屢覽君作，頗疑有乖於先法，於是爲書，敢再拜獻足下，冀足下改玉趨也。乃足下不改玉趨也，而即摘仆文之乖者以復我，義言辯以肆，其氣傲以豪，共旨軒翕而崢嶸。仆始而讀之，謂君我恢也；已而思之，我規也，猶我君規也。夫規人者，非謂其人卑也，人之見有同不同，仆之才不高於君，天下所共聞也。乃一旦不量，而慮子乖於先法，茲其情無他也。

子摘我文曰："子高處是古人影子耳，其下者已落近代之口。"又曰："未見子自築一堂奧，自開一戶牖，而以何急於不朽？"此非仲默之言，短仆而諛仲默者之言也。短仆者必曰："李某豈善文者，但能守古而尺尺寸寸之耳。必如仲默，出入由己，乃爲舍筏而登岸。"斯言也，禍子者也。古之工，如倕如班，堂非不殊，户非同也，至其爲方也、圓也，弗能舍規矩。何也？規矩者，法也。仆之尺尺而寸寸之者，固法也。假令仆竊古之意，盜古之形，剪裁古辭以爲文，謂之"影子"，誠可；若以我之情，述今之事，尺寸古法，罔襲其辭，猶班，圓倕之圓，倕，方班之方。而倕之木，非班之木也，此奚不可也。夫筏我二也，猶兔之蹄，魚之筌，舍之可也。規矩者，方圓之自也，即欲舍之，烏乎舍！子試築一堂，開一户，措規矩而能之乎？措規矩而能之，必並方圓而遺之可矣。何有於法！何有於規矩！故爲斯言者，禍子者也；禍子者，禍文之道也。不知其言禍己與文之道，而反規之於法者是攻，子亦謂操戈入室者也。子又曰："孔、曾、思、孟，不同言而同至，誠如尺寸古人，則詩主曹、劉、阮、陸足矣，李、杜即不得更登於詩壇。"《詩》云："人知其一，莫知其他。"予之同法也。堯舜之道，不以仁政，不能平治天下者也。子以我之尺寸者言也，覽子之作，於法焉蔑矣，宜其惑之靡解也。阿房之巨，靈光之巋，臨春、結綺之侈麗，楊亭、葛廬之幽之寂，未必皆倕與班爲之也；乃其爲之也，大小鮮不中方圓也。何也？有必同者也。獲所必同，寂可也，幽可也，侈以麗可也，巋可也，巨可也。守之不易，久而推移，因質順勢，融熔而不自知。於是爲曹爲劉，爲阮爲陸，爲李爲杜，既令爲何大復，何不可哉！此變化之要也。故不泥法而法嘗由，不求異而其言人人殊。《易》曰："同歸而殊途，一致而百慮。"謂此也。非自築一堂奧，自開一户牖，而後爲道也。

故予嘗曰：作文如作字，歐、虞、顏、柳字不同而同筆，筆不同，非字矣。不同者，何也？肥也，瘦也，長也，短也，疏也，密也。故六者，勢也，字也，體也，非筆之精也。精者,何也? 應諸心而本諸法也。不窺其精,不足以爲字,而矧義之能爲! 文猶不能爲,而矧道之能爲! 仲默曰:"夫爲文,有不可易之法,辭斷而意屬,聯物而比類。"以兹爲法,宜其惑之難解,而諛之者易搖也。假令仆即今爲文一通,能辭不屬,意不斷,物聯而類比矣,然於情思澀促,語嶮而硬,音失節拗,質直而庵,淺譾露骨,爰癡爰枯,則子取之乎? 故辭斷而意屬者,其體也,文之勢也;聯而比之者,事也;柔淡者,思也;含蓄者,意也;典厚者,義也;高古老,格也;宛亮者,調也;沈著、雄麗、清峻、閑雅者,才之類也。而發於辭,辭之暢者其氣也中和,中和者氣之最也。夫然,又華之以色,永之以味,溢之以音,是以古之義者,一揮北衆善具也。然其翕辟頓挫,尺尺而寸寸之,未始無法也,所謂圓規而方矩者也。且士之文也,猶醫之脉,肌之濡弱、緊數、遲緩相似,而實不同,前予以柔淡、沈著、含蓄、典厚諸義,進規於子,而救俊亮之偏。而子則曰:"必閑寂以爲柔淡,濁切以爲沈著,艱窒以爲含蓄,俚鞻以爲典厚,豈惟謬於諸義,並俊語亮節悉失之矣。"吾子於是乎失言矣。子以爲濡可爲弱,緊可爲數,遲可爲緩耶? 濡弱、緊數、遲緩不可相爲,則閑寂獨可爲柔淡,濁切可爲沈著,艱窒可爲含蓄,俚鞻可爲典厚耶? 籲! 吾於於是乎失言矣!

以是而論文,子於文乎病矣。蓋子徒以仆規子者過言靡量,而遂肆爲(山孝)嶑之談,摘仆之乖以攻我,而不知仆之心無他也。仆之文,千瘡百孔者,何敢以加於子也,誠使仆妄自以閑寂、濁切、艱窒、俚鞻爲柔淡、沈著、含蓄、典厚,而爲言黯慘,有如搖鞞擊鐸,子何不求柔淡、沈著、含蓄、典厚之真而爲之,而遽以俊語亮節自受耶? 此尤惑之甚者也。

仆聰明衰矣,恒念子負振世之才,而仆叨通家骨肉之列,於是規之以進其極,而復極論以冀其自反,實非自高以加於子。《傳》曰:"改玉改行。"子誠持堅白不相下,願再書以復我。

（《李空同全集》卷六十一,萬曆浙江思山堂本）

# 王世貞

## 藝苑巵言（選録）

[解題]

　　王世貞（1526—1590），字元美，號鳳洲、弇州山人、天弢居士，齋名弇山堂。南直隸太倉（今屬江蘇）人。嘉靖二十六年（1547）進士，官至南京刑部尚書。與李攀龍同爲“後七子”（餘爲謝榛、宗臣、梁有譽、徐中行、吴國倫）首領，共主文壇二十餘年，稱“王李”。李攀龍殁，獨主文壇又二十年，地望最顯。早年持論承李夢陽、何景明等，主張文必秦漢，詩必盛唐，大曆以後書勿讀。晚年稍有改變，漸趨平淡。學問淹博，一生著述宏富，有《弇州山人四部稿》一百七十四卷、《續稿》二百七卷、《燕説》三卷、《野史家乘考誤》三卷、《弇山堂別集》一百卷、《讀書後》八卷（後四卷重出於《四部稿》、《續稿》）。《明史》卷二百八十七《文苑三》有傳。徐朔方有《王世貞年譜》，鄭利華亦有同名著作。

　　《藝苑巵言》是王世貞的一部雜著性文藝論著，十二卷。前八卷評論詩文，第一卷爲總論，之後以時代爲序，品評先秦至明代的作家作品。鼓吹“文自西京，詩自天寶而下，俱無足觀”；論詩喜言格調，注重才情、創新。又在崇古的同時，注意到尚變。附録四卷，評論詞曲、書畫，其中論述南北曲産生原因及其優劣，時有創見。後人將詞曲部分單刻行世，題爲《詞評》、《曲藻》。有萬曆五年（1577）世經堂刻《弇州山人四部稿》本。

　　王世貞早年備受嚴嵩的壓抑和排擠，被迫休官，蹭蹬失意中，文學创作却不失生气；隆慶（1567—1573）初年重新出仕，其文學活動前後期的分界綫也在稍後顯示出來，由於安富尊荣，作品内容日益空虚。本書於嘉靖四十四年（1565）完成並出版，隆慶六年（1572）又修訂再版，初版、增訂都在其前期文學活動結束前後，因而集中體現了“後七子”及其本人前期的文學觀點，又顯示出其晚年文學思想的細微變化。他代表的“後七子”繼承並發展了“前七子”的文學理論，更深入地分析、探討古典詩歌的總體審美特徵（如其强調詞曲的情感特徵），更系統、細緻地考察了古典詩歌各種體裁的法度要求，更全面地反思了古典詩歌發展史。但他們過分拘於格調，眼界狹窄；又以模擬代替創作，因襲剽竊。雖然在理論上，他們也知道剽竊模擬爲文學創作之大忌，也懂得創新的重要性，但在創作上，要想符合古典詩歌的審美特徵，就很難不模仿其語言法度。這是明代文學復古運動第二次高潮注定失敗的原因。可參考徐朔方《王世貞年譜引論》、廖可斌《明代文學復古運動研究》學習。

世人選體，往往談西京、建安，便薄陶、謝，此似曉不曉者。毋論彼時諸公，即齊、梁纖調，李、杜變風，亦自可采。貞元[1]而後，方是覆瓿[2]。大抵詩以專詣爲境，以饒美爲材。師匠宜高，捃拾[3]宜博。

首尾開闔，繁簡奇正，各極其度，篇法也；抑揚頓挫，長短節奏，各極其致，句法也；點綴關鍵，金石綺綵，各極其造，字法也。篇有百尺之錦，句有千鈞之弩，字有百鍊之金。文之與詩，固異象同則。聖門一唯[4]、曹溪汗下[5]後，信手拈來，無非妙境。

才生思，思生調，調生格。思即才之用，調即思之境，格即調之界。

李獻吉[6]勸人勿讀唐以後文，吾始甚狹之，今乃信其然耳。記問既雜，下筆之際，自然於筆端攪擾，驅斥爲難。若模擬一篇，則易於驅斥，又覺局促，痕跡宛露，非斲輪手[7]。自今而後，擬以純灰三斛，細滌其腸。日取六經、《周禮》、《孟子》、《老》、《莊》、《列》、《荀》、《國語》、《左傳》、《戰國策》、《韓非子》、《離騷》、《吕氏春秋》、《淮南子》、《史記》、班氏《漢書》，西京以還至六朝及韓、柳，便須銓擇佳者，熟讀涵泳之，令其漸漬汪洋。遇有操觚[8]，一師心匠。氣從意暢，神與境合，分途策馭，默受指揮，臺閣山林，絕跡大漠，豈不快哉？世亦有知是古非今者，然使招之而後來，麾之而後却，已落第二義[9]矣。（以上見卷一，編者注）

西京之文實；東京之文弱，猶未離實也；六朝之文浮，離實矣；唐之文庸，猶未離浮也；宋之文陋，離浮矣，愈下矣；元無文。（見卷三，編者注）

李、杜光焰千古，人人知之。滄浪並極推尊，而不能致辨。[10]元微之獨重子美[11]，宋人以爲談柄[12]。近時楊用修爲李左祖[13]，輕俊之士往往傅耳，要其所得，俱影響之間。五言古、選體及七言歌行，太白以氣爲主，以自然爲宗，以俊逸高暢爲貴；子美以意爲主，以獨造爲宗，以奇拔沈雄爲貴。其歌行之妙，詠之使人飄揚欲仙者，太白也；使人慷慨激烈、歔欷欲絕者，子美也。選體，太白多露語、率語；子美多稚語、累語。置之陶、謝間，便覺傖父[14]面目，乃欲使之奪曹氏父子位耶？五言律、七言歌行，子美神矣，七言律，聖矣；五、七言絕，太白神矣，七言歌行，聖矣，五言次之。太白之七言律，子美之七言絕，皆變體，間爲之可耳，不足多法也。

詩格變自蘇、黄[15]，固也。黄意不滿蘇，直欲凌其上，然故不如蘇也。何者？愈巧愈拙，愈新愈陳，愈近愈遠。

楊、劉[16]之文靡而俗，元之[17]之文旨而弱，永叔[18]之文雅而則，明允[19]之文渾而勁，子瞻之文爽而俊，子固[20]之文腴而滿，介甫[21]之文峭而潔，子由[22]之文暢而平。于鱗[23]云：“憚於修辭，理勝相掩。”誠然哉。談理亦有優劣焉，茂叔[24]之簡俊，子厚[25]之沈深，二程之明當，紫陽[26]其稍冗矣，訓詁則無加焉。（以上見卷四，編者注）

長沙公[27]少爲詩有聲，既得大位，愈自喜，攜拔少年輕俊者，一時争慕歸之。雖模楷不足，而鼓舞攸賴。長沙之於何、李也，其陳涉之啓漢高乎？

獻吉才氣高雄，風骨遒利，天授既奇，師法復古，手闢草昧，爲一代詞人之冠。要其所詣，亦可略陳：騷、賦上擬屈、宋，下及六朝，根委有餘，精思未極；擬樂府自魏而後有逼真者，然不如自運滔滔莽莽，選體、建安以至李、杜，無所不有，第於謝監未是“初日芙蓉”，僅作顔光禄耳[28]；七言歌行縱横如意，開闔有法，最爲合作；五言律及五、七言絕，時詣妙境；七言雄渾豪麗，深於少陵，抵掌捧心[29]，不能厭服衆志；文酷仿左氏、司馬，敘事則奇，持論則短，間出應酬，頗傷率易。

仲默[30]才秀於李氏，而不能如其大。又義取師心，功期舍筏，以故有弱調而無累句。詩體翩翩，俱在鴈行。顧華玉稱其“咳唾珠璣，人倫之儁”[31]。騷、賦啓發擬六朝者頗佳，他文促薄，似未稱是。

何仲默謂獻吉振大雅，超百世，書薄子雲[32]，賦追屈原。……其推尊之可謂至矣。……及觀何之駁李詩，有云：“詩意象應曰合，意象乖曰離。空同丙寅間詩爲合，江西以後詩爲離。試取丙寅作，叩其音，尚中金石；而江西以後之作，辭艱者意反近，意苦者辭反常，色黯淡而中理披慢，讀之若搖鞭鐸耳。”[33]李之駁何則曰：“如搏沙弄泥，散而不瑩。”“瀾大者鮮把持，又無針綫。”又云：“如仲默‘《神女賦》、《帝京篇》，南遊日，北上年'，四句接用，古有此法乎？蓋徒知神情會處下筆成章爲高，而不知高而不法，其勢如搏巨蛇、駕風螭，步驟雖奇，不足訓也。君詩結語太咄易，七言律與絶句等更不成篇，亦寡音節。'百年'、'萬里'，何其層見疊出也！七言若剪得上二字，言何必七也？"[34]二子之言，雖中若戈矛，而功等藥石。特何謂李江西以後爲離……此未識李耳。李自有二病，曰：模倣多，則牽合而傷跡；結搆易，則龘縱而弗工。（以上見卷六，編者注）

　　詞者，樂府之變也。昔人謂李太白【菩薩蠻】、【憶秦娥】，楊用修又傳其【清平樂】二首以謂調祖，不知隋煬帝已有【望江南】詞。蓋六朝諸君臣頌酒賡色，務裁豔語，默啓詞端，實爲濫觴之始。故詞須宛轉縣麗、淺至儇俏，挾春月烟花，於閨幨内奏之。一語之豔，令人魂絶；一字之工，令人色飛；乃爲貴耳。至於慷慨磊落、縱橫豪爽，抑亦其次，不作可耳。作則寧爲大雅罪人，勿儒冠而戎服也。

　　凡曲：北字多而調促，促處見筋；南字少而調緩，緩處見眼。北則辭情多而聲情少，南則辭情少而聲情多。北力在絃，南力在板。北宜和歌，南宜獨奏。北氣易粗，南氣易弱。此吾論曲三昧語。（以上見附録卷一，編者注）

　　　　　　　　　　　（《弇州山人四部稿》，《明代論著叢刊》本）

## [注釋]

　　[1]貞元：唐德宗年號，785年至805年。　[2]覆瓿：班固《漢書・揚雄傳下》："鉅鹿侯芭常從雄居，受其《太玄》、《法言》焉。劉歆亦嘗觀之，謂雄曰：'空自苦！今學者有禄利，然尚不能明《易》，又如《玄》何？吾恐後人用覆醬瓿也。'雄笑而不應。"覆醬瓿，蓋醬壇。指著作毫無價值，或無人理解，不被重視。　[3]捃拾：拾取，收集。范曄《後漢書・范冉傳》："遭黨人禁錮……捃拾自資。"　[4]聖門一唯：《論語・里仁》："子曰：'參乎！吾道一以貫之。'曾子曰：'唯。'子出，門人問曰：'何謂也？'曾子曰：'夫子之道，忠恕而已矣。'"邢昺疏："曾子直曉其理，更不須問，故答曰'唯'。"這裏和"曹溪汗下"都指領悟。　[5]曹溪汗下：曹溪，禪宗別稱。唐儀鳳二年(677)，禪宗六祖慧能到韶州（今廣東韶關）曹溪寶林寺弘揚禪學，宣傳見性成佛，成爲禪宗正系。後以"曹溪"稱禪宗。"汗下"出典待考，或指領悟禪理之後大汗淋漓、神清氣爽。[6]李獻吉：李夢陽字獻吉。　[7]斲輪手：《莊子・天道》："輪扁曰：'臣也以臣之事觀之。斲輪徐則甘而不固，疾則苦而不入。不徐不疾，得之於手，而應於心，口不能言，有數存焉於其間，臣不能以喻臣之子，臣之子亦不能受之於臣。是以行年七十而老斲輪。'"後稱經驗豐富、技藝精湛的人爲"斲輪老手"。斲輪，斲木造車輪。　[8]操觚：觚，木簡。執持木簡，指作文。陸機《文賦》："或操觚以率爾。"　[9]第二義：佛教以"第一義"指無上至深的妙理，即"真諦"。釋慧遠《大乘義章》卷一《二諦義兩門分別》："第一義者，亦名真諦。……然彼世諦，望對第一，應名第二。""第二義"即"世諦"，指世俗的道理。嚴羽《滄浪詩話・詩辨》："論詩如論禪：漢、魏、晉

與盛唐之詩，則第一義也。大曆以還之詩，則小乘禪也，已落第二義矣。"　[10]滄浪並極推尊，而不能致辨：嚴羽《滄浪詩話·詩評》："李、杜二公，正不當優劣。太白有一二妙處，子美不能道；子美有三妙處，太白不能作。子美不能爲太白之飄逸，太白不能爲子美之沉鬱。太白《夢遊天姥吟》、《遠別離》等，子美不能道；子美《北征》、《兵車行》、《垂老別》等，太白不能作。論詩以李、杜爲準，挾天子以令諸侯也。"　[11]元微之獨重子美：元稹（字微之）《唐故工部員外郎杜君墓係銘並序》："則詩人以來，未有如子美者。是時山東人李白亦以奇文取稱，時人謂之'李杜'。余觀其壯浪縱恣，擺去拘束，模寫物象，及樂府歌詩，誠亦差肩於子美矣。至若鋪陳終始，排比聲韻，大或千言，次猶數百，詞氣豪邁而風調清深，屬對律切而脫棄凡近，則李尚不能歷其藩翰，況堂奧乎？"　[12]談柄：談論的口實，猶話柄。白居易《論嚴綬狀》："天下之人以爲談柄。"這裏指宋人稱引發揮元稹揚杜抑李之説。　[13]楊用修爲李左祖：楊慎（字用修）《升庵詩話》卷七《評李杜》："太白詩，仙翁劍客之語；少陵詩，雅士騷人之詞。比之文，太白則《史記》，少陵則《漢書》也。"左祖，露出左臂，以示偏護一方。司馬遷《史記·呂太后本紀》："（周勃，編者注）行令軍中曰：'爲呂氏右袒，爲劉氏左袒。'軍中皆左袒爲劉氏。"　[14]傖父：鄙夫，粗野的人。《晉書·左思傳》："復欲賦三都……初，陸機入洛，欲爲此賦，聞思作之，撫掌而笑，與弟雲書曰：'此間有傖父，欲作《三都賦》，須其成，當以覆酒甕耳。'及思賦出，機絕嘆伏，以爲不能加也，遂輟筆焉。"　[15]詩格變自蘇、黃：嚴羽《滄浪詩話·詩辨》："國初之事尚沿襲唐人……至東坡、山谷始自出己意以爲詩，唐人之風變矣。"　[16]楊、劉：指西昆體作家楊億、劉筠。　[17]元之：王禹偁字。　[18]永叔：歐陽修字。　[19]明允：蘇洵字。　[20]子固：曾鞏字。　[21]介甫：王安石字。　[22]子由：蘇轍字。　[23]于鱗：李攀龍字。　[24]茂叔：周敦頤字。　[25]子厚：張載字。　[26]紫陽：朱熹別稱。　[27]長沙公：李東陽，湖廣茶陵（時長沙府，今屬湖南株州）人。　[28]第於謝監未是"初日芙蓉"，僅作顏光禄耳：《南史·顏延之傳》："延之嘗問鮑照己與靈運優劣，照曰：'謝五言如初發芙蓉，自然可愛。君詩若鋪錦列繡，亦雕繢滿眼。'"謝監，謝靈運曾爲秘書監。顏光禄，顏延之官至金紫光禄大夫。　[29]抵掌捧心：都指模仿。抵掌，或作"抵（zhǐ）掌"，擊掌，指優孟模仿叔孫教故事。司馬遷《史記·滑稽列傳》："（優孟，編者注）即爲叔孫敖衣冠，抵掌談語。"捧心，《莊子·天運》："西施病心而矉其里，其里之醜人見而美之，歸亦捧心而矉其里。"後用爲拙劣模仿之典。　[30]仲默：何景明字。[31]咳唾珠璣，人倫之雋：顧璘（字華玉）《國寶新編》語。　[32]子雲：揚雄字。　[33]詩意象應曰合……讀之若搖鞞鐸耳：何景明《與李空同論詩書》語，見本書。　[34]"李之駁何則曰"句：李夢陽《再與何氏書》："蓋其詩讀之若搏沙弄泥，散而不瑩……然潤大者鮮把持，又無鍼綫。……且仲默'《神女賦》、《帝妃篇》，南遊日，北上年'四句接用，古有此法乎？……蓋君詩徒知神情會處下筆成章爲高，而不知高而不法，其勢如搏巨蛇、駕風螭，步驟即奇，不足訓也。君詩結語太咄易，七言律與絕句等更不成篇，亦寡音節。'百年'、'萬里'，何其層見而疊出也！七言若剪得上二字，言何必七也？"

## 史料選

### 王世貞《宋詩選序》

自楊、劉作而有西崑體，永叔、聖俞思以淡易裁之。魯直出而又有江西派，眉山氏睥睨其間，最號爲雄豪，而不能無利鈍。南渡而後，務觀、萬里輩亦遂彬彬矣。去宋而爲元，稍以輕俊易之。明興，而諸先大夫之作，不能無兼采二季之業，而自北地、信陽顯，弘、正間，古體樂府非東京而下至三謝，近體非顯慶而下至大歷，俱亡論也。二季縣是屈矣。

　　吳興慎侍御子正，顧獨取宋詩選而梓之，以序屬余。余故嘗從二三君子後抑宋者也，子正何以梓之？余何以從子正之請而序之？余所以抑宋者，爲惜格也。然而代不能廢人，人不能廢篇，篇不能廢句，蓋不止前數公而已。此語於格之外者也。今夫取食色之重者與禮之輕者比之，奚啻食色重？夫醫師不以參苓而捐溲勃，大官不以八珍而捐胡禄障泥，爲能善用之也。雖然以彼爲我則可，以我爲彼則不可。子正非求爲伸宋者也，將善用宋者也。然則何以不梓元，子正將有待耶？抑以其輕俊饒聲澤，不能當宋實故耶？乃信陽之評的然矣。曰“宋人似蒼老而實疎鹵，元人似秀峻而實淺俗”之二語也，其二季之定裁乎？後之覽者，將以子正用宋抑元，以信陽不爲宋、元入，斯可耳。

　　　　　　　　　　　（《弇州山人四部續稿》卷四十一，世經堂刻本）

## 謝榛《四溟詩話》（節選）

### 一

《三百篇》直寫性情，靡不高古，雖其逸詩，漢人尚不可及。今學之者，務去聲律，以爲高古；殊不知文隨世變，且有六朝、唐、宋影子，有意於古，而終非古也。

### 三

詩以漢魏並言，魏不逮漢也。建安之作，率多平仄穩帖，此聲律之漸；而後流於六朝，千變萬化，至盛唐極矣。

### 八

詩文以氣格爲主，繁簡勿論。或以用字簡約爲古，未達權變。善用助語字，若孔鸞之尾，不可少也。太白深得此法。予讀文則《冀越記》、《鶴林玉露》，皆謂作古文不可去助語字，俱引《檀弓》“沐浴佩玉”爲證。余見略同。

### 九

作詩繁簡各有其宜，譬諸衆星麗天，孤霞捧日，無不可觀。若《孔雀東南飛》、《南山有鳥》是也。

一〇

六朝以來，留连光景之弊，蓋自《三百篇》比興中來；然抽黄對白，自爲一體。

一四

《詩》曰："觀閔既多，受侮不少。"初無意於對也。《十九首》云："胡馬依北風，越鳥巢南枝。"屬對雖切，亦自古老。六朝惟淵明得之，若"芳草何茫茫，白楊亦蕭蕭"是也。

一五

凡作近體，誦要好，聽要好，觀要好，講要好。誦之行雲流水，聽之金聲玉振，觀之明霞散綺，講之獨繭抽絲。此詩家四關。使一關未過，則非佳句矣。

一六

詩有造物。一句不工，則一篇不純，是造物不完也。造物之妙，悟者得之。譬諸產一嬰兒，形體雖具，不可無啼聲也。趙王枕易曰："全篇工致而不流動，則神氣索然。"亦造物不完也。

二〇

作詩雖貴古淡，而富麗不可無。譬如松篁之於桃李，布帛之於錦繡也。

二九

《鶴林玉露》曰："詩惟拙句最難。至於拙，則渾然天成，工巧不足言矣。"若子美"雷聲忽送千峰雨，花氣渾如百和香"之類，語平意奇，何以言拙？劉禹錫《望夫石詩》"望來已是幾千載，只是當年初望時"，陳后山謂"辭拙意工"是也。

三〇

《餘師録》曰："文不可無者有四：曰體，曰志，曰氣，曰韻。"作詩亦然。體貴正大，志貴高遠，氣貴雄渾，韻貴儁永。四者之本，非養無以發其真，非悟無以入其妙。

八二

宋人謂作詩貴先立意。李白斗酒百篇，豈先立許多意思而後措詞哉？蓋意隨筆生，不假布置。

**八三**

唐人或漫然成詩，自有含蓄託諷。此爲辭前意，讀者謂之有激而作，殊非作者意也。（以上見卷一，編者注）

**四**

大篇決流，短章斂芒，李杜得之。大篇約爲短章，涵蓄有味；短章化爲大篇，敷演露骨。

**一二三**

杜約夫問曰："點景寫情孰難？"予曰："詩中比興固多，情景各有難易。若江湖遊宦羈旅，會晤舟中，其飛揚轗軻，老少悲歡，感時話舊，靡不慨然言情，近於議論，把握住則不失唐體，否則流於宋調，此寫情難於景也，中唐人漸有之。冬夜園亭具樽俎，延社中詞流，時庭雪皓目，梅月向人，清景可愛，模寫似易，如各賦一聯，擬摩詰有聲之畫，其不雷同而超絕者，諒不多見，此點景難於情也，惟盛唐人得之。"約夫曰："子能發情景之藴，以至極致，滄浪輩未嘗道也。"（以上見卷二，編者注）

**三**

《古詩十九首》，平平道出，且無用工字面，若秀才對朋友說家常話，略不作意。如"客從遠方來，寄我雙鯉魚，呼童烹鯉魚，中有尺素書"是也。及登甲科，學說官話，便作腔子，昂然非復在家之時。若陳思王"游魚潛緑水，翔鳥薄天飛。始出嚴霜結，今來白露晞"是也。此作平仄妥帖，聲調鏗鏘，誦之不免腔子出焉。魏晉詩家常話與官話相半；迨齊梁開口俱是官話。官話使力，家常話省力；官話勉然，家常話自然。夫學古不及，則流於淺俗矣。今之工於近體者，惟恐官話不專，腔子不大，此所以泥乎盛唐，卒不能超越魏進而追兩漢也。嗟夫！

**一〇**

作詩本乎情景，孤不自成，兩不相背。凡登高致思，則神交古人，窮乎遐邇，繫乎憂樂，此相因偶然，著形於絕迹，振響於無聲也。夫情景有異同，模寫有難易，詩有二要，莫切於斯者。觀則同於外，感則異於內，當自用其力，使内外如一，出入此心而無間也。景乃詩之媒，情乃詩之胚；合而爲詩，以數言而統萬形，元氣渾成，其浩無涯矣。同而不流於俗，異而不失其正，豈徒麗藻炫人而已。然才亦有異同：同者得其貌，異者得其骨。人但能同其同，而莫能異其異。吾見異其同者，代不數人爾。

一一

自古詩人養氣，各有主焉。蘊乎内，著乎外，其隱見異同，人莫之辨也。熟讀初唐、盛唐諸家所作，有雄渾如大海奔濤，秀拔如孤峯峭壁，壯麗如層樓疊閣，古雅如瑶瑟朱絃，老健如朔漠橫鵰，清逸如九皋鳴鶴，明净如亂山積雪，高遠如長空片雲，芳潤如露蕙春蘭，奇絶如鯨波蜃氣：此見諸家所養之不同也。學者能集衆長，合而爲一，若易牙以五味調和，則爲全味矣。

一三

古人作詩，譬諸行長安大道，不由狹斜小徑，以正爲主，則通於四海，略無阻滯。若太白、子美，行皆大步，其飄逸沉重之不同，子美可法，而太白未易法也。本朝有學子美者，則未免蹈襲；亦有不喜子美者，則專避其故迹。雖由大道，跬步之間，或中或傍，或緩或急，此所以異乎李杜而轉折多矣。夫大道乃盛唐諸公之所共由者，予則曳裾躡屬，由乎中正，縱橫於古人衆跡之中；及乎成家，如蜂采百花爲蜜，其味自别，使人莫之辨也。（以上見卷三，編者注）

六三

"若妙識所難，其易也將至；忽之爲易，其難也方來。"此劉勰《明詩》至要，非老於作者不能發。凡構思當於難處用工，艱澀一通，新奇迭出，此所以難而易也；若求之容易中，雖十脱稿而無一警策，此所以易而難也。獨謫仙思無難易，而語自超絶。此朱考亭所謂"聖於詩者"是也。

八二

自然妙者爲上，精工者次之，此着力不着力之分，學之者不必專一而逼真也。專於陶者失之淺易，專於謝者失之餖飣。孰能處於陶謝之間，易其貌，换其骨，而神存千古？子美云："安得思如陶謝手？"此老猶以爲難，況其他者乎？（以上見卷四，編者注）

（《四溟詩話》，人民文學出版社 1961 年版）

胡應麟《詩藪》（節選）

四言變而《離騷》，《離騷》變而五言，五言變而七言，七言變而律詩，律詩變而絶句，詩之體以代變也。《三百篇》降而《騷》，《騷》降而漢，漢降而魏，魏降而六朝，六朝降而三唐，詩之格以代降也。上下千年，雖氣運推移，文質迭尚，而异曲同工，咸臻厥美。《國風》、《雅》、《頌》，温厚和平；《離騷》、《九章》，愴惻濃至；東西二京，神奇渾璞；建安諸子，雄贍高華；六朝排偶，靡曼精工；唐人律調，清圓秀朗；此聲歌之各擅也。《風》《雅》之規，典則居要；《離騷》之致，深永爲宗；古詩之妙，專求意象；歌行之暢，必由才氣；近體之攻，務先法律；絕句之構，獨主風神，此結撰之殊途也。兼哀總摯，集厥大成；詣絕窮微，超乎彼岸。軌筏具存，在人而已。（見內編卷一，編者注）

古詩軌轍殊多，大要不過二格。以和平、渾厚、悲愴、婉麗爲宗者，即前所列諸家（曹植、阮籍、左思、陸機、潘岳、謝靈運、鮑照、陳子昂、李白、杜甫等，編者注）；有以高閒、曠逸、清遠、玄妙爲宗者，六朝則陶，唐則王、孟、常、儲、韋、柳。但其格本一偏，體靡兼備，宜短章，不宜巨什；宜古選，不宜歌行；宜五言律，不宜七言律。歷考前人遺集，靡不然者。中惟右丞才高，時能旁及；至于本調，反劣諸子。餘雖深造自得，然皆株守一隅。才之所趨，力故難強。

五言古，先熟讀《國風》《離騷》，源流洞徹，乃盡取兩漢雜詩、陳王全集，及子桓、公幹、仲宣佳者，枕籍諷咏。功深日遠，神動機流，一旦吮毫，天真自露。骨格既定，然後沿泝迴阮、左，以窮其趣；頡頏陸、謝，以采其華；旁及陶、韋，以澹其思；博考李、杜，以極其變。超乘而上，可以掩迹千秋；循轍而趨，無忝名家一代。（以上見內編卷二，編者注）

詩五言古、七言律至難外，則五言長律、七言長歌。非博大雄深、橫逸浩瀚之才，鮮克辦此。蓋歌行不難於師匠，而難於賦授；不難於揮灑，而難於蘊藉；不難於氣概，而難於神情；不難於音節，而難於步驟；不難於胸腹，而難於首尾。又古風近體，黃初、大曆而下，無可著眼。惟歌行則晚唐、宋、元，時亦有之。故徑路叢雜尤甚。學者務須尋其本色，即千言鉅什，亦不使有一字離去，乃爲善耳。

初唐七言古以才藻勝，盛唐以風神勝；李、杜以氣概勝，而才藻風神稱之，加以變化靈異，遂爲大家。宋人非無氣概，元人非無才藻，而變化風神，邈不復覯。固時代之盛衰，亦人事之工拙耶？（以上見內編卷三，編者注）

五言律體，極盛于唐。要其大端，亦有二格：陳、杜、沈、宋，典麗精工；王、孟、儲、韋，清空閒遠。此其概也。然右丞贈送諸什，往往闌入高、岑。鹿門、蘇州，雖自成趣，終非大手。太白風華逸宕，特過諸人。而後之學者，才匪天仙，多流率易。唯工部諸作，氣象嵬峨，規模宏遠，常其神來境詣，錯綜幻化，不可端倪。千古以還，一人而已。

學五言律，毋習王、楊以前，毋窺元、白以後。先取沈、宋、陳、杜、蘇、李諸集，朝夕臨摹，則風骨高華，句語宏贍，音節雄亮，比偶精嚴。次及盛唐王、岑、孟、李，永之以風神，暢之以才氣，和之以真澹，錯之以清新。然後歸宿杜陵，究竟絕軌，極深研幾，窮神知化，五言律法盡矣。

詩自模景述情外，則有用事而已。用事非詩正體，然景物有限，格調易窮，一律千篇，祗供厭飫。欲觀人筆力材詣，全在阿堵中。且古體小言，姑置可也，大篇長律，非此何以成章！

用事之工，起於太沖《咏史》。唐初王、楊、沈、宋，漸入精嚴。至老杜苞孕汪洋，錯綜變化，而美善備矣。用事之僻，始見商隱諸篇。宋初楊、李、錢、劉，愈流綺刻。至蘇、黃堆疊詼諧，粗疏詭譎，而陵夷極矣。（以上見內編卷四，編者注）

（《詩藪》，中華書局 1979 年版）

# 李 贄

## 童心説

[解題]

　　李贄(1527—1602),原名林載贄,字宏甫,號卓吾、温陵居士,回族,福建晉江人。嘉靖三十一年(1552)舉人,曾任國子監博士、南京刑部員外郎、雲南姚安知府。五十四歲辭官,先後在湖廣黄安、麻城著書講學,並招收女弟子。他是明代重要的思想家、文學家。其哲學觀點受王守仁心學和佛教禪宗的影響,公開以"異端"自居,激烈地抨擊孔孟之道,大膽地批判宋明理學,終被統治者以"敢倡亂道,惑世誣民"的罪名逮捕入獄,後自殺。文學方面,反對剽竊模擬,主張創作必須抒發己見,從"童心"出發,重視小説、戲曲在文學上的地位。著有《李氏焚書》六卷、《續焚書》五卷、《藏書》六十八卷、《續藏書》二十七卷、《李氏文集》十八卷等約三十種,又曾評點《水滸傳》(有容與堂刊《李卓吾先生批評忠義水滸傳》和楊定見、袁無涯刊《李卓吾評忠義水滸全傳》兩種傳本,陳繼儒疑是"後人所託")、《西廂記》、《幽閨記》、《浣紗記》等。事跡附《明史·耿定向傳》。容肇祖有《李贄年譜》。

　　以"反傳統"姿態出現的王學是明代最大的學術流派,幾乎同時,前七子提出了文學復古思想。二者雖在形式上缺乏聯繫,但都存在理想與現實、個體與傳統之間的矛盾,其個性化的總體趨向是一致的。李贄的文學思想即在此基礎上產生,《童心説》是他在這方面的重要著作。本文以童心爲理論基礎,圍繞"自然無僞"這個核心展開論述。其所言真實自然有雙重内涵:一爲人心的本然狀態即真心,一爲表現思想情感的真誠無欺。在第二個層面上,真實是與虛假僞飾相對立的,即言須由衷,不要掩蓋自我的真實面目,而要以自我的真實思想情感作真實自然的表達。這種見解直接導致李贄形成其深刻激進的文學思想,集中表現在對儒家文學傳統的背離,將自我表現視爲文學的本質特徵,將自然而不矯飾的個性表現視爲最佳作品。由此,掃除文學自然表現的種種障礙便成爲其目的。而只有破除禮義教化對人性的限制，才能掃除皆自多讀書識禮義而來的道理聞見，進而疏通情感自然宣洩的渠道。所以，李贄文學思想的特異之處，在於他對自然人性的自然表現的強調。他以童心作爲新的審美標準來評論文學，將哲學、文學思想向個性化的方向更推進一步，並將其構成一個互爲相關的整體，以順應歷史、文學的發展趨勢，同時反過來推動思想、文學的發展，這直接影響了後來袁宏道、金聖嘆諸人的文學理論。可參考左東嶺《李贄與晚明文學思想》學習。

龍洞山農[1]叙《西廂》末語云："知者勿謂我尚有童心可也。"夫童心者，真心也。若以童心爲不可，是以真心爲不可也。夫童心者，絕假純真，最初一念之本心也。若失却童心，便失却真心；失却真心，便失却真人。人而非真，全不復有初矣。

童子者，人之初也；童心者，心之初也。夫心之初曷可失也！然童心胡然而遽失也？蓋方其始也，有聞見從耳目而入，而以爲主於其内而童心失。其長也，有道理從聞見而入，而以爲主於其内而童心失。其久也，道理聞見日以益多，則所知所覺日以益廣，於是焉又知美名之可好也，而務欲以揚之而童心失；知不美之名之可醜也，而務欲以掩之而童心失。夫道理聞見，皆自多讀書識義理而來也。古之聖人，曷嘗不讀書哉！然縱不讀書，童心固自在也，縱多讀書，亦以護此童心而使之勿失焉耳，非若學者反以多讀書識義理而反障之也。夫學者既以多讀書識義理障其童心矣，聖人又何用多著書立言以障學人爲耶？童心既障，於是發而爲言語，則言語不由衷；見而爲政事，則政事無根柢；著而爲文辭，則文辭不能達。非内含於章美也，非篤實生輝光也，欲求一句有德之言，卒不可得。所以者何？以童心既障，而以從外入者聞見道理爲之心也。

夫既以聞見道理爲心矣，則所言者皆聞見道理之言，非童心自出之言也。言雖工，於我何與，豈非以假人言假言，而事假事文假文乎？蓋其人既假，則無所不假矣。由是而以假言與假人言，則假人喜；以假事與假人道，則假人喜；以假文與假人談，則假人喜。無所不假，則無所不喜。滿場是假，矮人何辯也？然則雖有天下之至文，其湮滅于假人而不盡見于後世者，又豈少哉！何也？天下之至文，未有不出於童心焉者也。苟童心常存，則道理不行，聞見不立，無時不文，無人不文，無一樣創制體格文字而非文者。詩何必古選，文何必先秦。降而爲六朝，變而爲近體；又變而爲傳奇[2]，變而爲院本[3]，爲雜劇[4]，爲《西廂曲》，爲《水滸傳》，爲今之舉子業[5]，皆古今至文，不可得而時勢先後論也。故吾因是而有感于童心者之自文也，更說甚麼《六經》，更說甚麼《語》、《孟》乎？

夫《六經》、《語》、《孟》，非其史官過爲褒崇之詞，則其臣子極爲贊美之語。又不然，則其迂闊門徒，懵懂弟子，記憶師說，有頭無尾，得後遺前，隨其所見，筆之於書。後學不察，便謂出自聖人之口也，決定目之爲經矣，孰知其大半非聖人之言乎？縱出自聖人，要亦有爲而發，不過因病發藥，隨時處方，以救此一等懵懂弟子，迂闊門徒云耳。藥醫假病，方難定執，是豈可遽以爲萬世之至論乎？然則《六經》、《語》、《孟》，乃道學之口實、假人之淵藪也，斷斷乎其不可以語於童心之言明矣。嗚呼！吾又安得真正大聖人童心未曾失者而與之一言文哉！

（《焚書》卷三，中華書局 1975 年版）

## ［注釋］

　　[1]龍洞山農：或認爲是李贄別號，或認爲是顏鈞，顏號山農。　　[2]傳奇：指唐、宋人用文言寫作的短篇小説。　　[3]院本：金代行院演劇所用的脚本。體制與宋雜劇相同。元陶宗儀《輟耕録》："院本、雜劇，其實一也。"是北方的宋雜劇向元雜劇過渡的形式。作品都已失傳，僅《輟耕録》載有院本名目七百餘種。　　[4]雜劇：戲曲術語。中國戲曲史上有多種以雜劇爲名的表演形式，其特點各有不同。晚唐已有雜劇之名，唐李德裕《論儀鳳以後大臣褒贈狀》："雜劇丈夫兩人。"其後歷代均見此名。有宋雜劇、元雜劇、温州雜劇、南雜劇等。這裏指元雜劇。[5]舉子業：指時人參加科舉考試所作的文章，即八股文。

## 史料選

### 李贄《忠義水滸傳序》

　　太史公曰："《説難》、《孤憤》，賢聖發憤之所作也。"由此觀之，古之賢聖，不憤則不作矣。不憤而作，譬如不寒而顫，不病而呻吟也，雖作何觀乎？《水滸傳》者，發憤之所作也。蓋自宋室不競，冠屨倒施，大賢處下，不肖處上。馴致夷狄處上，中原處下，一時君相猶然處堂燕鵲，納幣稱臣，甘心屈膝于犬羊已矣。施、羅二公身在元，心在宋；雖生元日，實憤宋事。是故憤二帝之北狩，則稱大破遼以泄真憤；憤南渡之苟安，則稱滅方臘以泄其憤。敢問洩憤者誰乎？則前日嘯聚水滸之強人也，欲不謂之忠義不可也。是故施、羅二公傳《水滸》而復以忠義名其傳焉。

　　夫忠義何以歸於水滸也？其故可知也。夫水滸之衆何以一一皆忠義也？所以致之者可知也。今夫小德役大德，小賢役大賢，理也。若以小賢役人，而以大賢役於人，其肯甘心服役而不恥乎？是猶以小力縛人，而使大力者縛於人，其肯束手就縛而不辭乎？其勢必至驅天下大力大賢而盡納之水滸矣。則謂水滸之衆，皆大力大賢有忠有義之人可也。然未有忠義如宋公明者也。今觀一百單八人者，同功同過，同死同生，其忠義之心，猶之乎宋公明也。獨宋公明者身居水滸之中，心在朝廷之上，一意招安，專圖報國，卒至於犯大難，成大功，服毒自縊，同死而不辭，則忠義之烈也！真足以服一百單八人之心，故能結義梁山，爲一百單八人之主。最後南征方臘，一百單八人者陣亡已過半矣；又智深坐化于六和，燕青涕泣而辭主，二童就計于"混江"。宋公明非不知也，以爲見幾明哲，不過小丈夫自完之計，決非忠于君義于友者所忍屑矣。是之謂宋公明也，是以謂之忠義也，傳其可無作歟！傳其可不讀歟！

故有國者不可以不讀，一讀此傳，則忠義不在水滸而皆在於君側矣。賢宰相不可以不讀，一讀此傳，則忠義不在水滸，而皆在於朝廷矣。兵部掌軍國之樞，督府專閫外之寄，是又不可以不讀也，苟一日而讀此傳，則忠義不在水滸，而皆爲干城心腹之選矣。否則不在朝廷，不在君側，不在干城腹心，烏乎在？在水滸。此傳之所爲發憤矣。若夫好事者資其談柄，用兵者藉其謀畫，要以各見所長，烏睹所謂忠義者哉！

（《焚書》卷三，中華書局 1975 年版）

## 袁宗道《論文》

### 上

口舌代心者也，文章又代口舌者也。展轉隔礙，雖寫得暢顯，已恐不如口舌矣，況能如心之所存乎？故孔子論文曰："辭達而已。"達不達，文不文之辨也。唐、虞、三代之文，無不達者。今人讀古書，不即通曉，輒謂古文奇奧，今人下筆不宜平易。夫時有古今，語言亦有古今。今人所詫謂奇字奧句，安知非古之街談巷語耶？《方言》謂楚人稱知曰黨，稱慧曰譓，稱跳曰跡，稱取曰挻。余生長楚國，未聞此言。今語異古，此亦一證。故《史記》、《五帝》、《三王》紀，改古語從今字者甚多：疇改爲誰，俾爲使，格姦爲至姦，厥田厥賦爲其田其賦，不可勝記。左氏去古不遠，然傳中字句，未嘗肖《書》也。司馬去左亦不遠，然《史記》句字，亦未嘗肖《左》也。至於今日，逆數前漢，不知幾千年遠矣，自司馬不能同於左氏，而今日乃欲兼同左、馬，不亦謬乎！中間歷晉、唐，經宋、元，文士非乏，未有公然攘攢古文，奄爲己有者。昌黎好奇，偶一爲之，如《毛穎》等傳，一時戲劇，他文不然也。

空同不知，篇篇模擬，亦謂反正。後之文人，遂視爲定例，尊若令甲，凡有一語不肖古者，即大怒，罵爲野路惡道。不知空同模擬，自一人創之，猶不甚可厭。迨其後以一傳百，以訛益訛，愈趨愈下，不足觀矣。且空同諸文，尚多己意，紀事述情，往往逼真，其尤可取者，地名官銜，俱用時制。今卻嫌時制不文，取秦、漢名銜以文之，觀者若不檢《一統志》，幾不識爲何鄉貫矣。且文之佳惡，不在地名官銜也。司馬遷之文，其佳處在敘事如畫，議論超越。而近說乃云西京以還，封建宮殿，官師郡邑，其名不馴雅，雖子長復出，不能成史。則子長佳處，彼尚未夢見也，而況能肖子長也乎？或曰："信如子言，古不必學耶？"余曰："古文貴達，學達即所謂學古也，學其意不必泥其字句也。"今之圓領方袍，所以學古人之綴葉蔽皮也;今之五味煎熬,所以學古人之茹毛飲血也。何也?古人之意期於飽口腹,蔽形體。今人之意亦期於飽口腹,蔽形體,未嘗異也。彼摘古字句入己著作者,是無異綴皮葉於衣袂之中,投毛血於肴核之内也。大抵古人之文,專期於達;而今人之文,專期於不達。以不達學達,是可謂學古者乎!

下

爇香者,沉則沉烟,檀則檀氣。何也?其性異也。奏樂者鍾不借鼓響,鼓不假鍾音,何也?其器殊也。文章亦然。有一派學問,則釀出一種意見。有一種意見,則創出一般言語。無意見則虛浮,虛浮則雷同矣。故大喜者必絶倒,大哀者必號痛,大怒者必叫吼動地,髮上指冠。惟戲場中人,心中本無可喜事,而欲强笑;亦無可哀事,而欲强哭。其勢不得不假借模擬耳。今之文士,浮浮泛泛,原不曾的然做一項學問,叩其胸中,亦茫然不曾具一絲意見,徒見古人有立言不朽之説,又見前輩有能詩能文之名,亦欲搦管伸紙,入此行市;連篇累牘,圖人稱揚。夫以茫昧之胸,而妄意鴻鉅之裁,自非行乞左、馬之側,募緣殘溺,盜竊遺矢,安能寫滿卷帙乎?試將諸公一編,抹去古語陳句,幾不免於曳白矣!其可愧如此,而又號於人曰引古詞,傳今事,謂之屬文。然則二《典》三《謨》,非天下至文乎?而其所引,果何代之詞乎?

余少時喜讀滄溟、鳳洲二先生集。二集佳處,固不可掩,其持論大謬,迷誤後學,有不容不辨者。滄溟贈王序,謂"視古修詞,寧失諸理"。夫孔子所云辭達者,正達此理耳,無理則所達爲何物乎?無論《典》、《謨》、《語》、《孟》,即諸子百氏,誰非談理者?道家則明清凈之理,法家則明賞罰之理,陰陽家則述鬼神之理,墨家則揭儉慈之理,農家則敘耕桑之理,兵家則列奇正變化之理。漢、唐、宋諸名家,如董、賈、韓、柳、歐、蘇、曾、王諸公,及國朝陽明、荆川,皆理充於腹而文隨之。彼何所見,乃强賴古人失理耶?鳳洲《藝苑卮言》,不可具駁,其贈李序曰:"《六經》固理藪已盡,不復措語矣。"滄溟强賴古人無理,而鳳洲則不許今人有理,何説乎?此一時遁辭,聊以解一二識者模擬之嘲,而不知其流毒后學,使人狂醉,至於今不可解喻也。然其病源則不在模擬,而在無識。若使胸中的有所見,苞塞於中,將墨不暇研,筆不暇揮,兔起鶻落,猶恐或逸;況有閒力暇晷,引用古人詞句耶?故學者誠能從學生理,從理生文,雖驅之使模,不可得矣。

(《白蘇齋類集》卷二十,上海古籍出版社 1989 年版)

### 袁宏道《雪濤閣集序》

文之不能不古而今也,時使之也。妍媸之質,不逐目而逐時。是故草木之無情也,而輕紅鶴翎,不能不改觀于左紫溪緋。唯識時之士,爲能隄其隤而通其所必變。夫古有古之時,今有今之時,襲古人語言之迹,而冒以爲古,是處嚴冬而襲夏之葛者也。《騷》之不襲《雅》也，《雅》之體窮於怨，不《騷》不足以寄也。後之人有擬而爲之者，終不肖也，何也？彼直求《騷》于《騷》之中也。至蘇、李述別及《十九》等篇，《騷》之音節體致皆變矣，然不謂之真《騷》不可也。古之爲詩者，有泛寄之情，無直書之事；而其爲文也，有直書之事，無泛寄之情，故詩虛而文實。晉、唐以後，爲詩者，有贈別，有敘事；爲文者，有辨説，有論敘。架空而言，不必有其事與其人，是詩之體已不虛，而文之體已不能實矣。古人之法，顧安可概哉！

夫法因於敝而成於過者也。矯六朝駢麗飣餖之習者，以流麗勝，飣餖者固流麗之因也，然其過在輕纖。盛唐諸人，以闊大矯之。已闊矣，又因闊而生莽。是故續盛唐者，以情實矯之。已實矣，又因實而生俚。是故續中唐者，以奇僻矯之。然奇則其境必狹，而僻則務爲不根以相勝，故詩之道，至晚唐而益小。有宋歐、蘇輩出，大變晚習，於物無所不收，於法無所不有，於情無所不暢，於境無所不取，滔滔莽莽，有若江河。今之人徒見宋之不唐法，而不知宋因唐而有法者也。如淡非濃，而濃實因于淡。然其弊至以文爲詩，流而爲理學，流而爲歌訣，流而爲偈誦，詩之弊又有不可勝言者矣。

近代文人，始爲復古之説以勝之。夫復古是已，然至以剿襲爲復古，句比字擬，務爲牽合，棄目前之景，撦腐濫之辭，有才者詘於法，而不敢自伸其才，無之者，拾一二浮泛之語，幫湊成詩。智者牽於習，而愚者樂其易，一唱億和，優人騶子，共談雅道。吁，詩至此，抑可羞哉！夫即詩而文之爲弊，蓋可知矣。

余與進之遊吳以來，每會必以詩文相勵，務矯今代蹈襲之風。進之才高識遠，信腕信口，皆成律度，其言今人之所不能言，與其所不敢言者。或曰："進之文超逸爽朗，言切而旨遠，其爲一代才人無疑。詩窮新極變，物無遁情，然中或有一二語近平近俚近俳，何也？"余曰："此進之矯枉之作，以爲不如是，不足矯浮泛之弊，而闢時人之目也。"然在古亦有之，有以平而傳者，如"睫在眼前人不見"之類是也；有以俚而傳者，如"一百饒一下，打汝九十九"之類是也；有以俳而傳者，如"迫窘詰曲幾窮哉"之類是也。古今文人，爲詩所困，故逸士輩出，爲脱其粘而釋其縛。不然，古之才人，何所不足，何至取一二淺易之語，不能自捨，以取世嗤哉？執是以觀，進之詩其爲大家無疑矣。詩凡若干卷，文凡若干卷，編成，進之自題曰《雪濤閣集》。而石公袁子爲之敘。

（《袁宏道集箋校》卷十八，上海古籍出版社 2008 年版）

# 王驥德

## 曲律（選録）

[解題]

　　王驥德（1542？—1623），字伯良、伯駿，號方諸生、玉陽生、秦樓外史，浙江會稽（今紹興）人。明戲曲理論家、戲曲作家。師事徐渭，深受其影響，並與孫如法、沈璟、吕天成等曲家交厚。戲曲論著有《曲律》四卷。戲曲作品今知有傳奇五種，現存《題紅記》一種，《雙鬟記》存有殘曲；雜劇五種，現存《男王后》一種。散曲集《方諸館樂府》後人有輯本。曾校注《西廂記》，所編《古雜劇》收元雜劇二十種。徐朔方有《王驥德吕天成年譜》。

　　在戲曲長期發展的基礎上，晚明許多曲家總結經驗，研究分析，把戲曲理論批評又向前推進了一步，其中王驥德的《曲律》最爲突出。王驥德爲越中曲家群的曲學名家，早期作曲、論曲都採用民間比較寬鬆自由的南戲傳統曲式和韻轍，在聲律上堅持自己的鄉土特點，後來則逐漸認同於沈璟的格律論而又過之。《曲律》完成於萬曆三十八年（1610），以後繼續增訂，死而後已。它是傳統詩話式兼筆記式的戲曲和清曲的評論，全面論述了這一藝術形式的興起以及曲牌、宫調、平仄、陰陽、韻轍、板眼、調式、章法、句法，以至遣詞、用字、套數、小令、引子、過曲、尾聲、賓白、科諢，無所不包。由於傳統文人對此很少留意，它在當時是無與倫比的。由於寫作和定稿持續太久，《曲律》有的評語前後參差，以至彼此矛盾。又由於語言過於簡練，往往引起不同的理解。雜感式的隻言片語，不乏卓見，但尚未形成系統的理論。有的沿襲舊説，以訛傳訛；有的缺乏佐證，難以令人信服。但是，《曲律》仍不失爲我國第一部比較全面、系統的戲曲理論批評專著。它起着承前啓後的關鍵作用，其中有很多較好的見解，對於李漁的曲論頗有影響，它所保存的關於越中曲家的史料，彌足珍貴。因而不少論者都曾給予很高的評價，朱東潤在其《中國文學批評史大綱》中盛贊：“如秉炬以入深谷，無幽不顯矣。”可參考徐朔方《王驥德吕天成年譜引論》學習。

## 總論南北曲第二

曲之有南、北，非始今日也。關西胡鴻臚侍《珍珠船》[1]（其所著書名）引劉勰《文心雕龍》，謂：塗山歌於“候人”，始爲南音；有娀謠於“飛燕”，始爲北聲；及夏甲爲東，殷整爲西。[2]古四方皆有音，而今歌曲但統爲南、北。如《擊壤》[3]、《康衢》[4]、《卿雲》[5]、《南風》[6]、《詩》之二南，漢之樂府，下逮關、鄭、白、馬[7]之撰，詞有雅鄭[8]，皆北音也；《孺子》[9]、《接輿》[10]、《越人》[11]、《紫玉》[12]、吳歈[13]、楚艷[14]，以及今之戲文[15]，皆南音也。豫章左克明《古樂府》[16]載：晉馬南渡，音樂散亡，僅存江南吳歌，荆楚西聲。自陳及隋，皆以《子夜》、《歡聞》、《前溪》、《阿子》等曲屬吳[17]，以《石城》、《烏棲》、《估客》、《莫愁》等曲屬西[18]。蓋吳音故統東南；而西曲則後之，人概目爲北音矣。以辭而論，則宋胡翰所謂[19]：晉之東，其辭變爲南、北；南音多艷曲，北俗雜胡戎。以地而論，則吳萊氏所謂[20]：“晉、宋、六代以降，南朝之樂，多用吳音；北國之樂，僅襲夷虜。”以聲而論，則關中康德涵所謂[21]：“南詞主激越，其變也爲流麗；北曲主忼慨，其變也爲樸實。惟樸實故聲有矩度而難借，惟流麗故唱得宛轉而易調。”吳郡王元美謂[22]：南、北二曲，“譬之同一師承，而頓、漸分教[23]；俱爲國臣，而文、武異科。……北主勁切雄麗，南主清峭柔遠。……北字多而調促，促處見筋；南字少而調緩，緩處見眼。北辭情少而聲情多，南聲情少而辭情多。[24]北力在弦，南力在板。北宜和歌，南宜獨奏。北氣易粗，南氣易弱”。此其大較。康北人，故差易[25]南調，似不如王論爲確。然陰陽、平仄之用，南、北故絕不同，詳見後説。

## 論腔調第十（節選）

古四方之音不同，而爲聲亦異，於是有秦聲，有趙曲，有燕歌，有吳歈，有越唱，有楚調，有蜀音，有蔡謳[26]。在南曲，則但當以吳音[27]爲正。……夫南曲之始，不知作何腔調。沿至於今，可三百年。世之腔調，每三十年一變，由元迄今，不知經幾變更矣！大都創始之音，初變腔調，定自渾樸；漸變而之婉媚，而今之婉媚極矣！舊凡唱南調者，皆曰“海鹽”[28]。今“海鹽”不振，而曰“昆山”。“昆山”之派，以太倉魏良輔爲祖。今自蘇州而太倉、松江，以及浙之杭、嘉、湖，聲各小變，腔調略同，惟字泥[29]土音，開、閉[30]不辨，反譏越人呼字明確者爲“浙氣”，大爲詞隱[31]所疵[32]！詳見其所著《正吳編》中。

## 論須讀書第十三

詞曲雖小道哉，然非多讀書，以博其見聞，發其旨趣，終非大雅。須自《國風》、《離騷》、古樂府及漢、魏、六朝、三唐[33]諸詩，下迨《花間》、《草堂》[34]諸詞，金、元雜劇諸曲，又至古今諸部類書，俱博蒐精採，蓄之胸中，於抽毫時，掇取其神情標韻，寫之律吕[35]，令聲樂自肥腸滿腦中流出，自然縱橫該洽，與勦襲[36]口耳者不同。勝國[37]諸賢，及實甫[38]、則誠[39]輩，皆讀書人，其下筆有許多典故，許多好語襯副，所以其製作千古不磨；至賣弄學問，堆垛陳腐，以嚇三家村[40]人，又是種種惡道！古云：“作詩原是讀書人，不用書中一個字。”吾於詞曲亦云。

### 論家數[41]第十四

曲之始，止本色[42]一家，觀元劇及《琵琶》、《拜月》二記可見。自《香囊記》以儒門手脚為之，遂濫觴[43]而有文詞家一體。近鄭若庸《玉玦記》作，而益工修詞，質幾盡掩。夫曲以模寫物情，體貼人理，所取委曲宛轉，以代説詞，一涉藻繢，便蔽本來。然文人學士，積習未忘，不勝其靡，此體遂不能廢，猶古文六朝之於秦、漢也。大抵純用本色，易覺寂寥；純用文調，復傷珊鏤。《拜月》質之尤者，《琵琶》兼而用之，如小曲語語本色，大曲引子如“翠減祥鸞羅幌”[44]、“夢遶春闈”[45]，過曲如“新篁池閣”[46]、“長空萬里”[47]等調，未嘗不綺繡滿眼，故是正體。《玉玦》大曲，非無佳處；至小曲亦復填垛學問，則第令聽者憒憒矣！故作曲者須先認清路頭，然後可徐議工拙。至本色之弊，易流俚腐；文詞之病，每苦太文。雅俗淺深之辨，介在微茫，又在善用才者酌之而已。

### 論聲調第十五（與前腔調不同。前論唱，此專論曲。）

夫曲之不美聽者，以不識聲調故也。蓋曲之調，猶詩之調。詩惟初、盛之唐，其音響宏麗圓轉，稱大雅之聲。中、晚以後，降及宋、元，漸萎薾[48]偏詖[49]，以施於曲，便索然卑下不振。故凡曲調，欲其清，不欲其濁；欲其圓，不欲其滯；欲其響，不欲其沈；欲其俊，不欲其痴；欲其雅，不欲其麤；欲其和，不欲其殺[50]；欲其流利輕滑而易歌，不欲其乖剌艱澀而難吐。其法須先熟讀唐詩，諷[51]其句字，繹[52]其節拍，使長灌注融液於心胸口吻之間，機括[53]既熟，音律自諧，出之詞曲，必無沾唇拗嗓之病。昔人謂孟浩然詩，“諷詠之久，有金石宮商之聲”[54]。秦少游詩，人謂其可入大石調[55]，惟聲調之美故也。惟詩尚爾，而矧於曲，是故詩人之曲，與書生之曲、俗子之曲，可望而知其槩也。

### 論句法第十七

句法，宜婉曲不宜直致，宜藻豔不宜枯瘁，宜溜亮不宜艱澀，宜輕俊不宜重滯，宜新采不宜陳腐，宜擺脱不宜堆垛，宜温雅不宜激烈，宜細膩不宜粗率，宜芳潤不宜噍殺[56]；又總之，宜自然不宜牛造。音常則造語貴新，語常則倒換須奇。他人所道，我則引避；他人用拙，我獨用巧。平仄調停，陰陽諧叶。上下引帶，減一句不得，增一句不得。我本新語，而使人聞之，若是舊句，言機熟也；我本生曲，而使人歌之，容易上口，言音調也。一調之中，句句琢鍊，毋令有敗筆語，毋令有欺嗓音[57]，積以成章，無遺恨矣。

### 論用事第二十一（節録）

曲之佳處，不在用事[58]，亦不在不用事。好用事，失之堆積；無事可用，失之枯寂。要在多讀書，多識故實[59]，引得的確，用得恰好，明事暗使、隱事顯使[60]，務使唱去人人都曉，不須解説。又有一等事，用在句中，令人不覺，如禪家所謂撮鹽水中，飲水乃知鹹味[61]，方是妙手。《西廂》、《琵琶》用事甚富，然無不恰好，所以動人。《玉玦》句句用事，如盛書櫃子，翻使人厭惡，故不如《拜月》一味清空，自成一家之爲愈也。……

### 論劇戲第三十

劇之與戲，南北故自異體。北劇僅一人唱，南戲則各唱。一人唱則意可舒展，而有才者得盡其春容[62]之致；各人唱則格有所拘，律有所限，即有才者，不能恣肆於三尺[63]之外也。於是，貴剪裁、貴鍛鍊，以全帙爲大間架，以每折爲折落，以曲白爲粉堊、爲丹艧；勿落套，勿不經，勿太蔓，蔓則局懈，而優人多删削；勿太促，促則氣迫，而節奏不暢達；毋令一人無著落，毋令一折不照應。傳中緊要處，須重著精神，極力發揮使透。如《浣紗》遺了越王嘗膽及夫人採葛事[64]，紅拂私奔[65]、如姬竊符[66]，皆本傳大頭腦，如何草草放過？若無緊要處，只管敷演，又多惹人厭憎：皆不審輕重之故也。又用宮調，須稱事之悲歡苦樂，如遊賞則用仙吕、雙調等類[67]，哀怨則用商調、越調等類[68]，以調合情，容易感動得人。其詞格俱妙，大雅與當行參間，可演可傳，上之上也；詞藻工，句意妙，如不諧里耳[69]，爲案頭之書，已落第二義[70]；既非雅調，又非本色，掇拾陳言，湊插俚語，爲學究、爲張打油[71]，勿作可也。

### 論賓白第三十四

賓白[72]，亦曰"説白"。有"定場白"[73]，初出場時，以四六飾句者是也。有"對口白"，各人散語是也。定場白稍露才華，然不可深晦。《紫簫》諸白，皆絶好四六，惜人不能識；《琵琶》黄門白[74]，只是尋常話頭，略加貫串，人人曉得，所以至今不廢。對口白須明白簡質，用不得太文字；凡用之、乎、者、也，俱非當家[75]。《浣紗》純是四六，寧不厭人！又凡"者"字，惟北劇有之，今人用在南曲白中，大非體也。句字長短平仄，須調停得好，令情意宛轉，音調鏗鏘，雖不是曲，却要美聽。諸戲曲之工者，白未必佳，其難不下於曲。《玉玦》諸白，潔净文雅，又不深晦，與曲不同，只稍欠波瀾。大要多則取厭，少則不達，蘇長公有言："行乎其所當行，止乎其所不得不止。"[76]則作白之法也。

### 論插科第三十五

插科打諢[77]，須作得極巧，又下得恰好。如善說笑話者，不動聲色，而令人絕倒，方妙。大略曲冷不鬧場處，得淨、丑間插一科，可博人哄堂[78]，亦是劇戲眼目。若略涉安排勉强，使人肌上生粟，不如安靜過去。古戲科諢，皆優人穿插，傳授爲之，本子上無甚佳者。惟近顧學憲《青衫記》[79]，有一二語咄咄動人，以出之輕俏，不費一毫做造力耳。黃山谷謂："作詩似作雜劇，臨了須打諢，方是出場。"[80]蓋在宋時已然矣。

### 雜論第三十九上（選錄）

論曲，當看其全體力量如何，不得以一二韻偶合，而曰某人某劇某戲，某句某句似元人，遂執以槩其高下，寸瑜自不掩尺瑕也。

當行本色之說，非始於元，亦非始於曲，蓋本宋嚴滄浪之說詩。[81]滄浪以禪喻詩[82]，其言：禪道在妙悟，詩道亦然，"惟悟乃爲當行，乃爲本色"，"有透徹之悟"，有一知半解之悟。又云："行有未至，可加工力；路頭一差，愈騖愈遠。"又云：須以大乘正法眼爲宗，不可令墮入聲聞辟支之果。知此說者，可與語詞道矣。

作散套[83]較傳奇更難。傳奇各有本等事頭鋪襯，散套鑿空爲之。散套中登臨、遊賞之詞較易，閨情尤難，蓋閨情古之作者甚多，好意、好語，皆爲前人所道，不易脫此窠臼[84]故也。白樂天作詩，必令老嫗聽之，問曰："解否？"曰："解"，則錄之；"不解"，則易。作劇戲，亦須令老嫗解得，方入衆耳。[85]此即本色之說也。

### 雜論第三十九下（選錄）

作閨情曲，而多及景語，吾知其窘矣。此在高手，持一"情"字，摸索洗發，方挹之不盡，寫之不窮，淋漓渺漫，自有餘力，何暇及眼前與我相二[86]之花鳥煙雲，俾掩我真性，混我寸管哉。世之曲，詠情者強半，持此律之，品力可立見矣。

古人往矣，吾取古事，麗[87]今聲，華袞[88]其賢者，粉墨其慝[89]者，奏之場上，令觀者藉爲勸懲興起，甚或扼腕裂眦，涕泗交下而不爲已，此方爲有關世教文字。若徒取漫言，既已造化在手，而又未必其新奇可喜，亦何貴漫言爲耶？此非腐談，要是確論。故不關風化，縱好徒然[90]，此《琵琶》持大頭腦處，《拜月》祇是宣淫，端士所不與也。

臨川[91]之於吳江[92]，故自冰炭。吳江守法，斤斤三尺，不欲令一字乖律，而毫鋒殊拙；臨川尚趣，直是橫行，組織之工，幾與天孫[93]爭巧，而屈曲聱牙，多令歌者齰[94]舌。吳江嘗謂："寧協律而不工。讀之不成句,而謳之始協,是爲中之之巧。"曾爲臨川改易《還魂》字句之不協者,吕吏部玉繩[95]（鬱藍生[96]尊人[97]）以致臨川,臨川不懌[98],復書吏部曰："彼惡知曲意哉！余意所至,不妨拗折天下人嗓子。"其志趣不同如此。[99]鬱藍生謂臨川近狂,而吳江近狷[100],信然哉！

（《中國古典戲曲論著集成》第四集《曲品》,中國戲劇出版社 1959 年版）

## [注釋]

[1]《珍珠船》:下至"皆南音也"轉述自該書卷三"南北音"則,文字略異。《四庫全書總目》卷一百二十七子部三十七:"《真珠船》八卷（通行本）,明胡侍撰。侍字奉之,號濛溪,咸寧人。正德丁丑進士,官至鴻臚寺少卿,坐議大禮,謫潞州府同知,事跡附見《明史·薛蕙傳》。是書雜採經史故事及小説家言,其曰'真珠船'者,陸佃《詩注》引元稹之言謂:'讀書每得一義,如得一真珠船也。'（案佃《詩注》今不傳,此據胡爌《拾遺録》所引）然徵引拉雜,考證甚疎……又喜談怪異果報之説,皆不免於紕繆。"　[2]塗山歌於"候人"……殷整爲西:"南北音"則引劉勰《文心雕龍·樂府》:"塗山歌於候人,始爲南音;有娀謡乎飛燕,始爲北聲;夏甲歡於東陽,東音以發;殷整思於西河,西音以興。"范文瀾注:"《吕氏春秋·季夏紀·音初》篇:'夏后氏孔甲田於東陽萯山,天大風晦盲,孔甲迷惑入於民室。主人方乳。或曰:"后來,是良日也。之子是必大吉。"或曰:"不勝也,之子是必有殃。"后乃取其子以歸。曰:"以爲余子,誰敢殃之。"子長成人,幕幙拆橑,斧斫破其足,遂爲守門者。孔甲曰:"嗚呼有疾,命矣夫！"乃作爲《破斧》之歌。實始爲東音。（《豳風》有《破斧》）禹行功,見塗山之女,禹未之遇而巡省南土。塗山氏之女,乃令其妾待禹於塗山之陽。女乃作歌。歌曰:"候人兮猗！"實始作爲南音。周公及召公取風焉,以爲《周南》、《召南》。（高誘注:'取塗山氏女南音以爲樂歌也。'《曹風》有《候人》）殷整甲（河亶甲名整）徙宅西河,猶思故處,實始作爲西音。……秦繆公取風焉,實始作爲秦音。有娀氏有二佚女,爲之九成之臺,飲食必以鼓。帝令燕往視之,鳴若隘隘,二女愛而爭搏之。……燕遺二卵北飛遂不反。二女作歌,一終曰"燕燕往飛"。實始作爲北音。'（《邶風》有《燕燕》）案吕氏之説,不見經傳,附會顯然,或者謂《國風》託之以製題,殆信古太甚之失也。"　[3]《擊壤》:王充《論衡·藝增》:"傳曰:有年五十擊壤於路者,觀者曰:'大哉,堯德乎！'擊壤者曰:'吾日出而作,日入而息。鑿井而飲,耕田而食。堯何等力！'"《群書治要》卷十一引皇甫謐《帝王世紀》所引歌辭略異,末句作"帝何力於我哉？"擊壤,古代投擲遊戲。　[4]《康衢》:《列子·仲尼》:"堯乃微服游於康衢,聞兒童謡曰:'立我蒸民,莫匪爾極,不識不知,順帝之則。'"康衢,四通八達的大路。《爾雅·釋宫》:"四達謂之衢,五達謂之康。"　[5]《卿雲》:伏勝《尚書大傳·虞夏傳》:"於時俊乂百工相和而歌《卿雲》,帝（舜,編者注）乃倡之曰:'卿雲爛兮,糺縵縵兮,日月光華,旦復旦兮！'"卿雲即慶雲,祥瑞之氣。　[6]《南風》:《孔子家語·辯樂解》:"子路鼓琴,孔子聞之,謂冉有曰:'甚矣,由之不才也。……昔者舜彈五弦之琴,造《南風》之詩。其詩曰:南風之熏兮,可以解吾民之愠兮,南風之時兮,可以阜吾民之財兮。'"前二句亦見《尸子》。　[7]關、鄭、白、馬:指合稱"元曲四大家"的關漢卿、鄭光祖、白樸、馬致遠,首見於周德清《中原音韻》。[8]雅鄭:雅指雅樂,宫廷音樂;鄭指鄭聲,鄭地音樂。古代儒家以"雅樂"爲"正聲",而謂鄭聲

爲"淫邪之音"。後以"雅鄭"指正聲和淫邪之音。　[9]《孺子》:《孟子·離婁上》:"有孺子歌曰:'滄浪之水清兮,可以濯我纓。滄浪之水濁兮,可以濯我足。'"　[10]《接輿》:《論語·微子》:"楚狂接輿歌而過孔子曰:'鳳兮鳳兮,何德之衰! 往者不可諫,來者猶可追。已而已而! 今之從政者殆而!'"　[11]《越人》:劉向《説苑·善説》:"莊辛遷延盥手而稱曰:'君獨不聞夫鄂君子晳之泛舟於新波之中也? ……榜枻越人擁楫而歌……鄂君子晳曰:吾不知越歌子,試爲我楚説之。於是乃召越譯乃楚説之曰:今夕何夕兮,搴中洲流? 今日何日兮,得與王子同舟? 蒙羞被好兮,不訾詬恥。心幾頑而不絶兮,知得王子。山有木兮木有枝,心説君兮君不知。……'"　[12]《紫玉》:干寶《搜神記》卷十六:"吳王夫差小女,名曰紫玉,年十八,才貌俱美。童子韓重年十九,有道術。女悦之,私交信問,許爲之妻。重學於齊、魯之間,臨去屬其父母,使求婚。王怒不與,女玉結氣死,葬閶門之外。三年重歸……具牲幣往弔於墓前。玉魂從墓出見,重流涕謂曰:'昔爾行之後,令二親從王相求,度必克從大願,不圖别後遭命,奈何!'玉乃左顧宛頸而歌曰:'南山有鳥,北山張羅,鳥既高飛,羅將奈何! 意欲從君,讒言孔多。悲結生疾,没命黄壚。命之不造,冤如之何! 羽族之長,名爲鳳凰,一日失雄,三年感傷,雖有衆鳥,不爲匹雙。故見鄙姿,逢君輝光,身遠心近,何當暫忘。'"　[13]吳歈:歈,歌。《楚辭·招魂》:"吳歈蔡謳。"　[14]楚艷:艷,楚國歌曲。左思《吳都賦》:"荆艷楚舞。"　[15]戲文:即"南曲戲文"的略稱,通稱"南戲"。原爲宋代流行於南方,用南曲演唱的戲曲形式。祝允明《猥談》:"南戲出於宣和之後,南渡之際,謂之'温州雜劇'。"徐渭《南詞敘録》:"南戲始於宋光宗朝,永嘉人所作《趙貞女》、《王魁》二種實首之。……號曰'永嘉雜劇'。"元滅南宋后,漸以"南戲"稱之。爲中國戲曲最早的成熟形式之一。對明清傳奇影響頗大。此處兼指傳奇。　[16]《古樂府》:下至"荆楚西聲"轉述自該書卷六《清商曲歌辭》上,文字略異。《四庫全書總目》卷一百八十八集部四十一:"《古樂府》十卷(浙江汪啟淑家藏本),元左克明編。克明自稱豫章人,其始末未詳。自序題至正丙戌,則順帝時也。是書録古樂府詞,分爲八類:曰古歌謡,曰鼓吹曲,曰横吹曲,曰相和曲,曰清商曲,曰舞曲,曰琴曲,曰雜曲。……考宋郭茂倩先有《樂府詩集》,所録止於唐宋,極爲賅備。克明此集,似乎牀上之牀。然考李孝光刻《樂府詩集》序,稱其書歲久將弗傳,至元六年,濟南彭叔儀始得本校刻。是郭書刊版之時,僅在克明成書前六年。其版又在濟南,距江西頗遠,則編此集時,當未必見郭書,非相蹈襲。且郭書務窮其流,故所收頗濫。……此集務溯其源,故所重在於古題古詞,而變體擬作則去取頗慎,其用意亦迥不同也。每類各有小序,核其詞氣,確爲克明自作。其題下夾注,則多摭《樂府詩集》之文。……其由明人重刻、臆爲竄入明矣。……知正文亦爲重刻所改,不止私增其解題矣。"　[17]以《子夜》、《歡聞》、《前溪》、《阿子》等曲屬吳:參郭茂倩《樂府詩集》卷四十四《吳聲歌曲》、卷四十五《吳聲曲辭》。[18]以《石城》、《烏棲》、《估客》、《莫愁》等曲屬西:參郭茂倩《樂府詩集》卷四十七、四十八《西曲歌》上、中。　[19]宋胡翰所謂:引文轉述自明胡翰《胡仲子集》卷四《古樂府詩類編序》,文字略異,誤作宋人。　[20]吳萊氏所謂:引文見吳萊《淵穎集》卷八《張氏大樂玄機賦論後題》。[21]康德涵所謂:康海字德涵。引文出處待考。　[22]王元美謂:王世貞字元美。引文見其《弇州山人四部稿》卷一百五十二説部《藝苑卮言》附録一。　[23]頓、漸分教:頓悟指無須繁瑣儀式和長期修習,一旦把握佛教真理,即可突然聲悟　漸悟指須經長期修習才能達到對佛教真理的覺悟,與頓悟相對。禪宗後分成主張頓悟説的南宗和主張漸悟説的北宗,北宗數傳即衰。 [24]北辭情少而聲情多，南聲情少而辭情多：此二句《藝苑卮言》作"北則辭情多而聲情少，南則聲情少而辭情多"，當是王驥德摘引偶誤。 [25]差易：差，尚、略。易，輕賤、輕視。 [26]謳：歌曲。班固《漢書·禮樂志》："有趙、代、秦、楚之謳。" [27]吳音：指昆山腔。元末流行於昆山一帶，嘉靖間經魏良輔等豐富，萬曆後逐漸流傳各地，對許多地方戲曲劇種影響深遠，至清前期是其鼎盛時期。 [28]海鹽：海鹽腔，嘉靖間流行於嘉興、湖州、溫州、台州等地，對弋陽腔、昆山腔的演變曾有一定影響，萬曆後日趨衰落。 [29]泥(nì)：拘執，難行。 [30]開、閉：以輔音[m]爲韻尾的字稱閉口字，其他爲開口字。隨着語音發展變化，當時吳語閉口字的[m]尾都已變作[n]尾，而浙東一些方言還保留着。 [31]詞隱：沈璟號。 [32]疵：非議。 [33]三唐：文學史家對唐詩分期的用語，所指不同。嚴羽《滄浪詩話·詩體》提到"唐初體"、"盛唐體"、"晚唐體"，也有分"盛、中、晚"、"初、盛、中"或"初、盛、中、晚"四期者。 [34]《草堂》：《四庫全書總目》卷一百九十九集部五十二："《類編草堂詩餘》四卷（通行本），不著編輯者名氏，舊傳南宋人所編。考王楙《野客叢書》作於慶元間，已引《草堂詩餘》張仲宗《滿江紅》詞證'蝶粉蜂黃'之語，則此書在慶元以前矣。詞家小令、中調、長調之分，自此書始。後來詞譜，依其字數以爲定式，未免稍拘，故爲萬樹《詞律》所譏。然填詞家終不廢其名，則亦倚聲之格律也。朱彝尊作《詞綜》，稱《草堂》選詞，可謂無目，其訐之甚至。今觀所錄，雖未免雜而不純，不及《花間》諸集之精善，然利鈍互陳，瑕瑜不掩，名章俊句，亦錯出其間。一槩詆排，亦未爲公論。" [35]律呂：泛指樂律或音律。一個八度內十二個半音即十二律，奇數律稱"律"，偶數律稱"呂"。 [36]勦襲：抄襲。勦，通"鈔"。 [37]勝國：《周禮·地官·媒氏》："凡男女之陰訟，聽之於勝國之社。"鄭玄注："勝國，亡國也。"已亡之國爲今國所勝，故稱。後亦稱前朝爲"勝國"。 [38]實甫：王德信字。 [39]則誠：高明字。 [40]三家村：偏僻的小山村。陸游《村飲示鄰曲》："偶失萬戶侯，遂老三家村。" [41]家數：謂學術或文藝上的流派。 [42]本色：指曲文質樸自然，通俗率真，接近生活語言，少用典故或駢儷語詞的修辭方法和風格。 [43]濫觴：《孔子家語·三恕》："夫江始出於岷山，其源可以濫觴。"王肅注："觴，可以盛酒，言其微。"本謂江河發源處水極淺小，僅能浮起酒杯，後比喻起源、開端。 [44]翠減祥鸞羅幌：下引四句皆見《琵琶記》。本句指第九齣《臨妝感嘆》中【破齊陣引】曲。 [45]夢遶春闈：指第十三齣《官媒議婚》中【高陽臺】曲。 [46]新篁池閣：指第二十二齣《琴訴荷池》中【梁州序】曲。 [47]長空萬里：指第二十八齣《中秋望月》中【念奴嬌序】曲。 [48]萎薾(ěr)：萎靡，羸弱。李漢《昌黎文集序》："文者，貫道之器也。……至後漢、曹魏，氣象萎薾。"亦作"萎苶(nié)"。 [49]偏詖(bì)：邪僻不正。《南史·齊桂陽王傳》："（桂陽王蕭鑠，編者注）性理偏詖。遇其賞興，則詩酒連日；情有所廢，則兄弟不通。" [50]殺(shài)：聲音細小。 [51]諷：背誦。班固《漢書·藝文志》："太史試學童，能諷書九千字以上，乃得爲史。" [52]繹：抽絲，引申爲尋究事理。《論語·子罕》："巽與之言，能無説乎？繹爲之貴。"何晏集解："謂恭孫謹敬之言，聞之無不説者，能尋繹行之，乃爲貴。" [53]機括：弩上發箭器的機件，指治事的權柄。應劭《風俗通·過譽》："稜（韓稜，編者注）統機括，知其虛實。" [54]諷詠之久，有金石宮商之聲：嚴羽《滄浪詩話·詩評》語。 [55]秦少游詩，人謂其可入大石調：秦觀字少游。胡仔《苕溪漁隱叢話》前集卷五十一《張文潛》："《王直方詩話》云：'元祐中，諸公以上巳日會西池。王仲至有二詩，文潛和之最工……至秦少游，即云："簾幕千家錦繡垂。"仲至讀之，笑曰："此語又待入小石調也。"'"或是王驥德摘引偶誤。周德清《中原音韻》卷下：“大石風流醞藉，小石旖旎嫵媚。”二調皆“美聽”。

[56]噍（jiāo）殺（shài）：聲音急促。《禮記·樂記》：“其哀心感者，其聲噍以殺。……是故志微，噍殺之音作，而民思憂。”唐孔穎達疏：“謂樂聲噍蹙殺小。”　[57]欺嗓音：指曲詞不諧韻律，不便於唱。參下文“拗折天下人嗓子”。　[58]用事：寫作時引用典故。嚴羽《滄浪詩話·詩法》：“押韻不必有出處，用事不必拘來歷。”　[59]故實：典故，出處。鍾嶸《詩品》卷中：“‘清晨登隴首’，羌無故實。”　[60]明事暗使，隱事顯使：周德清《中原音韻》卷下：“用事：明事隱使，隱事明使。”　[61]禪家所謂撮鹽水中，飲水乃知鹹味：釋道原《傳燈録》卷三十《銘記箴歌》傅大士《心王銘》：“水中鹽味，色裏膠清，決定是有，不見其形。”　[62]春容：《禮記·學記》：“善待問者如撞鐘，叩之以小者則小鳴，叩之以大者則大鳴；待其從容，然後盡其聲。”鄭玄注：“‘從’讀如‘富父春戈’之‘春’。春容，謂重撞擊也。”後形容聲調宏大響亮。　[63]三尺：古時把法律條文寫在三尺長的竹簡或木簡上，故以此指代法律。班固《漢書·杜周傳》：“三尺安出哉？”　[64]越王嘗膽及夫人採葛事：嘗膽事見司馬遷《史記·越王勾踐世家》。採葛事見趙曄《吳越春秋·勾踐歸國外傳》，但非夫人事，王驥德誤。　[65]紅拂私奔：見杜光庭《虬髯客傳》，張鳳翼有《紅拂記》。　[66]如姬竊符：見司馬遷《史記·信陵君列傳》，張鳳翼有《竊符記》。　[67]遊賞則用仙吕、雙調等類：燕南芝庵《唱論》：“仙吕調唱，清新綿邈。……雙調唱，健捷激裊。”　[68]哀怨則用商調、越調等類：燕南芝庵《唱論》：“商調唱，淒愴怨慕。……越調唱，陶寫冷笑。”　[69]里耳：俚俗人之耳。比喻平民低下的欣賞能力和趣味。《莊子·天地》：“大聲不入於里耳。”　[70]第二義：參《藝苑卮言》注[9]。　[71]張打油：楊慎《升庵詩話》卷十一《覆簣俳體打油釘鉸》：“唐人有張打油，作《雪詩》云：‘江山一籠統，井上黑窟窿。黃狗身上白，白狗身上腫。’後稱詞句多俚語、通俗易懂、多詼諧、含譏諷的詩爲打油詩。　[72]賓白：劇本中的説白。徐渭《南詞敘録》：“唱爲主，白爲賓，故曰賓白，言其明白易曉也。”一説“兩人對説曰賓，一人自説曰白”（見單宇《菊坡叢話》）。　[73]定場白：亦稱“坐場白”。戲曲中人物自我介紹的程式之一。劇中主要人物第一次上場念完引子和定場詩以後所念的一段獨白。内容大都是介紹人物的姓名、籍貫、身世以及當時情境、心理活動等。　[74]《琵琶》黄門白：見第十六齣《丹墀陳情》。　[75]當家：對於某行業有專長，内行。　[76]行乎其所當行，止乎其所不得不止：蘇軾《答謝民師書》：“常行於所當行，常止於不可不止。”　[77]插科打諢：指戲曲演員在演出中穿插些滑稽的表演和道白來引人發笑。　[78]哄堂：曾慥《類説》卷十四摘引趙璘《因話録》卷五《徵部》“御史三院”：“一曰臺院，其僚曰侍御史，呼端公，知雜事，謂之雜端。非知雜者，號散端。二曰殿院，其僚曰殿中侍御史，呼侍御，新入者知右巡，以次左巡，號兩巡使。三曰察院，其僚曰監察御史，亦呼侍御。每公堂會食，雜端在南榻，主簿在北榻，皆絶笑言。若雜端失笑，則三院皆笑，謂之哄堂。”按《因話録》原作“烘堂”。後形容滿屋子的人同時發笑。　[79]顧學憲：顧大典官至福建提學副使。　[80]“黄山谷”句：曾慥《類説》卷五十七摘引王直方《王直方詩話》“作詩如雜劇”：“山谷云：‘作詩如作雜劇，初時布置，臨了須打諢，方是出場。’蓋是讀秦少游詩，惡其終篇無所歸也。”　[81]當行本色之説……蓋本宋嚴滄浪之説詩：嚴羽《滄浪詩話·詩辯》：“惟悟乃爲當行，乃爲本色。”同書《詩法》：“須是本色，須是當行。”當（dàng）行，内行，精通某一行的業務。　[82]滄浪以禪喻詩：下引三段轉述自嚴羽《滄浪詩話·詩辯》：“禪家者流，乘有小大。……學者須從最上乘、具正法眼悟第一義。若小乘禪，聲聞辟支果，皆

非正也。……大抵禪道惟在妙悟，詩道亦在妙悟。……惟悟乃爲當行，乃爲本色。然悟有淺深，有分限，有透徹之悟，有但得一知半解之悟。……行有未至，可加工力；路頭一差，愈騖愈遠。”　[83]散套：散曲分爲小令、套數。散套即散曲套數，與小令的隻曲形式不同，又稱“大令”。散套雖也由幾個曲子組成，但獨自成套，和劇曲前後有連貫的套數不同。分南曲散套、北曲散套、南北合套等。　[84]窠臼：亦作“曰窠”、“曰科”。老一套，陳舊的格調。黃庭堅《次韻奉答吉老並寄何君庸》：“傾杯相見開城府，取意閒談没曰窠。”　[85]白樂天作詩……方入衆耳：彭乘《墨客揮犀》卷三：“白樂天每作詩，令一老嫗解之，問曰：‘解否？’嫗曰‘解’，則録之；‘不解’，則又復易之。故唐末之詩近於鄙俚也。”　[86]相二：不相干。　[87]麗：附着。《易·離》：“日月麗乎天，百穀草木麗乎土。”　[88]華衮：王公貴族的禮服。范寧《春秋穀梁傳序》：“一字之褒，寵踰華衮之贈。”這裏以此指褒揚。　[89]慝（tè）：邪惡，惡念。《書·畢命》：“旌別淑慝。”　[90]不關風化，縱好徒然：高明《琵琶記》第一齣《副末開場》【水調歌頭】：“不關風化體，總好也徒然。”　[91]臨川：湯顯祖，江西臨川人。　[92]吳江：沈璟，南直隸吳江（今屬江蘇）人。　[93]天孫：指織女。傳説其乃天帝之孫，故名。唐彦謙《七夕》：“而予願乞天孫巧，五色紉針補衮衣。”　[94]齚（zé）：咬嚙。司馬遷《史記·魏其武安侯列傳》：“韓御史良久謂丞相曰：‘君何不自喜？……魏其必内愧，杜門齚舌自殺。’”　[95]吕吏部玉繩：吕胤昌字玉繩，官至吏部主事。　[96]鬱藍生：吕天成號，王驥德之友。　[97]尊人：猶尊大人，對人稱其父的敬詞。梁章鉅《稱謂録》卷一：“案王應麟《困學紀聞》載陸士龍《答車茂安書》，稱其母曰尊大人；而今皆以此稱人之父，不得以此稱人之母矣。然不可謂非古稱也。古稱其父曰大人。《説苑》載曾子事已有此稱，於大人上加一‘尊’字，即顏之推云稱人父母宜加‘尊’字之意。”　[98]懌：喜悦。司馬遷《史記·廉頗藺相如列傳》：“於是秦王不懌，爲一擊缻。”　[99]吳江嘗謂……其志趣不同如此：吕天成《曲品》上卷：“乃光禄嘗曰：‘寧律協而詞不工，讀之不成句而謳之始協，是爲中之巧。’奉常聞而非之曰：‘彼烏知曲意哉？予意所至，不妨拗折天下人嗓子。’此可以觀兩賢之志趣矣。”沈璟語出處待考，湯顯祖語或見其《玉茗堂全集》尺牘卷三《答孫俟居》：“曲譜諸刻，其論良快。久玩之，要非大了者。《莊子》云：‘彼烏知禮意。’此亦安知曲意哉。……弟在此自謂知曲意者，筆懶韻落，時時有之，正不妨拗折天下人嗓子。兄達者，能信此乎。”俟居，吕胤昌表兄孫如法號，爲湯顯祖、吕胤昌同年進士。但“曲譜諸刻”難以確定爲《牡丹亭》。湯顯祖本人僅提及吕玉繩改本，同書尺牘卷四《答凌初成》：“不佞《牡丹亭記》大受吕玉繩改竄，云便吳歌。”同書尺牘卷六《與宜伶羅章二》：“《牡丹亭記》要依我原本，其吕家改的，切不可從。”未提及沈璟改本。　[100]鬱藍生謂臨川近狂，而吳江近狷：吕天成《曲品》上卷：“予謂二公譬如狂、狷，天壤間應有此兩項人物。不有光禄，詞型弗新；不有奉常，詞髓孰抉？倘能守詞隱先生之矩矱，而運以清遠道人之才情，豈非合之雙美者乎？”狂、狷，《論語·子路》：“子曰：‘不得中行而與之，必也狂狷乎！狂者進取，狷者有所不爲也。’”狷，拘謹守分、潔身自好。

## 史料選

### 徐渭《南詞叙録》（選録）

今南九宫不知出於何人，意亦國初教坊人所爲，最爲無稽可笑。夫古之樂府，皆叶宮調；唐之律詩、絕句，悉可絃詠，如“渭城朝雨”演爲三疊是也。至唐末，患其間有虛聲難尋，遂實之以字，號長短句，如李太白《憶秦娥》《清平樂》，白樂天《長相思》，已開其端矣；五代轉繁，考之《尊前》《花間》諸集可見；逮宋，則又引而伸之，至一腔數十百字，而古意頗微。徽宗朝，周、柳諸子，以此貫彼，號曰“側犯”、“二犯”、“三犯”、“四犯”，轉輾波蕩，非復唐人之舊。晚宋而時文、叫吼，盡入宮調，益爲可厭。“永嘉雜劇”興，則又即村坊小曲而爲之，本無宮調，亦罕節奏，徒取其畸農、市女順口可歌而已，諺所謂“隨心令”者，即其技歟？間有一二叶音律，終不可以例其餘，烏有所謂九宮？必欲窮其宮調，則當自唐、宋詞中別出十二律、二十一調，方合古意。是九宮者，亦烏足以盡之？多見其無知妄作也。

以時文爲南曲，元末、國初未有也，其弊起於《香囊記》。《香囊》乃宜興老生員邵文明作，習《詩經》，專學杜詩，遂以二書語句勻入曲中，賓白亦是文語，又好用故事作對子，最爲害事。夫曲本取於感發人心，歌之使奴、童、婦、女皆喻，乃爲得體；經、子之談，以之爲詩且不可，況此等耶？直以才情欠少，未免檃補成篇。吾意與其文而晦，曷若俗而鄙之易曉也？

填詞如作唐詩，文既不可，俗又不可，自有一種妙處，要在人領解妙悟，未可言傳。名士中有作者，爲予誦之，予曰：齊、梁長短句詩，非曲子。何也？其詞麗而晦。

《《中國古典戲曲論著集成》第三集《南詞敘錄》，中國戲劇出版社 1959 年版）

### 湯顯祖《答呂姜山》

寄吳中曲論良是。“唱曲當知，作曲不盡當知也”，此語大可軒渠。凡文以意趣神色爲主。四者到時，或有麗詞俊音可用。爾時能一一顧九宮四聲否？如必按字摸聲，即有室滯进拽之苦，恐不能成句矣。弟雖郡住，一歲不再謁有司。異地同心，惟與兒輩時作磻溪之想。

《《湯顯祖詩文集》卷四十七，上海古籍出版社 1982 年版）

### 呂天成《曲品》（選錄）

博觀傳奇，近時爲盛。大江左右，騷、雅沸騰；吳、浙之間，風流掩映。第當行之手不多遇，本色之義未講明。當行兼論作法，本色只指填詞。當行不在組織餖飣學問，此中自有關節局概，一毫增損不得；若組織，正以蠹當行。本色不在摹勒家常語言，此中別有機神情趣，一毫妝點不來；若摹勒，正以蝕本色。今人不能融會此旨，傳奇之派，遂判而爲二：一則工藻繢少擬當行；一則襲樸澹以充本色。甲鄙乙爲寡文，此嗤彼爲喪質。而不知果屬當行，則句調必多本色；果具本色，則境態必是當行。今人竊其似而相敵也，而吾則兩收之。即不當行，其華可擷；即不本色，其質可風。進而有宮調之學。類以相從，聲中緩急之節；紛以錯出，詞多礦戾之音。難欺師曠之聰，莫招公瑾之顧。按譜取給，故自無難；逐套注明，方爲有緒。又進而有音韻平仄之學。句必一韻而始協，聲必迭置而後諧。響落梁塵，歌翻扇底。昧者不少，解者漸多。又進而有八聲陰陽之學。吹以天籟，協乎元聲，律呂所以相宜，神人用以允翕。抑揚高下，發調俱圓；清濁宮商，辨音最妙。此韻學之缺典，曲部之秘傳，柳城啟其端，方諸闡其教。必究斯義，厥道乃精；考之今人，褎如充耳。《廣陵散》已落人間，《霓裳曲》重翻天上。後有作者，不易吾言矣。嗟乎！才豪如雨，持論不得太苛；曲廣如林，掄收何忍過隘？……

此二公者，懶作一代之詩豪，竟成千秋之詞匠，蓋震澤所涵秀而彭蠡所毓精者也。吾友方諸生曰：“松陵具詞法而讓詞致，臨川妙詞情而越詞檢。”善夫，可爲定品矣！乃光禄嘗曰：“寧律協而詞不工，讀之不成句，而謳之始叶，是曲中之工巧。”奉常聞之，曰：“彼惡知曲意哉！予意所至，不妨拗折天下人嗓。”此可以觀兩賢之志趣矣。予謂：二公譬如狂、狷，天壤間應有此兩項人物。不有光禄，詞硎不新；不有奉常，詞髓孰抉？儻能守詞隱先生之矩矱，而運以清遠道人之才情，豈非合之雙美者乎？而吾猶未見其人；東南風雅蔚然，予且旦暮遇之矣。予之首沈而次湯者，挽時之念方殷，悦耳之教寧緩也。略具後先，初無軒輊。允爲上之上。

……我舅祖孫司馬公謂予曰：“凡南劇，第一要事佳，第二要關目好，第三要搬出來好，第四要按宮調、協音律，第五要使人易曉，第六要詞采，第七要善敷衍——淡處作得濃，閑處作得熱鬧，第八要各角色派得匀妥，第九要脱套，第十要合世情、關風化。持此十要以衡傳奇，靡不當矣。”但今作者蜂起，能無集乎大成，十得六七者，便爲珍璧；十得三四者，亦稱翹楚；十得一二者，即非砆碔。具隻眼者，試共評之。括其門類，大約有六：一曰忠孝，一曰節義，一曰風情，一曰豪俠，一曰功名，一曰仙佛。元劇門類甚多，南戲止此矣。

《《中國古典戲曲論著集成》第六集《曲品》，中國戲劇出版社 1959 年版）

# 馮夢龍

## 敘《山歌》

[解題]

　　馮夢龍(1574—1646)，字猶龍，號龍子猶、姑蘇詞奴、顧曲散人、墨憨齋主人等，南直隸長洲(今江蘇蘇州)人。崇禎三年(1630)貢生，曾任福建壽寧知縣，六十五歲解職還鄉。清兵渡江時，參加抗清活動，後病死於故鄉。其思想受李贄等人市民意識的影響，重視小説、戲曲等民間文學，致力於收集、整理和出版通俗文學作品，貢獻巨大。輯有話本集《喻世明言》(初名《古今小説》)、《警世通言》、《醒世恒言》，世稱"三言"。還編有民歌集《童癡一弄·掛枝兒》、《童癡二弄·山歌》，散曲集《太霞新奏》，筆記《古今譚概》等，並改寫小説《平妖傳》、《新列國志》。作有傳奇《雙雄記》，並修改湯顯祖、李玉、袁于令諸人作品多種，合稱《墨憨齋定本傳奇》(現存十四種)。徐朔方有《馮夢龍年譜》。

　　明代中後期，在當時的社會歷史條件下，民歌非常盛行。這些作品的優美率真，引起了明代文人的廣泛關注。他們搜集、整理、選編、刻印民歌，並嘗試創作民歌，保存了大量明代民歌作品；同時評點民歌，爲民歌集寫作序跋，發表了一些有價值的看法，留下了關於明代民歌的批評文字和初步理論。他們將民歌與《國風》相提並論，與正統詩文進行比較，以提高民歌的地位。他們高度評價民歌情真語直的特點，充分肯定民歌樸實自然的風格。其中，馮夢龍編纂並先後出版的《童癡一弄·掛枝兒》和《童癡二弄·山歌》，是後人了解明代民歌不可或缺的選集，也是他收集整理明代通俗文學的卓越貢獻。但我們也要看到，李攀龍、李開先和其他一些名士已經提倡在先，同時進行同樣收集的還有馮夢龍的友人俞琬綸等。有這樣的風氣，才可能有這樣的創舉。這兩本民歌集如同他的許多散曲創作一樣，由於真摯的愛情同冶遊混夾在一起，對它們作過高的贊譽或過多的指責都不太公允。但在其《序山歌》中，馮夢龍正確而又概括地説明了民間歌謠和正統詩文本質上的一般區別，和民歌爲統治階級所鄙視而又爲人民所喜愛的原因。因此，包括他在内的明代文人收集、整理和出版民歌選集，是想借男女之真情，揭發名教之虛僞，同時又具有提高民歌文學價值、促進民歌發展的意義。可參考徐朔方《馮夢龍年譜引論》學習。

書契以來，代有歌謠，太史所陳[1]，並稱風雅，尚矣。自楚騷唐律，爭妍競暢，而民間性情之響，遂不得列於詩壇，於是別之曰山歌，言田夫野豎矢口寄興之所爲，薦紳學士家不道也。唯詩壇不列，薦紳學士不道，而歌之權愈輕，歌者之心亦愈淺，今所盛行者，皆私情譜耳。雖然，桑間濮上[2]，《國風》刺之，尼夫録焉，以是爲真情而不可廢也。山歌雖俚甚矣，獨非《鄭》、《衛》之遺歟？且今雖季世，而但有假詩文，無假山歌，則以山歌不與詩文爭名，故不屑假。苟其不屑假，而吾藉以存真，不亦可乎？抑今人想見上古之陳於太史者如彼，而近代之留於民間者如此，倘亦論世之林云爾。若夫借男女之真情，發名教之僞藥，其功於《掛枝兒》等，故録《掛枝詞》而次及《山歌》。

（《馮夢龍全集·山歌》卷首，鳳凰出版社 2007 年版）

[注釋]

[1]太史所陳：《禮記·王制》："天子五年一巡守（狩）。歲二月，東巡守（狩）至於岱宗……命太師陳詩以觀民風。"鄭玄注："陳詩，謂采其詩而觀之。" [2]桑間濮上：《禮記·樂記》："桑間濮上之音，亡國之音也。"鄭玄注："濮水之上，地有桑間者，亡國之音於此之水出也。昔殷紂使師延作靡靡之樂，已而自沈於濮水，後師涓過焉，夜聞而寫之，爲晉平公鼓之。"後因以"桑間濮上"指淫靡之音。下文"國風刺之"指《鄭風·溱洧》、《衛風·氓》一類的詩，《詩序》以爲"刺淫佚也"。

## 史料選

### 李開先《市井艷詞序》

憂而詞哀，樂而詞褻，此今古同情也。正德初尚《山坡羊》，嘉靖初尚《鎖南枝》，一則商調，一則越調。商，傷也；越，悦也；時可考見矣。二詞譁於市井，雖見女子初學言者，亦知歌之。但淫艷褻狎，不堪入耳，其聲則然矣，語意則直出肺肝，不加雕刻，俱男女相與之情，雖君臣友朋，亦多有託此者，以其情尤足感人也。故風出謠口，真詩只在民間。三百篇太半（原作"平"，據文意改）采風者歸奏，予謂今古同情者此也。嘗有一狂客，浼予做其體，以極一時謔笑，隨命筆並改竄傳歌未當者，積成一百以三，不應絃，令小僕合唱。市井聞之響應，真一未斷俗緣也。久而僕有去者，有忘者，予亦厭而忘之矣。客有老更狂者，堅請目其曲，聆其音,不得已,群僕人於一堂,各述所記憶者,纔十之二三耳。晉川栗子,又曾索去數十,未知與此同否?復命筆補完前數。孔子嘗欲放鄭聲,今之二詞可放,奚但鄭聲而已?雖然,放鄭聲,非放鄭詩也,是詞可資一時謔笑,而京韻、東韻、西路等韻,則放之不可不亟,以雅易淫,是所望於今之典樂者。

(《李開先集·閒居集》卷六,中華書局 1959 年版)

### 李開先《詞謔》(選錄)

有學詩文於李崆峒者,自旁郡而之汴省。崆峒教以:"若似得傳唱《鎖南枝》,則詩文無以加矣。"請問其詳,崆峒告以:"不能悉記也。只在街市上閒行,必有唱之者。"越數日,果聞之,喜躍如獲重寶,即至崆峒處謝曰:"誠如尊教!"何大復繼至汴省,亦酷愛之,曰:"時調(原作"詞",依陸貽典鈔本《一笑散》改)中狀元也。如十五國風,出諸里巷婦女之口者,情詞婉曲,自(原作"有",依陸本改)非後世詩人墨客操觚染翰,刻骨流血所能及者,以其真也。"每唱一遍,則進一盃酒。終席唱數十遍,酒數亦如之。更不及他詞而散。崔後渠、熊南沙、唐荆川、王遵巖、陳後岡謂:《水滸傳》委曲詳盡,血胍貫通,《史記》而下,便是此書。且古來更無有一事而二十册者。倘以奸盜詐偽病之,不知序事之法、史學之妙者也。若以李、何所取時詞爲鄙俚淫褻,不知作詞之法、詩文之妙者也。詞錄於後,以竢識者鑒裁:"傻酸角,我的哥,和塊黃泥兒捏咱兩個。捏一個兒你,捏一個兒我。捏的來一似活托,捏的來同床上歇卧。將泥人兒摔碎,着水兒重和過,再捏一個你,再捏一個我——哥哥身上也有妹妹,妹妹身上也有哥哥。"

(《中國古典戲曲論著集成》第三集《詞謔》,中國戲劇出版社 1959 年版)

### 沈德符《時尚小令》

元人小令行於燕、趙後,浸淫日盛。自宣、正至成、弘後,中原又行《瑣南枝》、《傍妝臺》、《山坡羊》之屬。李崆峒先生初自慶陽徙居汴梁,聞之,以爲可繼《國風》之後。何大復繼至,亦酷愛之。今所傳"泥捏人"及"鞋打卦"、"熬髮髻"三闋,爲三牌名之冠,故不虛也。自兹以後,又有《耍孩兒》、《駐雲飛》、《醉太平》諸曲,然不如三曲之盛。嘉、隆間乃興《鬧五更》、《寄生草》、《羅江怨》、《哭皇天》、《乾荷葉》、《粉紅蓮》、《桐城歌》、《銀絞絲》之屬,自兩淮以至江南,漸與詞曲相遠,不過寫淫媟情態,略具抑揚而已。比年以來,又有《打棗乾》、《挂枝兒》二曲,其腔調約略相似,則不問南、北,不問男、女,不問老、幼、良、賤,人人習之,亦人人喜聽之,以至刊布成帙,舉世傳誦,沁人心腑——其譜不知從何來——真可駭歎!又《山坡羊》者,李、何二公所喜。今南、北詞俱有此名。但北方惟盛愛《數落山坡羊》。

其曲自宣、大、遼東三鎮傳來。今京師妓女，慣以此充絃索北調。其語穢褻鄙賤，並桑、濮之音亦離去已遠。而羈人遊壻，嗜之獨深，丙夜開尊，爭先招致；而教坊所隸箏、纂等色，及九宮十二則，皆不知爲何物矣！俗樂中之雅樂，尚不諧俚耳如此，況真雅樂乎？

（《中國古典戲曲論著集成》第四集《顧曲雜言》，中國戲劇出版社 1959 年版）

# 金聖歎

## 讀第五才子書法（選録）

### ［解題］

　　金聖歎（1608—1661），原名采，字若采，後改名喟，法名聖歎，南直隸吳縣（今江蘇蘇州）人。明諸生。入清後，以哭廟案被殺。少有才名，曾以《離騷》、《莊子》、《史記》、杜詩、《水滸》與《西廂》合稱“六才子書”，並評點後兩種，流傳甚廣。又能詩，有《沉吟樓詩選》。徐朔方有《金聖歎年譜》。

　　金聖歎將《水滸傳》一百二十回本砍掉後四十九回（相當於百回本的後三十回），第一回改題《楔子》，以《梁山泊英雄驚惡夢》作結，使得小説面目一新，三個世紀內壓倒原本。他評《水滸傳》的要旨可以簡單地歸結如下：敵視農民起義，但又以最高的贊語加在《水滸傳》的小説藝術上。敵視農民起義，並不是説他在對待人民群衆的所有問題上都是反動的。現實社會中所聞所見的政治腐敗、民不聊生的種種情況，加深了他對水滸英雄的同情以及對小説的體會。由此，《讀法》及其在具體評點中的實踐，使得金聖歎成爲中國小説戲曲評點派的奠基人。後來毛宗崗評《三國演義》，張竹坡評《金瓶梅》，都以他爲榜樣。金聖歎第一次將小説的藝術創作手法作爲研究對象。他比較了《水滸傳》作爲長篇小説相對《三國演義》、《西遊記》所擁有的優越性；然後又以《水滸傳》和《史記》爲代表考察了小説虚構和歷史紀實的區別；又在情節結構、文學語言各個方面做了深入的探討；他將人物形象和典型性格的塑造看作小説藝術的中心，指出人物性格的複雜性，又强調人物之間的對比、反襯等相互關係。不可否認，其評點時有穿鑿附會、弄虚作假等缺陷，且對《水滸傳》世代累積、集體創作的成書過程缺乏認識。但正是從金聖歎開始，一向爲人所不齒的小説的創作方法，才被認真地作爲研究對象，並且成績斐然，這是他的一大成就。可參考徐朔方《金聖歎年譜引論》學習。

　　一、大凡讀書，先要曉得作書之人是何心胸。如《史記》，須是太史公一肚皮宿怨發揮出來，所以他於《游俠》、《貨殖》傳特地著精神[1]；乃至其余諸記傳中，凡遇揮金殺人之事，他便嘖嘖賞歎不置。一部《史記》，只是"緩急人所時有"六個字，是他一生著書旨意。《水滸傳》却不然。施耐庵本無一肚皮宿怨要發揮出來，只是飽暖無事，又值心閑，不免伸紙弄筆，尋個題目，寫出自家許多錦心繡口[2]，故其是非皆不謬於聖人。後來人不知，却於《水滸》上加"忠義"字，遂並比於史公發憤著書一例，正是使不得。

二、《水滸傳》有大段正經處，只是把宋江深惡痛絕，使人見之，真有犬彘不食之恨。從來人却是不曉得。

三、《水滸傳》獨惡宋江，亦是"殲厥渠魁"之意，其餘便饒恕了。

四、或問：施耐庵尋題目寫出自家錦心繡口，題目儘有，何苦定要寫此一事？答曰：只是貪他三十六個人，便有三十六樣出身、三十六樣面孔、三十六樣性格，中間便結撰得來。

十、某嘗道《水滸》勝似《史記》，人都不肯信，殊不知某却不是亂説。其實《史記》是以文運事，《水滸》是因文生事。以文運事，是先有事生成如此如此，却要算計出一篇文字來。雖是史公高才，也畢竟是吃苦事。因文生事即不然，只是順着筆性去，削高補低都由我。

十四、《水滸傳》並無"之、乎、者、也"等字，一樣人，便還他一樣説話，真是絕奇本事。

十五、《水滸傳》一個人出來，分明便是一篇列傳。至於中間事跡，又逐段逐段自成文字，亦有兩三卷成一篇者，亦有五六句成一篇者。

十七、《水滸傳》寫一百八個人性格，真是一百八樣。若別一部書，任他寫一千個人，也只是一樣；便只寫得兩個人，也只是一樣。

十九、江州城劫法場一篇，奇絕了；後面却又有大名府劫法場一篇，一發奇絕。潘金蓮偷漢一篇，奇絕了；後面却又有潘巧雲偷漢一篇，一發奇絕。景陽岡打虎一篇，奇絕了；後面却又有沂水縣殺虎一篇，一發奇絕。真正其才如海！

二十一、《宣和遺事》具載三十六人姓名，可見三十六人是實有。只是七十回中許多事跡，須知都是作書人憑空造謊出來。如今却因讀此七十回，反把三十六個人物都認得了，任憑提起一個，都似舊時熟識，文字有氣力如此。

二十四、《水滸傳》只是寫人粗鹵處，便有許多寫法。如魯達粗鹵是性急，史進粗鹵是少年任氣，李逵粗鹵是蠻，武松粗鹵是豪傑不受羈靮，阮小七粗鹵是悲憤無説處，焦挺粗鹵是氣質不好。

二十六、看來作文，全要胸中先有緣故。若有緣故時，便隨手所觸，都成妙筆；若無緣故時，直是無動手處，便作得來，也是嚼蠟。

二十九、吾最恨人家子弟，凡遇讀書，都不理會文字，只記得若干事踪跡，便算讀過一部書了。雖《國策》、《史記》都作事跡搬過去，何況《水滸傳》。

六十七、《水滸傳》到底只是小說，子弟極要看，及至看了時，却憑空使他胸中添了若干文法。

六十八、人家子弟，只是胸中有了這些文法，他便《國策》、《史記》等書都肯不釋手看，《水滸傳》有功於子弟不少。

（《金聖歎全集·第五才子書施耐庵水滸傳》卷三，鳳凰出版社 2008 年版）

## ［注釋］

［1］如《史記》，須是太史公一肚皮宿怨發揮出來，所以他於《游俠》、《貨殖》傳特地著精神：司馬遷《史記·太史公自序》："救人於厄，振人不贍，仁者有乎？不既信，不倍言，義者有取焉。作游俠列傳第六十四。……布衣匹夫之人，不害於政，不妨百姓，取與以時而息財富，智者有采焉。作貨殖列傳第六十九。" ［2］錦心繡口：形容文思優美，詞藻華麗。李白《冬日於龍門送從弟令問之淮南序》："常醉目吾曰：'兄心肝五藏皆錦繡耶？不然，何開口成文，揮翰霧散？'"柳宗元《乞巧文》："駢四驪六，錦心繡口。"

## 史料選

### 金聖歎《水滸傳序一》（節選）

……曰：吾聞之，聖人之作書也以德，古人之作書也以才。知聖人之作書以德，則知六經皆聖人之糟粕，讀者貴乎神而明之，而不得櫛比字句以爲從事於經學也。知古人之作書以才，則知諸家皆鼓舞其菁華，覽者急須搴裳去之，而不得捃拾齒牙以爲譚言之微中也。於聖人之書而能神而明之者，吾知其而今而後始不敢於《易》之下作《易傳》，《書》之下作《書傳》，《詩》之下作《詩傳》，《禮》之下作《禮》傳，《春秋》之下作《春秋傳》也。何也？誠愧其德之不合，而懼章句之未安，皆當大拂於聖人之心也。於諸家之書而誠能搴裳去之者，吾知其而今而後始不肯於《莊》之後作廣《莊》，《騷》之後作續《騷》，《史》之後作後《史》，《詩》之後作擬《詩》，稗官之後作新稗官也。何也？誠恥其才之不逮，而徒唾沫之相襲，是真不免於古人之奴也。夫揚湯而不得冷，則不如且莫進薪；避影而影愈多，則不如教之勿趨也。惡人作書，而示之以聖人之德，與夫古人之才者，蓋爲游於聖門者難爲言，觀於才子之林者難爲文，是亦止薪勿趨之道也。

然聖人之德，實非夫人之能事；非夫人之能事，則非予小子今日之所敢及也。彼古人之才，或猶夫人之能事；猶夫人之能事，則庶幾乎小子不揣之所得及也。夫古人之才也者，世不相延，人不相及。莊周有莊周之才，屈平有屈平之才，馬遷有馬遷之才，杜甫有杜甫之才。降而至於施耐庵有施耐庵之才，董解元有董解元之才。才之爲言，材也。凌雲蔽日之姿，其初本於破核分莢；於破核分莢之時，具有凌雲蔽日之勢；於凌雲蔽日之時，不出破核分莢之勢，此所謂"材"之説也。又才之爲言，裁也。有全錦在手，無全錦在目；無全衣在目，有全衣在心；見其領，知其袖；見其襟，知其帔也。夫領則非袖，而襟則非帔，然左右相就，前後相合，離然各異，而宛然共成者，此所謂"裁"之説也。今天下之人，徒知有才者始能構思，而不知古人用才乃繞乎構思以後；徒知有才者始能立局，而不知古人用才乃繞乎立局以後；徒知有才者始能琢句，而不知古人用才乃繞乎琢句以後；徒知有才者始能安字，而不知古人用才乃繞乎安字以後。此苟且與慎重之辯也。言有才始能構思、立局、琢句而安字者，此其人，外未嘗矜式於珠玉，内未嘗經營於慘淡，隤然放筆，自以爲是。而不知彼之所爲才，實非古人之所爲才，正是無法於手而又無恥於心之事也。

言其才繞乎構思以前、構思以後，乃至繞乎布局、琢句、安字以前、以後者，此其人，筆有左右，墨有正反；用左筆不安換右筆，用右筆不安換左筆；用正墨不現換反墨；用反墨不現換正墨。心之所至，手亦至焉；心之所不至，手亦至焉；心之所不至，手亦不至焉。心之所至手亦至焉者，文章之聖境也；心之所不至手亦至焉者，文章之神境也；心之所不至手亦不至焉者，文章之化境也。夫文章至於心手皆不至，則是其紙上無字、無句、無局、無思者也。而獨能令千萬世下人之讀吾文者，其心頭眼底乃宥宥有思，乃摇摇有局，乃鏗鏗有句，而燁燁有字，則是其提筆臨紙之時，才以繞其前，才以繞其後，而非陡然卒然之事也。故依世人之所謂才，則是文成於易者，才子也；依古人之所謂才，則必文成於難者，才子也。依文成於易之説，則是迅疾揮掃，神氣揚揚者，才子也；依文成於難之説，則必心絶氣盡，面猶死人者，才子也。故若莊周、屈平、馬遷、杜甫，以及施耐庵、董解元之書，是皆所謂心絶氣盡，面猶死人，然後其才前後繚繞，得成一書者也。

莊周、屈平、馬遷、杜甫，其妙如彼，不復具論。若夫施耐庵之書，而亦必至於心盡氣絶，面猶死人，而後其才前後繚繞，始得成書，夫而後知古人作書，其非苟且也者。……

（《金聖歎全集·第五才子書施耐庵水滸傳》卷一，鳳凰出版社 2008 年版）

### 金聖歎《水滸傳序二》

觀物者審名，論人者辨志。施耐庵傳宋江，而題其書曰《水滸》，惡之至，迸之至，不與同中國也。而後世不知何等好亂之徒，乃謬加以"忠義"之目。嗚呼！忠義而在《水滸》乎哉？忠者，事上之盛節也；義者，使下之大經也。忠以事其上，義以使其下，斯宰相之材也。忠者，與人之大道也；義者，處己之善物也。忠以與乎人，義以處乎己，則聖賢之徒。若夫耐庵所云"水滸"也者，王土之濱則有水，又在水外則曰滸，遠之也。遠之也者，天下之凶物，天下之所共擊也；天下之惡物，天下之所共棄也。若使忠義而在水滸，忠義爲天下之凶物惡物乎哉！且水滸有忠義，國家無忠義耶？夫君則猶是君也，臣則猶是臣也，夫何至於國而無忠義？此雖惡其臣之辭，而已難乎爲吾之君解也。父則猶是父也，子則猶是子也，夫何至於家而無忠義？此雖惡其子之辭，而已難乎爲吾之父解也。

故夫以忠義予"水滸"者，斯人必有黝其君父之心，不可以不察也。且亦不思宋江等一百八人，則何爲而至於水滸者乎？其幼皆豺狼虎豹之姿也，其壯皆殺人奪貨之行也，其後皆敲朴劓刖之餘也，其卒皆揭竿斬木之賊也。有王者作，比而誅之，則千人亦快，萬人亦快者也。如之何而終亦幸免於宋朝之斧鑕？彼一百八人而得幸免於宋朝者，惡知不將有若干百千萬人，思得復試於後世者乎？耐庵有憂之，於是奮筆作傳，題曰《水滸》，意若以爲之一百八人，即得逃於及身之誅戮，而必不得逃於身後之放逐者，君子之志也。而又妄以忠義予之，是則將爲戒者而應將爲勸耶？豺狼虎豹而有祥麟威鳳之目，殺人奪貨而有伯夷顏淵之譽，劓刖之餘而有上流清節之榮，揭竿斬木而有忠順不失之稱，既已名實牴牾，是非乖錯，至於如此之極，然則幾乎其不胥天下後世之人，而惟宋江等一百八人，以爲高山景行，其心嚮往者哉！

是故，由耐庵之《水滸》言之，則如史氏之有《檮杌》是也，備書其外之權詐，備書其内之凶惡，所以誅前人既死之心者，所以防後人未然之心也。由今日之"忠義水滸"言之，則直與宋江之賺入夥、吳用之說撞籌無以異也。無惡不歸朝廷，無美不歸緑林，已爲盜者讀之而自豪，未爲盜者讀之而爲盜也。嗚呼！名者，物之表也；志者，人之表也。名之不辨，吾以疑其書也；志之不端，吾以疑其人也。削"忠義"而仍"水滸"者，所以存耐庵之書其事小，所以存耐庵之志其事大。雖在稗官，有當世之憂焉。後世之恭慎君子，苟能明吾之志，庶幾不易吾言矣哉！

（《金聖歎全集·第五才子書施耐庵水滸傳》卷一，鳳凰出版社 2008 年版）

### 金聖歎《水滸傳序三》

施耐庵《水滸》正傳七十卷，又楔子一卷，原序一篇亦作一卷，共七十二卷。今與汝釋弓。

序曰：吾年十歲，方入鄉塾，隨例讀《大學》、《中庸》、《論語》、《孟子》等書，意惝如也。每與同塾兒竊作是語：不知習此將何爲者？又窺見大人徹夜吟誦，其意樂甚，殊不知其何所得樂，又不知盡天下書當有幾許，其中皆何所言，不雷同耶？如是之事，總未能明於心。明年十一歲，身體時時有小病。病作，輒得告假出塾。吾既不好弄，大人又禁不許弄，仍以書爲消息而已。百最初得見者，是《妙法蓮華經》；次之，則見屈子《離騷》；次之，則見太史公《史記》；次之，則見俗本《水滸傳》：

是皆十一歲病中之創獲也。《離騷》苦多生字，好之而不甚解，記其一句兩句吟唱而已。《法華經》、《史記》解處爲多，然而膽未堅剛，終亦不能常讀。其無晨無夜不在懷抱者，吾於《水滸傳》可謂無間然矣。

吾每見今世之父兄，類不許其子弟讀一切書，亦未嘗引之見於一切大人先生，此皆大錯。夫兒子十歲，神智生矣，不縱其讀一切書，且有他好；又不使之列於大人先生之間，是驅之與婢僕爲伍也。汝昔五歲時，吾即容汝出坐一隅；今年始十歲，便以此書相授者，非過有所寵愛，或者教汝之道當如是也。吾猶自記十一歲讀《水滸》後，便有於書無所不窺之勢。吾實何曾得見一書，心知其然，則有之耳。然就今思之，誠不謬矣。天下之文章，無有出《水滸》右者；天下之格物君子，無有出施耐庵先生右者。學者誠能澄懷格物，發皇文章，豈不一代文物之林？然但能善讀《水滸》，而已爲其人綽綽有餘也。《水滸》所叙，叙一百八人，人有其性情，人有其氣質，人有其形狀，人有其聲口。夫以一手而畫數面，則將有兄弟之形；一口吹數聲，斯不免再映也。施耐庵以一心所運，而一百八人各自入妙者，無他，十年格物而一朝物格，斯以一筆而寫百千萬人，固不以爲難也。

格物亦有法，汝應知之。格物之法，以忠恕爲門。何謂忠？天下因緣生法，故忠不必學而至於忠，天下自然，無法不忠。火亦忠，眼亦忠，故吾之見忠；鐘忠，耳忠，故聞無不忠。吾既忠，則人亦忠，盜賊亦忠，犬鼠亦忠。盜賊犬鼠無不忠者，所謂恕也。夫然後物格，夫然後能盡人之性，而可以贊化育、參天地。今世之人，吾知之，是先不知因緣生法；不知因緣生法，則不知忠；不知忠，烏知恕哉？是人生二子而不能自解也。

謂其妻曰：眉猶眉也，目猶目也，鼻猶鼻，口猶口，而大兒非小兒，小兒非大兒者，何故？而不自知實與其妻親造作之也。夫不知子，問之妻。夫妻因緣，是生其子。天下之忠，無有過於夫妻之事者；天下之忠，無有過於其子之面者。審知其理，而睹天下人之面，察天下夫妻之事，彼萬面不同，豈不甚宜哉！忠恕，量萬物之斗斛也；因緣生法，裁世界之刀尺也。施耐庵左手握如是斗斛，右手持如是刀尺，而僅乃叙一百八人之性情、氣質、形狀、聲口者，是猶小試其端也。若其文章，字有字法，句有句法，章有章法，部有部法，又何異哉！

吾既喜讀《水滸》，十二歲便得貫華堂所藏古本，吾日夜手鈔，謬自評釋，歷四五六七八月，而其事方竣，即今此本是已。如此者，非吾有讀《水滸》之法，若《水滸》固自爲讀一切書之法矣。吾舊聞有人言：莊生之文放浪，《史記》之文雄奇。始亦以之爲然，至是忽哑然其笑。古今之人，以瞽語瞽，真可謂一無所知，徒令小兒腸痛耳！夫莊生之文，何嘗放浪？《史記》之文，何嘗雄奇？彼殆不知莊生之所云，而徒見其忽言化魚，忽言解牛，尋之不得其端，則以爲放浪；徒見《史記》所記皆劉項爭鬥之事，其他又不出於殺人報仇、捐金重義爲多，則以爲雄奇也。若誠以吾讀《水滸》之法讀之，正可謂莊生之文精嚴，《史記》之文亦精嚴。不寧惟是而已，蓋天下之書，誠欲藏之名山，傳之後人，即無有不精嚴者。何謂之精嚴？字有字法，句有句法，章有章法，部有部法是也。夫以莊生之文雜之《史記》；不似《史記》，以《史記》之文雜之莊生，不似莊生者，莊生意思欲言聖人之道，《史記》攄其怨憤而已。其志不同，不相爲謀，有固然者，毋足怪也。若復置其中之所論，而直取其文心，則惟莊生能作《史記》，惟子長能作《莊子》。吾惡乎知之？吾讀《水滸》而知之矣。

夫文章小道，必有可觀，吾黨斐然，尚須裁奪。古來至聖大賢，無不以其筆墨爲身光耀。只如《論語》一書，豈非仲尼之微言，潔净之篇節？然而善論道者論道，善論文者論文，吾嘗觀其製作，又何其甚妙也！《學而》一章，三唱"不亦"；"嘆瓠"之篇，有四"瓠"字，餘者一"不"、兩"哉"而已。"質勝文則野，文勝質則史"，其文交互而成；"知之者不如好之者，好之者不如樂之者"，其法傳接而出。山、水、動、靜、樂、壽，譬禁樹之對生。"子路問聞斯行"，如晨鼓之頻發。其他不可悉數，約略皆佳構也。彼《莊子》、《史記》，各以其書獨步萬年，萬年之人，莫不嘆其何處得來。若自吾觀之，彼亦豈能有其多才者乎？皆不過以此數章引而伸之，觸類而長之者也。

《水滸》所叙，叙一百八人，其人不出綠林，其事不出劫殺，失教喪心，誠不可訓。然而吾獨欲略其形跡，伸其神理者，蓋此書七十回、數十萬言，可謂多矣，而舉其神理，正如《論語》之一節兩節，瀏然以清，湛然以明，軒然以輕，濯然以新，彼豈非《莊子》、《史記》之流哉！不然，何以有此？如必欲苛其形跡，則夫十五《國風》，淫汙居半；《春秋》所書，弑奪十九。不聞惡神奸而棄禹鼎，憎《檮杌》而誅倚相，此理至明，亦易曉矣。

嗟乎！人生十歲，耳目漸吐，如日在東，光明發揮。如此書，吾即欲禁汝不見，亦豈可得？今知不可相禁，而反出其舊所批釋，脱然授之於手也。夫固以爲《水滸》之文精嚴，讀之即得讀一切書之法也。汝真能善得此法，而明年經業既畢，便以之遍讀天下之書，其易果如破竹也者，夫而後嘆施耐庵《水滸傳》真爲文章之總持。不然，而猶如常兒之泛覽者而已。是不惟負施耐庵，亦殊負吾。汝試思文，吾如之何其不鬱鬱乎哉！

皇帝崇禎十四年二月十五日

（《金聖歎全集·第五才子書施耐庵水滸傳》卷一，鳳凰出版社 2008 年版）

# 李　漁

## 閒情偶寄·詞曲部（選録）

[解題]

　　李漁（1611—1680），初名仙侣，字謫凡、笠鴻，號天徒、笠翁、覺世稗官、隨庵主人、湖上笠翁等，浙江蘭溪人。明諸生，入清絶意仕進。初寄寓杭州，又遷居金陵，以所居芥子園開設書鋪，又率家養戲班走江湖賣藝。他是清代著名的文學家、戲曲家。有詩文集《笠翁一家言》，戲曲集《笠翁十種曲》，小説集《十二樓》、《無聲戲》，小説《合錦回文傳》等。另有雜著《閒情偶寄》，其中《詞曲部》和《演習部》專論戲曲創作和演出，爲古典戲曲理論的重要文獻，後人曾專刊爲《李笠翁曲話》行世。《國朝耆獻類徵》初編卷四百二十六有傳。今人輯有《李漁全集》二十卷，卷十九有單錦珩《李漁年譜》、《李漁交遊考》。

　　《閒情偶寄》六卷，分詞曲、演習、聲容、居室、器玩、飲饌、種植、頤養八部，李漁的戲曲理論主要存在於詞曲、演習、聲容諸部。李漁在繼承前人的基礎上形成了較爲完整的理論體系，可以説集古典戲曲理論之大成，代表着古典戲曲理論的最高成就。李漁關於戲曲創作和編導的論述，始終充分地考慮到戲曲作爲一種綜合表演藝術的特殊性，完全擺脱了長期以來只把戲曲看成是案頭文學的囿限，真正確立了它的獨立的藝術品格。圍繞這個基本觀點，他提出了結構第一、詞采第二、音律第三、賓白第四、科諢第五、格局第六的看法，主次分明。他認爲劇本最重要的就是情節的發展和結構的安排，這標志着傳統戲曲研究開始了從重曲到重戲、從語言中心論向情節中心論的深刻變化，對近代意義上戲論的産生具有重要的先導作用。關於戲曲語言，他着眼於演出效果和觀衆接受，要求戲曲語言淺顯、生動、符合人物形象和性格，特别重視賓白。他處處從人物性格和藝術形象來談語言技巧，針對當時戲曲界的不良傾向，很有積極意義。總之，李漁總結了前人和自己的經驗，其戲曲理論標志着古典戲論發展到一個比較成熟的階段。儘管因時代所限亦有不足，他仍顯著地超出前人，爲近現代戲劇的産生與發展奠定了基礎。可參考《李漁全集》卷十九《李漁研究資料選輯》、卷二十《現代學者論文精選》學習。

## 結構第一

填詞一道，文人之末技也，然能抑而爲此，猶覺愈于馳馬試劍、縱酒、呼盧[1]。孔子有言："不有博弈者乎？爲之，猶賢乎已。"博弈雖戲具，猶賢于"飽食終日，無所用心"[2]；填詞雖小道[3]，不又賢于博弈乎？吾謂技無大小，貴在能精；才乏纖洪，利於善用。能精善用，雖寸長尺短[4]，亦可成名，否則才誇八斗[5]，胸號五車[6]，爲文僅稱點鬼[7]之談，著書惟供覆瓿[8]之用，雖多亦奚以爲[9]？填詞一道，非特文人工此者足以成名，即前代帝王，亦有以本朝詞曲擅長，遂能不泯其國事者。請歷言之：高則誠、王實甫諸人，元之名士也，舍填詞一無表見。使兩人不撰《琵琶》、《西廂》，則沿至今日，誰復知其姓字？是則誠、實甫之傳，《琵琶》、《西廂》傳之也。湯若士，明之才人也，詩文尺牘，儘有可觀，而其膾炙人口者，不在尺牘詩文，而在《還魂》一劇。使若士不草《還魂》，則當日之若士，已雖有而若無，況後代乎？是若士之傳，《還魂》傳之也。此人以填詞而得名者也。歷朝文字之盛，其名各有所歸，漢史、唐詩、宋文、元曲，此世人口頭語也。《漢書》、《史記》，千古不磨，尚矣。唐則詩人濟濟，宋有文士蹌蹌，宜其鼎足文壇，爲三代後之"三代"也。元有天下，非特政刑禮樂一無可宗，即語言文字之末，圖書翰墨之微，亦少概見。使非崇尚詞曲，得《琵琶》、《西廂》以及《元人百種》諸書傳于後代，則當日之元，亦與五代、金、遼同其泯滅，焉能附三朝驥尾[10]，而掛學士文人之齒頰哉？此帝王國事以填詞而得名者也。由是觀之，填詞非末技，乃與史傳詩文同源而異派者也。近日雅慕此道，刻欲追蹤元人、配饗若士者盡多，而究竟作者寥寥，未聞絕唱。其故維何？止因詞曲一道，但有前書堪讀，並無成法可宗。暗室無燈，有眼皆同瞽目，無怪乎覓途不得，問津無人，半途而廢者居多，差毫釐而謬千里者，亦復不少也。嘗怪天地之間有一種文字，即有一種文字之法脈準繩，載之於書者，不異耳提面命，獨于填詞制曲之事，非但略而未詳，亦且置之不道。揣摩其故，殆有三焉：一則爲此理甚難，非可言傳，止境意會。想入雲霄之際，作者神魂飛越，如在夢中，不至終篇，不能返魂收魄。談真則易，説夢爲難，非不欲傳，不能傳也。若是，則誠異誠難，誠爲不可道矣。吾謂此等至理，皆言最上一乘[11]，非填詞之學節節皆如是也，豈可爲精者難言，而粗者亦置弗道乎？一則爲填詞之理變幻不常，言當如是，又有不當如是者。如填生旦之詞，貴于莊雅，制净、丑之曲，務帶詼諧，此理之常也。乃忽遇風流放佚之生旦，反覺莊雅爲非，作迂腐不情之净、丑，轉以詼諧爲忌。諸如此類者，悉難膠柱[12]。恐以一定之陳言，誤泥古拘方之作者，是以寧爲闕疑[13]，不生蛇足[14]。若是，則此種變幻之理，不獨詞曲爲然，帖括[15]詩文皆若是也。豈有執死法爲文，而能見賞于人，相傳於後者乎？一則爲從來名士以詩賦見重者十之九，以詞曲相傳者猶不及什一，蓋千百人一見者也。凡有能此者，悉皆剖腹藏珠，務求自秘，謂此法無人授我，我豈獨肯傳人。使家家制曲，戶戶填詞，則無論《白雪》盈車，《陽春》遍世，淘金選玉者未必不使後來居上，而覺糠秕在前[16]。且使周郎漸出，顧曲者[17]多，攻出瑕疵，令前人無可藏拙，是自爲后羿而教出無數逄蒙，環執干戈而害我也[18]，不如仍仿前人，緘口不提之爲是。吾揣摩不傳之故，雖三者並列，竊恐此意居多。以我論之：文章者，天下之公器[19]，非我之所能私；是非者，千古之定評，豈人之所能倒？不若出我所有，公之于人，收天下後世之名賢，悉爲同調。勝我者，我師之，仍不失爲起予之高足[20]；類我者，我友之，亦不愧爲攻玉之他山[21]。持此爲心，遂不覺以生平底裏，和盤托出，並前人已傳之書，亦爲取長棄短，別出瑕瑜，使人知所從違，而不爲誦讀所誤。知我，罪我，憐我，殺我，悉聽世人，不復能顧其後矣。但恐我所言者，自以爲是而未必果是；人所趨者，我以爲非而未必盡非。但矢一字之公，可謝千秋之罰。噫，元人可作，當必貰予。

填詞首重音律，而予獨先結構者，以音律有書可考，其理彰明較著。自《中原音韻》一出，則陰陽平仄畫有塍區，如舟行水中，車推岸上，稍知率由者，雖欲故犯而不能矣。《嘯余》、《九宮》二譜一出，則葫蘆有樣[22]，粉本[23]昭然。前人呼製曲爲填詞。填者，布也，猶棋枰之中，畫有定格，見一格布一子，止有黑白之分，從無出入之弊。彼用韻而我叶之，彼不用韻而我縱橫流蕩之。至於引商刻羽[24]，戛玉敲金，雖曰神而明之，匪可言喻，亦由勉強而臻自然，蓋遵守成法之化境也。至於結構二字，則在引商刻羽之先，拈韻抽毫之始。如造物之賦形，當其精血初凝，胞胎未就，先爲制定全形，使點血而具五官百骸之勢。倘先無成局，而由頂及踵，逐段滋生，則人之一身，當有無數斷續之痕，而血氣爲之中阻矣。工師之建宅亦然。基址初平，間架未立，先籌何處建廳，何方開戶，棟需何木，梁用何材，必俟成局了然，始可揮斤運斧。倘造成一架而後再籌一架，則便於前者，不便於後，勢必改而就之，未成先毀，猶之築舍道旁，兼數宅之匠資，不足供一廳一堂之用矣。故作傳奇[25]者，不宜卒急拈毫，袖手於前，始能疾書於後。有奇事，方有奇文，未有命題不佳，而能出其錦心，揚爲繡口者也。嘗讀時髦所撰，惜其慘淡經營，用心良苦，而不得被管弦、副優孟者，非審音協律之難，而結構全部規模之未善也。

詞采似屬可緩，而亦置音律之前者，以有才技之分也。文詞稍勝者，即號才人，音律極精者，終爲藝士。師曠止能審樂，不能作樂；夔年但能度詞，不能制詞。使之作樂制詞者同堂，吾知必居末席矣。事有極細而亦不可不嚴者，此類是也。

### 立主腦

古人作文一篇，定有一篇之主腦。主腦非也，即作者立言之本意也。傳奇亦然。一本戲中，有無數人名，究竟俱屬陪賓，原其初心，止爲一人而設。即此一人之身，自始至終，離合悲歡，中具無限情由，無究關目[26]，究竟俱屬衍文，原其初心，又止爲一事而設。此一人一事，即作傳奇之主腦也。然必此一人一事果然奇特，實在可傳而後傳之，則不愧傳奇之目，而其人其事與作者姓名皆千古矣。如一部《琵琶》，止爲蔡伯喈一人，而蔡伯喈一人又止爲“重婚牛府”一事，其餘技節皆從此一事而生。二親之遭兇，五娘之盡孝，拐兒之騙財匿書，張大公之疏財仗義，皆由於此。是“重婚牛府”四字，即作《琵琶記》之主腦也。一部《西廂》，止爲張君瑞一人，而張君瑞一人，又止爲“白馬解圍”一事，其餘枝節皆從此一事而生。夫子之許婚，張生之望配，紅娘之勇於作合，鶯鶯之敢於失身，與鄭恒之力争原配而不得，皆由於此。是“白馬解圍”四字，即作《西廂記》之主腦也。餘劇皆然，不能悉指。後人作傳奇，但知爲一人而作，不知爲一事而作。盡此一人所行之事，逐節鋪陳，有如散金碎玉，以作零齣則可，謂之全本，則爲斷線之珠，無梁之屋。作者茫然無緒，觀者寂然無聲，又怪乎有識梨園[27]，望之而却走也。此語未經提破，故犯者孔多，而今而後，吾知鮮矣。

### 脱窠臼[28]

“人惟求舊，物惟求新。”新也者，天下事物之美稱也。而文章一道，較之他物，尤加倍焉。戞戞乎陳言務去，求新之謂也。至於填詞一道，較之詩賦古文，又加倍焉。非特前人所作，於今爲舊，即出我一人之手，今之視昨，亦有間焉。昨已見而今未見也，知未見之爲新，即知已見之爲舊矣。古人呼劇本爲“傳奇”者，因其事甚奇特，未經人見而傳之，是以得名，可見非奇不傳。“新”即“奇”之別名也。若此等情節業已見之戲場，則千人共見，萬人共見，絶無奇矣，焉用傳之？是以填詞之家，務解“傳奇”二字。欲爲此劇，先問古今院本中，曾有此等情節與否，如其未有，則急急傳之，否則枉費辛勤，徒作效顰之婦。東施之貌未必醜於西施，止爲效顰[29]於人，遂蒙千古之誚。使當日逆料至此，即勸之捧心，知不屑矣。吾謂填詞之難，莫難於洗滌窠臼，而填詞之陋，亦莫陋於盜襲窠臼。吾觀近日之新劇，非新劇也，皆老僧碎補之衲衣，醫士合成之湯藥。即衆劇之所有，彼割一段，此割一段，合而成之，即是一種“傳奇”。但有耳所未聞之姓名，從無目不經見之事實。語云“千金之裘，非一狐之腋”[30]，以此贊時人新劇，可謂定評。但不知前人所作，又從何處集來？豈《西廂》以前，別有跳墻之張珙？《琵琶》以上，另有剪髮之趙五娘乎？若是，則何以原本不傳，而傳其抄本也？窠臼不脱，難語填詞，凡我同心，急宜參酌。

### 密針線

編戲有如縫衣，其初則以完全者剪碎，其後又以剪碎者湊成。剪碎易，湊成難，湊成之工，全在針線緊密。一節偶疏，全篇之破綻出矣。每編一折，必須前顧數折，後顧數折。顧前者，欲其照映，顧後者，便於埋伏。照映埋伏，不止照映一人、埋伏一事，凡是此劇中有名之人、關涉之事，與前此後此所説之話，節節俱要想到，寧使想到而不用，勿使有用而忽之。吾觀今日之傳奇，事事皆遜元人，獨於埋伏照映處，勝彼一籌。非今人之太工，以元人所長全不在此也。若以針線論，元曲之最疏者，莫過於《琵琶》。無論大關節目背謬甚多，如子中狀元三載，而家人不知；身贅相府，享盡榮華，不能自遣一仆，而附家報於路人；趙五娘千裏尋夫，只身無伴，未審果能全節與否，其誰證之？諸如此類，皆背理妨倫之甚者。再取小節論之，如五娘之剪髮，乃作者自爲之，當日必無其事。以有疏財仗義之張大公在，受人之托，必能終人之事，未有坐視不顧，而致其剪髮者也。然不剪髮，不足以見五娘之孝。以我作《琵琶》，《剪髮》一折亦必不能少，但須回護張大公，使之自留地步。吾讀《剪髮》之曲，並無一字照管大公，且若有心譏刺者。據五娘云：“前日婆婆没了，虧大公周濟。如今公公又死，無錢資送，不好再去求他，只得剪髮。”云云。若是，則剪髮一事乃自願爲之，非時勢迫之使然也，奈何曲中云：“非奴苦要孝名傳，只爲上山擒虎易，開口告人難。”此二語雖屬恒言，人人可道，獨不宜出五娘之口。彼自不肯告人，何以言其難也？觀此二語，不似懟怨大公之詞乎？然此猶屬背後私言，或可免於照顧。迨其哭倒在地，大公見之，許送錢米相資，以備衣衾棺槨，則感之頌之，當有不賫口出者矣，奈何曲中又云：“只恐奴身死也，兀自没人埋，誰還你恩債？”試問公死而埋者何人？姑死而埋者何人？對埋殮公姑之人而自言暴露，將置大公於何地乎？且大公之相資，尚義也，非圖利也，“誰還恩債”一語，不幾抹倒大公，將一片熱腸付之冷水乎？此等詞曲，幸而出自元人，若出我輩，則群口訕之，不識置身何地矣。予非敢於仇古，既爲詞曲立言，必使人知取法，若扭於世俗之見，謂事事當法元人，吾恐未得其瑜，先有其瑕。人或非之，即舉元人借口，烏知聖人千慮，必有一失；聖人之事，猶有不可盡法者，況其他乎？《琵琶》之可法者原多，請舉所長以蓋短。如《中秋賞月》一折，同一月也，出於牛氏之口者，言言歡悦；出於伯喈之口者，字字淒涼。一座兩情，兩情一事，此其針線之最密者。瑕不掩瑜，何妨並舉其略。然傳奇一事也，其中義理分爲三項：曲也，白也，穿插聯絡之關目也。元人所長者止居其一，曲是也，白與關目皆其所短。吾於元人，但守其詞中繩墨[31]而已矣。

### 減頭緒

頭緒繁多，傳奇之大病也。《荆》、《劉》、《拜》、《殺》[32]之得傳於後，止爲一線到底，並無旁見側出之情。三尺童子觀演此劇，皆能了了於心，便便[33]於口，以其始終無二事，貫串只一人也。後來作者不講根源，單籌枝節，謂多一人可謂一人之事。事多則關目亦多，令觀場者如入山陰道中，人人應接不暇[34]。殊不知戲場腳色，止此數人，便换千百個姓名，也只此數人裝扮，止在上場之勤不勤，不在姓名之換不換。與其忽張忽李，令人莫識從來，何如只扮數人，使之頻上頻下，易其事而不易其人，使觀者各暢懷來，如逢故物之爲愈乎？作傳奇者，能以“頭緒忌繁”四字，刻刻關心，則思路不分，文情專一，其爲詞也，如孤桐勁竹，直上無枝，雖難保其必傳，然已有《荆》、《劉》、《拜》、《殺》之勢矣。

### 審虛實

傳奇所用之事，或古或今，有虛有實，隨人拈取。古者，書籍所載，古人現成之事也；今者，耳目傳聞，當時僅見之事也；實者，就事敷陳，不假造作，有根有據之謂也；虛者，空中樓閣，隨意構成，無影無形之謂也。人謂古事實多，近事多虛。予曰：不然。傳奇無實，大半皆寓言耳。欲勸人爲孝，則舉一孝子出名，但有一行可紀，則不必盡有其事。凡屬孝親所應有者，悉取而回之，亦猶紂之不善，不如是之甚也，一居下流，天下之惡皆歸焉[35]。其餘表忠表節，與種種勸人爲善之劇，率同於此。若謂古事皆實，則《西廂》、《琵琶》推出曲中之祖，鶯鶯果嫁君瑞乎？蔡邕之餓莩其親，五娘之幹蠱[36]其夫，見於何書？果有實據乎？孟子云：“盡信《書》，不如無《書》。”蓋指《武成》而言也[37]。經史且然，矧雜劇乎？凡閱傳奇而必考其事從何來、人居何地者，皆說夢之痴人，可以不答者也。然作者秉筆，又不宜盡作是觀。若紀目前之事，無所考究，則非特事跡可以幻生，並其人之姓名亦可以憑空捏造，是謂虛則虛到底也。若用往事爲題，以一古人出名，則滿場脚色皆用古人，捏一姓名不得；其人所行之事，又必本於載籍，班班可考，創一事實不得。非用古人姓字爲難，使與滿場脚色同時共事之爲難也；非查古人事實爲難，使與本等情由貫串合一之爲難也。予即謂傳奇無實，大半寓言，何以又云姓名事實必須有本？要知古人填古事易，今人填古事難。古人填古事，猶之今人填今事，非其不慮不考，無可考也。傳至於今，則其人其事，觀者爛熟於胸中，欺之不得，罔之不能，所以必求可據，是謂實則實到底也。若用一二古人作主，因無陪客，幻設姓名以代之，則虛不似虛，實不成實，詞家之醜態也，切忌犯之。

## 詞采第二

### 貴顯淺

曲文之詞采，與詩文之詞采非但不同，且要判然相反。何也？詩文之詞采，貴典雅而賤粗俗，宜蘊藉而忌分明。詞曲不然，話則本之街談巷議，事則取其直說明言。凡讀傳奇而有令人費解，或初閱不見其佳，深思而後得其意之所在者，便非絶妙好詞，不問而知爲今曲，非元曲也。元人非不讀書，而所制之曲，絶無一毫書本氣，以其有書而不用，非當用而無書也，後人之曲則滿紙皆書矣。元人非不深心，而所填之詞，皆覺過於淺近，以其深而出之以淺，非借淺以文其不深也，後人之詞則心口皆深矣。無論其他，即湯若士《還魂》一劇，世以配饗元人，宜也。

問其精華所在，則以《驚夢》、《尋夢》二折對。予謂二折雖佳，猶是今曲，非元曲也。《驚夢》首句云："裊晴絲，吹來閑庭院，搖漾春如線。"以遊絲一縷，逗起情絲，發端一語，即費如許深心，可謂慘淡經營矣。然聽歌《牡丹亭》者，百人之中有一二人解出此意否？若謂制曲初心並不在此，不過因所見以起興，則瞥見遊絲，不妨直說，何須曲而又曲，由晴絲而說及春，由春與晴絲而悟其如線也？若云作此原有深心，則恐索解人不易得矣。索解人既不易得，又何必奏之歌筵，俾雅人俗子同聞而共見乎？其餘"停半晌，整花鈿，沒揣菱花，偷人半面"及"良辰美景奈何天，賞心樂事誰家院"，"遍青山，啼紅了杜鵑"等語，字字俱費經營，字字皆欠明爽。此等妙語，止可作文字觀，不得作傳奇觀。至如末幅"似蟲兒般蠢動，把風情扇"，與"恨不得肉兒般團成片也，逗的個日下胭脂雨上鮮"，《尋夢》曲云："明放着白日青天，猛教人抓不到夢魂前"，"是這答兒壓黃金釧匾"，此等曲，則去元人不遠矣。而予最賞心者，不專在《驚夢》、《尋夢》二折，謂其心花筆蕊，散見於前後各折之中。《診祟》曲云："看你春歸何處歸，春睡何曾睡，氣絲兒，怎度的長天日。""夢去知他實實誰，病來只送得個虛虛的你。做行雲，先渴倒在巫陽會。""又不得困人天氣，中酒心期，魆魆的常如醉。""承尊覷，何時何日，來看這女顏回？"《憶女》曲云："地老天昏，沒處把老娘安頓。""你怎撇得下萬里無兒白髮親。""賞春香還是你舊羅裙。"《玩真》曲云："如愁欲語，只少口氣兒呵。""叫的你噴嚏似天花唾。動凌波，盈盈欲下，不見影兒那。"此等曲，則純乎元人，置之《百種》[38]前後，幾不能辨，以其意深詞淺，全無一毫書本氣也。若論填詞家宜用之書，則無論經傳子史以及詩賦古文，無一不當熟讀，即道家佛氏、九流百工之書，下至孩童所習《千字文》[39]、《百家姓》[40]，無一不在所用之中。至於形之筆端，落于紙上，則宜洗濯殆盡。亦偶有用着成語之處，點出舊事之時，妙在信手拈來，無心巧合，竟似古人尋我，並非我覓古人。此等造詣，非可言傳，只宜多購元曲，寢食其中，自能爲其所化。而元曲之最佳者，不單在《西廂》、《琵琶》二劇，而在《元人百種》之中。《百種》亦不能盡佳，十有一二可列高、王之上，其不致家弦戶誦，出與二劇爭雄者，以其是雜劇而非全本，多北曲而少南音，又止可被諸管弦，不便奏之場上。今時所重，皆在彼而不在此，即欲不爲紈扇之捐[41]，其可得乎？

**忌填塞**

填塞之病有三：多引古事，叠用人名，直書成句。其所以致病之由，亦有三：借典核以明博雅，假脂粉以見風姿，取現成以免思索。而總此三病，與致病之由之故，則在一語。一語維何？曰："從未經人道破。"一經道破，則俗語云"說破不值半文錢"，再犯此病者鮮矣。古來填詞之家，未嘗不引古事，未嘗不用人名，未嘗不書現成之句，而所引所用與所書者則有別焉；其事不取幽深，其人不搜隱僻，其句則采街談巷議。即有時偶涉詩書，亦係耳根聽熟之語，舌端調慣之文，雖出詩書，實與街談巷議無別者。總而言之，傳奇不比文章，文章做與讀書人看，故不怪其深；戲文[42]做與讀書人與不讀書人同看，又與不讀書之婦人小兒同看，故貴淺不貴深。使文章之設，亦爲與讀書人、不讀書人及婦人小兒同看，則古來聖賢所作之經傳，亦只淺而不深，如今世之爲小説矣。人曰：文人之傳奇與著書無別，假此以見其才也，淺則才於何見？予曰：能於淺處見才，方是文章高手。施耐庵之《水滸》，王實甫之《西廂》，世人盡作戲文小説看，金聖歎特標其名曰"五才子書"、"六才子書"者，其意何居？蓋憤天下之小視其道，不知爲古今來絶大文章，故作此等驚人語以標其目。噫，知言哉！

## 賓白第四

自來作傳奇者，止重填詞，視賓白爲末着，常有"白雪陽春"其調而"巴人下里"其言者，予竊怪之。原其所以輕此之故，殆有説焉。元以填詞擅長，名人所作，北曲多而南曲少。北曲之介白[43]者，每折不過數言。即抹去賓白而止閲填詞，亦皆一氣呵成，無有斷續，似併此數言亦可略而不備者。由是觀之，則初時止有填詞，其介白之文，未必不係後來添設。在元人，則以當時所重不在於此，是以輕之。後來之人又謂：元人尚在不重，我輩工此何爲！遂不覺日輕一日，而竟置此道於不講也。予則不然。嘗謂曲之有白，就文字論之，則猶經文之於傳注；就物理論之，則如棟梁之於榱桷；就人身論之，則如肢體之於血脈；非但不可相輕，且覺稍有不稱，即因此賤彼，竟作無用觀者。故知賓白一道，當與曲文等視。有最得意之曲文，即當有最得意之賓白。但使筆酣墨飽，其勢自能相生。常有因得一句好白而引起無限曲情，又有因填一首好詞而生出無窮話柄者，是文與文自相觸發，我止樂觀厥成，無所容其思議。此係作文恒情，不得幽渺其説而作化境觀也。

### 語求肖似

文字之最豪宕，最風雅，作之最健人脾胃者，莫過填詞一種。若無此種，幾於悶殺才人，困死豪傑。予生憂患之中，處落魄之境，自幼至長，自長至老，總無一刻舒眉。惟於製曲填詞之頃，非但鬱藉以舒悒爲之解，且嘗僭作兩間最樂之人，覺富貴榮華，其受用不過如此，未有真境之爲所欲爲，能出幻境縱橫之上者——我欲做官，則頃刻之間便臻榮貴；我欲致仕，則轉盼之際又入山林；我欲作人間才子，即爲杜甫、李白之後身；我欲娶絶代佳人，即作王嬙、西施之元配；我欲成仙作佛，則西天蓬島，即在硯池筆架之前；我欲盡孝輸忠，則君治親年，可躋堯、舜、彭籛[44]之上。非若他種文字，欲作寓言，必須遠引曲譬，醖藉包含。十分牢騷，還須留住六七分；八斗才學，止可使出二三升。稍欠和平，略施縱送，即謂失風人[45]之旨，犯佻達[46]之嫌。求爲家弦户誦者，難矣。填詞一家，則惟恐其蓄而不言，言之不盡。是則是矣，須知暢所欲言，亦非易事。言者，心之聲也[47]，欲代此一人立言，先宜代此一人立心。若非夢往神遊，何謂設身處地。無論立心端正者，我當設身處地，代生端正之想，即遇立心邪辟者，我亦當舍經從權，暫爲邪辟之思。務使心曲隱微，隨口唾出，說一人肖一人，勿使雷同，弗使浮泛，若《水滸傳》之敘事，吳道子[48]之寫生，斯稱此道中之絶技。果能若此，即欲不傳，其可得乎？

### 科諢[49]第五

#### 忌俗惡

科諢之妙，在於近俗，而所忌者，又在於太俗。不俗則類腐儒之談，太俗即非文人之筆。吾於近劇中，取其俗而不俗者，《還魂》而外，則有《粲花五種》[50]，皆文人最妙之筆也。《粲花五種》之長，不僅在此，才鋒筆藻，可繼《還魂》，其稍遜一籌者，則在氣與力之間耳。《還魂》氣長，《粲花》稍促；《還魂》力足，《粲花》略虧。雖然，湯若士之《四夢》，求其氣長力足者，惟《還魂》一種，其餘三劇則與《粲花》並肩。使粲花主人及今猶在，奮其全力，另制一種新詞，則詞壇赤幟，豈僅爲若士一人所攫哉？所恨予生也晚，不及與二老同時。他日追及泉臺，定有一番傾倒，必不作妒而欲殺之伏，向閻羅天子掉舌，排擠後來人也。

### 格局第六

#### 填詞餘論

讀金聖歎所評《西廂記》，能令千古才人心死。夫人作文傳世，欲天下後代知之也，且欲天下後代稱許而贊歎之也。殆其文成矣，其書傳矣，天下後代既群然知之，復群然稱許而贊歎之矣，作者之苦心，不幾大慰乎哉？予曰：未甚慰也。譽人而不得其實，其去毀也幾希。但云千古傳奇當推《西廂》第一，而不明言其所以爲第一之故，是西施之美，不特有目者贊之，盲人亦能贊之矣。自有《西廂》以迄於今，四百餘載，推《西廂》爲填詞第一者，不知幾千萬人，而能歷指其所以爲第一之故者，獨出一金聖歎。是作《西廂》者之心，四百餘年未死，而今死矣。不特作《西廂》者心死，凡千古上下操觚立言者之心，無不死矣。人患不爲王實甫耳，焉知數百年後，不復有金聖歎其人哉！

聖歎之評《西廂》，可謂晰毛辨髮，窮幽極微，無復有遺議於其間矣。然以予論文，聖歎所評，乃文人把玩之《西廂》，非優人搬弄之《西廂》也。文字之三昧，聖歎已得之；優人搬弄之三昧，聖歎猶有待焉。如其至今不死，自撰新詞幾部，由淺及深，自生而熟，則又當自火其書，而別出一番詮解。甚矣，此道之難言也。

聖歎之評《西廂》，其長在密，其短在拘，拘即密之已甚者也。無一句一字不逆溯其源，而求命意之所在，是則密矣，然亦知作者於此，有出於有心，有不必盡出於有心者乎？心之所至，筆亦至焉，是人之所能爲也；若夫筆之所至，心亦至焉，則人不能盡主之矣。且有心不欲然，而筆使之然，若有鬼物主持其間者，此等文字，尚可謂之有意乎哉？文章一道，實實通神，非欺人語。千古奇文，非人爲之，神爲之、鬼爲之也，人則鬼神所附者耳。

（《中國古典戲曲論著集成》第七集《閒情偶寄》，中國戲劇出版社 1959 年版）

## ［注釋］

［1］呼盧：指賭博。古時博戲，用木制骰子五枚，每枚兩面，一面塗黑，畫牛犢；一面塗白，畫雉；一擲五子皆黑者爲盧，爲最勝采；五子四黑一白者爲雉，是次勝采。賭博時爲求勝采，往往且擲且喝，故稱賭博爲"呼盧喝雉"。盧，黑色。 ［2］孔子有言……猶賢於"飽食終日，無所用心"：《論語・陽貨》："子曰：'飽食終日，無所用心，難矣哉！不有博弈者乎？爲之，猶賢乎已。'"博，古代一種棋局遊戲，用六箸十二棋爲博具，以爭輸贏。弈，圍棋。 ［3］雖小道：《論語・子張》："雖小道，必有可觀者焉。" ［4］寸長尺短：《楚辭・卜居》："夫尺有所短，寸有所長。" ［5］才誇八斗：《釋常談》卷中"八斗之才"："文章多，謂之'八斗之才'。謝靈運嘗曰：'天下才有一石，曹子建獨占八斗，我得一斗，天下共分一斗。'" ［6］胸號五車：《莊子・天下》："惠施多方，其書五車。" ［7］爲文僅稱爲鬼：張鷟《朝野僉載》卷六："時楊（炯，編者注）之爲文，好以古人姓名連用，如'張平子之略談，陸士衡之所記'，'潘安仁宜其陋矣，仲長統何足知之'。號爲點鬼簿。" ［8］覆瓿：參《藝苑卮言》注［2］。 ［9］雖多亦奚以爲：《論語・子路》語。 ［10］驥尾：司馬遷《史記・伯夷列傳》："顏淵雖篤學，附驥尾而行益顯。"司馬貞索隱："蒼蠅附驥尾而致千里，以譬顏回因孔子而名彰也。"比喻依附賢者或先人以成名。亦作"附驥"。 ［11］最上一乘：佛教分大、小乘，大乘爲上乘。禪宗興起，自謂超乎二乘爲最上一乘。 ［12］膠柱：司馬遷《史記・廉頗藺相如列傳》："藺相如曰：'王以名使括，若膠柱而鼓瑟耳。括徒能讀其父書傳，不知合變也。'"柱，瑟上短木，用以張弦並調節聲音。柱被黏住，音調就不能調節。比喻固執拘泥，不知變通。 ［13］闕疑：避開可疑之處。《論語・爲政》："多聞闕疑，慎言其餘，則寡尤。"尤，過錯。 ［14］蛇足：《戰國策・齊策二》："楚有祠者，賜其舍人卮酒。舍人相謂曰：'數人飲之不足，一人飲之有餘；請畫地爲蛇，先成者飲酒。'一人蛇先成，引酒且飲之；乃左手持卮，右手畫蛇，曰：'吾能爲之足。'未成，一人之蛇成，奪其卮曰：'蛇固無足，子安能爲之足！'遂飲其酒。"後以"蛇足"比喻多餘的事物。韓偓《安貧》："謀身拙爲安蛇足，報國危曾捋虎鬚。" ［15］帖括：唐制，明經科以帖經試士。把經文貼去若干字，令應試者對答。後考生因帖經難記，乃總括經文編成歌訣，便於記誦應試，稱"帖括"。《新唐書・選舉志》上："進士科起於隋大業中，是時猶試策。高宗朝，劉思立加進士雜文，明經填帖，故爲進士者皆誦當代之文，而不通經史，明經者但記帖括。"後泛指科舉應試文章，明清時亦指八股文。 ［16］糠粃在前：《晉書・孫綽傳》："嘗與習鑿齒共行，綽在前，顧謂鑿齒曰：'沙之汰之，瓦石在後。'鑿齒曰：'簸之揚之，糠粃在前。'" ［17］顧曲者：陳壽《三國志・吳書・周瑜傳》："瑜少精意於音樂，雖三爵之後，其有闕誤，瑜必知之，知之必顧。故時人謠曰：'曲有誤，周郎顧。'" ［18］自爲后羿而教出無

數逄（páng）蒙，環執干戈而害我也：《孟子·離婁下》："逄蒙學射於羿，盡羿之道。思天下唯羿勝己，於是殺羿。"逄蒙亦作"蠭（páng）門"。 [19]公器：共用之器，多用於比喻。 [20]起予之高足：《論語·八佾》："子曰：'起予者商（卜商，編者注）也！始可與言詩已矣。'""起"同"啓"，啓發。高足，優秀學生。劉義慶《世說新語·文學》："鄭玄在馬融門下，三年不得相見，高足弟子傳授而已。" [21]攻玉之他山：《詩·小雅·鶴鳴》："它山之石，可以爲錯。"毛傳："錯，石也，可以琢玉。舉賢用滯，則可以治國。"鄭玄箋："它山喻異國。"又："它山之石，可以攻玉。"毛傳："攻，錯也。"本謂別國的賢才也可用爲本國的輔佐，正如別的山上的石頭也可爲礪石，用來琢磨玉器。後因以"他山之石"喻指能幫助自己改正錯誤缺點或提供借鑒的外力。 [22]葫蘆有樣：魏泰《東軒筆錄》卷一："太祖笑曰：'頗聞翰林草制，皆檢前人舊本，改換詞語，此乃俗所謂'依樣畫葫蘆'耳，何宣力之有？'" [23]粉本：方薰《山靜居畫論》卷上："畫稿謂粉本者，古人於墨稿上加描粉筆，用時撲入縑素，依粉痕落墨，故名之也。"這裏指底本。 [24]引商刻羽：宋玉《對楚王問》："引商刻羽，雜以流徵，國中屬而和者，不過數人而已。"指曲調高古、講求聲律的作曲或演奏。商聲在五音中最高，稱"引"；羽聲等較細，稱"刻"。 [25]傳奇：明清以唱南曲爲主的戲曲形式。是宋元南戲的進一步發展。結構大致與南戲相同，但更完整，曲調更豐富，兼用一些北曲；角色分行更細，每本一般分四五十"齣"。明嘉靖到清乾隆年間最爲盛行。 [26]關目：戲曲術語。一般指戲曲的情節安排和結構處理，這裏指戲曲故事情節的關鍵部分。 [27]梨園：唐玄宗時教練宮廷歌舞藝人的地方。在長安（今陝西西安）光化門（一說芳林門）外禁苑中。玄宗曾選坐部伎子弟三百人和宮女數百人於此學歌舞，有時親加教正，稱爲"皇帝梨園弟子"，亦稱"梨園弟子"。後人稱戲曲界爲梨園行，稱戲曲從業人員爲梨園子弟。 [28]參《曲律》注[85]。 [29]效顰：《莊子·天運》："故西施病心而矉其裏，其里之醜人見而美之，歸亦捧心而矉其里。其里之富人見之，堅閉門而不出；貧人見之，絜妻子而去之走。"成玄英疏："西施，越之美女也，貌極妍麗。既病心痛，嚬眉苦之。而端正之人，體多宜便，因其嚬蹙，更益其美。是以閭里見之，彌加愛重。鄰里醜人見而學之，不病強嚬，倍增其醜。" [30]千金之裘，非一狐之腋：《慎子·知忠》："故廊廟之材，蓋非一木之枝也；粹白之裘，蓋非一狐之皮也。"錢熙祚校注："'粹'，原作'狐'；依《意林》引此文改。《意林》'皮'作'腋'。" [31]繩墨：木匠畫直線用的工具。《莊子·逍遙遊》："吾有大樹，人謂之樗，其大本擁腫而不中繩墨。"比喻規矩或法度。司馬遷《史記·老子韓非列傳》："韓子引繩墨，切事情，明是非。" [32]《荊》、《劉》、《拜》、《殺》：即《荊釵記》、《劉知遠》、《拜月亭》、《殺狗記》四部南戲。 [33]便便（pián）：《論語·鄉黨》："其（指孔子，編者注）在宗廟朝廷，便便言，唯謹爾。"便便，擅長談論、善辯。 [34]應接不暇：劉義慶《世說新語·言語》："王子敬（即王獻之，編者注）云：'從山陰道上行，山川自相映發，使人應接不暇。'" [35]紂之不善……天下之惡皆歸焉：《論語·子張》："子貢（端木賜，編者注）曰：'紂之不善，不如是之甚也。是以君子惡居下流，天下之惡皆歸焉。'" [36]幹蠱：《易·蠱》："幹父之蠱。"王弼注："幹父之事，能承先軌，堪其任者也。"蠱，事。後稱兒子能完成父親未竟之業爲"幹蠱"。這裏用於妻子對丈夫。 [37]孟子云……蓋指《武成》而言也：《孟子·盡心下》："盡信《書》，則不如無《書》。吾於《武成》，取二三策而已矣。"《武成》，《書》之一篇，漢光武帝建武間佚，今本是僞古文。策，竹簡。 [38]《百種》：即臧懋循所編元雜劇集《元曲選》，選雜劇一百種，亦稱《元人百種曲》。 [39]《千字文》：古代蒙學課本。周興嗣撰。拓取王羲之遺書不同的字一千個，編爲四言韻語，敘述有關自然、社會、歷史、倫理、教育等方面的知識。隋代開始流行。 [40]《百家姓》：古代蒙學課本。宋初編，作者佚名。集姓氏爲四言韻語；爲“尊國姓”，故以“趙”居首。雖無文理，但便誦讀。 [41]紈扇之捐：班倢伃《怨歌行》：“新裂齊紈素，皎潔如霜雪。裁爲合歡扇，團團似明月。出入君懷袖，動摇微風發。常恐秋節至，涼風奪炎熱。棄捐篋笥中，恩情中道絶。”謂秋涼後，扇即棄置不用，後用“秋扇”比喻被棄的婦女。此處僅指捨棄。班倢伃，漢成帝宫人，名不詳，樓煩（今山西寧武附近）人，班固祖姑。 [42]戲文：參《曲律》注[15]。 [43]介白：戲曲術語科介和賓白的合稱。科介，劇本裏關於動作、表情、效果等的舞臺指示，雜劇作“科”，南戲、傳奇作“介”；賓白，劇本中的説白。徐渭《南詞敘録》：“唱爲主，白爲賓，故曰賓白，言其明白易曉也。”一説“兩人對説曰賓，一人自説曰白”（見單宇《菊坡叢話》）。 [44]彭籛（jiān）：即傳説故事人物彭祖。姓籛名鏗，顓頊玄孫，生於夏代，至殷末時已七百六十七歲（一説八百餘歲）。殷王以爲大夫，託病不問政事。事見《神仙傳》、《列仙傳》。後因以爲長壽的象徵。 [45]風人：古時采詩官采詩以觀民風，故稱采詩者爲“風人”。後亦用以稱詩人。曹植《求通親親表》：“是以雍雍穆穆，風人詠之。” [46]佻達：輕薄，戲謔。蒲松齡《聊齋志異》卷八《詩讞》：“吴（蜚卿，編者注），益都之素封，與范（小山，編者注）同里，平日頗有佻達之行。”亦作“佻儶（xiān）”，“儶”同“仙”。 [47]言者，心之聲也：揚雄《法言·問神》：“故言，心聲也；書，心畫也。聲畫形，君子小人見矣。”謂言語是表示心意的聲音。 [48]吴道子：唐畫家。陽翟（今河南禹州）人。擅畫佛道人物，筆跡磊落，勢狀雄峻，生動而有立體感。畫塑兼工，被奉爲“畫聖”，對其後的宗教人物畫和雕塑，都有很大影響。 [49]科諢：戲曲術語。插科打諢的略稱。指戲曲裏各種使觀衆發笑的穿插。科多指動作，諢多指語言。 [50]《粲花五種》：全稱《粲花别墅五種》，亦稱《石渠五種曲》。吴炳所作傳奇《情郵記》、《緑牡丹》、《西園記》、《療妒羹》、《畫中人》的總稱。

## 史料選

### 尤侗《名詞選勝序》

武林李子笠翁，能爲唐人小説，尤擅金、元詞曲。吴梅村祭酒嘗贈詩云：“江湖笑傲誇齊贅，雲雨荒唐憶楚娥。”蓋實録也。辛亥夏，來客吴門，予與把臂劇談，出其枕中秘，所見有過所聞者，乃知志怪之書、回波之唱，未足盡我笠翁矣。今冬，復寄《名詞選勝》，而徵予序。予讀之，詫曰：“笠翁又進矣。”蓋詞之爲道，予嘗于《倚聲集》極論之。詩與詞合，詞與曲合。《詩》三百篇，皆可歌也。漢唐樂府，被之管弦，奏之宫廟。古風長短句，已爲詞之權輿。至【生查子】之爲五言古，【玉樓春】之爲七言古，【瑞鷓鴣】之爲律，【紇那曲】、【竹枝】、【柳枝】等之爲絶，皆以詞具詩之一體。故曰：詞者，詩之餘也。詞之近調即爲曲之引子，慢詞即爲過曲。間有名同而調異者，後人增損，使合拍耳。偷聲減字，攤破哨遍，不隱然爲犯曲之祖乎？太白之“簫聲咽”、樂天之“汴水流”，此以詩填詞者也。柳七之“曉風殘月”、坡公之“大江東去”，此以詞度曲者也。由詩入詞，由詞入曲，正如風起青蘋，必盛於土囊，水發濫觴，必極於覆舟，勢使然也。而説者斷欲判而三之，不亦固乎？且今之人，往往高談詩而卑視曲，詞在季孟之間。予獨謂能爲曲者，方能爲詞，能爲詞者，方能爲詩。何者？音與韻，莫嚴于曲，陰陽開閉，一字不叶，則肉聲抗墜，絲竹隨之。詞雖稍寬於曲，然每見作者平側失衡，庚侵雜用，是徒綴其文，未諧其聲，猶然古風長短句耳。故以詩爲詞，合者十一，以曲爲詞，合者十九。若以詞曲之道，進而爲詩，則宮商相宣、金石相和，颯颯乎皆三百篇矣。笠翁精於曲者也，故其論詞，獨得妙解，而與予見合如此。然自此選出，人將俎笠翁于花草之間，不復呼曲子相公矣。予又曰：“猶未足盡我笠翁也。”試與之言詩，笠翁當更進矣。

（《西堂文集·西堂雜組三集》卷三，《續修四庫全書》本）

## 徐珂《李笠翁〈曲部誓詞〉》

李笠翁家蓄伶人，嘗撰《曲部誓詞》，文云：“竊聞諸子皆屬寓言，稗官好爲曲喻。齊諧誌怪，有其事豈必盡有其人；博望鑿空，詭其名焉得不詭其實。矧不肖硯田觔口，原非發憤而著書；筆蕊生心，匪托微言以諷世。不過借三寸枯管，爲聖天子粉飾太平；揭一片婆心，效老道人木鐸裹巷。既有悲歡離合，難辭謔浪詼諧。加生旦以美名，既非市恩於有托；抹净丑以花臉，亦屬調笑於無心。凡此點綴劇場，使不岑寂而已。但慮七情以内，無境不生；六合之中，何所不有？幻設一事，即有一事之假同；喬命一名，即有一名之巧合。焉知不以無基之樓閣，認爲有樣之胡盧？是用瀝血鳴神，剖心告世。稍有一辜所指，甘爲三世之瘖。即漏顯誅，難逃陰罰。作者自幹於有赫，觀者幸諒其無他。”

（《新曲苑》本《曲稗》）

## 楊恩壽《詞餘叢話》（節選）

《笠翁十種曲》，鄙俚無文，直拙可笑。意在通俗，故命意、遣辭力求淺顯。流布梨園者在此，貽笑大雅者亦在此。究之：位置、脚色之工，開合、排場之妙，科白、打諢之宛轉入神，不獨時賢罕與頡頏，即元、明人亦所不及，宜其享重名也。

（《中國古典戲曲論著集成》第九集《詞餘叢話》，中國戲劇出版社 1959 年版）

# 葉　燮

## 原詩（選録）

### ［解題］

葉燮（1627—1703），字星期，號已畦，江蘇吳江人。康熙九年（1670）進士，官寶應知縣，以忤長官被參落職。晚年寓居橫山，人稱橫山先生。工詩文，而尤以詩論見稱。有《原詩》四卷、《已畦文集》十卷、《已畦詩集》十卷。事跡附《清史稿·趙執信傳》。

中國古代詩話多論詩即事，間述詩歌作法和理論，且大都隻言片語，未能構成完整的理論體系，葉燮的《原詩》突破了詩話創作的尋常體式，主要闡明作者的詩學觀念，是一部體系較爲完整的詩論著作。《四庫全書總目提要》責其“雖極縱橫博辯之致，是作論之體，非評詩之體”，正道出此書特點。《原詩》顧名思義，“詩有源必有流，有本必達末”，推原詩歌創作源流，是此書的目的所在。

葉燮列舉出詩歌創作的七大關鍵要素，其中，理、事、情是主體之外的客觀存在。任何詩歌所反映的內容無非是理、事、情三種，而葉燮論詩的特點在於：一、將此三者視爲不可分割的統一體，“三者缺一，則不成物”；二、理有可言不可言，事有可見不可見，詩歌的妙處正在表現出“不可名言之理，不可施見之事，不可徑達之情”。爲了融通客觀的理、事、情，就必然要肖乎物，肖乎自然。

才、膽、識、力是創作主體的質素，換言之，即個人的才情，創作的膽略（不能畏於筆墨），辨識取捨的能力，自成一家的魄力。“才”與“力”出自稟賦，“膽”與“識”源於後天。四者之中，“識”最爲重要，“識爲體而才爲用”，“識用而膽張”，若詩人無識，即使理、事、情置於面前，也渾然不辨。劉勰《文心雕龍·體性》所言才、氣、學、習，蓋爲葉燮此論所本。

在明代，復古成爲影響巨大的文學思潮，前後七子學古而落入擬古的陋習，公安派起而矯之。問題之一便在於正與變，源與流。葉燮強調要重視本源，同時指出詩歌“因時遞變”，不能墨守陳規，因此要講求“活法”，以詩人的胸襟，匠心獨運，創作自成一家的詩歌。這對促進詩歌理論的發展具有一定意義。

## 内篇（下）

**一**

大凡人無才，則心思不出；無膽，則筆墨畏縮；無識，則不能取舍；無力，則不能自成一家。而且謂古人可罔，世人可欺，稱格稱律，推求字句，動以法度緊嚴，扶駁銖兩。內既無具，援一古人爲門户，藉以壓倒衆口；究之何嘗見古人之真面目，而辨其詩之源流、本末、正變、盛衰之相因哉！更有竊其腐餘，高自論説，互相祖述，此真詩運之厄！故竊不揣，謹以數千年詩之正變盛衰之所以然，略爲發明，以俟古人之復起。更列數端於左：

**三**

或曰："今之稱詩者，高言法矣。作詩者果有法乎哉？且無法乎哉？"

余曰：法者，虚名也，非所論於有也；又法者，定位也，非所論於無也。子無以余言爲惝恍河漢[1]，當細爲子晰之。

自開闢以來，天地之大，古今之變，萬彙之賾[2]，日星河嶽，賦物象形，兵刑禮樂，飲食男女，於以發爲文章，形爲詩賦，其道萬千。余得以三語蔽之：曰理、曰事、曰情，不出乎此而已。然則，詩文一道，豈有定法哉[3]！先揆乎其理；揆之於理而不謬，則理得。次徵諸事；徵之於事而不悖，則事得。終絜諸情；絜之於情而可通，則情得。三者得而不可易，則自然之法立。故法者，當乎理，確乎事，酌乎情，爲三者之平準，而無所自爲法也。故謂之曰"虚名"。又法者，國家之所謂律也。自古之五刑宅就以至於今[4]，法亦密矣。然豈無所憑而爲法哉！不過揆度於事、理、情三者之輕重大小上下，以爲五服五章[5]、刑賞生殺之等威[6]、差別，於是事理情當於法之中。人見法而適愜其事理情之用，故又謂之曰"定位"。

乃稱詩者，不能言法所以然之故，而曉曉然曰："法！"吾不知其離一切以爲法乎？將有所緣以爲法乎？離一切以爲法，則法不能憑虚而立。有所緣以爲法，則法仍託他物以見矣。吾不知統提法者之於何屬也？彼曰："凡事凡物皆有法，何獨於詩而不然！"是也。然法有死法，有活法[7]。若以死法論，今譽一人之美，當問之曰："若固眉在眼上乎？鼻口居中乎？若固手操作而足循履乎？"夫妍媸萬態，而此數者必不渝，此死法也。彼美之絶世獨立[8]，不在是也。又朝廟享燕以及士庶宴會，揖讓升降，敍坐獻酬，無不然者，此亦死法也。而格[9]鬼神、通愛敬，不在是也。然則彼美之絶世獨立，果有法乎？不過即耳目口鼻之常，而神明之。而神明之法，果可言乎！彼享宴之格鬼神、合愛敬，果有法乎？不過即揖讓獻酬而感通之。而感通之法，又可言乎！死法，則執塗之人能言之。若曰活法，法既活而不可執矣，又焉得泥於法！而所謂詩之法，得毋平平仄仄之拈乎？村塾中曾讀《千家詩》[10]者，亦不屑言之。若更有進，必將曰：律詩必首句如何起，三四如何承，五六如何接，末句如何結；古詩要照應，要起伏。析之爲句法，總之爲章法。此三家村詞伯[11]相傳久矣，不可謂稱詩者獨得之秘也。若舍此兩端，而謂作詩另有法，法在神明之中、巧力之外，是謂變化生心。變化生心之法，又何若乎？則死法爲"定位"，活法爲"虛名"。"虛名"不可以爲有，"定位"不可以爲無。不可爲無者，初學能言之；不可爲有者，作者之匠心變化，不可言也。

夫識辨不精，揮霍[12]無具，徒倚法之一語，以牢籠一切。譬之國家有法，所以儆愚夫愚婦之不肖而使之不犯；未聞與道德仁義之人講論習肄，而時以五刑五罰[13]之法恐懼之而迫脅之者也。惟理、事、情三語，無處不然。三者得，則胸中通達無阻，出而敷爲辭，則夫子所云"辭達"[14]。"達"者，通也。通乎理、通乎事、通乎情之謂。而必泥乎法，則反有所不通矣。辭且不通，法更於何有乎？

曰理、曰事、曰情三語，大而乾坤以之定位[15]、日月以之運行，以至一草一木一飛一走，三者缺一，則不成物。文章者，所以表天地萬物之情狀也。然具是三者，又有總而持之，條而貫之者，曰氣。事、理、情之所爲用，氣爲之用也。譬之一木一草，其能發生者，理也。其既發生，則事也。既發生之後，夭矯滋植，情狀萬千，咸有自得之趣，則情也。苟無氣以行之，能若是乎？又如合抱之木，百尺干霄，纖葉微柯以萬計，同時而發，無有絲毫異同，是氣之爲也。苟斷其根，則氣盡而立萎。此時理、事、情俱無從施矣。吾故曰：三者藉氣而行者也。得是三者，而氣鼓行於其間，絪縕磅礴，隨其自然，所至即爲法，此天地萬象之至文也。豈先有法以馭是氣者哉！不然，天地之生萬物，舍其自然流行之氣，一切以法繩之，夭矯飛走，紛紛於形體之萬殊，不敢過於法，不敢不及於法，將不勝其勞，乾坤亦幾乎息矣[16]。

草木氣斷則立萎，理、事、情俱隨之而盡，固也。雖然，氣斷則氣無矣，而理、事、情依然在也。何也？草木氣斷，則立萎，是理也；萎則成枯木，其事也；枯木豈無形狀？向背、高低、上下，則其情也。由是言之：氣有時而或離，理、事、情無之而不在。向枯木而言法，法於何施？必將曰：法將析之以爲薪，法將斲之以爲器。若果將以爲薪、爲器，吾恐仍屬之事理情矣，而法又將遁而之他矣。

天地之大文，風雲雨雷是也。風雲雨雷，變化不測，不可端倪[17]，天地之至神也，即至文也。試以一端論：泰山之雲，起於膚寸，不崇朝而徧天下[18]。吾嘗居泰山之下者半載，熟悉雲之情狀：或起於膚寸，瀰淪六合；或諸峯競出，升頂即滅；或連陰數月；或食時即散；或黑如漆；或白如雪；或大如鵬翼；或亂如散髮[19]；或塊然垂天，後無繼者；或聯綿纖微，相續不絕；又忽而黑雲興，土人以法占之，曰"將雨"，竟不雨；又晴雲出，法占者曰"將晴"，乃竟雨。雲之態以萬計，無一同也。以至雲之色相，雲之性情，無一同也。雲或有時歸，或有時竟一去不歸，或有時全

297

歸，或有時半歸：無一同也。此天地自然之文，至工也。若以法繩天地之文，則泰山之將出雲也，必先聚雲族而謀之曰[20]：吾將出雲而爲天地之文矣。先之以某雲，繼之以某雲；以某雲爲起，以某雲爲伏；以某雲爲照應、爲波瀾；以某雲爲逆入；以某雲爲空翻；以某雲爲開，以某雲爲闔；以某雲爲掉尾。如是以出之，如是以歸之，一一使無爽，而天地之文成焉。無乃天地之勞於有泰山，泰山且勞於有是雲，而出雲且無日矣！蘇軾有言："我文如萬斛源泉，隨地而出。"[21]亦可與此相發明也。

**四**

或曰："先生言作詩，法非所先，言固辯矣。然古帝王治天下，必曰'大經大法'。然則，法且後乎哉？"

余曰：帝王之法，即政也。夫子言"文武之政，布在方策"[22]。此一定章程，後人守之；苟有毫髮出入，則失之矣。修德貴日新[23]；而法者舊章，斷不可使有毫髮之新。法一新，此王安石之所以亡宋也。若夫詩，古人作之，我亦作之。自我作詩，而非述詩也。故凡有詩，謂之新詩。若有法，如教條政令而遵之，必如李攀龍之擬古樂府然後可。詩，末技耳，必言前人所未言，發前人所未發，而後爲我之詩。若徒以效顰效步爲能事，曰："此法也。"不但詩亡，而法亦且亡矣。余之後法，非廢法也，正所以存法也。夫古今時會不同，即政令尚有因時而變通之；若膠固不變，則新莽之行周禮[24]矣。奈何風雅一道，而踵其謬戾哉！

曰理、曰事、曰情，此三言者足以窮盡萬有之變態。凡形形色色，音聲狀貌，舉不能越乎此。此舉在物者而爲言，而無一物之或能去此者也。曰才、曰膽、曰識、曰力，此四言者所以窮盡此心之神明。凡形形色色，音聲狀貌，無不待於此而爲之發宣昭著。此舉在我者而爲言，而無一不如此心以出之者也。以在我之四，衡在物之三，合而爲作者之文章。大之經緯天地[25]，細而一動一植，詠嘆謳吟，俱不能離是而爲言者矣。

在物者前已論悉之。在我者雖有天分之不齊，要無不可以人力充之。其優於天者，四者具足，而才獨外見，則羣稱其才；而不知其才之不能無所憑而獨見也。其歉乎天者，才見不足，人皆曰才之歉也，不可勉強也；不知有識以居乎才之先，識爲體而才爲用，若不足於才，當先研精推求乎其識。人惟中藏[26]無識，則理事情錯陳於前，而渾然茫然，是非可否，妍媸黑白，悉眩惑而不能辨，安望其敷而出之爲才乎！文章之能事，實始乎此。今夫詩，彼無識者，既不能知古來作者之意，並不自知其何所興感、觸發而爲詩。或亦聞古今詩家之詩，所謂體裁、格力、聲調、興會等語，不過影響於耳，含糊於心，附會於口。而眼光從無着處，腕力從無措處。即歷代之詩陳於前，何所抉擇？何所適從？人言是，則是之；人言非，則非之。夫非必謂人言之不可憑也；而彼先不能得我心之是非而是非之，又安能知人言之是非而是非之也！有人曰："詩必學漢魏，學盛唐。"彼亦曰："學漢魏，學盛唐。"從而然之。而學漢魏與盛唐所以然之故，彼不能知，不能言也。即能效而言之，而終不能知也。又有人曰："詩當學晚唐，學宋、學元。"彼亦曰："學晚唐，學宋、學元。"又從而然之。而置漢魏與盛唐所以然之故，彼又終不能知也。或聞詩家有宗劉長卿者矣，於是羣然而稱劉隨州矣；又或聞有崇尚陸游者矣，於是人人案頭無不有《劍南集》，以爲秘本，而遂不敢他及矣。如此等類，不可枚舉一槩。人云亦云，人否亦否，何爲者耶？

夫人以著作自命，將進退古人，次第前哲，必具有隻眼而後泰然有自居之地。倘議論是非，聾瞽於中心[27]，而隨世人之影響而附會之，終日以其言語筆墨爲人使令驅役，不亦愚乎！且有不自以爲愚，旋愚成妄，妄以生驕，而愚益甚焉！原其患始於無識，不能取舍之故也。是即吟詠不輟，累牘連章，任其塗抹，全無生氣。其爲才耶？爲不才耶？

惟有識，則是非明；是非明，則取舍定。不但不隨世人腳跟，並亦不隨古人腳跟。非薄古人爲不足學也；蓋天地有自然之文章，隨我之所觸而發宣之，必有克肖其自然者，爲至文以立極。我之命意發言，自當求其至極者。昔人有言："不恨我不見古人，恨古人不見我。"又云："不恨臣無二王法，但恨二王無臣法。"[28]斯言特論書法耳，而其人自命如此。等而上之，可以推矣。譬之學射者，盡其目力臂力，審而後發；苟能百發百中，即不必學古人，而古有后羿、養由基[29]其人者，自然來合我矣。我能是，古人先我而能是，未知我合古人歟？古人合我歟？高適有云："乃知古時人，亦有如我者。"[30]豈不然哉！故我之著作與古人同，所謂其揆之一[31]；即有與古人異，乃補古人之所未足，亦可言古人補我之所未足。而後我與古人交爲知己也。惟如是，我之命意發言，一一皆從識見中流布。識明則膽張，任其發宣而無所於怯，橫説豎説，左宜而右有，直造化在手，無有一之不肖乎物也。

且夫胸中無識之人，即終日勤於學，而亦無益，俗諺謂爲"兩腳書櫥"[32]。記誦日多，多益爲累。及伸紙落筆時，胸如亂絲，頭緒既紛，無從割擇，中且餒而膽愈怯，欲言而不能言。或能言而不敢言，矜持於銖兩尺鑊之中，既恐不合於古人，又恐貽譏於今人。如三日新婦，動恐失體。又如跛者登臨，舉恐失足。文章一道，本摅寫揮灑樂事，反若有物焉以桎梏之，無處非礙矣。於是，强者必曰："古人某某之作如是，非我則不能得其法也。"弱者亦曰："古人某某之作如是，今之聞人某某傳其法如是，而我亦如是也。"其黠者心則然而秘而不言；愚者心不能知其然，徒誇而張於人，以爲我自有所本也。更或謀篇時，有言已盡，本無可贅矣，恐方幅不足，而不合於格，於是多方拖沓以擴之：是蛇添足[33]也。又有言尚未盡，正堪抒寫，恐逾於格而失矩度，亟闔而已焉：是生割活剥也。之數者，因無識，故無膽，使筆墨不能自由，是爲操觚[34]家之苦趣，不可不察也。

昔賢有言："成事在膽"[35]、"文章千古事"[36]，苟無膽，何以能千古乎？吾故曰：無膽則筆墨畏縮。膽既詘矣，才何由而得伸乎？惟膽能生才，但知才受於天，而抑知必待擴充於膽邪！吾見世有稱人之才，而歸美之曰："能斂才就法。"斯言也，非能知才之所由然者也。夫才者，諸法之蘊隆[37]發現處也。若有所斂而爲就，則未斂未就以前之才，尚未有法也。其所爲才，皆不從理、事、情而得，爲拂道悖德之言，與才之義相背而馳者，尚得謂之才乎？夫於人之所不能知，而惟我有才能知之，於人之所不能言，而惟我有才能言之，縱其心思之氤氳磅礡，上下縱橫，凡六合以內外，皆不得而囿之；以是措而爲文辭，而至理存焉，萬事準焉，深情托焉，是之謂有才。若欲其斂以就法，彼固掉臂遊行於法中久矣。不知其所就者，又何物也？必將曰："所就者，乃一定不遷之規矩。"此千萬庸衆人皆可共趨之而由之，又何待於才之斂耶？故文章家止有以才禦法而驅使之，決無就法而爲法之所役，而猶欲詡其才者也。吾故曰：無才則心思不出。亦可曰：無心思則才不出。而所謂規矩者，即心思之肆應各當之所爲也。蓋言心思，則主乎內以言才；言法，則主乎外以言才。主乎內，心思無處不可通，吐而爲辭，無物不可通也。夫孰得而範圍其心，又孰得而範圍其言乎！主乎外，則囿於物而反有所不得於我心，心思不靈，而才銷鑠矣。

吾嘗觀古之才人，合詩與文而論之，如左邱明、司馬遷、賈誼、李白、杜甫、韓愈、蘇軾之徒，天地萬物皆遞開闔於其筆端，無有不可舉，無有不能勝，前不必有所承，後不必有所繼，而各有其愉快。如是之才，必有其力以載之。惟力大而才能堅，故至堅而不可摧也。歷千百代而不朽者以此。昔人有云："擲地須作金石聲。"[38]六朝人非能知此義者，而言金石，喻其堅也。此可以見文家之力。力之分量，即一句一言，如植之則不可仆，橫之則不可斷，行則不可遏，住則不可遷。《易》曰："獨立不懼。"[39]此言其人，而其人之文當亦如是也。譬之兩人焉，共適於途，而值羊腸蠶叢[40]峻棧危梁之險。其一弱者精疲於中，形戰於外，將裹足而不前，又必不可已而進焉。於是步步有所憑藉，以爲依傍：或藉人之推之挽之，或手有所持而捫，或足有所緣而踐。即能前達，皆非其人自有之力；僅愈於木偶，爲人舁之而行耳。其一爲有力者，神旺而氣足，徑往直前，不待有所攀援假借，奮然投足，反趨弱者扶掖之前。此直以神行而形隨之，豈待外求而能者！故有境必能造，有造必能成。吾故曰：立言者，無力則不能自成一家。夫家者，吾固有之家也。人各自有家，在己力而成之耳；豈有依傍想象他人之家以爲我之家乎！是猶不能自求家珍，穿窬鄰人之物以爲己有，即使盡竊其連城之璧[41]，終是鄰人之寶，不可爲我家珍。而識者窺見其裹，適供其啞然一笑而已。故本其所自有者而益充而廣大之以成家，非其力之所自致乎！

　　然力有大小，家有巨細。吾又觀古之才人，力足以蓋一鄉，則爲一鄉之才；力足以蓋一國，則爲一國之才；力足以蓋天下，則爲天下之才。更進乎此，其力足以十世，足以百世，足以終古；則其立言不朽之業，亦垂十世，垂百世，垂終古，悉如其力以報之。試合古今之才，一一較其所就，視其力之大小遠近，如分寸銖兩之悉稱焉。又觀近代著作之家，其詩文初出，一時非不紙貴[42]，後生小子，以耳爲目，互相傳誦，取爲模楷；及身没之後，聲問即泯，漸有起而議之者。或間能及其身後；而一世再世，漸遠而無聞焉。甚且詆毁叢生，是非競起，昔日所稱其人之長，即爲今日所指之短。可勝歎哉！即如明三百年間，王世貞、李攀龍輩盛鳴於嘉隆時，終不如明初之高、楊、張、徐[43]，猶得無毁於今日人之口也；鐘惺、譚元春之矯異於末季，又不如王李之猶可及於再世之餘也。是皆其力所至遠近之分量也。統百代而論詩，自《三百篇》而後，惟杜甫之詩，其力能與天地相終始，與《三百篇》等。自此以外，後世不能無入者主之，出者奴之，諸説之異同，操戈之不一矣。其間又有力可以百世，而百世之内，互有興衰者：或中湮而復興，或昔非而今是，又似世會使之然。生前或未有推重之，而後世忽崇尚之：如韓愈之文，當愈之時，舉世未有深知而尚之者；二百餘年後，歐陽修方大表章之，天下遂翕然宗韓愈之文，以至於今不衰。信乎，文章之力有大小遠近，而又盛衰乘時之不同如是！欲成一家言，斷宜奮其力矣。夫内得之於識而出之而爲才；惟膽以張其才；惟力以克荷之。得全者其才見全；得半者其才見半；而又非可矯揉蹴至[44]之者也，蓋有自然之候焉。千古才力之大者，莫有及於神禹。神禹平成天地之功，此何等事！而孟子以爲行所無事[45]，不過順水流行坎止[46]自然之理，而行疏瀹、排決[47]之事，豈别有治水之法，有所矯揉以行之者乎！不然者，是行其所有事矣。大禹之神力，遠及萬萬世；以文辭立言者，雖不敢幾此，然異道同歸，勿以篇章爲細務自遜，處於没世無聞已也。

　　大約才、識、膽、力，四者交相爲濟。苟一有所歉，則不可登作者之壇。四者無緩急，而要在先之以識：使無識，則三者俱無所託。無識而有膽，則爲妄、爲鹵莽、爲無知，其言背理、叛道，蔑如也。無識而有才，雖議論縱横，思致揮霍，而是非淆亂，黑白顛倒，才反爲累矣。無識而有力，則堅僻[48]、妄誕之辭，足以誤人而惑世，爲害甚烈。若在騷壇，均爲風雅之罪人。惟有識，則能知所從、知所奮、知所決，而後才與膽力，皆確然有以自信；舉世非之，舉世譽之，而不爲其所摇[49]。安有隨人之是非以爲是非者哉！其胸中之愉快自足，寧獨在詩文一道已也！然人安能盡生而具絶人之姿，何得易言有識！其道宜如《大學》之始於“格物”[50]。誦讀古人詩書，一一以理事情格之，則前後、中邊、左右、向背，形形色色，殊類萬態，無不可得；不使有毫髮之罅，而物得以乘我焉。如以文爲戰，而進無堅城，退無横陣矣。若舍其在我者，而徒日勞於章句誦讀，不過剿襲、依傍、摹擬、窺伺之術，以自躋於作者之林，則吾不得而知之矣！

## 六

或曰："先生之論詩，深源於正變盛衰之所以然，不定指在前者爲盛，在後者爲衰。而謂明二李[51]之論爲非，是又以時人之模稜漢魏、貌似盛唐者，熟調陳言，千首一律，爲之反覆以開其錮習、發其憒蒙。乍聞之，似乎矯枉而過正；徐思之，真膏肓之針砭也。然則，學詩者，且置漢魏初盛唐詩勿即寓目，恐從是入手，未免熟調陳言，相因而至，我之心思終於不出也；不若即於唐以後之詩而從事焉，可以發其心思，啓其神明，庶不墮蹈襲相似之故轍，可乎？"

余曰：吁！是何言也？余之論詩，謂近代之習，大概斥近而宗遠，排變而崇正，爲失其中而過其實，故言非在前者之必盛，在後者之必衰。若子之言，將謂後者之居於盛，而前者反居於衰乎？吾見歷來之論詩者，必曰：蘇、李不如《三百篇》，建安、黃初不如蘇、李，六朝不如建安、黃初，唐不如六朝。而斥宋者，至謂不僅不如唐，而元又不如宋。惟有明二三作者，高自位置，惟不敢自居於《三百篇》，而漢、魏、初盛唐居然兼總而有之，而不少讓。平心而論，斯人也，實漢、魏、唐人之優孟[52]耳。竊以爲相似而僞，無寧相異而真，故不必泥前盛後衰爲論也。

夫自《三百篇》而下，三千餘年之作者，其間節節相生，如環之不斷；如四時之序，衰旺相循而生物、而成物，息息不停，無可或間也。吾前言踵事增華[53]，因時遞變，此之謂也。故不讀"明"、"良"《擊壤》之歌[54]，不知《三百篇》之工也；不讀三百篇，不知漢魏詩之工也；不讀漢魏詩，不知六朝詩之工也；不讀六朝詩，不知唐詩之工也；不讀唐詩，不知宋與元詩之工也。夫惟前者啓之，而後者承之而益之；前者創之，而後者因之而廣大之。使前者未有是言，則後者亦能如前者之初有是言；前者已有是言，則後者乃能因前者之言而另爲他言。總之，後人無前人，何以有其端緒；前人無後人，何以竟其引伸乎！譬諸地之生木然：《三百篇》則其根；蘇李詩則其萌芽由蘖[55]；建安詩則生長至於拱把[56]；六朝詩，則有枝葉；唐詩則枝葉垂蔭；宋詩則能開花，而木之能事方畢。自宋以後之詩，不過花開而謝，花謝而復開。其節次雖層層積累，變換而出；而必不能不從根柢而生者也。故無根，則由蘖何由生？無由蘖，則拱把何由長？不由拱把，則何自而有枝葉垂蔭，而花開花謝乎？若曰：審如是，則有其根斯足矣；凡根之所發，不必問也。且有由蘖及拱把成其爲木，斯足矣；其枝葉與花，不必問也。則根特蟠於地而具其體耳，由蘖萌芽僅見其形質耳，拱把僅生長而上達耳；而枝葉垂蔭，花開花謝，可遂以已乎？故止知有根芽者，不知木之全用者也；止知有枝葉與花者，不知木之大本者也。由是言之：詩自《三百篇》以至於今，此中終始相承相成之故，乃豁然明矣。豈可以臆劃而妄斷者哉！

大抵近時詩人，其過有二：其一奉老生之常談，襲古來所云忠厚和平、渾樸典雅、陳陳皮膚之語，以爲正始在是，元音復振，動以道性情、托比興爲言。其詩也，非庸則腐，非腐則俚。其人且復鼻孔撩天[57]，搖脣振履，面目與心胸，殆無處可以位置。此真虎豹之鞟[58]耳！其一好爲大言，遺棄一切，掇採字句，抄集韻脚。覡其成篇，句句可劃；諷其一句，字字可斷。其怪戾則自以爲李賀，共濃抹則自以爲李商隱，其澀險則自以爲皮陸[59]，其拗拙則自以爲韓孟[60]。土苴[61]建安，弁髦[62]初盛。後生小子，詫爲新奇，競趨而效之。所云牛鬼蛇神，虁蚿[63]魍魎；揆之風雅之義，風者真不可以風，雅者則已喪其雅，尚可言耶！吾願學詩者，必從先型以察其源流，識其升降。讀《三百篇》而知其盡美矣，盡善矣，然非今之人所能爲；即今之人能爲之，而亦無爲之之理，終亦不必爲之矣。繼之而讀漢魏之詩，美矣，善矣，今之人庶能爲之，而無不可爲之；然不必爲之；或偶一爲之，而不必似之。又繼之而讀六朝之詩，亦可謂美矣，亦可謂善矣，我可以擇而間爲之；亦可以恝[64]而置之。又繼之而讀唐人之詩，盡美盡善矣，我可盡其心以爲之，又將變化神明而達之。又繼之而讀宋之詩、元之詩，美之變而仍美，善之變而仍善矣；吾縱其所如，而無不可爲之，可以進退出入而爲之。此古今之詩相承之極致，而學詩者循序反覆之極致也。

原夫創始作者之人，其興會所至，每無意而出之，即爲可法可則。如《三百篇》中，里巷歌謠、思婦勞人之吟詠居其半。彼其人非素所誦讀講肄[65]推求而爲此也，又非有所研精極思、腐毫輟翰[66]而始得也；情偶至而感，有所感而鳴，斯以爲風人之旨，遂適合於聖人之旨而刪之爲經以垂教。非必謂後之君子，雖誦讀講習，研精極思，求一言之幾於此而不能也。乃後之人，頌美、訓釋《三百篇》者，每有附會。而於漢、魏、初盛唐亦然，以爲後人必不能及。乃其弊之流，且有逆而反之：推崇宋元者，菲薄唐人；節取中、晚者，遺置漢魏。則執其源而遺其流者，固已非矣；得其流而棄其源者，又非之非者乎！然則，學詩者，使竟從事於宋、元近代，而置漢、魏、唐人之詩而不問，不亦大乖於詩之旨哉！

（《原詩》，人民文學出版社 1979 年版）

## ［注釋］

[1]河漢：《莊子·逍遙遊》：“肩吾問於連叔曰：‘吾聞言於接輿，大而無當，往而不返，吾驚怖其言，猶河漢而無極也。’”後謂不置信，又轉爲忽視之意。劉義慶《世說新語·言語》：“公（謝安，編者注）欣曰：‘若郗超聞此語，必不至河漢。’”這裏比喻言論誇誕、不着邊際。 [2]萬彙之賾：各種幽深玄妙的事物。賾，幽深玄妙。 [3]詩文一道，豈有定法哉：呂本中《夏均父集序》：“是道也，蓋有定法而無定法。” [4]自古之五刑宅就以至於今：五刑，古代的五種刑罰。《書·舜典》：“流宥五刑。”早期具體名稱，見於《書·呂刑》的爲墨、劓、剕、宮、大辟；見於《周禮·秋官·司刑》的爲墨、劓、宮、刖、殺。商、周即已實行，後略有變化，屢加更定。隋至清改

爲笞、杖、徒、流、死。 ［5］五服五章：古代五等服飾上不同的文采。《書·皋陶謨》：“天命有德，五服五章哉。”僞孔安國傳：“五服，天子、諸侯、卿、大夫、士之服也。尊卑采章各異，所以命有德。” ［6］等威：刑罰的等差。威，刑罰。《韓非子·用人》：“上無私威之毒。” ［7］活法：吕本中《夏均父集序》：“學詩當識活法。所謂活法者，規矩備具而能出於規矩之外，變化不測而亦不背於規矩也。” ［8］絶世獨立：班固《漢書·外戚傳》載李延年歌：“北方有佳人，絶世而獨立。” ［9］格：感通。《書·君奭》：“格於皇天。” ［10］《千家詩》：總集名。舊時坊刻之書，有《新鐫五言千家詩》、《重訂千家詩》兩種。前者題王相選注。後者所選都是七言，題宋謝枋得選，王相注。相字晉升，明清間江西臨川人。此兩種《千家詩》各分絶詩、律詩兩部分，大都爲唐宋作品。編選庸陋，注解膚淺，時有謬説。題謝枋得選，當係偽託。 ［11］三家村詞伯：指一般文人。三家村，偏僻的小山村。陸游《村飲示鄰曲》：“偶失萬户侯，遂老三家村。”詞伯，尤詞宗，文章的大家。杜甫《壯遊》：“許與必詞伯，賞遊實賢王。” ［12］揮霍：迅疾貌。陸機《文賦》：“紛紜揮霍，形難爲狀。” ［13］五罰：《尚書·吕刑》：“墨罰之屬千，劓罰之屬千，剕罰之屬五百，宫罰之屬三百，大辟之罰其屬二百：五刑之屬三千。” ［14］夫子所云“辭達”：《論語·衛靈公》：“子曰：‘辭達而已矣。’” ［15］乾坤以之定位：《易·説卦》：“天地定位。” ［16］乾坤亦幾乎息矣：《易·繫辭下》：“乾坤毁則無以見易，易不可見則乾坤或幾乎息矣。” ［17］端倪：捉摸，推究。韓愈《送高閑上人序》：“故旭（張旭，編者注）之書，變動尤鬼神，不可端倪。” ［18］泰山之雲，……不崇朝而徧天下：《公羊傳·僖公三十一年》：“觸石而出，膚寸而合，不崇朝而遍雨乎天下者，唯泰山爾。”何休注：“側手爲膚，案指爲寸。……崇，重也。不崇朝，言一朝也。” ［19］鬊（shùn）：自落的髮。許慎《説文·髟部》：“鬊，鬌（duǒ）髮也。”王筠句讀：“鬊乃自落之髮，與髟爲翦落者不同，而云鬌髮者，其爲墮落同也。”又亂髮。鄭玄注《禮記·喪大記》：“鬊，亂髮也。”又“髮”通“稱”。張揖《廣雅·釋器》：“髮謂之鬊。” ［20］泰山之將出雲也……族而謀之曰：《莊子·在宥》：“雲氣不待族而雨。”族，叢聚、集合。 ［21］“蘇軾有言”句：蘇軾《文説》：“吾文如萬斛源泉，不擇地而出。” ［22］“夫子言”句：《禮記·中庸》：“子曰：‘文武之政，布在方策。’”孔穎達正義：“言文王武王爲政之道，皆布列在於方牘簡策。” ［23］修德貴日新：《易·大畜》語。 ［24］新莽之行周禮：漢初始元年（8）王莽代漢稱帝，改國號爲新。班固《漢書·王莽傳》：“攝皇帝遂開秘府，會群儒，制禮作樂……發得《周禮》，以明因監，則天稽古而損益焉。” ［25］經緯天地：《左傳·昭公二十八年》：“經天緯地曰文。” ［26］中藏（zàng）：内臟。司馬遷《史記·扁鵲倉公列傳》：“其人嗜粥，故中藏實。” ［27］瞀（mào）：愚昧。《荀子·非十二子》：“世俗之溝猶瞀儒。”楊倞注：“瞀，暗也。” ［28］“昔人有言”句：《南史·張融傳》：“融善草書，常自美其能。帝（齊高帝蕭道成，編者注）曰：‘卿書殊有骨力，但恨無二王法。’答曰：‘非恨臣無二王法，亦恨二王無臣法。’……常歎云：‘不恨我不見古人，所恨古人又不見我。’”二王指王羲之和王獻之。 ［29］養由基：春秋時楚國大夫。字叔。善射，能百步穿楊。亦作“養游基”。 ［30］“高適有云”句：高適《苦雪》四首其四語。 ［31］其揆之一：《孟子·離婁下》：“先聖後聖，其揆一也。”揆，尺度、準則。 ［32］兩腳書櫥：金武祥《粟香四筆》卷三：“《常州府志》云：‘永樂中，毗陵陳濟善記書，文皇謂爲兩腳書櫥。古人號書櫥者有矣，此云兩腳者，文皇亦善諧謔也。’武祥按：吾鄉稱人文理半通者爲‘兩腳書櫥’，蓋本於此。”又趙翼《陔餘叢考》卷四十三：“齊陸隆學極博，而讀《易》不解文義。王儉曰：‘陸公，書櫥也。’今人謂讀書多而不能用者爲‘兩脚書櫥’，本此。” ［33］蛇添足：《戰國策·齊策二》：“楚有祠者，賜其舍人卮酒。舍人相謂曰：‘數人飲之不足，一人飲之有餘；請畫地爲蛇，先成者飲酒。’一人蛇先成，引酒且飲之；乃左手持卮，右手畫蛇，曰：‘吾能爲之足。’未成，一人之蛇成，奪其卮曰：‘蛇固無足，子安能爲之足！’遂飲其酒。”後以“畫蛇添足”比喻節外生枝，不但多餘無益，反而害事。［34］操觚：參《藝苑卮言》注［8］。 ［35］成事在膽：朱熹《三朝名臣言行録》卷一：“公（韓琦，編者注）平日謂：‘成大事在膽。’” ［36］文章千古事：杜甫《偶題》語。 ［37］蘊隆：熱氣盛。《詩·大雅·雲漢》：“旱既大甚，蘊隆蟲蟲。”毛傳：“蘊蘊而暑，隆隆而雷，蟲蟲而熱。”蘊，通“熅”，悶熱。隆，盛、多。 ［38］“昔人有云”句：劉義慶《世説新語·文學》：“孫興公（綽，編者注）作《天台賦》成，以示范榮期（啓，編者注）云：‘卿試擲地，要作金石聲。’”後以“擲地有聲”形容文辭優美，聲調鏗鏘，亦形容説話豪邁有力。又作“擲地金聲”。 ［39］《易》曰”句：《易·大過》：“君子以獨立不懼，遯世無悶。” ［40］蠶叢：古蜀王名，借指蜀道。揚雄《揚子雲集》卷六《蜀王本紀》：“蜀之先稱王者，有蠶叢、折灌、魚易、俾明。” ［41］連城之璧：司馬遷《史記·廉頗藺相如列傳》：“趙惠文王時，得楚和氏璧，秦昭王聞之，使人遺趙王書，願以十五城請易璧。”後因稱“連城璧”，亦比喻極珍貴的東西。 ［42］紙貴：《晉書·左思傳》：“復欲賦三都……及賦成……於是豪貴之家競相傳寫，洛陽爲之紙貴。”後以“洛陽紙貴”稱譽著作風行一時，流傳甚廣。 ［43］高、楊、張、徐：合稱“吳中四傑”的高啓、楊基、張羽、徐賁。 ［44］蹴至：一步就到，形容輕而易舉。蹴，踩、踏。 ［45］神禹平成天地之功……而孟子以爲行所無事：《孟子·離婁下》：“禹之行水也，行其所無事也。” ［46］坎止：班固《漢書·賈誼傳》：“乘流則逝，得坎則止。”坎，坑、地洞。 ［47］疏瀹、排決：《孟子·滕文公上》：“禹疏九河，瀹濟、漯而注諸海，決汝、漢，排淮、泗而注之江。”瀹（yuè），疏通河道。 ［48］堅僻：《荀子·非十二子》：“行辟而堅。”楊倞注：“辟讀爲僻。”即固執怪僻，黃榦《勉齋集》卷三《與李敬子司直書》：“榦以九月一日抵家，因得杜門絶人事，遂其堅僻，以度餘生。” ［49］舉世非之，舉世譽之，而不爲其所摇：《莊子·逍遥遊》：“且舉世而譽之而不加勸，舉世而非之而不加沮。” ［50］《大學》之始於“格物”：《禮記·大學》：“大學之道，在明明德，在親民，在止於至善。……古之欲明明德於天下者，先治其國；欲治其國者，先齊其家；欲齊其家者，先修其身；欲修其身者，先正其心；欲正其心者，先誠其意；欲誠其意者，先致其知；致知在格物。”格物，推究事物的原理。 ［51］明二李：指李夢陽和李攀龍。 ［52］優孟：春秋時楚國優人。擅長滑稽諷刺。楚相孫叔敖死後，着孫叔敖衣冠諫楚王。這裏指模仿。 ［53］踵事增華：蕭統《文選序》：“蓋踵其事而增華，變其本而加厲；物既有之，文亦宜然。”後以“踵事增華”指繼承前人事業使之更美好完善。 ［54］“明”、“良”《擊壤》之歌：《書·益稷》：“乃賡載歌曰：‘元首明哉！股肱良哉！庶事康哉！’”王充《論衡·藝增》：“傳曰：有年五十擊壤於路者，觀者曰：‘大哉，堯德乎！’擊壤者曰：‘吾日出而作，日入而息，鑿井而飲，耕田而食。堯何等力！’”《藝文類聚》卷十一引皇甫謐《帝王世紀》所引歌辭略異，末句作“帝何力於我哉！” ［55］由蘗（bò）：樹木枯死或被砍伐後重生的新芽。《書·盤庚上》：“若顛木之有由蘗。” ［56］拱把：拱，兩手合圍。把，一手所握。用來比擬樹幹粗細。《孟子·告子上》：“拱把之桐梓。” ［57］鼻孔撩天：鼻孔朝天，形容高傲自大。陸游《入蜀記》卷五：“荆州絶無禪林，惟二聖而已。然蜀僧出關，必走江浙，回者又已自謂有得，不復全叩。故語云：‘下江者疾走如煙，上汀者鼻孔撩天。徒勞他二佛打供，了不見一僧坐禪。’” ［58］虎豹之鞟(kuò)：《論語·顔淵》："棘子成曰：'君子質而已矣，何以文爲？'子貢曰：'惜乎……文，猶質也；質，猶文也。虎豹之鞟，猶犬羊之鞟。'"劉勰《文心雕龍·情采》："虎豹無文，則鞟同犬羊……質待文也。"鞟，去毛的獸皮。　[59]皮陸：指皮日休和陸龜蒙。　[60]韓孟：指韓愈和孟郊。　[61]土苴：《莊子·讓王》："其土苴以治天下。"王先謙集解引司馬云："土苴，如糞草也。"比喻輕賤。此句謂看不起建安詩。　[62]弁髦：古代貴族冠禮，先用緇布冠束好垂髮，加冠三次後，去掉緇布冠不再用。《左傳·昭公九年》："豈如弁髦，而因以敝之。"比喻無用的東西。此句謂以爲初、盛唐詩無用。弁，緇布冠，一種用黑布做的帽子。髦，童子的垂髮。　[63]蚿(xián)：馬蚿，又名馬陸、百足。《莊子·秋水》："夔憐蚿，蚿憐蛇。"陸德明《釋文》引司馬彪曰："蚿，多足。"　[64]恝(jiá)：不經心，無動於衷。《孟子·萬章上》："夫公明高以孝子之心爲不若是恝。"趙岐注："恝，無愁之貌。"　[65]肄：研習，學習。范曄《後漢書·禮儀志中》："兵官皆肄孫、吳兵法。"　[66]腐毫輟翰：班固《漢書·枚皋傳》："司馬相如善爲文而遲。"桓譚《新論·祛蔽》："子雲（揚雄字，編者注）亦言，成帝時，趙昭儀方大幸，每上甘泉，詔使作賦，爲之卒暴，思精苦，始成。遂因倦小卧，夢其五藏出在地，以手收而内之。及覺，病喘悸，大少氣，病一歲。由此言之，盡思慮，傷精神也。"劉勰《文心雕龍·神思》："相如含筆而腐毫，揚雄輟翰而驚夢。"范文瀾注："含筆腐毫之説，想彦和（劉勰字，編者注）以意爲之。"

## 史料選

### 葉燮《原詩·内篇(下)》(節選)

二

或問於余曰："詩可學而能乎？"曰："可。"曰："多讀古人之詩而求工於詩而傳焉，可乎？"曰："否。"曰："詩既可學而能，而又謂讀古人之詩以求工爲未可，竊惑焉。其義安在？"

余應之曰：詩之可學而能者，盡天下之人皆能讀古人之詩而能詩，今天下之稱詩者是也；而求詩之工而可傳者，則不在是。何則？大凡天資人力，次序先後，雖有生學困知之不同，而欲其詩之工而可傳，則非就詩以求詩者也。我今與子以詩言詩，子固未能知也；不若借事物以譬之，而可曉然矣。

今有人焉，擁數萬金而謀起一大宅，門堂樓廡，將無一不極輪奐之美。是宅也，必非憑空結撰，如海上之蜃，如三山之雲氣。以爲樓台，將必有所託基焉。而其基必不於荒江、窮壑、負郭、僻巷、湫隘、卑濕之地，將必於平直高敞、水可舟楫陸可車馬者，然後始而經營之，大廈乃可次第而成。我謂作詩者，亦必先有詩之基焉。詩之基，其人之胸襟是也。有胸襟，然後能載其性情、智慧、聰明、才辨以出，隨遇發生，隨生即盛。千古詩人推杜甫。其詩隨所遇之人之境之事之物，無處不發其思君王、憂禍亂、悲時日、念友朋、弔古人、懷遠道，凡歡愉、幽愁、離合、今昔之感，一一觸類而起，因遇得題，因題達情，因情敷句，皆因甫有其胸襟以爲基。如星宿之海，萬源從出；如鑽燧之火，無處不發；如肥土沃壤，時雨一過，禾矯百物，隨類而興，生意各別，而無不具足。即如甫集中《樂遊園》七古一篇：時甫年才三十餘，當開寶盛時；使今人爲此，必鋪陳颺頌，藻麗雕繢，無所不極；身在少年場中，功名事業，來日未苦短也，何有乎身世之感？乃甫此詩，前半即景事無多排場，忽轉“年年人醉”一段，悲白髮、荷皇天，而終之以“獨立蒼茫”，此其胸襟之所寄託何如也！余又嘗謂晉王羲之獨以法書立極，非文辭作手也。蘭亭之集，時貴名流畢會；使時手爲序，必極力鋪寫，諛美萬端，決無一語稍涉荒涼者。而羲之此序，寥寥數語，託意於仰觀俯察，宇宙萬彙，係之感憶，而極於死生之痛。則羲之之胸襟，又何如也！由是言之，有是胸襟以爲基，而後可以爲詩文。不然，雖日誦萬言，吟千首，浮響膚辭，不從中出，如剪綵之花，根蒂既無，生意自絕，何異乎憑虛而作室也！

乃作室者，既有其基矣，必將取材。而材非培塿之木、拱把之桐梓，取之近地闤闠村市之間而能勝也。當不憚遠且勞，求荆湘之梗楠，江漢之豫章，若者可以爲棟爲榱，若者可以爲楹爲柱，方勝任而愉快，乃免支離屈曲之病。則夫作詩者，既有胸襟，必取材於古人，原本於《三百篇》、《楚騷》，浸淫於漢魏、六朝、唐、宋諸大家，皆能會其指歸，得其神理。以是爲詩，正不傷庸，奇不傷怪，麗不傷浮，博不傷僻，決無剽竊吞剥之病。乃時手每每取捷徑於近代當世之聞人，或以高位，或以虛名，竊其體裁、字句，以爲秘本。謂既得所宗主，即可以得其人之贊揚獎借；生平未嘗見古人，而才名已早成矣。何異方寸之木，而遽高於岑樓耶！若此等之材，無論不可爲大廈；即數椽茅把之居，用之亦不勝任，將見一朝墮地，腐爛而不可支。故有基之後，以善取材爲急急也。

既有材矣，將用其材，必善用之而後可。得工師大匠指揮之，材乃不枉。爲棟爲樑，爲榱爲楹，悉當而無絲毫之憾。非然者，宜方者圓，宜圓者方，枉棟之材而爲桷，枉柱之材而爲楹，天下斵小之匠人寧少耶！世固有成誦古人之詩數萬首，涉略經史集亦不下數十萬言，逮落筆則有俚俗庸腐，窒板拘牽，隘小膚冗種種諸習。此非不足於材，有其材而無匠心，不能用而枉之之故也。夫作詩者，要見古人之自命處、着眼處、作意處、命辭處、出手處，無一可苟，而痛去其自己本來面目。如醫者之治結疾，先盡蕩其宿垢，以理其清虛，而徐以古人之學識神理充之。久之，而又能去古人之面目，然後匠心而出，我未嘗摹擬古人，而古人且爲我役。彼作室者，既善用其材而不枉，宅乃成矣。

宅成，不可無丹艧赭堊之功；一經俗工絢染，徒爲有識所嗤。夫詩，純淡則無味，純樸則近俚，勢不能如畫家之有不設色。古稱非文辭不爲功；文辭者，斐然之章采也。必本之前人，擇其麗而則、典而古者，而從事焉，則華實並茂，無誇絳鬥炫之態，乃可貴也。若徒以富麗爲工，本無奇意，而飾以奇字，本非異物，而加以異名別號，味如嚼蠟。展誦未竟，但覺不堪。此鄉里小兒之技，有識者不屑爲也。故能事以設色布采終焉。

然余更有進：此作室者，自始基以至設色，其爲宅也，既成而無餘事矣。然自康衢而登其門，於是而堂、而中門，又於是而中堂、而後堂、而閨閨、而曲房、而賓席東廚之室，非不井然秩然也；然使今日造一宅焉如是，明日易一地而更造一宅焉，而亦如是，將百十其宅，而無不皆如是，則亦可厭極矣。其道在於善變化。變化豈易語哉！終不可易曲房於堂之前、易中堂於樓之後，入門即見廚，而聯賓坐於閨閨也。惟數者一一各得其所，而悉出於天然位置，終無相踵沓出之病，是之謂變化。變化而不失其正，千古詩人惟杜甫爲能。高、岑、王、孟諸子，設色止矣；皆未可語以變化也。夫作詩者，至能成一家之言足矣。此猶清、任、和三子之聖，各極其至；而集大成，聖而不可知之之謂神，惟夫子。杜甫，詩之神者也。夫惟神，乃能變化。子言"多讀古人之詩而求工於詩"者，乃囿於今之稱詩者論也。

五

或曰："先生發揮理、事、情三言，可謂詳且至矣。然此三言，固文家之切要關鍵。而語於詩，則情之一言，義固不易；而理與事，似於詩之義，未爲切要也。先儒云：'天下之物，莫不有理。'若夫詩，似未可以物物也。詩之至處，妙在含蓄無垠，思致微渺，其寄托在可言不可言之間，其指歸在可解不可解之會，言在此而意在彼，泯端倪而離形象，絕議論而窮思維，引人於冥漠恍惚之境，所以爲至也。若一切以理概之，理者，一定之衡，則能實而不能虛，爲執而不爲化，非板則腐。如學究之説書，閭師之讀律，又如禪家之參死句不參活句，竊恐有乖於風人之旨。以言乎事：天下固有有其理，而不可見諸事者；若夫詩，則理尚不可執，又焉能一一徵之實事者乎！而先生斷斷焉必以理事二者與情同律乎詩，不使有毫髮之或離，愚竊惑焉！此何也？"

予曰：子之言誠是也。子所以稱詩者，深有得乎詩之旨者也。然子但知可言可執之理之爲理，而抑知名言所絕之理之爲至理乎？子但知有是事之爲事，而抑知無是事之爲凡事之所出乎？可言之理，人人能言之，又安在詩人之言之！可徵之事，人人能述之，又安在詩人之述之！必有不可言之理，不可述之事，遇之於默會意象之表，而理與事無不燦然於前者也。今試舉杜甫集中一二名句，爲子晰而剖之，以見其概，可乎？

如《玄元皇帝廟作》"碧瓦初寒外"句，逐字論之：言乎"外"，與內爲界也。"初寒"何物，可以內外界乎？將"碧瓦"之外，無"初寒"乎？"寒"者，天地之氣也。是氣也，盡宇宙之內，無處不充塞；而"碧瓦"獨居其"外"，"寒"氣獨盤踞於"碧瓦"之內乎？"寒"而曰"初"，將嚴寒或不如是乎？"初寒"無象無形，"碧瓦"有物有質；合虛實而分內外，吾不知其寫"碧瓦"乎？寫"初寒"乎？寫近乎？寫遠乎？使必以理而實諸事以解之，雖稷下談天之辯，恐至此亦窮矣！然設身而處當時之境會，覺此五字之情景，怳如天造地設，呈於象，感於目，會於心。意中之言，而口不能言；口能言之，而意又不可解。劃然示我以默會想象之表，竟若有内、有外，有寒、有初寒。特借“碧瓦”一實相發之，有中間，有邊際，虛實相成，有無互立，取之當前而自得，其理昭然，其事的然也。昔人云：“王維詩中有畫。”凡詩可入畫者，爲詩家能事。如風雲雨雪，景象之至虛者，畫家無不可繪之於筆；若初寒內外之景色，即董巨復生，恐亦束手擱筆矣！天下惟理事之入神境者，固非庸凡人可摹擬而得也。

又《宿左省作》“月傍九霄多”句：從來言月者，祇有言圓缺、言明暗、言升沈、言高下，未有言多少者。若俗儒，不曰“月傍九霄明”，則曰“月傍九霄高”。以爲景象真而使字切矣。今曰“多”，不知月本來多乎？抑“傍九霄”而始“多”乎？不知月“多”乎？月所照之境“多”乎？有不可名言者。試想當時之情景，非言“明”、言“高”、言“升”可得，而惟此“多”字可以盡括此夜宮殿當前之景象。他人共見之而不能知、不能言，惟甫見而知之、而能言之。其事如是，其理不能不如是也。

又《夔州雨濕不得上岸作》“晨鐘雲外濕”句：以“晨鐘”爲物而“濕”乎？“雲外”之物，何啻以萬萬計！且鐘必於寺觀，即寺觀中，鐘之外，物infinite算，何獨濕鐘乎？然爲此語者，因聞鐘聲有觸而云然也。聲無形，安能濕？鐘聲入耳而有聞，聞在耳，止能辨其聲，安能辨其濕？曰“雲外”，是又以目始見雲，不見鐘，故云“雲外”。然此詩爲雨濕而作，有雲然後有雨，鐘爲雨濕，則鐘在雲内，不應云“外”也。斯語也，吾不知其爲耳聞耶？爲目見耶？爲意揣耶？俗儒於此，必曰：“晨鐘雲外度。”又必曰：“晨鐘雲外發。”決無下“濕”字者。不知其於隔雲見鐘，聲中聞濕，妙悟天開，從至理實事中領悟，乃得此境界也。

又《摩訶池泛舟作》“高城秋自落”句：夫“秋”何物，若何而“落”乎？時序有代謝，未聞云“落”也。即“秋”能“落”，何繫之以“高城”乎？而曰“高城落”，則“秋”實自“高城”而“落”，理與事俱不可易也。

以上偶舉杜集四語，若以俗儒之眼觀之，以言乎理，理於何通？以言乎事，事於何有？所謂言語道斷，思維路絶。然其中之理，至虛而實，至渺而近，灼然心目之間，殆如鳶飛魚躍之昭著也。理既昭矣，尚得無其事乎？

古人妙於事理之句，如此極多，姑舉此四語，以例其餘耳。其更有事所必無者，偶舉唐人一二語，如“蜀道之難，難於上青天”，“似將海水添宮漏”，“春風不度玉門關”，“天若有情天亦老”，“玉顏不及寒鴉色”等句，如此者何止盈千累萬！決不能有其事，實爲情至之語。夫情必依乎理，情得然後理真。情理交至，事尚不得耶！要之作詩者，實寫理事情，可以言言，可以解解，即爲俗儒之作。惟不可名言之理，不可施見之事，不可徑達之情，則幽渺以爲理，想象以爲事，惝恍以爲情，方爲理至、事至、情至之語。此豈俗儒耳目心思界分中所有哉！則余之爲此三語者，非腐也，非僻也，非錮也。得此意而通之，寧獨學詩，無適而不可矣。

（《原詩》，人民文學出版社 1979 年版）

## 葉燮《原詩·外篇（上）》（選錄）

### 四

《虞書》稱“詩言志”。志也者，訓詁爲“心之所之”，在釋氏，所謂“種子”也。志之發端，雖有高卑、大小、遠近之不同；然有是志，而以我所云才、識、膽、力四語充之，則其仰觀俯察、遇物觸景之會，勃然而興，旁見側出，才氣心思，溢於筆墨之外。志高則其言潔，志大則其辭弘，志遠則其旨永。如是者，其詩必傳，正不必斤斤爭工拙於一字一句之間。乃俗儒欲炫其長以鳴於世，於片語隻字，輒攻瑕索疵，指爲何出；稍不勝，則又援前人以證。不知讀古人書，欲著作以垂後世，貴得古人大意；片語隻字，稍不合，無害也。必欲求其瑕疵，則古今惟吾夫子可免。《孟子》七篇，欲加之辭，豈無微有可議者！孟子引《詩》、《書》，字句恒有錯誤，豈爲子興氏病乎！詩聖推杜甫，若索其瑕疵而文致之，政自不少，終何損乎杜詩！俗儒於杜，則不敢難；若今人爲之，則喧呶不休矣。……

### 六

“作詩者在抒寫性情。”此語夫人能知之，夫人能言之，而未盡夫人能然之者矣。“作詩有性情必有面目。”此不但未盡夫人能然之，並未盡夫人能知之而言之者也。如杜甫之詩，隨舉其一篇，篇舉其一句，無處不可見其憂國愛君，憫時傷亂，遭顛沛而不苟，處窮約而不濫，崎嶇兵戈盜賊之地，而以山川景物友朋盃酒抒憤陶情：此杜甫之面目也。我一讀之，甫之面目躍然於前。讀其詩一日，一日與之對；讀其詩終身，日日與之對也。故可慕可樂而可敬也。舉韓愈之一篇一句，無處不可見其骨相稜嶒，俯視一切；進則不能容於朝，退又不肯獨善於野，疾惡甚嚴，愛才若渴：此韓愈之面目也。舉蘇軾之一篇一句，無處不可見其凌空如天馬，遊戲如飛仙，風流儒雅，無入不得，好善而樂與，嬉笑怒罵，四時之氣皆備：此蘇軾之面目也。此外諸大家，雖所就各有差別，而面目無不於詩見之。其中有全見者，有半見者。如陶潛、李白之詩，皆全見面目。王維五言，則面目見；七言，則面目不見。此外面目可見不可見，分數多寡，各各不同，然未有全不可見者。讀古人詩，以此推之，無不得也。余嘗於近代一二聞人，展其詩卷，自始自終，亦未嘗不工；乃讀之數過，卒未能覩其面目何若，竊不敢謂作者如是也。

（《原詩》，人民文學出版社 1979 年版）

## 沈珩《原詩叙》

詩自唐以後迄於有明，六七百年中間，非雄才自喜、力能上薄《風》、《騷》者，不敢揚躒以進；然且偏畸間出，餘子或附離以起，亦不數數稱也。非若元嘉迄唐，四百餘年間，人握鉛槧者比。且以有唐之盛，間按其時作家所論次，大率謂宗工崛起，學者得其門而歷堂奥、探驪珠，當代不過數人。其嚴若此。是必專門師匠，口傳心授，有詩之所以爲說者存；非其說，雖工弗尚也。惟其不敢不慎，而詩存。今則不然：手繙四聲，筆涉五字、七字皆詩人，稍稍致語屬綴，其徒輒自相國色，則以家驪人璧而詩亡。不特此也，詩亡而益曼衍乎詩，沿譌揚波，以逢世而欺人，浸淫不止，非世道人心之憂乎哉！憂不獨在詩。然自古宗工宿匠所以稱詩之說，僅散見評騭間，一支一節之常者耳；未嘗有創闢其識，綜貫成一家言，出以砭其迷、開其悟。何怪乎羣焉不知蜀道之巉曲，而思宿舂糧以驅轂者之貿貿哉！星期先生，其才揮斥八極，而又馳騁百家。讀“己畦詩”，風格真大家宗傳。其鉥鋒絶識，洞空達幽，足方駕少陵、昌黎、眉山三君子。乃復憫學者障錮於淫詖，慫焉憂之，發爲《原詩》内外篇。内篇，標宗旨也；外篇，肆博辨也。非以詩言詩也；凡天地間日月雲物、山川類族之所以動盪、虬龍杳幻、鼪鼯悲嘯之所以神奇、皇帝王霸、忠賢節俠之所以明其尚，神鬼感通、愛惡好毁之所以彰其機，莫不條引夫端倪、摹盡夫毫芒，而以之權衡乎詩之正變、與諸家持論之得失，語語如震霆之破睡。可謂精矣神矣！其文之牢籠萬象，出没變化，蓋自昔《南華》、《鴻烈》以逮經世觀物諸子所成一家之言是也。而不惟是也。若所標示胸襟品量之說，不特古人心地之隱，由詩而較然千古；抑朝廷可以得國士，交遊氣類中可以得豪傑碩賢，塵俗世故之外可以得浩落超絶之異人。功在學術流品，豈小哉！讀先生是編，使知古人嚴爲論詩之旨、與作者慎爲屬詩之義，則詩之亡者以存。詩存而距塞其逢世欺人之浸淫，則世道人心之繫，亦以詩存。嗟乎！彼宗工宿匠所不肯舉其心得之儲，俾學者捆載以去；先生乃不靳開左藏以貸貧，而抑以援其溺，斯其胸襟品量何等耶！康熙丙寅冬十月年通家世侍海寧沈珩拜手譔。

（《原詩》，人民文學出版社 1979 年版）

# 王士禎

## 鬲津草堂詩集[1]序

### ［解題］

　　王士禎（1634—1711），字子真、貽上，號阮亭、漁洋山人。雍正時避帝諱，被改稱士正；乾隆時，又改稱士禎。山東新城（今桓臺）人。順治十五年（1658）進士，授揚州推官，累官至刑部尚書，乾隆時追謚文簡。主康熙詩壇數十年，與朱彝尊並稱"南朱北王"。論詩創神韻説，諸體兼擅，七絶尤工，詞與古文亦獲時名。有《漁洋詩集》二十二卷、《續集》十六卷、《漁洋文略》十四卷、《蠶尾集》十卷、《續集》二卷、《後集》二卷、《南海集》二卷、《雍益集》一卷，合刻爲《帶經堂集》。門人曹禾、盛符升删掇諸集，合爲《精華録》十卷，相傳實王士禎手定，金榮注，惠棟訓纂。又有《漁洋詩話》、《五代詩話》、《古夫于亭雜録》，張宗楠輯其詩論爲《帶經堂詩話》三十卷。還編有《古詩選》三十二卷、《十種唐詩選》十七卷、《唐賢三昧集》三卷、《唐人萬首絶句選》七卷、《二家詩選》二卷。《清史稿》卷二百六十六有傳。蔣寅有《王漁洋事跡徵略》。

　　王士禎論詩主神韻説，即在繼承古人論畫强調傳神和唐司空圖、宋嚴羽等論詩强調餘韵的基礎上，提倡"興會神到"和"大音希聲"，反對雕琢堆砌，以清淡閑遠的風神韻致爲詩歌的最高境界。神韻説影響清前期詩壇近百年，而王士禎的詩論，自有一個變化的過程。明清之際詩壇受明代文學復古運動的影響，於詩言必稱盛唐，其弊流於膚廓。王士禎有感於此，在康熙十五、十六年間（1676—1677），開始大力提倡宋詩。此舉拓寬了詩歌的傳統，將更豐富的詩歌藝術經驗包容進來，有一定積極意義。但隨着宋詩風氣的流行及其淺率流弊的産生，堅守唐音者的批評觸動了王士禎。經過冷靜地反省學唐、學宋的得失，他對司空圖、嚴羽的詩論有所會心，不僅意識到宋詩的缺陷，也在更高層次上重新體認了唐詩的精神。爲扭轉詩壇流弊，他改弦更張，通過編選《唐賢三昧集》，樹立"直取性情，歸之神韻"的詩歌觀念，將古典詩歌的理想規定於盛唐。同時明確了與明七子不同的態度，不僅“務得其神而不襲其貌”，而且四唐俱法。於是又編選《十種唐詩選》，將盛唐面目推廣到全部唐詩，從而形成唐詩一種總體的審美傾向，即本文發明的“沖澹”、“自然”、“清奇”。至此，王士禛完成了其以“神韻説”爲核心的唐詩美學的塑造，並以此爲宗旨審視古典詩歌，提出“唐有詩，不必建安、黄初也；元和以後有詩，不必神龍、開元也；北宋有詩，不必李、杜、高、岑也”的觀點。本文作於康熙三十四年（1695），可視爲王士禛詩論的自我總結。可參考蔣寅《王漁洋與康熙詩壇》學習。

三十年前，予初出交當世名輩，見夫稱詩者，無一人不爲樂府，樂府必漢《鐃歌》[2]，非是者弗屑也；無一人不爲古選[3]，古選必《十九首》、《公讌》[4]，非是者弗屑也。予竊惑之，是何能爲漢魏者之多也？歷六朝而唐宋，千有餘歲，以詩名其家者甚衆，豈其才盡不今若[5]耶？是必不然，故嘗著論，以爲唐有詩，不必建安、黄初[6]也；元和以後有詩，不必神龍[7]、開元也；北宋有詩，不必李、杜、高、岑也。二十年來，海内賢知之流矯枉過正，或乃欲祖宋而祧唐[8]，至於漢魏樂府、古選之遺音蕩然無復存者。江河日下，滔滔不返，有識者懼焉。

田子子益，鄒、魯之文學[9]，而漪亭司寇[10]之介弟[11]也。一旦，懷其近詩一編質予，予亟賞之。昔司空表聖作《詩品》凡二十四，有謂“沖澹”者，曰“遇之匪深，即之愈稀”；有謂“自然”者，曰“俯拾即是，不取諸鄰”；有謂“清奇”者，曰“神出古異，澹不可收”。是三者，品之最上，而子益之詩有之，視世之滔滔不返者，不可同日而語矣。使子益稱詩於三十年之前，其不爲雷同摭撦[12]，又可知也。故喜而書之。

（《王士禛全集·蠶尾集》卷一，齊魯書社2007年版）

## ［注釋］

[1]《高津草堂詩集》：《四庫全書總目》卷一百八十三集部三十六：“《高津草堂詩集》無卷數（山東巡撫採進本），國朝田霡撰。霡字子益，號樂園，又號香城居士，德州人。康熙丙寅（康熙二十五年，1686年，編者注）拔貢生，授堂邑縣教諭，以病未赴。霡與兄雯、需，竝能詩。雯才調縱横，沿幾社之餘風，以奇偉鉅麗自喜。與王士禛同郡同時，而隱然負氣不相下。士禛《池北偶談》中載其服藥必取異名一事，亦陰不滿之。霡乃獨從士禛遊。是編凡《高津草堂五字古體詩》一卷、《五字今體詩》一卷，皆士禛評而序之。序稱：‘唐有詩，不必建安、黄初也；元和以後有詩，不必神龍、開元也；北宋有詩，不必李、杜、高、岑也。’語蓋爲雯而發。又《高津草堂絶句詩》一卷，里人孫勷序之……語亦侵雯。然觀霡所作，雖密咏恬吟，成一邱一壑之趣，至才力富健，究不足以敵雯也。集後又有《菊隱集》一卷、《南遊稿》一卷，總題曰《高津草堂七十以後詩》，黄越序之，稱其垂老所作，彌淡彌甘。大抵霡生平爲詩，以七言絶句自負，自少至老

亦惟是體特多云。" [2]漢《鐃歌》:郭茂倩《樂府詩集》卷十六:"鼓吹曲,一曰短簫鐃歌。……蔡邕《禮樂志》曰:'漢樂四品,其四曰短簫鐃歌,軍樂也。'……《古今樂録》曰:'漢鼓吹鐃歌十八曲,字多訛誤,一曰《朱鷺》,二曰《思悲翁》,三曰《艾如張》,四曰《上之回》,五曰《擁離》,六曰《戰城南》,七曰《巫山高》,八曰《上陵》,九曰《將進酒》,十曰《君馬黄》,十一曰《芳樹》,十二曰《有所思》,十三曰《雉子班》,十四曰《聖人出》,十五曰《上邪》,十六曰《臨高臺》,十七曰《遠如期》,十八曰《石留》。又有《務成》、《玄雲》、《黄爵》、《釣竿》,亦漢曲也;其辭亡。或云:漢鐃歌二十一,無《釣竿》,《擁離》亦曰《翁離》。'" [3]古選:《文選》體古詩。 [4]《公讌》:《文選》卷二十録公讌詩十四家十四首。 [5]不今若:即不若今,否定句賓語前置。若,像、比得上。 [6]黄初:魏文帝年號,220年至226年。 [7]神龍:唐中宗年號,705年至706年。 [8]祖宋而桃唐:桃,承繼爲後嗣,引申爲承繼。此句謂於是有人想要通過學宋詩來達到唐詩的境界,即棄學唐詩。 [9]鄒、魯之文學:鄒,古國名。本作"邾"、"鼁",亦稱"邾婁"。傳爲顓頊後裔挾所建,曹姓。都邾(今山東曲阜東南)。前614年邾文公遷都於繹(今山東鄒城東南)。戰國時滅於楚。在今山東費縣、鄒城、滕州、濟寧、金鄉等地。魯,古國名。前11世紀周諸侯國,姬姓。開國君主爲周公之子伯禽,都曲阜。春秋後期爲季孫氏、孟孫氏、叔孫氏所分,成爲小國,前256年滅於楚。在今泰山以南汶、泗、沂、沭流域,秦漢後沿稱此地爲"魯",又與"鄒"同用爲山東代稱。文學,官名。漢於州郡、王國置文學,或稱"文學掾"、"文學史",爲後世教官由來。田霡曾授教諭。 [10]漪亭司寇:漪亭,田雯號。司寇,官名。傳商已置,爲天子五官(司徒、司馬、司空、司士、司寇)之一。周置,春秋沿之。掌管刑獄、糾察。南方楚、陳等國稱"司敗"。《周禮》列爲六卿(天官冢宰、地官司徒、春官宗伯、夏官司馬、秋官司寇、冬官司空)之一。戰國時或稱"邦司寇"。主刑獄、督造兵器。漢哀帝時,更名護軍都尉爲司寇,職掌迥異。後以大司寇爲刑部尚書别稱,侍郎稱"少司寇"。田雯於康熙三十三年至三十八年(1694—1699)官刑部左侍郎,參《清史稿·王士禄傳》附田雯傳。 [11]介弟:對他人之弟的敬稱。《左傳·襄公二十六年》:"夫子爲王子圍,寡君之貴介弟也。"亦用以稱己弟。任昉《封臨川、安興、建安等五王詔》:"宏,朕之介弟。"介,大。 [12]摭撦(chě):摘取,撕取。劉攽《中山詩話》:"祥符、天禧中,楊大年、錢文僖、晏元獻、劉子儀以文章立朝,爲詩皆宗尚李義山,號'西崑體',後進多竊義山語句。賜宴,優人有爲義山者,衣服敗敝,告人曰:'吾爲諸館職摭撦至此。'聞者歡笑。"後比喻割裂文義,剽竊詞句。

## 史料選

### 翁方綱《神韻論(上)》

《詩》三百篇,聖人皆弦歌之以求合於韶、武之音。韶、武,古樂也,盛德之所同也。謂《清廟》、《猗》、《那》合之可也,謂《節南山》、《雨無正》合之可乎?謂《關雎》、《鵲巢》合之可也,謂《株林》、《匪風》合之可乎?是必有摽乎音之本者矣。以其義言之,則聖人一言蔽之,曰"思無邪";以其音言之,則曰"樂不淫,哀不傷";曰"各得其所",曰"洋洋盈耳",而未有一言該其所以然者。音之理通於微,而音之發非一緒,在善讀者領會之而已。況乎漢、魏、六朝以後,正變愈出愈夥,而豈能撮舉其所以然?

盛唐之杜甫,詩教之繩矩也,而未嘗言及神韻。至司空圖、嚴羽之徒,乃標舉其概,而今新城王氏暢之。非後人之所詣,能言前古所未言也。天地之精華,人之性情,經籍之膏腴,日久而不得不一宣洩之也。自新城王氏一唱神韻之説,學者輒目此爲新城言詩之秘,而不知詩之所固有者,非自新城始言之也。且杜云"讀書破萬卷,下筆如有神",此神字即神韻也。杜云"精熟《文選》理",韓云"周《詩》三百篇,雅麗理訓誥",杜牧謂"李賀詩使加之以理,奴僕命騷可矣",此理字即神韻也。神韻者,徹上徹下,無所不該。其謂"羚羊挂角,無迹可求",其謂"鏡花水月,空中之象",亦皆即此神韻之正旨也,非堕入空寂之謂也。其謂"雅人深致",指出"訏謨定命,遠猶辰告"二句以質之,即此神韻之正旨也,非所云理字不必深求之謂也。然則神韻者,是乃所以君形者也。昔之言格調者,吾謂新城變格調之説而衷以神韻,其實格調即神韻也。今人誤執神韻,似涉空言,是以鄙人之見,欲以肌理之説實之。其實肌理亦即神韻也。昔之人未有專舉神韻以言詩者,故今時學者若欲目神韻爲新城王氏之學,此正坐在不曉神韻爲何事耳。知神韻之所以然,則知是詩中所自具,非至新城王氏始也。其新城之專舉空音鏡象一邊,特專以針灸李、何一輩之癡肥貌襲者言之,非神韻之全也。且其誤謂理字不必深求其解,則彼新城一叟,實尚有未喻神韻之全者,而豈得以神韻屬之新城也哉?

(《復初齋文集》卷八,《續修四庫全書》本)

## 翁方綱《神韻論(中)》

君子引而不發,躍如也。中道而立,能者從之。中道而立,非界在難易之間之謂也。朱子《集注》蓋偶用某家之説,以中爲難易遠近之中間,此中字一誤會,則而立二字,亦不得明白矣。道無邊際之可指,道無四隅之可竟,道無難易遠近之可言也。然而其中其外,則人皆見之。中道而立者,言教者之機緒,引躍不發,只在此道内,不能出道外一步,以援引學者,助之使入也。只看汝能從我否耳,其能從者,自能入來也。道是一個大圈,我只立在此大圈之内,看汝能入來與否耳。此即詩家神韻之説也。

今以藝事言之,寫字欲運腕空靈,即神韻之謂也。其不知古人之實得,而欲學其運腕空靈,必致手不能握筆矣。知其所以然,則吾兩手寫字,其沉鬱積力,全用於不執筆之左手,然後其執筆之右手,自然輕靈運轉如意矣。以爲文之理喻之,則即据上游之謂也。然則何以能得神韻乎?曰:置身題上,則黃鵠一舉見山川之紆曲,再舉見天地之圓方。文之心也,文之骨也,法外之意也,夫然後可以針對癡肥貌襲之弊也。彼癡肥貌襲,正患坐在題中,舉眼不見四周之輪光,"不識廬山真面目,只緣身在此山中"。癡肥既不可,削枯又不可;似既非也,不似又非也。是以李、何固謬,王、李又謬;抑湯若士、徐天池輩之矯變李、何,亦又非也;抑且公安、竟陵之矯變李、何,又無謬不出也。然而新城以三昧標舉盛唐諸家,盛唐諸家,其體盛大,貌其似者,固不能傷之,徒自敝而已矣。矯其說者,一以澄夐淡遠味之,亦不免墮一偏也。何者?盛唐元是真詩,橫看成嶺,側看成峰,隨其人自得之而已矣。至於舉明朝徐昌穀、高子業之一得,遂欲於五言截去杜、韓、蘇、黃以下,直以此接漢、魏、盛唐作者,則又非正論矣。夫陳伯玉之在初唐,以上接漢、魏可也。韋左司在中唐,以接陶,亦可也。高、徐、皇甫諸家在明,以遙接漢、魏、盛唐,則不可也。此則言神韻者之偏辭也。

綜而計之,所謂置身題上者,必先身入題中也。射者必入彀,而後能心手相忘也。筌蹄者必得筌蹄,而後筌蹄兩忘也。詩必能切己切時切事,一一具有實地,而後漸能幾於化也。未有不有諸己,不充實諸己,而遽議神化者也。是故善教者必以規矩焉,必以彀率焉。神韻者以心聲言之也。心聲也者,誰之心聲哉?吾故曰先於肌理求之也。知於肌理求之,則刻刻惟規矩彀率之弗若是懼,又奚必其言神韻哉?

(《復初齋文集》卷八,《續修四庫全書》本)

### 翁方綱《神韻論(下)》

詩以神韻爲心得之秘,此義非自漁洋始言之也,是乃自古詩家之要眇處,古人不言而漁洋始明著之也。神韻者,非風致情韻之謂也。吾謂神韻即格調者,特專就漁洋之承接李、何、王、李而言之耳。其實神韻無所不該,有於格調見神韻者,有於音節見神韻者,亦有於字句見神韻者,非可執一端以名之也。有於實際見神韻者,亦有虛處見神韻者,有於高古渾樸見神韻者,亦有於情致見神韻者,非可執一端以名之也。此其所以然,在善學者自領之,本不必講也。

吾既爲漁洋之承李、何,而不得不析言之;乃今又爲近人之誤會者,更不得不析言之。世之不知而誤會者,吾安能一一析之。今姑就吾所近見其最不通者,莫如河間邊連寶之論詩,目漁洋爲神韻家。是先不知神韻乃自古詩家所共具,漁洋偶拈出之,而別指之曰神韻家,有是理乎?彼既不知神韻是詩中所固有矣,乃反歸咎於嚴儀卿之言鏡花水月,涉於虛無,爲貽害於後學,此非罵嚴儀卿也,特舉以罵漁洋耳。漁洋詩專取神韻而不能深切,則誠有之。然近日之譏漁洋者,持論皆不得其平也。

請申析之,詩自宋、金、元接唐人之脈,而稍變其音,此後接宋、金、元者,全恃真才實學以濟之。乃有明一代,徒以貌襲格調爲事,無一人具真才實學以副之者。至我國朝，文治之光，乃全歸於經術，是則造物精微之秘，衷諸實際，於斯時發洩之。然當其發洩之初，必有人焉，先出而爲之伐毛洗髓，使斯文元氣復還於冲淡淵粹之本然，而後徐徐以經術實之也，所以賴有漁洋首倡神韻以滌蕩有明諸家之塵滓也。其援嚴儀卿所云"鏡中之花，水中之月"者，正爲滌除明人塵滓之滯習言之，即所謂"詩有别才非關學"之一語，亦是專爲鶩博滯迹者偶下砭藥之詞，而非謂詩可廢學也。須知此正是爲善學者言，非爲不學者言也。司空表聖《詩品》亦云"不著一字，盡得風流"，夫謂不著一字，正是謂函蓋萬有也，豈以空寂言耶？漁洋之詩，雖非李、何之滯習，而尚有未盡化滯習者，如詠焦山鼎，只知鋪陳鐘鼎欸識之料，如詠漢碑，只知敘説漢末事，此皆習作套語，所以事境偶有未能深切者，則未知鋪陳排比之即連城玉璞也。蓋漁洋未能喻"熟精文選理"理字之所以然，則必致後人誤會"詩有别才"之語，致墮於空寂，則亦當使人知神韻初不如此，而豈可反誤以神韻爲漁洋咎乎？若趙秋谷之議漁洋，謂其不切事境，則亦何嘗不中其弊乎？學者惟以讀書切已爲務，日從事於探討古人，考析古人，則正惟恐其不能徹悟於神韻矣。

神韻者，視其人能領會，非人人皆得以問津也。其不能悟及此者，奚爲而必强之？其不知而强附空闊以爲神韻，與其不知而妄駁神韻者，皆坐一不知之咎而已。不知何害，不知爲妄議，則爲害滋甚耳。

（《復初齋文集》卷八，《續修四庫全書》本）

# 劉大櫆

## 論文偶記（選録）

[解題]

劉大櫆（1698—1779），字才甫、耕南，號海峰，安徽桐城人。雍正副貢，乾隆中官黟縣教諭。師事方苞，得其古文義法，下傳姚鼐，世稱“方、劉、姚”爲桐城派“三祖”。亦工詩。著有《海峰先生文集》十卷、《補遺》一卷、《海峰先生詩集》八卷，編有《歷朝詩約選》，今人輯有《劉大櫆集》。《清史稿》卷四百八十五《文苑二》有傳。

劉大櫆是桐城派的中堅人物，可以説，他是方苞、姚鼐在古文理論上聯繫的紐帶。方苞重道，劉大櫆重文，姚鼐則兼擅其美；方苞局於唐、宋，劉大櫆出入諸子，姚鼐則兼取其長。劉大櫆在方苞古文思想論的基礎上進一步探求古文的藝術問題，其主旨見於《論文偶記》。

義理是方苞、姚鼐文論的中心，而劉大櫆認爲義理是材料，而神氣音節是能事（所能之事，即手法）。雖然思想内容和藝術形式有密切的關係，且居於首要地位，但藝術本身却有相對獨立的意義。於音節神氣中求古文創作手法，於是義法論便具體化了。《論文偶記》所重即音節神氣。古人論文也好言氣，劉大櫆則進而言神。可神氣畢竟太抽象，於是他指出於音節以求神氣，於字句以求音節。文學是語言的藝術，人的思想感情是有激昂、平静和起伏的，發爲聲音，就會有抗墜抑揚的自然節奏。聲音的符號是文字，散文句式結構的特點，在於長短相間，錯綜配合以表達作者的語氣和神情；而漢字異音同義的又很多，更充分地提供了調聲以有利的條件。字句、音節、神氣，由“粗”即具體，到“精”即抽象，這樣論文以神氣，就不會蹈入玄虚。古文家論文，至劉大櫆而其旨益明。單純强調字句音節，雖有模仿古人腔調的流弊，但畢竟探求到古代優秀散文富於音節美的奥秘，因而被後來以姚鼐爲首的桐城派散文家奉爲不易之論。

三

行文之道，神爲主，氣輔之。曹子桓、蘇子由論文，以氣爲主[1]，是矣。然氣隨神轉，神渾則氣灝，神遠則氣逸，神偉則氣高，神變則氣奇，神深則氣靜，故神爲氣之主。至專以理爲主者，則指未盡其妙也。蓋人不窮理讀書，則出詞鄙倍[2]空疏。人無經濟，則言雖累牘，不適於用。故義理、書卷、經濟者，行文之實，若行文自另是一事。譬如大匠操斤，無土木材料，縱有成風盡堊[3]手段，何處設施？然有土木材料，而不善設施者甚多，終不可爲大匠。故文人者，大匠也；義理、書卷、經濟者，匠人之材料也。

四

作文本以明義理，適世用。而明義理，適世用，必有待於文人之能事；朱子謂“無子厚筆力發不出”[4]。

五

當日唐、虞紀載，必待史臣。孔門賢傑甚眾，而文學獨稱子游、子夏[5]。可見自古文字相傳，另有箇能事在。

六

古人文字最不可攀處，只是文法高妙。

七

神者，文家之寶。文章最要氣盛[6]；然無神以主之，則氣無所附，蕩乎不知其所歸也。神者氣之主，氣者神之用。神只是氣之精處。古人文章可告人者惟法耳，然不得其神而徒守其法，則死法而已。要在自家於讀時微會之。李翰云：“文章如千軍萬馬；風恬雨霽，寂無人聲。”[7]此語最形容得氣好。論氣不論勢，文法總不備。

一三

神氣者，文之最精處也；音節者，文之稍粗處也；字句者，文之最粗處也；然謂論文而至於字句，則文之能事盡矣。蓋音節者，神氣之迹也；字句者，音節之矩也。神氣不可見，於音節見之；音節無可準，以字句準之。

一四

音節高則神氣必高，音節下則神氣必下，故音節爲神氣之跡。一句之中，或多一字，或少一字；一字之中，或用平聲，或用仄聲；同一平字仄字，或用陰平、陽平、上聲、去聲、入聲，則音節迥異，故字句爲音節之矩。積字成句，積句成章，積章成篇，合而讀之，音節見矣；歌而詠之，神氣出矣。

一五

近人論文，不知有所謂音節者；至語以字句，則必笑以爲末事。此論似高實謬。作文若字句安頓不妙，豈復有文字乎？但所謂字句音節，須從古人文字中實實講貫過始得，非如世俗所云也。

一六

文貴奇，所謂"珍愛者必非常物"[8]。然有奇在字句者，有奇在意思者，有奇在筆者，有奇在邱壑者，有奇在氣者，有奇在神者。字句之奇，不足爲奇；氣奇則真奇矣；神奇則古來亦不多見。次第雖如此，然字句亦不可不奇，自是文家能事。揚子《太玄》、《法言》，昌黎甚好之，故昌黎文奇。奇氣最難識；大約忽起忽落，其來無端，其去無跡。讀古人文，於起滅轉接之間，覺有不可測識，便是奇氣。奇，正與平相對。氣雖盛大，一片行去，不可謂奇。奇者，於一氣行走之中，時時提起。太史公《伯夷傳》可謂神奇。

二二

文貴變。《易》曰：虎變文炳，豹變文蔚。[9]又曰："物相雜，故曰文。"[10]故文者，變之謂也。一集之中篇篇變，一篇之中段段變，一段之中句句變，神變，氣變，境變，音節變，字句變，惟昌黎能之。文法有平有奇，須是兼備，乃盡文人之能事。上古文字初開，實字多，虛字少。典漠訓詁，何等簡奧，然文法自是未備。至孔子之時，虛字詳備，作者神態畢出。《左氏》情韻並美，文彩照耀。至先秦戰國，更加疏縱。漢人斂之，稍歸勁質，惟子長集其大成。唐人宗漢多峭硬。宋人宗秦，得其疏縱，而失其厚懋，氣味亦少薄矣。文必虛字備而後神態出，何可節損？然枝蔓軟弱，少古人厚重之氣，自是後人文漸薄處。史遷句法似贅拙，而實古厚可愛。

二六

文貴去陳言。昌黎論文，以去陳言爲第一義[11]。後人見爲昌黎好奇故云爾，不知作古文無不去陳言者。試觀歐、蘇諸公，曾直用前人一言否？昌黎既云去陳言，又極言去之之難。蓋經史諸子百家之文，雖讀之甚熟，却不許用他一句，另作一番語言，豈不甚難？《樊宗師墓志》云："必出於己，不蹈襲前人一言一句，又何其難也。"正與"戛戛乎難哉"互相發明。李習之親炙昌黎之門，故其論文，以創意造言爲宗。所謂創意者，如《春秋》之意不同於《詩》，《詩》之意不同於《易》，《易》之意不同於《書》是也。所謂造言者，如述笑哂之狀，《論語》曰"莞爾"，《易》曰"啞啞"，《穀梁》曰"粲然"，班固曰"攸然"，左思曰"囅然"，後人作文，凡言笑者，皆不宜復用其語。[12]習之此言，雖覺太過，然彼親聆師長之訓，故發明之如此，亦可窺見昌黎學文之大旨也。《樊誌銘》[13]云："惟古於詞必己出，降而不能迺剽賊，後皆指前公相襲，自漢迄今用一律。"今人行文，翻以用古人成語，自謂有出處，自矜其典雅，不知其爲襲也，剽賊也。昔人謂"杜詩韓文無一字無來歷"[14]。來歷者，凡用一字二字，必有所本也，非直用其語也。況詩與古文不同，詩可用成語，古文則必不可用。故杜詩多用古人句，而韓於經史諸子之文，止用一字，或用兩字而止。若直用四字，知爲後人之文矣。大約文字是日新之物，若陳陳相因，安得不目爲臭腐？原本古人意義，到行文時却須重加鑄造，一樣言語，不可便直用古人，此謂去陳言。未嘗不換字，却不是換字法。人謂“經對經，子對子”者，詩賦偶儷八比之時文耳。若散體古文，則六經皆陳言也。

王元美論東坡云：“觀其詩，有學矣，似無才者；觀其文，有才矣，似無學者。”[15]此元美不知文，而以陳言爲學也。東坡詩於前人事詞無所不用，以詩可用陳言也，以文不可用陳言也；正可於此悟古人行文之法，與詩迥異。而元美見以爲有學無學。夫一人之詩文，何以忽有學忽無學哉？由不知文，故其言如此。元美所謂“有學”者，正古人之文所唾棄而不屑用，畏避而不敢用者也。東坡之文，如太空浩氣，何處可著一前言以貌爲學問哉？

## 二九

凡行文多寡短長，抑揚高下，無一定之律，而有一定之妙，可以意會，而不可以言傳。學者求神氣而得之於音節，求音節而得之於字句，則思過半矣。其要只在讀古人文字時，便設以此身代古人説話，一吞一吐，皆由彼而不由我。爛熟後，我之神氣即古人之神氣，古人之音節都在我喉吻間，合我喉吻者，便是與古人神氣音節相似處，久之自然鏗鏘發金石聲。

（《論文偶記》，人民文學出版社 1959 年版）

## ［注釋］

[1]曹子桓、蘇子由論文，以氣爲主：曹丕《典論·論文》：“文以氣爲主，氣之清濁有體，不可力强而致。譬諸音樂，曲度雖均，節奏同檢，至於引氣不齊，巧拙有素，雖在父兄，不能以移子弟。”蘇轍《上樞密韓太尉書》：“以爲文者，氣之所形。然文不可以學而能，氣可以養而致。孟子曰：‘我善養吾浩然之氣。’今觀其文章，寬厚宏博，充乎天地之間，稱其氣之小大。太史公行天下，周覽四海名山大川，與燕、趙間豪俊交遊，故其文疏蕩，頗有奇氣。此二子者，豈嘗執筆學爲如此之文哉？其氣充乎其中，而溢乎其貌，動乎其言，而見乎其文，而不自知也。” [2]出詞鄙倍：《論語·泰伯》：“出辭氣，斯遠鄙倍矣。”“出辭氣”即出辭氣以禮。“倍”同“背”，背理、錯誤。 [3]成風盡堊：《莊子·徐無鬼》：“郢人堊慢其鼻端若蠅翼，使匠石斵之。匠石運斤成風，聽而斵之。盡堊而鼻不傷，郢人立不失容。”陸德明《釋文》：“慢，本亦作漫。” [4]無子厚筆力發不出：朱熹注周敦頤《周子全書》卷十《通書四》“文辭第二十八”：“周子此章，似猶別以文辭爲一事而用力焉，何也？曰：人之才德，偏有長短。其或意中了了，而言不足以發之，則亦不能傳於遠矣。故孔子曰：‘辭達而已矣。’程子（顥，編者注）亦言：‘《西銘》，吾得其意；但無子厚筆力，不能作耳。’正謂此。”子厚，張載字。朱熹不同意周敦頤、二程作文害道的觀點，認爲文能傳道。 [5]子游、子夏：言偃、卜商字。《論語·先進》：“文學：子游，子夏。” [6]文章最要氣盛：韓愈《答李翊書》：“氣，水也；言，浮物也，水大而物之浮者大小畢浮。氣之與言猶是也，氣盛則言之短長與聲之高下者皆宜。” [7]“文章如千軍萬馬”句：李翰，唐肅宗、代宗時

人。《全唐文》卷四百三十、四百三十一收其文，小傳："翰字子羽，第進士。上元中官衛縣尉，入爲侍御史，累遷左補闕、翰林學士，大曆中卒。"李德裕《文章論》："從兄翰常言：'文章如千兵萬馬，風恬雨霽，寂無人聲。'" [8]珍愛者必非常物：韓愈《答劉正夫書》："足下家中百物，皆賴而用也，然其所真愛者，必非常物。夫君子之於文，豈异於是乎？" [9]虎變文炳，豹變文蔚：《易·革》："象曰：大人虎變，其文炳也。……象曰：君子豹變，其文蔚也。" [10]物相雜，故曰文：《易·繫辭下》語。 [11]昌黎論文，以去陳言爲第一義：韓愈《答李翊書》："當其取於心而注於手也，惟陳言之務去，戛戛乎其難哉！" [12]李習之親炙昌黎之門……皆不宜復用其語：李翺《答朱載言書》："韓退之曰：'唯陳言之務去。'假令述笑哂之狀，曰'莞爾'則《論語》言之矣（見《陽貨》，編者注）；曰'啞啞'則《易》言之矣（見《震》，編者注）；曰'粲然'則穀梁子言之矣（見《穀梁傳·昭公四年》，編者注）；曰'攸爾'則班固言之矣（見《漢書·敘傳上》，選文中"攸然"爲"攸爾"之誤，編者注）；曰'纚然'則左思言之矣（見《吳都賦》，編者注）。吾復言之，與前文何以異也！"李翺（772—836），字習之，隴西成紀（今甘肅靜寧西南）人，一說趙郡人。貞元進士，官至山南東道節度使，諡文。從韓愈學古文，有《李文公集》。《舊唐書》卷一百六十有傳。 [13]《樊誌銘》：同上文《樊宗師墓誌》，即《南陽樊紹述墓誌銘》。 [14]杜詩韓文無一字無來歷：黃庭堅《答洪駒父書》："自作語最難，老杜作詩，退之作文，無一字無來處，蓋後人讀書少，故謂韓、杜自作此語耳。古之能爲文章者，真能陶冶萬物，雖取古人之陳言入於翰墨，如靈丹一粒，點鐵成金也。" [15]觀其詩……似無學者：王世貞《藝苑卮言》卷四："讀子瞻文，見才矣，然似不讀書者。讀子瞻詩，見學矣，然似絕無才者。"

## 史料選

### 方苞《古文約選序例》（節選）

《太史公自序》，"年十歲，誦古文"，周以前書皆是也。自魏、晉以後，藻繪之文興。至唐韓氏起八代之衰，然後學者以先秦盛漢辨理論事，質而不蕪者爲古文。蓋《六經》及孔子、孟子之書之支流餘肆也。

……

蓋古文所從來遠矣，六經、《語》、《孟》，其根源也。得其支流而義法最精者，莫如《左傳》、《史記》，然各自成書，具有首尾，不可以分剟。其次《公羊》、《穀梁傳》、《國語》、《國策》，雖有篇法可求，而皆通紀數百年之言與事，學者必覽其全，而後可取精焉。惟兩漢書疏及唐、宋八家之文，篇各一事，可擇其尤。而所取必至約，然後義法之精可見。故於韓取者十二，於歐十一，餘六家，或二十三十而取一焉。兩漢書、疏，則百之二三耳。學者能切究於此，而以求《左》、《史》、《公》、《穀》、《語》、《策》之義法，則觸類而通，用爲制舉之文，敷陳論策，綽有餘裕矣。

雖然，此其末也。先儒謂韓子因文以見道，而其自稱則曰："學古道，故欲兼通其辭。"羣士果能因是以求六經、《語》、《孟》之旨，而得其所歸，躬蹈仁義，自勉於忠孝；則立德立功，以仰答我皇上愛育人材之至意者，皆始基於此。是則余爲是編以助流政教之本志也夫！雍正十一年春三月，和碩果親王序。

一，三《傳》《國語》《國策》《史記》爲古文正宗，然皆自成一體；學者必熟復全書，而後能辨其門徑，入其奥突。故是編所錄，惟漢人散文及唐宋八家專集，俾承學治古文者先得其津梁，然後可溯流窮源，盡諸家之精蘊耳。

一，周末諸子精深閎博，漢、唐、宋文家皆取精焉。但其著書，主於指事類情，汪洋自恣，不可繩以篇法。其篇法完具者，間亦有之，而體制亦別，故概弗採錄，覽者當自得之。

一，在昔議論者，皆謂古文之衰，自東漢始，非也。西漢惟武帝以前之文，生氣奮動，倜儻徘宕，不可方物，而法度自具。昭、宣以後，則漸覺繁重滯澀，惟劉子政傑出不羣，然亦繩趨尺步，盛漢之風邈無存矣。是編自武帝以後至蜀漢，所錄僅三之一；然尚有以事宜講問，過而存之者。

一，韓退之云：“漢朝人無不能爲文。”今觀其書、疏、吏牘，類皆雅飭可誦。兹所錄僅五十餘篇，蓋以辨古文氣體，必至嚴乃不雜也。既得門徑，必縱橫百家，而後能成一家之言。退之自言“貪多務得，細大不捐”是也。

一，古文氣體，所貴澄清無滓。澄清之極，自然而發其光精，則《左傳》《史記》之瑰麗濃郁是也。始學而求古求典，必流爲明七子之僞體。故於《客難》《解嘲》《答賓戲》《典引》之類皆不錄，雖相如《封禪書》亦姑置焉。蓋相如天骨超俊，不從人間來。恐學者無從窺尋，而妄摹其字句，則徒敝精神於蹇法耳。

一，子長《世表》《年表》《月表》序，義法精深變化，退之、子厚讀經、子、永叔史志論，其源並出於此。孟堅《藝文志七略序》，淳實淵懿，子固序羣書目錄，介甫序《詩》《書》《周禮義》，其源並出於此。概弗編輯，以《史記》《漢書》，治古文者必觀其全也。獨錄《史記自序》，以其文雖載家傳後，而別爲一篇，非《史記》本文耳。

一，退之、永叔、介甫俱以誌銘擅長。但序事之文，義法備於《左》《史》；退之變《左》《史》之格調，而陰用其義法；永叔摹《史記》之格調，而曲得其風神；介甫變退之之壁壘，而陰用其步伐。學者果能探《左》《史》之精蘊，則於三家誌銘，無事規橅，而自與之並矣。故於退之諸誌，奇崛高古清深者皆不錄。錄《馬少監》《柳柳州》二《誌》，皆變調，頗膚近。蓋誌銘宜實徵事迹，或事迹無可徵，乃敍述久故交親，而出之以感慨，《馬誌》是也，或別生議論，可興可觀，《柳誌》是也。於永叔獨錄其敍述親故者，於介甫獨錄其別生議論者，各三數篇，其體製皆師退之，俾學者知所從入也。

一，退之自言：“所學在辨古書之正僞，與雖正而不至焉者。”蓋黑之不分，則所見爲白者，非真白也。子厚文筆古雋，而義法多疵。歐、蘇、曾、王亦間有不合，故略指其瑕，俾瑜者不爲揜耳。

一，《易》、《詩》、《書》、《春秋》及四書，一字不可增減，文之極則也。降而《左傳》、《史記》、韓文，雖長篇，句字可薙荗者甚少。其餘諸家，雖舉世傳誦之文，義枝辭冗者，或不免矣。未便削去，姑鉤劃於旁，俾觀者別擇焉。

（《方苞集》集外文卷四，上海古籍出版社 1983 年版）

### 姚鼐《述菴文鈔序》

鼐嘗論學問之事，有三端焉：曰義理也，考證也，文章也。是三者苟善用之，則皆足以相濟；苟不善用之，則或至於相害。今夫博學强識而善言德行者，固文之貴也；寡聞而淺識者，固文之陋也。然而世有言義理之過者，其辭蕪雜俚近，如語録而不文；爲攷證之過者，至繁碎繳繞，而語不可了當，以爲文之至美，而反以爲病者何哉？其故由於自喜之太過而智昧於所當擇也。夫天之生才雖美不能無偏，故以能兼長者爲貴，而兼之中又有害焉。豈非能盡其天之所與之量而不以才自蔽者之難得與？

青浦王蘭泉先生，其才天與之，三者皆具之才也。先生爲文，有唐宋大家之高韻逸氣，而議論攷覈，甚辨而不煩，極博而不蕪，精到而意不至於竭盡。此善用其天與以能兼之才，而不以自喜之過而害其美者矣。先生歷官多從戎旅，馳驅梁、益，周覽萬里，助成國家定絶域之奇功。因取異見駭聞之事與境，以發其瓌偉之辭，爲古文人所未有。世以此謂天之助成先生之文章者，若獨異於人。吾謂此不足爲先生異，而先生能自盡其才以善承天與者之爲異也。

鼐少於京師識先生，時先生亦年才三十，而鼐心獨貴其才。及先生仕至正卿，老歸海上，自定其文曰《述菴文鈔》四十卷，見寄於金陵。發而讀之，自謂粗能知先生用意之深，恐天下學者讀先生集，第歎服其美，而或不明其所以美，是不可自隱其愚陋之識而不爲天下明告之也。若夫先生之詩集及他著述，其體雖不必盡同於古文，而一以余此言求之，亦皆可得其美之大者云。

（《惜抱軒詩文集》文集卷四，上海古籍出版社 1992 年版）

### 姚鼐《復魯絜非書》

桐城姚鼐頓首，絜非先生足下：相知恨少，晚遇先生，接其人，知爲君子矣；讀其文，非君子不能也。往與程魚門、周書昌嘗論古今才士，惟爲古文者最少，苟爲之必傑士也，況爲之專且善如先生乎？辱書引義謙而見推過當，非鼐所敢任。鼐自幼迄衰，獲侍賢人長者爲師友，剟取見聞，加臆度爲説，非真知文能爲文也，奚辱命之哉？蓋虛懷樂取者，君子之心；而誦所得以正於君子，亦鄙陋之志也。

鼐聞天地之道，陰陽剛柔而已。文者，天地之精英，而陰陽剛柔之發也。惟聖人之言，統二氣之會而弗偏，然而《易》、《詩》、《書》、《論語》所載，亦間有可以剛柔分矣，值其時其人，告語之體，各有宜也。自諸子而降，其爲文無弗有偏者。其得於陽與剛之美者，則其文如霆，如電，如長風之出谷，如崇山峻崖，如決大川，如奔騏驥。其光也如杲日，如火，如金鏐鐵。其於人也，如馮高視遠，如君而朝萬衆，如鼓萬勇士而戰之。其得於陰與柔之美者，則其文如升初日，如清風，如雲，如霞，如煙，如幽林曲澗，如淪，如漾，如珠玉之輝，如鴻鵠之鳴而入寥廓。其於人也，漻乎其如歎，邈乎其如有思，暖乎其如喜，愀乎其如悲。觀其文，諷其音，則爲文者之性情形狀舉以殊焉。

且夫陰陽剛柔，其本二端，造物者糅，而氣有多寡進絀，則品次億萬，以至於不可窮，萬物生焉。故曰："一陰一陽之爲道。"夫文之多變，亦若是已，糅而偏勝可也，偏勝之極，一有一絕無，與夫剛不足爲剛、柔不足爲柔者，皆不可以言文。

今夫野人孺子聞樂，以爲聲歌弦管之會爾；苟善樂者聞之，則五音十二律，必有一當，接於耳而分矣。夫論文者，豈異於是乎？宋朝歐陽、曾公之文，其才皆偏於柔之美者也。歐公能取異己者之長而時濟之，曾公能避所短而不犯，觀先生之文，殆近於二公焉。抑人之學文，其功力所能至者，陳理義必明當，布置取舍、繁簡廉肉不失法，吐辭雅訓，不蕪而已。古今至此者，蓋不數數得。然尚非文之至，文之至者通乎神明，人力不及施也。先生以爲然乎？

惠寄之文，刻本固當見與，抄本謹封還，然抄本不能勝刻者。諸體中書疏、贈序爲上，記事之文次之，論辨又次之。鼐亦竊識數語於其間，未必當也。《梅崖集》果有逾人處，恨不識其人！郎君、令甥皆美才，未易量，聽所好恣爲之，勿拘其途可也。於所寄文，輒妄評說，勿罪！勿罪！秋暑惟體中安否？千萬自愛！七月朔日。

（《惜抱軒詩文集》文集卷六，上海古籍出版社 1992 年版）

# 周　濟

## 宋四家詞選目録序論

### ［解題］

周濟(1781—1839)，字保緒，一字介存，號未齋、止庵，江蘇荆溪(今宜興)人。嘉慶十年(1805)進士，官淮安府學教授。著有《晉略》六十卷、《介存齋論詞雜著》一卷、《味雋齋詞》一卷，編有《宋四家詞選》一卷。《清史稿》卷四百八十六《文苑三》有傳。

嘉慶年間，張惠言、周濟提倡作詞應有所寄託，繼承風騷遺旨，企圖以深厚的内容與渾涵的風格來矯救時弊，一時風從，稱常州詞派，取得詞壇領導地位。張惠言爲創派者，曾選唐、五代、宋詞爲《詞選》，有力地鼓吹風騷比興的傳統，以宣揚其詞學，反對雕琢靡曼的詞風和輕視詞體的觀念。周濟曾從張惠言甥董士錫討論詞學，爲常州詞派重要理論家。其《宋四家詞選》以周邦彦、辛棄疾、王沂孫、吳文英爲主，而以其他各家分别附屬於後：一是標舉四家爲詞學的規範，並揭示學詞的道路是由王沂孫入手，通過吳文英、辛棄疾以上溯到周邦彦。二是概括出"非寄託不入，專寄託不出"爲作詞的準則。意即詞應有寄託，有深厚的思想内容，接觸社會矛盾，有真情實感。同時不直接表達主題思想，而是運用比興手法，引起讀者豐富的聯想，得出種種體會。周濟正是依據這個準則來選定四家之詞，而這個準則在很大程度上也是從這四家詞中總結出來的，四家詞是這個準則的範本。周濟的探索與總結有助於形象思維與意境的展拓，論詞注重高遠的意境，接觸到文藝形象思維的特徵，可説是清人詞論裏的獨造，對常州詞派產生了深遠的影響。但分析寄託而流於穿鑿附會，強調比興而作爲一種教條束縛，則是嚴重的局限。本文比喻形象，意思深至，辭藻精麗，篇幅短小而回味無窮，則不失爲一篇美文。

序曰：清真，集大成者也。稼軒斂雄心，抗高調，變温婉，成悲涼。碧山餍心切理,言近指遠,聲容調度,一一可循。夢窗奇思壯采,騰天潛淵,返南宋之清泚,爲北宋之穠摯。是爲四家,領袖一代。餘子犖犖,以方附庸。夫詞,非寄託[1]不入,專寄託不出,一物一事,引而伸之,觸類多通,驅心若游絲之冒飛英,含毫[2]如郢斤之斲蠅翼[3],以無厚入有間[4],既習已,意感偶生,假類畢達,閱載千百,聲欬弗違,斯入矣。賦情獨深,逐境必寤,醖釀日久,冥發妄中,雖鋪敘平淡,摹績淺近,而萬感橫集,五中無主,讀其篇者,臨淵窺魚,意爲魴鯉[5],中宵驚電,罔識東西,赤子隨母笑啼,鄉人緣劇喜怒,抑可謂能出矣。問塗碧山,歷夢窗、稼軒以還清真之渾化。余所望於世之爲詞人者,蓋如此。

(《介存齋論詞雜著》附録,人民文學出版社 1959 年版)

**[注釋]**

[1]寄託:即比興。 [2]含毫:指構思,陸機《文賦》:"或操觚以率爾,或含毫而邈然。"[3]郢斤之斲蠅翼:參《論文偶記》注[3]。 [4]以無厚入有間:《莊子·養生主》:"庖丁爲文惠君解牛……彼節者有間,而刀刃者無厚,以無厚入有間,恢恢乎其於遊刃,必有餘地矣。" [5]魴鯉:劉向《説苑·政理》:"夫投綸餌,迎而吸之者,陽橋也,其爲魚薄而不美;若存若亡、若食若不食者,魴也,其爲魚也薄而厚味。"這裏用魴之"若存若亡、若食若不食"比喻作品運用比興手法,若隱若現地表達主題思想。魴、鯉本不同,但常常並舉,焦延壽《易林·需》:"曳綸江海,釣挂魴鯉。"嵇康《酒會詩》:"林木紛交錯,玄池戲魴鯉。"

## 史料選

### [清]張惠言《詞選序》

敘曰:詞者,蓋出於唐之詩人,採樂府之音,以制新律,因繫其詞,故曰"詞"。傳曰:"意內而言外,謂之詞。"其緣情造端,興於微言,以相感動,極命風謡。里巷男女,哀樂以道。賢人君子幽約怨悱不能自言之情,低徊要眇,以喻其致。蓋詩之比興,變風之義,騷人之歌,則近之矣。然以其文小,其聲哀,放者爲之,或跌蕩靡麗,雜以昌狂俳優。然要其至者,莫不惻隱盱愉,感物而發,觸類條鬯,各有所歸,非苟爲雕琢曼辭而已。自唐之詞人,李白爲首,其後韋應物、王建、韓翃、白居易、劉禹錫、皇甫松、司空圖、韓偓,並有述造。而温庭筠最高,其言深美閎約。五代之際,孟氏、李氏,君臣爲謔,競作新調,詞之雜流,由此起矣。至其工者,往往絶倫,亦如齊、梁五言,依托魏、晉,近古然也。宋之詞家,號爲極盛,然張先、蘇軾、秦觀、周邦彦、辛棄疾、姜夔、王沂孫、張炎,淵淵乎文有其質焉。其盪而不反,傲而不理,枝而不物,柳永、黃庭堅、劉過、吳文英之倫,亦各引一端以取重於當世。而前數子者,又不免有一時放浪通脱之言出於其間。後進彌以馳逐,不務原其指意,破析乖剌,壞亂而不可紀。故自宋之亡而正聲絕,元之末而規矩隳。以至於今四百餘年,作者十數,諒其所是,互有繁變,皆可謂安蔽乖方,迷不知門户者也。今弟錄此篇,都爲二卷,義有幽隱,並爲指發。幾以塞其下流,導其淵源,無使風雅之士,懲於鄙俗之音,不敢與詩賦之流同類而風誦之也。

嘉慶二年八月武進張惠言。

(《張氏詞選》,道光重刻本)

## 周濟《介存齋論詞雜著》(節選)

### 二

北宋有無謂之詞以應歌,南宋有無謂之詞以應社。然美成《蘭陵王》、東坡《賀新涼》當筵命筆,冠絕一時。碧山《齊天樂》之詠蟬,玉潛《水龍吟》之詠白蓮,又豈非社中作乎?故知雷雨鬱蒸,是生芝菌;荊榛蔽芾,亦產蕙蘭。

### 四

近人頗知北宋之妙,然不免有姜張二字,横亘胸中。豈知姜張在南宋,亦非巨擘乎?論詞之人,叔夏晚出,既與碧山同時,又與夢窗別派,是以過尊白石,但主"清空"。後人不能細研詞中曲折深淺之故,羣聚而和之,並爲一談,亦固其所也。

### 六

感慨所寄,不過盛衰:或綢繆未雨,或太息厝薪,或已溺已飢,或獨清獨醒,隨其人之性情學問境地,莫不有由衷之言。見事多,識理透,可爲後人論世之資。詩有史,詞亦有史,庶乎自樹一幟矣。若乃離別懷思,感士不遇,陳陳相因,唾瀋互拾,便思高揖溫韋,不亦恥乎!

### 七

初學詞求空,空則靈氣往來。既成格調求實,實則精力彌滿。初學詞求有寄託,有寄託則表裏相宜,斐然成章。既成格調,求無寄託,無寄託,則指事類情,仁者見仁,知者見知。北宋詞,下者在南宋下,以其不能空,且不知寄託也;高者在南宋上,以其能實,且能無寄託也。南宋由下不犯北宋拙率之病,高不到北宋渾涵之詣。

(《介存齋論詞雜著》,人民文學出版社1959年版)

## [清]陳廷焯《白雨齋詞話》(節選)

### 二七

《風騷》有比興之義,本無比興之名,後人指實其名,已落次乘,作詩詞者,不可不知。

二八

《風詩》三百，用意各有所在，仁者見之謂之仁，智者見之謂之智，故能感發人之性情。後人强事臆測，繫以比、興、賦之名，而詩義轉晦。子朱子於《楚詞》，亦分章而係以比、興、賦，尤屬無謂。

（《白雨齋詞話》卷六，人民文學出版社 1959 年版）

# 劉熙載

## 藝概（節選）

### ［解題］

劉熙載（1813—1881），字伯簡，又字熙哉，號融齋，江蘇興化人。道光二十四年（1844）進士，改庶吉士，授編修。咸豐二年（1852），命直上書房。同治三年（1863），爲國子監司業，後官至左春坊左中允、廣東提學使。晚年主講上海龍門書院。著有《藝概》六卷，《四音定切》四卷，《説文雙聲》二卷，《説文疊韻》二卷，《昨非集》四卷。《清史稿・儒林一》有傳。

《藝概》是劉熙載根據多年來談論文藝的相關札記整理而成，此書編定於同治十二年（1873），包括“文概”、“詩概”、“賦概”、“詞曲概”、“書概”、“經義概”六個部分，僅以一部著作囊括七種文藝形式，前所未有。“概”之爲名，正如敘中所言，其目的在於概括文藝的主旨大意，以簡馭繁，起到觸類引申的作用。《藝概》延續了傳統詩話的創作形式，全書沒有一以貫之的系統理論，但它與一些論詩即事的詩話不同，《藝概》以簡短的文句評論歷代的作家和作品，一來可大致體現文藝的發展源流，二來也反映出作者的文藝觀念。

儘管此書並無完整的理論建構，但劉熙載對文藝的認識、見解卻是相當全面和精闢的。就文學作品本身來説，此書既有基於鑒賞角度的點評，又有創作層面的分析，既有對作品内在氣韻的抽象論述，又有不同文體的具體技法的探討。抽象者如言《左傳》“雖説衰事，却尚有許多元氣在”，具體者如論《莊子》文法斷續之妙。可以説，技道並重是《藝概》的一個重要表現。在處理具體問題上，整體觀與矛盾觀是劉熙載較爲突出的傾向。雖然書中多有談及局部技法的内容，但劉熙載總會把握好作品的整體特徵，或言其風格，或論其氣韻。文學作品是有機統一的整體，故劉熙載批評僅以精警的字句作爲“詩眼”、“詞眼”的做法，提出“通體之眼”、“全篇之眼”，反對“舍章法而專求字句”。《藝概》指出了很多對立的文論範疇，諸如“秀隱”、“奇正”、“沈快”等等，主張不要偏於一端，如其論用辭在於適當，否則就會導致“過與不及"。就作家與作品的關係來説,劉熙載指出"诗品出于人品",這可以説是爲文學史上"心畫心聲"的現象作出了正面回答,也成爲《藝概》品評詩詞文的前提性依據。

## 文概

學《左氏》[1]者,當先意法[2]而後氣象。氣象所長在雍容爾雅[3],然亦有因當時文勝之習[4]而觭重[5]以肖[6]之者。後人必沾沾求似[7],恐失之噢緩佁靡[8]矣。

戰國説士[9]之言,其用意類能先立地步[10],故得如善攻者使人不能守,善守者使人不能攻也[11]。不然,專於措辭求奇,雖復可驚可喜,不免脆而易敗[12]。

文之快者每不沈[13],沈者每不快,《國策》乃沈而快。文之雋者每不雄,雄者每不雋,《國策》乃雄而雋。

集義養氣[14],是孟子本領。不從事於此而學孟子之文,得無象之然乎[15]?

古人意在筆先[16],故得舉止閒暇[17];後人意在筆後,故至手腳忙亂。杜元凱稱左氏"其文緩"[18],曹子桓稱屈原"優遊緩節"[19],"緩"豈易及者乎?

韓文起八代之衰[20],實集八代之成。蓋惟善用古者能變古,以無所不包,故能無所不掃也。

八代之衰,其文内竭而外侈[21]。昌黎易之以"萬怪惶惑,抑遏蔽掩"[22],在當時真爲補虛消腫良劑。

東坡最善於没要緊底題,説没要緊底話;未曾有底題,説未曾有底話。抑所謂"君從何處看,得此無人態"[23]耶?

自《典論·論文》以及韓、柳,俱重一"氣"字。余謂文氣當如《樂記》二語,曰:"剛氣不怒,柔氣不懾。"[24]

辭之患不外過與不及。《易·繫傳》曰"其辭文"[25],無不及也。《曲禮》曰"不辭費"[26],無太過也。

文貴法古,然患先有一古字横在胸中。蓋文惟其是,惟其真,舍"是"與"真"而於形模求古,所貴於古者果如是乎?

## 詩概

詩可數年不作,不可一作不真。陶淵明自庚子距丙辰十七年間作詩九首[27],其詩之真,更須問耶? 彼無歲無詩,乃至無日無詩者,意欲何明?

杜詩高、大、深,俱不可及。吐棄到人所不能吐棄爲高,涵茹到人所不能涵茹爲大,曲折到人所不能曲折爲深。

代匹夫匹婦語最難。蓋飢寒勞困之苦,雖告人,人且不知,知之必物我無間者也。杜少陵、元次山、白香山不但如身入閭閻[28],目擊其事,直與疾病之在身者無異。頌其詩,顧可不知其人乎?

無一意一事不可入詩者，唐則子美，宋則蘇、黃。要其胸中具有爐錘[29]，不是金銀銅鐵強令混合也。

詩以意法勝者宜誦，以聲情勝者宜歌。古人之詩，疑若千支萬派，然曾有出於歌、誦外者乎？

詩眼有全集之眼，有一篇之眼，有數句之眼，有一句之眼；有以數句爲眼者，有以一句爲眼者，有以一、二字爲眼者。

文所不能言之意，詩或能言之。大抵文善醒，詩善醉，醉中語亦有醒時道不到者[30]，蓋其天機之發，不可思議也。故余論文旨曰：“惟此聖人，瞻言百里。”[31]論詩旨曰：“百爾所思，不如我所之。”[32]

詩品出於人品。人品惻款樸忠[33]者最上，超然高舉、誅茅力耕[34]者次之，送往勞來[35]、從俗富貴者無譏[36]焉。

言詩格者必及氣。或疑太鍊傷氣，非也。傷氣者，蓋鍊辭不鍊氣耳。氣有清濁厚薄，格有高低雅俗。詩家泛言氣格，未是。

詩以悅人爲心與以誇人爲心，品格何在？而猶譊譊[37]於品格，其何異溺人必笑[38]耶？

## 詞曲概

《説文》解“詞”字曰：“意内而言外也。”[39]徐鍇《通論》[40]曰：“音内而言外，在音之内，在言之外也。”故知詞也者，言有盡而音意無窮也。

詞導源於古詩，故亦兼具六義[41]。六義之取，各有所當，不得以一時一境盡之。樂中正爲雅，多哇爲鄭。詞，樂章也，雅鄭不辨，更何論焉？

東坡詞頗似老杜詩，以其無意不可入，無事不可言也。若其豪放之致，則時與太白爲近。

一轉一深，一深一妙，此騷人三昧[42]。倚聲家得之，便自超出常境。

詞以煉章法爲隱，煉字句爲秀。秀而不隱，是猶百琲明珠而無一綫穿也。

“詞眼”二字，見陸輔之《詞旨》。其實輔之所謂“眼”者，仍不過某字工、某句警耳。余謂“眼”乃神光所聚，故有通體之眼，有數句之眼，前前後後無不待眼光照映。若舍章法而專求字句，縱爭奇競巧，豈能開闔變化，一動萬隨耶[43]？

詞深於興，則覺事異而情同，事淺而情深。故没要緊語正是極要緊語，亂道語正是極不亂道語[44]。固知“吹皺一池春水，干卿甚事”[45]，原是戲言。

描頭畫角[46]，是詞之低品。蓋詞有全體，宜無失其全；詞有内蘊，宜無失其蘊。

古樂府中至語，本只是常語，一經道出，便成獨得。詞得此意，則極鍊如不鍊，出色而本色，人籟悉歸天籟矣[47]。

（袁津琥校注《藝概注稿》，中華書局 2009 年版）

## ［注釋］

　　[1]《左氏》：《春秋左氏傳》。　[2]意法：立意與章法。　[3]雍容爾雅：形容文章從容不迫，言辭高雅。　[4]文勝之習：崇尚文飾的習氣。《論語·雍也》：“子曰：質勝文則野，文勝質則史，文質彬彬，然後君子。”劉宗周《論語學案》：“子嘗曰：文勝質則史。《春秋》文勝之習，於一史得其概矣。”　[5]觭（jī）重：踦重，偏重。《戰國策·趙策四》：“齊秦非復合也，必有觭重者矣。復合與觭重者，皆非趙之利也。”　[6]肖：效仿。　[7]沾沾求似：執着地求其形似。　[8]嘽緩侈靡：嘽緩，柔和舒緩。《史記·樂書第二》：“嘽緩慢易，繁文簡節之音作而民康樂。”侈靡，這裏指文飾華麗空疏。　[9]説士：遊説之士。　[10]先立地步：先樹立一個觀點。地步，位置，這裏指觀點、見解。　[11]“故得如善”二句：《孫子兵法·虛實》：“故善攻者，敵不知其所守；善守者，敵不知其所攻。微乎微乎，至於無形；神乎神乎，至於無聲。故能為敵之司命。”　[12]脃（cuì）而易敗：觀點不明確，立論不堅實，容易潰敗。脃，同“脆”。貝瓊《樗隱先生傳》：“以為舟楫則不勝萬鈞，以為琴瑟則不中五音，以為輪輻則脃而易敗。”　[13]沈：即“沉”，沉着，深沉。　[14]集義養氣：《孟子·公孫丑上》：“‘敢問夫子惡乎長？’曰：‘我知言，我善養吾浩然之氣。’‘敢問何謂浩然之氣？’曰：‘難言也，其為氣也，至大至剛，以直養而無害，則塞于天地之間。其為氣也，配義與道，無是，餒也。是集義所生者，非義襲而取之也。行有不慊於心，則餒矣。’”　[15]得無象之然乎：該不會只得到其皮相吧？韓愈《送高閑上人序》：“是其為心，必泊然無所起；其於世，必淡然無所嗜。泊與淡相遭，頹墮委靡，潰敗不可收拾，則其於書得無象之然乎？”　[16]意在筆先：書論中有此一説，王羲之《筆勢論·啓心章》：“夫欲學書之法……意在筆前，然後作字。”意為筆意先貫於胸，然後再進行創作。在這裏，“意”指文學創作前的立意，即在動筆之前要確立文章的主旨。　[17]舉止閒暇：行文從容不迫。　[18]杜元凱稱左氏“其文緩”：杜元凱即杜預。其文緩，意為文章胸有成竹、優遊不迫。杜預《春秋左傳集解序》：“身為國史，躬覽載籍，必廣記而備言之，其文緩，其旨遠，將令學者原始要終，尋其枝葉，究其所窮。”　[19]曹子桓稱屈原“優遊緩節”：曹子桓即魏文帝曹丕，所言“優遊緩節”，未知所據。　[20]韓文起八代之衰：蘇軾《潮州韓文公廟碑》：“文起八代之衰，而道濟天下之溺。忠犯人主之怒，而勇奪三軍之帥。”八代，指東漢、魏、晉、宋、齊、梁、陳、隋八個朝代。　[21]內竭而外侈：內容空洞、貧乏而外在文辭華麗。　[22]萬怪惶惑，抑遏蔽掩：蘇洵《上歐陽內翰第一書》：“韓子之文，如長江大河，渾浩流轉。魚黿蛟龍，萬怪惶惑，而抑遏蔽掩不使自露。而人望見其淵然之光，蒼然之色，亦自畏避不敢迫視。”　[23]“君從何處看”二句：蘇軾《高郵陳直躬處士畫雁二首》之一：“野雁見人時，未起意先改。君從何處看，得此無人態。無乃槁木形，人禽兩自在。北風振枯葦，微雪落璀璀。慘澹雲水昏，晶熒沙礫碎。弋人悵何慕，一舉渺江海。”　[24]剛氣不怒，柔氣不懾：（氣）剛健而不暴怒，柔和而不畏縮。《禮記·樂記》：“和生氣之和，道五常之行，使之陽而不散，陰而不密，剛氣不怒，柔氣不懾。四暢交於中，而發作於外，皆安其位

而不相奪也。"　[25]其辭文：言辭有文采。《易·系辭下》："夫易，彰往而察來，而微顯闡幽，開而當名辨物，正言斷辭則備矣！其稱名也小，其取類也大，其旨遠，其辭文，其言曲而中，其事肆而隱。"　[26]不辭費：《禮記·曲禮》："夫禮者，所以定親疏，決嫌疑，別同異，明是非也。禮，不妄説人，不辭費。"辭費，話多而無用。陸德明《經典釋文》："言而不行爲辭費。"　[27]"陶淵明"一句：自庚子至丙辰年，陶淵明實作詩十二首，此蓋作者誤記。　[28]閭閻（yán）：里巷內外的門，這裏泛指民間。　[29]爐錘：火爐和鐵錘，鍛造鐵器的工具。這裏指熔鑄寫作素材的能力。　[30]"醉中語"一句：胡仔《苕溪漁隱叢話》前集卷四："東坡云：陶潛詩：'但恐多謬誤，君當恕醉人。'此未醉時説也。若已醉，何暇憂誤哉？然世人言醉時是醒時語，此最名言。"然文中所言更進一步。　[31]惟此聖人，瞻言百里：只有聖人才能做到目光所及，到達百里之外。語出《詩·大雅·桑柔》。　[32]百爾所思，不如我所之：你們考慮得再多，都不如我親自前往之所得。語出《詩·鄘風·載馳》。　[33]悃（kǔn）款樸忠：誠實忠厚。《楚辭·卜居》："吾寧悃悃款款樸以忠乎？"　[34]誅茅力耕：潛心勞作，這裏借指隱居生活。《楚辭·卜居》："寧誅鋤草茅以力耕乎？"　[35]送往勞來：指官場、世俗的交往、應酬。《楚辭·卜居》："將送往勞來斯無窮乎？"　[36]無譏：微不足道，不值得評論。《左傳·襄公二十九年》："請觀於周樂……爲之歌陳，曰：'國無主，其能久乎！'自鄶以下無譏焉。"　[37]譊譊：爭辯。《莊子·至樂》："彼唯人言之惡聞，奚以夫譊譊爲乎！"　[38]溺人必笑：此處意爲溺水之人不知身處險境，仍舊自歡自樂。諷刺已失品格的人猶津津樂道於品格。《左傳·哀公二十年》："王曰：溺人必笑，吾將有問也。"　[39]意內而言外也：見許慎《説文解字》"司"部。　[40]徐鍇《通論》：徐鍇《説文解字系傳》卷三十五"通論下"。　[41]六義：風、雅、頌、賦、比、興。　[42]騷人三昧：詩人（詞人）創作的訣竅。　[43]一動萬隨：意爲前後呼應，整體連貫。惠洪《冷齋夜話》卷七引華亭船子和尚偈："千尺絲綸直下垂，一波才動萬波隨。夜靜水寒魚不食，滿船空載月明歸。"　[44]"亂道語"一句：强行父編《唐子西文録》："司馬遷敢亂道，却好；班固不敢亂道，却不好；不亂道又好，是《左傳》；亂道又不好，是《唐書》。"　[45]"吹皺一池春水"二句：馬令《南唐書》："元宗《樂府辭》云：'小樓吹徹玉笙寒。'延巳有'風乍起，吹皺一池春水'之句，皆爲警策。元宗嘗戲延巳曰：'吹皺一池春水，幹卿何事？'延巳曰：'未如陛下小樓吹徹玉笙寒。'元宗悦。"　[46]描頭畫角：意爲毫無新意的模仿。　[47]人籟悉歸天籟矣：《莊子·齊物論》："子綦曰：'偃，不亦善乎，而問之也！今者吾喪我，汝知之乎？女聞人籟而未聞地籟，女聞地籟而未聞天籟夫。'"這裏的"人籟"指詞乃人所創作，"天籟"指詞之自然本色。

# 史料選

## 劉熙載《藝概》（節選）

### 文概

微而顯，志而晦，婉而成章，盡而不汙，懲惡而勸善。左氏釋經，有此五體。其實左氏敘事，亦處處皆本此意。

文得元氣便厚。《左氏》雖説衰世事，却尚有許多元氣在。

莊子文，看似胡説亂説，骨裏却盡有分數。彼固自謂"倡狂妄行而蹈乎大方"也，學者何不從"蹈大方"處求之？《莊子》寓真於誕，寓實於玄，於此見寓言之妙。

文之道，時爲大。《春秋》不同於《尚書》，無論矣。即以《左傳》、《史記》言之，强《左》爲《史》，則噍殺；强《史》爲《左》，則嘽緩。惟與時爲消息，故不同正所以同也。

論事敘事，皆以窮盡事理爲先。事理盡後，斯可再講筆法。不然，離有物以求有章，曾足以適用而不朽乎？

志者，文之總持。文不同而志則一。猶鼓琴者，聲雖改而操不變也。善夫陶淵明之言曰："常著文章自娱，頗示己志。"

文以識爲主。認題立意，非識之高卓精審，無以中要。才、學、識三長，識爲尤重，豈獨作史然耶？

文之尚理法者，不大勝亦不大敗；尚才氣者，非大勝則大敗。觀漢程不識、李廣，唐李勣、薛萬徹之爲將可見。

文固要句句字字受命於主腦，而主腦有純、駁、平、陂、高、下之不同。若非慎辨而去取之，則差若毫釐，繆以千里矣。

**詩概**

"詩言志"，孟子"文、辭、志"之説所本也。"思無邪"，子夏《詩序》"發乎情，止乎禮義"之説所本也。

《十九首》鑿空亂道，讀之自覺四顧躊躇，百端交集。詩至此，始可謂其中有物也已。

學太白詩，當學其體氣高妙，不當襲其陳意。若言仙、言酒、言俠、言女，亦要學之，此僧皎然所謂"鈍賊"者也。

王摩詰詩，好處在無世俗之病。世俗之病，如恃才騁學，做身分，好攀引，皆是。

律與絶句，行間字裏須有曖曖之致。古體較可發揮盡意，然亦須有不盡者存。律詩取律吕之義，爲其和也；取律令之義，爲其嚴也。

律詩不難於凝重，亦不難於流動，難在又凝重又流動耳。

絶句取徑貴深曲，蓋意不可盡，以不盡盡之。正面不寫寫反面，本面不寫寫對面、旁面，須如睹影知竿乃妙。絶句於六義多取風、興，故視他體尤以委曲、含蓄、自然爲尚。

古體勁而質，近體婉而妍，詩之常也。論其變，則古婉近勁，古妍近質，亦多有之。

冷句中有熱字，熱句中有冷字；情句中有景字，景句中有情字。詩要細筋入骨，必由善用此字得之。

論詩者或謂鍊格不如鍊意，或謂鍊意不如鍊格。惟姜白石《詩說》爲得之，曰："意出於格，先得格也；格出於意，先得意也。"

古人因志而有詩，後人先去作詩，却推究到詩不可以徒作，因將志入裏來，已是倒做了，況無與於志者乎？

詩要超乎"空"、"欲"二界。空則入禪，欲則入俗。超之之道無他，曰"發乎情，止乎禮義"而已。

### 詞曲概

溫飛卿詞精妙絕人，然類不出乎綺怨。韋端己、馮正中諸家詞，留連光景，惆悵自憐，蓋亦易飄颺於風雨者。若第論其吐屬之美，又何加焉！

馮延巳詞，晏同叔得其俊，歐陽永叔得其深。

耆卿詞細密而妥溜，明白而家常，善於敘事，有過前人。惟綺羅香澤之態，所在多有，故覺風期未上耳。

周美成詞，或稱其無美不備。余謂論詞莫先於品。美成詞信富豔精工，只是當不得個"貞"字，是以士大夫不肯學之。學之則不知終日意縈何處矣。

姜白石詞，幽韻冷香，令人挹之無盡。擬諸形容，在樂則琴，在花則梅也。

詞之章法不外相摩相盪，如奇正、空實、抑揚、開合、工易、寬緊之類是已。

小令難得變化，長調難得融貫，其實變化融貫，在在相須，不以長短別也。

詞之好處，有在句中者，有在句之前後際者。陳去非《虞美人》"吟詩日日待春風，及至桃花開後却匆匆"，此好在句中者也；《臨江仙》"杏花疏影裏，吹笛到天明"，此因仰承"憶昔"，俯注"一夢"，故此二句不覺豪酣轉成悵悒，所謂好在句外者也。倘謂現在如此，則騃甚矣。

詞尚清空、妥溜，昔人已言之矣。惟須妥溜中有奇創，清空中有沈厚，才見本領。

詞以不犯本位爲高。東坡《滿庭芳》"老去君恩未報，空回首，彈鋏悲歌"，語誠慷慨，然不若《水調歌頭》"我欲乘風歸去，又恐瓊樓玉宇，高處不勝寒"，尤覺空靈蘊藉。

詞曲本不相離，惟詞以文言，曲以聲言耳。"詞"、"辭"通，《左傳》襄二十九年杜注云："此皆各依其本國歌所常用聲曲。"《正義》云："其所作文辭，皆準其樂音，令宮商相和，使成歌曲。"是辭屬文，曲屬聲，明甚。古樂府有曰"辭"者，有曰"曲"者，其實辭即曲之辭，曲即辭之曲也。襄二十九年《正義》又云："聲隨辭變，曲盡更歌。"此可爲詞曲合一之證。

（袁津琥校注《藝概注稿》，中華書局 2009 年版）

## 陸輔之《詞旨》（節選）

**詞説**

命意貴遠，用字貴便，造語貴新，鍊字貴響。

古人詩有翻案法，詞亦然，詞不用雕刻，刻則傷氣，務在自然。周清真之典麗，姜白石之騷雅，史梅溪之句法，吴夢窗之字面。取四家之所長，去四家之所短，此翁之要訣。學者所謂刻鵠不成尚類鶩者也，不可與俗人言，可與知者道。

對句好可得，起句好難得，收拾全藉出場，凡觀詞須先識古今體製雅俗，脱出宿生塵腐氣，然後知此語咀嚼有味。

蘄王孫韓鑄字亦顔，雅有才思，嘗學詞於樂笑翁。一旦，與周公瑾父買舟西湖，泊荷花而飲酒杯半（陳去病按：一無杯字），公瑾父舉似亦顔學詞之意，翁指花云："蓮子結成花自落。"

《詞源》云：清空二字，亦一生受用不盡，指迷之妙盡在是矣。學者必在心傳耳傳，以心會意，當有悟入處。然須跳出窠臼外，時出新意，自成一家。若屋下架屋，則爲人之賤僕矣。

製詞須布置停匀，血脈貫穿，過片不可斷，曲意如常山之蛇，救首救尾。

沈伯時《樂府指迷》多有好處，中間一兩段亦非詞家之語。

**詞眼**

燕嬌鶯姹潘元質《倦尋芳》，緑肥紅瘦李易安《如夢令》，寵柳嬌花前人《壺中天》，籠燈燃月周美成《意難忘・美人》，醉雲醒雨吴夢窗《解蹀躞・别情》，挑雲研雪王碧山，柳昏花暝史梅溪《雙雙燕》，翠陰香遠方千里《過秦樓・春思》，玉嬌春怨高竹屋《齊天樂》，蝶淒蜂慘楊守齋《八六子・牡丹次白雲韻》，柳腴花瘦楊西村《甘州》，綰燕吟鶯前人《□□□》，漁煙鷗雨李秋崖《青玉案・題草窗詞卷》，燕昏鶯曉同上，翠顰紅妬王可竹《齊天樂・長安客賦》，愁煙恨粉□□□□□□，月約星期樓君亮《玉漏遲》，雨今雲古玉笛《長亭怨・别陳行之》，恨煙顰雨張東澤《祝英臺近》，燕窺鶯認鍾梅心《步蟾宫》，愁羅恨綺翁虚静《水龍吟・雪霽登吴山》，移紅换紫張寄閑《瑞鶴仙》，聯詩换酒周草窗《三犯渡江雲》，選歌試舞前人《露華》，舞句歌引前人《月邊嬌》，三生春夢□□□□□□□。

（陸輔之《詞旨》，《續修四庫全書》本）

## 陳廷焯《白雨齋詞話》節選

詞人好作精豔語，如左與言之"滴粉搓酥"、姜白石之"柳怯雲鬆"、李易安之"緑肥紅瘦"、"寵柳嬌花"等類，造句雖工，然非大雅。

（陳廷焯《白雨齋詞話》卷六，人民文學出版社 1959 年版）

# 況周頤

## 蕙風詞話（節選）

[解題]

　　況周頤（1859—1926），初名周儀，因避宣統帝溥儀之諱，改名周頤。字夔笙，或作葵孫，別號秀庵、玉梅詞人、葵生、蕙風詞隱等。廣西臨桂（今桂林）人，祖籍湖南寶慶。光緒五年（1879）舉人，後任內閣中書、會典館纂修，光緒二十一年（1895），入張之洞幕府，領銜江楚編譯官書局總纂。戊戌變法後，離京南下，曾執教於常州龍城書院、南京師範學堂，時以賣文爲生。況氏潛心詞學，精於詞論。與王鵬運、朱孝臧、鄭文焯合稱"清末四大家"。著有《蕙風詞》、《蕙風詞話》等。

　　清末是詞學發展的一個重要階段，陳廷焯的《白雨齋詞話》、況周頤的《蕙風詞話》、王國維的《人間詞話》是這個時期詞學批評領域的代表著作。陳氏以"沉鬱說"論詞，王氏標舉"境界"。《蕙風詞話》能夠在此中佔有一席之地，得力於況氏明確的詞學見解。

　　《蕙風詞話》以泛論歷代詞人爲主，闡述作者的詞學思想，脫離了雜述舊聞、以資談助的泛泛之論。開篇就鮮明地指出"詞非詩餘"、"詞非詩之剩義"，爲詞之一體張立門面，此論遠承李易安詞"別是一家"之語，駁斥一些論家詞詩同流之說法。況氏所論本於常州詞派，如其言"意内為先，言外為后"、"意内言外"，則是張惠言推尊詞體的重要論調，其論詞重思想、重寄託的傾向，與常州詞派的主張並無二致。但在詞學觀點上，況氏能自樹立。其論作詞有三要：重、拙、大，論詞又重厚與雅，此五點不僅是創作之關鍵，也是品評詞作的標準，對薄、俗、輕、巧、纖的詞風，況氏持否定態度。而詞之核心却在於"真"，作詞要做到情真、境真，此雖非獨到之見，但況氏將"真"、"性靈"上升到"詞境"、"詞心"。這抓住了文學創作過程中的微妙之處，即其所言"常覺風雨江山外有萬不得已者在"，並且主張把握此"萬不得已者"，以達到"吾言寫吾心"、真氣貫注的創作境界。況氏強調閱歷的重要性，大多數佳作都是在外在景象與主觀體驗相契合的瞬間萌發而來的，二者完美的融合，是自然天成的狀態，不可强求，此實爲心得體會之語。

此外，《蕙風詞話》中還論及學詞、讀詞、詞律、詞句剖析等多方面内容，其中不乏精切之論。朱祖謀對此書贊譽頗高，云："自有詞話以來，無此有功詞學之作。"其影響由此可見一斑。

### 詞非詩餘

沈約《宋書》曰："吴歌雜曲，始皆徒歌。既而被之絃管。又有因絃管金石作歌以被之。"[1]按前一法即虞廷依永之遺[2]，後一法當起於周末宋玉《對楚王問》。首言客有歌於郢中者，下云其爲《陽阿》、《薤露》，其爲《陽春》、《白雪》，皆曲名。是先有曲而後有歌也。填詞家自度曲，率意爲長短句而後協之以律，此前一法也。前人本有此調，後人按腔填詞，此後一法也。沿流溯源，與休文[3]之説相應。歌曲之作，若枝葉始敷。乃至於詞，則芳華益茂。詞之爲道，智者之事。酌劑乎陰陽，陶寫乎性情。自有元音，上通雅樂。别黑白而定一尊，亘古今而不敝矣。唐宋以還，大雅鴻達，篤好而專精之，謂之詞學。獨造之詣，非有所附麗，若爲駢枝也。曲士以詩餘名詞，豈通論哉？

### 詞非詩之賸義

詩餘之"餘"，作"贏餘"之"餘"解。唐人朝成一詩，夕付管絃，往往聲希節促，則加入和聲[4]。凡和聲皆以實字填之，遂成爲詞。詞之情文節奏，並皆有餘於詩，故曰"詩餘"。世俗之説，若以詞爲詩之賸義，則誤解此"餘"字矣。

### 作詞有三要

作詞有三要，曰重、拙、大[5]。南渡諸賢不可及處在是。

### 詞重在氣格

重者，沉著之謂。在氣格，不在字句。

### 詞外求詞

詞中求詞，不如詞外求詞。詞外求詞之道，一曰多讀書，二曰謹避俗[6]。俗者，詞之賊也。

### 無詞境即無詞心

填詞要天資，要學力。平日之閲歷，目前之境界，亦與有關係。無詞境，即無詞心。矯揉而彊爲之，非合作也。境之窮達，天也，無可如何者也。雅俗，人也，可擇而處者也。

## 詞不宜過經意

詞過經意[7]，其蔽也斧琢。過不經意，其蔽也襤褸[8]。不經意而經意，易。經意而不經意，難。

## 真字是詞骨

真字是詞骨。情真、景真，所作必佳，且易脫稿。

## 讀詞之法

讀詞之法，取前人名句意境絕佳者，將此意境締構於吾想望中。然後澄思渺慮[9]，以吾身入乎其中而涵泳[10]玩索之。吾性靈[11]與相浹[12]而俱化，乃真實爲吾有而外物不能奪。三十年前，以此法爲日課，養成不入時之性情，不遑恤[13]也。

## 述所歷詞境

人靜簾垂。鐙昏香直。窗外芙蓉殘葉颯颯作秋聲，與砌蟲相和答。據梧[14]冥坐，湛懷息機[15]。每一念起，輒設理想排遣之。乃至萬緣俱寂，吾心忽瑩然開朗如滿月，肌骨清涼，不知斯世何世也。斯時若有無端哀怨根觸[16]於萬不得已；即而察之，一切境象全失，唯有小窗虛幌、筆床硯匣，一一在吾目前。此詞境也。三十年前，或月一至焉。今不可復得矣。

## 以吾言寫吾心

吾聽風雨，吾覽江山，常覺風雨江山外有萬不得已者在。此萬不得已者，即詞心也。而能以吾言寫吾心，即吾詞也。此萬不得已者，由吾心醞釀而出，即吾詞之真也，非可彊爲，亦無庸彊求。視吾心之醞釀何如耳。吾心爲主。吾心爲主，而書卷其輔也。書卷多，吾言尤易出耳。

## 詞有不盡之妙

吾蒼茫獨立於寂寞無人之區，忽有匪夷所思之一念，自沉冥杳靄中來。吾於是乎有詞。洎[17]吾詞成，則於頃[18]者之一念若相屬若不相屬也。而此一念，方綿邈[19]引演於吾詞之外，而吾詞不能殫[20]陳，斯爲不盡之妙。非有意爲是不盡，如書家所云無垂不縮，無往不復也[21]。

### 學詞須先讀詞

學填詞，先學讀詞。抑揚頓挫，心領神會。日久，胸次鬱勃[22]，信手拈來，自然豐神諧婉[23]矣。

### 詞有穆之一境

詞有穆[24]之一境，靜而兼厚、重、大也。淡而穆不易，濃而穆更難。知此，可以讀《花間集》。

### 填詞要襟抱

填詞第一要襟抱。唯此事不可彊，並非學力所能到。向伯恭[25]《虞美人》過拍云：“人憐貧病不堪憂。誰識此心如月正涵秋。”宋人詞中，此等語未易多覯。

### 宋詞疵病

宋人詞亦有疵病，斷不可學。高竹屋[26]《中秋夜懷梅溪》[27]云：“古驛煙寒，幽垣夢冷，應念秦樓十二。”此等句鉤勒太露，便失之薄。張玉田[28]《水龍吟·寄袁竹初》云：“待相逢説與相思，想亦在，相思裏。”尤空滑粗率，並不如高句，字面稍能蘊藉。

### 意内言外

意内言外，詞家之恒言也。《韻會舉要》[29]引《説文》作“音内言外”[30]，當是所見宋本如是。以訓詩詞之詞，於誼殊優。凡物在内者恒先，在外者恒後。詞必先有調，而後以詞填之。調即音也。亦有自度腔者，先隨意爲長短句，後繩以律。然律不外正宮、側商等名，則亦先有而在内者也。凡人聞歌詞，接於耳，即知其言。至其調或宮或商，則必審辨而始知。是其在内之徵也。唯其在内而難知，故古云知音者希也。

### 詞貴有寄託

詞貴有寄託。所貴者流露於不自知，觸發於弗克自已。身世之感，通於性靈。即性靈，即寄託，非二物相比附也。橫亘一寄託於搦管之先，此物此志，千首一律，則是門面語耳，略無變化之陳言耳。於無變化中求變化，而其所謂寄託，乃益非真。昔賢論靈均[31]書辭，或流於跌宕怪神，怨懟激發，而不可以爲訓。必非求變化者之變化矣。夫詞如唐之《金荃》[32]，宋之《珠玉》[33]，何嘗有寄託，何嘗不卓絶千古，何庸爲是非真之寄託耶？

### 詞要有真氣貫注

澀[34]之中有味、有韻、有境界，雖至澀之調，有真氣貫注其間。其至者，可使疏宕，次亦不失凝重，難與貌澀者道耳。

### 融重與大於拙之中

問哀感頑豔，"頑"[35]字云何詮。釋曰："拙不可及，融重與大於拙之中，鬱勃久之，有不得已者出乎其中而不自知，乃至不可解，其殆庶幾乎。猶有一言蔽之：若赤子之笑咥然，看似至易，而實至難者也。"

### 詞宜有性靈語

信是慧業詞人[36]，其少作未能入格，却有不可思議，不可方物之性靈語，流露於不自知。斯語也，即使其人中年深造，晚歲成就以後，刻意爲之，不復克辦。蓋純乎天事也。苟無斯語，以謂若而[37]人者之作，蒙[38]竊未敢信也。

### 詠物語須沉著

以性靈詠物，以沉著之筆達出，斯爲無上上乘。

（《蕙風詞話·人間詞話》，人民文學出版社 1960 年版。每則標題乃據別本所補）

[注釋]

[1]"吳歌雜曲"句：見沈約《宋書》卷十九《樂志一》。 [2]虞廷依永之遺：《尚書·虞書》："詩言志，歌永言，聲依永，律和聲。八音克諧，無相奪倫，神人以和。" [3]休文：沈約，字休文。 [4]和聲：沈括《夢溪筆談》卷五："詩之外有和聲，則所謂曲也。古樂府皆有聲有詞，連屬書之，如曰'賀賀賀'、'何何何'之類，皆和聲也。今管弦中之纏聲亦其遺法也。唐人乃以詞填入曲中，不復用和聲。" [5]重、拙、大：夏敬觀《蕙風詞話詮評》："重、拙、大爲三要，語極精粲。蓋重者輕之對，拙者巧之對，大者小之對，輕、巧、小，皆詞之所忌也。……余謂重、拙、大三字相聯繫，不重則無拙、大可言，不大則無重、拙之可言，析言爲三名辭，實則一貫之道也。" [6]俗：庸俗，俗氣。 [7]經意：經心，注意。蘇軾《答王定國書》："吾弟大節過人，而小事亦不經意。" [8]襹（nài）襶（dài）：衣服粗厚臃腫貌，既不合身，又不合時。比喻不曉事理。程曉《嘲熱客》："今世襹襶子，觸熱到人家。" [9]澄思渺慮：其意如劉勰《文心雕龍·神思》所言："寂然凝慮，思接千載；悄焉動容，視通萬里。"即是達到"神與物遊"之境界。澄思，指澄凈內心，使之安靜平和。渺慮，指思緒空靈、高遠、不受掛礙。 [10]涵泳：沉潛其中，反復玩味。左思《吳都賦》："涵泳乎其中。" [11]性靈：即性情。庾信《趙國公集序》："含吐性靈，抑揚詞氣。" [12]浹：通達。《荀子·解蔽》："其所以貫理焉，雖億萬已不足以浹萬物之變，與愚者若一。"

[13]不遑恤：無暇顧慮。 [14]梧：梧桐。 [15]湛懷息機：澄浄心懷，息滅機心。湛，清澈透明。息機，《楞嚴經》卷六：“息機歸寂然，諸幻成無性”。 [16]根觸：感觸。李商隱《戲題樞言草閣三十二韻》：“君時卧根觸，勸客白玉杯。” [17]洎（jì）：到。 [18]頃：剛才。 [19]綿邈：意爲含義深遠，陸機《文賦》：“函緜邈於尺素，吐滂沛乎寸心。” [20]殫：盡。 [21]無垂不縮，無往不復：論書之語，意爲書寫過程中要有筆勢未盡之意。韋續《墨藪·書訣第十九》：“峻拔一角，潛虚半腹。已放則留，無垂不縮。”陶宗儀《書史會要》卷九：“米芾云：無垂不縮，無往不收。”無往不復，出自《易·泰》：“九三，無平不陂，無往不復。”此蓋作者誤“收”爲“復”。 [22]鬱勃：氣勢旺盛。應瑒《楊柳賦》：“摅豐節而廣布，紛鬱勃以敷陽。” [23]諧暢（chàng）：和諧流暢。暢，通“暢”。 [24]穆：端莊，醇厚。 [25]向伯恭：向子諲（yīn）（1085—1152），字伯恭，臨江（今江西清江）人。有《酒邊詞》二卷。 [26]高竹屋：高觀國，南宋詞人。字賓王，山陰（今浙江紹興）人。有詞集《竹屋癡語》一卷。 [27]《中秋夜懷梅溪》：這首詞的詞牌名爲《齊天樂》。 [28]張玉田：張炎（1248—1319），字叔夏，號玉田，又號樂笑翁，寓居臨安（今浙江杭州）。有《詞源》、《山中白雲詞》。 [29]《韻會舉要》：《古今韻會舉要》，三十卷，元初熊忠撰。 [30]音内言外：今見《說文解字》作“意内言外”，見《藝概》注釋[39] [31]靈均：屈原字。 [32]《金荃》：温庭筠有詞集名《金荃集》，或謂《金奩》而非《金荃》。 [33]《珠玉》：晏殊詞集。 [34]澀：文論術語，多用在詞論中。指用字、用詞的艱深、雕琢，用事的生僻等。善用之則能增加詞作簡古、厚重的風格，不善用則會導致詞意不暢，行文板滯，晦澀难读。 [35]頑：夏敬觀《蕙風詞話詮評》：“頑者，鈍也，愚也，癡也。” [36]慧業詞人：有創作天賦並與詞結緣的人。慧業，佛家語，智慧之業緣。在這裏意爲有天賦、聰明。 [37]若而：若干。《左傳·襄公十二年》：“夫婦所生若而人，妾婦之子若而人。” [38]蒙：謙稱，我。柳宗元《答元饒州論政理書》：“蒙之所見，及此而已。”

## 史料選

### 陳廷焯《白雨齋詞話》（節選）

#### 學詞貴得其本原

學古人詞，貴得其本原，舍本求末，終無是處。其年學稼軒，非稼軒也；竹垞學玉田，非玉田也；樊榭取徑於楚騷，非楚騷也。均不容不辨。

#### 作詞貴沉鬱

作詞之法，首貴沉鬱，沉則不浮，鬱則不薄。顧沉鬱未易强求，不根柢於風騷，烏能沉鬱。十三國變風、二十五篇楚詞，忠厚之至，亦沉鬱之至，詞之源也。不究心於此，率爾操觚，烏有是處？

#### 詩詞不盡同

詩詞一理，然亦有不盡同者。詩之高境，亦在沉鬱，然或以古樸勝，或以沖淡勝，或以鉅麗勝，或以雄蒼勝；納沉鬱於四者之中，固是化境；即不盡沉鬱，如五七言大篇，暢所欲言者，亦別有可觀。若詞則舍沉鬱之外，更無以爲詞。蓋篇幅狹小，倘一直説去，不留餘地，雖極工巧之致，識者終笑其淺矣。

## 宋詞不盡沉鬱

唐五代詞，不可及處正在沉鬱。宋詞不盡沉鬱，然如子野、少游、美成、白石、碧山、梅溪諸家，未有不沉鬱者。即東坡、方回、稼軒、夢窗、玉田等，似不必盡以沉鬱勝，然其佳處，亦未有不沉鬱者。詞中所貴，尚未可以知耶？

## 沉鬱含意

所謂沉鬱者，意在筆先，神餘言外。寫怨夫思婦之懷，寓孽子孤臣之感。凡交情之冷淡，身世之飄零，皆可於一草一木發之。而發之又必若隱若見，欲露不露，反復纏綿，終不許一語道破。匪獨體格之高，亦見性情之厚。飛卿詞，如“懶起畫蛾眉，弄妝梳洗遲”，無限傷心，溢於言表。又“春夢正關情。鏡中蟬鬢輕”，淒涼哀怨，真有欲言難言之苦。又“花落子規啼。綠窗殘夢迷”，又“鸞鏡與花枝。此情誰得知”，皆含深意。此種詞，弟自寫性情，不必求勝人，已成絕響。後人刻意爭奇，愈趨愈下，安得一二豪傑之士，與之挽回風氣哉！

## 白石氣體超妙

美成、白石，各有至處，不必過爲軒輊。頓挫之妙，理法之精，千古詞宗，自屬美成。而氣體之超妙，則白石獨有千古，美成亦不能至。

## 作詞貴於悲鬱中見忠厚

作詞貴於悲鬱中見忠厚。悲怨而激烈，其人非窮則夭。漢舒詞如“浮生皆夢，可憐此夢偏惡”，又云：“看取西去斜陽，也如客意，不肯多耽擱。”沉痛迫烈，便成詞讖，香雪所以不永年也。

## 詞須觀全體

王介甫謂張子野“雲破月來花弄影”，不及李世英“朦朧淡月雲來去”。此僅就一句言之，未觀全體，殊覺武斷。即以一句論，亦安見其不及也。

## 以詞較詩

以詞較詩，唐猶漢魏，五代猶兩晉六朝，兩宋猶三唐，元明猶兩宋，國朝詞亦猶國朝之詩也。

## 詞中可偶作詩詞

昔人謂詩中不可著一詞語，詞中亦不可著一詩語，其間界若鴻溝。余謂詩中不可作詞語，信然。若詞中偶作詩語，亦何害其爲大雅？且如“似曾相識燕歸來”等句，詩詞互見，各有佳處。彼執一而論者，真井蛙之見。

## 兩宋詞家勝處

周、秦詞以理法勝，姜、張詞以骨韻勝，碧山詞以意境勝。要皆負絕世才，而又以沉鬱出之，所以卓絕千古也。至陳、朱，則全以才氣勝矣。

### 兩宋詞家各有獨至處

兩宋詞家各有獨至處，流派雖分，本原則一。惟方外之葛長庚，閨中之李易安，別於周、秦、姜、史、蘇、辛外，獨樹一幟。而亦無害其爲佳，可謂難矣。然畢竟不及諸賢之深厚，終是託根淺也。

### 稼軒詞於悲壯中見渾厚

稼軒詞，如"舊恨春江流不盡，新恨雲山千疊"，又"前度劉郎今重到，問玄都千樹花存否"，又"重陽節近多風雨"，又"秋江上，看驚弦雁避，駭浪船回"，又"佳處徑須攜杖去，能消幾兩平生屐。笑塵勞三十九年非，長爲客"，又"樓觀甫成人已改，旌旗未卷頭先白。歎人生哀樂轉相尋，今猶昔"，又"秋晚蓴鱸江上，夜深兒女燈前"，又"三十六宮花濺淚，春聲何處說興亡。燕雙雙"，又"布被秋宵夢覺，眼前萬里江山"，又"功成者去，覺團扇便與人疏。吹不斷斜陽依舊，茫茫禹跡都無"，皆於悲壯中見渾厚。後之狂呼叫囂者，動託蘇、辛，真蘇、辛之罪人也。

### 詞貴渾涵

詞貴渾涵，刻摯不渾涵，終屬下乘。晁無咎《詠梅》云："開時似雪。謝時似雪，花中奇絕。香非在蕊，香非在萼，骨中香徹。"費盡氣力，終是不好看。宋末蕭泰來《霜天曉角》一闋，亦犯此病。

### 溫厚和平詞之根本

溫厚和平，詩教之正，亦詞之根本也。然必須沉鬱頓挫出之，方是佳境。否則不失之淺露，即難免平庸。

### 風騷爲詩詞之原

風騷爲詩詞之原，然學騷易，學詩難。風詩只可取其意，楚詞則並可擷其華。

### 詞中最上乘

入門之始，先辨雅俗。雅俗既分，歸諸忠厚。既得忠厚，再求沉鬱。沉鬱之中，運以頓挫，方是詞中最上乘。

### 作詞之要

作詞氣體要渾厚，而血脈貴貫通。血脈要貫通，而發揮忌刻露。居心忠厚，托體高渾，雅而不腐，逸而不流，可以爲詞矣。

### 作詞之難

雄闊非難，深厚爲難；刻摯非難，幽鬱爲難；疏逸非難，沖淡爲難；工麗非難，雅正爲難；奇警非難，頓挫爲難；纖巧非難，渾融爲難。古今不乏名家，兼有衆長鮮矣。詞豈易言哉。

### 詞宜熟讀

熟讀溫、韋詞，則意境自厚；熟讀周、秦詞，則韻味自深；熟讀蘇、辛詞，則才氣自旺；熟讀姜、張詞，則格調自高；熟讀碧山詞，則本原自正、規模自遠。本是以求風雅，何必遽讓古人。

**詩詞皆有境**

詩有詩境。詞有詞境。詩詞一理也。然有詩人所闢之境，詞人尚未見者，則以時代先後遠近不同之故。一則如淵明之詩，淡而彌永，朴而愈厚，極疏極冷，極平極正之中，自有一片熱腸，纏綿往復。此陶公所以獨有千古，無能爲繼也。求之於詞，未見有造此境者。一則如杜陵之詩，包括萬有，空諸倚傍，縱橫博大，千變萬化之中，却極沉鬱頓挫，忠厚和平。此子美所以橫絶古今，無與爲敵也。求之於詞，亦未見有造此境者。若子建之詩，飛卿詞固已幾之。太白之詩，東坡詞可以敵之。子昂高古，摩詰名貴，則子野、碧山，正不多讓。退之生鑿，柳州幽峭，則稼軒、玉田，時或過之。至謂白石似淵明，大晟似子美，則吾尚不謂然。然則詞中未造之境，以待後賢者尚多也。（皆境之高者，若香山之老嫗可解，盧仝、長吉之牛鬼蛇神，賈島之寒瘦，山谷之桀鶩，雖各有一境，不學無害也。）有志倚聲者，可不勉諸！

（《白雨齋詞話》，人民文學出版社1959年版。每則標題乃據別本所補）

## 張惠言《詞選·目録序》

敘曰：詞者，蓋出於唐之詩人，採《樂府》之音以制新律，因繫其詞，故曰"詞"。《傳》曰："意内而言外謂之詞。"其緣情造端，興於微言，以相感動，極命風謡，里巷男女哀樂，以道賢人君子幽約怨悱不能自言之情，低佪要眇以喻其致。蓋《詩》之比、興、變風之義，騷人之歌則近之矣。然以其文小，其聲哀，放者爲之，或跌蕩靡麗，雜以昌狂俳優，然要其至者，莫不惻隱盱愉，感物而發，觸類條鬯，各有所歸，非苟爲雕琢曼辭而已。

自唐之詞人，李白爲首，其後韋應物、王建、韓翃、白居易、劉禹錫、皇甫淞、司空圖、韓偓，並有述造。而温庭筠最高，其言深美閎約。五代之際，孟氏、李氏，君臣爲謔，競作新調，詞之雜流，由此起矣。至其工者，往往絶倫，亦如齊、梁五言，依託魏、晉，近古然也。

宋之詞家，號爲極盛。然張先、蘇軾、秦觀、周邦彦、辛棄疾、姜夔、王沂孫、張炎，淵淵乎文有其質焉。其盪而不反，傲而不理，枝而不物，柳永、黄庭堅、劉過、吳文英之倫，亦各引一端，以取重於當世。而前數子者，又不免有一時放浪通脱之言出於其間。後進彌以馳逐，不務原其指意，破析乖剌，壞亂而不可紀。故自宋之亡而正聲絶，元之末而規矩隳。以至於今四百餘年，作者十數，諒其所是，互有繁變，皆可謂安蔽乖方，迷不知門户者也。

今第録此篇，都爲二卷。義有幽隱，並爲指發。幾以塞其下流，導其淵源，無使風雅之士懲於鄙俗之音，不敢與詩賦之流同類而風誦之也。

嘉慶二年八月武進張惠言

（《詞選》，中華書局 1957 年版）

## 周濟《宋四家詞選目錄序論》（節選）

序曰：清真，集大成者也。稼軒斂雄心，抗高調，變溫婉，成悲涼。碧山屬心切理，言近指遠，聲容調度，一一可循。夢窗奇思壯采，騰天潛淵，返南宋之清泚，爲北宋之穠摯。是爲四家，領袖一代。餘子犖犖，以方附庸。夫詞，非寄託不入，專寄託不出，一物一事，引而伸之，觸類多通，驅心若遊絲之罥飛英，含毫如郢斤之斲蠅翼，以無厚入有間，既習已，意感偶生，假類畢達，閱載千百，馨欬弗遠，斯入矣。賦情獨深，逐境必寤，醞釀日久，冥發妄中，雖鋪敘平淡，摹繢淺近，而萬感橫集，五中無主，讀其篇者，臨淵窺魚，意爲魴鯉，中宵驚電，罔識東西，赤子隨母笑啼，鄉人緣劇喜怒，抑可謂能出矣。問塗碧山，歷夢窗、稼軒以還清真之渾化。余所望於世之爲詞人者，蓋如此。

論曰：

清真渾厚，正於鉤勒處見。他人一鉤勒便刻削，清真愈鉤勒愈渾厚。

耆卿鎔情入景，故淡遠。方回鎔景入情，故穠麗。

少游最和婉醇正，稍遜清真者辣耳。少游意在含蓄，如花初胎，故少重筆。然清真沈痛至極，仍能含蓄。

子野清出處、生脆處，味極雋永，只是偏才，無大起落。

蘇、辛並稱。東坡天趣獨到處，殆成絕詣，而苦不經意，完璧甚少。稼軒則沈著痛快，有轍可循，南宋諸公，無不傳其衣缽，固未可同年而語也。稼軒由北開南；夢窗由南追北：是詞家轉境。

韓、范諸鉅公，偶一染翰，意盛足聳其文，雖足樹幟，故非專家；若歐公則當行矣。

白石脫胎稼軒，變雄健爲清剛，變馳驟爲疏宕：蓋二公皆極熱中，故氣味吻合。辛寬姜窄：寬，故容藏；窄，故鬥硬。

白石號爲宗工，然亦有俗濫處（《揚州慢》：淮左名都，竹西佳處）、寒酸處（《法曲獻仙音》：象筆鸞箋，甚而今不道秀句）、補湊處（《齊天樂》：邠詩漫與，笑籬落呼燈，世間兒女）、敷衍處（《淒涼犯》：追念西湖上半闋）、支處（《湘月》：舊家樂事誰省）、複處（《一萼紅》：翠藤共，閑穿徑竹，記曾共西樓雅集），不可不知。

白石小序甚可觀，苦與詞複。若序其緣起，不犯詞境，斯爲兩美已。

竹山有俗骨，然思力沈透處，可以起懦。碧山胸次恬淡，故黍離、麥秀之感，只以唱歎出之，無劍拔弩張習氣。

詠物最爭托意隸事處，以意貫串，渾化無痕，碧山勝場也。

詞以思、筆為入門階陛，碧山思、筆，可謂雙絕。幽折處，大勝白石，惟圭角太分明，反復讀之，有水清無魚之恨。

梅溪才思，可匹竹山。竹山粗俗，梅溪纖巧。粗俗之病易見；纖巧之習難除，穎悟子第，尤易受其薰染。余選梅溪詞，多所割愛，蓋慎之又慎云。

玉田才本不高，專恃磨礱雕琢，裝頭作腳，處處妥當，後人翕然宗之。然如《南浦》之賦春水，《疏影》之賦梅影，逐韻湊成，豪無脈胳，而戶誦不已，真耳食也！其他宅句安章，偶出風致，乍見可喜，深味索然者，悉從沙汰。

筆以行意也，不行須換筆，換筆不行，便須換意。玉田惟換筆，不換意。

皋文不取夢窗，是為碧山門逕所限耳。夢窗立意高，取徑遠，皆非餘子所及。惟過嗜餖飣，以此被議。若其虛實並到之作，雖清真不過也。

草窗鏤冰刻楮，精妙絕倫；但立意不高，取韻不遠，當與玉田抗行，未可方駕王、吳也。

北宋主樂章，故情景但取當前，無窮高極深之趣。南宋則文人弄筆，彼此爭名，故變化益多，取材益富。然南宋有門逕，有門逕，故似深而轉淺；北宋無門逕，無門逕，故似易而實難。初學琢得五七字成句，便思高揖晏、周，殆不然也，北宋含蓄之妙，逼近溫、韋；非點水成冰時，安能脫口即是？

周、柳、黃、晁皆喜為曲中俚語，山谷尤甚，此當時之軟平勾領，原非雅音。若託體近俳，而擇言尤雅，是名本色俊語，又不可抹煞矣。

雅俗有辨，生死有辨，真偽有辨，真偽尤難辨。稼軒豪邁是真，竹山便偽；碧山恬退是真，姜、張皆偽。味在酸鹹之外，未易為淺嘗人道也。

詞筆不外順、逆、反、正，尤妙在複、在脫。複處無垂不縮，故脫處如望海上，三山妙發。溫、韋、晏、周、歐、柳，推演盡致；南渡諸公，罕復從事矣。

"東"、"真"韻寬平，"支"、"先"韻細膩，"魚"、"歌"韻纏綿，"蕭"、"尤"韻感慨，各有聲響，莫草草亂用。

陽聲字多則沈頓，陰聲字多則激昂，重陽間一陰，則柔而不靡，重陰間一陽，則高而不危。

韻上一字最要相發。或竟相貼，相其上下而調之，則鏗鏘諧暢矣。

雙聲疊韻字，要著意佈置，有宜雙不宜疊，宜疊不宜雙處。重字則既雙且疊，尤宜斟酌。如李易安之"淒淒慘慘戚戚"三疊韻、六雙聲，是鍛鍊出來，非偶然拈得也。

硬字軟字宜相間，如《水龍吟》等俳句尤重。

領句單字，一調數用，宜令變化渾成，勿相犯。

積字成句，積句成段，最是見筋節處。如《金縷曲》中第四韻，煞上則妙，領下則減色矣。

（《介存齋論詞雜著·復堂詞話·蒿庵論詞》，人民文學出版社 1959 年版）

# 梁啟超

## 論小説與群治之關係

[解題]

梁啟超(1873—1929),字卓如,一字任甫,號任公,又號飲冰室主人、飲冰子、哀時客。廣東新會人,清光緒十五年(1889)舉人,次年投康有爲門下,後參與"戊戌變法",因發生政變而逃亡日本。民國後,曾任司法部總長、財政部總長,1925到1927年間應聘任清華國學研究院導師。著有《中國近三百年學術史》、《中國歷史研究法》、《少年中國説》等等,編入《飲冰室合集》。

近代是中國文學的轉捩期,梁啟超倡導的"詩界革命"、"文界革命"、"小説界革命"乃當時頗具影響力的文學思潮。其中,"詩界革命"以反映新時代新思想爲要務,黃遵憲實爲其標志性人物。"文界革命"則打破了桐城派古文的窠臼,推崇思想新穎、文白夾雜的"新文體"。

梁啟超《論小説與群治之關係》是梁啟超倡導"小説界革命"的綱領性文章,發表於1902年《新小説》第一號。在文中,梁啟超對小説在文學中的地位和意義給予了前所未有的充分肯定,認爲"小説爲文學之最上乘",這是對小説傳統認識的有力反駁。作者持論的依據主要在於小説强大的浸染作用,即文中所提出的"熏"、"浸"、"刺"、"提",這四種力充分體現了小説的某些重要功能,在作者看來,它們更是小説支配人道的關鍵。

然而,梁啟超論述的重心不在於揭示小説創作和閱讀的規律,而在於其治世之用。他强化了小説及其四種力的作用和意義,接着便推出將小説用於善和用於惡的問題,用於善則造福億兆人,用於惡則荼毒千載。關於將小説用於惡之例,梁啟超將矛頭直指古代小説的腐朽淫靡的思想内容,包括狀元宰相的封建官僚思想,才子佳人淫靡空虛的内容,江湖盜賊、妖巫狐鬼等擾亂人心的思想等等,而小説正是這些負面思想散播的源頭。由此,小説對世事人心的作用被提高到了全新的高度,文中還指出晚清時人們堪輿、看命,因風水而阻止鐵路,爲争墳墓而械鬥,不顧名節,背信棄義,沉溺聲色,綠林豪傑遍地皆是等等不良風氣均是"小説之故"。且不論此種觀點有無過分抬高小説、本末倒置之嫌。就本文的推理過程來看,小説善惡之問題,便如空氣中有穢質,菽粟中有毒性。去除穢質、惡性,發揮小説對政治改良的積極作用,這便成了理所應當的結論。因而,作者的目的在於通過肯定小説强大的治世作用,以及不善用小説所造成的惡果,來論證小説界革命之必要性。

欲新一國之民,不可不先新一國之小説。故欲新道德,必新小説;欲新宗教,必新小説;欲新政治,必新小説;欲新風俗,必新小説;欲新學藝,必新小説;乃至欲新人心,欲新人格,必新小説。何以故?小説有不可思議之力支配人道故。

吾今且發一問:人類之普通性,何以嗜他書不如其嗜小説?答者必曰:以其淺而易解故,以其樂而多趣故。是固然。雖然,未足以盡其情也。文之淺而易解者,不必小説;尋常婦孺之函札,官樣之文牘,亦非有艱深難讀者存也,顧誰則嗜之?不寧惟是,彼高才贍學之士,能讀《墳》、《典》、《索》、《邱》[1],能注蟲魚草木[2],彼其視淵古之文與平易之文,應無所擇,而何以獨嗜小説?是第一説有所未盡也。小説之以賞心樂事[3]爲目的者固多,然此等顧不甚爲世所重,其最受歡迎者,則必其可驚可愕可悲可感,讀之而生出無量噩夢,抹出無量眼淚者也。夫使以欲樂故而嗜此也,而何爲偏取此反比例之物而自苦?是第二説有所未盡也。吾冥思之,窮鞫[4]之,殆有兩因:凡人之性,常非能以現境界而自滿足者也,而此蠢蠢軀殼,其所能觸能受之境界,又頑狹短局而至有限也。故常欲於其直接以觸以受之外,而間接有所觸有所受,所謂身外之身、世界外之世界也。此等識想[5],不獨利根[6]衆生有之,即鈍根[7]衆生亦有焉。而導其根器[8],使日趨於鈍,日趨於利者,其力量無大於小説。小説者,常導人游於他境界,而變換其常觸常受之空氣者也。此其一。人之恒情,於其所懷抱之想像,所經閲之境界,往往有行之不知,習矣不察者。無論爲哀、爲樂、爲怨、爲怒、爲戀、爲駭、爲憂、爲慚,常若知其然而不知其所以然。欲摹寫其情狀,而心不能自喻,口不能自宣,筆不能自傳。有人焉,和盤托出,澈底而發露之,則拍案叫絶曰:"善哉善哉! 如是如是!"[9]所謂"夫子言之,於我心有戚戚焉"[10]。感人之深,莫此爲甚。此其二。此二者實文章之真諦,筆舌之能事。苟能批此窾,導此窾[11],則無論爲何等之文,皆足以移人。而諸文之中能極其妙而神其技者,莫小説若。故曰:小説爲文學之最上乘也! 由前之説,則理想派小説尚焉;由後之説,則寫實派小説尚焉。小説種目雖多,未有能出此兩派範圍外者也。

抑小説之支配人道也,復有四種力:一曰熏。熏也者,如入雲煙中而爲其所烘,如近墨朱處而爲其所染,《楞伽經》[12]所謂"迷智爲識,轉識成智"者,皆恃此力。人之讀一小説也，不知不覺之間，而眼識[13]爲之迷漾，而腦筋爲之搖颺，而神經爲之營注[14]，今日變一二焉，明日變一二焉，刹那刹那，相斷相續，久之而此小説之境界，遂入其靈臺[15]而據之，成爲一特別之原質[16]之種子[17]。有此種子故，他日又更有所觸所受者，旦旦而熏之，種子愈盛，而又以之熏他人，故此種子遂可以徧世界。一切器世間有情世間之所以成、所以住[18]，皆此爲因緣也。而小説則巍巍焉具此威德以操縱衆生者也。

二曰浸。熏以空間言，故其力之大小，存其界之廣狹；浸以時間言，故其力之大小，存其界之長短。浸也者，入而與之俱化者也。人之讀一小説也，往往既終卷後數日或數旬而終不能釋然。讀《紅樓》竟者，必有餘戀，有餘悲；讀《水滸》竟者，必有餘快，有餘怒。何也？浸之力使然也。等是佳作也，而其卷帙愈繁、事實愈多者，則其浸人也亦愈甚！如酒焉：作十日飲，則作百日醉。我佛從菩提樹下起[19]，便說偌大一部《華嚴》[20]，正以此也。

三曰刺。刺也者，刺激之義也。熏、浸之力利用漸[21]，刺之力利用頓[22]。熏、浸之力，在使感受者不覺；刺之力，在使感受者驟覺。刺也者，能入於一刹那頃，忽起異感而不能自制者也。我本藹然和也，乃讀林冲雪天三限[23]，武松飛雲浦厄[24]，何以忽然髮指？我本愉然樂也，乃讀晴雯出大觀園[25]，黛玉死瀟湘館[26]，何以忽然淚流？我本蕭然莊也，乃讀實甫之《琴心》、《酬簡》[27]，東塘之《眠香》、《訪翠》[28]，何以忽然情動？若是者，皆所謂刺激也。大抵腦筋愈敏之人，則其受刺激力也愈速且劇。而要之必以其書所含刺激力之大小爲比例。禪宗之一棒一喝[29]，皆利用此刺激力以度人者也。此力之爲用也，文字不如語言。然語言力所被，不能廣，不能久也，於是不得不乞靈於文字。在文字中，則文言不如其俗語，莊論不如其寓言，故具此力最大者，非小説末由！

四曰提。前三者之力，自外而灌之使入；提之力，自内而脱之使出，實佛法之最上乘也。凡讀小説者，必常若自化其身焉，入於書中，而爲其書之主人翁。讀《野叟曝言》[30]者，必自擬文素臣；讀《石頭記》者，必自擬賈寶玉；讀《花月痕》[31]者，必自擬韓荷生若韋癡珠；讀梁山泊者，必自擬黑旋風若花和尚。雖讀者自辯其無是心焉，吾不信也。夫既化其身以入書中矣，則當其讀此書時，此身已非我有，截然去此界以入於彼界，所謂華嚴樓閣，帝網重重[32]，一毛孔中[33]萬億蓮花，一彈指頃百千浩劫，文字移人，至此而極！然則吾書中主人翁而華盛頓，則讀者將化身爲華盛頓；主人翁而拿破崙，則讀者將化身爲拿破崙；主人翁而釋迦、孔子，則讀者將化身爲釋迦、孔子。有斷然也。度世之不二法門，豈有過此？

此四力者，可以盧牟[34]一世，亭毒羣倫[35]，教主之所以能立教門，政治家所以能組織政黨，莫不賴是。文家能得其一，則爲文豪；能兼其四，則爲文聖。有此四力而用之於善，則可以福億兆人；有此四力而用之於惡，則可以毒萬千載。而

論小說與群治之關係

此四力所最易寄者惟小説。可愛哉小説！可畏哉小説！

小説之爲體，其易入人也既如彼，其爲用之易感人也又如此，故人類之普通性，嗜他文不如其嗜小説，此殆心理學自然之作用，非人力之所得而易也。此又天下萬國凡有血氣者莫不皆然，非直吾赤縣神州[36]之民也。夫既已嗜之矣，且遍嗜之矣，則小説之在一群也，既已如空氣如菽粟，欲避不得避，欲屏不得屏，而日日相與呼吸之餐嚼之矣。於此其空氣而苟含有穢質也，其菽粟而苟含有毒性也，則其人之食息於此間者，必憔悴，必萎病，必慘死，必墮落，此不待蓍龜[37]而決也。於此而不潔浄其空氣，不別擇其菽粟，則雖日餌以參苓[38]，日施以刀圭[39]，而此群中人之老、病、死、苦，終不可得救。知此義，則吾中國群治腐敗之總根原，可以識矣。吾中國人狀元宰相之思想何自來乎？小説也。吾中國人佳人才子之思想何自來乎？小説也。吾中國人江湖盜賊之思想何自來乎？小説也。吾中國人妖巫狐鬼之思想何自來乎？小説也。若是者，豈嘗有人焉提其耳而誨之，傳諸鉢而授之也？而下自屠纂販卒、嫗娃童稚，上至大人先生、高才碩學，凡此諸思想必居一於是。莫或使之，若或使之，蓋百數十種小説之力直接間接以毒人，如此其甚也。（原注：即有不好讀小説者，而此等小説，既已漸漬社會，成爲風氣。其未出胎也，固已承此遺傳焉。其既入世也，又復受此感染焉。雖有賢智，亦不以自拔，故謂之間接。）今我國民，惑堪輿[40]，惑相命，惑卜筮，惑祈禳，因風水而阻止鐵路，阻止開礦，爭墳墓而闔族械鬥，殺人如草，因迎神賽會而歲耗百萬金錢，廢時生事，消耗國力者，曰惟小説之故。今我國民慕科第若羶[41]，趨爵禄若鶩，奴顔婢膝，寡廉鮮恥，惟思以十年螢雪[42]暮夜苞苴[43]，易其歸驕妻妾[44]，武斷鄉曲[45]一日之快，遂至名節大防，掃地以盡者，曰惟小説之故。今我國民輕棄信義，權謀詭詐，雲翻雨覆，苛刻涼薄，馴至盡人皆機心，舉國皆荆棘者，曰惟小説之故。今我國民輕薄無行，沈溺聲色，綣戀床第，纏綿歌泣於春花秋月，銷磨其少壯活潑之氣，青年子弟，自十五歲至三十歲，惟以多情、多感、多愁、多病爲一大事業，兒女情多，風雲氣少[46]，甚者爲傷風敗俗之行，毒遍社會，曰惟小説之故。今我國民緑林豪傑，遍地皆是，日日有桃園之拜，處處爲梁山之盟，所謂"大碗酒，大塊肉，分秤稱金銀，論套穿衣服"[47]等思想，充塞於下等社會之腦中，遂成爲哥老、大刀等會，卒至有如義和拳者起，淪陷京國，啟召外戎，曰惟小説之故。嗚呼！小説之陷溺人群，乃至如是！乃至如是！大聖鴻哲數萬言諄誨之而不足者，華士[48]坊賈一二書敗壞之而有餘！斯事既愈爲大雅君子所不屑道，則愈不得不專歸於華士坊賈之手。而其性質，其位置，又如空氣然，如菽粟然，爲一社會中不可得避、不可得屏之物，於是華士坊賈，遂至握一國之主權而操縱之矣。嗚呼！使長此而終古也，則吾國前途，尚可問耶？尚可問耶？故今日欲改良群治，必自小説界革命始！欲新民，必自新小説始！

（《飲冰室合集》文集之十，中華書局 1989 年版）

## ［注釋］

[1]《墳》、《典》、《索》、《邱》：意指先秦的典籍。《左傳·昭公十二年》：“左史倚相趨過，王曰：‘是良史也，子善視之！是能讀《三墳》、《五典》、《八索》、《九丘》。’” [2]注蟲魚草木：泛指箋釋名物。《論語·陽貨》：“小子何莫學夫詩？詩，可以興，可以觀，可以群，可以怨。邇之事父，遠之事君。多識於鳥獸草木之名。”三國吳陸璣著《毛詩草木鳥獸蟲魚疏》。 [3]賞心樂事：謝靈運《擬魏太子鄴中集詩八首序》：“天下良辰、美景、賞心、樂事，四者難並。” [4]窮鞫（jū）：追究、窮究。 [5]識想：本佛家語。意爲意念、思想。 [6]利根：佛家語，意爲有慧性，易悟解的根器。 [7]鈍根：佛家語，意爲根基愚鈍。 [8]根器：佛家語，意爲修道者的禀賦。[9]“善哉善哉”二句：佛經中常用語。 [10]“夫子言之”二句：語出《孟子·梁惠王》。戚戚，心有所動的感覺。 [11]批此窾（kuǎn），導此窾：意爲打動人心，引起共鳴。批，擊。窾，空隙。[12]《楞伽經》：佛經名，今存三種，全名分別爲：《楞伽阿跋多羅寶經》、《入楞伽經》、《大乘入楞伽經》。 [13]眼識：通過眼形成的認識。《品類足論》：“眼識云何？謂依眼根各了別色。”[14]營注：專注。 [15]靈臺：心靈。《莊子·庚桑楚》：“不可内於靈臺。”郭象注：“靈臺者，心也。” [16]原質：基本元素、要素。 [17]種子：唯識宗認爲識有八識：眼識、耳識、鼻識、舌識、身識、意識、末那識、阿賴耶識。其中阿賴耶識具有産生各種現象精神因素，便如植物之種子之生根發芽，故以種子喻阿賴耶識的此種功能。 [18]“一切器世間”句：器世間、有情世間、成、住，皆佛家語。器世間即一切衆生可居住之國土世界。有情世間是對一切有生者而言，即衆生世間。成、住乃佛家四劫之二，分别爲初禪天下至地獄界次第成立之期，世間安穩成住之期。 [19]我佛從菩提樹下起：《大悲經》：“如是我聞：一時佛在摩伽陀國菩提樹下，初成正覺。” [20]《華嚴》：《華嚴經》，全稱爲《大方廣佛華嚴經》，爲佛成道後第一次説法。 [21]漸：即漸悟之漸。意爲漸次、逐漸。 [22]頓：即頓悟之頓，意爲頓然、直接。 [23]林冲雪天三限：指林冲在山神廟三次遇險。見《水滸傳》第十回。 [24]武松飛雲浦厄：指武松被刺配恩州，在蔣門神兩徒弟奉師命欲在飛雲浦殺害武松一事。見《水滸傳》第三十回。 [25]晴雯出大觀園：見《紅樓夢》第七十七回。 [26]黛玉死瀟湘館：見《紅樓夢》第九十八回。 [27]《琴心》、《酬簡》：分别見元王實甫《西廂記》第二本第四折、第三本第四折。 [28]《眠香》、《訪翠》：分别見清孔尚任《桃花扇》第六齣、第五齣。孔尚任號東塘。 [29]一棒一喝：禪宗祖師接人，或以棒打，或以口喝，以使人覺悟。 [30]《野叟曝言》：清代夏敬渠所作的長篇小説，主要敘述主人公文素臣稍經磨難後功成名就的故事。 [31]《花月痕》：清代魏秀仁所作的長篇小説，主要敘述韓荷生、韋癡珠與青樓女子杜采秋、劉秋痕的愛情故事。 [32]帝網重重：《大方廣佛華嚴經》：“普現如來所有境界，如天帝網，於中布列。” [33]一毛孔中：《維摩詰所説經》：“以四大海水入一毛孔。” [34]盧牟：規模。《淮南子·要略》：“原道者，盧牟六合，混沌萬物。”高誘注：“盧牟，猶規模也。” [35]亭毒群倫：安定、化育衆人。《老子》：“長之育之，亭之毒之，養之覆之。” [36]赤縣神州：《史記·孟子荀卿列傳》：“中國名曰赤縣神州。” [37]蓍（shī）龜：蓍草和龜甲，皆古人用以占卜之物。 [38]參苓：參，人參。苓，一種藥草。 [39]刀圭：中藥的量器名。 [40]堪輿：即風水。 [41]民慕科第若羶：人們嚮往科第就像螞蟻嚮往羊肉那樣。《莊子·徐無鬼》：“羊肉不慕蟻，蟻慕羊肉，羊肉羶也。” [42]螢雪：《晉書·車胤傳》：“胤恭勤不

倦,博學多通,家貧不常得油,夏月則練囊盛數十螢火以照書,以夜繼日焉。"《南史·列傳第四十七》:"(孫康)起部郎,貧常映雪讀書,清介,交遊不雜。" [43]苞苴:賄賂。《荀子·大略》:"湯旱而禱曰:'……苞苴行與? 讒夫興與? 何以不雨至斯極也!'"楊倞注:"貨賄必以物苞裹,故總謂之苞苴。" [44]歸驕妻妾:李綱《濁醪有妙理賦》:"又曷貴盜醉甕下,見鄙州間。得飲墦間,歸驕妻妾。" [45]武斷鄉曲:橫行霸道。《史記·平準書》:"當此之時,網疏而民富,役財驕溢,或至兼併豪黨之徒,以武斷於鄉曲。" [46]"兒女情多"二句:鍾嶸《詩品》評張華之語。 [47]"大碗酒"四句:《水滸傳》第十五回:"論秤分金銀,異樣穿紬錦,成甕吃酒,大塊吃肉。" [48]華士:劉晝《劉子》:"齊之華士,棲志丘壑,而太公誅之。"

## 史料選

### 梁啟超《告小説家》

小説家者流,自昔未嘗爲重於國也。《漢志》論之曰:"小道可觀,致遠恐泥。"揚子雲有言:"雕蟲小技,壯夫不爲。"凡文皆小技矣,矧於文之支與流裔如小説者? 然自元明以降,小説勢力入人之深,漸爲識者所共認。蓋全國大多數人之思想業識,强半出自小説,言英雄則《三國》、《水滸》、《説唐》、《征西》,言哲理則《封神》、《西遊》,言情緒則《紅樓》、《西廂》,自餘無量數之長章短帙,樊然雜陳,而各皆分占勢力之一部分。此種勢力,蟠結於人人之腦識中,而因發爲言論行事,雖具有過人之智慧、過人之才力者,欲其思想盡脱離小説之束縛,殆爲絶對不可能之事。夫小説之力,曷爲能雄長他力? 此無異故,蓋人之腦海如熏籠然,其所感受外界之業識如煙,每煙之過,則熏籠必留其痕,雖拂拭洗滌之,而終有不能去者存。其煙之霏襲也愈數,則其熏痕愈深固;其煙質愈濃,則其熏痕愈明顯。夫熏籠則一孤立之死物耳,與他物不相聯屬也;人之腦海,則能以所受之熏還以熏人,且自熏其前此所受者而擴大之,而繼演於無窮。雖其人已死,而薪盡火傳,猶蛻其一部分以遺其子孫,且集合焉以成爲未來之羣衆心理。蓋業之熏習,其可畏如是也。而小説也者,恒淺易而爲盡人所能解,雖富於學力者,亦常貪其不費腦力也而藉以消遣。故其霏襲之數,既有以加於他書矣。而其所敍述,恒必予人以一種特別之刺激,譬之則最濃之煙也。故其熏染感化力之偉大,舉凡一切聖賢經傳詩古文辭皆莫能擬之。然則小説在社會教育界所占之位置,略可識矣。疇昔賢士大夫,不甚知措意於是,故聽其遷流波靡,而影響於人心風俗者則既若彼,質言之,則十年前之舊社會,大半由舊小説之勢力所鑄成也。憂世之士,睹其險狀,乃思執柯伐柯爲補救之計,於是提倡小説之譯著以躋諸文學之林,豈不曰移風易俗之手段莫捷於是耶? 今也其效不虛。所謂小説文學者,亦既蔚爲大觀,自餘凡百述作之業,殆爲所侵蝕以盡。試一流覽書肆,其出版物,除教科書外,什九皆小説也。手報紙而讀之,除蕪雜猥屑之記事外,皆小説及游戲文也。舉國士大夫不悦學之結果,《三傳》束閣,《論語》當薪,歐美新學,僅淺嘗爲口耳之具,其偶有執卷,舍小説外殆無良伴。故今日小説之勢力,視十年前增加倍蓰什百,此事實之無能爲諱者也。然則今後社會之命脈,操於小説家之手者泰半,抑章章明甚也。而還觀今之所謂小説文學者何如?嗚呼!吾安忍言!吾安忍言!其什九則誨盜與誨淫而已,或則尖酸輕薄毫無取義之游戲文也,於以煽誘舉國青年子弟,使其桀黠者濡染於險詖鉤距作奸犯科,而摹擬某種偵探小説中之一節目。其柔靡者浸淫於目成魂與踰牆鑽穴,而自比於某種豔情小説之主人者。於是其思想習於污賤齷齪,其行誼習於邪曲放蕩,其言論習於詭隨尖刻。近十年來,社會風習,一落千丈,何一非所謂新小説者階之屬?循此橫流,更閲數年,中國殆不陸沉焉不止也。嗚呼!世之自命小説家者乎?吾無以語公等,惟公等須知因果報應,爲萬古不磨之真理,吾儕操筆弄舌者,造福殊艱,造孽乃至易。公等若猶是好作爲妖言以迎合社會,直接阬陷全國青年子弟使墮無間地獄,而間接戕賊吾國,性使萬劫不復,則天地無私,其必將有以報公等,不報諸其身,必報諸其子孫;不報諸今世,必報諸來世。嗚呼!吾多言何益?吾惟願公等各還訴諸其天良而已。若有聞吾言而惕然戒懼者,則吾將更有所言也。

(《飲冰室合集》文集之三十二,中華書局 1989 年版。原載《中華小説界》二卷(1915)一期)

### 梁啟超《譯印政治小説序》

政治小説之體,自泰西人始也。凡人之情,莫不憚莊嚴而喜諧謔,故聽古樂,則惟恐臥,聽鄭、衛之音,則靡靡而忘倦焉。此實有生之大例,雖聖人無可如何者也。善爲教者,則因人之情而利導之,故或出之以滑稽,或託之於寓言。孟子有好貨好色之喻,屈平有美人芳草之辭,寓諷諫於詼諧,發忠愛於馨豔,其移人之深,視莊言危論,往往有過,殆未可以勸百諷一而輕薄之也。中土小説,雖列之於九流,然自《虞初》以來,佳製蓋鮮。述英雄則規畫《水滸》,道男女則步武《紅樓》,綜其大較,不出誨盜誨淫兩端。陳陳相因,塗塗遞附,故大方之家,每不屑道焉。雖然,人情厭莊喜諧之大例,既已如彼矣,彼夫綴學之子,齼塾之暇,其手《紅樓》而口《水滸》,終不可禁,且從而禁之,孰若從而導之?善夫南海先生之言也!曰:"僅識字之人,有不讀經,無有不讀小説者。故六經不能教,當以小説教之;正史不能入,當以小説入之;語錄不能諭,當以小説諭之;律例不能治,當以小説治之。天下通人少而愚人多,深於文學之人少而粗識之無之人多。六經雖美,不通其義,不識其字,則如明珠夜投,按劍而怒矣。孔子失馬,子貢求之不得,圉人求之而得,豈子貢之智不若圉人哉?物各有群,人各有等,以龍伯大人與焦僥語,則不聞也。"今中國識字人寡,深通文學之人尤寡,然則小説學之在中國,殆可增《七略》而爲八,蔚四部而爲五者矣。在昔歐洲各國變革之始,其魁儒碩學,仁人志士,往往以其身之經歷,及胸中所懷政治之議論,一寄之於小說。於是彼中綴學之子,黌塾之暇,手之口之,下而兵丁、而市儈、而農氓、而工匠、而車夫馬卒、而婦女、而童孺,靡不手之口之。往往每一書出而全國之議論爲之一變。彼美、英、德、法、奧、意、日本各國政界之日進,則政治小說爲功最高焉。英名士某君曰:小說爲國民之魂。豈不然哉!豈不然哉!今特採外國名儒所撰述,而有關切於今日中國時局者,次第譯之,附於報末,愛國之士,或庶覽焉。

（《飲冰室合集》文集之三,中華書局 1989 年版。原載 1898 年《清議報》第 1 冊）

### 吳沃堯《月月小說》序

凡人無論爲自治、爲群治,必具有一種能力,而後可與言。凡人無論爲營業、爲言論,亦必具有一種能力,而後可與言。擴而張之,無論爲政治、爲軍人、爲立憲、爲合群,亦必各有其能力焉,而後可與言。凡如是種種,皆我社會中人,日循環誦之,以爲口頭禪者也。然吾社會之能力若何? 吾不敢知。

吾嘗潛窺而默察之,見乎吾社會中具有一種特別之能力,此特別之能力,爲我社會中人人之所富有,而爲他種族所鮮見者。泱泱乎大哉! 此能力也。使此能力而爲高尚之能力也,不亦足以自豪乎? 庸詎知有不能如我所欲者,其能力爲何? 曰:隨聲附和。

一言發於上,"者者"之聲哄然應於下,此官場也;一群之學風,視視學者之意旨爲轉移,此士類也;一物足以得善價焉,群起而影射之;一藝之足以自給焉,群爭而效顰之,此工若商也。若夫普通言之,則入演壇也,無論演考之宗旨爲如何也,且無論於咳聲唾聲涕聲喁喁聲之中,我曾得聆演者所說爲云何否也,一人拊掌,百人和之,若爆栗然。入劇場也,一折既終,曰某名伶登場矣,幕簾乍啟,無論伶之聲未聞,即伶之貌亦未見也,一人喧焉,百人嚷焉,"好好"之聲若群犬之吠影然。若是者皆胡爲也? 是非曲直之不辨,妍媸善惡之不分,群起而應之,吾曾百思而不得其解也。夫然,既是非曲直之不辨,妍媸善惡之不分,群起而應之,則終應之可也。乃亡何發言於上者易其人,所易之人,所發之言,絶反對於前人也,而"者者"之聲哄然應於下者如故。亡何而視學者易其人,其意旨與前人絶殊途,而學風之轉移也又如響。推而至於商也、工也,入演壇也,入劇場也,莫不皆然。此又吾曾百思而不得其解者也。

吾執吾筆,將編爲小說,即就小說以言小說焉,可也,奈之何舉社會如是種種之醜態而先表暴之,吾蓋有所感焉。吾感乎飲冰子《小說與群治之關係》之說出,提倡改良小說,不數年而吾國之新著新譯之小說,幾於汗萬牛充萬棟,猶復日出不已,而未有窮期也。求其所以然之故,曰:隨聲附和故。

或曰:是不足爲病也。美之獨立,法之革命,非一二人倡於前,無數人附和於後,以成此偉大之事業耶?曰:是又不然。認定其宗旨而附和之,以求公衆之利益者,何可以無此附和;憑藉其宗旨以附和之,詭謀一己之私利而不顧其群者,又何可以有此附和。今夫汗萬牛充萬棟之新著新譯之小說,其能體關係群治之意者,吾不敢謂必無;然而怪誕支離之著作,佶屈聱牙之譯本,吾益數見不鮮矣。凡如是者,他人讀之,不知謂之何,以吾觀之,殊未足以動吾之感情也。於所謂群治之關係,杳乎其不相涉也,然而被且囂囂然自鳴曰:吾將改良社會也,吾將佐群治之進化也。隨聲附和而自忘其真,仰何可笑也。

小說之與群治之關係,時彥既言之詳矣。吾於群治之關係之外,復索得其特別之能力焉。一曰足以補助記憶力也。吾國昔尚記誦,學童讀書,咿唔終日,不能上口,而於俚詞劇本,一讀而輒能背誦之,其故何也?深奧難解之文,不如粗淺趣味之易入也。學童聽講,聽經書不如聽《左傳》之易入也。聽《左傳》又不如聽鼓詞之易入也。無他,趣味爲之也。是故中外前史,浩如煙海,號稱學子者,未必都能記憶之,獨至於三國史,則幾於盡識字之人皆能言其大略,則《三國演義》之功不可泯也。雖間不免有爲附會所感者,然既能憶其梗概,無難指點而匡正之也。此其助記憶力之能力也。一曰易輸入知識也。凡人於平常待人接物間,所聞所見,必有無量之事物言論,足以爲我之新知識者,然而境過輒忘,甚或有當前不覺者。惟於小說中得之,則深入腦筋而不可去。其故何也?當前之事物言論,無趣味以贊佐之,無趣味以贊佐之,故每當前而不覺。讀小說者,其專注在尋繹趣味,而新知識實即暗寓於趣味之中,故隨趣味而輸入之而不自覺也。小說能具此二大能力,則凡著小說、譯小說者,當如何其審慎耶!夫使讀吾之小說者,記一善事焉,吾使之也;記一惡事焉,亦吾使之也。抑讀吾小說者,得一善知識焉,得一惡知識焉,何莫非吾使之也。吾人於此道德淪亡之時會,亦思所以挽此澆風耶!則當自小說始。

是故吾發大誓願,將遍撰譯歷史小說,以爲教科之助。歷史云者,非徒記其事實之謂也,旌善懲惡之意實寓焉。舊史之繁重,讀之固不易矣,而新輯教科書,又適嫌其略。吾於是欲持此小說,竊分教員一席焉。他日吾窮十年累百月而幸得殺青也,讀者不終歲而可以畢業;即吾今日之月出如干頁也,讀者亦收月有記憶之功。是則吾不敢以雕蟲小技妄自菲薄也。

善教育者,德育與智育本相輔;不善教育者,德育與智育轉相妨。此無他,譎與正之別而已。吾既欲持此小說以分教員之一席,則不敢不審慎以出之。歷史小說而外,如社會小說、家庭小說及科學冒險等,或奇言之,或正言之,務使導之以入於道德範圍之內。即豔情小說一種,亦必軌於正道,乃入選焉(後之投稿本杜者其注意之）。庶幾借小說之趣味之感情，爲德育之一助云爾。嗚呼！吾有涯之生，已過半矣！負此歲月，負此精神，不能爲社會盡一分之義務，徒播弄此墨床筆架，爲嬉笑怒罵之文章，以供談笑之資料，毋亦攢鬚眉而一慟也夫！

（《我佛山人文集》第八卷，花城出版社 1989 年版）

## 黃遵憲《人境廬詩草》自序

余年十五六，即學爲詩。後以奔走四方，東西南北，馳驅少暇，幾幾束之高閣。然以篤好深嗜之故，亦每以餘事及之，雖一行作吏，未遽廢也。士生古人之後，古人之詩號專門名家者，無慮百數十家，欲棄去古人之糟粕，而不爲古人所束縛，誠戛戛乎其難。雖然，僕嘗以爲詩之外有事，詩之中有人；今之世異于古，今之人亦何必與古人同。嘗於胸中設一詩境：一曰，復古人比興之體；一曰，以單行之神，運排偶之體；一曰，取《離騷》樂府之神理而不襲其貌；一曰，用古文家伸縮離合之法以入詩。其取材也，自群經三史，逮於周、秦諸子之書，許、鄭諸家之注，凡事名物名切於今者，皆採取而假借之。其述事也，舉今日之官書會典方言俗諺，以及古人未有之物，未闢之境，耳目所歷，皆筆而書之。其鍊格也，自曹、鮑、陶、謝、李、杜、韓、蘇，訖於晚近小家，不名一格，不專一體，要不失乎爲我之詩。誠如是，未必遽躋古人，其亦足以自立矣。然余固有志焉而未能逮也。《詩》有之曰："雖不能至，心嚮往之。"聊書於此，以俟他日。光緒十七年六月在倫敦使署，公度自序。

（錢仲聯《人境廬詩草箋注》，上海古籍出版社 1981 年版）

## 梁啟超《飲冰室詩話》（節選）

近世詩人能熔鑄新理想以入舊風格者，當推黃公度。丙申、丁酉間，其《人境廬詩》稿本，留余家者兩月餘，余讀之數過。然當時不解詩，故緣法淺薄，至今無一首能舉其全文者，殊可惜也。近見其七律一首，亦不記全文，惟能誦兩句云："文章巨蟹橫行日，世界群龍見首時。"余甚愛之。

希臘詩人荷馬（舊譯作和美耳），古代第一文豪也。其詩篇爲今日考據希臘史者獨一無二之秘本，每篇率萬數千言。近世詩家，如莎士比亞、彌兒敦、田尼遜等，其詩動亦數萬言。偉哉！勿論文藻，即其氣魄固已奪人矣。中國事事落他人後，惟文學似差可頡頏西域。然長篇之詩，最傳誦者，惟杜之《北征》、韓之《南山》，宋人至稱爲日月爭光。然其精深盤鬱雄偉博麗之氣，尚未足也。古詩《孔雀東南飛》一篇，千七百餘字，號稱古今第一長篇詩。詩雖奇絕，亦只兒女子語，於世運無影響也。中國結習,薄今愛古,無論學問文章事業,皆以古人爲不可幾及。余生平最惡聞此言。竊謂自今以往,其進步之遠軼前代,固不待蓍龜,即並世人物亦何遽讓於古所云哉? 生平論詩,最傾倒黃公度,恨未能寫其全集。頃南洋某報録其舊作一章,乃煌煌二千餘言,真可謂空前之奇構矣。荷、莎、彌、田諸家之作,余未能讀,不敢妄下比騭。若在震旦,吾敢謂有詩以來所未有也。以文名名之,吾欲題爲《印度近史》,欲題爲《佛教小史》,欲題爲《地球宗教論》,欲題爲《宗教政治關係説》。然是固詩也,非文也。有詩如此,中國文學界足以豪矣。因亟録之,以餉詩界革命軍之青年。

過渡時代,必有革命。然革命者,當革其精神,非革其形式。吾黨近好言詩界革命,雖然,若以堆積滿紙新名詞爲革命,是又滿洲政府變法維新之類也。能以舊風格含新意境,斯可以舉革命之實矣。苟能爾爾,則雖間雜一二新名詞,亦不爲病。不爾,則徒示人以儉而已。儕輩中利用新名詞者,麥孺博爲最巧,其近作有句云:“聖軍未決薔薇戰,黨禍驚聞瓜蔓抄。”又云:“微聞黄禍鋤菲種,欲爲蒼生賦大招。”皆工絶語也。吾自題所著《新中國未來記》二詩,有云“青年心死秋梧悴,老國魂歸蜀道難”,亦頗爲平生得意之句。

(梁啟超《飲冰室詩話》,人民文學出版社 1959 年版)

# 王國維

## 人間詞話（節選）

[解題]

王國維（1877—1927），字静安，又字伯隅，号观堂。浙江海寧人。曾留學日本東京物理學校，歷任通州師範學堂、江蘇師範學堂教員，後在學部總務司行走，任學部圖書編譯局編譯。辛亥革命後，攜家避居日本。1925 年應聘任清華國學研究院導師。其治學涉獵廣泛，在哲學、文學、歷史、經史文字等領域均有灼見，著有《觀堂集林》二十四卷、《觀堂別集》四卷、《人間詞話》二卷、《宋元戲曲考》一卷、《苕華詞》一卷等等。《清史稿》卷五百一有傳。

在近代學術史上，融貫中西文化思想，以此來建構自己的學術理論，王國維是得風氣之先並成就卓著者。王氏曾潛心研究康德、尼采、叔本華的思想，並撰有《汗德之哲學説》、《叔本華與尼采》等文章。《人間詞話》以中國古代的重要文體——詞爲研究對象，融會西方美學理論，建構起作者自己的詞學，甚至美學思想。儘管此書篇幅短小，並延續了古代詞話這一傳統批評形式，但其理論觀點之新，論述之精到，却又超出了以往的詞話著作。

評論詞作，“境界”是王氏專門拈出並津津樂道的術語，認爲其絲毫不遜於嚴羽的“興趣”，王士禎的“神韻”。境界是品評詞的重要標準，它不是簡單地指外在的景象，而是作品中情景渾融的表現。首先，境界的前提是“真”，要寫“真景物、真感情”，詞人要有“赤子之心”，王氏推尊李後主、納蘭性德之詞，其原因主要在於此。其次，在“真”的基礎上，則有有我之境、無我之境。前者忘掉了外在世界的客觀性，一切都沾染上“我”的主觀色彩；后者忘掉了我的主觀性，物我之間没有了界限。王氏没有抑此揚彼的觀念，一如他言造境與寫境，主觀之詩人與客觀之詩人，二者並無優劣之分。再次，對於“隔”與“不隔”，王氏却有明確的態度，他以諸多詞句爲例，來闡明二者的特點，認爲“隔”乃詞家之病，填詞要做到不隔，即在自然流暢的語言中達到情景交融的境界。

此外，王氏對歷代詞家的評論多有精到之言，如云李後主"變伶工之詞而爲士大夫之詞"。言創作者對宇宙人生，要入乎其內，又出乎其外，從此角度闡明創作主體與客觀世界的關係，道前人所未道，極富啓發性。

詞以境界爲最上。有境界則自成高格，自有名句。五代、北宋之詞所以獨絶者在此。

有造境，有寫境，此理想與寫實二派之所由分。然二者頗難分別。因大詩人所造之境必合乎自然，所寫之境亦必鄰於理想故也。

有有我之境，有無我之境。"淚眼問花花不語，亂紅飛過秋千去"[1]，"可堪孤館閉春寒，杜鵑聲裏斜陽暮"[2]，有我之境也。"采菊東籬下，悠然見南山"[3]，"寒波澹澹起，白鳥悠悠下"[4]，無我之境也。有我之境，以我觀物，故物皆著我之色彩。無我之境，以物觀物，故不知何者爲我，何者爲物。古人爲詞，寫有我之境者爲多，然未始不能寫無我之境，此在豪傑之士能自樹立耳。

無我之境，人唯於靜中得之；有我之境，於由動之靜時得之。故一優美，一宏壯也。

境非獨謂景物也。喜怒哀樂，亦人心中之一境界。故能寫真景物、真感情者，謂之有境界。否則謂之無境界。

"紅杏枝頭春意鬧"[5]，著一"鬧"字，而境界全出。"雲破月來花弄影"[6]，著一"弄"字，而境界全出矣。

境界有大小，不以是而分優劣。"細雨魚兒出，微風燕子斜"[7]，何遽不若[8]"落日照大旗，馬鳴風蕭蕭"[9]，"寶簾閑掛小銀鈎"[10]，何遽不若"霧失樓臺，月迷津渡"[11]也。

嚴滄浪《詩話》謂："盛唐諸公[12]，唯在興趣。羚羊挂角，無跡可求。故其妙處，透澈[13]玲瓏，不可湊拍[14]。如空中之音、相中之色、水中之影[15]、鏡中之象，言有盡而意無窮。"余謂：北宋以前之詞，亦復如是。然滄浪所謂"興趣"，阮亭[16]所謂"神韻"，猶不過道其面目，不若鄙人拈出"境界"二字，爲探其本也。

溫飛卿之詞，句秀也。韋端己之詞，骨秀也。李重光之詞，神秀也。

詞至李後主而眼界始大，感慨遂深，遂變伶工之詞而爲士大夫之詞。周介存置諸溫、韋之下[17]，可爲顚倒黑白矣。"自是人生長恨水長東"[18]，"流水落花春去也，天上人間"[19]，《金荃》、《浣花》[20]，能有此氣象耶？

詞人者，不失其赤子之心者也。故生於深宮之中，長於婦人之手，是後主爲人君所短處，亦即爲詞人所長處。

客觀之詩人，不可不多閱世。閱世愈深，則材料愈豐富、愈變化，《水滸傳》、《紅樓夢》之作者是也。主觀之詩人，不必多閱世。閱世愈淺，則性情愈真，李後主是也。

馮正中詞雖不失五代風格，而堂廡特大，開北宋一代風氣。與中、後二主詞皆在《花間》[21]範圍之外，宜《花間集》中不登其隻字也。

白石寫景之作，如"二十四橋仍在，波心蕩，冷月無聲"[22]，"數峰清苦，商略黄昏雨"[23]，"高樹晚蟬，説西風消息"[24]，雖格韻高絶，然如霧裏看花，終隔一層。梅溪、夢窗[25]諸家寫景之病，皆在一"隔"字。北宋風流，渡江遂絶。抑真有運會存乎其間耶？

問"隔"與"不隔"之别，曰：陶、謝之詩不隔，延年則稍隔矣。東坡之詩不隔，山谷則稍隔矣。"池塘生春草"[26]、"空梁落燕泥"[27]等二句，妙處唯在不隔。詞亦如是。即以一人一詞論，如歐陽公《少年遊》詠春草上半闋云："闌幹十二獨[28]憑春，晴碧遠連雲。千里萬里，二月三月[29]，行色苦愁人。"語語都在目前，便是不隔。至云"謝家池上，江淹浦畔"[30]，則隔矣。白石《翠樓吟》："此地。宜有詞仙，擁素雲黄鶴，與君游戲。玉梯凝望久，歎芳草，萋萋千里。"便是不隔。至"酒祓清愁，花消英氣"[31]，則隔矣。然南宋詞雖不隔處，比之前人，自有淺深厚薄之别。

"生年不滿百，常懷千歲憂。晝短苦夜長，何不秉燭遊？"[32]"服食求神仙，多爲藥所誤。不如飲美酒，被服紈與素"[33]，寫情如此，方爲不隔。"采菊東籬下，悠然見南山。山氣日夕佳，飛鳥相與還"[34]，"天似穹廬，籠蓋四野。天蒼蒼，野茫茫。風吹草低見牛羊"[35]，寫景如此，方爲不隔。

納蘭容若以自然之眼觀物，以自然之舌言情。此由初入中原，未染漢人風氣，故能真切如此。北宋以來，一人而已。

詩人對於宇宙人生，須入乎其內，又須出乎其外。入乎其內，故能寫之。出乎其外，故能觀之。入乎其內，故有生氣。出乎其外，故有高致。美成能入而不出。白石以降，於此二事皆未夢見。

詞之爲體，要眇宜修。能言詩之所不能言，而不能盡言詩之所能言。詩之境闊，詞之言長。

言氣質，言神韻，不如言境界。有境界，本也。氣質、格律、神韻，末也。有境界而三者隨之矣。

昔人論詩詞，有景語、情語之別。不知一切景語，皆情語也。

唐、五代之詞，有句而無篇。南宋名家之詞，有篇而無句。有篇有句，唯李後主降宋後之作，及永叔、子瞻、少游、美成、稼軒數人而已。

（《王國維全集》第一卷，浙江教育出版社、廣東教育出版社 2009 年版）

## ［注釋］

[1]"淚眼問花花不語"二句：馮延巳《鵲踏枝》詞句。 [2]"可堪孤館閉春寒"二句：秦觀《踏莎行》詞句。 [3]"采菊東籬下"二句：陶淵明《飲酒》詩第五首中詩句。 [4]"寒波澹澹起"二句：元好問《潁亭留別》詩句。 [5]紅杏枝頭春意鬧：宋祁《玉樓春·春景》詞句。 [6]雲破月來花弄影：張先《天仙子》詞句。 [7]"細雨魚兒出"二句：杜甫《水檻遣心》二首其一之詩句。 [8]何遽會不若：怎麼會比不上。 [9]"落日照大旗"二句：杜甫《後出塞》五首之第二首中詩句。 [10]寶簾閑掛小銀鈎：秦觀《浣溪沙》詞句。 [11]"霧失樓臺"二句：秦觀《踏莎行》詞句。 [12]盛唐諸公：《滄浪詩話》作"盛唐諸人"。 [13]透澈：《滄浪詩話》作"透徹"。 [14]不可湊拍：《滄浪詩話》作"湊泊"。 [15]水中之影：《滄浪詩話》作"水中之月"。 [16]阮亭：王士禎（1634—1711），號阮亭。 [17]周介存置諸溫、韋之下：周濟《介存齋論詞雜著》："毛嬙、西施，天下美婦人也。嚴妝佳，淡妝亦佳。粗服亂頭，不掩國色。飛卿，嚴妝也；端己，淡妝也；後主則粗服亂頭矣。" [18]自是人生長恨水長東：李煜《烏夜啼》詞句。 [19]"流水落花春去也"二句：李煜《浪淘沙》詞句。 [20]《金荃》、《浣花》：溫庭筠有詞集名《金荃集》，或謂《金奩》而非《金荃》。韋莊有詞集名《浣花集》。 [21]《花間》：即《花間集》，由後蜀趙崇祚編輯而成，收錄溫庭筠、韋莊等十八位詞人的作品，風格婉約纏綿、嫵麗香豔。 [22]"二十四橋仍在"三句：姜

夔《揚州慢》詞句。　[23]"數峰清苦"二句:姜夔《點絳唇》詞句。　[24]"高樹晚蟬"二句:姜夔《惜紅衣》詞句。　[25]梅溪、夢窗:史達祖,字邦卿,號梅溪。吳文英,字君特,號夢窗。　[26]池塘生春草:謝靈運《登池上樓》詩句。　[27]空梁落燕泥:薛道衡《昔昔鹽》詩句。　[28]獨:原作"猶"。　[29]千里萬里,二月三月:此二句原倒置。　[30]"謝家池上"二句:歐陽修《少年遊》詞句,"畔"原作"上"。　[31]"酒祓清愁"二句:姜夔《翠樓吟》詞句。　[32]"生年不滿百"四句:《古詩十九首》第十五首中詩句。　[33]"服食求神仙"四句:《古詩十九首》第十三首中詩句。　[34]"采菊東籬下"四句:見前注[3]。　[35]"天似穹廬"五句:《敕勒歌》詩句。

## 史料選

### 王國維《文學小言》

**（一）**

昔司馬遷推本漢武時學術之盛,以爲利祿之途使然。余謂一切學問皆能以利祿勸,獨哲學與文學不然。何則? 科學之事業皆直接間接以厚生利用爲怡,故未有與政治及社會上之興味相刺謬者也。至一新世界觀與新人生觀出,則往往與政治及社會上之興味不能相容。若哲學家而以政治及社會之興味爲興味,而不顧真理之如何,則又決非真正之哲學。此歐洲中世哲學之以辨護宗教爲務者所以蒙極大之污辱,而叔本華所以痛斥德意志大學之哲學者也。文學亦然,餔餟的文學決非真正之文學也。

**（二）**

文學者,游戲的事業也。人之勢力用於生存競爭而有餘,於是發而爲游戲。婉孌之兒,有父母以衣食之,以卵翼之,無所謂爭存之事也。其勢力無所發洩,於是作種種之游戲。逮爭存之事亟,而游戲之道息矣。唯精神上之勢力獨優而又不必以生事爲急者,然後終身得保其游戲之性質。而成人以後,又不能以小兒之游戲爲滿足,故是對其自己之感情及所觀察之事物而摹寫之、詠歎之,以發洩所儲蓄之勢力。故民族文化之發達,非達一定之程度,則不能有文學。而個人之汲汲於爭存者,決無文學家之資格也。

**（三）**

人亦有言,名者利之賓。故文繡的文學之不足爲真文學也,與餔餟的文學同。古代文學之所以有不朽之價值者,豈不以無名之見者存乎? 至文學之名起,於是有因之以爲名者,而真正文學乃復託於不重於世之文體以自見。逮此體流行之後,則又爲虛車矣。故模倣之文學,是文繡的文學與餔餟的文學之記號也。

**（四）**

文學中有二原質焉,曰景,曰情。前者以描寫自然及人生之事實爲主,後者則吾人對此種事實之精神的態度也。故前者客觀的，後者主觀的也；前者知識的，後者感情的也。自一方面言之，則必吾人之胸中洞然無物，而後其觀物也深，而其體物也切。即客觀的知識，實與主觀的感情爲反比例。自他方面言之，則激烈之感情，亦得爲直觀之對象、文學之材料，而觀物與其描寫之也，亦有無限之快樂伴之。要之，文學者，不外知識與感情交代之結果而已，苟無銳敏之知識與深邃之感情者，不足與于文學之事。此其所以但爲天才游戲之事業，而不能以他道勸者也。

（五）

古今之成大事業、大學問者，不可不歷三種之階級："昨夜西風凋碧樹，獨上高樓，望盡天涯路。"（晏同叔《蝶戀花》）此第一階級也。"衣帶漸寬終不悔，爲伊消得人憔悴。"（歐陽永叔《蝶戀花》）此第二階級也。"衆裏尋他千百度，回頭驀見，那人正在燈火闌珊處。"（辛幼安《青玉案》）此第三階級也。未有不闖第一第二階級而能遽躋第三階級者。文學亦然。此有文學上之天才者所以又需莫大之修養也。

（六）

三代以下之詩人，無過於屈子、淵明、子美、子瞻者。此四子者苟無文學之天才，其人格亦自足千古。故無高尚偉大之人格，而有高尚偉大之文學者，殆未之有也。

（七）

天才者，或數十年而一出，或數百年而一出，而又須濟之以學問，帥之以德性，始能產真正之大文學。此屈子、淵明、子美、子瞻等所以曠世而不一遇也。

（八）

"燕燕于飛，差池其羽。""燕燕于飛，頡之頏之。""睍睆黃鳥，載好其音。""昔我往矣，楊柳依依。"詩人體物之妙，侔於造化，然皆出於離人、孽子、征夫之口，故知感情真者，其觀物亦真。

（九）

"駕波四牡，四牡項領。我瞻四方，蹙蹙靡所騁。"以《離騷》、《遠遊》數千言言之而不足者，獨以十七字盡之，豈不詭哉！然以譏屈子之文勝，則亦非知言者也。

（十）

屈子感自己之感，言自己之言者也。宋玉、景差感屈子之所感，而言其所言，然親見屈子之境遇與屈子之人格，故其所言亦殆與言自己之言無異。賈誼、劉向，其遇略與屈子同，而才則遜矣。王叔師以下，但襲其貌而無真情以濟之，此後人之所以不復爲楚人之詞者也。

（十一）

屈子之後，文學上之雄者，淵明其尤也。韋、柳之視淵明，其如賈、劉之視屈子乎！彼感他人之所感而言他人之所言，宜其不如李、杜也。

（十二）

宋以後之能感自己之感，言自己之言者，其唯東坡乎！山谷可謂能言其言矣，未可謂能感所感也。遺山以下亦然。若國朝之新城，豈徒言一人之言已哉？所謂"鶯偷百鳥聲"者也。

（十三）

詩至唐中葉以後，殆爲羔雁之具矣。故五季、北宋之詩（除一二大家外），無可觀者，而詞則獨爲其全盛時代。其詩詞兼擅如永叔、少游者，皆詩不如詞遠甚，以其寫之於詩者，不若寫之於詞者之真也。至南宋以後，詞亦爲羔雁之具，而詞亦替矣。（除稼軒一人外）觀此足以知文學盛衰之故矣。

（十四）

上之所論，皆就抒情的文學言之（《離騷》、詩詞皆是），至敘事的文學（謂敘事傳、史詩、戲曲等，非謂散文也），則我國尚在幼稚之時代。元人雜劇，辭則美矣，然不知描寫人格爲何事。至國朝之《桃花扇》，則有人格矣，然他戲曲則殊不稱是。要之，不過稍有系統之詞，而並失詞之性質者也，以東方古文學之國，而最高之文學無一足以與西歐匹者，此則後此文學家之責矣。

（十五）

抒情之詩，不待專門之詩人而後能之也。若夫敘事，則其所需之時日長，而其所取之材料富，非天才而又有暇日者不能。此詩家之數之所以不可更僕數，而敘事文學家殆不能及百分之一也。

（十六）

《三國演義》無純文學之資格，然其敘關壯繆之釋曹操，則非大文學家不辦。《水滸傳》之寫魯智深，《桃花扇》之寫柳敬亭、蘇崑生，彼其所爲，固毫無意義，然以其不顧一己之利害，故猶使吾人生無限之興味，發無限之尊敬，況于觀壯繆之矯矯者乎？若此者，豈真如汗德所云，實踐理性爲宇宙人生之根本歟？抑與現在利己之世界相比較，而益使吾人興無涯之感也？則選擇戲曲小說之題目者，亦可以知所去取矣。

（十七）

吾人謂戲曲小說家爲專門之詩人，非謂其以文學爲職業也。以文學爲職業，餬餔的文學也。職業的文學家以文學爲生活，專門之文學家爲文學而生活。今餬餔的文學之途蓋已開矣，吾寧聞征夫思婦之聲，而不屑使此等文學囂然污吾耳也。

（《王國維全集》第十四卷，浙江教育出版社、廣東教育出版社 2009 年版）

## 王國維《古雅之在美學上之位置》

"美術者，天才之製作也"，此自汗德以來百餘年間學者之定論也。然天下之物，有決非真正之美術品，而又絕非利用品者；又其製作之人，決非必爲天才，而吾人之視之也，若與天才所製作之美術無異者，無以名之，名之曰"古雅"。

欲知古雅之性質，不可不知美之普遍之性質。美之性質，一言以蔽之曰：可愛玩而不可利用者是已。雖物之美者，有時亦足供吾人之利用，但人之視爲美時，決不計及其可利用之點。其性質如是，故其價值亦存於美之自身，而決不存乎其外。而美學上之區別美也，大率分爲二種：曰優美，曰宏壯。自巴克及汗德之書出，學者殆視此爲精密之分類矣。至古今學者對優美及宏壯之解釋，各由其哲學系統之差別而各不同。要而言之，則前者由一對象之形式不關於吾人之利害，遂使吾人忘利害之念，而以精神之全力沉浸於此對象之形式中，自然及藝術中普通之美皆此類也。後者則由一對象之形式越乎吾人知力所能馭之範圍，或其形式大不利於吾人，而又覺其非人力所能抗，於是吾人保存自己之本能，遂超乎利害之觀念外，而達觀其對象之形式，如自然中之高山大川、烈風雷雨，藝術中之偉大宮室、悲慘之雕刻象、歷史畫、戲曲、小說等皆是也。此二者，其可愛玩而不可利用也同。若夫所謂古雅者則何如？

一切之美，皆形式之美也。就美之自身言之，則一切優美皆存於形式之對稱、變化及調和。至宏壯之對象，汗德雖謂之無形式，然以此種無形式之形式，能喚起宏壯之情，故謂之形式之一種，無不可也。就美術之種類言之，則建築、雕刻、音樂之美之存於形式，固不俟論，即圖畫、詩歌之美之兼存於材質之意義者，亦以此等材質適於喚起美情故，故亦得視爲一種之形式焉。釋迦與馬利亞莊嚴圓滿之相，吾人亦得離其材質之意義而感無限之快樂，生無限之欽仰。戲曲、小說之主人翁及其境遇，對文章之方面言之，則爲材質；然對吾人之情感言之，則此等材質又爲喚起美情之最適之形式。故除吾人之感情外，凡屬於美之對象者，皆形式而非材質也。而一切形式之美，又不可無他形式以表之，惟經過此第二之形式，斯美者愈增其美，而吾人之所謂古雅，即此種第二之形式。即形式之無優美與宏壯之屬性者，亦因此第二形式故，而得一種獨立之價值。故古雅者，可謂之形式之美之形式之美也。

夫然，故古雅之致存於藝術而不存於自然。以自然但經過第一形式，而藝術則必就自然中固有之某形式，或所自創之新形式，而以第二形式表出之。即同一形式也，其表之也各不同。同一曲也，而奏之者各異；同一雕刻、繪畫也，而真本與摹本大殊；詩歌亦然，"夜闌更秉燭，相對如夢寐"（杜甫《羌村》詩）之於"今宵剩把銀釭照，猶恐相逢是夢中"（晏幾道《鷓鴣天》詞），"願言思伯，甘心首疾"（《詩•

衛風·伯兮》），之於"衣帶漸寬終不悔，爲伊消得人憔悴"（歐陽修《蝶戀花》詞），其第一形式相同，而前者温厚，後者刻露者，其第二形式異也。一切藝術無不皆然。於是，有所謂雅俗之區別起。優美及宏壯必與古雅合，然後得其固有之價值。不過，優美及宏壯之原質愈顯，則古雅之原質愈蔽。然吾人所以感如此之美且壯者，實以表出之之雅故，即以其美之第一形式，而更以雅之第二形式表出之故也。

雖第一形式之本不美者，得由其第二形式之美（雅）而得一種獨立之價值。茅茨土階與夫自然中尋常瑣屑之景物，以吾人之肉眼觀之，舉無足與於優美若宏壯之數，然一經藝術家（若繪畫，若詩歌）之手，而遂覺有不可言之趣味。此等趣味，不自第一形式得之，而自第二形式得之，無疑也。繪畫中之佈置屬於第一形式，而使筆使墨則屬於第二形式。凡以筆墨見賞於吾人者，實賞其第二之形式也。此以低度之美術（如書法等）爲尤甚。三代之鐘鼎、秦漢之摹印、漢魏六朝唐宋之碑帖、宋元之書籍等，其美之大部實存於第二形式。吾人愛石刻不如愛真跡，又其於石刻中愛翻刻不如愛原刻，亦以此也。凡吾人所加於雕刻、書畫之品評，曰神、曰韻、曰氣、曰味，皆就第二形式之言者多，而就第一形式言之者少。文學亦然，古雅之價值大抵存於第二形式。西漢之匡、劉、東京之崔、蔡，其文之優美宏壯，遠在賈、馬、班、張之下，而吾人之嗜之也，亦無遜於彼者，以雅故也。南豐之於文，不必工於蘇、王、姜夔之於詞，且遠遜於歐、秦，而後人亦嗜之者，以雅故也。由是觀之，則古雅之原質，爲優美及宏壯中不可或缺之原質，且得離優美、宏壯而有獨立之價值，則固一不可誣之事實也。然古雅之性質，有與優美及宏壯異者。古雅之但存於藝術而不存於自然，既如上文所論矣，至判斷古雅之力，與判斷優美與宏壯之力不同。後者先天的，前者後天的、經驗的也。優美及宏壯之判斷之爲先天的判斷，自汗德之《判斷力批評》後，殆無反對之者。此等判斷既爲先天的，亦普遍的、必然的也。易言以明之，即一藝術家所視爲美者，一切藝術家亦必視爲美。此汗德之所以於其美學中預想一公共之感官者也。若古雅之判斷則不然，由時之不同而人之判斷之也各異。吾人所斷爲古雅者，實由吾人今日之位置斷之。古代之遺物無不雅於近世之製作，古代之文學雖至拙劣，自吾人讀之，無不古雅者，若自古人之眼觀之，殆不然矣。故古雅之判斷，後天的也、經驗的也，故亦特別的也、偶然的也。此由古代表出第一形式之道與近世大異，故吾人睹其遺跡，不覺有遺世之感隨之，然在當日則不能。若優美及宏壯，則固無此時間上之限制也。

古雅之性質既不存於自然，而其判斷亦但由於經驗，於是藝術中古雅之部分，不必盡俟天才，而亦得以人力致之。苟其人格誠高，學問誠博，則雖無藝術上之天才者，其製作亦不失爲古雅。而其觀藝術也，雖不能喻其優美及宏壯之部分，猶能喻其古雅之部分。若夫優美及宏壯，則非天才殆不能捕攫之而表出之。今古第三流以下之藝術家，大抵能雅而不能美且壯者，職是故也。以繪畫論，則有若國朝之王翬，彼固無藝術上之天才，但以用力甚深之故，故摹古則優，而自運則劣，則豈不以其舍其所長之古雅，而欲以優美、宏壯與人爭勝也哉。以文學論，則除前所述匡、劉諸人外，若宋之山谷，明之青邱、歷下，國朝之新城等，其去文學上之天才蓋遠，徒以有文學上之修養，故其所作遂帶一種典雅之性質。而後之無藝術上之天才者，亦以其典雅故，遂與第一流之文學家等類而觀之。然其製作之負於天分者十之二三，而負於人力者十之七八，則固不難分析而得之也。又雖真正之天才，其製作非必皆神來興到之作也。以文學論，則雖最優美、最宏壯之文學中，往往書有陪襯之篇，篇有陪襯之章，章有陪襯之句，句有陪襯之字。一切藝術莫不如是。此等神興枯涸之處，非以古雅彌縫之不可。而此等古雅之部分，又非藉修養之力不可。若優美與宏壯，則固非修養之所能爲力也。

　　然則古雅之價值，遂遠出於優美與宏壯之下乎？曰：不然。可愛玩而不可利用者，一切美術品之公性也。優美與宏壯然，古雅亦然。而以吾人之玩其物也，無關於利用故，遂使吾人超出乎利害之範圍外，而惝恍於縹緲寧靜之域。優美之形式使人心平和，古雅之形式使人心休息，故亦可謂之低度之優美。宏壯之形式常以不可抵抗之勢力喚起人欽仰之情，古雅之形式則以不習於世俗之耳目故而喚起一種之驚訝。驚訝者，欽仰之情之初步，故雖謂古雅爲低度之宏壯亦無不可也。故古雅之位置，可謂在優美與宏壯之間，而兼有此二者之性質也。至論其實踐方面，則以古雅之能力能由修養而得之，故可爲美育普及之津梁，雖中智以下之人，不能創造優美及宏壯之物者，亦得由修養而有古雅之創造力。又雖不能喻優美及宏壯之價值者，亦得於優美、宏壯中之古雅之原質，或於古雅之製作物中，得其直接之慰藉。故古雅之價值，自美學上觀之，誠不能及優美及宏壯，然自其教育衆庶之效言之，則雖謂其範圍較大，成效較著可也。因美學上尚未有崇論古雅者，故略述其性質及位置如右。篇首之疑問，庶得由是而說明之歟。

　　　　（《王國維全集》第十四卷，浙江教育出版社、廣東教育出版社 2009 年版）

## 陈寅恪《王觀堂先生輓詞序》

　　或問觀堂先生所以死之故，應之曰："近人有東西文化之說，其區域分割之當否，固不必論，即所謂異同優劣，亦姑不具言，然而可以得一假定之義焉。其義曰：凡一種文化值其衰落之時，爲此文化所化之人，必感苦痛。其表現此文化之程量愈宏，則其所受之苦痛亦愈甚。迨既達極深之度，殆非出於自殺無以求一己之心安而義盡也。

　　吾中國文化之定義，具於《白虎通》三綱六紀之說，其意義爲抽象理想最高之境，猶希臘柏拉圖所謂 Eidos 者。若以君臣之綱言之，君爲李煜亦期之以劉秀；以朋友之紀言之，友爲酈寄亦待之鮑叔。其所殉之道，所成之仁，均爲抽象理想之通性，而非具體之一人一事。夫綱紀本理想抽象之物，然不能不有所依託，以爲具體表現之用。其所依託表現者，實爲有形之社會制度，而經濟制度尤其最要者。故所依託者不變易，則依託者亦得因以保存。吾國古來亦嘗有悖三綱、違六紀、無父無君之説，如釋迦牟尼外來之教者矣。然佛教流傳播衍盛昌於中土，而中土歷世遺留綱紀之説，曾不因之以動搖者，其説所依託之社會經濟制度未嘗根本變遷，故猶能藉之以爲寄命之地也。

近數十年來，自道光之季迄乎今日，社會經濟之制度，以外族之侵迫，致劇疾之變遷，綱紀之説，無所憑依，不待外來學説之掊擊，而已銷沉淪喪於不知覺之間。雖有人焉，强聒而力持，亦終歸於不可救療之局。蓋今日之赤縣神州值數千年未有之鉅劫奇變；劫竟變窮，則此文化精神所凝聚之人，安得不與之共命運而同盡？此觀堂先生所以不得不死，遂爲天下後世所極哀而深惜者也！至於流俗恩怨榮辱、委瑣齷齪之説，皆不足置辯，故亦不及云。

　　　　《王國維全集》第二十卷，浙江教育出版社、廣東教育出版社 2009 年版）

**圖書在版編目(CIP)數據**

中國古代文論作品與史料選 / 孫敏强主編. —杭州：
浙江大學出版社,2014.9
ISBN 978-7-308-13290-9

Ⅰ.①中… Ⅱ.①孫… Ⅲ.①中國文學－古代文論－
文學研究 Ⅳ.①I206.2

中國版本圖書館 CIP 數據核字(2014)第 109530 號

**中國古代文論作品與史料選**

孫敏强　主　編

孫福軒　副主編

| | |
|---|---|
| **責任編輯** | 宋旭華 |
| **文字編輯** | 施馬琪 |
| **出版發行** | 浙江大學出版社 |
| | （杭州市天目山路 148 號　郵政編碼 310007） |
| | （網址:http://www.zjupress.com） |
| **排　　版** | 浙江時代出版服務有限公司 |
| **印　　刷** | 浙江海虹彩色印務有限公司 |
| **開　　本** | 710mm×1000mm　1/16 |
| **印　　張** | 24.5 |
| **字　　數** | 454 千 |
| **版 印 次** | 2014 年 9 月第 1 版　2014 年 9 月第 1 次印刷 |
| **書　　號** | ISBN 978-7-308-13290-9 |
| **定　　價** | 38.00 圓 |